Für Dich

# Prolog

Katama drückte noch ein wenig fester zu, verdrehte den Arm seines Gefangenen erst ganz langsam und gab ihm dann einen heftigen Ruck. Der schmächtige Dunkle schrie auf, als Elle und Speiche brachen. Doch sein Peiniger kannte keine Gnade, sondern drehte weiter, bis die weißen Knochenbruchstücke durch die obsidianschwarze Haut stießen. Der Schrei versackte zu einem atemlosen Wimmern und Katama genoss diesen jämmerlichen Laut, denn *das* war der kleine Teil Genugtuung, den man ihm zugestanden hatte.

Er ließ den Arm los und beobachtete, wie die Wunde zu heilen begann, wie die Blutung stoppte und wie sich die schwarze Haut erneut über den weißen Knochen schloss, die sich wie von Geisterhand zurück an ihren Platz bewegten.

Die Augen des Foltermeisters zuckten zu der weißen Gestalt hinüber, die am gegenüberliegenden Ende des Raumes stand und den Gefangenen am Leben – und in einer mehr oder weniger aufrechten Haltung – hielt, ohne dass sie ihn auch nur berührte.

Dann wandte sich Katama wieder seiner Beute zu. Er bezweifelte stark, dass der Gefangene nach der mehrstündigen Tortur noch in der Lage sein würde, sich aus eigener Kraft auf den Beinen zu halten. Sein gesamter Körper war überzogen von einem grotesken Muster aus schwarzen Flecken, frischen Narben und verschmiertem, halbgetrocknetem Blut.

Katama hatte ihm versprochen, dass er ihn gehen ließ, wenn er redete. Und das hatte sein Opfer längst getan. Schon vor Stunden. Katama hatte alle

Informationen erhalten, die er benötigte. Aber er war immer noch nicht mit dem Gefangenen fertig. Denn das hier war persönlich.

Fast beiläufig griff er nach dem blutigen Messer, das auf dem rostigen Metalltisch lag. Der Gefangene begriff sofort. «Nein ... bi-bitte!» Die kratzige Stimme war kaum mehr als ein Wispern.

Doch Katama beachtete ihn nicht. Er hätte ihn auch nicht erhört, wenn er mehr gegen seine Attacken angekämpft hätte. Aber er hätte vielleicht etwas mehr Respekt für ihn und sein Dasein empfunden. Der Magier war so erbärmlich schwach, jetzt, wo er sich seiner Kräfte nicht bedienen konnte. Und Katama verabscheute jede Art von Schwäche.

Er spielte mit dem Messer in der Hand, während er sein Opfer umrundete, wie ein Raubtier, kurz bevor es zustieß. Er bewegte sich langsam und beinahe lautlos.

Katama hatte nicht vor, seiner Beute auch nur den geringsten Hinweis zu geben, wann er zuschlagen würde. Seine Mundwinkel verzogen sich zu einem wölfischen Grinsen, doch in seinen silberweißen Augen gab es nichts als das Lodern seiner eigenen düsteren Gefühlswelt. Feine Blutspritzer benetzten sein Gesicht und sein Haar, das so hell war wie die Monde der Oberfläche. Seine Haut hingegen war von einem tiefen Anthrazit, so dunkel, dass man die tiefschwarzen Ränder unter seinen Augen kaum erkennen konnte.

Er hatte seit Tagen nicht mehr geschlafen. Immer wenn er zur Ruhe kam, drohte ihn die Trauer in Stücke zu reißen. Also ließ er sich nicht zur Ruhe kommen. Und die Trauer wurde zu Wut und die Wut zu Hass, der unerbittlich nach Vergeltung schrie. Der Schmerz war immer noch so verdammt frisch ... Das Grinsen erstarb vor Zorn und Katamas Knöchel traten gräulich hervor, als er den Griff noch fester um das

Messer schloss.

Er schlug zu, als er wieder vor dem Gefangenen angekommen war. Es war eine kraftvolle, ruckartige Bewegung. Das Messer riss eine tiefe Wunde in sehniges Fleisch und die Augen des Gefangenen weiteten sich vor Entsetzen, noch bevor er den Schmerz überhaupt spürte. Blut schoss in einem gewaltigen Schwall hervor, spritzte heiß in Katamas Gesicht und ergoss sich in Unmengen auf die Brust des Gefangenen. Katama sah ihm genau in die flackernden Augen, als sich das Entsetzen in Erkenntnis verwandelte.

Es war ein perfekter Kehlschnitt.

Der Magier ging gurgelnd zu Boden.

Katama drehte ihn mit dem Fuß auf den Rücken und setzte ihm den Stiefel auf die sprudelnde Kehle. «Wag es nie wieder, einen Cardoc anzugreifen ...»

Er verstärkte den Druck. Der Magier hustete wie ein Ertrinkender. «... oder ich werde es tausendfach vergelten.»

Was Katama dann tat, kostete ihn mehr Überwindung als alles, was er je in seinem Leben getan hatte: Er ließ von seinem Opfer ab. Auch wenn jede Faser seines Seins danach dürstete, den Gra Res Tar sterben zu sehen, er hatte keine Wahl. Nicht, ohne die Stadt in einen neuen Krieg zu stürzen.

«Lasst ihn frei.»

Katama wischte das Messer an seiner Hose ab und steckte es weg. Er hatte nicht vor mit anzusehen, wie der Heiler den Gra Res Tar wieder zusammenflickte. Also wandte er sich ab und gab dem Weißen nur ein knappes Handzeichen, bevor er ging.

Reatar wartete bereits an der Tür auf ihn. Er hatte das Schauspiel schon seit ein paar Minuten beobachtet und betrachtete Katama mit schiefgelegtem Kopf. Der schwarze Federschmuck in seinem Haar schimmerte wie geschliffenes Rauchglas.

«Gute Entscheidung.»

Aber es fühlte sich überhaupt nicht danach an. Nichts daran war gut.

Katama tauschte einen Blick mit einem seiner Offiziere.

«Lasst ihm ein paar Andenken.»

Der Gefangene rollte sich zitternd zur Seite, das Gesicht vor Schmerz verzerrt. Er konnte nicht atmen. Das Blut war einfach überall! In seinem Mund, in seiner Nase. Dieser Druck in seiner Brust. Und das unbeschreibliche Brennen in seinem Hals. Er hätte längst tot sein müssen, doch aus irgendeinem Grund starb er nicht! Panisch versuchte er seine Kehle zu erreichen, doch seine Hände gehorchten ihm nicht. Was, bei allen Hohen, geschah da mit ihm?

Dann sah er die weiße Gestalt in sein Sichtfeld treten. Der Saum der langen weißen Robe hatte sich mit frischem Blut vollgesogen. Dunkelrote Spritzer entstellten den gebleichten Stoff. Und da war diese eigenartige schwerelose Taubheit, die plötzlich Besitz von ihm ergriff ...

*Du wirst leben, Verräter. Aber nichts wird so sein, wie es einmal war ...*

# Teil 1
„Nichts zu verlieren ...“

# 1

Ithers Faust prallte hart gegen die knöcherne Schläfe seines Gegners. Siez' Kopf wirbelte herum. Schweiß spritzte Ither ins Gesicht und er konnte das frische Blut riechen. Seine Muskeln brannten vor Anstrengung, doch das Adrenalin, das sein Körper durch seine Adern pumpte, ließ ihn zur Hochform auflaufen. Er ließ seinem Gegenüber keine Chance. Der nächste Angriff folgte sofort. Diesmal in die Rippen.

Siez keuchte, riss sich zusammen und konterte mit einer wilden Attacke. Er täuschte einen Faustangriff an und überraschte mit einem kraftvollen Tritt. Doch Ither war schneller. Er wirbelte herum und verpasste Siez einen weiteren Schlag in die Magengegend.

In den Augen ihrer Beobachter verlief der Kampf in atemberaubender Geschwindigkeit. Es war ein nicht abreißender Strom aus Attacken und Paraden, Schlägen und Tritten. Der Körperkontakt war eng, die Wege kurz. Für einen Moment wirkte der Kampf wie einstudiert. Bis der nächste Angriff traf. Siez keuchte.

Doch für Ither war es, als würde die Zeit langsamer verlaufen. Er nahm jeden Atemzug, jeden Blutspritzer, jeden Fehler seines Gegenübers genauestens wahr. Die Welt schien zusammenzuschrumpfen, bis nichts mehr da war als dieser eine Kampf. Da waren nur noch das Gefühl seiner nackten Füße auf dem körnigen Boden, der metallische Geruch von Blut und Schweiß und das dumpfe Klatschen von kreidebedeckten Fäusten auf rohem Fleisch.

Ither war schnell, raubtierhaft, überlegen. Er war

seinem Konkurrenten immer einen Schritt voraus.

Die Angriffe seines Gegners parierte er scheinbar mühelos. Tritten wich er mit einer Beweglichkeit aus, die man bei seinen kraftvollen Attacken nicht erwartete. Ither wusste, dass Siez einer der Besten war. Doch er hatte keine Chance. Nicht heute.

Siez' nächsten Tritt verwandelte Ither in seinen eigenen Angriff und brachte damit seinen angeschlagenen Gegner zu Boden. Sofort war er über ihm.

Ithers schwarze Hand grub sich in kurzes, weißes Haar, während seine Faust mit geballter Kraft auf ihr Ziel zujagte, nur um wenige Millimeter vor Siez' Schädelbasis abrupt zu stoppen.

Siez zuckte zusammen, als er den Luftzug in seinem Nacken spürte. Hätte Ither durchgezogen, wäre er jetzt tot. Das wussten sie beide.

Ein lauter Pfiff ertönte.

Als Ither von seinem Gegner abließ, stürzte die reale Welt wieder über ihn herein. Es war, als erwachte er aus einem Traum. Die Geräuschkulisse schwoll an und sein Blickfeld erweiterte sich, bis er die gesamte Bandbreite des Geschehens um sich herum wahrnehmen konnte.

Da waren auf einmal die Geräusche der vielen anderen Übungskämpfe und die Gruppe von Rekruten, die sich um die beiden Schattenkrieger versammelt hatte. Ither beachtete sie nicht.

Stattdessen wischte er sich mit dem Handrücken das Blut aus dem Mundwinkel – eine Blessur, die Siez ihm zu Beginn des Kampfes zugefügt hatte. Siez war ein guter Kämpfer, doch er war ein wenig zu impulsiv und neigte dazu, übermütig zu werden. Erst recht, wenn es gut für ihn lief.

«Du solltest unbedingt früher abklatschen.»

Ither reichte seinem Freund die Hand.

Siez sah furchtbar aus. Die Platzwunde an seiner Schläfe blutete so stark, dass er das linke Auge nicht mehr öffnen konnte. Seine Lippe war aufgeplatzt und seine Atmung ging nur noch stoßweise. Er keuchte matt, als Ither ihn auf die Beine zog.

«Ich bringe dich zum Heiler.»

«Guter Kampf.»

«Guter Kampf.»

Ither stützte Siez, als sie die Garnison betraten. Sein Freund humpelte stark und hielt den Kopf gesenkt, damit ihm nicht noch mehr Blut in die Augen lief.

«Aber ich hab mich gut geschlagen, meinst du nicht auch? Am Anfang war ich richtig gut drauf.» Siez ahmte mit der freien Hand eine Angriffsbewegung nach. «Ich hab dich voll erwischt!»

«Guck lieber, wo du hinläufst.»

«Haha, sehr witzig!» Siez blinzelte, doch Ither wusste, dass er im Augenblick nahezu blind war. Man würde ihm erst die Augen ausspülen müssen.

«Nächstes Mal zeig ich's dir!» Siez lachte.

Ither grinste. Er mochte Siez' leichte, unbeschwerte Art. Manchmal wäre er selbst gern mehr wie Siez, denn er nahm das Leben und sich selbst viel zu ernst. Schattenkrieger zu sein war für ihn weit mehr als nur eine Aufgabe. Es war sein Leben und der Weg zu einem höheren Ziel. Ither war wild entschlossen, eines Tages zu den Waffenmeistern der Cardoc zu gehören. Doch dafür musste er es erst einmal in ihre Garde schaffen. Und das war keine Kleinigkeit.

Ither trainierte hart dafür. Er trainierte härter als jeder andere hier. Und es machte sich bezahlt – zum Leidwesen seiner Trainingspartner.

«Sind wir gleich da?»

«Ja, noch ein paar Meter.»

Als sie Lius Quartier betraten, wusch der Heiler sich gerade die Hände. Er blickte auf und musterte Siez einen Augenblick mitleidig, bevor er sich die Hände trocknete und zu ihnen herüberkam.

«Setz ihn da hin.»

Liu war schmächtig und wirkte ein wenig unterernährt, doch er war der beste Heiler, den Ither je kennengelernt hatte. Er hatte sein Können oft genug unter Beweis gestellt, um Ithers uneingeschränktes Vertrauen zu genießen.

Ither brachte Siez bis zu der Liege und setzte ihn dort ab.

Liu deckte Siez' Platzwunde mit einer Kompresse ab und säuberte sein Auge provisorisch mit einem nassen Tuch. Auf seinem Gesicht erschien ein spitzbübisches Lächeln.

«Wer hat dich denn wieder so zugerichtet?»

«Na, wer wohl?»

Liu warf Ither einen vorwurfsvollen Blick zu. Doch Siez grinste nur.

Der Heiler hob die Kompresse vorsichtig etwas an und begutachtete die darunterliegende Wunde, sorgfältig darauf bedacht, dass das Blut nicht erneut in Siez' Auge lief.

Auch wenn Ither schuld an seinem Zustand war, es tat ihm nicht leid. Sie alle waren Schatten, und sie wussten, worauf sie sich einließen.

Liu deckte die Wunde wieder ab.

«Siez, es tut mir leid. Ich fürchte, das muss genäht werden.»

Siez sah ihn entsetzt an.

«Tut das weh?!»

Ither musste unweigerlich lachen.

# 2

Liu tastete das Sprunggelenk sorgfältig ab. Der junge Schattenkrieger war bei einer Sprungübung umgeknickt und klagte über heftige Schmerzen im rechten Knöchel. Er konnte kaum auftreten, geschweige denn laufen.

Liu kniete in der staubigen Asche des Übungsplatzes und versorgte ihn direkt an Ort und Stelle. Um sie herum ging es geschäftig zu. Einige Gruppen trainierten ihre Ausdauer, andere feilten an ihren Nahkampf- oder Waffenfertigkeiten. Verletzungen waren hier auf dem Gelände der Schattenkrieger keine Seltenheit, also beachtete man Lius Anwesenheit kaum. Und das war gut so.

«Bist du nach innen oder nach außen umgeknickt?»

«Nach innen ... glaube ich.»

«Versuch mal, den Fuß nach außen zu bewegen ...» Liu beobachtete den jungen Dunklen ganz genau. Doch die Bewegung gelang ihm nicht aus eigener Kraft.

«In Ordnung.»

Liu bedeutete ihm stillzuhalten. Er vermutete einen Bänderriss oder eine starke Dehnung. Der Heiler tastete die Außenseite des Gelenks knapp unterhalb des Knöchels ab. Dabei blickte er jedoch nicht auf den Fuß, sondern in das Gesicht des jungen Mannes. Liu verstärkte den Druck ein wenig und wartete die Schmerzreaktion ab. Sie kam genau, wie er erwartet hatte. Liu reduzierte den Druck etwas. In dieser Position war das Band nicht tastbar, also schob er den Fuß des Dunklen sachte nach innen. Er konnte spüren, wie sich das Band unter seinem Daumen wie ein Lederriemen spannte. Der junge Kämpfer stöhnte auf, doch Liu lächelte zufrieden und brachte den Fuß zurück in seine Ausgangsposition.

«Du hast Glück gehabt.»

Die weißen Augen seines Patienten glitzerten nach der schmerzhaften Prozedur.

«Es ist nur eine Dehnung. Das Band ist nicht gerissen.»

Liu kramte in seiner Arzttasche und zog eine dicke Rolle Verbandsstoff hervor.

«Ich werde dir jetzt einen Verband anlegen, um das Gelenk zu stabilisieren ...»

Bevor der Heiler begann den verletzten Fuß zu verbinden, verstrich er großzügig eine kühlende Salbe auf dem Fußgelenk.

Liu wusste, dass sich der junge Schattenkrieger so oder so nicht an seine Anweisungen halten würde. Er würde vermutlich genauso unvernünftig sein wie alle anderen Schatten auch. Das lag irgendwie in ihrer Natur. Auch wenn dieser falsche Stolz aus der Sicht des Heilers eher zu mehr Problemen führte, als zu einer schnellen Genesung beizutragen. Aber das war auch da, wo Liu herkam, nie anders gewesen.

Liu lächelte, während er den Verband anlegte. Auch wenn seine Patienten ihm viel zu selten zuhörten, er liebte seine Rolle. Liu war Heiler mit Leib und Seele. Und es tat gut, helfen zu können.

«Du musst den Fuß hochlagern, wann immer es geht», erklärte er knapp. Der junge Dunkle nickte. «Kein Training, kein Laufen oder Springen, bis du nicht absolut schmerzfrei bist.»

Liu hob den Kopf, als ein lauter Pfiff ertönte. Das Training war beendet und die Übungsgruppen lösten sich langsam auf. Nur Ither und Siez machten wie immer keine Anstalten, das Trainingsgelände zu verlassen. Liu mochte die beiden Freigeister.

«Es wird etwa sechs Wochen dauern, bis dein Fuß wieder voll belastbar ist.»

«Nicht dein Ernst! Sechs Wochen?»

Liu sah dem jungen Schatten direkt in die Augen.

«Versprich mir, dass du ihn vier Wochen lang schonst.»

Der junge Krieger hielt seinem Blick für einen Moment stand. Liu sah ihn ernst an.

«In Ordnung ...»

Liu lächelte zufrieden. Dann wandte er sich wieder seiner Aufgabe zu, wickelte die letzte Bahn oberhalb des Gelenks und verknotete das Ende des Verbandes.

«Soll ich dich zum Quartier begleiten?»

«Nein, das schaff ich schon allein.»

«Versuch mal aufzustehen ...»

Der Dunkle stand vorsichtig auf und belastete den Fuß ein wenig. Liu sah den Schmerz in seinem Gesicht aufflackern, aber es würde reichen, um ins Quartier zu kommen.

«Liu?»

«Hmm?»

«Danke.»

«Gern geschehen.»

Während Liu seine Utensilien zusammenpackte, beobachtete er Ither und Siez, die sich in einiger Entfernung mit den wenigen Schatten zusammengerottet hatten, die bereit waren, nach dem Training noch eine Zusatzschicht einzuschieben. Ither und Siez standen in ihrer Mitte und erklärten ganz offensichtlich ein Problem bei einem gängigen Kampfmanöver. Ither demonstrierte einen langsam ausgeführten Tritt in Siez' Magengegend. Siez wich genauso langsam zurück, um dem gespielten Treffer zu entgehen, und griff dabei Ithers Fuß mit beiden

Händen. Ither blieb mühelos in dieser Position stehen, während er den anderen weitere Erklärungen gab.

Liu konnte ihn über die Distanz kaum verstehen, aber ihm war auch ohne Worte klar, worum es dabei ging. Schließlich kannte er sich mit der Anatomie aus wie kein anderer.

Ither zeigte auf sein Knie, während Siez seinen Fuß etwas zur Seite drehte. Ither musste sich ein wenig mit drehen, um sein Kniegelenk zu entlasten. Während Siez seinen Fuß immer weiterdrehte, folgte Ither der Bewegung, bis er seinem Freund schließlich den Rücken zuwandte. Das gefangene Bein nach hinten ausgestreckt und die Hände am Boden. Siez gab ihn frei und Ither stand auf.

Die Abwehr, die Siez gerade so stark verlangsamt gezeigt hatte, war in schneller Ausführung äußerst kräfteeffizient und effektiv.

Liu verschloss gerade den Tiegel mit der Salbe, als die beiden das Manöver noch einmal etwas schneller zeigten. Ither trat nach Siez. Siez griff nach seinem Sprunggelenk und drehte den Fuß mit einer einzigen kraftvollen Bewegung. Ither wurde herumgewirbelt und landete in einer liegestützähnlichen Position auf dem Boden. Er fing sich dabei so gekonnt ab, dass kaum ein Laut zu hören war. Siez entließ seinen Fuß zum zweiten Mal.

Ither stand auf und lockerte sich ein wenig. Siez grinste überlegen. Die Wunden in seinem Gesicht waren immer noch geschwollen. Auch er hatte sich nicht davon abhalten lassen, lädiert beim Training aufzutauchen.

«Keine Chance, da kommst du nicht raus», hörte Liu einen der Schatten etwas lauter sagen. Die anderen stimmten zu. Offenbar hielten sie diese Kampfsituation für unlösbar.

Liu schmunzelte, während er die Salbe sorgfältig in

seiner Tasche verstaute. Dann blickte er wieder zu den Schatten hinüber.

Ither war gut eine Handbreit größer als die anderen und das zusätzliche Training, das er beinahe jeden Tag absolvierte, machte sich ganz offensichtlich bezahlt. Möglicherweise lag es aber auch daran, dass er aufgrund seiner besonderen Veranlagung ein paar physiologische Vorteile mitbrachte.

Liu schloss seine Tasche und stand auf, den Blick immer noch auf die Schattenkrieger gerichtet.

Ither stand jetzt wieder in der Mitte, Siez, der etwas kleiner und schlanker war, direkt vor ihm. Beide nahmen Kampfhaltung an.

Liu war gespannt, was jetzt geschehen würde. Und auch die anderen Schatten beobachteten die beiden ganz genau.

Dann plötzlich trat Ither nach Siez. Diesmal in ungebremster Geschwindigkeit und mit gerade so viel Abstand, dass er Siez nicht wirklich in den Solarplexus traf. Es dauerte nicht länger als einen Wimpernschlag. Siez packte Ithers Fuß, wie geprobt, und drehte ihn mit aller Kraft. Doch diesmal ging Ither nicht zu Boden wie geplant, sondern sprang mitten in der Bewegung ab und wirbelte herum. Das gefangene Bein folgte dabei ganz dem Weg, den Siez ihm vorgegeben hatte, doch die kinetische Energie war so heftig, dass Siez gar nicht anders konnte, als Ithers Bein freizugeben. Er keuchte erschrocken auf, als Ithers freier Fuß nur Millimeter über seinem Scheitel hinwegjagte.

Ither landete nach etwas mehr als einer ganzen Drehung geschmeidig auf den Füßen. Siez starrte ihn mit fahlgrauem Gesicht an, als wäre alles Blut aus ihm gewichen. Das war ganz offensichtlich nicht geplant gewesen. Und wie es aussah, war Siez klar, dass ihm dieser Tritt das Genick hätte brechen können, wenn

Ither auf seine Schläfe gezielt hätte.

Die Schatten zeigten Ither lautstark ihre Anerkennung und sogar Siez fand seine Sprache wieder. Einer der Schatten tätschelte ihm gespielt den Rücken. Siez nahm sofort Kampfhaltung an. Der andere stieg darauf ein, doch ein Dritter unterbrach die beiden, bevor der Kampf losging. Offenbar wollten die anderen, dass Ither ihnen den Sprung noch einmal zeigte.

«Ja, er weiß schon, wie er seine Leute für sich gewinnt.» Liu zuckte zusammen, als er Tokahs Stimme plötzlich neben sich vernahm. Er hatte ihn nicht bemerkt.

«Wie lange bist du schon hier?»

«Seit du fertig bist.»

Tokah beobachtete, wie Ither den Sprung erneut zeigte. Seine silbrigen Augen waren zu schmalen Schlitzen verengt.

«Wie lange wird es dauern, bis ich Siez wieder voll einsetzen kann?»

«Gib ihm noch drei, vier Tage. Wieso?»

«Nur so.»

# 3

Die kleine Libelle erhob sich höher und höher in die Lüfte. Ihr Körper schimmerte silbrig und ihre Flügel zogen glimmende Schleier durch das Dunkel.

Sie flog nun so hoch, dass sie beinahe die gewaltige Höhlendecke der unterirdischen Stadt erreichte. Ilandra sah die Welt durch die Augen des kleinen Astralwesens. Sie sah die spiegelnden Quarzformationen, die die weit unter ihnen liegenden Lichter reflektierten und die gesamte Stadthöhle in ein dämmriges Halbdunkel hüllten. Winzige Wassertropfen kondensierten an dem kühlen Gestein und glitzerten wie Millionen von Kristallen. Es würde bald Regen geben.

Die Flügel der kleinen Libelle flirrten, als sie die Richtung änderte. Die Straßen und Häuser unter ihr waren so weit entfernt, dass sie wie winzige Miniaturen aus leuchtenden Perlen und schwarzen Schemen wirkten.

Die silberne Libelle sirrte in anmutigen Manövern so dicht an dem spiegelnden Gestein vorbei, dass Ilandra das Spiegelbild ihrer Kreation deutlich erkennen konnte. Die kleine Libelle gefiel ihr sehr. Sie hatte sie nach dem Vorbild ihrer größeren Verwandten geschaffen, die angeblich auf der Oberfläche lebten. Ilandra hatte noch nie eine echte Libelle gesehen, doch das kleine Wesen war eine exakte Kopie der Abbildungen im Weltenatlas, einem Folianten, den Ilandra ausgiebig studiert hatte.

Als sie sich den schroffen Höhlenwänden näherte, drehte die kleine Libelle ab und steuerte auf das

Zentrum der gewaltigen Stadt zu. Sie tauchte in die steinernen Gassen ein, flog unentdeckt über ein paar Stadtbewohner hinweg, die sich gerade angeregt unterhielten, und schwirrte zu dem großen, kreisrunden Platz im Zentrum der Stadt. Ilandra war noch nie selbst hier gewesen, doch sie hatte schon häufig Gedankenwesen hierher entsandt. Die Libelle flatterte um die prachtvollen, schwarzen Statuen herum, die die Gründung der Stadt durch die fünf hohen Häuser symbolisierten. Die Kriegerstatue der Cardoc wirkte martialisch und gefährlich, wie alles, was Ilandra über Haus Cardoc gelernt hatte.

Die weibliche Magierstatue der Gra Res Tar hingegen erschien anmutig und klug. Ilandra mochte diese Darstellung ihres Hauses, wenngleich sie die Magier in der Realität mehr in Intrigen und politische Spielchen verwickelt erlebte, als dass sie sich mit den hohen Wissenschaften auseinandersetzten, wie es die kleine Tafel am Fuß der Statue versprach.

Ilandra ließ die kleine Libelle wieder aufsteigen, bis sie die Anwesen der fünf hohen Häuser erkennen konnte, die sich wie eigenständige, von hohen Mauern geschützte Satellitenstädte entlang den nordwestlichen Höhlenwänden aufreihten und fast ein Drittel der gesamten Stadtfläche einnahmen.

Unweit des Cardoc-Geländes lag die Garnison der Schattenkrieger. Ilandra war fasziniert von der strengen Organisation der Schatten, die auf militärischem Drill und absoluter Neutralität basierte. Bei der Einweihungszeremonie entsagte jeder Schatten seiner Vergangenheit, seiner Gesinnung und seinem Haus. Von diesem Moment an widmete er sein ganzes Leben dem Schutz der Stadt. Gegen Angriffe von außen und von innen. Schattenkrieger waren die Elite der Kampfkunst. Und was für Ilandra vielleicht am bedeutendsten war – sie waren frei von den

Machtspielchen der hohen Häuser.

Ilandras Libelle begann zu flimmern. Es wurde Zeit zurückzukehren. Also lenkte Ilandra sie nun zurück zu ihrem Haus. Das kleine Astralwesen flog über die Pagoden der Cardoc, die puristischen Bauten von Haus Testaren und hinweg über die Türme von Irestiren, die denen der Gra Res Tar so ähnlich waren, dass man sie hätte verwechseln können, wären die der Gra Res Tar nicht wesentlich prachtvoller. Die Gra Res Tar waren reich und zeigten es gern. Ihre Gebäude waren ebenso üppig mit Gold verziert wie ihre prachtvollen, violetten Roben und Gewänder.

Die kleine Libelle glitt hinab, umrundete einen kleinen Turm und hielt dann auf ein geöffnetes Fenster im Hauptgebäude zu.

Ilandra erkannte sich selbst hinter den mit Ranken verzierten Fensterläden stehend, die eine Hand immer noch so ausgestreckt, wie die kleine Libelle sie vor einigen Minuten verlassen hatte. Ilandras Haut war beinahe so schwarz wie Obsidian und ihr langes, weißes Haar fiel ihr in sanften Wellen über die Schultern.

Die kleine Libelle landete auf ihrer Hand und Ilandra öffnete ihre silberweißen Augen.

Im ersten Moment war ihr schwindelig. Wie immer, wenn sie die Gedankensicht verließ. Doch das verging schnell. Ilandra lächelte zufrieden, als sie die kleine Astralkreatur auf ihrer Hand sitzen sah. Eigentlich war sie nichts anderes als die Bündelung arkaner Energie. Doch für Ilandra war sie weit mehr als eine magische Spielerei, denn sie ermöglichte ihr kleine Ausflüge in die Außenwelt. Oder – wie Ilandra es nannte – in die Freiheit. Denn in letzter Zeit fühlte sie sich mehr und mehr erdrückt in ihrem goldenen Käfig und wagte immer häufiger die Flucht in die Gedankensicht.

Es klopfte an der Tür.

Die kleine Libelle verpuffte über Ilandras Hand und verlor sich in schimmerndem Nebel, der auf ihre schwarzen Finger herabregnete und binnen Sekunden verglühte.

Ilandra wandte sich um, denn die Tür öffnete sich, noch bevor sie den Besucher hereingebeten hatte.

Es war Thamar, der sich durch ihre Tür stahl und sie gleich darauf wieder hinter sich schloss.

«Hast du mich erschreckt!»

Er funkelte sie spitzbübisch an. «Es ist mir wie immer eine Ehre.»

Thamar brachte zwei Übungsschwerter mit, was erklärte, warum er es so eilig hatte.

«Hat dich jemand gesehen?»

«Natürlich nicht.»

Thamar sah sich neugierig in Ilandras Gemächern um. Sein Blick ruhte lange auf den magischen Lichtern, die sie unter die hohe Decke gezaubert hatte. Nichts weiter als eine hübsche Spielerei. Aber Ilandra wusste, dass solche Dinge für ihn nicht greifbar waren.

«Und wie war es?»

Thamar blinzelte noch einen Augenblick in die bläulich glimmenden Kugeln, dann sah er sie an. «Frag nicht ... Es ist immer und immer wieder das Gleiche. Nur weil ich nicht magisch bin, bin ich noch lange nicht der Seher!»

Tatsächlich war Thamar der einzige Gra Res Tar ohne magische Fähigkeiten.

«Das sehen einige hier anders. Schließlich kannst du nicht nur keine Magie wirken, sondern interessierst dich auch noch für Kampfkunst. Das ist ein *Omen*.»

«Ach, komm schon, du glaubst genauso wenig daran wie ich.»

«Stimmt. Aber es tut gut, dein verdutztes Gesicht zu sehen.» Ilandra grinste ihren Zwillingsbruder frech an und er warf ihr eines der Übungsschwerter zu.

«Sei lieber froh, dass die nichts von *deinem* Interesse den Kriegern wissen.» Thamar schnitt mit der stumpfen Klinge durch die Luft. «Das würde das Weltbild unserer Eltern vollkommen zerstören.»

Ilandra lächelte schief. In den Augen ihrer Eltern leistete sie sich einen Fauxpas nach dem anderen. Sie hatte bisher alle fünf Heiratsgesuche der wenigen Zauberkundigen, die nicht selbst Haus Gra Res Tar angehörten, abgelehnt und damit mehr als nur ein politisches Spielchen ihres Hauses durchkreuzt.

Thamar griff einen unsichtbaren Gegner an, hieb in die Luft und drängte seinen Feind zurück. Im Gegensatz zu den meisten Gra Res Tar war er sehr sportlich gebaut. Er verbrachte beinahe jede freie Minute damit, seine Muskulatur zu stählen, anstatt seine Zeit in der Bibliothek zu verbringen und seinen Geist in Magie zu üben, wie es von ihm erwartet wurde. Thamar hatte diesen Kampf längst aufgegeben. Er glaubte schon lange nicht mehr daran, dass irgendetwas Magisches in ihm schlummerte.

Er wirbelte herum und lieferte sich ein wildes Gefecht mit seinem imaginären Gegner. Es gab nur einen einzigen Grund, warum sie ihn gewähren ließen: Sie hielten ihn für den Seher. Den Krieger der Gra Res Tar.

Ilandra wog das Übungsschwert in der Hand, während Thamar seinen Feind besiegte.

«Das sind neue Schwerter ...»

«Ja.» Thamar zog die Klinge hart zurück und grinste sie stolz an. «Dharian hat seine Beziehungen spielen lassen, aber ich musste ihm versprechen, dass niemand außer uns etwas davon erfährt.»

Obwohl ihre Eltern eigentlich jeden Kontakt zu den

Wachen untersagten, stand sich Thamar außerordentlich gut mit den Gardisten. Wie Dharian waren sie alle ehemalige Schattenkrieger, die von den Gra Res Tar rekrutiert worden waren, um das Anwesen zu bewachen. Im Grunde benötigten die Gra Res Tar diesen physischen Schutz überhaupt nicht. Es war eher eine Frage des Prestiges.

«Dharian hat mir ein paar neue Techniken gezeigt.» Thamars Augen funkelten vor Begeisterung. Er sprang in die Luft und führte einen weiteren kraftvollen Hieb gegen einen neuen unsichtbaren Gegner.

«Genial, oder?»

Es lag ihm im Blut. Er gehörte nicht hierher, ebenso wenig wie Ilandra an diesen Ort gehörte.

«Warum tust du es nicht? Warum gehst du nicht einfach zu den Schattenkriegern?»

Thamar hielt inne und senkte sein Schwert zu Boden. Die goldenen Verzierungen seines Wamses schimmerten im Licht der magischen Kugeln.

«Weil ich hierhergehöre, Ilandra. Das weißt du genau ...»

Sie glaubte ihm kein Wort. Sie konnte nicht verstehen, wie er es noch länger ertragen konnte, ein Gefangener seines eigenen Hauses zu sein. Denn das waren sie. Gefangene, die nach den Regeln irgendwelcher Entscheider zu spielen hatten.

«Was ist mit dir? Warum gehst du nicht?»

Ilandra senkte den Blick auf das stumpfe Schwert in ihrer Hand. Die Frage löste eine eigenartige Unsicherheit in ihr aus. Doch als sie aufblickte, um zu antworten, grinste Thamar sie nur herausfordernd an. Offenbar hatte er gar keine Antwort erwartet.

Thamar hob sein Schwert.

«Willst du jetzt nur rumstehen wie ein Mädchen oder lernen, wie man kämpft?»

«Na, warte!»

# 4

Ither tastete mit den Fingerspitzen nach einem neuen Halt. Er fand einen Felsvorsprung, der seinen Fingern gerade genügend Platz bot. Aber das genügte. Er zog sich daran hoch und grub seine Fußspitze in die Mulde, die zuvor seiner Hand Halt geboten hatte. Der Wind zerrte an seinem Haar und die schwarze Klinge lastete schwer auf seinem Rücken. Doch das beunruhigte ihn nicht.

Ither war ein erfahrener Kletterer. Seine Griffe waren präzise und er musste sie nur selten korrigieren.

Er kam oft hierher. Vor allen Dingen, wenn er den Kopf frei kriegen musste. In der letzten Nacht hatte er wieder geträumt und das verfolgte ihn schon den ganzen Tag. Ither wusste nicht, ob die Dinge, die er träumte, wahr waren oder nicht. Er wusste nicht einmal, ob er sich wünschen sollte, dass es echte Erinnerungen waren und nicht nur irgendwelche irren Hirngespinste, die ihn immer wieder heimsuchten.

Er hielt inne und löste eine Hand von den schroffen Felsen, um sie in den Kreidebeutel an seiner Hüfte zu tauchen. Das seidige Pulver fühlte sich kühl an auf seinen pochenden Fingerkuppen – und es sorgte für besseren Halt.

Dann setzte er seinen Weg nach oben fort.

Aus der Sicht anderer ging Ither oft unnötige Risiken ein, wie beispielsweise wenn er ohne jede Sicherung bis in schwindelerregende Höhen hinaufkletterte. Doch für ihn war es, als würde er mit der Wand verschmelzen. Sein Kletterstil war dynamisch, mehr auf Geschwindigkeit und Effizienz ausgelegt als auf Sicherheit. Und wieso auch nicht? Wenn es irgendetwas zu verlieren gab, dann erinnerte er sich nicht daran.

Ein bitteres Lächeln zuckte über Ithers Mundwinkel, als er sich ein paar Meter seitwärtsschob, um einer Quarzader auszuweichen, die sich schimmernd durch das spröde Gestein zog. Das, was die anderen Schattenkrieger so halbherzig in ihrem Kodex beschworen, war für ihn kalte Realität. Denn er wusste nicht, wer er war oder woher er kam. Er kannte nicht einmal seinen richtigen Namen. Seine Erinnerungen aus der Zeit, bevor die Schatten ihn rekrutiert hatten, waren spärlich. Und das, was noch da war, waren nicht unbedingt Dinge, an die er sich gern erinnerte.

Als er eine tiefe Einklüftung erreichte, blickte Ither nach unten und schätzte die Strecke ab, die er bereits zurückgelegt hatte. Er war zügig vorangekommen. Es konnte nicht mehr weit sein.

Ither zog die kalte Luft ein und setzte sich wieder in Bewegung. Es war, als hätte er vor seiner Zeit bei den Schatten gar nicht existiert. Er war nicht mehr als ein Teil der Statistik in den Büchern der Garnison. Und vielleicht war es genau das, was ihn so besonders machte. Er hatte nichts zu verlieren und war bereit, *alles* zu riskieren. Das machte ihn zu einem hervorragenden Kämpfer, aber auch zu einem Rebellen, der sich Regeln nur unterwarf, wenn sie seinen eigenen Ansichten entsprachen. Glücklicherweise kam er mit der militärischen Struktur der Schatten eher gut zurecht. Zumindest, solange sie ihm genügend Freiräume ließ. Und wenn nicht, nahm er sie sich einfach.

Eigentlich durfte er gar nicht hier sein. Auch nicht in

seiner Ruhezeit. Aber Siez hielt ihm den Rücken frei und Ither konnte sich darauf verlassen, dass sich in den nächsten fünf bis sechs Stunden niemand für seinen Verbleib interessieren würde.

Er schob sich ein weiteres Stück nach oben und wischte den Gedanken fort. Die Auswahl der Cardoc stand kurz bevor. Wenn er es schaffte, in den Clan aufgenommen zu werden, würde das alles verändern.

Einige Minuten später hatte er sein Ziel erreicht. Ither zog sich an dem letzten Sims hoch und tauchte in einen der vielen Tunnel ein, die hier in die Steilwand mündeten. Für einen Augenblick hielt er inne, verharrte kniend und lauschte. Seine Augen waren zu schmalen Schlitzen verengt, während er prüfend den Verlauf des Tunnels vor ihm absuchte. Nichts rührte sich. Genau, wie er erwartet hatte.

Ither stand auf und ging ein paar Schritte in das Innere des Tunnels. Es dauerte nur wenige Sekunden, bis sich seine Augen an die neue Lichtsituation gewöhnt hatten. Feine fluoreszierende Adern durchzogen die Tunnelwände und tauchten die Szenerie in ein dämmriges, grünliches Licht. Für einen Bewohner der Oberfläche wäre das sandige Geäst nicht einmal bei genauem Hinsehen sichtbar, doch für die Dunklen war es hier hell genug, um sich ohne fremde Lichtquellen zurechtzufinden. Die enorme Lichtempfindlichkeit ihrer Augen ermöglichte ihnen das Sehen in fast vollständiger Finsternis. Umgekehrt war für sie ein Leben an der sonnenhellen Oberfläche beinahe undenkbar.

Ither blieb stehen und schnallte Waffengurt und Gürteltaschen ab. Er ließ alles zurück, was er nicht unbedingt brauchte. Die Sachen würden ihm ohnehin nur im Weg sein. Er verstaute sie nah an den Tunnelwänden, damit sie bei einer zufälligen

Patrouille nicht entdeckt würden.

Als er weiterging, hatte er nur noch die schwarze Klinge bei sich. Er liebte diese Waffe. Es gab keine bessere und er hatte noch nie eine vergleichbare gesehen. Ihr langer, gebogener Griff maß beinahe zwei Unterarmlängen und die wuchtige, glefenartige Klinge verlieh ihr eine enorme Durchschlagskraft. Es war eine martialische Waffe, die ganz offensichtlich nicht dazu diente, ihren Träger zu schützen, sondern geschmiedet worden war, um maximalen Schaden anzurichten. Ither wusste nicht, woraus sie bestand oder woher er sie hatte. Aber er wusste, dass sie ihm gehörte. Und er wusste, dass sie einen Namen hatte, auch wenn er sich nicht an ihn erinnerte. Also nannte er sie nur die schwarze Klinge, wegen ihrer Farbe und weil man einer Waffe keinen zweiten Namen gab.

Als er so tief in den Tunnel vorgedrungen war, dass er den Eingang nicht mehr sehen konnte, erreichte er eine Abzweigung. Ither hielt inne und tastete mit der Hand nach den tiefen Kerben, die das Gestein hier durchzogen. Es waren neue hinzugekommen. Die Sozoah waren hier gewesen. Und das war gut. Denn Ither war hier, um zu *jagen*. Dies war der Ort, an den er kam, wenn ihm das Klettern allein nicht mehr genügte.

Ein Grinsen flog über sein Gesicht, als er seinen Weg durch die Tunnel fortsetzte. Er war oft genug hier gewesen, um die wichtigsten Wege zu kennen. Zumindest, was diesen Teil des Systems anbetraf.

Es war verboten, diese Tunnel zu betreten. Die Stadtväter befürchteten, dass das Betreten der Schwarmbauten weitere Angriffe provozieren könnte. Aber Ither glaubte nicht daran. Die Sozoah waren nicht berechnend genug, wenn sie überhaupt so etwas wie Verstand besaßen. Und die Erfahrung gab ihm recht. Obwohl Ither in den letzten Wochen mehr als einmal hier gewesen war, hatte es keine neuen Übergriffe gegeben, und Sichtungen waren immer noch extrem selten. Zumindest wenn man nicht genau wusste, wo man suchen musste ...

Als Ither sich der nächsten Abzweigung näherte, verlangsamte er sein Tempo und wechselte in einen lautlosen Schleichgang, die Waffe fest in der Hand.

Der Tunnel mündete hier in einen größeren Durchgang, den die Sozoah häufiger nutzten. Die Luft stand still und war schwer von feuchten modrigen Gerüchen. Ither sah sich um. Seine Sinne waren geschärft. Doch im Moment war alles ruhig. Er schmunzelte. Es gab keinen vernünftigen Grund, der einen Dunklen dazu bewegen sollte, diese Tunnel aufzusuchen. Doch Ither war nicht vernünftig. Er suchte die Gefahr, war regelrecht süchtig nach diesem Kick, den er immer wieder brauchte, um sich selbst zu beweisen, dass er wirklich existierte.

Er bog nach rechts ab und folgte dem kurvigen Tunnel. Ither spürte, wie sich sein Herzschlag beschleunigte und jene Gefühle in ihm aufstiegen, deren Ursprung er nicht einmal erahnen konnte. Was auch immer er in seinem alten Leben mit den Sozoah zu schaffen gehabt hatte, es konnte nichts Gutes gewesen sein.

Dann hörte er es. Er blieb stehen und lauschte. Sein Mund verzog sich zu einem raubtierhaften Grinsen. Er kannte dieses scharrende Geräusch. Der Sozoah kam näher.

Es dauerte nur wenige Sekunden, bis das riesenhafte, insektenartige Geschöpf um die Kurve bog und abrupt zum Stehen kam. Seine schwarzen Augen glitzerten bedrohlich, als die Fühler die Luft abtasteten. Der massige schwarze Körper wurde von sechs widerhakenbewehrten Beinen getragen, die unruhig auf dem harten Boden klickerten. Der kompakte Kopf wurde von zwei gewaltigen Beißwerkzeugen dominiert.

Ither rührte sich nicht. Er wusste, dass der Kundschafter ihn nicht sehen konnte, solange er sich nicht bewegte. Aber er wusste auch, dass der Sozoah seine Signatur längst registriert hatte. Wenn er sich zu früh bewegte, würde die Kreatur möglicherweise umkehren und die Jäger rufen.

Die Bestie kam langsam näher. Ihre Fühler zuckten aufgeregt, und die Beißwerkzeuge schnappten ungeduldig auf und zu. Dieser Sozoah war recht groß für einen Kundschafter. Sein Rückenpanzer war etwa eine Elle höher als Ithers Scheitel. Das war ambitioniert.

Der Sozoah klickerte noch etwas näher heran. Dann war er direkt vor ihm, keine Schwertlänge mehr entfernt.

«*Ich bin hier ...*» Ithers Stimme war ein leises Grollen, wie das Knurren eines wilden Tieres. Der Sozoah antwortete mit einem wütenden Zischen.

Sie griffen gleichzeitig an. Die schwarze Klinge prallte gegen stahlharte Beißwerkzeuge. Die Wucht, mit der der Kundschafter zustieß, war so gewaltig, dass Ither rückwärts geschoben wurde. Ither löste sich von seinem Gegner und griff erneut an. Diesmal war der Sozoah nicht schnell genug. Ithers Klinge schlug eine tiefe Kerbe in seinen Panzer. Der Sozoah wirbelte herum und versuchte Ither mit seinen Mundwerkzeugen zu erreichen. Doch der sprang zurück, nur um im nächsten Moment mit einem tiefen Ausfallschritt zuzuschlagen.

Auch wenn sich nicht einmal die Schattenkrieger in die Schwarmbauten vorwagten, Ither fürchtete die Sozoah nicht – er hasste sie.

Seine Waffe schlug eine weitere Kerbe in den

Panzer. Der Sozoah griff erneut an. Ither wich ihm knapp aus und versuchte ihn zu umrunden, um ihn von der Seite zu attackieren. Doch der Sozoah war trotz seiner Größe extrem wendig. Er drehte sich blitzschnell und parierte Ithers nächsten Schlag mit den Beißwerkzeugen. Dann drehte er seinen Kopf und versuchte die Klinge zu packen. Ither zog sie zurück. Hatte die Bestie gerade versucht, ihn zu entwaffnen?

*Nicht mit mir* ... Er bleckte die Zähne und verpasste dem Sozoah einen weiteren Treffer. Und noch einen. Er schlug brachial zu, mit aller Kraft, die er aufbringen konnte. Der dritte Hieb war so heftig, dass ein Teil des schwärzlichen Panzers absplitterte. Der Sozoah zischte. Es war keine ernsthafte Verletzung, aber es war ein Anfang.

Ither führte den nächsten Angriff, doch der Sozoah bäumte sich auf und attackierte ihn mit den Beinen. Ither wich aus, stieß sich mit dem Fuß an der Tunnelwand ab und platzierte einen weiteren Schlag. Er verfehlte den Plattenspalt nur um Millimeter. Der Sozoah kreischte zornig. Ither stieß die Luft aus und zog sich ein wenig zurück. Der Sozoah folgte ihm.

Die Sklerotin-Panzer der Sozoah waren nahezu perfekte Rüstungen. Ihre einzige Schwachstelle lag in den schmalen, linienhaften Übergängen zwischen den einzelnen Körperplatten. Offenbar wusste das auch der Sozoah, denn er setzte Ither jetzt heftig unter Druck. Er folgte ihm, stieß mit den Vorderbeinen zu und versuchte gleichzeitig, ihn mit den Beißwerkzeugen zu erreichen. Ither konnte nur mit Mühe parieren. Der Sozoah trieb ihn weiter zurück.

Im Gegensatz zu der Bestie war Ither vollkommen ungerüstet. Ihm war klar, dass der Sozoah ihn mit einem einzigen kritischen Treffer tödlich verletzen konnte. Aber er wusste auch, dass der Sozoah in der Lage war, Rüststahl zu zerdrücken wie billiges

Zierblech. Also verzichtete Ither auf das Rüstzeug und setzte auf seine Beweglichkeit.

Ither hatte nicht vor, den Kundschafter weiterhin den Kampf bestimmen zu lassen. Also schlug er nach den Gelenken des Sozoah, attackierte seinen ungedeckten Kopf und traf ein Auge. Die Bestie kreischte markerschütternd. Ither nutzte den Moment und tauchte unter ihm hindurch, auf seine bereits verletzte Seite. Er holte weit aus, doch der Sozoah wirbelte herum und stieß mit seinem Bein nach Ither, noch bevor dieser reagieren konnte. Ither wurde gegen die Tunnelwand geschleudert. Der Aufprall trieb ihm die Luft aus der Lunge. Ither konnte sich einen Moment lang nicht bewegen. Lange genug für den Sozoah, um Ither festzunageln. Mit einem Vorderbein drückte er ihn an die Wand. Seine Fühler zuckten triumphierend. Er senkte seinen Kopf und brachte seine Beißwerkzeuge direkt vor Ithers Gesicht.

Ither hörte das Blut in seinen Ohren rauschen. Seine Atemfrequenz war deutlich erhöht und er verspürte dieses eigenartige Prickeln in seinem Nacken. Ein Gefühl, das der Angst sehr ähnlich war. Der Sozoah stieß ein kehliges Klickern aus. Ither wusste, dass die Bestie gleich zustoßen würde.

Der Kundschafter zog den Kopf ein wenig zurück, um auszuholen. Der Druck, den sein Bein auf Ithers Körper ausübte, reduzierte sich ein wenig. Dann stieß er zu.

Doch Ither kam ihm zuvor, riss die Waffe hoch, die der Sozoah unvorsichtigerweise freigegeben hatte, und rammte sie ihm in den Spalt zwischen Kopf und Körper. Die Gewalt seines eigenen Angriffs trieb die schwarze Klinge tief in den Körper des Kundschafters. Er kreischte qualvoll und versuchte zurückzuweichen. Ither hielt die Waffe fest im Griff und zog sie hart zurück.

Die Klinge löste sich mit einem sägeartigen Geräusch aus dem berstenden Panzer. Für einen Augenblick war es, als würden sie sich genau in die Augen sehen. Dann brach der Sozoah zusammen.

Ither ließ die Spitze der schwarzen Klinge sinken. Gelbes, dickflüssiges Sekret rann daran herab und tropfte auf den abgewetzten Boden.

Ither stieß die Luft zwischen den Zähnen hervor. So knapp wie dieses Mal war es selten gewesen. Seine Muskeln zitterten von dem heftigen Adrenalinschub und sein Rücken schmerzte wie nach einem Sturz aus mehreren Metern Höhe. Der Abstieg würde so sicherlich zu einer Herausforderung werden ...

Ither kniete sich neben den toten Sozoah und fuhr mit der Hand über den schartigen Panzer. Er war stark beschädigt und wies eine viel zu deutliche Maserung auf. Das war sehr schade, denn es machte die Teile unbrauchbar.

Ither stand auf. Eines Tages würde er sich eine Rüstung aus diesem Material herstellen. Eine Sklerotin-Rüstung, wie die Cardoc sie verwendeten.

# 5

Ither öffnete die Augen. Es war eine sehr kurze Nacht gewesen. Der Abstieg hatte ihn weit mehr Zeit gekostet, als er ursprünglich eingeplant hatte. Doch er hatte so gut geschlafen wie lange nicht mehr. Die Wärme der Felle hatte ihm gutgetan und die Kälte aus seinem Körper verbannt.

Ither streckte sich herzhaft und zuckte heftig zusammen, als der Schmerz in seinem Rücken aufflammte. Er verdrängte den lästigen Sinnesreiz und stand auf. Ither war nicht der Typ, der einen langsamen Start in den Tag brauchte. Ganz im Gegenteil. Er konnte den Leerlauf, den andere Entspannung nannten, nur schlecht ertragen.

Er legte ein paar frische Kohlen in die Feuerschale und beobachtete blinzelnd, wie die Flammen an der neuen Nahrung züngelten und zügig heranwuchsen, bis sie den Raum in ein helles Licht tauchten.

Die meisten Dunklen verabscheuten echte Feuer, wegen ihrer Helligkeit. Ihre Leuchtkraft war so intensiv, dass sie einen Dunklen unter Umständen sogar dauerhaft blenden konnte. Normalerweise bevorzugten sie daher die kalten, bläulichen Feuer, die die Gra Res Tar in die Höhlen gebracht hatten. Sie waren deutlich weniger intensiv und man konnte im Gegensatz zu echten Feuern direkt hineinsehen.

Aber für Ither waren die künstlichen Flammen nur leblos und kalt. Er war fasziniert von dem gleißenden Licht des natürlichen Feuers. Es war heiß, kraftvoll und ungezähmt. Und außerdem spendete es ihm die wenige Behaglichkeit, die er brauchte.

Ither blickte zu der Stelle hinüber, an der er die schwarze Klinge hinter ein paar losen Wandpaneelen verborgen hielt, und verbeugte sich mit einem kurzen Kopfnicken.

«Danke.»

Wie immer hatte sie ihm das Leben gerettet.

Ither ging zur Waschschale hinüber und wusch sich das Gesicht mit lauwarmem Wasser. Es war aufgewärmt von der wohligen Wärme, die die Glut im Laufe der Nacht verbreitet hatte. Als er fertig war, betrachtete er sich im Spiegel. Er sah zufrieden aus. Ein letzter Rest Wasser rann in silbrigen Bahnen an seinem Kinn hinab und seine weißen Augen hatten einen seltsam ruhenden Ausdruck. Nach seinen Jagdzügen empfand Ither stets diese eigenartige innere Ruhe, die für ihn so ungewöhnlich war. Es fühlte sich gut an. Einfach nur gut. Als hätte er sich von einer schweren Last befreit. Er genoss dieses Gefühl, denn er wusste, dass es nicht länger als ein paar Stunden anhalten würde.

Ither wusch seinen Körper und begann damit, sich anzuziehen. Er schnürte gerade seine Hose zu, als er zügige Schritte auf dem Gang vor seinem Quartier hörte. Er erkannte Siez, noch bevor dieser an die Tür klopfte. Die Tür sprang auf und Siez kam herein, ohne auf eine Antwort zu warten.

«Aufstehen ...!»

Doch zu Siez' Überraschung war Ither bereits wach. Er lächelte verschmitzt.

«Sag mal, schläfst du eigentlich nie?»

Ither verzog die Mundwinkel ebenfalls zu einem Lächeln, antwortete aber nicht.

«Tokah hat uns zur Morgenpatrouille eingeteilt. Wir sollen für Monar und Qeshu einspringen. Die beiden fallen wegen Verletzungen aus.»

Jetzt konnte Ither ein Grinsen nicht mehr unterdrücken. «Sind die zwei wieder wegen Vaniah aneinandergeraten?»

Siez strahlte ihn an. «Wie kommst du auf die Idee?»

Qeshu und Monar gerieten regelmäßig aneinander, da Vaniah sich offenbar nicht für einen von beiden entscheiden konnte.

Ither schnaubte belustigt und zog sich weiter an. Die Prellung an seinem Rücken schränkte seine Beweglichkeit ein wenig ein. Siez schien das zu bemerken, denn er setzte plötzlich einen besorgten Gesichtsausdruck auf. Vorsichtig schloss er die Tür und umrundete Ither. Als er seinen Rücken sah, stieß er ein mitleidiges Zischen aus.

«Aua ... Sieht so aus, als hättest du einen gefunden ...»

Ither grinste. «Nicht nur gefunden.»

Siez aber blieb besorgt. «Kommst du klar, Mann? Das sieht ziemlich übel aus.»

«Halb so wild. Das ist bald wieder in Ordnung.»

Ither zog sich sein Wams über.

«Ich nehme an, ich weiß nichts davon?»

«Siehst du denn etwas?»

Siez presste die Lippen aufeinander. Auch wenn es seinem Freund nicht behagte, Ither wusste, dass er dichthalten würde. Er hatte ihn schon unzählige Male gedeckt.

Ither zog den schwarzen Wappenrock über und schloss den Schwertgurt um seine Hüften.

Siez wischte die Sorge aus seinem Gesicht. «Bereit, Schattenkrieger?»

«Bereit.»

Die Patrouille der Schattenkrieger schritt in

Zweierformation durch die Straßen Camousharras. Insgesamt waren es acht Kämpfer, bewaffnet mit den kunstvollen Langschwertern der Schatten.

Die Dunklen, die sie passierten, hielten inne mit dem, was sie taten, und verneigten sich vor den Wächtern der Stadt. Siez genoss diese Patrouillengänge sehr. Er liebte die ehrfürchtigen Blicke und den Respekt, den die Stadtbewohner ihnen entgegenbrachten.

Die Straße verlief abschüssig und gab den Blick über die Südstadt frei. Unzählige kleine Gassen suchten sich ihre Wege durch die enge Bebauung und mündeten schließlich in die Hauptstraße, die sie gerade abschritten. Weiter unten erkannte Siez, wie sich eine einzelne, in strahlendes Violett gehüllte Gestalt ihren Weg durch die bevölkerte Straße bahnte. Seine Augen weiteten sich vor Erstaunen. Es waren die Farben von Haus Gra Res Tar. Und es war höchst ungewöhnlich, dass sich ein Adliger hier herumtrieb. Noch dazu allein.

Mikah, der heute die Patrouille anführte, bedeutete ihnen weiterzugehen.

Der Magier kam ihnen langsam entgegen. Die goldenen Verzierungen seiner Robe schimmerten in der gräulichen Umgebung wie nasses Metall im Feuerschein. Die Dunklen, denen er sich näherte, zogen sich hastig an den Straßenrand zurück und knieten nieder, so, wie es der Ritus verlangte. Sie hielten die Köpfe gesenkt, bis er vorbeigeschritten war.

Als sich die Patrouille dem Gra Res Tar bis auf etwa dreißig Schrittlängen genähert hatte, gab Mikah ihnen das Zeichen, sich geordnet an die nächste Hauswand zurückzuziehen, um den Magier passieren zu lassen. Ither, der gemeinsam mit Siez die zweite Reihe der Formation gebildet hatte, war der Einzige, der nicht auf Mikahs Befehl reagierte. Er ging einfach weiter! Siez sah ihm mit offenem Mund nach. Das konnte nicht sein Ernst sein – das war absoluter Wahnsinn!

«Bei den Hohen ...», flüsterte er.

«Das kannst du laut sagen ...», antwortete Xoi genauso leise.

Die übrigen Schattenkrieger knieten jetzt nieder, also tat Siez es ihnen gleich und senkte den Kopf.

Ither schritt weiter auf den Gra Res Tar zu. Er würde sich nicht vor ihm verneigen. Ither wusste nicht, woher es kam, aber irgendetwas in ihm weigerte sich, dem Gra Res Tar den nötigen Respekt zu zollen.

Der Magier war nur noch wenige Schritte von ihm entfernt. So nah, dass Ither jetzt das magische Glühen unter seinen Füßen erkennen konnte, das den Gra Res Tar einige Zentimeter über dem verdreckten Boden schweben ließ, damit er seine Robe nicht besudelte. Ither verachtete ihn dafür.

Ihre Blicke trafen sich. Ither wusste, dass der Gra Res Tar ihm nicht den Weg frei machen würde, aber auch er hatte nicht vor, ihm auszuweichen.

Es war unvermeidlich. Ithers Schulter prallte hart gegen die des Gra Res Tar. Sie machten noch einen Schritt aneinander vorbei, bevor sie jäh stehen blieben und sich langsam einander zuwandten. Die Dunklen um sie herum keuchten erschrocken auf, als sie begriffen, was da gerade geschehen war. Aber Ither hielt dem zornigen Funkeln des Magiers mit eiskaltem Blick stand. Sie waren genau auf gleicher Augenhöhe, obwohl Ither fest auf dem Boden stand und der Gra Res Tar schwebte.

Ithers Hand glitt zu seinem Schwertgriff, als er die Energie an den Händen des Magiers zusammenströmen sah. Er war bereit. Er würde sich keinem *Gra Res Tar* unterwerfen!

Aber dann geschah etwas, womit Ither nicht gerechnet hatte. Die Flammen an den Händen des Magiers erstarben und für einen Sekundenbruchteil blitzte so etwas wie ein Erkennen in seinen Zügen auf. Doch der Gra Res Tar hatte sich zu schnell wieder unter Kontrolle, als dass Ither sich wirklich sicher sein konnte. Der Magier betrachtete ihn ein paar Augenblicke mit einem eigenartig interessieren Gesichtsausdruck. Schließlich kräuselte sich sein schmaler, schwarzer Mund zu einem zynischen Lächeln. Dann wandte er Ither den Rücken zu und ging wortlos weiter.

Ither blickte ihm nach. Er war auf alles vorbereitet gewesen, aber nicht darauf, dass der Gra Res Tar ihn einfach stehen ließ ...

Siez hielt den Kopf gesenkt, bis der Gra Res Tar an ihnen vorbeigegangen war. Dann sah er zu Ither hinüber. Das, was er gerade aus den Augenwinkeln gesehen hatte, konnte unmöglich wahr sein. «Sag mir bitte, dass ich träume ...»

«Nein, ich hab's auch gesehen.» Xoi grinste von einem Ohr bis zum anderen. «Manchmal hat er echt mehr Glück als Verstand.»

«Oder mehr Mut als ihr alle zusammen.» Mikah vergewisserte sich, dass der Gra Res Tar weit genug weg war. «Zeit, weiterzugehen.»

Sie erhoben sich.

Ither stand noch einen Augenblick auf der Straße und sah dem Gra Res Tar nach. Die Leute um ihn herum starrten ihn an. Doch wie immer scherte er sich nicht darum.

Während die Schatten wieder ihre Aufstellung einnahmen und sich in Ithers Richtung in Bewegung setzten, ging dieser zu einem der Läden am

Straßenrand, wo er sich einen Laib Kamahir geben ließ. Der Händler senkte ängstlich den Blick. Offenbar war er vollkommen verunsichert und wusste nicht, wie er sich ihm gegenüber verhalten sollte. Ither nahm das Bündel und gab es beiläufig einem Streuner, der am Straßenrand saß. Siez hatte diesen bisher nicht einmal bemerkt. Aber es war nicht das erste Mal, dass er Ither so etwas tun sah. Der Mann blickte auf und sah Ither direkt in die Augen. Er wirkte schwächlich, seine Haut war von einem fahlen Schiefergrau und sein weißes Haar struppig und verdreckt. Aber in seinen Augen lag keine Spur von Angst. Ither lächelte ihn an und sie wechselten ein paar Worte. Schließlich ging Ither zurück zur Mitte der Straße und reihte sich in die Patrouille ein, als sie zu ihm aufschloss.

Siez wusste, dass er nicht in der Position war, Ither zu belehren, doch diese Alleingänge würden ihm irgendwann noch gefährlich werden. Siez konnte es nicht länger zurückhalten: «Bist du wahnsinnig?!» Er versuchte einen strengen Blick aufzusetzen, was ihm aber nicht so recht gelingen wollte. «So was kann dich den Kopf kosten!»

«Also von mir», sagte Mikah belustigt, «wird Tokah nichts erfahren. Übrigens: krasse Nummer, Ither.»

Das traf es eigentlich ganz gut. Siez hoffte nur, dass dieser Alleingang kein Nachspiel haben würde.

«Was hättest du eigentlich gemacht, wenn er wirklich gezaubert hätte?», wollte Xoi wissen.

«Das hätte er nicht ...»

Ither sah nachdenklich aus.

# 6

«Das ist absurd, Thera.» Die Oberin der Gra Res Tar saß auf einem der hochlehnigen Stühle, die den üppig gedeckten Tisch säumten wie die Zinnen einer Festung. Ihr zweifelnder Blick folgte ihrem Gefährten, der angespannt auf und ab schritt.

«Du glaubst doch nicht etwa, dass der armselige Schattenkrieger etwas mit der Sache zu tun hat?»

Thera hielt inne und blickte sie ernst an. Das flackernde Licht der künstlichen Feuer ließ seine Züge älter wirken, als er wirklich war.

«Und was, wenn doch?»

Ilandra hielt den Atem an. Und auch Thamar schob sich näher an den Türspalt heran, um besser sehen zu können. Die beiden belauschten das Gespräch ihrer Eltern schon seit ein paar Minuten.

«Ich sage nicht, *dass* er es war. Aber er hätte es sein *können.*»

«Warum? Weil er keinen Respekt vor dir hatte?»

Thera schnaubte verächtlich. «Das ist zumindest ungewöhnlich für einen Schatten. Aber, nein, das meinte ich nicht. Da war etwas in seinem Blick ...»

«Und was, bitte, soll das gewesen sein?» Rhia musterte ihn forschend. Doch Thera hatte offenbar nicht vor, sich in die Karten blicken zu lassen. Wie so oft.

Er setzte sich wieder in Bewegung. «Wir sollten der Sache nachgehen. Ich will noch heute mit dem Alchimisten reden ...»

«*Was hat er vor?*» Ilandras Stimme war leiser als ein Flüstern.

«Keine Ahnung ... Aber das mit dem Alchimisten kann nichts Gutes bedeuten.» Thamar blickte wieder durch den Türspalt.

«Ihr solltet nicht hier sein.»

Die beiden schraken zusammen. Die Stimme war direkt hinter ihnen. Thamar wandte sich grinsend um.

«Hast du mich erschreckt ...» Seine Stimme war immer noch flüsterleise.

«Mylady. Mylord.»

Es war Dharian, der Hauptmann der Garde und Thamars enger Vertrauter – obwohl er das nie hätte sein dürfen. Er trug die golden verzierte Prunkrüstung der Gra-Res-Tar-Wachen, eine Hand lag entspannt auf seinem Schwertknauf. Und obwohl er nur ein Gardist war, stand er mit einer stolzen Haltung vor ihnen, wie es einem Adligen gebührte.

«Kommt mit. Das hier ist nicht der richtige Ort, um die Dinge zu besprechen, über die Ihr reden wollt.»

«Du weißt, ich kann hier nicht weg. Ich bin der *Seher*.»

«Glaubst du denn mittlerweile selbst daran?»

Thamar hob hilflos die Hände. Sie waren in Ilandras Gemächern und Dharian hatte ihnen gerade die Bedingungen für ihr kleines Vorhaben erläutert. Er setzte sein Leben für sie aufs Spiel, doch es schien ihm nicht das Geringste auszumachen. Es war nicht das erste Mal, dass Ilandra sich fragte, ob diese Einstellung auf alle Schattenkrieger zutraf. Aber so, wie es aussah, würde sie das in nicht allzu langer Zeit selbst herausfinden.

Dharian hatte sich ein wenig zurückgezogen, um Ilandra und Thamar die Gelegenheit zu geben, das Nötigste zu besprechen. Er wandte ihnen den Rücken zu und blickte schweigend aus dem Fenster.

Thamar sah Ilandra jetzt direkt an. «Ich glaube, wenn ich der Seher wäre, dann wüsste ich das.»

«Dann komm mit – *bitte.*»

Auch Dharian hatte bereits versucht, ihn zu überzeugen, aber Thamar schüttelte wieder nur den Kopf. «Sie würden die ganze Stadt auf den Kopf stellen, um mich zu finden. Es spielt keine Rolle, ob ich glaube, dass ich der Seher bin. Solange sie es glauben ...» Er blickte beunruhigt zur Tür, als fürchtete er, dass sie jemand belauschte. Dann sah er sie wieder an. «Geh nur. Ich komme schon klar.»

«Ich ...»

«Und ich wette, nach dir werden sie nicht einmal suchen. Myrial ist für sie ohnehin die bequemere Erbin.» Er grinste schelmisch. Aber so bitter, wie es war, Ilandra wusste, dass er recht hatte. Sie war ersetzbar.

Ihre Kehle war plötzlich wie zugeschnürt. Wenn Thamar nicht mit ihr kam, dann würde sie ihren Bruder vielleicht nie wiedersehen.

«Aber pass gut auf dich auf ... *versprochen*?»

Thamar nahm sie in den Arm. «Ich passe immer auf mich auf. Pass du lieber auf dich auf. Das Leben da draußen ist vielleicht nicht so leicht, wie du es dir vorstellst ...» Er ließ sie los und knuffte sie in den Arm, wie er es schon als kleiner Junge immer getan hatte. Das brachte sie zum Lächeln. «Mach ich ...» Ilandra riss sich zusammen.

«Falls du es dir irgendwann anders überlegst ... Ich warte dort auf dich.»

Dharian wandte sich um und kam zu ihnen herüber. Seine verzierte Rüstung funkelte im Licht und der Helm verlieh seinen Zügen etwas Wölfisches.

«Dann ist es beschlossen?»

Ilandra tauschte noch einen Blick mit Thamar. Dann nickte sie.

# 7

*Als der junge Dunkle die Augen öffnete, sah er weit über sich die gratige Höhlendecke glitzern. Er blinzelte. Sein Kopf schmerzte, und seine Gelenke waren steif vor Kälte. Da war wieder dieses eigenartige Gefühl der Leere, das ihm die Kehle zuschnürte und ihm eiskalte Schauer über den Rücken jagte. Erschrocken setzte er sich auf.*

*Er befand sich auf einem alten Karren, irgendwo in einem schäbigen Hinterhof der riesigen Höhlenstadt. Sein Herz raste, denn er wusste nicht, wo er war. Oder wie er hierhergekommen war. Er fühlte sich so eigenartig schwerelos.*

*Der junge Dunkle blickte verwirrt auf seine schwarzen Hände. Sie waren sauber, aber seine Kleider waren verschmutzt und kaum mehr als abgetragene Lumpen. Er blickte auf, als er ein Geräusch hörte. Da war plötzlich dieser Mann, nur wenige Meter von ihm entfernt, das gegerbte Gesicht zu einem wütenden Grollen verzogen. Er hob seine Waffe. «Streuner haben hier nichts zu suchen!»*

*Er kam näher, die Spitze seines Schwertes direkt auf die Kehle des Namenlosen gerichtet. Noch war er zu weit entfernt, um wirklich gefährlich zu werden. Aber das konnte sich binnen Sekunden ändern.*

*«Mach, dass du verschwindest, sonst schlitz ich dich auf wie einen räudigen Labhordin.»*

*Der junge Dunkle tastete nach etwas, mit dem er sich verteidigen konnte. Seine Finger glitten über groben Stoff und faserige Seile. Doch dann, neben sich, halb verborgen unter den abgenutzten Planen des Karrens, ertastete er den lederumwickelten Griff einer Waffe. Er packte zu und zog die wuchtige Klinge hervor.*

*Es war die seltsamste Waffe, die er je gesehen hatte. Ihr Blatt war gebogen, der gerade Rücken mit scharfkantigen Zähnen besetzt. Und der Griff so lang, dass man sie weit greifen konnte wie ein Beil. Es war eine martialische Waffe, die weder Axt noch Schwert war. Und sie schien bei seinem Gegenüber mächtig Eindruck zu machen. Der Mann vor ihm riss schockiert die weißen Augen auf und wich ein paar Schritte zurück.*

*Der Namenlose stand auf, die schwarze Klinge weiter auf den Mann gerichtet.*

*«Ich – bin – kein – Streuner.»*

Ither konnte das Gewicht der Klinge noch in seinen Händen spüren, als er die Augen aufschlug und tatsächlich erwachte. Er setzte sich auf. Sein Atem ging heftig. Es war nicht das erste Mal, dass er diesen Traum hatte. Da war sie wieder, diese innere Unruhe.

Er schlug die Felle zur Seite und stand auf. Es war kalt im Raum. Die Kohlen waren bis auf die letzte Glut heruntergebrannt, doch heute war Ither nicht danach, sie neu anzufachen. Das wenige Licht reichte ohnehin aus. Ein Dunkler konnte hier genauso viel sehen wie ein Oberflächenbewohner bei Tage.

Ither ging zur Waschschale und wusch sich mit kaltem Wasser durch das Gesicht. Es wurde Zeit, dass es aufhörte. Aber er hatte nicht die geringste Ahnung, was er gegen diese Träume tun konnte. Und er hatte auch nicht vor, mit jemandem darüber zu sprechen.

Ither betrachtete sich im Spiegel. Sein Gesicht war viel kantiger als damals, als er zum ersten Mal in diesen Spiegel geblickt hatte. Das war Jahre her.

«*Wer bist du?*» Ithers Stimme war leise und die Frage ehrlich. So sehr er es auch versuchte, er erinnerte sich an nichts, bevor er auf diesem verdammten Karren aufgewacht war. Da war nichts als Dunkelheit. Es war, als würde ein Teil von ihm fehlen, als wären seine Erinnerungen unwiederbringlich verloren. Und nichts konnte diese unerträgliche Lücke füllen. Er hatte nicht einmal einen richtigen Namen. *Ither*, das war der Name, den die Schattenkrieger ihm gegeben hatten.

Ein paar Wassertropfen rannen an Ithers Unterarmen hinab. Sein Blick fiel auf die schwarzen, versiegelten Bänder an seinem Handgelenk. Sie brandmarkten ihn als Hauslosen. Als einen Dunklen, der keinem der fünf Häuser angehörte. Er hatte diese Bänder schon getragen, als er auf dem Karren aufgewacht war. Das Einzige, was er bei sich gehabt hatte, war die schwarze Klinge. Er wusste nicht, ob er sie sich verdient oder ob er sie gestohlen hatte. Aber er wusste, dass sie zu ihm gehörte. Und er wusste, dass er sie verbergen musste.

Ither hatte sich noch einige Tage in den Gassen herumgeschlagen, bis man ihn beim Stehlen erwischt hatte und er von einer Patrouille aufgegriffen worden war. Er war noch mehr ein Kind als ein Erwachsener gewesen. Doch er hatte sich so heftig zur Wehr gesetzt, dass Tokah von einer Strafe abgesehen und ihn rekrutiert hatte.

Ither schmunzelte und das Gesicht im Spiegel verzog sich langsam zu einem raubtierhaften Grinsen. Das war vielleicht der beste Tag in seinem Leben gewesen. Denn seitdem hatte er eine Aufgabe. Eine, für die es sich zu kämpfen lohnte. Und doch wollte Ither mehr. Er wollte wissen, wer er war.

Ither wusch sich ein zweites Mal durch das Gesicht und vertrieb die lästigen Gedanken. Dann trocknete er sich ab und begann sich anzuziehen. Es war noch früh, lange vor Beginn des regulären Trainings. Doch Ither war hellwach. Die kalten Schauer aus seinem Traum saßen ihm immer noch in den Knochen und er hatte oft genug wachgelegen, um zu wissen, dass an Schlaf jetzt nicht mehr zu denken war.

Stattdessen konnte er etwas tun, um sich abzulenken.

Er warf einen letzten Blick zu den Wandpaneelen, hinter denen er die schwarze Klinge verborgen hielt. Dann schulterte er seine Ausrüstung und verließ sein Quartier. Das Training würde ihn auf andere Gedanken bringen – wie immer.

«Hast du immer noch nicht genug?»

Ither warf Siez einen vielsagenden Blick zu und legte sich mit dem Rücken auf den Boden. Sofort begann er mit einer schnellen Folge Kraftübungen. Er hielt die Hände an die Schläfen und zog sich nicht nur gerade hoch, sondern drehte sich auch immer wieder zu den Seiten. Die Verletzung an seinem Rücken schien ihm dabei erstaunlich wenig auszumachen.

«Ich will vorbereitet sein, wenn es soweit ist.»

Ither trainierte wie verrückt. Fast jeden Abend nach dem regulären Training. Und das nicht erst, seit er wusste, dass die Auswahl der Cardoc noch in diesem Trimester stattfinden würde. Obwohl er jetzt vielleicht noch härter trainierte als sonst.

Sie waren die Letzten auf dem Trainingsplatz und hatten bereits ein paar zusätzliche Einheiten Nahkampftraining hinter sich gebracht. Danach eine ganze Reihe verschiedener Kraftübungen. Doch Ither hatte noch nicht genug. Siez hingegen war total am Ende. Seine Muskeln brannten und zitterten unkontrolliert nach dem langen Training. Wenn er noch weitere Kraftübungen machte, würde er sich morgen vor lauter Muskelkater nicht mehr bewegen können.

«Wenn du schon da rumstehst, kannst du mir wenigstens ein bisschen helfen.» Ither grinste ihn an. «Gib mir mal den Ball.»

Siez grinste zurück und gab Ither einen der drei Medizinbälle, die sie sich geholt hatten. «Klar.»

Ither hob den Ball über seinen Kopf. Dann ließ er ihn wieder herunter, richtete sich auf und warf den schweren Lederball zu Siez. Der fing ihn auf und warf ihn sofort wieder zurück.

Siez kannte diese Übung nur zu gut. Sie sah einfach aus, war es in Wahrheit jedoch keineswegs. Aber sie war eine der besten Übungen für eine starke Rumpfmuskulatur – besonders für den Bauch. Er warf den Ball wieder und wieder zurück, während Ither die Übung scheinbar mühelos absolvierte. Siez wusste nicht, wie Ither das anstellte. Die Übungen fielen ihm stets leichter als Siez. Ither baute schneller Muskulatur auf als sein Freund und behielt dabei doch seine schlanke Silhouette. Wenn er sich zwang, stemmte Ither dieselben Gewichte wie Thorik, der um einiges massiger war als er. Zuletzt gut das Doppelte seines eigenen Körpergewichts. Aus irgendeinem Grund war Ithers Körper leistungsfähiger als andere mit einer vergleichbaren Statur. Liu hatte ihm erklärt, dass dies an einer glücklichen Veranlagung läge, aber für Siez war das wenig greifbar.

Er bewunderte Ithers Physiologie und war schon oft neidisch darauf gewesen. Doch immerhin zeigte die Tatsache, dass er seit Monaten mit Ither gemeinsam das zusätzliche Training absolvierte, inzwischen auch bei Siez Effekte. Auch wenn er immer noch schlanker war als Ither, hatte er doch deutlich an Masse zugelegt und an Kraft gewonnen. Siez war stolz auf seinen gestählten Körper, der trotz der sehnigen Muskulatur immer noch so beweglich war. Das war seine große Stärke: seine überdurchschnittliche Beweglichkeit. Er war schnell und konnte seinen Körper beinahe unbegrenzt verbiegen, was ihm im Kampf den einen oder anderen Vorteil verschaffte – nur leider selten gegen Ither. Sein Freund kannte ihn einfach zu gut.

Sie beide würden an der Auswahl teilnehmen und sie waren besser vorbereitet als jeder andere hier. Das Bestehen der Auswahl war eine der seltenen Möglichkeiten, in die Garde eines der hohen Häuser aufgenommen zu werden. Und Siez wünschte sich nichts mehr als einen Eintrag in den Chroniken eines der hohen Häuser.

Ither stieß die Luft zischend aus, als er sich aufrichtete, und warf den Ball mit so viel Kraft wie möglich. Siez warf ihn sofort zurück, und Ither ließ sich von seinem Schwung zurück auf den Boden drücken. Aber nur so tief, dass seine Schulterblätter den Boden nicht berührten.

Das Training war ein ganz zentrales Element in der Ausbildung der Schattenkrieger. Fitness, Körperbeherrschung und die richtige mentale Einstellung waren ebenso wichtig wie der effektive Umgang mit den Waffen. Siez und Ither gehörten nicht umsonst zur Elite der Schattenkrieger.

«Was hältst du von ein bisschen Reaktionstraining?» Siez warf den Ball zurück. «Oder was fürs Gleichgewicht?»

«Gern.» Ither stieß die Luft aus. «Noch zehn.»

Siez ahnte, wie sehr Ithers Bauchmuskeln schon brennen mussten. Er verzog das Gesicht, als Ither das Tempo, mit dem er sich aufrichtete, weiter verlangsamte, um die Übung noch schwerer zu machen, als sie ohnehin schon war. Bei den letzten Wiederholungen presste er die Luft zwischen den gebleckten Zähnen hervor.

Er warf den Ball ein letztes Mal zu Siez.
Siez legte den Ball zu den anderen und nahm Kampfhaltung an, nur für den Fall, dass Ither noch ein kleines Kampftraining einschieben wollte.
Ither stand auf.
«Auf dem Schwebebalken?»
Siez lockerte sich. Weniger Krafteinsatz, dafür mehr Reaktionsschnelle und Balance. Das war ganz nach seinem Geschmack.
«Klar.»

# 8

Ilandra schob das letzte Buch in ihren eilig gepackten Rucksack und schnürte ihn fest zu. Dharian hatte ihr erst vor einer Stunde Bescheid gegeben, dass es heute so weit sein würde. Aber Ilandra hatte ohnehin nicht viele Habseligkeiten, die sie in ihr neues Leben mitnehmen wollte. Neben etwas Proviant und den Büchern über die geheimnisvolle Oberfläche brauchte sie nur wenig Kleidung. In den Garderoben der Gra Res Tar gab es ohnehin nicht viel, das ihre Herkunft nicht sofort verraten würde.

Während Ilandra sich noch einmal in ihren Gemächern umsah, hörte sie die Patrouille an ihrer Tür vorbeiziehen. Wie vereinbart wartete sie noch einen Moment, bevor sie zur Tür ging und sie öffnete.

Dharian wartete bereits. Er stand neben ihrer Tür, ganz so, als würde er sie bewachen. Den Kopf stolz erhoben und den Blick konsequent auf die gegenüberliegende Wand gerichtet.

«Seid Ihr bereit, Mylady?»

Er trug die golden verzierte Rüstung der Garde und sein Helm schimmerte im spärlichen Licht der blauen Fackeln.

«Ja…» Sie war so bereit, wie sie es nur sein konnte. Dharian wandte ihr den Kopf zu und sah sie direkt an. Seine silbrigen Augen ruhten einen Augenblick lang auf ihr, als wolle er versuchen herauszufinden, ob sie es wirklich ernst meinte. Schließlich lächelte er und stahl sich geschmeidig in ihr Quartier.

Ilandra schloss die Tür hinter ihm, während er den großen Raum durchquerte und ein Bündel dunkler

Kleider auf ihr Bett warf. «Zieht das an. Wir haben nicht viel Zeit.»

Dharian ging weiter bis zum Fenster und blickte prüfend in den Hof hinunter, während Ilandra sich umzog.

«Was sind das für Kleider?»

«Es ist die Uniform der Garde. Oder zumindest das, was wir unter der Rüstung tragen.» Sie taten sicher gut daran, so wenig Aufmerksamkeit wie möglich zu erregen. Ihr Männerkleider mitzubringen war sicherlich kein schlechter Zug.

Ilandra schnürte die dunkle Hose zu und zog das wenig verzierte, aber aufwendig vernähte Kapuzenhemd darüber.

«In Ordnung. Ich bin fertig.»

Dharian drehte sich um und lächelte zufrieden. Dann schnallte er seinen Waffengurt ab und reichte ihn Ilandra. Sie zog das Messer langsam aus seiner Scheide. Die Klinge war etwa so lang wie Dharians Unterarm und vollkommen unverziert. Der Griff war nicht mit Leder umwickelt, sondern bestand aus nahtlosem, glattpoliertem Stahl. Die Klinge war schwer und perfekt ausbalanciert. Es war nicht die Klinge eines Gardisten. Und auch nicht unbedingt die eines Schattenkriegers. «Das ist kein gewöhnliches Messer ...»

«Das ist wahr. Es ist meins.» Dharian lächelte sie an. Möglicherweise hatte er zu einem der hohen Häuser gehört, bevor er zu den Schatten gegangen war. «Nehmt es mit. Die richtigen Leute werden diese Klinge erkennen und gut auf Euch achtgeben.»

Dharian tat weit mehr für sie, als sie sich erhofft hatte. Er sorgte sich um sie.

«Danke.»

Ilandra legte den Waffengurt um, während Dharian das Gewicht ihres Rucksacks prüfte. Er blickte skeptisch. Bücher gehörten sicherlich nicht zu den Dingen, die ein Aussteiger üblicherweise mitnahm, aber er sagte nichts.

Einen Augenblick lang schien er einem Gedanken zu folgen. Dann betrachtete er Ilandra noch einmal und legte den Kopf schief. «Nein. Zieht den Gürtel wieder aus. Das ist zu deutlich. Es gibt hier keine weiblichen Wachen.» Ilandra wurde erst in diesem Moment bewusst, wie sehr der Waffengurt ihre Taille betonte und den dünnen Stoff enger über ihre Oberweite spannte. Dharian hatte recht. Also schnallte sie den Gurt wieder ab und beschloss, ihn vorerst lieber in der Hand zu tragen.

«Ich glaube, das ist besser.»

Dharian nahm ihren Rucksack. «Ist das alles, was Ihr braucht?»

«Ja.»

«Dann lasst uns gehen.»

Ilandra schritt an Dharians Seite durch die von blauen Flammen beleuchteten Gänge. Sie hatte die Kapuze tief ins Gesicht gezogen und hielt den Kopf gesenkt, während Dharian sie über einige Umwege führte, um den Patrouillen auszuweichen. Abgesehen von ein paar Dienern, die ängstlich die Köpfe vor dem Hauptmann der Garde neigten, war es ruhig auf den Gängen. Dharian vermied jeden Kontakt mit den stehenden Wachen und nahm dafür sogar noch längere Wege in Kauf. Und das war gut so. Denn die Gardisten würden vermutlich sofort erkennen, dass Ilandra keine von ihnen war.

Als sie an der Bibliothek vorbeikamen, öffnete sich plötzlich eine Tür. Ilandra zuckte zusammen. Doch zu ihrer Überraschung war es Thamar, der die große Flügeltür einen Spalt weit aufschob. Dharian musste ihm Bescheid gegeben haben.

Der Gardist bedeutete ihr, still zu sein. Vermutlich war Thamar nicht allein in der Bibliothek, denn auch er sagte kein Wort. Aber er betrachtete Ilandra mit einem gütigen Blick und einem freundlichen Lächeln, das von Herzen kam. Sein Mund formte lautlos die Worte „Viel Glück, Schwesterherz“. Ilandra lächelte glücklich. Sie hatte so gehofft, sich noch von ihm verabschieden zu können.

«Ist was, Thamar?» Eine schrille Frauenstimme drang aus der Bibliothek zu ihnen heraus. Es war die Schriftmeisterin, die Thamar zweifellos wieder die alten Spruchbände durchexerzieren ließ. Ilandra warf ihm einen mitleidigen Blick zu. Thamar grinste zur Antwort.

«Nein. Nichts ... Ich dachte nur, ich hätte was gehört.»

«Dann steh da nicht so rum, sondern komm her.»

Er hatte keine Zeit mehr.

«*Bis bald ...*» Ilandras Stimme war so leise, dass sie sie selbst kaum hören konnte. Thamar antwortete mit einem Lächeln. Dann schloss er die Tür.

Nachdem sie den Fluren noch ein wenig gefolgt waren, wechselten sie in die Dienergänge, die das Anwesen durchzogen wie verborgene Lebensadern. Ilandra und Thamar hatten als Kinder oft in den niedrigen Tunneln gespielt, aber sie wunderte sich, dass Dharian sie kannte. Er führte sie in Abschnitte des Dienerlabyrinths, die sie selbst noch nie betreten hatte. Die Wände waren hier schmutzig und der Boden von einer dicken Schicht Staub bedeckt. Sie schienen sehr lange nicht mehr genutzt worden zu sein. Dharian führte sie durch die schmalen Gänge, bog hier und da ab, ohne auch nur einmal nach dem Weg suchen zu müssen. Sie waren mehrere Minuten unterwegs, ehe der schmale Gang schließlich an einer stählernen Tür endete.

Dharian lauschte einen Augenblick, bevor er sie vorsichtig aufschob. Zu Ilandras Erstaunen führte der Gang nach draußen, in den südlichen Hof. Ilandra hatte nicht einmal gewusst, dass es hier einen weiteren Zugang gab. Und im Gegensatz zu Dharian war sie hier aufgewachsen. Die Garde schien besser über Haus und Hof Bescheid zu wissen, als sie immer angenommen hatte.

Dharian bedeutete ihr zurückzubleiben.

Dharians Augen verengten sich zu schmalen Schlitzen. Den aufwendigsten Teil ihres kleinen Unternehmens hatten sie bereits geschafft – fehlte nur noch der kritische.

Beinahe lautlos näherte er sich dem Südtor. Trotz der schweren Rüstung, die er trug, bewegte Dharian sich in einem perfekten Schleichgang. Die scharrenden Geräusche der Metallplatten waren so leise, dass er sie tolerieren konnte. Er hätte vermutlich mehr Aufsehen erregt, wenn ihn jemand ohne die Rüstung gesehen hätte.

Das Südtor war um diese Zeit der am schwächsten bewachte Punkt des Anwesens. Die beiden Wachen standen unterhalb des Rundbogens und warteten auf den Wachwechsel. Sie hatten bereits mehrere Stunden Wachdienst hinter sich und waren nicht mehr ganz so aufmerksam wie noch wenige Stunden zuvor. Wenn er sich keinen Fehler leistete, würden sie ihn nicht bemerken. Und er leistete sich keine Fehler.

Dharian näherte sich dem ersten Wachmann von hinten, stieß ihm den Helm vom Kopf und schlug ihm mit dem stumpfen Ende seines Dolches auf den Schädel. Er sackte sofort zusammen. Dharian fing ihn auf und führte ihn zu Boden, um unnötige Verletzungen zu vermeiden.

Kaum hatte Dharian ihn losgelassen, war auch schon der zweite Gardist bei ihm. Er war schnell. Aber doch nur ein Schatten. Dharian war hinter ihm, noch bevor der Wachmann das Schwert ganz gezogen hatte. Die Klinge glitt zurück in ihre Scheide, als der Gardist versuchte, sich aus Dharians Griff zu befreien. Doch Dharian zog ihm mit der freien Hand den Helm vom Kopf, sodass er den anderen Arm noch fester um seine Kehle zwingen konnte. Der Gardist wehrte sich heftig. Doch irgendwann erstarben auch seine letzten Bewegungen.

Dharian ließ ihn zu Boden gleiten, brachte ihn in eine stabile Lage und fühlte seinen Puls. Einen Augenblick lang kniete er bewegungslos über dem Wachmann. Dann ließ er zufrieden von ihm ab. Dharian stand auf und ging zu seinem ersten Opfer hinüber. Er brachte auch ihn in eine Position, die sein Kreislauf besser verkraften würde. Erst dann winkte er Ilandra aus ihrem Versteck heran.

Als sie bei ihm war, sah sie ihn schockiert an.

«*Sind sie ...?*»

«Nein. Natürlich nicht.»

Dharian öffnete ein kleines Fläschchen, das er an seiner Gürteltasche getragen hatte, und träufelte den beiden Gardisten ein paar Tropfen des grünlichen Inhalts in den Mund.

«Was ist das?»

«Das lässt sie vergessen. Sie werden sich nicht daran erinnern, was geschehen ist.»

Ilandra zweifelte keinen Moment daran, dass Dharian die beiden Gardisten hätte töten können, wenn er es gewollt hätte. Er war ein Schatten wie in den Geschichten, die sie über die schwarzen Krieger gelesen hatte. Ilandra wurde jetzt erst klar, dass die Gra Res Tar die Männer, die ihr Haus bewachten, gefährlich unterschätzten. Sie waren Meister ihrer Kunst. Und Ilandra würde bald eine von ihnen sein.

«Es ist so weit, Mylady.» Dharian blickte sich wachsam um und vergewisserte sich, dass sie nicht beobachtet wurden. «Ihr wisst, wie Ihr zur Garnison kommt?»

«Ja, ich denke schon ...»

«Passt gut auf euch auf. Die Stadt ist nicht ganz ungefährlich.»

«Ich danke Euch, Dharian.»

Er senkte den Kopf. «Mylady.»

Ilandra legte sich den Gurt mit dem Messer um und verließ das Anwesen.

# 9

Ither hievte sich zu einem weiteren Klimmzug hoch. Die Muskulatur in seinen Oberarmen brannte dumpf und er konnte das sachte Zittern spüren, das sich langsam von seinen Schultern bis in seine Fingerspitzen ausbreitete. Er sog die Luft tief ein und ließ sich ganz langsam wieder herunter. Die Bewegung dauerte so lange, wie er brauchte, um gedehnt auszuatmen. Er holte Luft und zog sich ein weiteres Mal hoch. Der Schmerz in seinem Rücken hielt sich mittlerweile sehr in Grenzen. Die Prellung war in den letzten Tagen gut verheilt und der Schatten auf seiner schwarzen Haut kaum noch sichtbar. Er regenerierte schnell.

Als Ither erneut über die Stange blickten konnte, stieß Siez ihn mit dem Ellenbogen in die Seite.

«Das musst du dir ansehen, Mann ...»

Ither, der sich eigentlich noch wenigstens fünf weitere Züge vorgenommen hatte, ließ sich widerwillig auf den Boden hinab. Als er sich umdrehte, wusste er jedoch sofort, was Siez meinte.

Die Neuankömmlinge waren da. Sieben junge Dunkle. Und einer von ihnen war eine Frau. Sie war groß und schlank, und der eng um die Taille geschlungene Gurt betonte ihre Vorzüge nur zu gut.

«Woah, die würde ich gerne mal persönlich einweihen ...» Siez grinste breit. Doch Ither sparte sich jeden Kommentar.

Während sich die Neuankömmlinge für ihre spartanische Einweihungszeremonie aufstellten, kalkte Ither sich die Hände neu ein. Doch Siez ließ nicht locker.

«Lass uns das ansehen.» Er blickte Ither auffordernd an. «Komm schon. Jetzt sag nicht, dass die Raubkatze da vorne nicht genau dein Beuteschema ist ...»

Doch, das war sie. Ither antwortete mit einem Grinsen. Da war etwas in ihrem Blick ... So etwas wie *Feuer.*

Siez hob seinen Trinkschlauch auf und nahm einen großen Schluck, dann reichte er ihn Ither. Doch der lehnte ab.

Etwas anderes hatte seine Aufmerksamkeit erregt: ein kaum sichtbares Schimmern auf der Kleidung der schönen Dunklen. Er hatte das Hemd, das sie trug, zuerst für eine einfache, schwarze Tunika gehalten. Doch jetzt erkannte er die filigranen Ornamente, die sich an ihrer Flanke hochwanden und sich am Rücken fortsetzten wie akribisch arrangierte Wasserzeichen.

«Was ist das für eine Uniform?» Ither sah Siez fragend an. Sein Freund hatte sich so ausgiebig mit den Chroniken beschäftigt wie kein anderer hier. Wenn jemand es mit Sicherheit wusste, dann er.

«Wenn mich nicht alles täuscht, ist das die Unterhaut der Gra-Res-Tar-Garde.»

Ither richtete den Blick wieder auf die Neuankömmlinge. Von den fünf möglichen Antworten war dies diejenige, die ihm am wenigsten gefiel. Er spürte einen leichten Anflug von Verärgerung in sich aufsteigen.

«Sicher? Die Gra Res Tar rekrutieren keine Frauen für ihre Garde.»

«Ja ...» Siez kniff die silbrigen Augen zusammen. «Sehr sicher. Die Uniform gehört der Garde. Aber wenn sie eine Gardistin wäre, hätte sie sicherlich etwas mehr bei sich als nur die Unterhaut.»

«Was ist mit dem Messer?»

«Sieht nicht nach den Gra Res Tar aus ...»

Ither war ganz seiner Meinung. Sie war keine Gardistin. Und sie bewegte sich auch nicht wie jemand, der ständig mit Waffen umging. Irgendetwas stimmte da nicht.

Nachdem auch Ither etwas getrunken hatte, gingen sie näher heran. Tatsächlich hatte die Neue nicht nur ihre Aufmerksamkeit erregt, sondern sorgte für ungewöhnlich viel Andrang bei der Einweihungszeremonie. Siez legte den Kopf schief, als er die sieben Neulinge näher betrachtete.

«... *entsagt damit eurem Haus, eurer Familie und allen weltlichen Verpflichtungen* ...» Der Herold hatte bereits damit begonnen, die üblichen Ritualien vorzulesen, während ein Schreiber eilig protokollierte.

Ither wandte genervt den Blick ab. Er konnte die ewig gleichen Floskeln nicht mehr hören. Ob die Neuen sie verstanden oder nicht, sie würden sie sehr ernst nehmen müssen. Denn Tokah legte ungeheuer viel Wert darauf. Ither blickte über den Übungsplatz. Während er hier herumstand, kühlte er aus. Und das gefiel ihm nicht.

«Das ist Zeitverschwendung.»

«Ich glaube, er ist fertig mit seiner Predigt.»

Siez grinste ihn an. Und Ither wandte sich wieder dem Ritual zu.

Der schmächtige Herold setzte ein feierliches Gesicht auf und platzierte den üppig verzierten Glaspokal auf einem schäbigen, alten Tisch. Dann bat er den ersten Neuankömmling vorzutreten. Er reichte ihm seinen Dolch, der so filigran war, dass er bestenfalls dafür geeignet war, Schriftsiegel aufzubrechen.

Ither verschränkte die Arme vor der Brust.

«Brieföffner.»

Siez grunzte amüsiert. «Dachtest du das auch, als du

damals da vorne standst?»

Ither verzog den Mundwinkel zu so etwas wie einem Lächeln. Die feine graue Narbe in seiner Handinnenfläche würde ihn für den Rest seines Lebens begleiten. Er erinnerte sich noch gut an das sengende Brennen, das die schmale Klinge hinterlassen hatte. Aber er hatte trotzdem noch nie Respekt vor ihr gehabt.

«Nein, da dachte ich noch, es wäre ein Taschenmesser.»

Siez lachte leise. «Kommt drauf an, womit man so einen Ritualdolch misst.» Er sah Ither vielsagend an. Siez war der Einzige, der außer ihm von der schwarzen Klinge wusste. Und er hatte recht. Gegen sie waren selbst die Waffen der Schatten nur Spielzeug. Ither hatte die schwarze Klinge anfangs in einem Versteck außerhalb der Garnison verborgen gehalten, doch Siez war ihm irgendwann auf die Schliche gekommen. Er wusste genau, wo Ither sie jetzt verborgen hielt. Und es war ihm hoch anzurechnen, dass er Ither nicht verriet. Schließlich entsagte ein Schatten nicht nur seiner Vergangenheit, sondern auch seinem Besitz. Nach der Weihe waren sie alle gleich – oder sollten es zumindest sein.

«Da – er traut sich ...»

Der Neue fasste Mut und zog die Klinge beherzt über seine Handfläche. Er keuchte entsetzt auf und sein Gesichtsausdruck sprach Bände.

«Das wird hart für ihn werden ...» Siez verzog das Gesicht.

«Oh ja ...»

Es gab viele Gründe, die einen Dunklen zu den Schatten treiben konnten. Aber es gab nur wenige Neulinge, die die ersten Wochen in der Garnison auch überstanden. Dieser hier würde wahrscheinlich nicht zu ihnen gehören.

Der Neue streckte seine zitternde Hand aus und hielt sie über das gläserne Gefäß. Die weißliche Flüssigkeit darin begann zu wabern wie geschmolzenes Perlmutt. Und als der erste Blutstropfen ihre Oberfläche berührte, verfärbte sie sich binnen eines einzigen Wimpernschlages zu einem schwach leuchtenden Grün.

«Haus Walesh Tar», sagte Siez leise. Er musterte den Neuling genauer.

«Und? Kennst du ihn?»

«Nein, ich glaube nicht ...»

Ein paar weitere Tropfen fielen in den Pokal und die Flüssigkeit verfärbte sich zu einem satten, fluoreszierenden Grün.

*«Entsagt Ihr Haus Walesh Tar, Eurer Familie und allen gegebenen Versprechungen? Und schwört Ihr, Euch und Eurer Leben treu in den Dienst der Schatten zu stellen?»*

*«Ja, ich entsage. Und ich schwöre, den Schatten zu ...»*

Ither hörte gar nicht mehr hin. Er hatte diese Floskeln bereits so oft gehört, dass es ihn nur noch langweilte. Das magische Gefühl, das er bei seiner eigenen Zeremonie empfunden hatte, war längst verflogen. Er beobachtete, wie sich die schöne Dunkle ungeduldig umblickte. Es gefiel ihm sehr, dass sie diesem Theater offensichtlich nicht ganz so viel Ehrfurcht entgegenbrachte wie die anderen Neuankömmlinge. Ganz im Gegenteil, Ither hatte den Eindruck, dass sie die Prozedur so schnell wie möglich hinter sich bringen wollte.

Der zweite Neuling war an der Reihe. Er war größer als der erste und im Gegensatz zu diesem sportlich gebaut. Er schlitzte sich die Handfläche auf, ohne zu zögern, und unterdrückte gekonnt den Schmerz.

«Vielversprechend ...»

«Ja ... sehe ich genauso.»

Als er seine Hand über den Pokal hielt, geschah nichts. Die Flüssigkeit waberte ein wenig, behielt aber ihr ausdrucksloses, gräuliches Weiß. Der Neue war ein Hausloser, geboren ohne die Ehren eines der fünf hohen Häuser. Genau wie Ither.

Ither erinnerte sich noch gut an den Augenblick, als er selbst dort vorne gestanden hatte. Als er seine Hand über das Gefäß gehalten und seine innersten Wünsche in diesen einen Moment gelegt hatte. Vor seinem inneren Auge konnte er immer noch den ersten Blutstropfen sehen, der in die weiße Flüssigkeit eingetaucht war und die Eintrittsstelle einen einzigen Wimpernschlag lang rot aufleuchten lassen hatte. Er erinnerte sich noch genau an die unbändige Freude, die sein Herz ergriffen hatte – und daran, wie ihn die eiskalte Enttäuschung regelrecht erdolcht hatte, als sich die Flüssigkeit wieder weiß verfärbte. Die nächsten Tropfen hatte der Pokal einfach verschlungen, ohne jede Reaktion. Es hatte lange gedauert, bis Ither sich wirklich mit der bitteren Wahrheit abgefunden hatte: Es war lediglich eine verunreinigte Probe gewesen. Wenn überhaupt. Nach all der Zeit war Ither sich nicht einmal sicher, ob er sich das Ganze nicht nur eingebildet hatte.

Ither hatte nichts und niemandem abschwören müssen. Keinem Haus, keiner Familie und keinen Verpflichtungen. Dieser Moment, als er selbst vor dem Pokal gestanden und seinem Blut dabei zugesehen hatte, wie es sich in nichts auflöste, war das letzte Mal gewesen, dass er seinen Gefühlen so leichtfertig Raum gegeben hatte ...

«Jetzt wird's spannend ...» In Siez' Stimme schwang einiges an Erwartung mit.

Ither blickte auf. Die Neue war an der Reihe. Sie kaute auf ihrer Unterlippe, bevor sie die Hand um die schmale Klinge schloss. Sie zögerte einen Augenblick, als müsste sie sich erst selbst zu dieser Entscheidung überreden. Doch dann zog sie die Klinge mit einer raschen Bewegung aus ihrer halbgeöffneten Faust. Der plötzliche Schmerz schien sie zu überraschen, doch sie kämpfte tapfer dagegen an.

Die Flüssigkeit im Kelch verfärbte sich schon beim allerersten Tropfen zu einem strahlenden Gold. Und das war genau das, was Ither befürchtet hatte.

«*Gra Res Tar* ...» Er spuckte den Namen des Magierhauses aus, als wäre er pures Gift.

«Hör zu ...» Siez grinste von einem Ohr bis zum anderen.

«*Ja, ich entsage* ...»

«Ex-Gra-Res-Tar», trällerte Siez fröhlich. «Damit wäre dann doch alles geklärt, *oder*?»

Aber Ither blieb skeptisch.

Es war die richtige Entscheidung gewesen – auch wenn sie so furchtbar endgültig war. Zumindest redete sie sich das immer wieder ein.

Ilandras Handfläche brannte heftig, als sie die Finger ein wenig öffnete, um dem Heiler der Garnison die Wunde zu zeigen.

Er sah sie freundlich an, bevor er ihre Hand nahm und den Schnitt begutachtete. Seine hohen Wangenknochen und die schräg stehenden Augen verliehen ihm etwas Edles, obwohl er nur einfache schwarze Kleider trug. Sein kinnlanges, weißes Haar fiel ihm ins Gesicht, als er den Blick auf ihre Hand senkte.

Er bog ihre Finger vorsichtig nach außen, bis sich die Wundränder leicht öffneten und man das rote Fleisch darunter sehen konnte. Ilandra erwartete einen stechenden Schmerz. Aber die Bewegung war so wohldosiert, dass sich das Brennen in ihrer Hand kaum verstärkte.

Er lächelte zufrieden. «Du hast Glück. Sehnen und Muskulatur sind intakt. Du wirst schon sehr bald mit den anderen trainieren können.»

Ilandra antwortete mit einem zögerlichen Lächeln. Sie war sich plötzlich gar nicht mehr sicher, ob sie wirklich wollte, dass es so bald losging. Auf einmal lief alles so schnell, dass sie Angst hatte, die Kontrolle über ihre eigene Entscheidung zu verlieren.

Der Heiler schien ihre Verunsicherung bemerkt zu haben. «Mach dir keine Sorgen. Dies hier ist ein besserer Ort, als der Waffenmeister euch glauben lassen will.» Er lächelte erneut, während er eine kühle, grünliche Paste auf die Wunde strich. Seine Fingerspitzen fuhren dabei so sanft über die Verletzung, dass die Berührung nicht den geringsten Schmerz verursachte. Ganz im Gegenteil. Das Brennen ließ langsam nach und verwandelte sich in ein eigenartig taubes Gefühl.

Als er fertig war, begann er ihre Hand zu verbinden. Ilandra staunte über seine Fingerfertigkeit. Der Heiler wickelte die Stoffbahnen mit so geübten Griffen um Hand und Handgelenk, dass er binnen Sekunden damit fertig war.

«Geht es so?»

Der Verband saß sehr fest und Ilandra spürte jetzt, wie sehr die Wunde unter dem Druck pochte, aber es fühlte sich gut an, so, wie es war.

«Ja ... Ich glaube schon.»

«Die Blutung sollte bald gestillt sein. Ich sehe mir die Wunde nachher noch einmal an.»

In dem Blick des Heilers lag etwas unendlich Gütiges. Ilandra wollte ihm danken, doch er wandte sich ab, bevor sie noch etwas sagen konnte. Der nächste Neuankömmling wartete bereits darauf, dass

seine Wunde versorgt wurde.
«Lass mich mal sehen ...»

# 10

«Mein Name ist Tokah Shilamath seridien Maradhir. Ihr werdet mich Tokah nennen. Ich bin der Waffenmeister der Garnison und damit euer oberster Befehlshaber.»

Nachdem auch die letzte Schnittwunde von dem Heiler versorgt worden war, hatte der Waffenmeister sie zum Appell gerufen. Die Neulinge standen aufgereiht vor ihm, während die prüfenden Blicke der umstehenden Schattenkrieger schwer auf ihnen lagen. Ilandra konnte sie nicht direkt sehen, aber wenn sie den Kopf ein wenig drehte, erkannte sie die dunklen Silhouetten am Rand des Übungsbereiches.

Als kleines Mädchen hatte sie sich immer gewünscht, einmal einem der schwarzen Krieger begegnen zu dürfen. Viel mehr noch – selbst einer von ihnen zu sein. Und jetzt war sie hier. Es war verrückt. Aber sie war hier.

«Ab sofort werdet ihr nur noch genau das tun, was ich euch sage.» Tokah schritt die Linie ab und sah jedem einzelnen von ihnen direkt in die Augen. «Wenn ihr euch an die Spielregeln haltet, könnt ihr hier ein halbwegs angenehmes Leben haben. Wenn nicht, bekommt ihr ein ernsthaftes Problem.»

Er umrundete den jungen Dunklen am Ende der Reihe und korrigierte seine Haltung, bevor er hinter ihnen zurückschritt und weitersprach. Ilandra richtete den Blick wieder nach vorn.

«Wir nennen euch *Welpen*, bis ihr eure Fähigkeiten unter Beweis gestellt habt und zu den Schildwachen aufsteigt. Mit etwas Glück und viel hartem Training werden ein paar von euch vielleicht irgendwann sogar zur Elite gehören.» Er machte eine kurze Pause, während er langsam weiterging und die Welpen musterte. «Aber bis dahin ist es ein weiter Weg. Ihr habt ein halbes Jahr, um zu zeigen, was in euch steckt. Bis dahin werde ich euch kräftig in den Hintern treten, um wenigstens halbwegs passable Kämpfer aus euch zu machen. Und ich erwarte, dass ihr an eure Grenzen geht, dass ihr über euch hinauswachst – ich will, dass ihr alles gebt.»

Er nahm wieder seine Position vor ihnen ein.

«Denn ab heute gehört ihr zu den Wächtern Camousharras und tragt die namenlosen Ehren der Schattenkrieger. Erweist euch ihrer als würdig, und wir werden gute Freunde werden. Tut ihr das nicht, schicke ich euch persönlich nach Namarrah.»

Ilandras Blick glitt zu den jungen Männern neben ihr. Die meisten von ihnen schienen genauso verunsichert zu sein wie sie selbst, doch einer hielt den Kopf weiterhin stolz erhoben, als ließe ihn das alles vollkommen kalt.

Ilandra richtete den Blick wieder auf Tokah, der gerade leise ein paar Worte mit dem Heiler wechselte. Es war richtig, hier zu sein. Irgendetwas in ihr sagte ihr, dass es gut so war, wie es war. Und sie wusste auch, dass sie keine Alternativen mehr hatte. Ilandra atmete tief durch.

«In Ordnung.» Tokah wandte sich wieder den Welpen zu. «Wie ich höre, sind die meisten von euch kampftauglich.» Er ließ den Blick über die Reihe schweifen, während sich der Heiler wieder zurückzog.

«Du, du und du.» Der Waffenmeister bedeutete dreien von ihnen vorzutreten. Einer von ihnen war Ilandra. Ihr Herz begann heftig zu schlagen. Und ihr

Verstand schrie, dass sie es beenden sollte, bevor es richtig begann. Aber ihre innere Stimme sagte ihr, dass es gut so war. Also ging sie nach vorn.

Tokah sah die drei Welpen durchdringend an. «Ich will, dass ihr mir eure besten Angriffe zeigt. Du zuerst.» Er bedeutete dem schmächtigen Dunklen, der schon bei der Einweihung der Erste gewesen war, zu einer der fünf Übungspuppen vorzutreten. Der junge Dunkle positionierte sich davor und blickte Tokah verunsichert an.

«Nur zu. Er schlägt nicht zurück.»

Der junge Dunkle zögerte noch einen Augenblick, die Augen stumm auf seinen hölzernen Gegner gerichtet. Dann fasste er sich ein Herz und schlug zu. Seine Faust traf das abgeschliffene Holz mit nur wenig Kraft. Vermutlich aus Angst, sich zu verletzen. Und das hätte er mit dieser Handhaltung wahrscheinlich auch getan, wenn er fester zugeschlagen hätte.

Es war eine der allerersten Lektionen gewesen, die Thamar Ilandra gegeben hatte: Bei einem Faustschlag sollte man den Daumen nicht in der Faust einschließen, es sei denn, man hatte vor, ihn sich zu brechen. Ein Lächeln huschte über Ilandras Gesicht, als sie an ihren Bruder dachte. Doch sie wischte es so schnell wie möglich wieder fort.

Ilandra erwartete, dass Tokah den jungen Dunklen harsch zurechtweisen würde, aber stattdessen fragte er ihn mit ruhiger Stimme nach seinem Namen.

«Cien ...»

«Also gut, Cien. Wenn du willst, dass ein guter Krieger aus dir wird, solltest du zuerst einmal verhindern, dass du dich selbst verletzt ...» Zu Ilandras Erstaunen nahm Tokah sich die Zeit, dem Welpen zu erklären, was er falsch gemacht hatte. Er korrigierte seine Hand, die Position seiner Füße, die Körperspannung, und zeigte ihm die Drehung im Arm, die einem Faustschlag erst die nötige Durchschlagskraft verlieh.

«Versuch's noch einmal.»

Das alles waren Dinge, die Ilandra bereits von ihrem Bruder gelernt hatte, auch wenn sie ihm in puncto Körperkraft immer unterlegen gewesen war. Sie wünschte, dass er mit ihr gekommen wäre. Er hätte so gut hierher gepasst.

«In Ordnung.»

Nun war der Nächste an der Reihe. «Kesha», stellte er sich vor. Er positionierte sich vor der Übungspuppe und nahm Kampfhaltung an. Tokah blickte zufrieden.

Schließlich nickte er und Kesha attackierte die Holzpuppe noch im selben Augenblick. Aus Ilandras Sicht war es eine perfekte Kombination aus Tritt und Sprung. Kesha war in die Luft gesprungen und sein Fuß hatte mit einem lauten Krachen das wehrlose Holz getroffen. Dann war er geschmeidig wieder auf den Füßen gelandet. Ilandra war beeindruckt. Wie es aussah, hatte sie noch eine Menge zu lernen. Keshas Augen glitzerten triumphierend. Doch Tokah bedachte ihn nur mit einem knappen Nicken. «In Ordnung.» Dann schickte er ihn zurück in die Reihe.

Wenige Augenblicke später stand Ilandra selbst vor der Übungspuppe. Sie nahm eine Position ein, die der von Kesha recht ähnlich war. Für einen Moment überlegte sie tatsächlich physisch anzugreifen. Doch sie ahnte, warum Tokah sie nach vorne befohlen hatte. Seine Anweisung war eindeutig gewesen. Er wollte ihren *besten* Angriff sehen. Und Ilandras Magie war weit mächtiger als ihre sporadisch geübten

Kampfkünste. Also war die Entscheidung einfach.

Sie sammelte die Energie in ihren Händen, spürte das Kribbeln in ihren Unterarmen und die Hitze unter ihrer Haut aufsteigen. Als sie es selbst nicht mehr aushalten konnte, stieß sie ihre Hände nach vorne und entlud die Feuerlanze auf die gesichtslose Holzfigur. Die Stichflamme war so gewaltig, dass die Welpen hinter ihr erschrocken aufkeuchten. Ein Raunen breitete sich aus, doch Tokah bedeutete den Welpen zu schweigen.

Die Übungspuppe stand in Flammen, die so hell waren, dass Ilandra selbst nicht hineinblicken konnte. Doch Tokah blinzelte unbeeindruckt in das gleißende Feuer.

Siez starrte die schöne Dunkle mit offenem Mund an. Die Hitze war längst wieder verflogen, aber er konnte das Kribbeln, das die Schockwelle des Zaubers verursacht hatte, immer noch auf seiner Haut spüren. Siez hatte schon viele magische Straßentricks gesehen. Aber das hier übertraf sie alle. Sogar alle zusammen.

Er sah zu den anderen Eliten hinüber, die im Gegensatz zu ihm kaum eine Miene verzogen. Ither hielt die Arme vor der Brust verschränkt und beobachtete das Geschehen mit kühlem Blick. Wenn die Neue ihm gefiel, dann zeigte er es nicht.

Siez hingegen konnte ein gewisses Interesse beim besten Willen nicht verbergen. So sehr er die Magie fürchtete, so fasziniert war er von den körperlichen Reizen der Neuen. Natürlich hatte er Tisha, sie war zierlich und schön, aber sie hatte in den letzten Wochen nur wenig Zeit für ihn gehabt.

Die Neue strich sich eine Haarsträhne aus dem Gesicht. Und Siez fragte sich, was sie wohl dazu getrieben haben mochte, Haus Gra Res Tar zu verlassen, auch wenn er diese Frage nie laut stellen würde. Niemand hier tat das. Und das war auch gut so. Siez lächelte schief. Sie alle hatten ihre Gründe, hier zu sein. Und es waren selten erfreuliche.

«Ich wette, dass der Erste keine zwei Wochen durchhält», sagte Reykah plötzlich. Und Siez grinste. Die Wetten hatten mittlerweile so etwas wie Tradition.

«Ich gebe ihm eine.» Wahrscheinlicher waren eher drei Tage, aber das machte die Wette zu langweilig. Reykah grinste amüsiert. «Was ist mit dem Mädchen?»

«Sie ist heißer, als ich dachte», antwortete Xoi, der neben Reykah stand.

«Vielleicht 'ne Nummer zu heiß für dich ...»

Xoi sah Reykah an und Siez konnte ein leises Lachen nicht unterdrücken, als er Xois gespielt betroffenen Gesichtsausdruck sah.

«Das werden wir ja noch sehen.»

Aber Reykah ging gar nicht erst darauf ein. «Also? Wie lange, Xoi?»

«Ich gebe ihr ein Trimester, danach gibt sie auf.»

«Siez?»

«Ich halte dagegen. Ich glaube, sie packt das.»

«Mutig», antwortete Reykah. «Und gut für mich. Wenn du verlierst, bekomme ich drei Rationen.»

«Gilt. Wenn du verlierst, bekomme ich deine.»

Reykah wandte sich an Ither, der bisher keinen Ton gesagt hatte. «Was ist mit dir? Steigst du ein?»

«Nein.» Sein Blick war immer noch auf die Neue gerichtet. «Ich wette nicht.»

Tokah blinzelte noch einen Augenblick in das gleißende Feuer, bevor er sich ihr wieder zuwandte.

«Deine Magie wird uns von Nutzen sein. Wie sieht es mit deiner Kampferfahrung aus? Hast du schon mal gekämpft?»

«Ich habe viel trainiert mit meinem Bruder. Und er hat von den Gardisten –»

Tokah bedeutete ihr zu schweigen.

«Ein einfaches *Nein* hätte genügt.» Sein Blick glitt aufmerksam über die anderen Neulinge hinter ihr, während er weiter mit ihr sprach. «Das Training ist eine Sache. Die Realität eine völlig andere. Hast du jemals einen anderen Dunklen ernsthaft verletzt?»

«Nein.»

«Dann wird sich erst noch zeigen müssen, ob du den Killerinstinkt hast, um ein richtiger Schatten zu werden.» Er fuhr etwas lauter fort: «Und das gilt auch für die anderen Frischlinge! Es ist ein langer Weg bis zur Elite. Und es mag die Nacht kommen, in der ihr jemanden umbringen werdet. Dieser Ort ist nichts für zartbesaitete Seelen.»

«Ich habe keine Angst.»

Tokah sah Ilandra direkt an. «Abtreten!» Seine Stimme war wie das leise Grollen eines drohenden Wolfes. Ilandra zog sich ein paar Schritte zurück.

Tokah wandte sich wieder den anderen Welpen zu.

«Wem das zu viel ist, der kann hier auch andere Aufgaben erfüllen.»

Ilandra ging nur zögerlich zu ihrem Platz in der Reihe zurück.

«Die Garnison braucht neue Kämmerer und Küchenhelfer ...»

Sie blieb auf halber Strecke stehen und wandte sich wieder zu Tokah um. Doch der beachtete sie nicht.

«Ich will, dass ihr jetzt gut aufpasst. Denn wir haben ein paar Kämpfer hier, die euch zeigen werden, was man in Zukunft von euch erwartet – was *ich* von euch erwarte.»

Tokah machte eine Pause. Dann bellte er: «Übungskampf! Abbruch durch Abklopfen oder Befehl.» Er ließ nur einen Atemzug vergehen, bevor er den ersten Schatten aufrief. «Ither!»

*«Ich habe keine Angst!»* Die Worte platzten aus Ilandra heraus, noch bevor Tokah den Namen des zweiten Schattenkriegers nannte. Und sie bereute noch im selben Moment, dass sie ihre Zunge nicht im Zaum gehalten hatte. Tokah betrachtete sie mit einem süffisanten Lächeln, so als hätte er nur darauf gewartet, dass sie diese Grenze überschritt.

«Kleine Planänderung. Reykah wird mit Sicherheit nichts dagegen haben, dir den Vortritt zu lassen.» Dann rief er in dem gleichen schroffen Ton wie zuvor: «Übungskampf! Ende durch Abklopfen oder Befehl. Keine Waffen!»

# 11

Ilandra drehte sich langsam um. Da stand er. Er sah aus, wie sie sich einen Krieger immer vorgestellt hatte. Stolz und wild. Sein langes, glattes Haar war zerzaust und sein nackter Oberkörper glänzte, als ob er vor Kurzem hart trainiert hätte.

Ilandra hatte schon einige leichtbekleidete Männer gesehen. Unter den Kämpfern der Gra-Res-Tar-Garde waren einige gut gebaute Streiter gewesen. Und Ilandra hatte ihnen mehr als nur einmal beim Training zugesehen. Aber dieser hier übertraf alles. Er war groß und drahtig. Seine Muskulatur war unglaublich differenziert, seine Gesichtszüge hart und beinahe schon zu kantig. Er sah aus wie eine der Kriegerstatuen in den alten Tempeln.

Ilandra registrierte das nervöse Zittern in ihren Fingerspitzen. Ihr war klar, dass dieser Körper nicht nur schön war – sondern auch genauso gefährlich. Also nahm sie Kampfhaltung an, oder zumindest das, was sie dafür hielt.

Ither rührte sich nicht, stand bequem und betrachtete sie mit kühlem Blick. Seine Hände waren mit verwischtem, weißem Staub bedeckt, sodass es aussah, als trüge er eigenartig gräuliche Handschuhe.

Einen Augenblick lang wurde es ruhig um sie herum. Dann durchschnitt Tokahs Stimme die Stille: «*Kämpft!*»

Ilandra griff an. Mit wenigen Schritten war sie bei ihm, die Hände zu Fäusten geballt. Sie schlug nach ihm. Doch er wehrte ihren Angriff mit dem Unterarm ab. Ilandra versuchte ihn mit der zweiten Hand zu treffen. Wieder war er schneller. Sie startete sofort den nächsten und übernächsten Angriff. Doch es war, als würde er ihre Bewegungen voraussehen können. Seine Hände waren jedes Mal schon in der richtigen Abwehrhaltung, wenn ihre Angriffe eintrafen. Er bewegte sich fließend, ließ sich von ihr rückwärts drängen, wobei Ilandra sicher war, dass er nur ihr Spiel mitspielte. Sie versuchte es mit Finten, aber es half nichts. Er reagierte nicht einmal auf ihre Täuschungsversuche. Doch wenn sie ihn wirklich attackierte, antwortete er blitzschnell.

Ilandra versuchte es mit allem, was Thamar ihr beigebracht hatte. Schläge, Tritte, Überraschungsangriffe. Doch Ither parierte alles mühelos. Anders als ihr Bruder begegnete er ihren Attacken nicht starr und mit voller Kraft, sondern leitete ihre Bewegungen in seine eigenen um. Es war, als würde die Energie ihrer Angriffe einfach verpuffen.

Ilandra schlug ein weiteres Mal zu. Ithers Parade war wohldosiert und kräftesparend. Obwohl er ihr an Körperkraft haushoch überlegen war, nutzte er sie nicht – zumindest nicht in diesem Kampf.

Plötzlich blieb er stehen und änderte das Spiel. Er ließ sich nicht weiter zurückdrängen, attackierte sie aber immer noch nicht.

Ein Kampf gegen einen Neuling war nicht fair. Ither würde sie nicht angreifen. Und er wusste auch, dass Tokah es nicht von ihm erwartete. Ither wehrte zwei direkt aufeinanderfolgende Tritte ab und spielte für den Bruchteil einer Sekunde mit dem Gedanken, Ilandras Fußgelenk zu packen und sie zu Boden zu bringen. Doch er verwarf den Gedanken und ließ sie gewähren. Sie kämpfte sich ab und verbrannte ihre Energie. Und das gefiel ihm. Ither wich ihr aus. Und sie folgte ihm, griff sofort wieder an. Er lächelte. Aus ihr würde eine großartige Kämpferin werden. Auch wenn sie die Technik noch nicht beherrschte. Sie war flink und beweglich.

Und offenbar sehr ungeduldig.

Ither bemerkte das Leuchten an ihren Handflächen, noch bevor sie den Zauber vollendet hatte. Er reagierte pfeilschnell, war sofort bei ihr und packte ihre Handgelenke. Der Zauber erlosch, als sie in ihrer Konzentration gestört wurde. *Keine Kampferfahrung*. Ither zwang sie zu einer Drehung, sodass sie ihm jetzt den Rücken zuwandte und er ihre Arme vor ihrem Körper gekreuzt hielt. Sie kämpfte gegen ihn an, doch er hatte sie fest im Griff.

Es war vollkommen aussichtslos, sich ihm zu entwinden. Ilandra versuchte es mit einem Beinfeger. Doch er schien darauf vorbereitet zu sein. Ilandras Fußgelenk prallte hart gegen seines, aber Ither strauchelte nicht einmal. *Mist!* So langsam gingen ihr die guten Ideen aus. Sie versuchte es noch einmal, und dann geschah etwas, womit sie selbst nicht gerechnet hatte.

Ithers Bein knickte ein, und sie stürzten zu Boden. Er ließ sie los, aber nur, um Ilandra gleich darauf wieder an den Handgelenken zu packen. Diesmal ihr zugewandt. Sie rollten über den staubigen Boden, balgten ein paar Sekunden wie junge Raubkatzen. Dann nagelte er sie fest.

Er war über ihr. Und sah ihr genau in die Augen.

Die Neue sah ihm lange in die Augen. Da war etwas in ihrem Blick. Tief in ihren Silberaugen. Er hatte das Gefühl, etwas in ihnen zu erkennen, obwohl er ganz sicher war, dass er sie noch nie zuvor gesehen hatte. Nicht in diesem und nicht in seinem alten Leben.

So sehr er sich dagegen sträubte – er konnte den Blick nicht von ihr abwenden. Ihr sinnlicher Schmollmund war jetzt leicht geöffnet und sie atmete heftig. Ihr Brustkorb bebte vor Erschöpfung.

«Das ist genug!» Tokah war plötzlich neben ihnen und unterbrach die Zweisamkeit harsch.

Ither stand widerwillig auf und reichte Ilandra eine Hand, um ihr aufzuhelfen. Doch Tokah ließ ihm nicht die Zeit dafür.

«Ither, Reykah – *kämpft*!»

Ither bleckte die Zähne und wirbelte herum. Reykah war sofort bei ihm und griff ihn mit einer wilden Abfolge von Schlägen und Tritten an. Ither begegnete ihm mühelos, verwandelte Reykahs Angriffe in seine eigenen und drängte ihn in die Mitte des Kampfplatzes zurück.

Ilandra blickte ihm hinterher.

«An so was wirst du dich gewöhnen müssen.» Einer der anderen Schattenkrieger reichte Ilandra die Hand und half ihr an Ithers Stelle auf.

«Danke.»

Er lächelte sie freundlich an. Die Wunde über seinem Auge war offenbar erst vor Kurzem vernäht worden. Ilandra erwiderte das Lächeln und wandte den Blick dann wieder dem hitzigen Kampf zu, den Ither und Reykah sich nur wenige Meter entfernt lieferten. Ihre Bewegungen waren schnell, kraftvoll und zielgenau. Es war wie ein Tanz aus fließenden Bewegungen, die immer wieder abrupt in kräftige Schläge und Tritte mündeten. Sie bewegten sich so unglaublich schnell. Ilandra wurde jetzt erst klar, wie überlegen Ither ihr wirklich gewesen war. Er hätte ihren Kampf jederzeit beenden können, wenn er das gewollt hätte. Ilandra stieß die Luft sanft aus. Da war dieses wohlige Prickeln in ihrem Nacken.

«Jetzt wird's spannend.» Der kurzhaarige Schattenkrieger neben ihr beugte sich ein wenig vor, um besser sehen zu können. Dann wandte er grinsend den Blick ab und sah zu den anderen Schattenkriegern hinüber. Ilandra verstand erst nicht, was los war. Alles war wie zuvor, nur dass Tokah die Schattenkrieger nun abschritt.

«Thirin! Ches!», bellte Tokah plötzlich. «Zu Reykah!»

Die beiden Krieger stürmten sofort los. Und attackierten Ither. Sie waren jetzt zu dritt gegen ihn!

«Das ist unfair!», entfuhr es Ilandra.

«Richtig. Aber so ist es realistisch ...» Die Stimme des Schattens neben ihr war so leise wie ein Flüstern. Er war plötzlich hochkonzentriert, die Augen wieder auf den Kampf gerichtet. Und auch Ilandra folgte wieder seinem Blick. Anders, als sie erwartet hatte, zog Ither sich nicht zurück, sondern hielt den drei Angreifern stand, sicherte seine Position. Seine Paraden waren schnell, und er streute immer wieder eigene Angriffe ein, erwischte einen seiner Gegner sogar am Kopf.

«Komm schon, Tokah ...», flüsterte der Schatten neben ihr. «... das hält er nicht ewig durch ...»

Ilandras Mund öffnete sich vor Erstaunen. Es war beängstigend und beeindruckend zugleich. Er kämpfte wie ein Raubtier.

Ither wehrte Reykahs Angriff mit dem Unterarm ab und hielt Thirin mit einem Tritt auf Abstand. Von den dreien war Reykah der fähigste Kämpfer, doch Ither wusste, dass es ein Fehler wäre, die anderen beiden zu unterschätzen, besonders jetzt, da sie im Rudel auftraten. Seine Sinne waren geschärft. Für die anderen mochte der Kampf in rasender Geschwindigkeit stattfinden, doch Ither sah die Bewegungen seiner Gegner beinahe unnatürlich langsam. Er sah Ches einen Ausfallschritt machen und wehrte einen Angriff von Reykah ab, noch bevor er Ches' eigentlichen Angriff mit einem gesprungenen Tritt unterbrach. Ither kam auf die Füße und nahm sofort wieder Kampfhaltung an, bereit für die Attacken von Thirin und Reykah.

Ither war es bereits gewohnt, dass Tokah ihn härter rannahm als die anderen Schattenkrieger. Und das war gut so, denn er liebte diese Herausforderung.

Das Adrenalin jagte durch seinen Körper und die Endorphin-Ausschüttung berauschte ihn mit einer ganz eigenartigen Form von Spaß. Drei gegen einen. Das war so ungefähr der Nervenkitzel, den er brauchte, um richtig gut zu sein.

Er wirbelte herum und begegnete seinen Gegnern mit perfekt sitzenden Paraden. Sie gaben ihm kaum noch Gelegenheit für eigene Angriffe, ließen ihn stattdessen arbeiten, damit er seine Kräfte verschwendete. Und Ither spürte, dass er sich tatsächlich verausgabte. Die drei begannen sich zu synchronisieren, agierten immer besser im Team und setzten Ither schwer unter Druck. Dieser Kampf war keine Frage der Fertigkeiten, er war eine Frage der Zeit.

Ither parierte einen weiteren Angriff, wich einem Tritt aus, nur um gleich darauf den nächsten Schlag abzuwehren. Die drei änderten jetzt immer wieder den Rhythmus, um ihn aus der Reserve zu locken. Ither musste seine eigenen Angriffe nun ganz aufgeben, er konzentrierte sich jetzt voll auf seine Verteidigung.

Er hielt sie auf Abstand und ließ klaffende Lücken in seiner Deckung, um ihre Angriffe zu steuern, lenkte die drei so auf Ziele, die er leicht verteidigen konnte. Erneut wehrte er eine Salve aus Angriffen ab.

Ithers Muskeln begannen zu brennen. Er wusste, dass Tokah ihn mit Absicht an seine Grenzen brachte.

Und noch hielt er den dreien stand. Aber lange würde er das nicht mehr durchhalten können.

Tokah griff erneut ein: «Siez! Zu Ither!»

«Ja!» Der Schatten neben Ilandra sprang sofort los und war binnen weniger Augenblicke an Ithers Seite. Er attackierte die drei Gegner forsch und verschaffte Ither so die Gelegenheit, selbst wieder anzugreifen. Gemeinsam wendeten sie das Blatt sofort. Ilandra bekam den Mund nicht mehr zu.

Die fünf Schattenkrieger kämpften mit einer Perfektion, die nur durch jahrelanges Training zu erreichen war. Und wahrscheinlich war es das gewesen, was Tokah ihnen hatte zeigen wollen. Das – und dass sie im Team stärker waren als allein ...

Siez und Ither drängten die drei ein paar Schritte zurück. Doch dann mischte sich Tokah wieder ein. «Reykah! Waffe!»

Reykah zog sich blitzschnell zurück, fing das Schwert, dass Tokah ihm zuwarf, noch in der Luft und stürzte sich sofort wieder ins Kampfgeschehen. Ither gab seine Deckung auf und sprang auf ihn zu, noch bevor er den ersten Hieb ausführen konnte. Er packte Reykahs Handgelenke und fixierte die Klinge so über seinem Kopf. Siez nutzte den Moment und schlug die anderen beiden zurück.

«Siez!» rief Tokah scharf.

«Passt, geh!» Ither presste die Worte hervor.

Siez sprang nach seinem Schwert, wirbelte herum und griff Reykah an. Ither gab ihn frei, tauchte haarscharf unter einem Tritt hindurch und brachte den Dritten mit einem Beinfeger aus dem Gleichgewicht.

Siez' und Reykahs Klingen klirrten laut, während Ither sich einen Schlagabtausch mit Ches lieferte,

Reykah immer im Blick, denn Ither wusste, dass der Elitekämpfer versuchen würde, ihn bei nächster Gelegenheit mit der Klinge anzugreifen. Dann war Thirin wieder auf den Beinen.

«Ches! Thirin! Ither!»

*Na endlich!*

Es war ein einziges Klingengewirr. Ilandra konnte dem Geschehen nicht mehr folgen. Die Lichtreflexionen der Klingen lenkten sie immer wieder vom eigentlichen Geschehen ab. Sie versuchte sich auf einzelne Kämpfer zu konzentrieren, aber es gelang ihr nicht. Es war, als würden die fünf Kämpfer zu einem einzigen Schattenwirrwarr verschmelzen. Es war nahezu unmöglich, einzelne Angriffe zu identifizieren. Ihre Bewegungen waren einfach zu schnell, um irgendetwas vorherzusehen.

Die anderen Welpen jubelten.

Dann ging plötzlich alles ganz schnell. Metall blitzte auf. Ein Schwert landete in einer Wolke aus Staub. Ilandra hörte einen Schmerzenslaut und Reykah duckte sich weg. Ithers Schwert kam nur Millimeter vor Reykahs Hals zum Stillstand.

«Genug!»

Der Kampf erstarb sofort, ohne dass Tokah noch mehr sagen musste.

Ither ließ die Klinge sinken und reichte Reykah die Hand.

Ilandra sah jetzt erst die rote Linie auf Reykahs Wange und das Prickeln auf ihrem Rücken verwandelte sich in einen eiskalten Schauer. Scharfe Waffen! Sie trainierten hier mit *scharfen* Waffen! Ilandra hatte das alles für eine Übung gehalten! Sie blickte verstört auf die fünf Krieger.

Reykah nahm Ithers Hand und ließ sich von ihm auf die Beine ziehen. Er grinste und sagte etwas zu Ither, woraufhin dieser das Grinsen erwiderte. Dann gaben sie sich einen Handschlag. Und auch die anderen Schatten wechselten gutgelaunt ein paar leise Worte, als hätten sie eben nicht gegeneinander, sondern Seite an Seite gekämpft. Ilandra war perplex.

Ihr Blick glitt wieder zu Ither.

«Also, Welpe.» Tokahs Stimme riss Ilandra jäh aus ihren Gedanken. Sie hatte nicht einmal bemerkt, dass er sich ihr genähert hatte.

«Waffenmeister.»

«Ich hätte gewettet, dass du den Schwanz einziehst. Du hast vielleicht doch mehr Mumm, als ich dachte. Weiter so.»

# 12

Ither wartete. Und neben ihm die anderen Schattenkrieger, die die Einweihung der Neulinge mitverfolgt hatten. Sogar Reykah, dessen Schnittwunde bald versorgt werden sollte.

Tokah schärfte den Frischlingen gerade ein paar Grundregeln zum Leben inmitten der Schattenkrieger ein. Aber Ither hörte nicht zu. Er machte sich viel mehr Gedanken darüber, dass er mit jeder Minute sinnlosen Rumstehens weiter abkühlte. Eigentlich hatte er schon mehr als genug wertvolle Trainingszeit verloren. Aber er konnte Tokah nicht den Rücken zukehren, bevor er sie nicht entlassen hatte. Nicht dass Ither diese Regel noch nie missachtet hätte. Aber er würde Tokahs Rolle vor den Frischlingen nicht infrage stellen. Dafür respektierte er den Waffenmeister viel zu sehr.

Als Tokah mit seiner Ansprache fertig war, schickte er die Welpen fort. Nur Ilandra behielt er noch auf ein Wort bei sich. Ither registrierte, wie sie dem Waffenmeister ihr Messer reichte und er die Klinge einen Augenblick lang begutachtete.

Die anderen Welpen kamen jetzt direkt auf sie zu. Ither wusste, was das bedeutete, und er hatte nicht die geringste Lust auf dieses Prozedere.

«Entspann dich, Mann.» Siez war wie immer unverschämt gut gelaunt.

Es dauerte nicht lange, bis die sechs Frischlinge vor ihnen standen und sie erwartungsvoll anblickten. Der erste verbeugte sich vor Ither. «Der Waffenmeister hat uns aufgetragen, unseren Patron auszuwählen ...»

Patrone übernahmen eine Art Lehrmeisterrolle für die Neulinge, brachten ihnen zusätzlich zum Drill der Waffenmeister alle Grundlagen bei und verfeinerten die Techniken ihrer Schützlinge. Ein sehr effektives Lernkonzept. Aber Ither sah sich nicht als Kindermädchen.

«Tut mir leid. Ich nehme keine Protegés an.» Ither hielt den verwunderten, teilweise sogar enttäuschten Blicken mit kalter Miene stand. «Siez hier», Ither deutete mit einem knappen Kopfnicken auf ihn, «und Reykah sind ebenfalls exzellente Kämpfer und mit Sicherheit bessere Lehrmeister.»

Die jungen Kämpfer verbeugten sich knapp und gingen auf die anderen Schattenkrieger zu. Nur einer von ihnen blieb stehen und sah Ither direkt in die Augen.

«Und wenn wir mehr gelernt haben? Trainierst du dann mit uns?»

Ither mochte ihn. «*Kesha*, richtig?»

«Ja.»

«Wenn ihr so weit seid. Gern.» Allerdings würde er entscheiden, wann dieser Zeitpunkt gekommen war. Der junge Dunkle sah Ither noch einen Augenblick an.

«Verstanden.»

Dann verbeugte auch er sich und wandte sich den anderen Schatten zu.

Nachdem Tokah ihnen ein knappes Zeichen gegeben hatte, wandte Ither sich zum Gehen – doch Siez hielt ihn zurück.

«Das willst du nicht verpassen ...»

Ilandra war auf dem Weg zu ihnen. Ihr Gang war anmutig, ihr Haar zerzaust und ihr Wams mit Asche und Kreidestaub bedeckt. Sie kaute auf ihrer Unterlippe, als sie bei Siez und Ither ankam.

«Der Waffenmeister sagte, es wäre Zeit, einen Patron zu wählen.»

Ilandra musterte die beiden Schattenkrieger. Ither sah sie mit diesem kühlen, raubtierhaften Blick an, der ihr einen Schauer nach dem anderen über den Rücken jagte. Doch Siez, der ihr nach ihrem Kampf mit Ither aufgeholfen hatte, lächelte sie aufmerksam an.

«Es war unhöflich von mir, dass ich mich eben nicht vorgestellt habe. Mein Name ist Siez, und das hier ist Ither. Wir haben beide –»

«Ich nehme keine Schüler an.» Ithers und Ilandras Blicke trafen sich. Siez schüttelte kaum merklich den Kopf, den Blick zu Boden gesenkt. «Ich würde sowieso lieber mich nehmen.» In seiner Stimme lag etwas Schelmisches. Als er aufblickte, strahlte er Ilandra gut gelaunt an. Ilandra lächelte ebenfalls, doch ihre Augen glitten wieder zurück zu Ither, der ihren Blick erst erwiderte, seine Augen aber dann ganz unverhohlen über ihren Körper schweifen ließ.

Sie genoss es. Genoss es, dass ihm zu gefallen schien, was er sah, und dass er sein Interesse an ihrem Körperbau nicht zu verbergen versuchte. Denn dort, wo Ilandra herkam, wurde alles hinter falschen Fassaden verborgen. Und es war aufregend, es einmal ganz anders zu erleben. Es war so direkt, dass es sich irgendwie gefährlich anfühlte. Ilandra konnte ihre Gedanken kaum kontrollieren.

Sie wäre gnadenlos unterlegen, wenn ein Krieger wie er sich das holen wollen würde, was er begehrte ... Und wahrscheinlich war es dieser Hauch von Gefahr, der Ilandras Pulsschlag gerade so sehr erhöhte. Ihre Blicke trafen sich erneut.

Er nahm keine Schüler an. Und das war auch gut so, denn Ilandra konnte auf keinen Fall *seine* Schülerin sein.

Sie wusste, was sie zu tun hatte. Sie schaute zu Siez, der den Blickaustausch bemerkt hatte und jetzt breit grinste. Er war ein großartiger Kämpfer, und mit seiner warmherzigen Art würde er vermutlich wirklich der bessere Lehrer sein.

«Siez, ich bitte dich, mich als dein Protegé anzunehmen.»

«Geht klar.»

Sogar Ither rang sich ein Lächeln ab. «Wollen wir dann?»

«Geh ruhig schon mal vor. Ich werde den Welpen zuerst ihre Quartiere zeigen.»

«Du drückst dich doch nicht etwa vor dem Training?»

«Schon möglich.» Siez grinste. Ither blickte zum anderen Ende des Trainingsgeländes hinüber.

«Bist du nachher beim Klettern dabei?»

«Klar.»

«Es ist wahrscheinlich nicht das, was du gewohnt bist, aber wenn man sich erst einmal eingelebt hat, ist es ganz in Ordnung.»

Ilandra blickte sich in dem kleinen, fensterlosen Raum um. Die wenigen Möbel wirkten abgenutzt und die gräulichen Wände waren nackt und unverziert. Es gab ein altes Bett, auf dem filzige Wolldecken lagen, einen kleinen Tisch, der aus Platzmangel an die Wand geschoben war, und einen Schemel, der seine besten Zeiten längst hinter sich hatte. Aber die kleine Kohlepfanne am Ende des Raums spendete eine behagliche Wärme. Und neben dem metallenen Waschtisch stand frisches Wasser für sie bereit.

Ilandra lächelte. «Es ist perfekt.»

Erstaunlicherweise war es das wirklich. Denn es war genau das, was sie gesucht hatte. Das hier war der perfekte Ort für einen Neuanfang. Ilandra lächelte immer noch, als sie sich zu Siez umwandte, der höflich an der Tür gewartet hatte. Er erwiderte ihr Lächeln.

«Du siehst ja richtig zufrieden aus ...» Er verzog das Gesicht, während er sich lässig an den Türrahmen lehnte. Sein kurzes, weißes Haar war zerzaust und stand in alle Richtungen ab. Seine anthrazitfarbene Haut war nur wenig heller als die schwarze Kleidung, die er trug, und seine silbergrauen Augen funkelten verschmitzt, als er sich in Bewegung setzte und Ilandras wenige Habseligkeiten hereinbrachte.

Er hob den vollgepackten Rucksack mit einer Leichtigkeit auf das Bett, als wären nur Federn darin. Daneben lag ein kleiner Stapel sauber gefalteter Kleider. Es waren die gleichen, die Ilandra schon draußen auf dem Übungsplatz gesehen hatte und die auch Siez gerade trug. Eine schlichte schwarze Tunika und eine locker sitzende Hose, die an den Unterschenkeln fest ums Bein gewickelt wurde. Wie es aussah, trugen alle Schatten diese Kleidung, unabhängig von ihrem Rang.

«Ich hoffe, sie passen dir», sagte Siez, der Ilandras Blick bemerkt hatte. «Wir haben nicht so viele Frauen hier.»

Er lächelte sie freundlich an.

«Rüstzeug und Wappenrock erhältst du vor deinem ersten Außeneinsatz. Hier auf dem Gelände trägt das sowieso niemand.»

Ilandra strich sich eine Strähne hinters Ohr.

Da lag noch etwas auf dem Bett. Ein Lederbeutel aus einem eigenartig festen, glatten Leder. Ilandra nahm ihn in die Hand und löste die festgezurrte Schnürung.

Es war Salbe darin.

Wenn sie sich nicht täuschte, war es dieselbe, die

der Heiler auf ihre Wunde aufgetragen hatte.

«Das ist für nachher», erklärte Siez. «Es heilt besser, wenn du den Schnitt regelmäßig einreibst.»

Ilandra schloss den imprägnierten Lederbeutel wieder. Über schlechte Versorgung konnte man sich hier jedenfalls nicht beschweren.

«Hat es schon aufgehört zu bluten?»

«Ich glaube schon ...» Ilandra betrachtete ihre verbundene Hand. Der Verband war noch weiß. Wenn es also noch blutete, dann nicht besonders stark.

«Lass mal sehen ...»

Siez nahm ihre Hand und begann den Verband abzuwickeln. Die inneren Lagen hatten sich tatsächlich rot verfärbt, aber Siez schien das nicht weiter zu stören. Die letzten Bahnen waren binnen Sekunden entfernt.

«Das sieht schon ganz gut aus ...»

Er tastete die Wundränder vorsichtig ab, während er den losen Verband weiter in der anderen Hand hielt. Hie und da übte er ein wenig Druck auf ihre Ballen aus, um den Heilungsfortschritt zu überprüfen. Dann lächelte er zufrieden.

«Du solltest noch etwas von der Salbe auftragen, bevor du zu Bett gehst. Für den Moment ist es gut so, wie es ist.»

Siez zog ein kurzes Messer aus der Scheide an seinem Gürtel und trennte das blutige Ende der Stoffbahn mit einer knappen Bewegung ab. Dann steckte er das Messer weg und begann ihr den Verband erneut anzulegen. Den blutigen Rest des Stoffes hielt er dabei so in seiner Hand verborgen, dass er den sauberen Teil nicht berührte.

Seine Bewegungen waren nicht so schnell wie die des Heilers und die Bahnen lagen auch nicht so exakt, aber es war ganz offensichtlich, dass Siez das nicht zum ersten Mal machte.

«Ist das auch nicht zu fest?»

Er war so fürsorglich. So anders, als Ilandra sich die Schatten immer vorgestellt hatte. Hatte sie doch immer geglaubt, dass sie alle kaltblütige Krieger waren, denen weder ihr eigenes noch das Leben eines anderen etwas bedeutete.

«Nein, genau richtig ...»

So langsam begann sie zu erkennen, dass die Geschichten aus ihrer Kindheit eben nur Geschichten waren. Sie hätte das hier schon viel früher tun sollen. Wovor hatte sie eigentlich Angst gehabt?

«Wo hast du das alles gelernt?»

Siez blickte auf und sah Ilandra einen Augenblick freundlich an, bevor er sich wieder ihrem Verband widmete.

«Das wirst du auch lernen. Die Grundversorgung von Verletzungen gehört zu unserer Ausbildung.» Er korrigierte den Sitz der letzten Bahn, ehe er weitermachte. «Und das ist auch gut so. Hier passiert öfter mal was, als einem lieb ist. Und manchmal ist schnelle Hilfe einfach unabdingbar.» Er verknotete den Verband und entließ ihre Hand. «Manchmal kann man einfach nicht warten, bis der Heiler da ist.»

Da war es wieder, dieses unbestimmte Gefühl der Angst, das sie immer davon abgehalten hatte, das Richtige zu tun ...

«Wenn du willst, kannst du dich jetzt etwas ausruhen. Morgen wird ein anstrengender Tag.» Siez legte den Kopf schief, während er sie betrachtete. «Alles in Ordnung?»

«Ja ... alles bestens. Es ist nur alles noch so neu ...»

Er lächelte verständnisvoll.

«Ich gehe jetzt rüber in mein Quartier und hole meine Kletterausrüstung. Wir sehen uns dann morgen.»

Siez schenkte ihr ein letztes Lächeln, dann drehte er

sich um und ging. Ilandra blickte noch eine Weile zu der Tür, die Siez leise hinter sich geschlossen hatte.

Die Gra Res Tar hatten die Schatten immer als seelenlose Kampfmaschinen dargestellt, die man aufgrund ihres bedingungslosen Gehorsams idealerweise für die Garde rekrutierte. Gnadenlose Krieger, geformt und geschliffen durch hartes Training und militärischen Drill. Männer, von denen man sich fernhalten sollte, wenn einem sein Leben lieb war.

Doch wie Ilandra nun mehr und mehr feststellte, gab es hinter dieser stahlharten Fassade noch viel mehr, was sich zu entdecken lohnte. Zumindest Siez war herzlicher, als sie es bei den Gra Res Tar jemals erlebt hatte.

Ilandra ging zu der abgenutzten Waschschale hinüber und tauchte ihre unverletzte Hand in das kühle, klare Wasser. Noch bevor sie die Hand zu ihrem Gesicht hob, blickte sie auf und betrachtete sich im Spiegel. Ein neues Lächeln flog über ihr Gesicht, als sie feststellte, dass sie über und über mit Kreideflecken bedeckt war. Es waren nicht mehr als feine Pulverrückstände und verwischte Handabdrücke. Aber sie mussten von *ihm* stammen.

Diese Augen gingen ihr nicht mehr aus dem Kopf ...

# 13

Ilandra war auf dem Weg zu ihrem ersten richtigen Training. Vom Waffenmeister hatte sie ihr Schwert bekommen. Eine kurze, aber perfekt ausgewogene Klinge, wie er ihr erklärt hatte. Aber Ilandra fehlte noch vollkommen das Gefühl dafür. Als sie die ungeschliffene Waffe in der Hand wog, fand sie sie einfach nur schwer. Sie wog wesentlich mehr als die Übungsschwerter, mit denen sie und ihr Bruder immer trainiert hatten, und Ilandra konnte sich beim besten Willen nicht vorstellen, welchen Vorteil es haben sollte, unnötigen Ballast zu bewegen.

Ilandra schritt gerade über den Vorplatz des westlichen Hofes, als sie jemand ansprach.

«Na, Schönheit.»

Ilandra blieb stehen und wandte sich langsam um. Sie erkannte den muskulösen Dunklen sofort. Es war Reykah, der Schatten, der gestern gegen Ither gekämpft hatte. Der Schnitt an seiner Wange war frisch vernäht. Er lächelte sie an. «Starker Auftritt gestern.»

«Gleichfalls.»

Reykah musterte sie mit einigem Interesse.

«Soll ich dir zeigen, wie man damit umgeht?» Er blickte auf ihr Schwert, das sie jetzt locker an ihrer Seite hielt.

«Danke.» Ilandra lächelte höflich, da sie das Ranggefüge der Schatten noch nicht ganz durchblickte. «Aber ich habe bereits einen Patron ausgewählt.» Ihr gefiel die Art, wie er sie ansah, überhaupt nicht. «Ich werde schon erwartet», erklärte sie und wandte sich zum Gehen. Doch Reykah blieb an ihr dran.

«Vielleicht solltest du diese Entscheidung noch einmal überdenken ...» Er schob sich vor sie und zwang sie erneut stehen zu bleiben. Er kam näher und Ilandra musste sich beherrschen, nicht vor ihm zurückzuweichen. Sie spürte, wie sich die magische Energie heiß in ihren Fingern staute. Wenn er aufdringlich werden würde ... Sie hoffte nur, dass er den Zauber nicht so früh erkannte wie Ither.

Doch in dem Moment, als er sie berühren wollte, hielt Reykah plötzlich inne, den Blick auf etwas gerichtet, das sich hinter Ilandra befand. Er sah sie noch einmal an, ließ den Blick über ihren Körper schweifen. Ilandra hielt ihm regungslos stand.

«Das ist ja wirklich jammerschade, Prinzessin ... Aber du solltest dir wirklich überlegen, auf wen du dich da einlässt ...» Reykah ging zwei Schritte rückwärts und hob beschwichtigend die Hände, bevor er sich umdrehte und abzog.

Ilandra atmete erleichtert aus und beruhigte den arkanen Strom in ihren Händen.

Dann wandte sie sich um. Und da stand er. Die Arme vor der Brust verschränkt, den eisigen Blick auf Reykah gerichtet. Er blickte ihm noch ein paar Sekunden hinterher, bevor er schließlich Ilandra ansah.

«Er wird dich nicht mehr belästigen.»

«Das hoffe ich sehr für ihn.» Ilandra sah Ither auffordernd an. «Das könnte nämlich schlecht für ihn ausgehen.»

«Schon möglich.» Ither grinste, doch in seinem Blick lag immer noch etwas Kühles, das es Ilandra unmöglich machte, ihn einzuschätzen. «Siez wartet schon auf dich. Komm, ich bringe dich hin.»

Siez war ein guter Lehrer und nahm sich viel Zeit, seinen Schützlingen die Übungen zu erklären. Neben Ilandra trainierte er noch vier weitere Welpen. Drei von ihnen waren schon seit der letzten Weihe bei den Schatten und so erfahren, dass sie ihn beim Grundlagentraining unterstützen konnten.

Nachdem sie sich aufgewärmt hatten, befahl Siez sie an ihre Waffen. Er erklärte ihnen, dass sie in Zukunft immer zu zweit üben und die Partner regelmäßig wechseln würden, damit sie sich nicht zu sehr an einen Gegner gewöhnten. Doch bevor sie so weit waren, bestand Siez darauf, bei null anzufangen. Er kümmerte sich zuerst um die anderen und wies ihnen ihre Partner zu, bevor er sich schließlich Ilandra zuwandte. Er korrigierte ihren Griff und ihren Stand, dann ließ er sie seine linke Schulter angreifen. Immer und immer wieder.

«Noch einmal.»

Ilandra führe einen schnellen Hieb aus, den Siez erneut beiläufig abwehrte.

«In Ordnung.»

Ilandra senkte die Waffe.

«Du musst darauf achten, dass dein Handgelenk steif ist.» Er stieß sein Schwert mit der Spitze in den staubigen Boden und legte eine Hand um ihr Handgelenk. Die andere legte er auf die ungeschliffene Klinge. «Beim Training mit euren Übungsschwertern hat es vermutlich keine Rolle gespielt ...» Er drückte vorsichtig gegen die Klinge und verdrehte damit Ilandras Handgelenk. «Aber wenn dir hier die Spannung fehlt, kann dir ein echter Schwerthieb, den du parierst, das Handgelenk brechen.» Siez stieß ruckartig gegen die Klinge, und Ilandra spürte das beißende Ziehen in ihrem

Handgelenk. «Stell dir vor, dein Handgelenk wäre unbeweglich, eine feste Verbindung.»

Ilandra verstand und spannte ihren Unterarm an. Als Siez das zweite Mal gegen das Schwert stieß, verschob sich Ilandras ganzer Arm und der Schmerz blieb aus. Siez lächelte zufrieden. Und Ilandra erwiderte sein Lächeln. Sie hatte eine gute Wahl mit ihrem Lehrmeister getroffen.

Siez zog sein Schwert aus dem Boden und nahm Kampfhaltung an. «Also weiter.»

Sie trainierten lange und hart. Siez griff sie immer wieder mit langsam ausgeführten Attacken an, bis sie die Paraden so sauber und punktgenau ausführte, dass er zufrieden war. Dann tauschten sie wieder die Rollen und Ilandra griff ihn an. Sie führte ihre Angriffe schnell und mit viel Kraft. Doch Siez parierte sie immer noch mühelos. Jeden einzigen Hieb. So sehr sie sich auch anstrengte.

«Sieh mir in die Augen.» Ilandra war nicht sicher, worauf Siez hinauswollte. «Du siehst immer auf die Stelle, auf die du zielst ...» Er lächelte. «...und verrätst mir damit, wo du mich angreifen willst.»

«Aber wie soll man zielen, ohne hinzusehen?»

«Probier es aus.»

Sie versuchte es, doch ihr Hieb landete einige Zentimeter von dem Punkt entfernt, den sie eigentlich hatte treffen wollen. Siez' Parade kam allerdings tatsächlich ein klein wenig später als zuvor.

«Das ist doch ein Anfang.»

Er war so unbeirrbar freundlich. Ilandra fragte sich, ob diese Übungseinheiten für ihn nicht unendlich langweilig sein mussten. Ither hatte sein Schwerttraining schon vor gut zwei Stunden beendet und trainierte jetzt etwas weiter entfernt Nahkampftechniken mit ein paar anderen Schatten.

Ilandras Blick glitt zu ihm hinüber, doch Siez fing sie ein, bevor ihre Gedanken abdriften konnten.

«Eine letzte Sache noch. Dann ist Schluss für heute.»

Ilandra sah ihn müde an. Sie war sehr dankbar für die Aussicht auf eine Pause.

«Wenn du angreifst, solltest du die Kraft aus deiner Hüfte holen.» Siez zeigte ihr langsam einen Angriff auf ihre linke Schulter, wobei er einen Schritt auf sie zumachte. «So entwickelst du viel mehr Kraft als mit deinem Arm allein.» Er führte den Schlag ein zweites Mal aus, doch diesmal blieben seine Füße, wo sie waren. «Abgesehen davon, dass dir so einfach die Reichweite fehlt.»

Er sah sie auffordernd an. «Versuch's mal.»

Ilandra nahm Kampfhaltung an. So, wie Siez es ihr gezeigt hatte. Die Füße etwa schulterbreit auseinander, die Knie leicht gebeugt und das Schwert in Ruheposition, bereit zum Angriff *und* zur Abwehr. Als er ihr zunickte, griff sie an. Sie holte den Schwung aus der Hüfte und ihre Klinge traf seine mit einem schrillen Ton. Aus irgendeinem Grund hatte sie allerdings das Gefühl, weniger Kraft zu haben als zuvor.

«Noch mal.»

Ilandra ging wieder in die Ausgangsposition.

«Diesmal langsam.»

Ilandra griff Siez ein zweites Mal an. Doch jetzt, als sie die Bewegung langsam ausführen musste, brachte sie der Schwung, den sie aus der Hüfte zu holen versuchte, nur aus dem Gleichgewicht. Während ihre Klinge die von Siez fand, musste Ilandra sich neu ausbalancieren. Von mehr Kraft konnte hier keine Rede sein.

Siez zeigte ihr die Übung noch einmal und bei ihm sah es kinderleicht aus.

Ilandra versuchte es erneut. Doch es gelang ihr

einfach nicht, die Kraft des Schrittes in ihren Hieb umzulenken.

Siez grinste sie an. «Ich weiß, was das Problem ist. Du darfst dieses Frauendings nicht machen.» Ilandra sah ihn verwirrt an. «Ich meine deinen Hüftschwung, der bringt dich aus der Balance. Versuch es noch einmal.»

Ilandra nahm ihre Position ein.

Dann war plötzlich jemand hinter ihr. So nah, dass sie seinen Atem spüren konnte.

«Warte. Ich zeig's dir.» Ithers Stimme war kaum mehr als ein Flüstern und jagte Ilandra einen eisigen Schauer zwischen den Schulterblättern hindurch. Er schob sich an sie heran. So dicht, dass sein Schritt ihren Po berührte. Er legte seine rechte Hand über ihre Schwerthand und seine linke auf eine Stelle knapp unterhalb ihres Bauchnabels. Noch nie hatte sie jemand einfach so berührt, und jeden anderen hätte sie wahrscheinlich mit einem zornigen Feuerzauber versengt. Doch diesmal war sie unfähig, irgendetwas dagegen zu unternehmen.

«Spann deine Bauchmuskeln an.» Ithers Hand hielt sanft dagegen.

«Gut ...»

Er begann, Ilandras Schwerthand langsam zum Angriff zu führen. Und als die Klinge in etwa die Höhe ihrer eigenen Schulter erreicht hatte, verstärkte er den Druck auf ihren Bauch und schob sie langsam, aber kraftvoll mit seiner Hüfte nach vorn. Ihre linken Füße lösten sich vom Boden. Der Schwertbogen fand seinen Höhepunkt über Siez' Scheitel. Und erst als Ither die Klinge langsam nach unten gleiten ließ, beendete er den Schritt. Ilandra konnte spüren, wie die Kraft, mit der er ihr Körpergewicht auf den Boden brachte, auch die Klinge nach unten zog.

«Es ist ganz einfach ...»

Ither hielt den Griff noch etwas länger als nötig. Doch dann löste er sich von ihr und Ilandra wurde plötzlich wieder klar, dass sie sich auf dem Trainingsgelände befanden.

Siez betrachtete Ither mit schiefgelegtem Kopf. Dann sah er Ilandra an und seine Mundwinkel kräuselten sich zu einem jungenhaften Grinsen.

«Genau, wie ich gesagt habe. Ich glaube, jetzt hast du den Bogen raus.»

# 14

Ither kniete auf den Dächern hoch über der Stadt und beobachtete die Welt unter sich. Das weiße Haar hatte er unter der Kapuze verborgen, sodass von ihm kaum mehr zu sehen war als ein undeutlicher Schemen.

Er kam oft hierher, wenn er nachdenken musste. Das, was da gerade mit ihm geschah, überraschte ihn selbst. Er hatte sich um Wichtigeres zu kümmern, als über diese Dinge nachzudenken. Und doch brachten sie seine Welt ins Ungleichgewicht. Ither hatte noch nie eine derartige Faszination für eine Frau empfunden. Das, was er fühlte, ging auf eigenartige Weise über die übliche körperliche Begierde hinaus. Er wusste nicht, was es war, nur dass es so stark war, dass es ihn zu überwältigen drohte.

Ither setzte sich in Bewegung, als ob er die Gedanken damit abschütteln könnte. Seine Füße trugen ihn mit katzenhafter Sicherheit über die schmalen Simse und über wackelige Schindeln. Er kannte diese Dächer von unzähligen unautorisierten Ausflügen. Doch kreisten seine Gedanken dabei normalerweise um andere Dinge.

Es war definitiv nicht der richtige Zeitpunkt, sich von Gefühlen ablenken zu lassen. Die Auswahl stand kurz bevor und das Letzte, was er jetzt gebrauchen konnte, war etwas, was ihm seine Konzentration raubte.

Ither hatte reichliche Frauengeschichten gehabt. Und als Schattenkrieger, als ein Geist ohne Verpflichtungen, war es immer leicht gewesen, sie unkompliziert zu halten. Doch diesmal war alles anders. Nichts daran war unkompliziert.

Ither sprang über eine schmale Häuserschlucht und setzte seinen Weg über das nächste Dach fort.

Dass sie ebenso ein Schatten war wie er, machte die Sache nicht einfacher. Es war verboten.

Ither hielt inne und blickte über die nassen Straßen, die im Licht der magischen Laternen glänzten.

Je mehr er über das Nein nachdachte, umso stärker schrie irgendetwas in ihm nach dem Ja. Es war absurd. Es war, als würde irgendetwas in seinem Innern gegen seinen Verstand rebellieren.

Konnte er das Risiko wirklich eingehen? Für ein Spiel mit dem Feuer? Alles gefährden, wofür er Jahre trainiert hatte? Die Aufnahme in den Cardoc-Clan war alles, was er sich wirklich wünschte. Das Einzige, wofür er so hart trainierte. Selbst wenn er danach nur zu den Wachen gehören würde. Er wäre Teil ihres Clans. Und das allein war den harten Kampf und all die Entbehrungen wert.

Vielleicht war es das Einzige, was er über sich selbst wusste. Dort gehörte er hin. Die Auswahl war seine einzige Chance.

Und doch verfolgte *sie* ihn in seinen Gedanken. Selbst wenn er sich einredete, dass diese Gefühle schwachsinnig waren: Das Verbotene machte es dummerweise nur noch reizvoller.

Ither blickte zum steinernen Himmel hinauf. Die Höhlendecke funkelte wie ein schwarzer Diamant. Ein Wassertropfen traf Ithers Wange. Dann ein zweiter und ein dritter. Es begann zu regnen. Es war ein Kondensregen, wie er immer wieder auftrat, wenn sich zu viel heiße Luft an der kalten Höhlendecke staute.

Ither schloss die Augen und strich sich die Kapuze vom Kopf. Es dauerte nur Sekunden, bis der Regen sein Haar vollkommen durchnässt hatte.

# 15

Tokah hatte die Elitekämpfer, die gerade nicht auf Wache oder in Ruhezeit waren, auf dem Trainingsplatz versammelt. Und die Welpen, für die der Dauerlauf der krönende Abschluss eines weiteren harten Trainingstages werden sollte.

Sie alle nahmen Haltung an, als Tokah die beiden Gruppen abschritt.

«Es ist Zeit, ein wenig an eurer Ausdauer zu arbeiten ... Wir machen einen kleinen Lauf. Ziel ist der Steilhang an der Südwand. Wir laufen ohne Unterbrechung. Wer es bis oben schafft, hat sich das Wasser an der Quelle verdient. Wer schlappmacht, bekommt ein Extratraining.»

Tokah war in etwa so, wie Ither sich einen Cardoc vorstellte: groß gewachsen, athletisch, perfekt proportioniert, stolz und charismatisch. Ither mochte der risikobereiteste und vielleicht sogar der beste Kämpfer der Schattenkrieger sein, dennoch war Tokah immer noch in der Lage, ihm neue Techniken beizubringen. Seine Statur und vor allen Dingen seine taktischen Kenntnisse waren mehr als vielversprechend. Ither hätte viel dafür gegeben, den Waffenmeister einmal selbst kämpfen zu sehen. Doch Tokah kämpfte niemals gegen seine Schüler, auch nicht gegen die Elitekämpfer. Das war sein Credo. Doch ab und an trainierte er mit ihnen. So wie heute.

Der Waffenmeister hielt jetzt vor den Elitekämpfern inne.

«Ich könnte ein wenig Hilfe gebrauchen, um die Welpen zu motivieren. Freiwillige?»

Für Ither kam das nicht infrage. Er wusste, dass Tokah die Frischlinge über eine leichtere Strecke führen würde. Aber Ither brauchte einen richtigen Lauf. Es blieben nur noch wenige Tage bis zur Auswahl.

«Bin dabei!» Siez trat einen Schritt vor.

«Sehr gut.» Tokah wandte sich um. «Bereit machen!»

Tokah schlug ein erbarmungsloses Tempo an. Und Ilandra hoffte, dass sie wenigstens die Hälfte der Strecke schaffen würde. Sie wusste, wie weit es bis zu diesem Steilhang war, denn sie hatte ihn oft mit ihrer Libelle besucht. Die Klippe lag unmittelbar bei den großen Wasserfällen.

Ilandra lief gemeinsam mit Siez am Ende der Welpengruppe, während Tokah vorne das Tempo angab.

Ilandras Puls war schon jetzt viel zu hoch.

«Ich – glaube nicht –, dass ich das schaffe.»

Siez blickte sie grinsend an. Im Gegensatz zu ihr trabte er völlig entspannt die anhaltende Steigung hoch.

«Ich würde es dir raten. Glaub mir, ein paar Seitenstiche sind mit Sicherheit besser als Tokahs Extratraining.» Das war kein besonderer Trost. Aber Ilandra hatte ohnehin noch nicht vor aufzugeben. Auch wenn sie schon mehr als einmal mit dem Gedanken gespielt hatte, sich die Sache mit einem kleinen Zauber zu erleichtern.

Vor ihnen gab Tokah einen Pfiff von sich und deutete mit der Hand eine Treppe hinab, die hinunter in die Stadt führte. Tokah leitete die Welpen daran vorbei, doch die Schatten, die hinter ihnen gelaufen waren, nahmen die Treppe. Ilandra war erstaunt, dass sie ihr Tempo jetzt noch mal deutlich steigerten.

«Sie laufen die lange Strecke», erklärte Siez. «Und wie es aussieht, versuchen sie vor uns oben zu sein.»

«Wie viel länger ist denn die Strecke?», mischte sich Kesha ein und Ilandra war dankbar dafür, nicht selbst auf Siez' Bemerkung antworten zu müssen. Ihr ging langsam die Puste aus. Kesha hingegen war genauso wenig außer Atem wie Siez.

«Sie nehmen den Weg durch die Südstadt.» Siez deutete im Laufen auf das Stadtviertel weiter unten, um ihnen die ungefähre Route zu zeigen. «Dann durch das Schneiderviertel und danach die hohen Treppen hinauf ...»

«Im Ernst? Das sind knapp fünfhundert Stufen!»

«Yep. Vierhundertdreiundachtzig.»

«Die sind nie vor uns an der Quelle!»

«Wetten, dass sie vor uns da sind?»

«Okay, um eine Wache.»

«Wenn du mal eine hast.»

«Wenn ich mal eine habe.»

«Gilt.»

Tokah führte sie über den Randweg ganz nah an die Höhlenwände. Die Strecke ging nur noch sacht bergauf und von hier aus hatte man schon jetzt einen geradezu unfassbaren Blick über die schimmernde Stadt. Allein dafür hatte sich dieser Lauf gelohnt. Auch wenn Ilandras Atem nur noch stoßweise ging und ihre Beine brannten. Sie hatte das Gefühl, einfach nicht genügend Luft zu bekommen.

«Siez – ich schaff das nicht ...»

«Klar schaffst du das. Denk nicht an die Strecke, die vor dir liegt. Am besten ist es, wenn du gar nicht weißt, wie weit du noch läufst. Denk einfach immer nur an den nächsten Schritt.»

Wenn das so einfach wäre, dachte Ilandra.

«Was hältst du eigentlich davon, wenn wir nachher einen kleinen Ausflug in die Taverne machen?

Schattenfeuer spielen heute, das wird bestimmt großartig.» Siez strahlte sie an. Ilandra hatte bereits von den Musikern gehört. Auch wenn sie bisher nie in den Genuss einer Kostprobe gekommen war.

Nach dem Dauerlauf hatten alle Welpen erst einmal frei. Ja, warum eigentlich nicht? Die letzten Tage waren hart gewesen und sie hatten sich ein wenig Ablenkung sicherlich verdient.

«Sehr – gern.» Ilandra brachte kaum noch ein Wort heraus. «Aber ich glaube – ich brauche gleich – erst einmal ein Bad.»

Siez grinste und Ilandra rang nach Luft.

«Okay, versuch mal, durch den Mund auszuatmen. Tief einatmen, ganz normal, und jetzt mit einem Stoß raus mit der Luft ... Und wieder tief ein ...» Siez beobachtete sie dabei, und Ilandra fühlte sich ziemlich albern. Aber es half. Das stoßweise Ausatmen durch den Mund verschaffte ihr mehr Zeit für ein tieferes Einatmen. Es ging beinahe sofort leichter.

«Und weiter. Gut so ...»

Sie hatten den ersten Höhenzug erreicht und die Stadt lag nun gut dreißig Schrittlängen unter ihnen.

«Da! Da sind sie!» Kesha zeigte aufgeregt auf die Stadt hinunter. Dann sah Ilandra sie auch. Die Schattenkrieger liefen parallel zu ihnen eine der breiteren Straßen entlang. Sie waren zu weit entfernt, als dass sie ihre Gesichter erkennen konnten, doch einer von ihnen führte die Elitekämpfer mit einigem Vorsprung an. Ilandra glaubte zu wissen, wer das war.

«Ist das Ither?»

Siez folgte ihrem Blick und legte den Kopf schief. «Nein ...», sagte er nachdenklich. «Das müsste Reykah sein ...»

Siez wandte sich jetzt im Laufen um, sodass er ein paar Schritte rückwärts weiterlief. Zu Ilandras

Erstaunen konnte er das Tempo problemlos beibehalten.

Siez kniff die Augen zu weißen Schlitzen zusammen. Dann grinste er plötzlich und zeigte mit ausgestreckter Hand auf einen Punkt, der schräg hinter ihr lag.

«Da ist er. Er läuft seine eigene Strecke.»

«Was?!» Kesha wandte sich ebenfalls um, während Siez sich wieder nach vorn drehte. Ilandra blickte über ihre Schulter. Und da war er. Auf den Dächern der Häuser!

«Was – tut er da?»

«Sagen wir, er hat eine etwas andere Vorstellung von einem fordernden Training als die meisten von uns.»

Ither rannte so schnell, wie ihn seine Füße trugen. Er hatte Strecke gutzumachen. Seine Bewegungen waren kraftvoll und wohldosiert. Sein Atem ging wie der eines galoppierenden Defassa. Lose Dachziegel verschoben sich scharrend unter seinen Füßen. Ithers Tempo war mörderisch.

Er nahm den Sims, der zum nächsten, etwas höher gelegenen Dach führte, mit einem einzigen Satz und setzte seinen Weg über das bebende Flachdach fort.

Wenn Tokah wirklich glaubte, der einfache Dauerlauf sei eine ausreichende Vorbereitung für die Auswahl, dann lag er falsch. Ither wusste, dass die Cardoc mehr verlangten.

Er übersprang eine schmale Häuserschlucht. Das hier, das war die perfekte Vorbereitung für den Hindernislauf, den die Cardoc von ihnen verlangen würden.

Eine Mauer trennte ihn jetzt vom nächsten Dach. Ohne abzubremsen sprang Ither daran hoch, bekam den Vorsprung mit den Händen zu fassen und stemmte sich mit den Füßen gegen die maroden Steine. Er zog sich hoch, setzte über das Hindernis und lief auf dem nächsten Dach weiter.

Sein Weg führte ihn nun über die schmalen Simse des Schneiderviertels und Ither hatte endlich wieder Sichtkontakt zu den anderen. Es waren nur noch wenige hundert Meter bis zu den Treppen und Reykah hatte sich deutlich von der Gruppe abgesetzt.

*Nicht heute, Kumpel. Nicht heute.*

Ither sprang hinab auf ein niedriger gelegenes Dach und rollte sich ab. Er kam aus der Bewegung direkt wieder auf die Füße. Dann zog er das Tempo an.

Sie hatten das Plateau der Steilwand jetzt fast erreicht. Die Neulinge hatten sich gut geschlagen für ihren ersten Langstreckenlauf, auch wenn sie jetzt alle am Ende ihrer Kräfte waren. Aber genau das war es, was Tokah gewollt hatte. Die allerersten Trainings fühlten sich immer am härtesten an, brachten aber auch die größten Fortschritte.

«Ich hab's dir doch gesagt, Kesha. Ich hab's dir gesagt!» Siez zeigte geradezu eine schurkenhafte Freude. «Du schuldest mir was.»

Als die Welpen auf der Kuppe ankamen, standen die Elitekämpfer bereits an der Quelle. Reykah und Mikah lieferten sich zur Erfrischung einen kleinen Übungskampf.

Ither schien das Ganze allerdings wenig zu interessieren. Er stand direkt an der Klippe und betrachtete irgendetwas in der Ferne. Offenbar hatte er bereits getrunken.

Die Welpen konnten es kaum erwarten, zum Wasser zu kommen. Und sie hatten sich die Erfrischung wirklich verdient. Siez ließ ihnen den Vortritt, bevor er selbst seinen Durst mit ein paar Schlucken reinsten Kristallwassers stillte und sich sodann den Mund mit dem Handrücken abwischte.

«Gute Arbeit.» Tokah klopfte ihm anerkennend auf die Schulter. Siez senkte ergeben den Kopf.

Dann wandte Tokah sich den Welpen zu. Siez kannte seine Ansprachen und konnte bei aller Ehrerbietung, die er Tokah entgegenbrachte, ein Schmunzeln nicht ganz unterdrücken. Offenbar hatte der Waffenmeister nicht vor, es den Frischlingen leichtzumachen.

Während Tokah weitersprach, wandte sich Siez dem kleinen Scharmützel zu, das die Elitekämpfer gerade unter sich austrugen. Reykah hatte in diesem Moment die Oberhand gewonnen und zwang Mikah in die Knie. Dieser versuchte sich noch mit einem flinken Beinfeger zu wehren, doch Reykah war vorbereitet und entschied den Kampf für sich.

Mikah stand auf und sie reichten sich die Hände.

«Gib's zu, du bist nur so mies drauf, weil er dich schon wieder abgezogen hat», provozierte Mikah.

Reykah grinste. «Nächstes Mal sieht das ganz anders aus ... Wart's ab.»

«Ich würd das Maul nicht so aufreißen, Mikah. Immerhin hat Reykah *dich* gerade abgezogen.»

«Na warte!»

Doch bevor die kleine Schlägerei in die zweite Runde starten konnte, brach Tokah das Ganze mit einem schrillen Pfiff ab.

«Das ist genug für heute. Das Training ist beendet. Macht, dass ihr hier wegkommt!»

Die Schatten setzten sich gemeinsam mit Tokah in Bewegung. Es war selten genug, dass sie einmal freie Zeit hatten. Und jeder von ihnen wollte diese Zeit so sinnvoll wie möglich für sich nutzen. Die Welpen folgten ihnen, offenbar hatten auch sie Besseres zu tun, als hier oben zwischen den Steilwänden zu kampieren.

Doch Siez blieb, wo er war, und auch Ilandra blickte den anderen nur hinterher.

Es war einfach wunderschön hier oben. Viel zu schön, um diesen Ort nur mit einem kurzen Aufenthalt zu würdigen.

# 16

Ither stand immer noch direkt am Abgrund und blickte in die Tiefe. Hier oben ging ein stetiger Wind, da die Öffnungen des Ventilationssystems nicht weit entfernt waren.

Siez war ein paar Schritte hinter Ither stehen geblieben. So schön es hier auch war, es gab rein gar nichts, was ihn dazu hätte bewegen können, näher an den Abhang heranzutreten. Schließlich war er nicht lebensmüde. Siez empfand einen eigenartigen Schwindel, wenn er der Kante zu nahe kam. Es war keine richtige Höhenangst, denn der Weg hinauf machte ihm nie Probleme. Genauso wenig wie das Klettern an der Wand. Das hier war allerdings etwas anderes. Hier gab es nichts, um sich festzuhalten.

Ilandra stand neben ihm und sah sich um. Der Blick über die Höhlenstadt war einfach atemberaubend. Von hier oben war sie nichts weiter als ein schimmerndes Lichtermeer, das sich wie ein Spinnennetz über den schwarzen Grund spannte. Die zerklüftete Höhlendecke spiegelte ein verzerrtes Abbild der weit unter ihr liegenden Stadt, sodass es so wirkte, als würde dort oben eine zweite, der Schwerkraft trotzende Welt existieren.

Siez bemerkte erfreut, dass Ilandra von diesem Anblick genauso überwältigt schien wie er selbst. Ihr wunderschöner, schwarzer Schmollmund stand ein klein wenig offen, als sie den Blick schweifen ließ. Der Wind bewegte sanft ihr Haar und ... Er hatte andere Sorgen. *Tisha*.

Siez richtete den Blick wieder auf die Lichter. Wenn

er hier oben war, stellte er sich oft vor, wie es wohl gewesen sein musste, als ihre Vorfahren diese Höhlen freigekämpft hatten. Als das System noch besiedelt gewesen war von den Jägern. Er stellte sich die epischen Schlachten vor, in denen die Cardoc das Höhlensystem befreit und die Gra Res Tar sie mit ihren mächtigen Angriffszaubern unterstützt hatten. Die reale Stadt verschwand dann vor seinem inneren Auge, und die Schlacht tobte auf dem nackten Grund. Ohne Lichter und ohne Häuser. Allein die Zauber der Gra Res Tar erleuchteten das Dunkel, und die Cardoc überrannten die Sozoah mit furchteinflößendem Kriegsgeschrei ...

Siez erwachte aus seinem Tagtraum, als Ilandra ihn etwas fragte. Er brauchte einen Moment, um zu vervollständigen, was genau sie gerade gesagt hatte.

«Ja ...», antwortete er schließlich. «Der Flusslauf wurde tatsächlich verändert. Die Architekten haben den Winh dort aufgespalten ...» Siez zeigte Ilandra die Gabelung, die er meinte. «So stellten sie sicher, dass alle Viertel in etwa gleich gut mit frischem Wasser versorgt werden.»

Der Fluss sah wunderschön aus, wie er sich glitzernd zwischen den Häuserschluchten hindurchschlängelte.

Siez registrierte erst jetzt, dass Ither sich im Gegensatz zu Ilandra überhaupt nicht für die Aussicht interessierte. Er hatte den Kopf schiefgelegt und betrachtete immer noch den Abgrund. Der Wind zerrte regelrecht an seinem langen Haar.

Siez kannte diesen Abhang und wusste, was darunter lag: die Sammelbecken des Winh, die den Fluss speisten und für ein stetes Wasserreservoir sorgten, selbst in den Sommermonaten der Oberfläche.

Siez ahnte, warum sich Ither so sehr dafür

interessierte.

«Bist du die Wand schon mal hochgeklettert?»

«Nein, noch nicht ...» Ither blickte endlich auf. «Die Felsen sind einfach zu nass hier.»

Tatsächlich waren die Wasserfälle, die in die Sammelbecken hinabstürzten, so nahe, dass der Wind von Zeit zu Zeit einen erfrischenden Sprühregen heranwehte. Siez kannte das Problem. Die Wände an dieser Seite der Höhle waren von unzähligen Quarzadern durchzogen, die schon im trockenen Zustand so glatt waren, dass man sie nur schwer erklettern konnte. Und er hatte nicht vor, Ither auf dumme Gedanken zu bringen. Er wechselte das Thema.

«Wir sollten jetzt aufbrechen. Ich will in der Taverne sein, bevor der Spaß losgeht. Und ich glaube, wir können alle noch ein kleines Bad vertragen.»

«Du hast recht.»

Ither drehte sich um und kam in ihre Richtung. Siez legte Ilandra eine Hand auf die Schulter und führte sie zurück zum Weg.

«Die Taverne wird dir echt gefallen. Es ist –»

Siez hörte, wie Ither hinter ihnen in den Laufschritt wechselte. Aber in die falsche Richtung! Auch Ilandra schien das bemerkt zu haben. Sie beide wirbelten herum. Gerade noch rechtzeitig, um ihn abspringen zu sehen.

«Du bist total verrückt!», schrie Siez ihm hinterher, aber er bezweifelte, dass Ither davon irgendetwas hörte.

Ither liebte den Nervenkitzel. Wie das Adrenalin seinen Puls hochpeitschte und seinen Körper in einen Alarmzustand versetzte, der alle seine Sinne über die Maßen schärfte. Es war wie ein Rausch! Und er war süchtig danach.

Ither hatte sich weit vom Rand abgestoßen, und doch war es so, als würden die Felsen zum Greifen nah an ihm vorbeischnellen. Die schwarze Wasseroberfläche jagte auf ihn zu. Ither schloss die Augen, führte die ausgestreckten Arme über seinen Scheitel zusammen und straffte seinen ganzen Körper.

Der Sturz dauerte nur etwa zweieinhalb Sekunden. Es war ein perfekter Kopfsprung. Ithers Fingerspitzen stießen in das Wasser, brachen die Oberfläche auf. Ither tauchte ein. Sein Fall wurde abrupt abgebremst und das kalte Wasser schlug über ihm zusammen. Alle Geräusche waren mit einem Mal ausgeschaltet, als wäre er in eine andere Welt katapultiert worden. Sein Herz jagte, und sein Körper setzte Unmengen an Dopamin frei. Der Kick war unglaublich!

Ither bog sich durch und glitt in Richtung Wasseroberfläche. Als er auftauchte, war das Rauschen der Wasserfälle beinahe ohrenbetäubend.

Er musste das unbedingt wiederholen!

Siez konnte es immer noch nicht fassen, er stand mit offenem Mund da. «Aber wir wollten doch ...»

«Baden?» Ilandra sah ihn auf einmal so eigenartig an. Dann murmelte sie ein paar Fetzen Magierkauderwelsch und lief los. Ebenfalls in Richtung Abgrund!

«Wir sehen uns dann in der Taverne!», rief sie vergnügt.

«Aber ...»

Ihre Füße hinterließen beim Laufen einen eigenartigen, schimmernden Nebel, der sich schnell wieder verflüchtigte.

«Keine Sorge. Ich tu mir schon nichts!»

Dann sprang sie. Und Siez stand plötzlich allein auf der hohen Klippe.

«Sind heute eigentlich alle verrückt geworden?» Er schüttelte fassungslos den Kopf, obwohl niemand mehr da war, der es hätte sehen können. Doch er machte sich keine Sorgen um Ilandra. Ihren magischen Fähigkeiten traute er so ziemlich alles zu.

*Ganz schön frech.* Siez grinste. Ilandra hatte ihn gerade einfach stehen lassen. Dabei war er ihr gegenüber deutlich höher gestellt.

Eines stand zumindest fest: *Er* würde auf gar keinen Fall *da* runterspringen. Die Höhe war eine Sache, die scharfkantigen Felsen auf dem Grund der Sammelbecken eine andere. Ither scheute solche Risiken nicht. Doch Siez hing an seinem Leben. Eine seltsame Eigenart für einen Schatten.

Irgendwie belustigte ihn der Gedanke.

Siez setzte sich in Bewegung. Ein bisschen mehr Laufen würde seinem Training so oder so guttun.

Sie saß auf ihm, strich mit ihren Händen über seinen stahlharten Oberkörper. Wasser tropfte aus ihrem Haar auf seine schwarze Haut und suchte sich einen Weg an seinen Seiten hinab.

Das, was sie hier tat, war vollkommen verrückt. Sie war einen Abhang hinuntergesegelt, der so hoch war, dass sie nicht einmal sicher hatte sein können, dass ihr Schwebezauber dafür ausreichen würde. Und jetzt war sie hier ganz allein mit einem der Männer, von denen sie sich immer hatte fernhalten sollen.

Und es fühlte sich gut an. Es fühlte sich wahnsinnig gut an!

Ilandras Hand wanderte zu seiner Flanke, betastete das ausgeprägte Relief seines Sägemuskels. Er berührte sie und schob ihre Hüfte so weit zurück, dass sie ihn jetzt genau spüren konnte. Trotz ihrer nassen Kleider. Ihr triefendes Wams spannte sich eng über ihrem Busen. Seine Hände glitten über ihre Taille zu ihrer Brust und weiter bis zu ihren Schultern ...

Dann rollte er sie ab! Er war plötzlich über ihr, hielt ihre Handgelenke mit seinen Händen fest und sah ihr in die Augen. Für einen Moment war es, als suche er nach irgendetwas. Dann küsste er sie. Wild und fordernd. Seine Zunge schob ihre Lippen auseinander, drang in ihren Mund und suchte ihre. Auf diese Weise hatte sie noch nie jemand geküsst! Es war wie ein Tanz. Ither führte, und sie erwiderte den feurigen Kuss.

Schließlich gab er eine ihrer Hände frei, schob ihr nasses Wams hoch und –

«Sagt mal ...»

Ither zuckte zusammen, als die Stimme das Rauschen der Wasserfälle durchschnitt, beendete aber zuerst den langen, ungestümen Zungenkuss, bevor er von Ilandra abließ und sich Siez zuwandte. Der grinste die beiden verschmitzt an.

«Kann es sein, dass ich ungelegen komme?»

«Du hast ein Talent für unpassende Auftritte.» Ither sah ihn drohend an, doch Ilandra entging nicht der leise Anflug eines Grinsens auf seinem Gesicht.

«Wie lange bist du eigentlich schon hier?»

«Lange genug.» Siez grinste jetzt von einem Ohr bis zum anderen.

Ither sah Ilandra noch einmal an. In seinem Blick ... da war etwas ... Doch er stand auf, bevor Ilandra sicher sein konnte, was sie da gerade gesehen hatte.

# 17

Siez hob seinen Becher und nahm einen tiefen Schluck des heißen, schaumigen Weins. In der Taverne herrschte eine großartige Stimmung. Die Spielmänner ließen wilde Musik erklingen und leichtbekleidete Tänzerinnen versüßten den Gästen den Abend. Siez war voll in seinem Element. Er setzte den Becher ab und wischte sich den Schaum vom Mund.

«Bist du sicher, dass du keinen willst? Der schmeckt einfach fabelhaft!» Was entweder am Wein selbst oder an der Menge liegen mochte, die Siez bereits getrunken hatte.

Ither sah ihn an und setzte diesen belehrenden Gesichtsausdruck auf. Er trug bereits den Wappenrock der Schattenkrieger, da er Reykah beim nächsten Wachwechsel ablösen würde.

«Ja, ich weiß schon – die Wache ...»

«Ich bleibe bei Wasser.»

Während Ither trank, wanderte sein Blick forschend über die feiernden Dunklen. Siez hatte ihn noch nie entspannt gesehen und hatte es aufgegeben, ihn verändern zu wollen. Diese Marotten würde er wohl niemals ablegen.

Siez hatte sich schon oft gefragt, warum Ither so getrieben war, vermutlich hatte es mit seiner Vergangenheit zu tun. Das Leben als Hausloser war mit Sicherheit nicht leicht gewesen und womöglich düsterer, als sie alle dachten.

Siez wischte den Gedanken beiseite und wandte sich Ilandra zu, die jetzt ausgelassen applaudierte. Siez tat es ihr gleich, als die Spielmänner sich verbeugten.

«Spielt, spielt, spielt!» Die Dunklen riefen nach einer Zugabe und der Sänger der Truppe nickte seinen Leuten zu. Sie begannen ein neues Lied.

«Das ist einfach großartig! So etwas habe ich noch nie erlebt!» Ilandra strahlte. Sie war unglaublich schön. Die hohen Wangenknochen, der sinnliche Mund ...

Siez lächelte. «Genieße dein neues Leben. Es hat nicht nur Schattenseiten.»

Während er sich noch über den Doppelsinn seiner Worte amüsierte, bemerkte Siez, dass Ither argwöhnisch den Eingang musterte. Er folgte seinem Blick und sah drei Männer, die langsam auf ihren Tisch zukamen.

Ither wandte sich wieder seinem geschmacklosen Getränk zu. Doch Siez wusste, dass er die drei weiterhin aus den Augenwinkeln beobachtete.

Zwei der Dunklen blieben zurück, doch der dritte kam zu ihnen herüber und wandte sich Ilandra zu, die ihn erst jetzt zu bemerken schien.

«Wieso treibt sich eine so schöne Frau mit dem Schattengesindel herum?», fragte er.

Siez musste grinsen. Er hatte einen passenden Spruch auf Lager, aber er überließ Ilandra die Antwort.

«Vielleicht weil ich auch zum Gesindel gehöre?» Sie strafte ihn mit einem eiskalten Blick. «Du solltest besser aufpassen, was du sagst.»

Siez sah das leichte Zucken in Ithers Mundwinkel und musste noch heftiger grinsen. «Du hast die Lady gehört, Mann», setzte er hinzu. Doch der Fremde beachtete ihn nicht. Sein Blick lag immer noch auf Ilandra.

«Verstehe ...» Er kam noch etwas näher an sie heran. «Du bist also von der ungestümen Sorte. Soll mir recht sein. Willst du mich nicht begleiten?»

«Nein.»

«Ich warne dich, Mädchen ...»

Siez' Hand glitt zu seinem Dolch. Vorsichtshalber.

«... ich bekomme immer, was ich will.»

«Lass sie in Ruhe!» Ithers Stimme war wie das Grollen eines Raubtiers.

Der Dunkle sah jetzt zu ihm hinüber und schob angriffslustig das Kinn vor. Doch Ither würdigte ihn keines Blickes, sondern betrachtete in aller Ruhe den Inhalt seines Bechers.

Der Fremde schnaubte. Offenbar suchte er Streit. Siez' Hand schloss sich etwas fester um den Griff seiner Waffe.

«Von einer Stadtschlampe lass ich mir gar nichts sagen.»

«Pass auf, was du sagst!», rief Xoi, der zusammen mit ihnen hier war.

«Ich mach das.» Ither stand langsam auf. Die Musik erstarb.

«Willst du ein paar aufs Maul, oder was?»

«Immer.»

Ither legte den schwarzen Umhang ab, zog sein Schwert und warf es auf den Tisch, wo es mit einem Poltern landete.

Ein erschrockenes Raunen ging durch den Raum. Danach wurde es ganz still.

«Ohne Waffen. Draußen.» Ither zog seinen Dolch und reichte ihn Ilandra.

«Einverstanden.»

Der Fremde zeigte seine leeren Handflächen und ging zwei, drei Schritte zurück. Er ließ Ither den Vortritt.

Ilandra wollte ihnen folgen, doch Siez hielt sie zurück.

«Misch dich da lieber nicht ein.»

Der Fremde folgte Ither bis zum Eingangsbereich der Taverne. Dort zog er plötzlich ein Messer! Die kurze Klinge funkelte im Licht des magischen Feuers. Er musste sie in seinem Ärmel verborgen gehabt haben. Siez wollte eine Warnung rufen, doch Ither, der dem Dunklen immer noch den Rücken zuwandte, reagierte schneller.

Er wich dem Angreifer aus, packte seine Waffenhand und stieß ihm mit dem Ellenbogen seines anderen Armes in den Bauch. Der Dunkle krümmte sich, das Messer glitt aus seiner Hand. Ither warf ihn über seine Schulter und hatte ihn im Schwitzkasten, bevor die Umstehenden überhaupt reagieren konnten.

«Ein Messer!»

«Er hat ...»

«Unglaublich!»

Siez sah den Zorn in Ithers Augen aufblitzen, als er den Fremden vor seinem Körper fixierte. Mit der einen Hand griff er nach dem Kinn des Dunklen. Siez wusste genau, was das bedeutete – und wandte den Blick ab.

Er sah gerade noch, wie Ither zu dem ruckartigen Stoß ansetzte. Ither würde ihm das Genick brechen! Siez schloss die Augen.

Doch das erwartete Krachen blieb aus. Stattdessen hörte er nur ein atemloses Keuchen.

Siez öffnete vorsichtig die Augen.

Ither hatte die Drehbewegung mit seiner anderen Hand gestoppt. Er ließ den Fremden los, der jetzt zitternd nach vorne auf den Boden stürzte.

Xoi, der aufgesprungen war, setzte sich jetzt wieder hin. Die Erleichterung im Raum war beinahe greifbar.

Ither beugte sich über den Fremden. «Du solltest aufpassen, was du über uns Schatten sagst,

Großmaul.» Seine Stimme war drohend. «Es könnte sich herumsprechen, dass du deine Zunge nicht im Zaum hast.»

Die beiden Männer, die den Fremden begleitet hatten, kamen jetzt näher. Ither musterte sie beiläufig. Sie stellten keine Bedrohung für ihn dar.

Der Fremde stand auf und drehte sich zu Ither um, seine beiden Schergen im Rücken.

Ither schob ihm das Messer mit einem Fußtritt zu.

«Schatten brauchen keine Waffen, um jemanden zu töten. Merk dir das fürs nächste Mal ...»

Der Dunkle blickte ihm in die Augen. Da war etwas Zynisches in seinem Blick, das Ither nicht erwartet hatte.

«Möglicherweise hatte er ja recht, vielleicht bist du es wirklich ...» Seine Stimme war so leise, dass nur Ither ihn hören konnte. Wusste dieser Scharlatan vielleicht etwas über seine Vergangenheit? Oder hatte er sich nur verhört? Ither konnte ihn unmöglich hier zur Rede stellen.

«Kommt, wir verschwinden.»

Sie zogen ab. Ither blickte den dreien mit kühlem Blick hinterher. Es würde nicht leicht werden, sie in der riesigen Stadt wiederzufinden. Aber es war nicht unmöglich. Wahrscheinlich hatte sich der Fremde sowieso geirrt, und Ither maß dem Ganzen zu viel Bedeutung bei.

Aber was, wenn nicht? Ither kannte keine Beschreibung für das, was er gerade empfand. Aber es fühlte sich ganz ähnlich an wie in dem Moment, als er auf diesem Karren erwacht war.

Ither wandte sich erst um, als die drei Dunklen die Taverne verlassen hatten. Dann ging er zurück zum Tisch. Es war immer noch totenstill im Raum, alle starrten ihn an und senkten die Köpfe, sobald er ihren Blicken begegnete. Obgleich es ihm auch schmeichelte, Ither hasste das.

Er sah die Spielmänner an und nickte ihnen zu. Es brauchte nur ein paar Handgriffe, bis sie erneut aufspielten.

Ither setzte sich. Die Stimmung war binnen Sekunden wieder so ausgelassen wie vorher. So sensationshungrig die Dunklen an diesem Abend waren, sosehr waren sie auch in Feierlaune.

«Krasse Nummer, Mann.»

«Jap», bestätigte Xoi. «Ich dachte, du brichst ihm den Hals.»

Siez schob ihm sein Schwert zu. Ither nahm es und steckte es weg.

*Wenn er wirklich etwas wusste ...*

Ilandra legte eine Hand auf seine, als er den Schwertgriff losließ. Sie sah ihn mit ihren Silberaugen an und ihr Mund verzog sich zu einem sinnlichen Lächeln. Dann reichte sie ihm seinen Dolch.

«Danke, *Schattenkrieger.*»

Ein paar Stunden später traf Ither Reykah zum Wachwechsel. Sie standen unterhalb der Wehrmauer und tauschten einen Handschlag. Beide trugen das Wappen der Schattenkrieger. Sie glichen einander wie Spiegelbilder.

«Irgendwelche besonderen Vorkommnisse?»

«Keine. Aber da ist Besuch für dich.»

Ither blickte zu Tokah, der an der Treppe stand, die zu den Wehrgängen hinaufführte.

«Ja. Schon gesehen.»

«Wahrscheinlich hat er das von der Taverne gehört. Hat sich schon rumgesprochen, dass du den Leuten da mächtig Angst gemacht hast.»

«Halb so wild. Ich hab ihm nichts getan.»

Reykah grinste Ither an.

«Hab ich auch gehört.»

Ither erwiderte sein Grinsen, dann tauschten sie einen zweiten Handschlag.

Ither ging zu der steinernen Treppe hinüber. Tokah wartete bereits auf ihn, die Arme vor der Brust verschränkt.

«Gibt es irgendwas, das ich wissen sollte?», fragte er. Ither war sich nicht sicher, ob Tokah den Vorfall mit dem Gra Res Tar oder die Auseinandersetzung in der Taverne meinte. Aber im Grunde interessierte es ihn auch nicht.

«Nein.»

Ither wollte an ihm vorbeigehen, doch Tokah hielt ihn mit einer Hand zurück. Seine Augen verengten sich zu weißen Schlitzen, als er versuchte, in Ithers Gesicht zu lesen.

«Ich warne dich ...» Tokahs Stimme war ernst. «Verbrenn dir nicht die Finger an der Gra Res Tar.»

Darum ging es also. Ither konnte ein Zucken in seinem Mundwinkel nicht verhindern. Er hätte es wissen müssen.

Tokah sah ihn forschend an. Aber Ither hatte nicht vor, irgendetwas zu erklären. Auch wenn Verbindungen unter den Schatten nicht gern gesehen wurden, es ging Tokah nichts an. Und noch war nichts passiert.

«Werd ich nicht.» Ither begegnete ihm mit festem Blick. Tokah war der Waffenmeister der Garnison und er hatte ein begründetes Interesse daran, dass Ither den Fokus nicht verlor. Sollten die Cardoc ihn auswählen, würde die Gilde eine nicht ganz unerhebliche Ablöse erhalten. «Gibt es sonst noch etwas?»

Als Tokah nicht antwortete, setzte Ither sich in Bewegung. Der Waffenmeister ließ ihn ziehen.

Ither nahm gleich mehrere Stufen auf einmal. Als er oben ankam, wartete sie bereits auf dem geschützten Wehrgang. Ilandra beugte sich zwischen zwei Zinnen über die massive Mauer und betrachtete die daruntergelegene Straße. Ither ging langsam zu ihr hinüber. Er wusste, dass sie ihn gehört hatte. Aber sie sah ihn erst an, als er sie berührte.

Er befand sich direkt hinter ihr, und sie drehte den Kopf zur Seite, um ihm diesen hungrigen Blick zuzuwerfen. Sie hatten lange genug gewartet.

Ither legte eine Hand auf ihren Bauch, so wie er es bei ihrem ersten Schwerttraining getan hatte. Doch diesmal war sie es, die sich gegen ihn schob und damit eindeutige Bereitschaft signalisierte. Seine Hand glitt weiter nach unten. Und er gab ihr einen nicht ganz zärtlichen Nackenbiss.

Als Siez über den äschernen Platz schritt, hatte er wahnsinnige Kopfschmerzen. Die zwei, drei Stunden Schlaf und der kurze Besuch bei Tisha hatten nicht gereicht, um die Nachwirkungen des vergangenen Abends zu vertreiben. Jetzt wünschte er sich, er hätte vielleicht ein oder zwei Becher Wein weniger getrunken. Denn in den nächsten Stunden würde es auf seine Konzentrationsfähigkeit ankommen.

Siez war unterwegs, um Ither bei der Wache abzulösen. Er hatte ihm versprochen, dass er ihm vor der Auswahl noch etwas Zeit verschaffen würde. Und Siez wusste auch, wo Ither hinwollte. In die Tunnel. Um zu jagen.

Siez zog gerade die Schnallen seiner Armschienen fester, als ihm jemand entgegenkam. Er blickte auf und stellte erstaunt fest, dass es Ilandra war.

«Immer noch nicht im Bett?»

Sie lächelte ihn an.

«Nein, ich konnte nicht schlafen ...»

«Du solltest zusehen, dass du zügig in dein Quartier kommst. Tokah will morgen früh starten.» Und er hatte so einiges mit ihnen vor. Schließlich würde das Training während der Auswahl völlig ausfallen. Alle, die sich nicht gemeldet hatten, würden das Gelände räumen müssen. Die Cardoc bestanden darauf.

«Mach ich.» Sie lächelte, als sie an ihm vorbeiging. Siez wandte sich um, um ihr nachzusehen. Sie hatte Beine bis zum Himmel und einen Hintern, den er nicht nur mit seinen Händen gern berührt hätte. Was ihm aber auch nicht entging, war dieser besondere, etwas steifbeinige Gang, den er oft genug gesehen hatte, um genau zu wissen, was er bedeutete. Siez schüttelte grinsend den Kopf.

Als Siez die letzten Stufen nahm, pochte sein Kopf gewaltig. Ither wartete an seinem Posten und beobachtete zwei Halbstarke, die sich auf der Straße vor der Mauer balgten. Es war nichts Ernstes und so schnell vorüber, wie es begonnen hatte. Einer der beiden zog sich zurück, und der andere ließ ihn ziehen.

Ither behielt die beiden noch einen Moment im Blick. Dann sah er auf.

Siez machte sich nicht einmal die Mühe, sein Grinsen zu verbergen.

«Bei der Wache? Doch nicht wirklich bei der Wache! Oder?»

Ither grinste. Gab ihm aber keine Antwort.

«Ich wusste es!»

Siez hatte eine gaunerische Freude daran, dass Ither einmal seine Pflichten vernachlässigt hatte. Doch Ither ließ es ihn nicht auskosten, sondern wechselte das Thema.

«Was ist mit Tisha?» Treffer. «Sie war heute nicht in der Taverne.»

Um ehrlich zu sein, wusste Siez es gar nicht genau. Und er fühlte sich ein wenig schuldig deswegen. Auch wenn sie sich nie so genannt hatten, Tisha war so etwas wie seine Gefährtin. Zumindest immer mal wieder. Eine dieser unkomplizierten Geschichten. Und Siez' liebste.

«Ich weiß auch nicht, was mit ihr los ist. Sie will nicht darüber reden.»

«Macht ihr Vater immer noch Ärger?» Ithers Blick war ernst, doch Siez lachte.

«Und wie. Ich glaube, das wird auch so bleiben, solange ich nicht die Finger von seiner Tochter lasse.»

«Kann man ihm nicht verdenken.»

Ither hatte recht. Doch Siez überspielte es mit einem weiteren Grinsen. «Ich weiß nicht, was er hat. Ich bin doch eine super Partie.»

Die Wahrheit war, dass jeder Schatten bei seiner Weihe nicht nur allen Banden und Verpflichtungen entsagte, sondern auch allem Besitz. Bei den Schatten gab es weder Sold noch Belohnung und nichts, womit er für Tisha hätte sorgen können. Siez wusste in Wahrheit ganz genau, warum ihr Vater etwas gegen ihre kleine Liaison hatte.

«Warst du bei ihr?»

«Ja ...»

«Hat er dich bemerkt?»

Siez schnaubte belustigt.

«Wo denkst du hin? Ich bin zum Fenster rein. – Nein, das ist es nicht.» Siez atmete hörbar aus. «Tisha ist im Moment so seltsam. Sie will nicht, dass ich sie anrühre, und Sex ist schon mal gar nicht drin. Sie will, dass ich sie küsse und streichle, doch dann hält sie mich fern ...»

Siez registrierte Ithers verwunderten Blick.

Das war auch eine seiner Eigenarten. Sex bedeutete ihm offenbar nicht viel. Ebenso hatte Siez noch nie erlebt, dass Ither eine seiner Trophäen jemals geküsst hätte, er ließ es ja nicht einmal zu, dass sie sein Gesicht berührten. Als wären Küsse etwas Besonderes, als wären sie intimer als jede andere körperliche Berührung. Siez hatte ihn einmal danach gefragt, aber Ither hatte es ihm nicht erklärt.

Doch jetzt, wo er darüber nachdachte, fiel Siez auf, dass Ither Ilandra bei den Wasserfällen ...

«Du hast sie geküsst!»

«Nein.»

«Ich meine Ilandra.»

Ither blickte zur Seite, blieb aber erneut jede Antwort schuldig. Siez' Augen weiteten sich vor Erstaunen. Ja, er hatte Ilandra geküsst!

Als Ither ihn wieder ansah, war sein Blick kühl und ernst. Es war eindeutig, dass er nicht darüber reden wollte.

«Besondere Vorkommnisse?»

«Nein.»

Dann tauschten sie einen Handschlag.

# 18

Seine Hand fuhr mit viel Kraft über die schwarze Klinge. Er hatte fast alle Rückstände beseitigt.

Ither kniete im seichten Wasser und befreite seine Waffe von dem letzten angetrockneten Sozoahblut. Heute hatte er Erfolg gehabt. Er hatte einen nahezu makellosen Rückenpanzer erbeutet. Daraus würde er einige Teile seiner Rüstung herstellen können.

Ither lächelte zufrieden, während er die Waffe mit der einen Hand gegen den steinigen Grund stemmte und mit der anderen die hartnäckigen Krusten abscheuerte. Unter Wasser ließen sich die Rückstände wesentlich einfacher entfernen als im Trockenen.

Ither blickte auf. Das Wasser war kalt, und das Rauschen der Wasserfälle überdeckte beinahe jedes Geräusch. Doch irgendetwas hatte seine Aufmerksamkeit erregt. Irgendetwas stimmte nicht. Seine weißen Augen zuckten suchend über die entfernten Felsen. Eine Bewegung. Er war nicht allein! Zwei, nein drei Gestalten. Doch noch bevor Ither sie richtig sah, stach etwas in seinen linken Oberarm. Die Stelle wurde beinahe augenblicklich siedend heiß. Ither griff danach und zog das Ding aus seinem Arm, den Blick auf die drei Männer gerichtet, die sich jetzt von Weitem näherten. Doch seine Sicht verschwamm. *Verdammt!* Seine Sinne begannen sich zu trüben. Das braune, pelzige Ding mit der Nadel am Ende – das war ein Giftpfeil. Und darauf prangte das Wappen der Gra Res Tar. *Elende Feiglinge!*

Die Substanz tat ihre Wirkung. Die schwarze Klinge glitt lautlos unter die Wasseroberfläche, ohne dass

Ither sie hatte loslassen wollen. Den leichten Pfeil spürte er nicht mehr in seiner Hand. Ither verlor das Gefühl in den Händen! Die drei würden bald bei ihm sein. Er versuchte aufzustehen, sich bereit zu machen, aber seine Beine regierten so träge, als wäre er betrunken. Die Geräusche der Wasserfälle waren auf einmal eigenartig dumpf. Was auch immer das für ein Gift war, es stammte nicht von einem der Straßenhändler. Es musste das Werk eines Alchimisten sein.

Ither sah die drei Männer näher kommen. Ganz langsam, als hätten sie alle Zeit der Welt. Und er spürte, wie sich das Gift in seinem Körper ausbreitete, wie das Brennen seinen Arm verließ und über seine Schulter strömte. Beide Hände waren jetzt taub. Ither wusste, dass die Substanz in seine Blutbahn gelangt war und sich mit jedem Herzschlag weiter ausbreitete.

Dann waren sie bei ihm. Ither versuchte erneut, sich aufzurichten, aber sein Körper gehorchte ihm nicht. Es war zwecklos. Zwei, drei unendlich lange Sekunden vergingen.

Dann traf ihn ein harter Tritt ins Gesicht. Sein Kopf wurde in den Nacken geschleudert. Er hörte den feinen Knochen in seinem Nasenrücken brechen, spürte den Schmerz aber nur ganz weit entfernt und viel zu stumpf. Dann traf ihn ein weiterer heftiger Tritt in die Seite. Ither stürzte. Und die Welt überschlug sich. Da war Wasser in seinem Gesicht. Der Schmerz in seiner Flanke verebbte viel zu schnell.

Jemand zog ihn ans Ufer. Ithers Körper war wie betäubt. Das Gift lähmte seine Muskulatur, berauschte seine Sinne, doch sein Geist war wach. Er registrierte, wie die drei Angreifer jetzt wahllos auf ihn eintraten. Er hatte es nicht mit Profis zu tun, denn ihre Tritte verfehlten die entscheidenden Körperregionen. Aber sie waren auch keine Gra Res Tar, denn die Magier würden sich an ihm nicht die Finger schmutzig machen.

Irgendjemand von ihnen bellte harsch ein paar Worte, die Ither nicht verstand. Dann wurde er auf die Füße gezogen. Zwei der Männer hielten ihn an den Armen, während sich der dritte vor Ither aufbaute. Ither sah ihn an. Er erkannte ihn. Es war das Großmaul aus der Taverne. Kein Zufall.

«Wie es aussieht, bist du jetzt nicht mehr so angriffslustig, *Schatten.*» Er spuckte auf den Boden. «Wo ist die Karte?»

*Karte?* Ither wusste nichts von irgendeiner Karte. «Verpiss dich ...» Ithers Stimme war undeutlich.

«Ich würde dir raten, freundlicher zu sein ...» Sein Gegenüber zog einen kleinen, gläsernen Flakon aus seiner Tasche. Ein edles Stück, das ganz bestimmt nicht in diese schmutzigen Hände gehörte. «Das hier ...», er schwenkte das Fläschchen vor Ithers Augen, «... ist das Einzige, was dir noch helfen kann. Ich schlage also vor, du verrätst mir, wo diese verdammte Karte ist.» Am Arm trug er das Band der Hauslosen. Genau wie Ither. Sie hatten also etwas gemeinsam. Das war aber vermutlich auch schon alles.

«Ich habe keine Ahnung, wovon du sprichst.»

Der Dunkle schlug ihm mit der Faust ins Gesicht. Viel zu lasch. So, als hätte er Angst, sich die Finger zu brechen.

Ither schnaubte verächtlich.

Dieser Besuch hatte zweifellos etwas mit seiner Vergangenheit zu tun. Aber Ither konnte sich beim besten Willen an keine Karte erinnern. Er hatte damals nichts bei sich gehabt als die schwarze Klinge, die jetzt irgendwo da drüben unter der Wasseroberfläche schlummerte. Es sah gerade nicht besonders gut für ihn aus.

«Ich weiß, wer du bist ...», zischte sein Gegenüber ihn an.

«So? Dann weißt du mehr als ich.»

«Ich weiß, dass du das hier nicht verdient hast.» Er öffnete den Flakon und goss den Inhalt auf den Boden. Langsam, aber stetig. Ither wollte ihn aufhalten, doch die beiden Männer, die ihn fixierten, hielten ihn mit Leichtigkeit zurück.

«Ich will wissen, wo die Karte ist ...» Er gehörte nicht zu den Gra Res Tar, aber möglicherweise arbeitete er für sie. Bedeutete das, dass Ither selbst für die Gra Res Tar gearbeitet hatte? Oder war er der Gegenspieler? Hatte er den Gra Res Tar diese Karte gestohlen? Selbst wenn, er erinnerte sich nicht daran. Also auch nicht, wo er sie versteckt haben könnte.

«Schön für dich», erwiderte er. «Aber wie ich bereits sagte: Ich weiß nichts von einer Karte.»

Der Dunkle antwortete mit einem Schlag. Ither schmeckte das Blut in seinem Mund. Aber er registrierte auch noch etwas, das viel wichtiger war: Sein Herzschlag erhöhte sich. Das war gut. Das bedeutete, dass es noch etwas gab, was ihn aus dieser Situation befreien konnte: Stress.

«Du schlägst zu wie ein Mädchen!», köderte er sein Gegenüber.

Die nächsten Schläge wurden heftiger. Ithers Körper setzte Unmengen an Botenstoffen frei, die die Rezeptoren überschwemmten und so Teile des Giftes verdrängten. Ein temporärer Effekt. Sein Gegner durfte also nicht aufhören. Es brauchte mehr, um Ithers Sinne zurückzuholen.

«Ich werde dir nicht sagen, wo die Karte ist.»

Ither kassierte einen Schlag nach dem anderen. Der gedämpfte Schmerz wurde intensiver. Und er spürte auch, wie er langsam wieder etwas Kontrolle zurückerlangte. Stück für Stück. Es war ein Ausweg. Möglicherweise der einzige.

Ither hob den Kopf und funkelte sein Gegenüber bösartig an. «War das schon alles, was du drauf hast, Weichei?»

Der Angreifer antwortete sofort. Mit einem Schlag in die Magengegend. Ither keuchte schwer, weil der Angriff entspannte Muskeln traf, die seine Innereien so kaum schützen konnten. Aber er konnte spüren, wie sein Gleichgewicht zurückkehrte. Und er konnte jetzt auch die Griffe der beiden anderen fühlen, die ihn in dieser Haltung fixierten.

«Ist ja niedlich», höhnte er.

Ein Schlag traf ihn ins Gesicht. Der zweite war ein Haken in die Rippen, der dritte zielte auf Ithers Bauch. Der Angreifer holte weit aus ... Das musste reichen!

Seine Faust traf hart auf plötzlich blockierte Bauchmuskeln. Ither hörte das Krachen, als Nummer eins sich die Mittelhand brach. Sein Peiniger wich erschrocken zurück. Die beiden anderen lockerten ihre Griffe. Ither nutzte den Überraschungsmoment, befreite seinen rechten Arm und rammte Nummer zwei den Ellenbogen in den Solarplexus.

Ithers linker Arm war immer noch betäubt, also schlug er Nummer drei mit der rechten Faust ins Gesicht. Er ging sofort zu Boden. Nummer zwei wich zurück.

«Na los! Macht schon!», befahl Nummer eins.

«Bist du bescheuert?!»

Nummer drei rappelte sich vom Boden hoch.

Ither schwindelte. Seine Bewegungen kamen ihm unendlich langsam vor. Er wusste, dass er nicht viel Zeit hatte. Aber es würde reichen, um diesen Flachpfeifen gehörig Angst zu machen.

Kurze Zeit später fischte Ither im eiskalten Wasser

nach seiner Waffe. Sein ganzer Körper zitterte in unkontrollierten Schüben. Er war klitschnass und fror. Jetzt, wo ihn niemand mehr attackierte, war es, als würde das Gift mit doppelter Wucht zurückkehren. Sein Körper baute die Stresshormone ab und machte so den Weg wieder frei für die giftige Substanz. Er hatte kaum noch Gefühl in den Fingern. Aber die schwarze Klinge würde er nicht hier zurücklassen.

Zwei der Angreifer lagen am Boden, der dritte war geflohen und würde den Gra Res Tar sicher eine nette Botschaft überbringen.

Ither ging diesem Gedanken nicht weiter nach. Es war nicht seine Art, jemanden entkommen zu lassen. Aber er kannte seine Grenzen. Und diese hier reizte er gerade unerbittlich aus. *Komm schon!*

Endlich stießen seine Fingerspitzen gegen gezacktes Metall. Er tastete nach dem Griff und zog die schwarze Klinge aus dem Wasser. Er vergewisserte sich, dass er den Gra-Res-Tar-Pfeil noch bei sich hatte. Dann stand er umständlich auf. Er musste so schnell wie möglich zum Heiler. Ithers Herzfrequenz näherte sich bereits seinem Ruhepuls, sein Blick verengte sich tunnelartig. Aber er würde es schaffen. Er musste es schaffen. Die Auswahl stand kurz bevor. Zum Ende der Nachtruhe würde es so weit sein. Und diese drei Feiglinge würden ihm keinen Strich durch die Rechnung machen. Er war viel zu nah am Ziel, um jetzt aufzugeben!

Ither setzte sich in Bewegung. Er wusste, dass Lius Privatquartier in der Südstadt lag. Und er wusste auch, dass der Heiler heute Nacht dienstfrei hatte. Unter normalen Umständen war Lius Haus von den Wasserfällen aus schnell zu erreichen. Ither hoffte nur, dass der Heiler wirklich so ein Stubenhocker war, wie er immer geglaubt hatte. Bis zur Garnison würde er es unmöglich schaffen. Und andere Heiler kannte er nicht.

Spätestens seitdem er die Stadtgrenze erreicht hatte, war an ein zügiges Vorankommen nicht mehr zu denken. Ithers Beine sackten immer wieder unter seinem Gewicht zusammen und er stürzte mehr als einmal unkontrolliert in den Dreck. Das Gift lähmte seine Muskulatur, er bekam kaum Luft und wenn das so weiterging, würde sein Herz irgendwann schlappmachen. Aber er konnte jetzt nicht aufgeben. Er musste an dieser Auswahl teilnehmen! Und er musste Ilandra sagen, dass es ihm gutging.

Ither stützte sich gegen die Mauern der Gebäude, er nahm den kürzesten Weg durch die schmalen Gassen. Es war ihm egal, wenn ihn jemand so sah. Es war ihm sogar egal, wenn ihn jemand mit der schwarzen Klinge sah. Ihm gingen die Optionen aus.

Glücklicherweise verstärkte sich die Wirkung des Giftes jetzt nicht mehr ganz so schnell. Vielleicht lag das an seinem schwächelnden Kreislauf, aber vielleicht war es auch einfach nicht genug gewesen ...

Ither schleppte sich vorwärts. Die Sekunden zogen sich zu Stunden. Seine Kräfte waren beinahe aufgezehrt.

Doch dann, endlich, sah er es. Lius Quartier! Das Heilersiegel an den Mauern ließ keinen Zweifel. Ither stürzte mehr gegen die Tür, als dass er sich dagegen lehnte. Er hämmerte mit seiner tauben Hand dagegen.

Und als hätte Liu seinen Hilferuf erhört, öffnete sich die Tür beinahe im selben Augenblick.

Ither reichte ihm zitternd den Giftpfeil.

# 19

Ilandra saß auf der Wehrmauer und betrachtete das Trainingsgelände. Eigentlich sollte sie nicht hier sein, aber Ilandra war nicht die einzige Schaulustige, die sich das Spektakel nicht entgehen lassen wollte. Kesha gehörte auch dazu. Er saß neben ihr. Tokah hatte ihnen unmissverständlich klargemacht, dass sie während der Auswahl nichts auf dem Gelände zu suchen hatten. Aber die Wehrmauer gehörte streng genommen nicht dazu. Zumindest nicht in den Augen der Schatten, die das Geschehen nicht verpassen wollten.

Ilandra lehnte sich ein wenig vor, um besser sehen zu können. Die Cardoc hatten das gesamte Trainingsgelände für ihr Auswahlritual geblockt. Sie hatten mit Kreide verschiedene Bereiche auf dem Boden markiert und eine Art Parcours aufgebaut.

Die Anwärter hatten sich am Kopf der Garnison aufgestellt. Tokah schritt vor ihnen auf und ab und schärfte ihnen die Regeln ein.

«Erste Regel: Es gibt immer nur einen Kampf zu einer Zeit.»

Ilandra saß so weit entfernt, dass sie gerade noch so in Hörweite war.

«Zweite Regel: Es kämpfen immer nur zwei Mann.»

*Wo bleibt er nur?* Ilandra konnte sehen, wie auch Siez immer wieder zu den Toren blickte. So langsam wurde sie unruhig. Ither war immer noch nicht aufgetaucht. Auch wenn sie in der letzten Nacht nicht mit ihm gerechnet hatte – dass er zu spät zur Auswahl erschien, bereitete ihr echte Bauchschmerzen.

«Dritte Regel: Keine eigenen Waffen. Vierte Regel: Kein Rüstzeug.»

Ilandra versuchte sich mit Zeichnen abzulenken. Sie war keine Künstlerin, aber für ein paar kleine Bilder würde es reichen. Sie hatte Siez versprochen, die Kämpfe zu skizzieren. Für die Chroniken, falls einmal Bilder benötigt würden.

Ilandra fand Siez' Wunsch nach einem Eintrag in den Büchern irgendwie niedlich. Sie musste unweigerlich lächeln, während ihr Graphitstift über den groben Malgrund huschte.

«Fünfte Regel: Keine Magie ...»

Plötzlich war Bewegung hinter ihr.

«Hey, Mann!», sagte einer der Schatten. «Alles klar?» Seine Stimme klang überrascht.

Ilandra fuhr herum. Doch Ither war bereits bei ihr und gab ihr einen Kuss. Dann sah er sie an.

«Woah, was ist denn mit dir passiert?», entfuhr es Kesha, als er Ithers Gesicht sah. Ilandra öffnete den Mund, um etwas zu sagen, doch Ither sah Kesha an.

«Ist halb so wild. Wünscht mir Glück.»

Siez schlug das Herz bis an die Kehle. Er fürchtete fast, dass jemand das Pochen seiner Halsschlagader sehen könnte. Gleich würde er *sie* kämpfen sehen. Die Großmeister der Kriegskunst, die schon so oft in die Geschichte eingegangen waren wie kein anderes Haus.

Die Kampfkunst der Cardoc war legendär. Es hieß, dass jeder Cardoc vom Kindesalter an in den Kampfkünsten unterwiesen und zum perfekten Krieger ausgebildet wurde. Siez wusste, dass es die Höhlenstadt Camousharra ohne die kämpferischen und strategischen Fähigkeiten der Cardoc gar nicht geben würde. Sie hatten das Höhlensystem in der Winterdekade von den Sozoah befreit und das Leben in diesen Höhlen überhaupt erst möglich gemacht. Zum Leidwesen der Gra Res Tar wurde der Cardoc-Clan in den Geschichtsbüchern regelrecht verehrt.

Und heute würde Siez nicht nur davon lesen, sondern vielleicht sogar ein kleines Stück Geschichte direkt miterleben können. Schließlich wurde die Auswahl von den Herolden der Garnison und von Haus Cardoc beobachtet. Und sie alle hatten hart trainiert und würden den Cardoc ehrbare Kämpfe liefern.

Siez wurde aus seinen Gedanken gerissen, als Ither endlich auftauchte. Er blieb neben der Aufstellung stehen und wartete darauf, dass Tokah seinen Appell beendete.

Siez konnte Ither nur aus den Augenwinkeln erkennen und hoffte inständig, dass Tokah ihn trotz seiner Verspätung noch zur Auswahl zulassen würde. Schließlich wusste der Waffenmeister, wie viel Ither an der Rekrutierung gelegen war.

Tokah ließ sich Zeit, bis er seinen Appell beendete und sich Ither zuwandte. Siez, der jetzt bequem stehen und zu den beiden hinübersehen durfte, traute seinen Augen nicht. Ither war verletzt! Die Wunden in seinem Gesicht waren noch frisch, auch wenn sie offensichtlich fachmännisch versorgt worden waren.

«Oh Mann ...», flüsterte Bharan, einer der anderen Elitekämpfer neben ihm. Siez aber war sprachlos. Er hatte noch nie zuvor erlebt, dass Ither so viele Kopftreffer kassiert hatte. Da musste etwas mächtig schiefgelaufen sein.

Auch Tokah musterte ihn. Siez erwartete schon, dass er Ither vom Gelände verweisen würde. Aber stattdessen fragte er nur: «Kannst du kämpfen?»

«Ja.»

Tokahs Blick war ernst, aber Siez entging nicht das zufriedene Zucken in seinen Mundwinkeln.

«Gut. Du kennst die Regeln.»

Ither senkte den Kopf vor dem Waffenmeister und ging zu seinem Platz in der Aufstellung. Seine Bewegungen waren nicht ganz so geschmeidig wie sonst. Ein Anflug von Sorge überkam Siez. Aber er schob sie fort, wie es sich für einen Schatten gehörte. Zumindest versuchte er es. Ither war wie ein wildes Tier, das erst dann aufgab, wenn es endgültig besiegt war. Er selbst hätte nicht den Mut gehabt, verletzt bei der Auswahl zu erscheinen. Aber das zeigte nur einmal mehr, wie wichtig sie für Ither war.

Siez machte sich nichts vor. Er rechnete nicht damit, dass einer von ihnen gegen die Cardoc würde bestehen können. Aber er wusste auch, dass es bei der Auswahl nicht allein um den Sieg ging. Schließlich suchten die Cardoc keine neuen Brüder. Sie suchten Wachen.

Seine Gedanken kehrten zu Ither zurück, als dieser sich neben ihm einreihte und einmal schwer Luft holte.

«Wo bist du eigentlich gewesen?»

Doch noch bevor Ither antworten konnte, kündigten die Trommeln die Ankunft der Cardoc an. Ither bedeutete ihm mit einer knappen Handbewegung, dass sie später darüber sprechen würden.

Liu befand sich noch außerhalb der Garnisonsmauern, als die Cardoc eintrafen. Er war erschöpft. Denn er hatte fast die ganze Nacht gebraucht, um Ither wieder halbwegs auf die Beine zu bringen.

Ither konnte von Glück sagen, dass Liu das passende Gegengift gehabt hatte. Und der Tag, der vor ihm lag, würde vermutlich nicht weniger anstrengend werden. Liu wusste, dass die Cardoc keine Rücksicht auf die Schatten nehmen würden. Das taten sie nie. Es wäre also naiv, nicht mit schwereren Verletzungen zu rechnen. Und Ither war verrückt, dass er in diesem Zustand an der Auswahl teilnahm. Das Gift war immer noch nicht ganz aus seinem Körper gewichen, und er hatte mehr als eine Verletzung, die er wenigstens zwei Wochen auskurieren sollte, bevor er überhaupt ... *Er war stur*. Mindestens genauso stur, wie es sein Vater gewesen war. Der Gedanke rang Liu ein Lächeln ab.

Der Heiler rückte die schwere Arzttasche zurecht und blieb neben dem gewaltigen Torbogen des Haupttores stehen.

Die Cardoc kamen mit einem ganzen Tross von Männern. Trommler spielten einen hitzigen Rhythmus aus federnden Schlägen und kraftvollen Bässen.

Angeführt wurde der Trupp von einem der hochrangigen Offiziere des Hauses. Er hatte auffällig hohe Wangenknochen, silbrige Augen und trug einen gepflegten, weißen Kinnbart. Liu tauschte einen Blick mit ihm und senkte dann knapp den Kopf. Die Cardoc zogen an ihm vorbei.

Die Trommler trugen unterschiedliche, mit Tierhäuten bespannte Trommeln, die sie entweder mit Schlagstöcken oder mit bloßen Händen spielten. In ihrer Mitte gingen sieben Kämpfer. Sie hatten nackte Oberkörper und trugen die schlichten, schwarzen Hosen und die Fellschultern, die für die Ritualkämpfe der Cardoc so charakteristisch waren. Aber keinerlei Waffen.

Sie alle waren imposante Gestalten, doch Lius Blick wurde von dem Mann angezogen, der hinter den Kämpfern schritt. Er konnte spüren, wie sich die Härchen an seinen Armen aufstellten.

Ein *Phantom*.

Der Heiler der Cardoc trug die Kapuze seiner

weißen Robe tief ins Gesicht gezogen und hatte den Kopf gesenkt, sodass man kaum mehr als Kinn und Nasenspitze erkennen konnte. Aber er hatte eine Ausstrahlung, die so stark war, dass sie beinahe physisch spürbar war. Liu sah ihm noch einen Augenblick ehrfürchtig hinterher, bevor er den Blick dem Rest des Trupps zuwandte.

Der mittlere und hintere Teil des Trosses wurde von schwer gerüsteten Kriegern flankiert, die im Gegensatz zu den sieben Kämpfern, die an der Auswahl teilnehmen würden, mattschwarze Sklerotin-Rüstungen und gleich mehrere Waffen trugen. Keine davon glich der anderen. Sie trugen ihre Schwerter oder Äxte entweder an der Hüfte oder auf dem Rücken, und lange Messer in schwarzen Scheiden an den Oberschenkeln.

Der letzte Cardoc im Tross lächelte Liu an, als er an ihm vorbeischritt, und Liu erwiderte das Lächeln.

Er wartete noch, bis alle Cardoc den Torbogen passiert hatten. Dann stahl er sich selbst hindurch.

Tokah ließ den Blick über seine Anwärter schweifen. Das Phantom der Cardoc schritt gerade jeden einzelnen von ihnen ab, um seine Tauglichkeit zu prüfen. Es hielt vor jedem ein paar Sekunden inne, in denen es den Prüfling nur ansah, und ging dann zum nächsten. Das übliche Prozedere. Seine lange weiße Robe hob sich leuchtend von der schäbigen Umgebung ab. Nur ihr Saum war verschmutzt von der gräulichen Asche, die den Boden des Übungsgeländes bedeckte.

Tokah hörte Schritte hinter sich, drehte sich aber nicht um. Er hatte ihn längst an seinem typischen leichtfüßigen Gang erkannt. Kurz darauf stand Liu neben ihm.

«Tokah, wir haben ein Problem», sagte der Heiler

mit gepresster Stimme, den Blick ebenfalls nach vorn auf die Musterung gerichtet. Das Phantom war jetzt bei Nummer fünf angekommen.

«Ja ...» Tokah glaubte zu wissen, was Liu meinte. Sein Blick glitt zu Ither, der am Ende der Reihe stand. Er war verletzt. Es war wichtig, dass er diese Auswahl bestand. Tokah hatte diesbezüglich bereits Pläne gemacht. Und Ithers Leichtsinnigkeit gefährdete alles.

«Ich hatte erwartet, dass er sich wenigstens am Tag vor der Auswahl zurückhält...»

«Tokah, das ist es, worüber ich mit dir reden muss. Es war nicht so, wie du denkst. Es waren die Gra Res Tar!»

«Was?!» Tokah sah Liu jetzt an. Aber der Blick des Heilers ließ keinen Zweifel daran, dass er es ernst meinte. Liu öffnete seine Hand und zeigte ihm den Giftpfeil. Tokah starrte ihn entsetzt an.

«Bei den Geistern!»

«Das Gift hätte ihn beinahe umgebracht ...»

Tokah wurde schwindelig. Ithers offensichtliche Verletzungen hatte er ja gesehen – aber das? Es war wie ein Schlag in den Magen.

Tokah atmete tief durch und verbannte die Emotionen aus seinem Gesicht. Er blickte wieder zu Ither hinüber. Liu ließ den Giftpfeil verschwinden.

«Wie geht es ihm?»

«Er sollte nicht kämpfen.»

Aber dafür war es zu spät. Das Phantom war bereits bei ihm.

«Wie es aussieht, führt kein Weg drum herum», sagte Tokah. «Es sei denn, er verzichtet freiwillig.» Aber das würde er nicht tun, das wussten sie beide.

«Wo hast du ihn gefunden?»

«Er hat mich gefunden ... den Hohen sei Dank!» Auch Liu richtete den Blick nun wieder auf die Reihe der Schattenkrieger. «Sie haben ihm unten am Fluss aufgelauert. Viel mehr hat er sich nicht entlocken lassen.» Liu zog die Schnürung an seinem Ärmel zurecht. «Er wollte nur, dass ich ihn wieder auf die Beine bringe, damit er an der Auswahl teilnehmen kann.»

Das sah ihm ähnlich.

«Wo ist die Waffe? Hat er sie bei sich gehabt?»

«Ja, aber er hat sie auch wieder mitgenommen.»

«Hoffentlich hat ihn niemand damit gesehen. Es ist viel zu risikoreich. Ich war nie ein Freund davon, dass er sie behält ...» Tokah schüttelte kaum merklich den Kopf.

«Er hätte andernfalls nie zugestimmt ...» Lius Stimme war flüsterleise.

«Ja, ich weiß ...»

Aber das machte es nicht besser.

«Wir müssen den Rat informieren», sagte Tokah. «So schnell wie möglich.» Er würde ihnen eine Nachricht zukommen lassen, sobald das Protokoll es erlaubte.

«Kann das Phantom ihn nicht heilen?» Lius Blick ruhte jetzt auf dem weißen Priester.

«Nein, das ist während der Auswahl nicht zulässig. Sie haben sich bereits eingeschworen.» Und sie konnten das nicht abbrechen, ohne die Tarnung zu gefährden. Erst recht nicht jetzt, wo plötzlich die Gra Res Tar wieder ihre Finger im Spiel hatten.

Tokah ging ihre Optionen durch. Es blieben nicht viele.

«Was ist mit den Kämpfern, können wir ihnen nicht wenigstens sagen, wen sie da vor sich haben?», fragte Liu.

«Nein ...» Tokah sah nun ebenfalls das Phantom an. Der Priester stand immer noch direkt vor Ither. «Aber ich wette, *er* weiß es bereits.»

Das Phantom stand direkt vor ihm. Die lange weiße Robe und die schlichte weiße Augenbinde verliehen ihm etwas Geisterhaftes. Er trug die weite Kapuze tief ins Gesicht gezogen und seine Züge verrieten keine Emotion. Sein Gesicht war wie das einer Statue, ohne jede Regung. Er hatte etwas Stolzes an sich und wirkte auf eine sehr befremdliche Weise erhaben.

Der Geistheiler hob den Kopf ein wenig. Hätte er die Augenbinde nicht getragen, hätte Ither ihm in die Augen sehen können. Und obwohl er blind sein musste, hatte Ither das Gefühl, dass er ihn direkt ansah.

Diese Musterung war mit nichts zu vergleichen, was Ither je erlebt hatte. Zumindest mit nichts, an das er sich erinnern konnte. Das Phantom berührte ihn nicht. Stellte keine Fragen. Endlose Sekunden vergingen, in denen es Ither einfach nur betrachtete.

Ither war angespannt. Er war der Letzte in der Aufstellung und hatte die Musterung der anderen aus den Augenwinkeln beobachtet. Im Grunde war es nicht anders gewesen als jetzt bei ihm – nur dass der Geistheiler die anderen weniger lange begutachtet hatte. Dass es bei Ither nicht so schnell ging, beunruhigte ihn sehr. Die Möglichkeit, dass er nicht zur Auswahl zugelassen würde, hatte er nie in Betracht gezogen. Es hing so wahnsinnig viel davon ab.

Ither zwang sich zur Ruhe und hielt dem Blick des Phantoms weiter stand. Er wusste nicht, wie die Phantome die Welt sahen, aber er wusste, dass sie in der Lage waren, Gebrechen zu spüren. Der Heiler schien ernsthaft abzuwägen, ob er Ither mit seinen Verletzungen zu den Kämpfen zulassen konnte oder nicht.

«Ich kann kämpfen.»

Das Phantom reagierte nicht darauf, sondern sah

jetzt langsam an Ither hinunter. Der schwarze Mund eine ausdruckslose Linie in seinem dunklen Gesicht.

Ither wusste, dass das, was ihm bevorstand, kein Kinderspiel war. Es war vielleicht die härteste Herausforderung, vor der er je gestanden hatte. Aber er war bereit dafür. So bereit, wie er es nach der letzten Nacht nur sein konnte.

«Ich kann kämpfen», wiederholte er.

Wenn Ither jetzt nicht antrat, würde er Jahre auf die nächste Gelegenheit warten müssen. Es musste einfach reichen, so, wie es war.

«Es gibt keinen Grund, mich abzulehnen.»

Der Geistheiler legte den Kopf schief und betrachtete einige Augenblicke Ithers brennende Flanke. Es war, als könnte er durch seine Kleider hindurchsehen.

Er hatte seine Schwachstelle erkannt, sosehr Ither darauf bedacht gewesen war, sie zu verbergen. Von all seinen Blessuren verursachten ihm seine Rippen mit Abstand die meisten Probleme. Liu hatte Ithers Wunden so gut wie möglich versorgt. Doch bei der Prellung hatte er wenig ausrichten können. So was brauchte einfach Zeit. Immer wenn Ither zu tief einatmete, verwandelte sich das dumpfe Brennen in seiner Seite in einen sengenden Stich, der ihm die Luft abschnürte. Doch Ither wusste, wie er seine Atmung kontrollierte. Er würde damit klarkommen.

«Ich bin bereit für die Auswahl. Ich bin bereit zu kämpfen.»

Ithers Stimme hatte nichts Bittendes an sich. Das Phantom blickte auf und sah ihm erneut durch die weiße Augenbinde direkt in die Augen. Plötzlich spürte Ither, wie etwas seinen Geist berührte.

*Das ist kein Spiel.*

Die Stimme war direkt in seinem Kopf! So, als ob es sein eigener Gedanke gewesen wäre. Nur dass es definitiv nicht sein eigener war.

Ither öffnete den Mund, um etwas zu sagen.

*Du brauchst nicht laut zu sprechen. Ich verstehe deine Gedanken.*

Ither presste die Lippen aufeinander. *Dann verstehst du auch, dass ich kämpfen muss.*

Ither wusste, wie anmaßend es war. Trotzdem legte er all seine Überzeugungskraft in den Gedanken: *Ich gehöre zu den Cardoc. Es ist meine Bestimmung, heute hier zu kämpfen.*

Die Mundwinkel des Phantoms kräuselten sich ein wenig. Schließlich nickte es.

# 20

«Schattenkrieger, es wird Zeit, eure Gegner kennenzulernen.» Tokahs Stimme war kraftvoll und emotionslos wie immer. «Macht euch darauf gefasst, dass sie euch mächtig in den Arsch treten.»

Der Anführer der Cardoc zuckte belustigt mit den Mundwinkeln und gab den Trommlern ein knappes Zeichen. Sie begannen sofort. Ganz leise. Das sanfte Grollen der Trommeln schenkte dem Moment etwas Rituelles. Siez atmete tief ein und langsam, ganz langsam, wieder aus. Es war so weit.

Tokah richtete das Wort wieder an seine Schatten, während die Trommeln leise ihren Rhythmus steigerten. «Wenn ihr euer Leben als Schattenkrieger wirklich hinter euch lassen und Gefolgsmänner der Cardoc werden wollt, solltet ihr jetzt beweisen, dass das, was ihr bisher geleistet habt, nur ein Bruchteil dessen war, was ihr wirklich draufhabt. Ansonsten sieht es schlecht für euch aus!»

Siez presste die Lippen aufeinander. Seine Aufregung war beinahe unerträglich.

«Zeigt ihnen, was ihr könnt! Für eure Ehre und für meine!»

Mit drei kräftigen Schlägen schwoll das Trommeln zu einem tiefen Donnern an. Die Kämpfer der Cardoc setzten sich in Bewegung und reihten sich so vor den Schattenkriegern auf, dass jeder seinen Gegner fand.

Der Cardoc vor Siez sah ihn kurz an, wandte den Blick dann aber wieder Tokah zu, als könne er es selbst kaum erwarten, dass es endlich losging. Siez ließ seinen Blick über die doppelte Reihe der Kämpfer schweifen. Für einen Augenblick fragte er sich, ob die Paarungen wohl zufällig waren oder nicht. Andererseits würde das wahrscheinlich kaum einen Unterschied machen. Siez bezweifelte, dass er überhaupt gegen einen der Cardoc eine echte Chance hatte.

Die Cardoc waren allesamt etwa eine Handbreit größer als die Schatten. Ihre Körper wirkten ausgewogen und perfekt proportioniert wie die von Raubtieren. Sie trugen edle Felle auf den Schultern und sahen überhaupt genau so aus wie auf den Bildern in den Chroniken. Einige von ihnen hatten sogar die typischen hohen Wangenknochen und die schrägstehenden Augen, die man sonst nur in den Zeichnungen der alten Sternwanderer wiederfand.

Es war erstaunlich. Siez hatte immer geglaubt, dass die Darstellung ihres Körperbaus übertrieben und geschönt worden wäre. Doch jetzt wurde er eines Besseren belehrt. Was ihn nicht weniger einschüchterte.

«Eins ... zwei ... drei ...»

Sie wurden durchnummeriert. Es gab sieben Paare. Der Cardoc vor ihm nickte Siez kurz zu. *Sechs*. Sie waren die Vorletzten. Ither und sein Gegner waren die Letzten. Es war klar, dass Ither das nicht gefiel. Aber Siez war dankbar dafür, nicht als Erster kämpfen zu müssen. Möglicherweise würde es von Vorteil sein, zuerst die anderen Kämpfe beobachten zu können, bevor er selbst an der Reihe war.

Der Cardoc vor ihm wandte wieder den Kopf ab. Sogar die Sehnen an seinem Hals traten bei der Bewegung hervor. Es war, als würde er nur aus Muskeln bestehen. Und das, ohne dabei massig zu sein. Ganz im Gegenteil – aufgrund seiner Körpergröße wirkte er sogar eher schlank.

Die Chroniken sprachen von *veränderten*

*physiologischen Grundlagen, die aufgrund strenger Partnerauswahl forciert wurden.* Was auch immer das bedeuten mochte. Aber es schien zu funktionieren.

Seit das Phantom gegangen war, fühlte Ither sich seltsam befreit. Als hätte jemand den Nebelschleier von ihm genommen, den die letzten Reste des Giftes hinterlassen hatten.

Seine Seite brannte immer noch. Aber Ither hatte nicht vor, dem Cardoc diese Schwachstelle zu offenbaren. Wenn er sie zu früh verriet, würde sein Gegner kurzen Prozess mit ihm machen.

Ither sah ihm direkt in die Augen. Die Züge des Cardoc waren scharfkantig. Die Narbe unter seinem rechten Auge verlieh ihm etwas Martialisches. Doch sein Blick war ruhig und freundlich. Es lag sogar etwas Respektvolles darin. Das war gut, denn es bedeutete, dass er Ither als ernsthaften Gegner ansah.

Das Lied der Trommler fand seinen Höhepunkt in einer Salve heftiger Schläge. Dann folgte Stille. Bis Tokah wieder das Wort ergriff.

«In der ersten Disziplin werden die Cardoc eure Ausdauer, Kraft und Geschicklichkeit auf die Probe stellen. Bevor es an die Kämpfe geht, werdet ihr laufen ...» Ither sah nicht zu Tokah hinüber. Auch der Cardoc hielt den Blick.

«Ihr absolviert den Parcours nicht allein, die Cardoc treten gegen euch an. Ihr habt einen Versuch, den Parcours zu überwinden.»

Ither versuchte den Blick des Cardoc zu deuten, doch seinen von silbernen Sprenkeln durchzogenen Augen ließ sich nichts entlocken.

Ither lächelte. Tief in seinem Innern wusste er es: Dieser Tag würde alles verändern.

# 21

Shir hielt die Arme vor der Brust verschränkt, während Rokar dem Schatten ein paar Schritte entfernt die Aufgabe erklärte.

«... Balance, Kraft und Geschicklichkeit.»

Shir ließ den Blick über die abgenutzten Geräte und Hindernisse schweifen. Sie hatten alles verwendet, was die Trainingsanlagen der Garnison hergaben. Es war nicht vergleichbar mit dem, was er gewohnt war, aber es reichte aus, um die Qualität der Bewerber beurteilen zu können. Die ersten sechs hatten den Parcours schon hinter sich gebracht. Der nächste war Shirs Lauf. Der siebte und letzte.

«Darüber hinaus gibt es noch eine kleine Zusatzaufgabe ...» Rokar erklärte dem Schatten die Sache mit den Kristallen. Shir schmunzelte.

«Was hältst du von ihm?», fragte Dares, der direkt neben Shir stand, den Blick auf den Schattenkrieger gerichtet. Shir folgte seinem Blick. Die Züge des Schattens wirkten kühl und konzentriert. Shir konnte kein Anzeichen von Angst oder Nervosität erkennen. Das war gut.

«Er ist vielleicht der Vielversprechendste.»

Dares grinste.

«Möglich. Aber er ist verletzt. Ich glaube nicht, dass er mithalten kann.»

«Wegen der zwei Kratzer?»

«Ich glaube nicht, dass gerade du dir vormachen lässt, dass das alles ist.»

Shir lächelte schief. Tatsächlich war er längst dem gleichen Gedanken gefolgt. Er war noch nicht sicher, was es war, aber irgendetwas an der Körpersprache des Schattens erregte Shirs Aufmerksamkeit. Wenn er tatsächlich stärker verletzt war, als es auf den ersten Blick den Anschein machte, dann gab er sich alle Mühe, das zu verbergen.

«Ich schätze, das werden wir noch herausfinden.»

Dares verzog den Mund erneut zu einem wölfischen Grinsen. «Ich bin gespannt.»

«... zwei Sterne irgendwo im Parcours versteckt. Sie werden in diesem Moment platziert.» Rokar war beinahe am Ende seiner Erklärung angelangt.

Shir blickte Dares an. «Jhes tar.»

«Jhes diren.»

Dann schritt er langsam zu Rokar hinüber und positionierte sich direkt neben dem Schattenkrieger.

«Es handelt sich dabei um Sashir-Kristalle», fuhr Rokar fort. «Ziel der Zusatzaufgabe ist es, die Kristalle zu bergen. Wenn ihr aufmerksam genug seid, werdet ihr sie nicht übersehen. Aber Vorsicht. Ihr solltet nicht zu viel Zeit für die Suche verschwenden. Derjenige, der als Erster im Ziel ist, gewinnt. Mit oder ohne Kristall.»

Die Trommeln setzten leise ein. Der Schattenkrieger wandte den Blick jetzt von Rokar ab und sah zum Parcours hinüber. Er hatte kaum Gelegenheit gehabt, ihn genauer zu betrachten. Shir beobachtete anerkennend, wie seine auffällig weißen Augen jetzt über alle relevanten Positionen und sichtbaren Schikanen wanderten. Offenbar wusste er, worauf es ankam. Gut so. Vielleicht würden sie bei dieser Auswahl endlich mal wieder einen geeigneten Shatahir finden.

«Alles verstanden?»

«Verstanden.»

Shir nickte nur knapp zur Antwort.

«Bereit machen.»

Nur wenige Sekunden nach dem Startsignal spurtete Shir über die schmalen Balken, als wären sie fester Boden. Er hatte bereits die ersten fünf Hindernisse hinter sich gebracht. Die schwankenden Streben unter ihm überspannten jetzt eine künstliche Schlucht, die vielleicht drei, vier Meter tief war. Er übersprang mühelos Höhenunterschiede von einem Meter und glich den schwankenden Untergrund mit Leichtigkeit aus. Und das alles, ohne sein Tempo auch nur geringfügig zu reduzieren.

Ither hatte Mühe mitzuhalten. Die Balken unter ihm wackelten bedrohlich, doch er zog das Tempo weiter an. Der Cardoc neben ihm gab die Geschwindigkeit vor. Seine Füße schienen den Untergrund kaum zu berühren, brachten die Balken kaum in Bewegung. Er bewegte sich mit der Leichtigkeit eines Raubvogels.

Ither übersprang eine klaffende Lücke und hechtete weiter. Seine Rippen brannten heftig. Er konnte spüren, wie sich das dumpfe Gefühl in seiner Muskulatur ausbreitete. Seine Muskeln begannen zu übersäuern. Er bekam zu wenig Luft und konnte nicht tief genug atmen, um etwas dagegen zu tun. *Reiß dich zusammen!*

Die Balken führten nun steil nach oben. So steil, dass man vielleicht die Hände hätte zu Hilfe nehmen müssen. Aber Shir überwand die Steigung in nur drei kraftvollen Sätzen.

Oben warteten zwei Cardoc, die die Plattform sicherten. Shir verlangsamte sein Tempo nicht, erfasste die Szenerie mit einem einzigen Blick: Etwa fünfundzwanzig Meter entfernt eine zweite Plattform. Dazwischen der Abgrund mit einem hohen Trapez, an dem zwei Kletterseile angebracht waren. Ihre Enden in den Händen der beiden Cardoc. Die Aufgabe war klar. Und reizvoll.

Er griff nach einem der Seile. Der Cardoc gab es frei. In dem Moment, als er sich mit einem heftigen Satz von der Plattform abstieß, sah er es: das Glitzern des Kristalls! Weit unter sich, aber nicht unerreichbar. Shir zögerte keinen Augenblick. Denn alles andere würde zu spät sein. Der Schwung war bei dieser Seillänge gewaltig.

Shir festigte den Griff um das raue Seil und zog die Beine mit einem geschmeidigen Kraftakt hoch, sodass er nun kopfüber schwang. Er schlang ein Bein um das Seil und ließ sich in einer einzigen Bewegung so weit hinab, dass seine Hand am Scheitelpunkt der Schwungbahn den Boden berührte. Für einen winzigen Moment schleiften seine schwarzen Finger durch die graue Asche. Dann stieß der Kristall hart gegen seine Handfläche. Shir packte zu! *Jaaaaa!* Er hatte ihn!

Die Fliehkräfte zogen heftig an ihm. Und doch löste er seine Beine ein weiteres Mal vom Seil. Der Schwung schob ihn mit gewaltiger Kraft in die Höhe. Shir konnte es in seinen Eingeweiden spüren. Er drehte sich erneut um, nur um im nächsten Moment geschmeidig auf der zweiten Plattform zu landen.

Der Schatten kam nur einen Wimpernschlag nach ihm an, das Gesicht vor Schmerz verzerrt. Aber in seiner Hand schimmerte es golden. *Bemerkenswert!* Damit war er der erste Schatten, der einen Stern geborgen hatte. *Gut so.*

Shir setzte sich wieder in Bewegung und schlang dabei die Lederschlaufe, die an dem Kristall angebracht war, um sein Handgelenk. Der Schattenkrieger folgte ihm.

Hinter der Plattform ging es erneut steil bergab.

Drei Meter. Doch der Cardoc kletterte nicht, sondern wählte die zeitsparende Variante. Er sprang. Und Ither tat es ihm gleich. Er rollte sich ab und kam in einer fließenden Bewegung wieder auf die Beine. Doch der Schmerz in seiner Seite drohte ihn zu zerreißen. Es war wie ein sengender Stich. Er bekam keine Luft. Und der Cardoc machte Strecke gut.

Ither zwang sich nach vorn. Verdrängte den lästigen Schmerz, zog das Tempo an. Ither rannte, so schnell er konnte, holte beim Sprint auf. Meter für Meter.

Vor ihnen die nächste Mauer. Mehr als drei Meter, dreieinhalb, vielleicht vier. Der Cardoc war vor ihm dort, begann zu klettern. Ither folgte ihm, doch er bremste nicht ab, sondern sprang in die Höhe und streckte sich in die Luft. Er hatte genau diesen einen Versuch! Und tatsächlich! Er bekam die obere Kante der Mauer zu fassen, zog sich daran hoch. Der Schmerz trieb ihm die Tränen in die Augen. Er hätte aufschreien können, aber die Blöße gab er sich nicht. Ither wechselte über und ließ sich auf der anderen Seite hinunter. An einen weiteren Sprung war nicht zu denken.

Dann war auch der Cardoc oben, nur wenige Augenblicke nach Ither. Er sprang ab. Und landete in dem Moment auf dem Boden, als Ither seinen Fuß auf die Asche setzte.

Die beiden Trommeln setzten gleichzeitig ein. Sie waren gleichzeitig am Ziel!

Ither löste die Schlaufe von seinem Handgelenk und reichte den goldenen Kristall einem der Cardoc, die sie im Ziel erwartet hatten. Er erntete einen zufriedenen Blick, den er gerne ausgekostet hätte, doch das war ihm in diesem Moment kaum möglich.

Ither stützte sich mit den Händen auf den Knien ab und rang nach Luft. Seine Muskeln brannten, und obwohl er es jetzt dringend brauchte, ließ sein Brustkorb eine tiefere Atmung einfach nicht zu. Ither war total fertig. Und ihm entging nicht, dass der Cardoc, der gegen ihn angetreten war, ihn genau musterte.

Ither konnte nur hoffen, dass er seine Schwachstelle noch nicht genau identifiziert hatte und ihn einfach nur für zu wenig ausdauernd hielt. Falls doch, hatte er den bevorstehenden Kampf wahrscheinlich schon verloren.

Ither richtete sich auf. Sein Gegner kam auf ihn zu und sah ihm in die Augen.

«Nicht schlecht für einen Schatten.»

# 22

Als Siez zurückkehrte, klopfte Ither ihm anerkennend auf die Schulter. Er war völlig außer Atem und brachte keinen Ton heraus. Doch er strahlte Ither an. Siez hatte dem Cardoc einen herausragenden Kampf geliefert.

Er hatte verloren – wie seine Vorgänger auch. Aber er hatte seine Stärken voll ausspielen können. Ither hatte zufrieden bemerkt, wie sich die Cardoc für Siez' überdurchschnittliche Beweglichkeit interessierten. Er hatte lange durchgehalten, war seinem Gegner wieder und wieder ausgewichen, bis der Cardoc den Kampf beendet hatte. Mit dem Messer an Siez' Rippenbogen. Er hatte glücklicherweise nicht zugestoßen.

Die Zweikämpfe wurden jeweils mit zufälligen Waffen geführt, wobei die Verteilung bisher immer zu Ungunsten der Anwärter ausgegangen war. Ither erahnte den Sinn hinter dieser Aufgabe, denn er wusste, dass die Cardoc die Anwärter auch ohne jede Waffe hätten wegputzen können.

Siez lächelte Ither glücklich an. Er war als Einziger ohne größere Blessuren davongekommen – den Beinahe-Messerstich natürlich nicht mitgerechnet. Seine Vorgänger hingegen waren alle mehr oder weniger schwer lädiert. Reykah zum Beispiel hatte einen so schweren Treffer einstecken müssen, dass er sich kaum noch auf den Beinen halten konnte. Und bei Bharan sah das kaum anders aus. Doch das war jetzt nicht wichtig.

Ithers Aufmerksamkeit galt dem Cardoc, der sich

lässig an die Garnisonsmauer lehnte und ihn fixierte. Ihr Kampf würde der nächste sein. Und der letzte. Endlich.

Der Cardoc ließ Ither nicht aus den Augen, folgte jeder seiner Bewegungen, als würde er ihn genau durchleuchten.

Ein paar Minuten vergingen, in denen der Kampfplatz wieder bereit gemacht wurde. Dann endlich war es so weit. Der Kampfrichter rief sie zu sich.

Im Grunde war es nichts weiter als ein mit Kreidestaub auf den Boden gezeichneter Kreis. Aber für Ither war es das, wofür er all die Jahre trainiert hatte. Der Moment, auf den er immer hingearbeitet hatte. Doch zu seiner eigenen Überraschung empfand er in diesem Augenblick nichts. Nichts als eine eigenartige tiefe, innere Ruhe. Keine Aufregung. Keine Angst. Es war einfach richtig, so, wie es war.

Die beiden Kontrahenten standen sich jetzt genau gegenüber. Die Regeln wurden wiederholt. Sie blickten sich stumm in die Augen und Ither sah, wie das letzte bisschen Freundlichkeit aus dem Gesicht seines Gegenübers wich. Es war, als verwandelte er sich in die eiskalte Kampfmaschine, die Ither immer in den Cardoc gesehen hatte.

Der Kampfrichter trennte sie mit einer Handbewegung voneinander. Sie wichen bis zur Außenkante des Kreises zurück. Es war Zeit für die Waffen.

Wie bei den vorherigen Kämpfen erhielt der Cardoc seine Waffe zuerst. Einen Langdolch mit einer sehr schmalen Klinge, die etwas länger sein mochte als Ithers Unterarm. Unscheinbar, aber effektiv. Eine Waffe, mit der Ither gerne gekämpft hätte.

Ither wusste, dass er wie die anderen auch die schwächere Waffe erhalten würde. Aber als man ihm den Kurzbogen reichte, blickte er den Waffenträger doch verwundert an. Eine Fernkampfwaffe? Ither nahm den Bogen entgegen und betrachtete die feine Maserung des Holzes. Ein seltener und sehr wertvoller Rohstoff. Und völlig nutzlos. Hier in den Höhlen nutzten sie solche Waffen nicht. Ither war nie in ihrem Umgang ausgebildet worden. Doch da es keine Pfeile dazu gab, wurde ihm die Aufgabe plötzlich klar.

Ither verbeugte sich vor dem Waffenträger und wandte sich dem Cardoc zu. Dessen Mundwinkel zuckten herausfordernd. Natürlich war ihm Ithers anfängliche Unsicherheit aufgefallen. Doch Ither griff jetzt um, packte den Bogen nicht länger am Griff, sondern an einem seiner Schenkel. Er hielt ihn wie ein Schwert. So konnte er dem Dolch begegnen. Er grinste den Cardoc an. Und das Lächeln seines Gegenübers wuchs zu einem zufriedenen, aber auch bösartigen Grinsen.

Ein Pfiff markierte den Beginn des Wettkampfes. Die beiden Kontrahenten schnellten aufeinander zu und trafen sich in der Mitte. Die scharfe Klinge schlug mit Wucht in das weiche Holz. Der Bogen gab unerwartet heftig nach. Ither konnte die Kraft aus dem Schlag kaum ableiten, musste stattdessen mit Muskelkraft dagegenhalten, um nicht die Kontrolle über den Bogen zu verlieren.

Ither griff an. Doch das geringe Gewicht des Holzes machte schnelle Attacken beinahe unmöglich. Der Cardoc, der das auch erkannt hatte, setzte Ither mit seiner Waffe mächtig unter Druck. Er griff mit einer Serie aus Stichen und Hieben an, die so rasch aufeinanderfolgten, dass Ither nur parieren konnte. Und selbst dabei kam er nur mit äußerster Anstrengung hinterher. Der Cardoc ließ ihn arbeiten, trieb ihn rückwärts. Doch Ither hatte nicht vor, es seinem Gegner so einfach zu machen. *Nicht mit mir!*

Den nächsten Angriff parierte er mit einem weit ausholenden Schlag, der mehr ein eigener Angriff war als eine richtige Parade. Er traf den Dolch von unten und lenkte die Wucht des Schlages zuerst nach oben und dann zur Seite ab. Die Klinge stotterte über das Holz und rutschte ab. Sie entfernte sich deutlich weiter von ihrem Ziel, als sein Angreifer geplant hatte.

Das war Ithers Chance. Der Cardoc zog sich etwas zurück, um sich neu zu positionieren. Doch Ither blieb an ihm dran und versuchte ihn zu entwaffnen. Dem ersten Hieb wich der Cardoc aus, aber er rechnete nicht mit dem zweiten. Ither zielte nicht auf seine ungedeckte Seite, sondern schlug nach dem Handgelenk seines Gegners. Und er traf. Doch die hölzerne Waffe war zu flexibel. Der größte Teil der Energie verpuffte, als sich der Bogen um sein Ziel herum krümmte und den Hieb abfederte. Der Cardoc bleckte die Zähne und unterdrückte den Schmerz. Aber er behielt seine Waffe fest im Griff. Und er stieß zu.

Die Klinge schnitt Ither in die Wange, als er zu spät reagierte. Seine Parade kam mit nur einem Wimperschlag Verzögerung, traf den Dolch, parierte einen zweiten, einen dritten Hieb. Holzsplitter flogen durch die Luft.

Der Cardoc bewegte sich schnell, raubtierhaft und mit einer Eleganz, die Ither von keiner ihm bekannten Kampftechnik her kannte. Und doch wirkte sie auf ihn so stimmig, als habe er sie irgendwann schon einmal gesehen. Die Angriffe seines Gegners waren wie eine Aneinanderreihung ineinanderfließender Bewegungen. Ither gelang es immer erst im letzten Moment, das eigentliche Ziel der Attacken zu identifizieren.

Er wusste, dass er diesen Kampf nicht lange würde

durchhalten können. Er musste klare Verhältnisse schaffen! Der Bogen parierte die Klinge knapp vor Ithers rechtem Knie und katapultierte den Dolch in die Höhe. Doch der Cardoc ließ seine Waffe immer noch nicht los, sondern verwandelte die kinetische Energie in einen neuen Angriff. Er riss den Dolch herum und ließ die Klinge hinunterschnellen.

Ither hatte keine andere Chance, als den Bogen mit beiden Händen über den Kopf zu heben. Die Wucht des Einschlags war unglaublich. Der Dolch traf den lädierten Bogen genau in seiner Mitte, spaltete das Holz und zerriss die letzten haltenden Fasern. Ither sah es, als würden die Sekunden zu Minuten zerfließen. Er tauchte ab, beobachtete, wie die intakte Sehne des Bogens ihre Spannung in eine heftige Drehbewegung der beiden geborstenen Enden entlud.

Ither riss den Arm erneut hoch, um seinen Scheitel zu schützen. Im selben Moment durchschlug die Klinge seine lederne Armschiene und grub sich tief ins Fleisch. Der zerbrochene Bogen landete im Staub.

Siez hielt den Atem an. Blut spritzte, als der Cardoc seine Klinge unbarmherzig zurückzog. Der Bogen war unbrauchbar und außerdem viel zu weit entfernt, als dass Ither ihn hätte erreichen können. Der Cardoc machte sich bereit. *Verschwinde! Bring dich in Sicherheit!* Doch Ither machte nicht die geringsten Anstalten, auf Siez' Beschwörungen zu hören. Stattdessen kauerte er in einer bodennahen Position. Siez hasste es, dass er nicht in der Lage war, Ithers Züge vorherzusehen.

Dann griff der Cardoc an. Der Dolch blitzte. Doch Ither wich nicht aus, sondern sprang. Er drehte sich im Sprung, sodass er dem Cardoc jetzt den Rücken zuwandte, packte dessen Handgelenk mit einer Hand und drängte die Waffe weit weg von seinem eigenen Körper. Mit dem Ellenbogen seines freien Arms stieß er seinen Gegner heftig in die Seite und versuchte ihn über die eigene Schulter zu werfen. Doch sein Gegner war bereits darauf gefasst, legte seinen Arm um Ithers Kehle und drückte zu.

Ither improvisierte und sprang zurück. Er brachte sie beide zu Fall, rollte sich ab und entwand dem Cardoc seine Waffe. Siez stieß einen kurzen Jubelschrei aus. Aber der Cardoc war blitzschnell wieder auf den Beinen und trat nach der Waffe. Er traf Ithers Handgelenk. Die Klinge flog durch die Luft.

Ither war auf den Füßen, bevor die Klinge den Boden berührte. Siez hatte das Gefühl, ihm würde das Herz aus der Brust springen.

Die Klinge landete in der Asche. Jetzt waren sie beide unbewaffnet. Ither vernachlässigte seine Deckung zugunsten offensiver Angriffe, der Cardoc begegnete ihm nicht weniger impulsiv. Siez war wie elektrisiert. Man hörte die dumpfen Geräusche von abgewehrten Schlägen und das unterdrückte Keuchen, wenn doch mal ein Treffer saß. Der Kampf war ein rasend schnelles Gewirr aus Schlägen und Tritten.

Doch dann verwickelte der Cardoc Ither in einen körpernahen Kampf. Siez sah ihn nicht kommen. Doch der Haken des Cardoc traf Ither hart in die Seite.

Die Wucht des Schlages war so gewaltig, dass Ither für ein, zwei Augenblicke in die Luft gehoben wurde. Seine Lungen wurden zusammengepresst.

Ither war wie betäubt. Als er auf dem Boden aufkam, konnte er sich nicht auffangen, sondern stürzte auf die Knie. Er hatte noch nie einen so heftigen Treffer kassiert.

Der Schmerz rollte über ihn hinweg wie die

Gewitterstürme der Oberfläche. Von seinem Brustkorb bis in seine Fingerspitzen – und er wollte und wollte nicht aufhören. Ither bekam immer noch keine Luft. Und er schmeckte Blut im Mund.

Der Cardoc stand über ihm und hielt inne.

Schließlich gelang Ither ein tiefer, unendlich schmerzhafter Atemzug. Seine Lungen verkrampften sich und zwangen ihn zu einem unterdrückten Husten.

«Du solltest abklatschen.» Die Stimme des Cardoc war kühl.

«Keine Chance.»

In dem Moment, in dem Ither sich hochstemmte, griff der Cardoc erneut an. Ither hechtete zur Seite, schnappte nach den Überresten des Bogens und wirbelte herum. Dann war er direkt hinter ihm.

Ither zog die Bogensehne hart um den Hals des Cardoc. Der vergrub seine Hände darunter, um seinen Kehlkopf zu schützen. Doch Ither hatte nicht vor, es ihm leicht zu machen. Er zog ihn mit der Sehne nach oben und streckte sich zu seiner vollen Größe, damit sein Gegner den Kontakt zum Boden verlor.

Ither hatte das Gefühl, als ob ihn der stechende Schmerz in der Seite von innen versengen würde. *Durchhalten!*

Der Cardoc wand sich. Dann löste er eine Hand von der Bogensehne ...

Ither sah den Angriff kommen, aber er konnte nichts mehr dagegen tun.

Der Ellenbogen des Cardoc traf ihn hart in die verletzte Seite. Es war, als würde sein Innerstes zerreißen. Ither spürte, wie sich sein Griff lockerte. Der Cardoc griff mit der freien Hand nach seinem Hals. Jetzt war es für ihn ein Leichtes, sich zu befreien. Er würde den Spieß umdrehen.

Doch im selben Moment gellte der erlösende Pfiff.

Die Bogensehne fiel zu Boden.

Der Cardoc drehte sich langsam um und sah Ither für einen Moment einfach nur an. Sein Gesicht war jetzt wieder so wissend und freundlich, wie es vor dem Parcours gewesen war. Auch wenn seine Nase so heftig blutete, dass Mund und Kinn verschmiert und seine Zähne rot verfärbt waren.

«Es tut mir leid. Aber du hast mir keine andere Wahl gelassen», sagte er.

Ither lächelte ihn matt an.

«Guter Kampf?»

«Guter Kampf.»

Auf mehr kam es nicht an.

Siez begrüßte Ither mit einem triumphierenden Grinsen, als dieser sich neben ihm in die Aufstellung einreihte. Ithers Blick war hart und in die Ferne gerichtet, sein Kinn angespannt. Vielleicht würde er noch einen Moment brauchen, um zu realisieren, was geschehen war. Um zu verstehen, was er da gerade vollbracht hatte. Ither hatte einen Cardoc besiegt! Siez war wie berauscht.

In den Chroniken waren seit Beginn der Aufzeichnungen gerade mal zwei Fälle vermerkt worden, in denen das geschehen war. Siez erlebte gerade mit, wie ein neuer Eintrag in die Chroniken geschrieben wurde. Der Herold würde das vermerken. Und vielleicht –

Als Siez wieder einfiel, wo er sich befand, wischte er sich das Grinsen aus dem Gesicht und nahm Haltung an. Die Cardoc hatten sich in einiger Entfernung entlang der Garnisonsmauer aufgestellt. Der, der gegen Ither gekämpft hatte, sah zu ihnen herüber, während die anderen Cardoc ihrem Hauptmann lauschten. Sein Kinn war blutüberströmt, und sein Blick ließ Ither nicht los. Er wirkte verstört.

Weiter links begann Tokah seinen Abschlussappell. Doch Siez, innerlich immer noch im Freudentaumel, hörte kaum zu. Bis ein eigenartiges Geräusch seine Aufmerksamkeit erregte. Er sah zu Ither hinüber.

Ither stand gerade und hielt den Blick mit dem Cardoc, der sein Gegner gewesen war. Die Schnittwunde an seinem Wangenknochen war so fein, dass sie schon jetzt kaum noch blutete. Doch seine Kiefermuskulatur arbeitete, als müsse er sich stark unter Kontrolle halten.

Da war es wieder, dieses rasselnde Geräusch, wie das Schnurren eines Pathanir.

Hatte Siez etwas übersehen? War er doch stärker verletzt? Siez blickte hinunter zu Ithers Unterarm, der still an seiner Seite ruhte. Ein Rinnsal dunkelroten Blutes quoll unter der aufgeschlitzten Armschiene hervor und tropfte in die schlammige, rote Aschepfütze neben Ithers linkem Fuß. War der Schnitt doch tiefer, als Siez dachte? Er konnte es nicht einschätzen.

Siez blickte zu Tokah hinüber, der gerade seinen Appell beendete.

Er straffte sich, als der Hauptmann der Cardoc ebenfalls ein paar Worte sagte.

Kurz darauf verließen die Cardoc das Gelände. Zu ihrer aller Überraschung, ohne ihre Entscheidung zu verkünden. Anscheinend hatten sie vor, sich damit Zeit zu lassen.

Siez sah die Verwunderung in den Gesichtern der anderen Schatten, doch niemand sagte ein Wort.

War das ein gutes oder ein schlechtes Zeichen?

Siez war verwirrt. Tokah hatte sie zwar darauf vorbereitet, dass die Cardoc erst Beobachter entsenden würden, die die Kandidaten noch eine Weile im Auge behielten, bevor sie ihre endgültige Entscheidung trafen. Aber er hatte nicht damit gerechnet, dass die Cardoc gar nichts dazu sagen würden. Nicht einmal, wer überhaupt infrage kam.

«Das war's.» Tokah befahl ihnen mit einem Handzeichen abzutreten. «Los, los, Männer. Die Auswahl ist vorbei und Posten müssen besetzt werden! Was steht ihr hier noch rum!? Seht zu, dass ihr zum Heiler kommt.»

Die Schatten verteilten sich, Siez gab seine Haltung auf. Nur Ither blieb, wo er war.

Siez konnte sich jetzt nicht mehr zurückhalten. «Das war der Hammer!», platzte es aus ihm heraus. «Ja, Mann! Du hast ihn besiegt! Weißt du, was das bedeutet!? Sie werden dich –»

Endlich wandte Ither den Kopf um und sah Siez in die Augen. Sein Blick war ernst und beherrscht, und er sah Siez mit diesem Ausdruck an, den er immer aufsetzte, wenn er vorhatte, Siez zu belehren.

«Du musst lernen, besser zu beobachten», sagte er mit gepresster Stimme. Dann wischte er sich etwas Blut aus dem Mundwinkel. Siez sah erst jetzt, wie seltsam glasig Ithers Augen waren. Er war plötzlich zutiefst beunruhigt.

«Ich habe nicht gewonnen. Der Cardoc hat gesiegt.»

Siez hörte den Husten aufsteigen.

Ither lächelte ihn bitter an, ehe er unvermittelt auf die Knie stürzte.

«Scheiße, Mann!»

Siez packte ihn, versuchte ihn zu stützen. Doch Ither wehrte sich dagegen, stützte sich stattdessen selbst auf seinen eigenen Händen ab.

Der Husten wurde heftiger und Ither würgte einen Schwall klumpigen Blutes in die staubige Asche.

Siez starrte auf das schleimige Gemisch aus Hämoglobin und Ithers letzter Mahlzeit. Warum hatte Siez das nicht gesehen? Warum hatte er es nicht bemerkt?

«Scheiße, Mann!»

Es war jetzt unschwer zu erkennen, dass Ither heftige Schmerzen hatte. Er rang nach Luft.

Und schließlich versagten auch seine Arme. Ither stürzte seitlich in den Staub, rollte sich mit letzter Kraft zur Seite ab. Ein atemloses Aufkeuchen. Siez versuchte ihn in eine stabile Lage zu bekommen. «Scheiße, Mann! Scheiße!» Er wusste nicht, was er tun sollte. Seine Hände zitterten wie verrückt. «Warum musst du eigentlich jedem etwas beweisen?!» Siez' Stimme war panisch verzerrt. «Heiler! HEILER!»

Doch Liu war bereits bei ihnen.

Liu war gerannt, so schnell er konnte. Seine Lungen brannten wie Feuer, als er sich auf die Knie fallen ließ. Zuerst überprüfte er Ithers Gesicht, tastete in Windeseile die offensichtlichen Verletzungen ab. Doch dann hörte er es. Ein leises Pfeifen und ein kaum wahrnehmbares Rasseln. *Oh nein!* Liu schob eine Hand unter Ithers Wams, an die Stelle, wo er erst gestern die Rippenprellung versorgt hatte. Ihm war, als würde sein Rückenmark gefrieren, als er seine Hand auf Ithers Brustkorb drückte und die Knochen unnatürlich nachgaben. Liu schloss die Augen, um genauer tasten zu können.

Es waren drei, vielleicht vier Rippen gebrochen. Das war schmerzhaft, aber nicht lebensbedrohlich. Wären die Bruchstücke der siebten und achten Rippe eindeutig tastbar!

Lius eigene Atmung stockte für einen Moment, als er sich vorstellte, wie sich die Knochenbruchstücke in Ithers Eingeweide gebohrt haben mussten. Der heftige Schlag seines Gegners hatte ihm die lädierten Knochen zertrümmert. Liu schluckte.

Dann ein weiterer, viel zu flacher Atemzug. Ithers Brustkorb hob sich kaum unter Lius Hand. «Wir müssen ihn aufsetzen!»

Siez half ihm dabei. Dann war Tokah plötzlich neben ihnen und starrte Ither entsetzt an, als er den Ernst der Lage verstand.

«Ich schaff das nicht allein!», stieß Liu hervor. Ithers Hände waren kalt, sein Puls kaum tastbar.

«Hol Hilfe!»

Und in dem Augenblick, als Tokah verschwand, war Ilandra bei ihnen. Ither lächelte kaum merklich, als er sie sah. Doch dann verklärte sich sein Blick.

«Beeil dich!», rief Liu.

*Als Ither das erste Mal blinzelte, sah er Ilandras besorgtes Gesicht.*

*Beim zweiten Mal sah er die Wände der Garnisonsgänge an sich vorbeirasen. Jemand hielt ihn mit festem Griff auf der Trage. Ither versuchte zu atmen, doch sein Körper gehorchte ihm nicht. Sein Brustkorb wollte sich nicht mehr heben.*

*Als Ither das dritte Mal blinzelte, spürte er keine Schmerzen mehr. Sein Blick verschwamm. Und die Stimmen, die auf ihn einredeten, waren seltsam verzerrt. Weit weg. Ganz weit weg ...*

*Dann wurde es dunkel.*

# Teil 2
## „Als es begann …“

# 1

Die Trage wurde unsanft auf dem steinernen Tisch abgesetzt. Liu tastete nach Ithers Brustbein und legte dort die Hände übereinander. Dann presste er Ithers Brustkorb mit kurzen heftigen Stößen zusammen. Die alten Lehren würden ihn diesmal hoffentlich nicht im Stich lassen!

1, 2, 3, 4, 5 ... Liu hörte Ilandra aufschreien, als sie begriff, wie schlecht es um ihren Gefährten stand. Ithers Herz hatte aufgehört zu schlagen. Er atmete nicht. ... 6, 7, 8, 9, 10 ... *Komm schon!* ... 11, 12, 13, 14, 15 ... *Du darfst jetzt nicht sterben!* Liu spürte die Angst in sich aufsteigen. ... 16, 17, 18, 19, 20 ... Er konnte spüren, wie die Rippen auf der einen Seite deutlich mehr nachgaben als auf der anderen. Und er konnte hören, wie die Knochen knirschten und sich bei jedem Stoß tiefer in Ithers Innereien bohrten. Aber er hatte keine Wahl. Das hier war vielleicht seine allerletzte Chance. ... 26, 27, 28, 29, 30!

Liu schob Ithers Kopf in den Nacken und beatmete ihn mit einem tiefen, kräftigen Atemzug. Doch Ithers Lunge nahm kaum Luft auf. Liu versuchte es ein zweites Mal. Dann setzte er die Herzdruckmassage fort.

«1, 2, 3, 4, 5 ...»

Siez stand nur wenige Meter entfernt, hinter der offenen Tür, und sah alles bestürzt mit an. Er hielt Ilandra fest im Griff – hielt sie davon ab, wie eine Wahnsinnige zu Ither zu stürmen. Sie wehrte sich heftig gegen ihn, doch Siez spürte kaum etwas. Es war, als wären seine Beine am Boden festgefroren. Er fühlte sich wie betäubt, wusste nicht, was er tun sollte oder ob es irgendetwas gab, was er tun konnte. Er wusste nur, dass Ilandra Liu jetzt nicht in die Quere kommen durfte.

Siez' Kehle war wie zugeschnürt, sein Atem stockte, als er zusah, wie Liu sich immer und immer wieder auf Ithers Brustkorb stemmte.

Aber Ither rührte sich nicht. Sein Kopf, den Liu eben erst wieder losgelassen hatte, rollte leblos zur Seite. Die ruckartigen Stöße schüttelten seinen ganzen Körper.

«... 6, 7, 8, 9, 10 ...»

Sekunden vergingen, doch sie fühlten sich an wie Stunden. Siez sah, wie sich die Anspannung in Lius Gesicht in echte Verzweiflung verwandelte. Als er noch heftiger zustieß, hatte Siez selbst das Gefühl, keine Luft mehr zu bekommen.

«Komm schon!» Liu schrie Ither an.

Ilandra bäumte sich heftig auf. Doch sie kam nicht gegen Siez' Körperkraft an.

«Lass mich los! Lass mich ...» Ihre Stimme brach zu einem hysterischen Wimmern, als Liu Ither ein weiteres Mal beatmete. «Lass mich zu ihm ...»

Für einen Augenblick war Siez versucht, sie tatsächlich loszulassen.

Doch dann sah er etwas aus dem Augenwinkel.

Er zog sich und Ilandra zurück, bis sein Rücken die kalte Steinwand berührte. Ilandra wehrte sich immer noch heftig. Doch dann sah sie *ihn* auch.

«1, 2, 3, 4, 5 ...» *Du kannst jetzt nicht sterben! Du bist zu wichtig!* «... 6, 7, 8, 9, 10 ...»

Panik überkam Liu, als er realisierte, was geschehen würde, wenn Ither starb. Der Gedanke schnürte ihm die Luft ab. Das durfte nicht geschehen, das durfte einfach nicht geschehen! «Komm schon ...» Lius Stimme war ein Flehen.

«... 11, 12, 13 ...» Dann endlich ein schwaches Zucken unter seinen Händen!

«Ja, komm schon!» Liu stieß ein weiteres Mal zu. «Ja!» Und noch einmal. «Kämpfe!»

Ither keuchte rasselnd, als er reflexartig einatmete. Er war immer noch bewusstlos und er bekam nicht genug Luft. Sein Brustkorb hob sich kaum.

Liu unterstützte seine Atmung mit einem kräftigen Atemzug und diesmal sog Ithers lädierte Lunge tatsächlich etwas Luft auf.

Liu tastete nach Ithers Puls, wachte über seine Atmung. Weit entfernt hörte er Ilandras erleichtertes Weinen. Doch Ither hatte seinen Kampf noch nicht gewonnen ... Liu spürte, wie Ithers Puls langsam wieder schwächer wurde – und das Rasseln in seinem Atemgeräusch immer lauter.

Er zückte seinen Dolch, zerschnitt Ithers Wams und unterzog seine Flanke einer kurzen Sichtkontrolle, nur um seine grausige Vermutung zu bestätigen. Die heftigen Stöße hatten eines der Knochenbruchstücke nach außen getrieben. Die offene Wunde blutete stark und ließ Ithers Lunge kollabieren ... *Verdammt!* Das machte seine Chancen nicht unbedingt besser.

Liu legte eine Hand auf die Wunde und presste mit viel Druck dagegen. Mit der anderen Hand nahm er Ithers Puls. Ein schwaches Pochen zuckte unter seinen Fingerspitzen. Doch die Abstände zwischen den Schlägen wurden immer länger. Und Liu wurde klar, dass es jetzt eigentlich nichts mehr gab, was er noch für Ither tun konnte.

Das Blut quoll aus den Zwischenräumen seiner rechten Hand. «Bitte ...» Liu verstärkte den Druck. Seine Stimme war weniger als ein Flüstern. «Du darfst nicht sterben ...»

Dann wurde es plötzlich ganz still. Sogar Ilandras Weinen verebbte. Und als Liu zur Tür sah, war es, als würde eine unendliche Last von ihm genommen.

*Er* war da.

Der Geistheiler schwebte lautlos herein und betrachtete Ither stumm.

Liu wusste, dass er trotz der weißen Augenbinde mehr sah als jedes gewöhnliche Wesen. Viel mehr.

Die Türen wurden geschlossen. Ilandra und Siez mussten draußen bleiben.

Dann begann der Geistheiler. Er hob eine Hand über Ithers Brustkorb, ließ sie sanft auf und ab gleiten und verhalf ihm, ohne dass er ihn auch nur einmal berührt hätte, zu tiefen, sauerstoffreichen Atemzügen. Es war, als würde Ithers Brustkorb einfach den Bewegungen seiner Hand folgen.

Lius eigene Hand lag immer noch an Ithers Hals. Und er spürte, wie das Zucken der Halsschlagader etwas deutlicher wurde. Er ließ nun von Ither ab und trat ein paar Schritte zurück, um dem Geistheiler nicht länger im Weg zu stehen. Und um selbst ein wenig verschnaufen zu können.

Liu sah auf seine Hände, die eine triefend von Ithers Blut, die andere nur wenig besser. Seine Finger zitterten heftig.

Und dann geschah es. Der Wechsel in die Astralsicht kam unvermittelt. Wie immer. Lius Hände waren plötzlich von nebelhaftem, blauem Licht überlagert. Und als er aufschaute, sah er auch die flirrenden Äthergestalten der beiden anderen im Raum. Leuchtende, blaue Schemen, die in ihren wirklichen Körpern ruhten. Alles verschwamm. Liu hatte das Gefühl, das Gleichgewicht zu verlieren. Er war wie schwerelos.

Das Phantom hob Ithers Brustkorb ein weiteres Mal. Und diesmal konnte Liu *sehen*, wie sich die

Knochenbruchstücke unter Ithers Haut verschoben.

Die Knochen hoben sich hell von dem blauen Flimmern ab. Darunter quoll schwarzer Nebel hervor und vermischte sich mit den dunklen Schatten in Ithers Brustkorb. Blut.

Liu konnte es sehen. Es war, als würden die Astralgestalten und die realen Körper ineinander verfließen. Er konnte sie kaum noch auseinanderhalten. Liu wurde schwindelig. Er hatte das Gefühl, dass ihm die Sicht wieder entglitt ...

*Schließ deine Augen.*

Die Stimme in seinem Kopf war so deutlich, als ob er laut gesprochen hätte. Und es gelang Liu, sich zu konzentrieren.

Der Geistheiler sah ihn an. Sein Astralkörper hatte ihm den Kopf zugewandt und blickte ihn direkt an, während sein physischer Körper immer noch Ither zugewandt war.

Liu schloss die Augen. Aber es wurde nicht dunkel. Allein die verwirrenden Konturen der realen Körper verschwanden. Liu sah die Äthergestalten nun deutlicher und detaillierter als jemals zuvor. Er sah sogar, wie das Blut durch Ithers Adern strömte, sich immer weiter und weiter verzweigte, bevor es sich seinen Weg zurück durch die Venen suchte.

*Gut so. Sieh zu.*

Der Geistheiler schenke Ither noch zwei weitere dieser künstlichen Atemzüge. Dann senkte er seine Hand, und Ithers Herz stoppte. Ein eisiger Schauer fuhr Liu über den Rücken, während er zusah, wie das schwarze Pulsieren in Ithers Gefäßen verebbte. Doch noch bevor das Blut ganz zum Stillstand kam, begannen sich die hellblauen Knochensplitter zu bewegen. Es war, als würden die Fragmente von einer unsichtbaren Hand sacht aus den verwundeten Organen gezogen.

Etwas Blut trat als schwärzlicher Nebel aus und Liu verstand jetzt, warum der Geistheiler Ithers Kreislauf gestoppt hatte. Neben Lunge und Magen war auch Ithers Milz verletzt. Und da Letztere direkt mit dem Blutkreislauf verbunden war, hätte Ither schlichtweg zu viel Blut verloren. Außerdem schien das Stoppen der Atembewegung auch die Positionierung der Bruchstücke erheblich zu erleichtern.

Es ging schnell. Und Liu starrte wie gebannt auf das, was sich da vor seinem inneren Auge abspielte.

Als alle Knochenstücke und Splitter wieder an ihrem Platz waren, begannen die Bruchkanten zu leuchten und miteinander zu verschmelzen.

Gleichzeitig konnte Liu sehen, wie sich die schwarzen Nebel in Ithers Brustkorb auflösten. Das Phantom heilte die Einstiche an den inneren Organen und an Ithers Flanke.

Das alles dauerte nur wenige Sekunden. Aber es wurde Zeit.

Der Geistheiler legte eine seiner blau schimmernden Hände auf Ithers Brust und entlud einen heftigen Energieimpuls in dessen Herz. Liu war für einen Augenblick wie geblendet und stürzte aus der Astralsicht zurück in die reale Welt. Die Farben waren wieder normal, die Welt plötzlich so verstörend plastisch.

Ither bäumte sich auf, als ob man ihn gerade vor dem Ertrinken gerettet hätte. Das hustenartige Einatmen war das Beste, was Liu seit langem gehört hatte! Doch noch bevor Ither die Augen öffnen konnte, vollführte das Phantom eine sanfte Handbewegung und Ither stürzte bewusstlos zurück auf die Trage.

*Die Heilungen haben ihren Preis,* hörte Liu die Stimme des Geistheilers in seinem Kopf. *Er muss jetzt ausruhen.*

Und Liu verstand. Er ging zu Ither hinüber und

berührte vorsichtig dessen Flanke. Schräger Bauchmuskel, Latissimus und Sägemuskel umspannten seinen Brustkorb wieder so perfekt wie zuvor. Alles, was blieb, war eine feine, dunkelgraue Narbe, die aussah, als stamme sie von einer Verletzung, die viele Jahre her war. Sogar Ithers Gesichtsverletzungen waren verschwunden.

*Er gehört dir. Kümmere dich um ihn.*

Das Phantom wandte sich zum Gehen.

«Danke ...» Liu verbeugte sich. Ihm wurde jetzt erst klar, dass er gerade seine erste Einweihung erhalten hatte.

*Gern.*

Der Geistheiler verließ den Raum. Die Türen wurden erneut geschlossen, ohne dass man jemanden hereinließ.

Für einen Augenblick sah Liu Ither einfach nur an. Er war noch viel zu angespannt, um die Erleichterung wirklich spüren zu können. Es musste wohl reichen, zu wissen, dass der richtige Zeitpunkt dafür jetzt eigentlich gekommen war.

Liu befreite Ither von den letzten Resten des zerschnittenen Wamses und wusch das Blut von seiner Flanke. Das Wasser aus seinem Wasserbeutel war kalt, aber Liu bezweifelte, dass es Ither etwas ausmachte.

Danach widmete er sich Ithers Unterarm. Er schnürte die kaputte Armschiene auf und schälte das Leder vorsichtig von seiner Haut.

Lius Augen weiteten sich erstaunt, als ihm plötzlich ein Schwall heißen Blutes entgegenquoll. Der Geistheiler hatte die Schnittwunde nicht geheilt! Und der Schnitt war deutlich tiefer als erwartet. Liu konnte bis auf den weißen Knochen sehen. Die Verletzung musste so schnell wie möglich versorgt werden!

Liu wandte sich um, um Nadel und Faden zu holen.

Doch mitten in der Bewegung hielt er inne, drehte sich wieder zu Ither und legte eine Hand auf die Wunde.

Dann schloss er die Augen.

# 2

Das Wasser war dunkelgelb. Rotbraune Nebel trieben hindurch und formten eigentümliche Muster, die sich langsam in der kalten Flüssigkeit verloren und diese nur noch ein wenig dunkler färbten.

Liu wusch sich erschöpft die Hände.

Er war völlig am Ende. Und doch lag ein Lächeln auf seinem Gesicht. Denn es war noch mal gutgegangen. Ither hatte überlebt. Und das bedeutete, dass sie noch immer eine Chance hatten.

Nicht auszudenken, was Ithers Tod für den Clan bedeutet hätte. Sie mussten achtsamer sein, ihn besser schützen. Er war einfach zu wichtig.

Liu sah auf, als sich die Tür leise öffnete. Es war Tokah, der schweigend hereinkam und die Tür vorsichtig hinter sich schloss.

Es war sehr still im Raum. Da war nur das Geräusch des tropfenden Wassers, während Liu sich weiter die Hände wusch.

Tokah blickte zu Ither hinüber.

«Wie geht's ihm?»

«Den Umständen entsprechend gut.» Ither war immer noch bewusstlos. Doch sein Herz schlug kräftig und sein Atem ging lautlos.

Tokah sah erleichtert aus. Und Liu verstand gut, was er gerade empfand.

Er wusch sich das letzte Blut aus den Zwischenräumen seiner Finger. Das war so ziemlich alles, was noch von Ithers Verletzungen übrig war.

«Wir werden erwartet.» Tokahs Stimme war leise und ruhig, sein Blick ruhte immer noch auf Ither.

Liu trocknete seine Hände ab.
«Der Rat ist hier.»
«Was? Hier?»
Tokah nickte knapp. «Wir haben wenig Zeit.»
Liu legte das Tuch neben die Waschschale und blickte selbst noch einmal zu Ither hinüber. Im Moment wurde er hier nicht mehr gebraucht.
«In Ordnung.»
«Gehen wir.»
An der Tür legte Liu einem der Wachmänner die Hand auf die Schulter.
«Bringt ihn in sein Quartier. Ich sehe nachher noch mal nach ihm.»

Liu und Tokah schritten zügig durch die Gänge der Garnisonsgebäude. Als sie die kleine Halle erreichten, die die Quartiere der Waffenmeister von den anderen Schlafstätten trennte, wurden sie von Ilandra und Siez abgefangen.
«Wartet!»
«Wie geht's ihm?»
«Wir müssen weiter.» Tokahs Stimme war schroff. Er ging an ihnen vorbei und Liu folgte ihm in den breiteren Gang zu den Quartieren der Waffenmeister.
Doch Ilandra und Siez ließen nicht locker, sondern blieben ihnen auf den Fersen.
«Liu?!»
Liu wandte sich um. «Er wird wieder.»
Ilandra atmete erleichtert aus. Siez öffnete den Mund, um etwas zu sagen. Doch Liu kam ihm zuvor.
«Das ist jetzt nicht der richtige Zeitpunkt.»
Er wandte sich wieder nach vorne.
Vor Tokahs Quartier waren zwei Wachen postiert. Sie trugen schwarze Rüstungen und schwere Waffen.
«Was zum ...» Liu hörte die Irritation in Siez' Stimme. Kurz darauf passierten sie die offenen

Flügeltüren zu Tokahs Quartier.

Ilandra und Siez kamen abrupt zum Stehen, als die beiden Cardoc-Wachen die Waffen vor ihnen kreuzten.

Im Innern des Quartiers angekommen, wandte Liu sich langsam um.

Siez hielt den Blick mit einem der beiden Wachmänner und Ilandra betrachtete Liu beinahe flehend. Tokah gab den Wachen ein Zeichen, nicht zu hart mit den beiden Schatten umzuspringen.

Siez machte einen Schritt vorwärts. «Liu, ich muss mit dir reden!» Der Cardoc vor ihm reagierte sofort und legte ihm drohend eine Klinge an die Kehle. Der geschliffene Stahl blitzte gefährlich auf. «Ihr beiden geht jetzt besser.»

«Wir sind unbewaffnet.» Siez hob beschwichtigend die Hände.

«Das spielt keine Rolle.»

Siez zog sich etwas zurück. Der Wachmann senkte die Klinge.

«Bitte, es dauert nur einen Augenblick.»

«Geht jetzt. Das hier ist nur für *Cardoc*.»

Siez sah die beiden Wachen entgeistert an. Und dann schaute er zu Liu und Tokah hinüber.

Liu bemerkte, wie Siez' Lippen lautlos zwei wohlbekannte Worte formten: *Haus Cardoc?* Er sah aus, als hätte er einen Geist gesehen. Und auch Ilandra blickte jetzt verstört zwischen dem Heiler und dem Waffenmeister hin und her.

Liu lächelte milde.

Er würde es ihnen später erklären.

«Geht jetzt», sagte er. «Ither braucht euch. Er ist in seinem Quartier.»

Dann wandte er sich um. Es gab wichtige Dinge zu bereden.

Ein Offizier nahm sie in Empfang. «Folgt mir.»

Die Türen wurden hinter ihnen geschlossen. Liu fühlte sich ausgelaugt. Doch das hier war wichtig. Der Rat musste es erfahren. Iestriel, Rabe und Wolf warteten bereits auf sie. Als er näher trat, senkte er den Kopf vor den drei Rudelführern.

«Wie geht's ihm?» Iestriel, der Älteste der drei, sah ihn beunruhigt an.

«Er ist stabil ...»

«Es ist gerade noch mal gut gegangen», brachte Tokah es auf den Punkt.

«Setzt euch», sagte Iestriel.

Liu war dankbar, an dem großen, steinernen Tisch Platz nehmen zu dürfen. Tokah hingegen schien einem Gedanken nachzuhängen, er ließ sich Zeit, bevor er dem Angebot nachkam.

«Tokah hat uns bereits von dem Giftangriff berichtet ...», sagte Iestriel.

«Hat Shir ihn erkannt?», fragte Tokah unvermittelt.

«Ja.» Iestriel lächelte gütig. «Aber erst, nachdem der Kampf vorüber war.»

«Wie hat er reagiert?»

«Er wird es verkraften.»

«Also, Liu?» Rabe hatte den mit schwarzen Federn verzierten Kopf schiefgelegt. «Bist du dir sicher, dass es die Gra Res Tar waren?»

«Ganz sicher. Es sei denn, dass ich das hier falsch verstehe ...», Liu zog etwas aus seiner Tasche, «... und es keine Botschaft an uns ist.» Er legte den Giftpfeil in die Mitte des großen Tisches. Mit den Fingerspitzen drehte er ihn so, dass das Wappen der Gra Res Tar für alle sichtbar war.

«In Ordnung.» Iestriel strich sich mit der Hand über den stoppeligen Bart. «Das bedeutet, dass wir ihn so schnell wie möglich zurückholen müssen.»

«Nein. Das sollten wir nicht tun.» Rabes Stimme war fest und überlegt. Die anderen sahen auf. «Liu, wäre das Gift tödlich gewesen?»

«Er hätte schwere, bleibende Schäden davongetragen. Motorisch und geistig. Aber es hätte ihn nicht getötet.»

Liu verstand noch nicht, worauf Rabe hinauswollte.

«Sie wissen nicht, wer er ist.» Rabes weiße Augen funkelten im Licht des magischen Feuers. «Sie vermuten es, aber sie sind sich nicht sicher.»

«Wie meinst du das?»

«Wenn sie es sicher wüssten, hätten sie ihn gefangen genommen und nicht in unsere Hände gespielt. Aber sie haben einen begründeten Verdacht, sonst hätten sie ihn nicht angegriffen.»

Iestriel sah ihn auffordernd an und Rabe fuhr fort:

«Seinen Tod können sie nicht riskieren, aber sie stellen uns auf die Probe. Wenn wir jetzt reagieren, wenn wir das Spiel jetzt ändern, dann wissen sie – und nur dann –, dass sie den Richtigen attackiert haben.»

Rabe machte eine Pause. Schließlich sagte er: «Die Gra Res Tar haben ihre Augen in der ganzen Stadt. Wir sollten also nicht ihn schützen, sondern einen anderen. Das wird sie auf die falsche Fährte locken.» Rabe grinste. «Und das verschafft uns etwas Zeit.»

«Ablenkung. Ein guter Zug.» Tokah grinste jetzt ebenfalls. «Also willst du ein Bauernopfer bringen?»

«Nein, keinen der Bürger», antwortete Rabe. «Einen von uns. Ich weiß auch schon, wo ich ihn einschleusen kann.»

Lius Blick ruhte auf dem Giftpfeil. Es war tatsächlich der einzige Weg, der ihnen ein paar Optionen ließ. Eine offene Konfrontation mit den Gra Res Tar konnten sie jetzt noch nicht riskieren.

«In Ordnung», sagte Iestriel, nachdem er selbst einen Augenblick darüber nachgedacht hatte. «Hast du jemand Bestimmtes im Auge?»

«Ja. Und ich habe auch bereits mit ihm darüber gesprochen. Er übernimmt die Sache.»

«Gut.»

Wolf, der bisher stumm zugehört hatte, mischte sich jetzt ein: «Warum seid ihr überhaupt so sicher, dass er die Qualitäten mitbringt, um seine Rolle einzunehmen?» Wolfs Gesichtszüge waren wie immer hart und vollkommen emotionslos.

Iestriel warf ihm einen scharfen Blick zu.

«Hätte er Shir nicht besiegen müssen, wenn er der Richtige ist?»

«Er war verletzt!», entfuhr es Liu.

«Und wenn schon.»

«Ich will dich mal mit einer Rippenprellung kämpfen sehen, Wolf.» Tokahs Stimme war ernst und beherrscht. Wolf antwortete mit einem kehligen Grollen, wechselte dann jedoch das Thema. «Wie konnte es eigentlich zu diesem Angriff kommen, ohne dass wir etwas davon mitbekommen haben? Wo hat er da gesteckt?»

Liu hatte so eine Ahnung, wo Ither gewesen war. Er hatte Reste von Sozoah-Blut an Ithers Klinge gesehen. Und er war sich sicher, dass Tokah es ebenfalls ahnte, doch auch er verriet Ither nicht.

«Er war am Fluss. Unten bei den Wasserfällen.»

«Und was wollte er da?» Wolf blickte Tokah argwöhnisch an. Seine Verachtung war beinahe greifbar. Aber Liu war sich nicht ganz sicher, ob Wolf wirklich Tokah meinte oder ob er nur etwas auf ihn projizierte.

«Was weiß ich.» Tokah machte eine ausladende Geste. «Baden vielleicht. Was auch immer. Das ist völlig irrelevant.»

Bevor Wolf etwas sagen konnte, griff Iestriel ein: «Die Hauptsache ist, dass wir die Karte nicht verloren haben.»

Rabe nickte zustimmend. «Und wir müssen sicherstellen, dass es dabei bleibt.» Er stand auf. «Ich schicke ein paar Männer zum Fluss – falls es dort etwas aufzuräumen gibt.»

# 3

*Die Zangen des Grubenjägers waren direkt vor seinem Gesicht und schnappten bedrohlich auf und zu. Ither konnte das unregelmäßige Klickern ihrer Beine hören, als die Bestie sich noch näher an ihn heranschob. Sein Arm brannte heftig. Etwas Heißes rann daran herab.*

*Ither hatte Angst. Angst, wie er sie noch nie in seinem Leben gehabt hatte.*

*Das Ungetüm hatte ihn an die kalte Granitwand gedrängt und würde ihn jeden Augenblick in Stücke reißen – sobald es sicher war, dass er noch lebte – und das würde bald sein. Denn Ither würde den Atem nicht mehr ewig anhalten können.*

*Die Zangen der Bestie öffneten sich weit. Sie stieß ein gefährliches Zischen aus.*

*Doch dann hörte Ither, wie sich eine Klinge in den Sklerotinpanzer des Jägers grub. Gelbes Blut spitzte in Ithers Gesicht. Dann sackte das Ungeheuer zusammen. Und die Kampfgeräusche stürzten wieder auf ihn ein.*

*«Sie wollen die Karte! Bleib, wo du bist!»*

*Der Dunkle, der den Sozoah getötet hatte, zog die Klinge aus dem harten Panzer und wirbelte herum, nur um es sofort mit dem nächsten Jäger aufzunehmen.*

*Die riesige Halle wimmelte nur so von Sozoah, toten und lebendigen. Der Kampf tobte heftig. Die Kämpfer wehrten sich mit blanken Waffen gegen die Übermacht der Bestien.*

*Ither sah, wie einer von ihnen fiel. Der Jäger hatte seine Kehle zerfetzt. Er stürzte auf den Boden. Und niemand half ihm. Die Heiler waren außer Gefecht gesetzt. Die Sozoah hatten sie zuerst attackiert. Ein anderer Dunkler nahm den Platz des Toten ein.*

*Der edle Steinboden war fast vollständig bedeckt von einem klebrigen Gemisch aus rot-gelbem Blut und gebrochenen Panzerteilen.*

*Die Dunklen, die noch kämpften, waren fast ausnahmslos verletzt und trugen keine Rüstungen. Offenbar waren sie auf das hier nicht vorbereitet gewesen.*

*Ither sah, wie der Mann, der ihn gerettet hatte, den nächsten Jäger erledigte.*

*Er konnte nicht länger hier rumstehen!*

*Ither beugte sich über die Leiche des Dunklen, der ihm am nächsten war, und nahm dessen Schwert. Das leere, blutverschmierte Gesicht kam ihm seltsam bekannt vor. Und er spürte einen Anflug von Trauer. Danach Wut. Und Zorn.*

*Dann stürzte er sich in den Kampf!*

*Doch seinen Hieben fehlte die Durchschlagskraft. Seine Reichweite war zu gering. Ither fühlte sich so eigenartig schwach. Die edle Stahlklinge prallte hart an den Panzern ab – ohne ernsthaften Schaden zu hinterlassen. Aber er gab nicht auf, schlug wieder und wieder zu.*

*Neben ihm starb abermals ein Dunkler. Doch er hatte dem Jäger bereits einen entscheidenden Treffer verpasst. Ither attackierte den verletzten Sozoah. Doch es war ein anderer Dunkler, selbst schwer verwundet, der dem Jäger den Rest gab.*

*Es war ein Gemetzel. Ithers Füße glitten immer wieder auf dem nassen Boden aus. Doch die Grubenjäger liefen mit ihren klickernden Beinen darüber, als wäre es trockener Grund.*

*Es war grauenhaft. Der Kampf dauerte nur wenige Minuten. Aber er verlor jedes Zeitgefühl. Kreischen.*

*Schmerzenslaute. Spritzendes Blut ... Es waren nicht mehr viele übrig. Auf beiden Seiten.*

*Ither tötete einen anderen verletzten Grubenjäger. Dann hinter ihm ein schreckliches Geräusch. Erst ein schmatzendes Reißen, dann ein dumpfer Aufprall.*

*Ither wirbelte herum.*

*Der Dunkle, der Ither gerettet hatte, lag jetzt am Boden. Ein Sozoah direkt über ihm. Blut tropfte von seinen riesigen Beißwerkzeugen. Für einen Augenblick schien es, als würde er es genießen, die Qualen seiner Beute zu beobachten. Dann stieß die Bestie erneut zu. Der Dunkle schrie fürchterlich.*

*Ither reagierte, ohne nachzudenken. Er stürmte auf den Sozoah zu, ließ sein stählernes Schwert fallen und griff nach der schwarzen Klinge des Mannes, die neben ihm auf dem Boden lag.*

*Ither riss sie hoch und grub sie mit so viel unbändigem Zorn zwischen die Sklerotinplatten des Sozoah, dass sie eindrang wie in ein weiches Kissen.*

*«STIRB!»*

*Diese Klinge war so viel schärfer als gewöhnlicher Stahl! Ither zog die Waffe mit einer martialischen Drehbewegung zurück. Die Panzerung des Sozoah brach krachend auf und entblößte weißes, stinkendes Fleisch. Der Jäger schlug direkt neben dem Dunklen auf dem Boden auf. Er war tot.*

*Ither zitterte am ganzen Leib. Die Waffe fiel ihm aus der Hand, als er sich erschüttert neben den Verletzten kniete.* Er lebte noch. *Aber sein Bauch war aufgerissen. Ither konnte seine zerfetzten Eingeweide sehen. Und die Unmengen von Blut, die aus der riesigen Wunde quollen. Er starb. Das konnte niemand mehr ändern. Nicht einmal die Phantome.*

*Das Gesicht des Dunklen war schmerzverzerrt. Doch noch atmete er dagegen an.*

*Die Verzweiflung stand Ither ins Gesicht geschrieben.*

*«Schon – gut.» Die Stimme des Verletzten war gepresst und kaum mehr als ein Flüstern. «Jetzt ist es – an dir, Ilithir. Du – mu-must – sie – in – die – verlorene Stadt –» Der Kampflärm wurde jetzt etwas leiser. Aber Ither konnte den Blick nicht von dem Verletzten abwenden. Ither wollte ihn fragen, wie er das schaffen sollte, aber das hier war nicht der Moment, um schwach zu sein.*

*«Nimm – Meteor. Es – gehört dir.»*

*Ither spürte, wie heiße Tränen über sein Gesicht rannen.*

*«Es ist – so weit.»*

*Ither wusste, was der Mann von ihm wollte. Aber er wusste nicht, ob er es tun konnte.*

*Er presste die Lippen aufeinander und versuchte die Tränen zu unterdrücken. Das hier hätte ein feierlicher Moment sein sollen. In vielen, vielen Jahren. Er konnte ihn nicht so elendig verrecken lassen.*

*Ither zog den Dolch des Mannes und setzte die Spitze an die Stelle, wo Kinn und Hals ineinander übergingen. Seine Hände zitterten.*

*«Tu – es!» Es war ein Befehl, aber da war auch etwas Flehendes in seiner Stimme.*

*Ither stieß kraftvoll zu. Er spürte, wie die Spitze der Klinge spröde Knochen streifte und dann in weiches Gewebe vordrang. Sein Retter war sofort tot.*

*Der Dolch landete klirrend auf dem blutbedeckten Boden. Und dann stürzten die Gefühle über ihn herein.*

*Ither warf den Kopf in den Nacken und schrie – schrie, bis seine Stimme versagte.*

Siez schritt ungeduldig auf und ab. Er war so

erleichtert, dass Ither lebte. Und doch konnte er es kaum ertragen, seinen Freund so zu sehen. Er war immer noch bewusstlos.

Ilandra saß auf Ithers Bett und strich ihm sanft über das Gesicht. Die schwach glühende Kohlepfanne spendete eine wohltuende Wärme und ein angenehm dämmriges Licht. Aber Siez fühlte sich unwohl und rastlos.

Ilandras Tränen waren längst getrocknet, doch ihre angespannten Züge verrieten, dass auch sie sich immer noch sorgte. Es war schwer, mit dieser quälenden Ungewissheit klarzukommen. Und es wurde endlich Zeit, dass ihnen jemand sagte, wie es Ither wirklich ging. Und wann er wieder aufwachen würde.

Siez machte kehrt, als er erneut am Ende des Raums angekommen war.

Wenn ihnen doch endlich mal jemand erklären würde, was hier vor sich ging! Ithers offensichtliche Verletzungen waren verschwunden, aber er reagierte weder auf Ansprache noch auf Berührung. Das war kein gewöhnlicher Schlaf.

Und überhaupt: Tokah und Liu waren Cardoc?! Siez verstand die Welt nicht mehr. Warum sollten sich die Cardoc ausgerechnet für die Garnison interessieren? Sie jahrelang infiltrieren? Das ergab keinen Sinn.

«Ilandra, kommst du einen Augenblick allein klar?»

«Wo willst du hin?»

«Nur einen Moment ein bisschen frische Luft schnappen.»

# 4

Wolf verschränkte die Arme vor der Brust und sah Iestriel ernst an. «Was ist mit der Gra Res Tar und dem Spaßvogel?»

Der Älteste blickte nicht auf, sondern betrachtete weiter den Giftpfeil, den er nachdenklich zwischen den Fingerspitzen drehte.

«Sie sind bei ihm», antwortete Tokah anstelle des Rudelführers.

«Ich halte das für keine gute Idee.»

«Sie sind sauber. Wir haben sie überprüft.»

«Bei dem Schatten nehm ich dir das ab. Aber wer kann schon hinter die Fassade dieser dreckigen Magier blicken?» Wolf sah Tokah nicht an. Sein Blick galt immer noch Iestriel, der jetzt aufsah und ihm genau in die Augen blickte.

«Glaubst du, die beiden sind eine Gefahr für ihn?» Iestriel klang besorgt.

«Schon möglich.»

«Sie sind in Ordnung!», mischte Liu sich ein. Tokah warf ihm einen scharfen Blick zu. Sie hatten dem Rat noch nichts von Ithers und Ilandras Verbindung erzählt.

Iestriel sah Liu direkt an. Der Heiler senkte ergeben den Kopf. «Ich würde mich für die beiden verbürgen.»

Wolf schnaubte verächtlich. «Auch für die Gra Res Tar?» Er machte sich nicht die Mühe, seinen Hass gegen die Magier zu verbergen.

Liu konnte hören, wie sich die Tür hinter ihm leise öffnete und wieder schloss.

«Was ist, wenn sie ihn eines süßen Morgens mit einem kleinen Zauber weckt?» Wolfs silberne Augen glitzerten im bläulichen Licht des künstlichen Feuers. «Alles, was die Gra Res Tar wollen, ist die Karte. Und dafür ist ihnen jedes Mittel recht.»

Rabe umrundete den großen Tisch mit leisen Schritten. Die schwarzen Federn in seinem Haar schimmerten wie flüssiger Obsidian, als er sich Wolf zuwandte. «Du machst dir ja plötzlich richtig Sorgen um die Karte ... Glaubst du jetzt etwa doch daran?» Rabes Stimme war kühl und forschend.

«An der Karte habe ich nie gezweifelt. Das weißt du genau.»

Rabe hielt Wolfs drohendem Blick stand.

«Der Schatten und das Mädchen wurden überprüft.»

«Sie ist eine Gra Res Tar.»

«Die ihnen abgeschworen hat, Wolf.»

Iestriel betrachtete die beiden Rudelführer schweigend. Er sah aus, als wäre er in den letzten Stunden um Jahre gealtert.

«Das ändert nichts an dem verdorbenen Blut ...» Wolfs Stimme war ein tiefes Grollen.

Rabe aber blieb entspannt.

«Wenn er sie an sich heranlässt, ist sie in Ordnung.»

Wolf strafte ihn mit einem glühenden Blick. «Nur weil er sie flachlegt, ist sie keine Heilige!»

Liu öffnete erstaunt den Mund.

«Tut er das denn?» Rabes Augen funkelten amüsiert.

Sie wussten es! Liu wollte etwas sagen, aber er brachte keinen Ton heraus. Rabes Mundwinkel kräuselten sich, als er Lius verdutzten Blick bemerkte.

«Sie wurde überprüft, Wolf. Das Mädchen ist sauber.» Rabes Stimme war jetzt sanft und bestimmt. «Du solltest langsam anfangen, dich auf die Arbeit deiner Brüder zu verlassen.»

«Wollen wir hoffen, dass du recht hast.»

Iestriel sah Rabe nachdenklich an. Aus seinem Blick sprach weiterhin die Besorgnis. Rabe setzte sich.

«Unsere Leute sehen sich unten am Fluss um», erklärte er. «Vielleicht können sie noch ein paar brauchbare Spuren finden.»

«Glaubst du denn, dass es die Gra Res Tar selbst waren?»

«Nein, die Drecksarbeit überlassen sie lieber ihren Schergen ...» Rabe blickte in das blau glühende Feuer. «Aber ich wüsste gern, wen sie dafür eingesetzt haben.»

*Ither wurde eskortiert. Sie schritten durch einen langen Gang, der von hohen Quarzsäulen gesäumt wurde. In den Zwischenräumen prangten übergroße Kriegerstatuen und Fackeln, die mit echtem Feuer brannten.*

*Ither trug mit Platin verzierte Kleider, die im flackernden Licht dunkel schimmerten. Sein Haar war zu filigranen Mustern geflochten, die sich an seinem Hinterkopf zu langen, weißen Zöpfen verbanden. Sein Körper war angespannt – seine Seele nahezu gefühlsleer.*

*Die Männer bei ihm trugen edle, schwarze Rüstungen und wertvolle Waffen. Ihre Gesichter waren kantiger und erwachsener als seines. Und sie alle waren nicht weniger als einen halben Kopf größer als er.*

*Ither war jung. Doch sein Blick war zu allem entschlossen.*

Das regelmäßige Pochen seines Herzschlags war langsam und stark. Und es war das schönste

Geräusch, dass Ilandra je gehört hatte. Ihr Kopf ruhte auf Ithers Brust, ihre Augen waren geschlossen. In diesem Moment gab es nur sie beide. Und Dunkelheit. Und Frieden.

Es fühlte sich so unendlich gut und richtig an, in seiner Nähe zu sein. Jetzt, genau jetzt, hier zu sein. Es war, als hätte alles andere seinen Wert verloren. Es spielte keine Rolle mehr, wer sie einmal gewesen war. Wichtig war nur das hier ...

Wenn sie doch nur wirklich sicher sein konnte, dass es ihm gut ging. Wenn er doch nur endlich aufwachen würde!

«Verlass mich nicht ...» Ihre Stimme war nicht mehr als ein Hauch der gesprochenen Worte. «Ich liebe dich ...» Sie hatten es sich nie gesagt. Nicht ein einziges Mal. Sie waren Gefährten und doch hatten sie es nie mit Worten gefestigt.

Ilandra öffnete die Augen und setzte sich auf. Sie waren sich so vertraut und doch so fremd. Sie verbrachten so viel Zeit gemeinsam und doch kannte sie ihn kaum. Ilandra wusste noch so wenig über ihn. Denn Ither erinnerte sich nicht daran, wer er war oder woher er kam. Und selbst über das, an das er sich erinnerte, sprach er nur selten. Ilandra wusste, dass Ither sich nicht gerne mit der Vergangenheit aufhielt. Und vielleicht hatte das auch seine Gründe ...

Ihr Blick glitt zu den versiegelten Armbändern an Ithers Handgelenk. Sie kennzeichneten ihn als Hauslosen. Und das war im Grunde alles, was Ilandra von Ithers Vergangenheit wusste. Zumindest was den Teil betraf, der vor seiner Zeit bei den Schatten lag.

Ithers Unterarme waren übersät mit unzähligen feinen Narben, die alle – bis auf die neue, noch silberne Linie – längst verheilt waren. Die meisten von ihnen mochten vom Training stammen, doch die eine oder andere war mit Sicherheit Zeugnis einer ernsthaften Auseinandersetzung.

Niemand hatte jemals behauptet, dass das Leben eines Schattens ungefährlich sei. Jeder Kampf, jede Wache, jeder Patrouillengang, jeder ganz normale Tag konnte der letzte sein. Aber Ilandra begriff erst jetzt, was das bedeutete. Dabei hatte sie keine Angst um sich selbst – damit hatte sie längst ihren Frieden gefunden. Sie hatte plötzlich Angst um ihn.

Ilandra kämpfte gegen die Gefühle an, die in ihr aufstiegen. Sie hatte nie damit gerechnet, dass ihr jemand einmal so wichtig sein würde ... Und sie verstand erst jetzt, was es bedeuten würde, *ihn* zu verlieren.

«Wer auch immer du bist ... Mach nie wieder solche Dummheiten, okay?» Ilandra strich ihm eine weiße Haarsträhne aus dem Gesicht. Er sah angespannt aus, obwohl er schlief. So als wäre er in Wahrheit irgendwo zwischen Schlafen und Wachen.

Ilandra wandte sich um, als jemand die Tür öffnete.

Siez betrat den Raum. Er hatte Wasser dabei und etwas zu essen. Und unter dem Arm trug er ein abgenutztes Buch, dessen Einband mit goldener Schrift verziert war.

«Ich dachte, du könntest eine kleine Stärkung gebrauchen.» Er reichte Ilandra etwas von dem Essen und stellte die Karaffe auf dem kleinen Tisch ab. Das Buch legte er daneben. Es war eine Kopie von den Chroniken der Schattenkrieger. Ein Exemplar, das nicht ganz einfach zu bekommen gewesen war. Siez hing sehr daran. Doch es gefiel ihm nicht, was er darin gelesen hatte. Weil es seine Gedanken nicht bestätigte und weil es seinen Erinnerungen widersprach.

Aber was, wenn er sich täuschte? Konnte es denn wirklich sein, dass die Aufzeichnungen fehlerhaft waren? Es waren die Schriften des Herolds, des

Schriftmeisters Camousharras.

Und doch zweifelte Siez daran. Zum allerersten Mal. Konnte es wirklich sein, dass Weihen manipuliert worden waren? Er würde in Ruhe darüber nachdenken müssen.

Siez strich sanft mit der Hand über das Buch, ganz so, als ob es eine Seele hätte. Dann wandte er sich Ilandra zu.

«Wie geht's ihm?»

«Unverändert ...»

Da war etwas in ihrem Gesicht – und dieses kleine Zittern ihrer Stimme. Siez verstand. Die Dinge hatten sich verändert. Ilandra empfand etwas für Ither. So wie er sich plötzlich Sorgen um Tisha machte.

«Mach dir keine Sorgen. Er wacht bald auf.»

Siez' Finger glitten über das goldene Relief des abgegriffenen Buchdeckels. Er erinnerte sich noch genau an das kurze rote Leuchten damals bei der Weihe. Und Ither hatte es auch gesehen. Sie hatten ein einziges Mal darüber gesprochen – bevor Ither das Thema für immer verbannt hatte. Doch in den Chroniken stand kein einziges Wort davon. Obwohl eine solche Anomalie eigentlich Erwähnung hätte finden müssen. Zu Ithers Weihe fand sich nur der folgende Eintrag:

*>> Ither, männlich, kampftauglich,*
*Banner weiß ∞ ohne Haus <<*

Die Zeile stand inmitten von zehn weiteren Namen und unterschied sich nicht im Geringsten von denen der anderen vier Hauslosen, die an diesem Tag rekrutiert worden waren.

«Was ist das eigentlich für ein Buch?» Siez wurde aus seinen Gedanken gerissen, als Ilandra ihn ansprach.

«Die Schatten-Chroniken ...»

«Chroniken? Hast du nach etwas Bestimmtem gesucht?»

«Ach, nichts ... Wie es aussieht, habe ich mich geirrt ...»

Er hatte das gar nicht mit Ilandra teilen wollen, aber sie sah ihn auffordernd an.

«Seine Einweihung. In meiner Erinnerung war sie nicht ganz eindeutig.»

# 5

*«Wir sollten die Gra Res Tar angreifen und ihnen das heimzahlen, was sie unserem Clan angetan haben.»*

*Ither schüttelte beherrscht den Kopf. «Nein, das werden wir nicht tun, Katama.»*

*In Wahrheit hätte er nichts lieber getan als das. Er dürstete nach Vergeltung und nach dem Blut der Magier. Aber es ging um mehr als das. Es ging um die Zukunft seines Clans.*

*«Wenn wir die Gra Res Tar angreifen, töten wir möglicherweise den Seher.»*

*«Es bleibt uns keine andere Wahl», pflichtete ihm Reatar bei. «Ich fürchte, es ist der einzige Weg. Die Gra Res Tar müssen glauben, dass wir die Karte verloren haben.»*

*Ither tauschte noch einen Blick mit Katama, dann sah er das älteste der drei Familienoberhäupter an.*

*«Also ist es entschieden?»*

*«Ja – das ist es.»*

Liu blickte auf seine Hände. Sie waren sauber, aber es war, als klebte Ithers Blut immer noch daran. Wahrscheinlich war es ihre Schuld. Seine und Tokahs.

Sie hatten ihn kämpfen lassen, obwohl er verletzt gewesen war. Sie hatten ihn kämpfen lassen müssen, weil alles andere ihn verraten hätte.

Aber sie hätten wissen müssen, dass er zu weit gehen würde, um diesen Kampf zu bestehen. Die Schatten hatten ihn gelehrt, dass sein Leben nichts wert war – dass es auf die einzelne Flamme nicht ankam.

Es war nicht das erste Mal gewesen, dass Ither sein Leben leichtfertig aufs Spiel gesetzt hatte – weil er nicht wusste, wer er war.

Sie hatten einen Fehler gemacht. Sie waren ein Risiko eingegangen, dessen Preis sie nicht hätten zahlen können. Sie hätten ihn einfach nicht kämpfen lassen dürfen ... Sie hätten zumindest Shir sagen müssen, gegen wen er da antrat. Doch auch das hatten sie nicht tun können, weil womöglich die falschen Augen sie beobachteten ...

Es wurde Zeit, dass sie dieses Spiel beendeten.

Als Liu aufsah, traf sein Blick den Iestriels. Es war, als würde der alte Rudelführer direkt in seine Seele hineinsehen. So als wüsste er, dass Liu sich selbst die Schuld gab. Als wüsste er, dass Liu zweifelte.

«Wie sind die Gra Res Tar auf ihn aufmerksam geworden?», durchbrach Wolfs Stimme den kurzen Augenblick der Stille.

Iestriel wandte sich ihm zu. Aber es war Tokah, der antwortete: «Wir wissen es nicht.» Seine Stimme war ruhig und fest. «Möglicherweise gab es außerhalb der Garnisonsmauern einen Kontakt.»

«Oder wir wurden infiltriert.»

Tokah schüttelte den Kopf. «Soweit wir wissen, haben die Gra Res Tar keinen Informanten hier. Aber nach allem, was passiert ist, sollten wir mit größter Vorsicht vorgehen. Wir wissen, dass die Gra Res Tar ihre Flüsterer in der halben Stadt verteilt haben.» Tokah begegnete den Blicken der Rudelführer mit der Stärke eines Anführers. «Auch wenn sie bisher niemanden eingeschleust haben – die Gra Res Tar haben für meinen Geschmack momentan eindeutig zu viel Interesse an den Schatten.»

Tokah war zu Recht einer der höchsten Offiziere des

Clans. Ihm fiel es leicht, sich abzugrenzen. Doch Liu wurde die nagenden Gedanken einfach nicht los.

Ither war angegriffen worden, ohne dass sie auch nur das Geringste davon geahnt hatten. Sie hatten ihn ausgeliefert, um die Rolle weiterzuspielen. Und sie hatten ihn beinahe verloren. Zweimal.

Im Gegensatz zu Liu gingen die anderen einfach sachlich darüber hinweg. Sie verließen sich auf Tatsachen, nicht auf Eventualitäten. Und Fakt war, dass Ither lebte. Weil sie Glück gehabt hatten.

«Niemand wird sich darüber wundern, dass Cardoc auf dem Gelände sind, solange der Auswahlprozess noch nicht abgeschlossen ist», sagte Iestriel mit gefasster Stimme.

«Aber wir sollten es nicht ausreizen.» Rabe blickte nachdenklich in die blauen Flammen. «Wir haben keinen Grund, länger hier zu sein als nötig.»

Rabe war nicht nur der Befehlshaber einer der drei Blutslinien, er war auch der oberste Stratege der Cardoc. Und bisher hatte er mit seinen Einschätzungen immer recht behalten.

«Was ist mit den Wachen vor seiner Tür?», fragte Tokah. «Wenn wir die Aufmerksamkeit von ihm ablenken wollen ...»

«Ich habe sie abgezogen.» Rabes silberweiße Augen zuckten zu Tokah hinüber. «Sie sind nun bei Shir. Er spielt den Lockvogel.»

«Und was ist mit Ither?»

*Ither stand genau vor ihm. Das schwarze Gesicht des Phantoms war vollkommen regungslos. Die weiße Augenbinde verdeckte seine Augen und die weite Kapuze verhüllte sein Haar. Er sah aus wie ein Geist.*

*Ither war kleiner als der weiße Heiler. Doch er hob*

*stolz das Kinn. Denn er war bereit für das, was jetzt kommen würde. So bereit, wie man eben nur sein konnte.*

*«Ein Teil deines Gedächtnisses wird irreparabel sein», sagte eine ruhige Stimme hinter ihm. «Wir werden nicht alle Erinnerungen vollständig zurückbringen können.»*

*Aber das war Ither egal. Es gab Dinge, die er für immer vergessen wollte. Dinge, an die er sich nie wieder erinnern wollte.*

*«Wie lange wird es dauern?»*

*«Das wissen wir nicht. So lange, bis der Seher die Karte findet.»*

*Das allerdings war etwas, was Ither wirklich beunruhigte. Was würde mit ihm geschehen, wenn der Seher die Karte nicht fand? Doch er stellte die Frage nicht laut. Man hatte ihm beigebracht stark zu sein.*

*«Bist du bereit?»*

*Ithers Finger schlossen sich fester um Meteors Griff. Die schwarze Klinge würde alles sein, was er in sein neues Leben mitnahm.*

*«Ja.»*

*Und in dem Moment, als Ither antwortete, war der Geist des Phantoms schon in seinem Kopf.*

# 6

Es dauerte ungewöhnlich lange, bis sich Ithers Augen an das Halbdunkel gewöhnt hatten. Er sah Ilandras verschwommenen Umriss über sich. Sie sagte etwas, doch ihre Stimme klang dumpf und eigenartig verzerrt. Dann wandte sie den Kopf um und sprach mit jemandem, der im selben Raum war. Sie sah glücklich aus. Ihre Stimme überschlug sich. Und Ither ahnte, dass er nicht einfach nur aus einem Traum erwachte. Was auch immer wirklich geschehen war ...

Er richtete sich auf. Alles drehte sich. Liu war direkt bei ihm und sah ihn forschend an.

«Schön, dass du wieder da bist.»

Ithers Gehör begann sich zu normalisieren. Er versuchte sich zu erinnern, was geschehen war. Doch sein Geist war noch träge und irgendwie entrückt.

«Ja, Mann, wir haben uns ganz schön Sorgen gemacht.»

Ither bemerkte ihn erst jetzt. Siez stand am anderen Ende des Zimmers und lächelte ihn an. Doch bevor Ither darauf reagieren konnte, hielt Liu ihm vier Finger vors Gesicht. Ither verstand, was er von ihm wollte, doch seine Kehle war wie ausgetrocknet. Als er den Mund öffnete, um etwas zu sagen, brachte er keinen Laut hervor.

Liu nickte wissend und verschwand.

Ithers Hals brannte wie Feuer und sein Kopf schmerzte so heftig, als wären ein paar Felsbrocken darübergerollt. Er ließ sich zurück in die Felle sinken. Und die Bilder flackerten erneut auf: *die Sozoah, das*

*Blut, die schwarze Klinge, der Dolch ...* Ither war immer noch gefangen zwischen Traum und Realität, als wäre er in etwas eingetaucht, das realer war als die Wirklichkeit. Er konnte das Gefühl nicht greifen ... Die Träume waren ihm so abscheulich echt vorgekommen, dass er geschworen hätte, dass das alles tatsächlich passiert war. Und doch konnte das nicht sein.

Ilandra gab ihm einen zärtlichen Kuss auf die spröden Lippen und holte ihn damit in die Realität zurück. Ither sah ihr in die Augen. Sie sah aus, als hätte sie sich wirklich Sorgen gemacht.

Kurz darauf war Liu wieder da. Er reichte Ither einen großen, randvollen Becher.

«Trink das ...»

Ither setzte sich erneut auf. Und diesmal schwankte die Welt nicht mehr ganz so heftig wie zuvor. Offenbar kam sein Kreislauf langsam auf Touren.

Ither nahm einen großen Schluck. Das Zeug schmeckte widerlich, doch Ither setzte erneut an und stürzte den Rest hinunter. Die milchige Flüssigkeit schmeckte furchtbar süß und war gleichzeitig so salzig wie altes Pökelfleisch. Unter anderen Umständen hätte er das ekelhafte Gebräu ausgespien, doch sein Körper gierte so sehr nach der rettenden Flüssigkeit, dass er gar nicht anders konnte, als den Becher in einem einzigen Zug auszuleeren. Siez sah ihm angewidert dabei zu.

Als er fertig war, reichte Ither Liu den Becher zurück und wischte sich mit dem Handrücken den Mund ab.

«Danke.» Seine Stimme war immer noch kratzig, aber sie gehorchte ihm wieder. Das war immerhin ein Anfang.

Liu zeigte ihm erneut die Finger.

«Vier.»

«Gut.»

Danach prüfte er Ithers Pupillenreaktion, indem er ihn mit einem kleinen Spiegel blendete. Liu lächelte.

«In ein paar Minuten wirst du dich besser fühlen.»

Ither hoffte sehr, dass er recht behalten würde. Liu betrachtete Ither noch einen Augenblick mit schiefgelegtem Kopf, dann ging er zu dem kleinen Tisch hinüber, auf dem er seine Utensilien ausgebreitet hatte.

«Hey ...» Ilandra strich Ither mit der Hand über das Gesicht und berührte seine Stirn mit ihrer. Ither erwiderte die Geste.

Doch die Bilder ließen ihn immer noch nicht los, *die Sozoah, das Blut, die schwarze Klinge, der Dolch ...* Auch wenn sich seine Gedanken so langsam zu ordnen begannen und die Grenzen zwischen Realität und Traum deutlicher wurden.

Er hatte geträumt, er wäre ein anderer. Er hatte es nur geträumt.

Und doch drängte die Frage mit solch einer Heftigkeit an die Oberfläche, dass Ither sie nicht zurückhalten konnte. Er musste sie stellen, bevor die Schatten des Traums ganz verschwanden. Er musste es *jetzt* wissen.

«Siez?»

Wenn es ihn wirklich gab, dann würde Siez es wissen. Solch ein Ereignis musste in den Chroniken erwähnt worden sein. Und Ither kannte niemanden außer Siez, der sich so gut mit diesen Büchern auskannte.

Siez kam zu ihm herüber.

«Weißt du etwas über einen *Ilithir*?»

Im selben Moment ging am anderen Ende des Raums etwas zu Bruch.

«Verdammt!»

Siez sah zu Liu hinüber, doch Ilandra war schneller.

«Warte, ich helfe dir.»

«Soll ich –?»

«Nein, ist schon gut. Wir kommen schon klar.»

Siez wandte sich wieder Ither zu und sah ihn erstaunt an. Offenbar hatte er nicht mit so einer Frage gerechnet.

«Meinst du vielleicht Ilithir Nedratheril dradeliel Sarcensess?

«Möglich.» Ither hatte keinen Schimmer, wie der vollständige Name lautete. Er wusste nur, dass er etwas über diesen Ilithir erfahren musste.

«Das ist leider eine sehr tragische Geschichte.» Siez überlegte kurz, ehe er weitersprach. «Ilithir und sein Vater Berenhir kamen bei einem Angriff auf Haus Cardoc ums Leben.» *Haus Cardoc?!* Die Information traf Ither wie ein Dolchstoß. «Es waren die Sozoah ... Wenn ich mich recht entsinne, kamen dabei fast siebzig Cardoc ums Leben.» Siez sah kurz zu Liu hinüber und Ither folgte seinem Blick. Kannte Liu sich ebenfalls mit den Chroniken aus? Der Heiler nickte stumm, während er ein paar Scherben entgegennahm, die Ilandra ihm reichte.

Ither sah Siez wieder an.

«Das ist Jahre her. Aber man hat immer noch nicht herausgefunden, wie die Sozoah in das Gebäude eindringen konnten ...»

«Ist es möglich, dass Ilithir noch lebt?»

«Ich fürchte, nein. Die Chroniken lassen daran keinen Zweifel.» Siez legte den Kopf schief, wie er es immer tat, wenn er seinen Tagträumen nachhing. «Warum fragst du eigentlich?»

Es gab keine Antwort, die das plausibel begründen konnte.

Es dauerte noch ein paar Minuten, bis Ither sich wirklich besser fühlte. Liu sollte recht behalten – das eigenartige Getränk wirkte wahre Wunder. Sein

Kopfschmerz war fast verschwunden und er erinnerte sich jetzt endlich an alles, was passiert war. An die Auswahl, an den Kampf, an seine Verletzungen – und an seine Niederlage.

Ither stand langsam auf und betrachtete sich in dem Spiegel neben seiner Waschschale. Er sah erschöpft aus, aber vollkommen unversehrt.

«Wie geht's dir?», fragte Ilandra mit einer Mischung aus Freude und Besorgnis in der Stimme.

«Gut. Erstaunlich gut ...»

Ither tastete mit der Hand nach seiner Flanke. Es tat nicht einmal mehr weh ... Eigentlich sollte er verwirrt sein, aber aus irgendeinem Grund war er es nicht.

Ither betrachtete die Stelle an seinem Unterarm, mit der er den Dolch pariert hatte. Da war eine neue, gut verheilte Narbe und er spürte ein leises Kribbeln. Sonst nichts.

Ither wandte sich um. Ilandra betrachtete ihn mitfühlend und Siez strahlte ihn an. «Das war ein Phantom!», platzte er heraus. «Du wurdest von einem Phantom geheilt! Ist das nicht unglaublich?»

Auch das sollte Ither überraschen. Eigentlich.

«Ja ...»

Seit Ither aufgewacht war, war alles anders. Etwas hatte sich verändert, obwohl er selbst noch nicht wusste, was es war. Als wäre ein Teil von ihm einer Wahrheit auf der Spur, die der Rest von ihm noch gar nicht sah.

Und doch gab es noch eine Frage, die ihm keine Ruhe ließ:

«Wer wurde ausgewählt?»

Siez sah betreten zu Boden. «Niemand.»

Wenig später war Ither auf dem Übungsplatz. Allein. Denn es war Nachtruhe. Und er brauchte etwas Zeit für sich. Das hatte er den anderen unmissverständlich klargemacht. Er wollte, er *musste* jetzt einfach allein sein.

Ither zog die Bandage an seiner linken Hand fest und prüfte den Sitz an der rechten. Das sollte genügen.

Er atmete tief durch, senkte den Kopf und attackierte die hölzerne Übungspuppe mit einer Salve brutaler Schläge. Er war wütend! So unendlich wütend! Er schlug mit so viel Gewalt auf die Puppe ein, dass seine Hände schon nach wenigen Augenblicken vollkommen taub waren.

Er hatte sein Leben für diese Prüfung aufs Spiel gesetzt und sie hatten *niemanden* erwählt. Sie hatten *ihn* nicht erwählt. Alles, worauf Ither hingearbeitet hatte, war mit dieser Entscheidung in sich zusammengestürzt, wie ein locker geschichteter Haufen Geröll. Und es gab keinen Plan B. Wie hatte er sich bloß darauf verlassen können, dass sie einen seelenlosen Söldner wie ihn ...

Ither atmete schneidend aus und verpasste der Puppe einen heftigen Schlag. Seine Faust traf sie mit so viel Gewalt, dass die geschliffene Oberfläche aufsplitterte.

Er hatte Ilandra und Siez einfach stehen gelassen. Er wollte allein sein, um seinen Gefühlen Luft zu machen. Und er wollte seine Enttäuschung mit niemandem teilen. Ither war so zornig, dass er sich kaum kontrollieren konnte. Er war sauer auf die Cardoc, weil sie ihn hier zurückgelassen hatten. Dabei war es seine Bestimmung, er gehörte zu ihnen. Nicht mehr. Aber auch nicht weniger. Und er war sauer auf sich selbst. Weil er versagt hatte. Weil er diese Prüfung nicht bestanden und damit seine einzige Chance vertan hatte.

Ither brauchte jetzt einen Gegner, an dem er sich abreagieren konnte. Und er war froh, dass Siez ihm nicht gefolgt war. Denn er war sich nicht sicher, ob er es hätte ablehnen können, wenn sein Freund ihm einen Übungskampf angeboten hätte – so, wie er es sonst immer tat, wenn Ither jemanden zum *Reden* brauchte. Und das hier war kein Moment, in dem er sich besonders gut unter Kontrolle hatte.

Ither parierte jetzt den gedachten Angriffen der regungslosen Übungspuppe. Seine Unterarme trafen in perfekten Bewegungsabläufen gegen die im Stamm eingelassenen Stiele. Doch die kleine Abwechslung befriedigte ihn nicht. Ither ging selbst wieder zum Angriff über. Er stieß einen martialischen Kriegsschrei aus, der so laut war, dass er mit Sicherheit die Aufmerksamkeit der Wachhabenden erregt hatte, und ging auf seinen hölzernen Gegner los. Ohne Rücksicht auf Verluste.

Er schlug mit beiden Fäusten auf den massiven Stamm ein und genoss den flammenden Schmerz in seinen Händen, denn er verschaffte seiner Seele ein klein wenig Linderung. Immer mehr Splitter lösten sich vom Körper der Trainingspuppe, bis sich endlich eine helle Wunde in dem dunklen Holz abzeichnete.

Ither schlug mit aller Kraft nach einer Armstrebe. Das Holz knirschte. Er schlug noch einmal zu. So fest, dass das gehärtete Holz brach.

Ither attackierte sofort die nächste Strebe. Es verschaffte ihm eine ungeheure Genugtuung, dieses Ding zu zertrümmern. Und er konnte so heftig dagegen schlagen, wie er wollte. Es war niemand hier, der ihn bremsen konnte. Und das war auch gut so. Denn Ither kämpfte gerade gegen seinen inneren Feind.

Auch wenn sie mehr Widerstand leisteten als die erste – Ither schlug die zweite und die dritte Strebe ebenso entzwei.

Mit jedem Schlag spürte er etwas weniger von dem

Sturm in seinem Inneren. Und auch sein Körper war jetzt wie abgestumpft. Er spürte nicht einmal mehr den Schmerz, geschweige denn die Erschöpfung.

Ither trat nach der vierten Strebe der Übungspuppe und verpasste ihrem Rumpf einen brutalen Haken.

«Genug!»

Es war Tokahs Stimme, die durch die Luft schnitt.

«Genug. Er ist längst tot.»

Ither hatte Tokah nicht kommen hören. Auch der Waffenmeister sollte jetzt nicht hier sein. Ither verpasste seinem hölzernen Gegner einen letzten heftigen Schlag. Erst dann hielt er inne, immer noch der Puppe zugewandt. Seine Atmung ging heftig und er bemerkte jetzt erst, dass ihm schwindelte.

«Warum, Tokah?» Ither drehte sich langsam zu ihm um. «Warum haben sie mich nicht ausgewählt?»

«Es ist noch nicht so weit.»

Ither spürte den Zorn wieder in sich aufsteigen. «Ich bin so weit!» Er funkelte Tokah wütend an. «Und das weißt du ganz genau!»

«Ich sagte nicht, dass *du* nicht so weit bist. Ich sagte, *es* ist noch nicht so weit.»

«Das ändert die Dinge nicht. Ich habe nicht vor, in diesem Drecksloch zu verrotten ...»

«Hab noch ein wenig Geduld.»

Doch das war nicht das, was Ither jetzt hören wollte. Er wirbelte herum und schlug erneut auf die demolierte Übungspuppe ein.

«Wenn du kämpfen willst, dann lieber gegen jemanden, der sich wehren kann», sagte Tokah.

Ither fror in der Bewegung ein. «In Ordnung ...» Ither war zwar erschöpft, aber nicht erschöpft genug, um widerstehen zu können. Tokah forderte ihn heraus. Und es war das erste Mal, dass er so etwas tat. Mit Untergebenen zu kämpfen, war normalerweise ein striktes Tabu für den Waffenmeister. Normalerweise.

Ither wandte sich um. Tokah schnallte seinen Waffengurt ab und nahm Kampfhaltung an.

Ither griff zuerst an. Sie tauschten ein paar Schläge. Tokahs Paraden saßen perfekt, seine Angriffe waren schwer vorhersehbar, seine Bewegungen erstaunlich schnell. Er war verdammt gut! Ither konnte seine Deckung einfach nicht durchbrechen. Und auch Tokah landete eine Weile keine ernsthaften Treffer. Bis er abrupt seinen Kampfstil wechselte und Ither mit fremdartigen Techniken überraschte.

Er packte Ither unsanft und warf ihn in einer fließenden Bewegung über die Hüfte. Ither wollte sich abrollen, doch Tokah gab seinen Arm zu spät frei, sodass er hart auf dem Rücken landete. *Scheiße!* Tokah stand über ihm und betrachtete ihn mit einem überlegenen Grinsen.

Damit war der Kampf beendet. Und das verbesserte Ithers Laune nicht unbedingt.

Der Waffenmeister reichte ihm eine Hand und half ihm hoch. «Ich weiß, wie du dich fühlst.»

Doch Ither bezweifelte, dass Tokah irgendetwas von dem verstand, was gerade in ihm vorging.

«Hab einfach noch ein wenig Geduld, du wirst bald mehr erfahren ...»

«Das hilft mir nicht, Tokah. Du weißt, ich gehöre nicht hierher.» Ither funkelte ihn zornig an.

Tokah schien seine Gedanken zu durchschauen. Er zögerte einen Moment, doch schließlich begann er, seine Armschiene aufzuschnallen.

«Ich werde dir jetzt etwas zeigen, was mich den Kopf kosten kann. Also achte darauf, mit wem du darüber sprichst.» Tokah legte die lederne Armschiene ab und zog den Ärmel seines Wamses hoch.

Ithers Zorn verflog augenblicklich, als der

Waffenmeister ihm seinen Unterarm zeigte. Denn er erkannte das Symbol, das dort wie eine hellgraue Tätowierung in die schwarze Haut gebleicht worden war.

Ither starrte Tokah ungläubig an. Nur die Cardoc verzierten ihre Haut auf diese Art. Und es war ihr Wappen, das Tokah da auf seinem Arm trug.

«Vertrau mir, es hat einen Grund, warum du nicht ausgewählt wurdest.»

# 7

«Was haben diese Träume zu bedeuten?»

Liu antwortete nicht. Stattdessen zog er mit einer Pinzette einen weiteren Splitter aus Ithers blutigen Händen. Die Bandagen hatten ihren Zweck erfüllt und Ithers Knochen vor dem Brechen bewahrt. Aber die feinen Holzsplitter hatten sich teilweise sogar durch mehrere Lagen des festen Stoffes gebohrt.

Er ließ den Splitter in die Metallschale fallen. Das war Nummer sechsunddreißig und Liu war noch immer bei der ersten Hand.

Er sah auf und blickte Ither direkt in die Augen. Liu wusste, dass Ither etwas ahnte. Es gab keinen Zweifel daran, dass er begann, sich zu erinnern. Aber dafür war es eigentlich noch zu früh.

«Erzähl mir von deinen Träumen ...»

Ither erzählte ihm von dem Angriff der Sozoah. Er wusste Details, die niemals irgendwo aufgezeichnet worden waren.

Liu versuchte keine Miene zu verziehen. So gerne wollte er diese Farce beenden und Ither endlich in die Dinge einweihen, die er wissen musste. Aber Liu verstand auch, dass es ihm zu diesem Zeitpunkt mehr schaden konnte, als es ihm half.

Ither verzog das Gesicht, als Liu einen besonders tief eingedrungenen Splitter herauszog und zu den anderen legte. Der Boden der kleinen Schale war bereits bedeckt mit rotgefärbten Holzstückchen und schwarzen Hautfetzen.

«Hast du noch mehr gesehen?»

Ither berichtete von den Gängen der großen Pagode,

wusste von Ratsentscheidungen, bei denen selbst Liu nicht anwesend gewesen war, und er erinnerte sich sogar an den Moment, als sein Gedächtnis manipuliert worden war.

«Der weiße Heiler ist das Letzte, an das ich mich erinnern kann. Danach ist nichts als Schwärze.»

Im Grunde war es gut, dass er sich erinnerte. Aber zu diesem Zeitpunkt?

Liu ließ den letzten Splitter in die Schale fallen und begann damit, die Bandage an der zweiten Hand zu entfernen. Er musste sehr vorsichtig vorgehen, weil die feinen Holzstückchen die Stoffreihen regelrecht zusammengetackert hatten.

«Was denkst du, wer dieser Ilithir ist?», fragte Liu schließlich.

Ither sah ihn forschend an und wartete lange, bevor er antwortete: «Ich bin Ilithir.»

Liu starrte Ither mit offenem Mund an. Tokah, der still am anderen Ende des Raums gesessen hatte, stand abrupt auf.

«Erinnerst du dich an sonst noch etwas?»

Ither sah ihn an. «Mein Name ist Ilithir und meine Aufgabe war es, eine Karte zu schützen.»

«Bei den Hohen ...»

In Ithers Blick lag plötzlich so etwas wie eine unbestimmte Angst. «Habe ich versagt?»

Liu brauchte einen Augenblick, um sich zu fangen.

«Nein», antwortete er dann.

Tokah warf ihm einen scharfen Blick zu. Aber Ither wirkte ehrlich erleichtert.

«Wo ist die Karte jetzt?»

«Sie ist in Sicherheit.»

«Tokah, der Rat ...»

«Ja, sie müssen es sofort erfahren.»

«Was bedeutet das?», wollte Ither wissen.

Tokah sah ihn an, blieb ihm aber eine Antwort

schuldig. Dann verließ er das Quartier. Ither blickte ihm noch einen Augenblick nach, ehe er sich wieder Liu zuwandte.

Liu hatte einen Anflug von Zorn oder zumindest Ungeduld erwartet, aber stattdessen war da etwas Ruhendes in Ithers Blick, etwas, das Liu noch nie an ihm bemerkt hatte.

Ither schwieg, bis Liu den letzten Stoffstreifen abgewickelt und die Pinzette wieder in die Hand genommen hatte.

«Und? Ist es etwas Gutes oder Schlechtes, Ilithir zu sein?»

Liu musste bei der Frage unweigerlich schmunzeln.

«Das musst du selbst entscheiden, wenn du deine Erinnerungen zurückhast.»

«Zurück?»

«Ja.» Liu fragte sich, ob er damit zu viel gesagt hatte. Aber dann lächelte er. Nein, es war im Grunde nicht mehr als das, was Ither sich auch selbst zusammenreimen konnte.

«Wann?»

«Hoffentlich bald.»

Ither schien zu verstehen, dass Liu jetzt nicht mehr sagen konnte, denn er wechselte das Thema.

«Dauert es lange, bis das wieder verheilt ist?»

«Nein, ich denke nicht.»

«Wie geht's deinen Händen?»

Ithers Hände ruhten auf seinen Knien, während sein Blick den Wasserspritzern folgte, die auf die unruhige Oberfläche des Winh herabregneten. Ilandras Kopf war an Ithers Schulter gelehnt. Sie betrachtete die frischen Bandagen an seinen Händen.

Liu hatte ihm etwas von der grünen Paste

aufgetragen, doch der Schmerz war schon verschwunden, seit er ihm die neuen Wickel angelegt hatte. Vielleicht hätte Ither sich auch darüber wundern sollen, aber er tat es nicht. Denn das, was er heute erfahren hatte, ließ keinen Raum mehr für irgendwelche anderen Gedanken. Was Liu gesagt hatte – und selbst das, was er nicht gesagt hatte – veränderte nichts und doch einfach alles.

«Ist nicht der Rede wert ...»

Neben ihnen las Siez einen weiteren Stein auf und wog ihn ein paarmal in der Hand, ehe er ihn mit einem flachen Wurf über das Wasser jagte. Der Stein titschte einige Male auf, bevor die Oberfläche ihn verschluckte.

«Komm schon, Mann. Jetzt lass dir nicht alles aus den Rippen kratzen! Hat er *es* gesagt? Hat er gesagt, dass du ein Cardoc bist?»

Ither blickte nicht auf.

«Nein ...» Liu hatte es nicht gesagt. Aber er hatte es auch nicht verneint.

«Aber –»

«Ich weiß es einfach ... Siez, ich *weiß* es. Ich *erinnere* mich daran.»

Ither sah ihn jetzt an. So seltsam ihm diese Worte auch vorkamen, es gab keine, die es besser beschrieben. Da war etwas in ihm, das endlich dabei war, so etwas wie Frieden zu finden. Auch wenn er immer noch nicht wusste, was genau das bedeutete.

Siez ließ das Gesagte erst einmal sacken. Er brach den Blickkontakt ab und begann nach einem weiteren geeigneten Stein zu suchen. «Das ist ziemlich heftig, Mann ... Was weißt du noch?»

«Nichts.»

«Da muss doch noch mehr sein.»

«Nein. Das ist alles ...» Aber das war nicht die Wahrheit. Ither hatte ihnen nicht erzählt, dass er sich an seinen Namen erinnerte. Und er hatte ihnen auch noch nicht von den Träumen erzählt. Er war noch nicht bereit, darüber zu sprechen. Nicht, bevor er ganz sicher war.

Ilandras Blick ruhte auf Ithers Gesicht, während sie sich an ihn schmiegte. Er sah zufrieden aus. Und es war das erste Mal, dass Ilandra ihn so sah. Er war nicht der Typ, der bereitwillig seine Gefühle preisgab. Sie konnte kaum erahnen, was diese Nachricht für ihn bedeutete, sie war ja nicht einmal sicher, was sie selbst dabei empfinden sollte.

«Hey, Ilandra.» Siez' Stimme klang jetzt albern. «Wenn er wirklich ein Cardoc ist ... macht ihn das nicht irgendwie zu deinem Feind?»

Ither sah plötzlich auf und sein Blick traf Ilandras für einen winzigen Augenblick. Doch es gelang ihr nicht, ihn zu lesen, bevor er sich Siez zuwandte.

«Ich meine, er ist ja dann so etwas wie der Erzfeind deines alten Hauses.» Siez grinste sie beide verschmitzt an, bevor er sich bückte und einen besonders flachen Stein aufhob.

Doch Ither wechselte das Thema.

«Siez?»

«Hmm?» Er nahm ein paar Schritte Anlauf, um den Stein zu werfen.

«Hast du eine Ahnung, was dieser Ilithir mit einer Karte zu tun gehabt haben könnte?»

Siez stoppte die Bewegung und sah Ither verwundert an, den Stein immer noch in der Hand.

«Was? Karte? Wie kommst du jetzt darauf?»

Ilandra öffnete den Mund, um etwas zu sagen, überlegte es sich aber anders. Ihr Gedanke war genauso unwahrscheinlich wie absurd.

«Das sag ich dir später. Es ist vielleicht wichtig.»

Siez schien einen Augenblick zu überlegen, ehe er

antwortete. «Ja und nein. Du meinst bestimmt das Lied von der verlorenen Stadt. Aber das hat eigentlich nicht unbedingt mit Ilithir zu tun ... Es geht dabei um die Cardoc und die Gra Res Tar. Aber eine Karte kommt darin auch vor.»

Ither sah ihn auffordernd an.

«Kennst du das Lied nicht?»

«Nein.»

«Nein?!» Im ersten Moment huschte ein vergnügtes Lachen über Siez' Gesicht, das jedoch plötzlich zu einem schuldbewussten Blick gefror. «Entschuldige, Mann. Du erinnerst dich ja nicht an deine Spielzeit.»

«Macht nichts.»

«Jedenfalls hast du da echt was verpasst. Das war eins meiner liebsten Herhadhir.» Siez betrachtete einen Moment lang den Stein in seiner Hand, ehe er mit einer ruhigen Erzählstimme begann: «*Die Sterne fallen – Die Schatten brennen – Die Sternwanderer mussten die Wahrheit erkennen ...* So fängt es an, aber ich kenne den genauen Text nicht mehr. Es geht dabei in etwa um Folgendes ...» Siez breitete die Arme zu einer ausladenden Geste aus. «Als die Sterne vom Himmel fielen und das Sonnenfeuer die Schatten verbrannte, mussten die Sternwanderer ihre Stadt verlassen. Sie sollte für viele hundert Jahre ruhen, bevor ihre Kinder wieder dorthin zurückkehren würden.» Siez legte die Hände über dem Stein zusammen. «Die Sternwanderer verbargen ihre geheimnisvolle Stadt. Und niemand außer den wahren Nachfahren sollte sie jemals wiederfinden können.»

Siez kniff die Augen zusammen, als er überlegte, wie es weiterging.

Ilandra hatte diese Zeilen so oft gehört, dass sie sie wohl niemals vergessen würde.

«*Geschützt ist der Weg zu den Sternen – Das Wissen*

*der Welt verborgen – Das Geheimnis bewahrt und doch verloren ...*»

Siez strahlte sie an.

«Ja, genau!» Seine Augen funkelten vor Begeisterung, als er weitersprach: «Die Sternwanderer schufen eine Karte, die ihren Erben den Weg zurückweisen sollte. Eine Karte, die nur ein einziges Wesen lesen können sollte ...»

*Der Seher.* Ilandra fuhr ein eiskalter Schauer über den Rücken.

«Als Kind habe ich diese Geschichte geliebt!» Siez nahm Kampfhaltung an und grinste. «Die Karte gaben die Sternwanderer den Kriegern, die sie auf ewig beschützen würden.» Er vollführte ein paar Kampfbewegungen und hatte sichtlich Spaß dabei. «Und den Magiern wurde der Sohn des Sehers geboren.» Siez ließ den Stein fallen und krallte die Hände in die Luft, während er versuchte, einen zaubernden Magier nachzuahmen. Ilandra lachte laut los, als er dabei ein todernstes Gesicht machte. Dann musste er selbst lachen. Und sogar Ither konnte ein Schmunzeln nicht unterdrücken.

«Wie geht es weiter?»

«Ahh ... der Schluss. Wie war das noch mal? *Auf ewig verbunden* – Nein ...»

Ilandra half ihm weiter: «*Wenn die Zeiten wechseln, wird der Seher sehen ...*»

«Ach ja! Richtig. Der Seher findet die Karte. Den Rest weiß ich wieder: *Der Cardoc, der Magie verspürt – Der Gra Res Tar, der die Klinge führt – Auf ewig verbunden – Für immer vereint ...* Am Ende führt der Seher die Kinder der Sternwanderer zurück in ihre Stadt.» Siez grinste breit. «Na ja, heute sind die beiden Häuser ja alles andere als vereint. Eine handfeste Blutsfehde beschreibt es wohl besser.»

Siez hob den Stein auf, nahm erneut Anlauf und warf

ihn endlich über das Wasser. Es war ein perfekter Wurf und der Stein titschte siebenmal auf, bevor er unter die Oberfläche glitt.

«Es ist nur ein altes Lied. In den Chroniken steht, soweit ich weiß, kein einziges Wort darüber. Nicht einmal in den Aufzeichnungen über die Sternwanderer.» Siez sah Ither an. «Warum fragst du eigentlich? Was ist daran so wichtig?»

Doch Ither antwortete nicht. Stattdessen betrachtete er nachdenklich seine Hände.

«Es ist nicht einfach nur ein Lied», sagte Ilandra plötzlich. «Für die Gra Res Tar ist es die mündliche Überlieferung einer uralten Weissagung. Sie warten schon seit Generationen darauf, dass die Karte auftaucht.»

Ither sah sie erstaunt an.

«Was weißt du noch darüber?»

# 8

Ither zog sich hoch, berührte sein eines Fußgelenk und ließ sich wieder hinunter. Er hing kopfüber am Reck, die Füße mit Hilfe von Trainingsmanschetten an der Stange fixiert. Er ließ sich so weit hinunter, bis seine Arme zum Boden gestreckt waren, erst dann zog er sich erneut hoch. Diesmal zum anderen Fußgelenk.

Tokah hatte Ither vor ein paar Tagen abgefangen und ihm ohne viele Worte klargemacht, dass die Cardoc ihn auf eine harte Probe stellen würden, wenn er in ihre Reihen zurückkehren wolle. Und dass dies etwas vollkommen anderes sein würde, als wenn er über die Auswahl zu ihnen gekommen wäre. Ither wäre dann kein Shatahir - kein Söldner - mehr, der nur ihre Wachen unterstützen würde. Er wäre wirklich einer von ihnen. Und die Rudel, in die die Cardoc ihre Kämpfer einteilten, würden ihn als solchen nur akzeptieren, wenn er ihre Probe bestand.

Ither ließ sich wieder hinunter. Tokah und er hatten ein stillschweigendes Abkommen geschlossen. Tokah würde Ither darauf vorbereiten und Ither würde im Gegenzug keine unnötigen Fragen stellen.

Dies war der siebte Tag ihres Trainings. Und es fand wie an den Tagen zuvor erst nach der Wache und nach dem regulären Training statt. Tokah legte großen Wert darauf, die kleine Sonderbehandlung so gut, es ging, vor den anderen Schatten zu verbergen. Sie trainierten daher in den ungenutzten Höfen der alten Garnisonsanlagen. Hierher verirrte sich niemand zufällig.

Als Ither sich das nächste Mal hochzog, rollte er sich nicht nach vorne auf, sondern zog die Beine an, so als würde er entgegen der Schwerkraft in die Hocke gehen. Der Rücken blieb dabei ganz gerade. Ither wiederholte die Übungen abwechselnd, um ein paar Synergien zu schöpfen. So trainierte er mehr Muskelgruppen in der gleichen Übungseinheit. Das sparte wertvolle Zeit und bezog außerdem die Hilfsmuskulatur stärker mit ein – was wiederum motorische Vorteile mit sich brachte. Was nützte schon ein einzelner starker Muskel, wenn der Kämpfer nicht in der Lage war, sich in einer Bewegung selbst zu stabilisieren? Es ging nicht um die Kraft allein – sondern vor allem um die Kontrolle.

Ither spürte dieses warme Brennen, das seinen ganzen Körper durchströmte und sich mit jeder Wiederholung weiter steigerte. Tokahs Training war anstrengend und effektiv.

Ither berührte die Rückseite der Manschetten und ließ sich so langsam wie möglich wieder hinunter. Er wiederholte die Übung auf der anderen Seite.

Dann klopfte Tokah ihn ab.

«Das reicht.»

Eigentlich hatte Ither noch nicht genug, doch das Blut staute sich in seinem Kopf. Und so war er für die Unterbrechung nicht ganz undankbar. Er zog sich ein letztes Mal hoch und löste die Schnallen an seinen Fußgelenken. Dann ließ er sich mit einer geschmeidigen Bewegung auf den Boden hinunter.

Tokah warf ihm ein etwa faustgroßes, schwarzes Bündel zu. Ither wusste sofort, was es war.

«Zieh die an.»

Ither entfaltete die lederartige Halbmaske und prüfte ihren Zustand. Es war eine Trachir-Membran, die die Atemluft filterte wie ein Sieb das Wasser. Die Schattenkrieger setzten sie gelegentlich ein, um spontane Leistungssteigerungen zu erzielen. Aus Materialmangel allerdings viel zu selten, um auch langfristige Effekte zu erreichen. Der Einsatz der Masken war daher nicht unumstritten. Ither wusste jedoch aus eigener Erfahrung, dass sie sehr wohl funktionierten. Vorausgesetzt, man trug sie einigermaßen konsequent. Nicht nur beim Training. Sondern immer. Ither hatte sich schon öfter auf eigene Verantwortung vergleichbarer Masken bedient. Die anderen Schatten würden sich also nicht wundern, wenn er wieder eine Maske tragen würde.

«Wie lange?»

«Ein paar Wochen. Kommt darauf an.»

Ither setzte die Maske auf. Mit der einen Hand fixierte er die elastische Membran über Mund und Nase, mit der anderen zog er die dehnbaren Bänder über seinen Hinterkopf. Die Membran saugte sich mit dem ersten Atemzug fest und spannte sich eng um den Unterkiefer und über seine Wangenknochen. Der Atemwiderstand war jetzt erhöht. Und die Luft war eigenartig leer.

Ither atmete tief ein, machte ganz bewusst mehrere kontrollierte Atemzüge, den Blick konzentriert zu Boden gesenkt.

Tokah suchte seinen Blick.

«In Ordnung?»

Ither sah ihn an. Und nickte, obwohl er das Gefühl hatte, zu ersticken.

Tokahs Mundwinkel zuckten zufrieden.

Ein paar Stunden später wusch Ither sich das Gesicht mit kaltem, klarem Wasser. Dann spülte er die Membran ab und setzte sie gleich wieder auf, ohne sich auch nur ein paar zusätzliche Atemzüge zu gönnen.

Das Training mit der Maske war hart gewesen und er war so müde wie schon lange nicht mehr. Doch das heiße Brennen in seinen Muskeln fühlte sich extrem gut an.

«Du solltest jetzt ausruhen. Morgen wirst du spüren, was du getan hast. Zur Nachtwende treffen wir uns dann wieder hier», sagte Tokah.

Ither nickte.

«Ich habe dich für morgen zur Wache eingeteilt. Das sollte dir die nötige Zeit verschaffen.» Tokah betrachtete ihn noch einen Augenblick. Dann wandte er sich zum Gehen.

«Tokah?»

Er hielt inne.

«Danke.»

Tokah sah ihn an und senkte dann seinen Blick. «Gern.» Ein Lächeln huschte über sein Gesicht. Dann ging er.

Tokah war gerade durch das Tor verschwunden, das den Hof mit einer alten Übungshalle verband, als sich Ilandra leichtfüßig an Ither heranpirschte. Er wandte sich zu ihr um und lächelte sie an, auch wenn sie das unter der Maske kaum sehen konnte.

«Hast du mich etwa schon wieder bemerkt?»

«Ich habe dich gesehen. Oben auf dem Dach. Du hast uns schon eine ganze Weile zugesehen.» Er zog sie zu sich heran.

«Solange Tokah mich nicht bemerkt hat ... Was ist das für ein Ding? Ist das eine Trachir?»

«Ja.»

Ither war allerdings nicht davon überzeugt, dass Tokah sie übersehen hatte. Er fragte sich vielmehr, warum er Ilandra solange geduldet hatte.

«Musst du die jetzt die ganze Zeit tragen?» Ilandra

sah ihm direkt in die Augen und kam ihm so nahe, als ob sie ihn auf den Mund küssen wollte. Ither war tatsächlich versucht, die Maske kurz abzunehmen, als er eine Bewegung bemerkte. Er wandte den Kopf.

«Da seid ihr ja!»

Siez hatte den Hof betreten und trabte gut gelaunt auf sie zu. «Endlich! Ich hab euch überall gesucht.»

Als er bei ihnen war, hielt er inne und legte den Kopf schief.

«Oh Mann, das ist eine von den schwarzen Masken. Ist das sein Ernst?»

Ither nickte.

«Wie geht's dir damit?»

«Passt schon. Wie war's bei Tisha?»

«Ja, was hat sie gesagt?», fragte Ilandra.

Siez strahlte sie beide an. Doch im ersten Moment brachte er kein Wort heraus. «Sie – sie ist –»

Ilandra ahnte es bereits: «Schwanger?»

«Ja! Sie ist schwanger! Von mir!»

«Oh Siez, das ist ja wundervoll! Ich weiß gar nicht, was ich sagen soll ...» Ilandra umarmte ihn. «War das geplant?»

«Eh, nein. Eigentlich nicht. Aber das ist doch jetzt egal. Ich werde Vater!»

«Gratuliere, Mann.» Ither tauschte einen Handschlag mit ihm und zog ihn brüderlich an die Schulter. Natürlich war das nicht geplant gewesen. Siez war nicht der Typ Mann, der sich Gedanken über derartige Konsequenzen machte. Umso erstaunter war Ither darüber, wie sehr Siez sich freute. Er war ja völlig aufgedreht.

«Was ist eigentlich mit diesem Whinn-Händler? Macht er Tisha immer noch den Hof?»

«Ja, aber das hat sich damit jetzt wohl erledigt.» Siez strahlte übers ganze Gesicht. Und Ither freute sich wirklich für ihn. Aber er bezweifelte, dass Siez klar war, was das für Tisha bedeutete.

# 9

*«Jetzt ist es – an dir, Ilithir.» Seine Stimme war nur noch der Hauch eines Lebens. «Du – mu-must – sie – in – die – verlorene Stadt –»*

*Das Blut war einfach überall! Ither spürte die Verzweiflung in sich aufsteigen. Er wollte etwas sagen, aber kein Wort kam aus seiner zugeschnürten Kehle. Außerdem war das hier kein Moment, um schwach zu sein.*

*«Nimm – Meteor. Es – gehört dir.»*

*Ither sah dem Mann direkt in die Augen. Der Verletzte gab auf ... Aber er durfte jetzt nicht aufgeben ... Etwas in Ither wollte protestieren, aber sein Verstand wusste bereits, dass das Unausweichliche bevorstand. Es war nur noch die Frage, wie es geschehen würde. Ehrenhaft oder qualvoll.*

*«Es ist – so weit.»*

*Er hatte recht. Ither zog den Dolch des Mannes. Heiße Tränen rannen über sein Gesicht, und seine Hände zitterten, als er die Spitze der schmalen Klinge an die schwarze Kehle setzte.*

*«Tu – es!» Der Befehl war wie ein Flehen.*

*Ither stieß zu, rammte die Spitze des Dolches durch die Kehle des Mannes, trieb ihn durch das Gewebe bis in seine Schädelbasis. Ither spürte, wie das Metall den Knochen berührte und wie seine Spitze durch die kleine Öffnung zwischen Schädel und Wirbel glitt. Der Mann war sofort tot. Sein Retter war tot.*

*Ither konnte nicht mehr atmen – der Dolch landete klirrend auf dem blutgetränkten Boden. Einen Moment starrte Ither ihn noch an. Dann schloss er die Augen und schrie, schrie sich die Seele aus dem Leib. Bis seine Stimme versagte.*

*Die Zeit blieb stehen. Alles um ihn herum gefror. Da war nur noch der Schmerz, der alles erdrückte ... bis Ither die Augen öffnete.*

*Plötzlich fühlte er nichts mehr.*

*Er blickte nach rechts und sah, wie ein Cardoc einen anderen tötete, der versuchte, durch das schillernde Portal zu entkommen. Blut spritzte. Aber es löste keine Emotion mehr in Ither aus.*

*Nicht weit davon entfernt lag die Leiche eines entstellten Phantomheilers – die weiße Robe war längst nicht mehr weiß.*

*Ithers Blick glitt durch die große Halle.*

*Es gab nicht viele Überlebende. Und die, die es geschafft hatten, waren selbst schwer verletzt.*

*Am anderen Ende der Halle fledderten ein paar verbliebene Sozoah die Leichen, aber nicht, um sie zu fressen – es war, als suchten die Jäger nach irgendetwas ...*

*Ither fühlte sich leer.*

*Es dauerte unerträgliche Sekunden. Doch dann endlich sprangen die großen Flügeltüren auf und ein ganzer Trupp bewaffneter Männer stürmte herein. Angeführt von drei auffällig gekleideten Männern: Iestriel, Reatar und Katama. Das Entsetzen stand in ihren Gesichtern geschrieben. Doch sie überblickten die Situation sofort und erteilten scharfe Befehle.*

*Die Cardoc verteilten sich, einige griffen die letzten Sozoah an. Katama richtete selbst zwei von ihnen. Ither sah seine Waffen mit beängstigender Präzision aufblitzen ...*

*Andere kümmerten sich um die Verletzten. Alles verschwamm. Sie sicherten einen Raum, in dem es nichts mehr zu sichern gab ... Ither senkte den Kopf.*

*Er sah nur aus den Augenwinkeln, wie sich ihm jemand näherte. Langsam kniete er neben Ither nieder. Es war Iestriel, der älteste der drei Anführer. Doch Ither sah ihn nicht an. Sein stumpfer Blick folgte stattdessen Reatar, der sich dem kollabierenden Portal näherte und dem toten Cardoc einen weißen Stein aus der Hand trat.*

*«Ilithir, bist du verletzt?» Iestriel versuchte Ither dazu zu bringen, ihn anzusehen. «Was ist mit deinem Arm?»*

*Doch alles um Ither herum verlor sich.*

*Er nahm erst wieder etwas wahr, als sich Katama plötzlich vor ihm auf die Knie fallen ließ. Seine Waffe fiel scheppernd zu Boden. Er packte den Toten bei den Schultern, als wollte er ihn wachrütteln.*

*«Madhi dheyh!»*

*Katama sah aus, als drohe er zusammenzubrechen. Er ließ den Kopf zitternd auf die leblose Brust sinken – das Gesicht vor Schmerz verzerrt. Doch er schrie nicht wie Ither. Katama schrie ohne jeden Laut. Er schrie seine Schmerzen stumm heraus.*

*Und Ither starrte ihn an.*

*Schließlich hob Katama den Kopf und gab Berenhir einen sanften Kuss auf die Stirn. Tränen rannen aus seinen geschlossenen Augen, suchten sich einen Weg entlang seiner kantigen Züge und tropften schließlich an seinem Kinn hinab. Er flüsterte ein paar Worte, die so leise waren, dass Ither sie nicht verstand. Erst dann öffnete Katama die Augen.*

*Und sein Blick fiel auf etwas, das neben dem Toten lag. Katama sah den Dolch lange an, bevor er den Blick schneidend auf Ither richtete.*

*«Was hast du getan ...?!» Seine Stimme war ein Flüstern, seine Augen waren zu schmalen weißen Schlitzen verengt. Er sah Ither an wie ein Raubtier seine Beute.*

*Aber Ither spürte nichts. Sein Blick glitt stattdessen zu Reatar, der zu ihnen gekommen war und Katama jetzt brüderlich eine Hand auf die Schulter legte.*

*«Es ist nicht seine Schuld ...»*

*Doch Katama schüttelte die Hand nur ab.*

*«Es waren die Gra Res Tar, es war zweifellos ihr Portal.»*

*Katama sah Reatar an. Seine Kaumuskulatur arbeitete heftig.*

*«She vahir dahey mareiha davardess.»*

*«Wie es aussieht, ist der Verräter tot.»*

*«Bei den Hohen!» Iestriel atmete hörbar aus.*

*Katama hob seine Waffe auf und steckte sie weg. Ither hatte gar nicht mitbekommen, dass er aufgestanden war. Katama schenkte dem Toten noch einen langen Blick. Dann drehte er sich um und ging zügig davon. Die Hand an der Waffe.*

*Reatar sah ihm mit verständnisvollem Blick nach. Aber Iestriel hielt den Blick zu Boden gesenkt.*

*«Geh ihm nach, Rabe.» Iestriels Stimme flackerte. «Er darf jetzt nichts Unüberlegtes tun.»*

*Reatar nickte, und die Federn in seinem Haar schillerten, als er den Kopf bewegte. Sein Blick war plötzlich wieder hart, genau wie Ither es von Rabe kannte.*

*Schließlich wandte sich Iestriel erneut Ither zu.*

*«Ilithir?»*

*Doch jetzt war es Ither, dem es nicht gelang, den Kopf zu heben.*

*«Ilithir!» Da war so etwas wie echte Besorgnis in Iestriels Stimme. «Du bist verletzt. Weißt du das?»*

*Aber Ither reagierte nicht.*

*«Kannst du deinen Arm bewegen?»*

*Aber sein Arm war jetzt nicht wichtig.*

*Ither blickte auf seine blutverschmierten Hände. Sie zitterten.*

Ither stieß die Luft mit einem erschrockenen Keuchen aus, als er aufwachte. Er saß senkrecht in seinem Bett und bekam kaum noch Luft. Er hob verstört die Hände. Sie zitterten tatsächlich. Aber sie waren jetzt größer und sehniger, die schwarze Haut überzogen von unzähligen feinen Narben. Und kein Blut. Kein Tropfen Blut. Es war nur ein Traum gewesen. Wieder dieser Traum.

Ithers Herz pochte heftig. Und seine Lungen kämpften hastig gegen die Maske an, die ihm geradezu die Luft abschnürte. Es dauerte noch ein paar Sekunden, bis sich die Schatten des Traums lichteten. Doch schließlich gewann Ither die Kontrolle zurück. Er machte bewusst ein paar tiefe und lange Atemzüge, die eine Hand am Rand der Maske, bereit, sie von seinem Gesicht zu reißen, falls das nötig sein sollte.

Sein Blick glitt zu Ilandra, die ruhig schlafend neben ihm lag.

Glücklicherweise hatte sie dieses allnächtliche Schauspiel noch nie mitbekommen.

*Langsamer atmen ...*

Nach einer Weile ließ Ither seine Hand sinken und schob die Felle zur Seite. Kalter Schweiß rann ihm über den Rücken und er fror, obwohl es in dem kargen Raum eigentlich warm war.

Ither stand auf und streifte sich sein Wams über, bevor er zu der kleinen Kohlepfanne hinüberging, die das Quartier in ein warmes, rötliches Licht tauchte. Er hielt seine Hände darüber. Sie zitterten immer noch.

Er wusste nicht, was es war. Aber diese Träume machten etwas mit ihm, was er nicht erklären konnte. Er hatte Angst. Und das gefiel ihm überhaupt nicht.

An Schlaf war nicht mehr zu denken. Aber bis zur nächsten Einheit dauerte es ohnehin nicht mehr lange. Ither hatte die Schichten getauscht. Und es würde niemanden wundern, wenn er mal wieder der Erste auf dem Platz wäre. Er musste diese Bilder aus seinem Kopf verjagen.

Ithers Blick fiel auf die schwarze Klinge, die er in den letzten Nächten nicht mehr in ihrem Versteck verborgen, sondern einfach an die Wand gelehnt hatte. Das schwarze Metall verschluckte das glühende Licht, und da war plötzlich ein neues Gefühl in ihm ...

Ither durchquerte langsam den Raum und nahm die schwere Waffe in die Hand. Sie sah wirklich genauso aus wie in seinem Traum ...

Er erkannte diese Klinge. Sie gehörte wirklich ihm.

*Und sie hatte einen Namen.*

«Meteor ...»

Ither spürte das Kribbeln in seinen Fingerspitzen, noch bevor die Klinge ihren tiefen, wohlklingenden Ton abgab.

«Ich möchte dir jemanden vorstellen.»

Ither drehte sich um und folgte Tokahs Blick. Vier Männer schritten über den Hof und näherten sich ihnen. Drei von ihnen trugen die Kleidung der Schatten, doch der vierte trug die Farben der Cardoc. Schwarz und Platin. Sein silberweißes Haar war mit schwarzen Federn verziert. Ither war sofort klar, dass keiner der Männer wirklich zu den Schatten gehörte. Auch wenn drei von ihnen vermutlich auf dem Gelände bleiben sollten.

Sie kamen weiter auf sie zu. Ihre Bewegungen waren kraftvoll und beherrscht. Doch als sie schließlich so nahe waren, dass Ither ihre Gesichter erkennen konnte, verlor einer von ihnen die Fassung.

«Er ist es wirklich! Markah, er ist es wirklich!»

Er sah Ither an, als hätte er einen Geist gesehen. Ither wusste nicht, wie er reagieren sollte. Offenbar kannte der Cardoc ihn. Oder glaubte es zumindest.

«Illi?»

Ither hatte nicht die geringste Ahnung, wer der Mann war. Er blieb ruhig.

«Markah! Er ist es!» Auch Markah antwortete nicht.

«Illi? Du bist es wirklich?!» Der, der Ither immer wieder Illi nannte, strahlte vor Freude. «Ich dachte, du –» Doch der in den Kleidern der Cardoc schnitt ihm mit einer herrischen Geste das Wort ab und hielt ihn mit ausgestreckter Hand davon ab, weiter auf Ither zuzugehen. Die schwarzen Federn in seinem Haar schimmerten bedrohlich.

Der aufgeregte Cardoc blieb stehen, sah Ither aber mit flehendem Blick an. «Weißt du denn nicht, wer ich bin?»

«Fhara szess dar therien des!» Der Tonfall des Cardoc mit dem Federschmuck war scharf.

Es war zweifellos ein ausdrücklicher Befehl oder so etwas wie eine letzte Warnung. Der andere zuckte zusammen und nahm wieder Haltung an. Doch sein Blick blieb an Ither geheftet.

«Weißt du, wer das ist?», fragte Tokah mit gedämpfter Stimme.

Ither schüttelte den Kopf. «Nein ...» Er ließ den Blick über die vier Männer gleiten. Dann sah er dem Dunklen mit dem Federschmuck genau in die Augen.

«Aber *ihn* kenne ich.»

«Was?» Tokah sah Ither erstaunt an.

«Sein Name ist Rabe.»

Die drei Krieger befanden sich auf dem Gelände, um Ither die drei Stile der Cardoc zu lehren. Sie würden von nun an regelmäßig mit ihm trainieren, bis er ihre Techniken angemessen beherrschte. Jeder von ihnen stand für eine der drei Familien: Raben, Panther und Wölfe. Und jede Familie zeichnete sich durch einen vollkommen eigenen Kampfstil aus. Tokah hatte als Erstes den Wolf für Ither ausgewählt.

Rabe und er beobachteten den Kampf, während sich die anderen beiden Cardoc etwas zurückgezogen hatten. Yen, der sich bei ihrem Wiedersehen kaum unter Kontrolle gehabt hatte, gestikulierte heftig beim Reden und ihre Blicke zuckten immer wieder zu Ither hinüber.

Er schlug sich gut. Dafür, dass er die Maske trug. Aber er erschöpfte schnell. Seine Atmung ging heftig, und der Schweiß rann nur so über seine Schläfen. Es war unschwer zu erkennen, dass Ither mehr mit sich selbst kämpfte als mit seinem Gegner.

«Gefällt mir», sagte Rabe. «Er hat gute Fortschritte gemacht.»

Ither setzte die Techniken, die Tokah ihm gezeigt hatte, bereits gezielt gegen den Wolf ein. Wie man es drehte und wendete, er hatte das Kämpfen einfach im Blut.

«Warte mal ab, bis er sich an das erinnert, was er vergessen hat.»

Tokah grinste und Rabe erwiderte die Geste.

Sie beobachteten das Schauspiel noch eine ganze Weile. Schließlich war der Kampf an seinem Scheitelpunkt angelangt.

«Fhara hungert ihn aus.»

Rabe hatte recht. Es war eine der besonderen Eigenarten der Wölfe: Sie beherrschten es perfekt, den anderen für sich arbeiten zu lassen – die Kräfte des Gegners zu verbrennen. Es war deutlich zu erkennen, dass Ither am Ende war.

Zwar wehrte er sich noch gegen drei weitere

Attacken, aber was dann geschah, war unausweichlich. Es war nur eine Frage der Zeit gewesen. Fhara gewann die Oberhand und verpasste Ither den ersten kritischen Treffer. Ither kam mit dem Blocken nicht mehr hinterher und kassierte drei, vier weitere Treffer direkt hintereinander. Zwei davon am Kopf.

Ither fiel auf die Knie. Fhara griff in sein Haar und zog ihn zurück. Bereit für den nächsten Schlag. Doch dann ließ er von ihm ab. «Das reicht.»

Damit war der Kampf beendet. Doch Tokah beobachtete die beiden immer noch ganz genau. Zuweilen war das, was nach einem Kampf geschah, wichtiger als alles zuvor. Fhara reichte Ither eine Hand und half ihm auf die Beine. Er wischte sich beiläufig einen Tropfen Blut von der Nase. Ither hingegen sah furchtbar aus.

Tokah gab ihnen ein paar Augenblicke, um sich gegenseitig zu mustern, erst dann ließ er Fhara abtreten. Der verbeugte sich vor dem Waffenmeister und zog sich zurück zu den anderen Kämpfern.

Ither blickte ihm mit raubtierhaftem Blick nach.

*Gut so* ... Das war es, was Tokah hatte sehen wollen.

Liu wollte an Tokah vorbei, um Ithers Wunden zu versorgen. Doch Tokah hielt ihn zurück.

«Einen Augenblick noch.»

Stattdessen ging er selbst zu Ither hinüber, der immer noch im Kampfkreis stand. Ither sah ihn jetzt an. Sein linkes Auge war rot gefärbt, von einem geplatzten Äderchen. Aus der Platzwunde an seiner Braue rann Blut dicht an seinem Augenwinkel vorbei. Er war sichtlich außer Atem, doch seine Körperhaltung war stolz.

«Das war ein Anfang.» Tokah blickte zu den drei Kämpfern hinüber, bevor er Ither wieder ansah.

«Aber im Moment machen sie dich fertig wie einen räudigen Welpen. Und die drei sind gerade mal mittelmäßig. Glaub mir, es wird die Nacht kommen, wo du es mit den Besten aufnehmen musst! Ich will, dass du lernst, jeden einzelnen von ihnen fertigzumachen.»

Und da war es. Dieses Feuer in seinen Augen, wie damals, als Ither ein Junge war und zum ersten Mal einem Rudel beigetreten war.

«Abtreten!»

Tokah blickte Ither nach, als dieser zu Liu hinüberging, um seine Verletzungen versorgen zu lassen. Ither war schon immer ein herausragender Kämpfer gewesen, sogar für einen Cardoc. Nur dass er sich eben nicht an seine Fähigkeiten erinnerte. Tokah lächelte. Er zweifelte keine Sekunde daran, dass Ither sie bezwingen würde. Nicht einzeln. Sondern alle drei gleichzeitig.

Auf der gegenüberliegenden Seite des Hofes begannen Markah, Fhara und Yen gerade einen Übungskampf. Ihre Bewegungen waren perfekt. Nicht gut, sondern perfekt.

Plötzlich stand Rabe direkt neben Tokah.

«Mittelmäßig?» Er schnaubte belustigt. Und auch Tokah konnte ein Schmunzeln nicht unterdrücken.

In Wahrheit waren die drei Meister der drei Linien. Sie waren drei der besten Kämpfer, die die Cardoc zu bieten hatten. Aber Tokah hatte nicht vor, das Ither auf die Nase zu binden. Denn er wusste, dass Ither es nicht ertragen könnte, gegen das Mittelmaß zu versagen. Und das nutzte er aus.

Er grinste Rabe an. «Das wird er nicht auf sich sitzen lassen.»

Liu tupfte das Blut von Ithers Gesicht. Die Platzwunde an seiner Braue blutete stark und sein linkes Auge war blutunterlaufen und begann zuzuschwellen. Doch Ithers schemenhafte weißgraue Pupillen zuckten aufmerksam hin und her, während er die drei Kämpfer beobachtete.

Liu legte das Tuch zur Seite.

«In Ordnung. Jetzt sieh mich mal an.»

Ither rang immer noch nach Atem, während Liu seine Gesichtsproportionen studierte.

«Willst du die Maske ausziehen?»

Ither schüttelte knapp den Kopf. Er hatte die Willenskraft der Panther.

Liu lächelte und begann damit, Ithers Wangenknochen und die Region um das verletzte Auge abzutasten. Man musste sehr genau hinsehen, um den noch dunkleren Schatten auf der schwarzen Haut zu erkennen. Aber er war da. Und zusammen mit der Schwellung war das ein typisches Bild. Lius Daumen fuhr langsam unter Ithers linkem Auge entlang. Er konnte es zuerst in Ithers Gesicht sehen, weil es nicht möglich war, das schmerzbedingte Zucken ganz zu unterdrücken. Erst dann spürte er die feine Fraktur.

Liu schloss die Augen.

Der Wechsel in die Astralsicht kam und Liu sah, wie die knöchernen Risse unter seiner eigenen blauen Hand langsam verschwanden. Das Leuchten breitete sich über Ithers gesamte linke Kopfpartie aus. Es geschah einfach von selbst, ohne dass Liu es aktiv kontrollierte. Und das beunruhigte ihn plötzlich. Er verlor die Astralsicht.

Aber als Liu die Augen öffnete, war zu seiner Überraschung nicht nur der Bruch geheilt, sondern auch die Blutung der Platzwunde gestillt. Sogar die Schwellung war etwas zurückgegangen.

«Stimmt etwas nicht?» Ither sah ihn fragend an. Und Liu wurde jetzt erst klar, dass er Ither angestarrt haben musste.

«Nein, ganz im Gegenteil.» Liu lächelte. «Du hast Glück gehabt. Es ist nichts gebrochen.»

Ither sah aus, als wollte er etwas sagen, aber sein Blick zuckte zur Seite, als plötzlich ein weiterer Cardoc neben ihnen auftauchte. Einer, mit dem auch Liu nicht gerechnet hatte.

«Zhadha, was machst du denn hier?»

«Gute Nachrichten, Liu.» Zhadha lächelte ihn an. «Man erwartet dich im Tempel. Einer der Weißen hat dich zum Schüler erwählt.»

Liu sah Zhadha verblüfft an. Es dauerte ein paar Sekunden, bis er diese Nachricht verdaut hatte.

«Ist das wirklich dein Ernst?»

«Bei der Prophezeiung, Liu. Ja!»

Liu sah zu Tokah hinüber, der sich gerade zu ihnen gesellte. Auch er lächelte. «Es ist in Ordnung. Haus Testaren wird der Garnison einen neuen Heiler zur Verfügung stellen.»

Liu wandte sich wieder Ither zu und wusch das letzte Blut von der Platzwunde. Oder besser gesagt, von dem, was noch davon übrig war. Es war kaum mehr als ein Kratzer.

«Wann?»

«Jetzt.»

Liu sah Zhadha an.

«Ich warte dort drüben auf dich.»

«Ist gut ... Ich komme gleich.»

Zhadha begann ein Gespräch mit Tokah und die beiden gingen zu den drei Cardoc hinüber, die ihre Übung jetzt beendet hatten.

Ithers Blick folgte ihnen.

«Einer der Weißen?»

«Ein Geistheiler, wir nennen sie Phantome oder die Weißen ...», erklärte Liu.

«Dann solltest du – ihn nicht warten lassen.»

Aber Liu öffnete den Salbenbeutel und trug vorsichtig etwas von dessen Inhalt um Ithers Augen herum auf.

«Ich bin Heiler. Ich gehe erst, wenn ich hier fertig bin.»

# 10

Das Wasser war so heiß, dass es ihre Körper umhüllte wie flüssiges Feuer. Und doch fühlte es sich unendlich gut an. Weißer Dampf stieg von der Wasseroberfläche empor und trieb in die Dunkelheit hinauf.

Es war schon viel zu lange her, dass Ilandra und Ither ein wenig Zeit für sich gehabt hatten. Ungünstige Wachen und Ithers neues Trainingspensum ließen ihnen kaum noch Luft für ungestörte Zweisamkeit.

Sie waren seit Wochen das erste Mal allein. Ganz allein. Und Ither hatte sich diesmal sogar der lästigen Maske entledigt.

Die einzigen Lichtquellen waren kleine Sphären, die Ilandra unter die Wasseroberfläche gezaubert hatte. Es sah aus, als wäre es das Wasser selbst, das leuchtete. Die Schemen ihrer schwarzen Körper schimmerten an der Wasseroberfläche wie verzerrte Schatten. Lichtreflexionen tanzten auf ihren Gesichtern.

Die meisten Dunklen mieden die heißen Becken, weil sie glaubten, dass die weißen Nebel von den Geistern beherrscht würden. Aber in Wahrheit war es einfach nur ein wunderbar mystischer Ort – verlassen und von schroffen Felsvorsprüngen umgeben, die bizarre Bilder in die Nebel schnitten.

Sie waren beide außer Atem. Wassertropfen rannen an ihren Gesichtern hinab und glitzerten wie winzige Kristalle. Sie berührten sich mit der Stirn, ehe Ither Ilandra entließ und sie sich sanft von ihm löste. Ither war wild und stark, und er wusste ganz genau, wie weit er mit ihr gehen konnte oder wie er sie dahin bringen konnte, wo er sie haben wollte. Sie zitterte immer noch.

Für ein paar Momente sahen sie sich einfach nur in die Augen. Still. Ohne dass auch nur einer etwas sagte.

Schließlich kam Ilandra ihm wieder näher und er antwortete ihr mit einem leidenschaftlichen Kuss.

Und dann sah sie es.

Das Wasser war aufgeladen von der magischen Energie der Sphären und dem arkanen Strom, den sie vorhin nicht mehr hatte zurückhalten können. Und da war nun auf einmal dieses eigenartige, bläuliche Schimmern an Ithers Schulter. Im Gegensatz zum Lichterspiel des Wassers war es nicht in ständiger Bewegung.

«Was ist denn das?» Ilandras Stimme war flüsterleise, als wollte sie diesem ehrwürdigen Ort jetzt doch noch den nötigen Respekt erweisen.

«Was denn?»

«Warte ...»

Ilandra schwamm um Ither herum, um die Quelle des eigenartigen Leuchtens zu sehen. Doch das, was sie da sah, konnte sie im ersten Moment kaum glauben. Dort, wo das Wasser sich seinen Weg über Ithers Schulter suchte, leuchtete seine Haut in schwachen, bläulichen Mustern. Das Leuchten wanderte mit der Bewegung der Rinnsale, und Ilandra konnte das Schimmern der magischen Partikel im Wasser ganz deutlich sehen. Es war, als würde das Wasser seine Haut bemalen.

«Was ist denn da?» Ither sah sie jetzt über die Schulter an.

Ilandra war sprachlos. Sie hatte so etwas noch nie gesehen, und sie konnte den Blick einfach nicht davon lösen. Es dauerte nur wenige Sekunden, bis das letzte

Rinnsal versiegte. Und mit ihm verschwanden auch die eigenartigen Muster.

«Alles in Ordnung?»

«Ja, ich glaube schon ...» Ilandra war immer noch wie verzaubert. «Siehst du das?»

Sie goss etwas Wasser aus ihrer Handfläche über Ithers muskulöse Schulter. Das Leuchten war sofort wieder da und verschwand genauso schnell wie beim ersten Mal.

«Was meinst du?»

Er sah es nicht. Aber Ilandra bildete sich das doch nicht einfach nur ein.

«Da ist ... Ich weiß es noch nicht genau ...»

Ilandra folgte einer Intuition und legte ihre Hand auf Ithers Schulter. Dann kanalisierte sie ein wenig arkane Energie. Das Leuchten kam sofort zurück. Und es breitete sich immer weiter aus, bis es Ithers Schulter vollständig bedeckte. Nur dass es jetzt keine schemenhaften Verästelungen mehr waren, sondern detaillierte Muster aus Bögen, Linien und ... Schriftzeichen? Es wurde immer deutlicher. Heller. Bis sich das schwache Blau in ein eisiges Weiß verwandelt hatte.

«Was tust du da?»

Es war unglaublich.

«Kannst du es wirklich nicht sehen?»

«Nein, wovon sprichst du?»

Ilandra wusste noch immer nicht, was es war. Denn es war weit entfernt von allem, was sie kannte. Das war kein gewöhnlicher Illusionszauber.

«Da steht etwas auf deiner Haut geschrieben.»

«Was?»

Ilandra fuhr mit den Fingerspitzen über die Zeichnung, und die Intensität des Leuchtens verstärkte sich an den Stellen, die sie berührte.

«Es ist hier überall ... Ich kann es sehen, wenn ich

dich mit Magie berühre. Aber ich kann es nicht lesen.»

Ilandra strich Ithers Haar zur Seite. Unter Wasser schimmerten jetzt weitere Muster. Fast sein gesamter Rücken war damit bedeckt.

«Ich glaube, ich habe etwas gefunden, was mit deiner Vergangenheit zu tun hat.»

Wenige Tage später blickte Tokah zur weitentfernten Höhlendecke hinauf und fragte sich ein weiteres von unzähligen Malen, wann sie diesen Ort wohl endlich würden verlassen können. Doch es war nun mal, wie es war. Und solange sie nicht wussten, wo ihre Reise hinführen würde, blieb ihnen nichts anderes übrig, als abzuwarten – und zu hoffen, dass diese Generation endlich über die nötigen Merkmale verfügte und die Verpaarungen ihr Ziel nicht verfehlt hatten. Die Phantome hatten Ither bestätigt. Aber wenn es ihnen nicht bald gelingen würde, ihn mit Thamar zusammenzuführen ...

Tokah schob den Gedanken beiseite und versuchte sich selbst davon zu überzeugen, dass das alles noch Zeit hatte. So, wie es bisher viele hundert Jahre Zeit gehabt hatte. Jetzt galt es erst einmal, sich auf andere Dinge zu konzentrieren. Sie würden diesen Weg Schritt für Schritt gehen müssen.

Es war eine kühle Höhlennacht und die Luft war so klar wie seit vielen Wochen nicht mehr. Vermutlich stürmte es an der Oberfläche, denn der Wind trieb frische, sauerstoffreiche Luft durch die Ventilationsöffnungen.

Ither hatte ihn gebeten, ihn am Fluss zu treffen. Offenbar gab es etwas Wichtiges zu bereden. Etwas, das er nicht in der Garnison besprechen wollte. Er würde also endlich die offenen Fragen klären wollen.

Tokah konnte es ihm nicht verdenken – auch wenn er nicht vorhatte, seine Fragen zu beantworten.

Tokahs silberne Augen suchten aufmerksam das Gelände ab, während er durch die gratigen Schluchten des Westufers schritt. Der Fluss hatte diese metertiefen Furchen in jahrtausendelanger Arbeit aus dem Felsen geschnitten, und bei Hochwasser breitete er sich immer noch bis hierher aus. Tokah liebte die Naturgewalten, ihre Unaufhaltsamkeit und ihre unbändige Kraft. Vor allem die der Oberfläche. Er vermisste den Wind. Und ganz besonders die Sterne.

Er sog die Luft tief ein, während er weiterging, nahm eine zerklüftete Abzweigung und umrundete einen weiteren Felsen.

Dann sah er sie. Ither war nicht allein, wie Tokah es erwartet hatte. Ilandra war bei ihm. Sie kniete hinter Ither, der nahe am Ufer auf dem Boden saß. Die Luft um sie herum war erfüllt von Hunderten magischen Lichtern, die die Szenerie in ein fremdartiges, bläuliches Schimmern hüllten. Tokah spürte, wie er sich anspannte, als sich das Unbehagen in ihm ausbreitete. Diese Zauber waren mit Sicherheit Ilandras Werk. Es war sehr hübsch anzusehen, und doch erlebte Tokah einmal mehr, wie sehr ihn ihre magischen Fähigkeiten beunruhigten. Wahrscheinlich würde er sich nie an den Gedanken gewöhnen können, eine Magierin in seiner Nähe zu haben. Die wenigen Zauberkundigen der Cardoc verfügten nicht annähernd über vergleichbare Gaben. Bei den Phantomen war es etwas anderes. Sie nannten es nicht Magie, weil sie den Äther nicht formten wie die Magier. Und sie hatten ihren Kodex. Die Gra Res Tar hingegen ... Tokah wehrte sich gegen den Gedanken.

Ilandra und Ither hatten ihn noch nicht bemerkt. Tokah hielt inne und beobachtete, wie Ilandra immer wieder Ithers Rücken berührte, leise mit ihm sprach und mit den Fingerspitzen unsichtbare Linien nachstrich.

Im ersten Moment hielt er es für eine unbestimmte Zärtlichkeit. Doch als Tokah endlich verstand, was er da sah, stockte ihm der Atem. War das möglich? Seine Augen weiteten sich vor Erstaunen. Nein, das konnte nicht sein ... *Oder doch?* Er musste sichergehen.

Tokah wechselte instinktiv in einen lautlosen Schleichgang. Die Schatten der Felsen boten ihm Schutz, sodass er kaum zu sehen war. Er schob sich ein paar Meter näher heran und kauerte sich nieder, als er schließlich in Hörweite war.

Offenbar war Ilandra nicht die Einzige in Ithers Gesellschaft. Die frischen Fußspuren in der Nähe der beiden deuteten darauf hin. Und tatsächlich dauerte es nicht lange, bis Siez aus einem Bereich auftauchte, den Tokah nicht einsehen konnte. So wie es aussah, war er am Wasser gewesen. Er hielt die Hände zu einer Schale geformt, duckte sich unter den magischen Lichtern hindurch und kniete sich neben Ilandra. Das, was er in den Händen trug, war Wasser, das er nun auf dem aschebedeckten Boden ausleerte.

«Danke.» Ilandra sah Siez an. «Versuchen wir es noch mal.»

Er antwortete mit einem Lächeln.

«Kannst du wirklich gar nichts davon sehen?»

«Nicht das Geringste. Jedenfalls nichts von dem, was du beschreibst.»

Ilandra wandte sich wieder Ithers Rücken zu und fuhr mit der Hand über seine Wirbelsäule, dann über sein Schulterblatt. «Es ist hier überall ... Und wenn ich das hier tue ...»

Das magische Leuchten unter ihrer Hand versetzte Tokah sofort in Alarmbereitschaft. Seine Hand glitt wie von selbst zum Griff seines Dolches. Und auch Siez schien das Ganze nicht geheuer zu sein.

«Wenn ich das tue, verändert es sich ... Es stellt jetzt etwas ganz anderes dar. Die Linien reichen jetzt sogar bis hier.» Ilandra strich von Ithers Rücken über seine Schulter bis über seinen linken Arm.

«Ich weiß immer noch nicht, was es bedeuten soll, aber es sieht aus wie eine Art Lageplan oder so etwas ...»

*Bei den Hohen!* Sie war es! Sie war die Seherin! Es gab keinen Zweifel! Wie hatte Tokah so naiv sein können, sie nie in Betracht zu ziehen? Nur weil die alten Schriften von einem männlichen Gra Res Tar sprachen?

Die Freude, die unglaubliche Erleichterung, die Tokah jetzt überkam, war für ihn einfach unfassbar. Das Gefühl ergriff ihn so heftig, dass er sich zwingen musste, nicht laut aufzuschreien.

Es war so weit! Endlich war es so weit! Das Warten hatte ein Ende!

Doch Tokah brauchte jetzt einen kühlen Kopf und zwang sich mit ein paar kontrollierten Atemzügen zur Ruhe. Sie sollten es ihm nicht ansehen, wenn er gleich zu ihnen hinüberging.

«Da sind wieder diese seltsamen Zeichen ... Pass auf ...»

Ilandra malte etwas mit ihrem Finger in die nasse Asche. Tokah konnte es von seiner Position aus nicht sehen, aber Siez studierte es ganz genau.

«Wahnsinn ... Du erzählst offenbar doch keinen Quatsch.» Siez lächelte. «Das ist ein Symbol der alten Sprache.»

«Du sprichst die alte Sprache?» Ither wandte den Kopf um. Seine Stimme klang unter der Maske etwas verzerrt.

«Unsinn. Niemand tut das.»

Tokahs Mundwinkel zuckten belustigt, als Siez Ither vielsagend ansah.

«Aber ich kann sie lesen. Nicht alles. Doch dieses Symbol hier kenne ich. Es bedeutet Reise oder Weg.»

Ilandra malte ein zweites Zeichen in die Asche.

«Und das hier?»

«Sterne. Fenir. Es ist das Zeichen für Sterne ... Was auch immer es bedeutet, es steht nicht zufällig da ...»

Es war an der Zeit. Tokah stand auf und ging nun mit hörbaren Schritten auf die drei zu. Ither war der Erste, der ihn bemerkte. Seine weißen Augen zuckten beinahe sofort zu ihm hinüber. Tokahs Blick war jetzt wieder gefasst und kühl. Ither warf ihm den gleichen Blick zu.

Dann sahen auch Ilandra und Siez zu ihm hinüber. Sie wollten aufstehen.

«Nein, bleibt ruhig, wo ihr seid.» Tokah lächelte jetzt. Und Ither sah ihn mit einem Ausdruck in den Augen an, den Tokah sehr lange nicht gesehen hatte. Obwohl die Maske seine Züge verbarg, konnte er in seinen Augen jetzt etwas Hoffnungsvolles erkennen.

Siez, du hast recht. Es ist wirklich kein Zufall. Und du ehrst die Hohen damit, dass du versucht hast, die alte Sprache zu erlernen.»

Tokah kniete sich neben Ither und betrachtete Ilandras Zeichnungen.

«Das hier. Es bedeutet Sterne. Es wird *Fhenir* ausgesprochen.»

Siez öffnete erstaunt den Mund. Doch bevor er nachfragen konnte, wischte Tokah mit der flachen Hand durch die Asche und löschte damit die beiden Symbole.

«Das darf niemals irgendwo niedergeschrieben werden. Das ist sehr wichtig.»

«Aber was ...?» Ilandras Stimme war kaum hörbar.

«Es ist das, worauf unsere Häuser seit Jahrhunderten gewartet haben. Es ist eine Karte, die nur von einem einzigen Dunklen gelesen werden

kann.»
«Dem *Seher*?» Siez blickte Ilandra ungläubig an.
«Dem Seher.» Tokah suchte Ithers Blick. «Das Warten hat ein Ende. Es ist an der Zeit, dass du alles erfährst. Ich werde den Rat unterrichten und wir werden die nötigen Vorbereitungen treffen.»
Tokah stand langsam auf und wandte sich zum Gehen.
«Weiß jemand davon?»
«Nein ...»
«Gut. Dann sorgt dafür, dass es dabei bleibt. Niemand darf davon erfahren.»

Die neuen Informationen waren eingeschlagen wie ein Himmelsstein in den staubigen Boden. Tokah hatte dem Rat alles berichtet. Und die Rudelführer hatten alle Hebel in Bewegung gesetzt. Das, was nun auf sie zukam, würde kein Kinderspiel werden, so gut sie sich auch vorbereiteten.
Es ging nicht mehr nur darum, Ither zu schützen oder ihn unbemerkt wieder in den Schoß seines Rudels zurückzuholen ... Es ging darum, Tausendschaften zu mobilisieren.
Ither zu trainieren war nun also eine von Tokahs geringsten Sorgen. Auch wenn diese Aufgabe für ihn dadurch nicht an Bedeutung verlor. Sie würden Ither brauchen. Sie brauchten die Karte, aber sie brauchten Ither auch in seiner neuen Rolle. Ob die Cardoc ihn akzeptierten oder nicht, war also eine nicht ganz unerhebliche Variable in dieser Gleichung.
Also blieb Tokah weiterhin hier. Seine Augen folgten Ither, der gerade seine Runden über den leergefegten Übungsplatz zog.
Die Cardoc mussten jetzt mehr denn je darauf

achten, keine Fehler zu machen. Sie hatten die Späher verdoppelt, um sicherzugehen, dass sie auch die leiseste Regung der Gra Res Tar mitbekommen würden, bevor diese auch nur an eine Reaktion dachten.

Wie es aussah, waren die Cardoc nicht die Einzigen gewesen, die einen weiblichen Nachfahren nicht in Betracht gezogen hatten. Sonst hätten die Gra Res Tar diesen Schatz mit Sicherheit besser bewacht und nicht einfach fallen gelassen wie ein ungeliebtes Erbstück.

Die Gra Res Tar hatten keinen ernsthaften Versuch unternommen, Ilandra in ihre Reihen zurückzuholen. Sie hatten nur halbherzig nach ihr gesucht, hatten ein paar Männer ausgeschickt, die ihr Unterfangen schon aufgegeben hatten, noch bevor die Öffentlichkeit ein echtes Interesse entwickelte. Offenbar hatte Ilandra für die Gra Res Tar keinen besonderen Wert – was die Cardoc jetzt in eine hervorragende Lage versetzte. Solange die Gra Res Tar noch daran glaubten, dass Thamar der Seher war, hatten sie genügend Zeit, den Schlüssel zur verlorenen Stadt allein aufzuspüren.

Tokah grinste. Momentan sah es gut für ihre Pläne aus. Die Gra Res Tar fokussierten sich zurzeit tatsächlich mehr auf die fingierten Geschehnisse in der Südstadt, anstatt die Garnison weiter so intensiv zu beobachten wie zuvor. Shir leistete mit seinem kleinen Rollenspiel bei den Hauslosen wirklich hervorragende Arbeit. Rabe hatte Stärke bewiesen, einen seiner blutreinsten Söhne in diese Schlangengrube zu schicken. Er riskierte viel ...

Tokah nickte Ither zu, der gerade seine Position passierte. Es war Zeit, ihn nach Hause zu holen. Und den Seher auch. Er gab Ither ein kurzes Handzeichen, als dieser sich noch einmal umblickte.

Sie trainierten heute schon seit Stunden. Das

reguläre Training war beendet. Doch seit ein paar Einheiten hielten sie sich nun auch danach in den öffentlichen Bereichen der Garnison auf.

Siez hatte das Gerücht gestreut, dass Tokah vorhabe, Ither zu einem Waffenmeister auszubilden. Eine nicht ganz undenkbare Option. Und ein guter Zug, der ihnen die nötige Luft verschaffte, um sinnvollere Trainingszeiten zu planen.

Das Gerücht hatte sich verbreitet wie ein Lauffeuer. Auch wenn man nur hinter vorgehaltener Hand darüber sprach und niemand sich traute, Tokah oder Ither direkt darauf anzusprechen.

Ithers Training fand nun bis auf die Treffen mit den drei Kampfmeistern regelmäßig in der Öffentlichkeit statt. Das erleichterte nicht nur einiges, es gab ihnen auch die Deckung in der Masse. Zumindest zu den regulären Zeiten.

Tokah hatte Siez in diesem Punkt immer unterschätzt. Der Junge war ausgesprochen gebildet und klug. Und Tokah glaubte nicht länger daran, dass Siez nur ein rangniedriger Walesh Tar gewesen war, wie er damals bei seiner Ankunft in der Garnison behauptet hatte ... Er schmunzelte. Sie hatten alle ihre Geheimnisse.

Tokahs Blick ruhte immer noch auf Ither, der weiter seine Runden zog. Er zeigte trotz der Maske kaum Ermüdungserscheinungen. Ither hatte in den letzten Wochen enorme Fortschritte gemacht. In Sachen Ausdauer, aber auch kämpferisch. Er absolvierte die meisten Übungen jetzt mit der Leichtigkeit, die einem Cardoc gebührte.

Tokah blickte Ither nach, als er ein weiteres Mal an ihm vorbeizog.

«Glaubt Ihr nicht, es ist langsam genug?»

Tokah hatte ihn einen seligen Moment lang beinahe vergessen. Der junge Heiler, der dicht neben ihm stand, sah ihn eindringlich von der Seite an. Er war der Ersatz für Lius frei gewordene Stelle und zu Tokahs Leidwesen etwas übereifrig, was die gesundheitliche Überwachung seiner Schützlinge anging. Er funkte Tokah ständig dazwischen. Beim Training der Schatten und zu allem Überfluss auch noch hier.

Er kannte die Physiologie der Cardoc nicht. Und im Grunde sollte er auch nichts darüber wissen. Für einen Hausfremden spielte das ohnehin keine Rolle.

«Nein», antwortete Tokah nach einer gefühlten Unendlichkeit. Aber er sah den Heiler nicht an. Sein Blick folgte immer noch Ither, der jetzt das gegenüberliegende Ende der Bahn erreicht hatte. Ither hatte schon immer härter trainiert als all die anderen Schatten – ganz so, als hätte er immer gewusst, dass er vorbereitet sein musste. Und Tokah fragte sich nicht zum ersten Mal, wie das Vergessen so sein mochte. Und ob man die Dinge überhaupt wirklich vergaß ... Er hatte Ither oft beobachtet, wie er sich in den Ruhezeiten aus der Garnison stahl und die halbe Stadt durchquerte, nur um es mit den schwierigsten Steilwänden aufzunehmen ... Das Klettern war schon immer Ithers große Leidenschaft gewesen. Bereits als kleiner Junge.

Tokah verschob eine weitere Perle an der Kette in seiner Hand, als Ither erneut an ihnen vorbeilief.

«Es reicht. Ihr trainiert ihn ja ins Lazarett, wenn Ihr so weitermacht.» Die Stimme des Heilers riss Tokah jäh aus seinen Gedanken.

«Da bin ich anderer Meinung.»

Der Heiler sah aus, als wollte er etwas sagen, aber er behielt es dann doch für sich. Tokah konnte seine wachsende Verunsicherung spüren. Im Gegensatz zu Liu schien er wenig über die Medizin der alten Lehren zu wissen. Tokah hatte beobachtet, dass er

Kampfverletzungen nur oberflächlich behandelte, Schnitte nicht nähte, sondern nur Salbenverbände anlegte, was nicht selten zu lästigen Infektionen und zu längeren Ausfallzeiten führte.

Tokah wusste nicht, wie die anderen Häuser ihre Heiler ausbildeten, und im Grunde interessierte es ihn auch nicht. Aber er konnte sich kaum vorstellen, dass sie das mächtige Wissen der Alten Welt vollkommen außer Acht ließen ... Wie dem auch sei. Die Belange der anderen Häuser würden für die Cardoc ohnehin bald keine Rolle mehr spielen.

Tokah schüttelte den Gedanken ab und wandte sich wieder Ither zu, der sein Tempo auf ein Handzeichen hin weiter erhöhte. Er war ein ungeschliffener Diamant. Gerade weil das Training der Schatten ihn nie richtig gefordert hatte, wusste Tokah, dass mehr in ihm steckte, als alle hier ahnten. In ihm floss das Blut der Cardoc. Aber damit nicht genug. Tokah wusste um Ithers Potenzial. Er hatte ideale physiologische Voraussetzungen. Die Verpaarung von Berenhir und Salisha hatte ein wirklich herausragendes Ergebnis hervorgebracht. Die Phantome hatten eine hervorragende Wahl getroffen. Ithers Körperbau war nahezu perfekt, seine Muskulatur im Verhältnis zu ihrer Masse extrem leistungsfähig, seine Reflexe auffällig schnell. Selbst für einen Cardoc.

Tokah verschob eine weitere Perle.

Das Geheimnis der elitären Physiologie der Cardoc lag nicht zuletzt in den geplanten Verpaarungen. Es waren die Phantome, die die bestmöglichen Partner bestimmten. Was nicht bedeutete, dass diese auch eine Beziehung miteinander pflegten. Salisha zum Beispiel war Tokahs Gefährtin gewesen ...

Als Ither das nächste Mal vorbeikam, blickte er

Tokah direkt in die Augen. Die schwarze Maske verdeckte Mund und Nase, Schweiß lief an seinen Schläfen hinab. Und seine scharfkantigen Augen formulierten die unausgesprochene Frage. Aber Tokah bedeutete ihm, weiterzumachen.

Ither nickte knapp und zog das Tempo wieder an.

«Das ist unverantwortlich! Erst recht mit dieser barbarischen Maske!»

Tokah sah den Heiler diesmal an.

«Die Maske dient der Leistungssteigerung.»

«Er bekommt ja kaum Luft!»

«Das ist der Sinn der Sache. Wir Schatten setzen sie gelegentlich ein, um eine sprunghafte Leistungssteigerung in möglichst kurzer Zeit zu erzielen. Leider verfügen wir nicht über ausreichend viele dieser Masken, sonst würden wir sie häufiger einsetzen.»

Der Heiler begegnete verstört Tokahs Blick.

«Die Maske besteht aus der Flügelmembran eines Trachirs, genau genommen aus der dritten Unterhaut, und ist daher denkbar schwer zu bekommen», fuhr Tokah fort. «Sie filtert einen Großteil der Teilchen aus der Luft, die der Körper benötigt, um sich mit Energie zu versorgen.»

Der Heiler schien nicht zu verstehen, wovon Tokah gerade sprach.

«Beim Training mit der Maske passt sich der Körper diesem Mangel an. Sein Herz und sein Blut werden leistungsfähiger. Und wenn er schließlich die Maske abnimmt, steht dem Körper mit der normalen Luft mehr Energie zur Verfügung als zuvor ...»

Der Heiler senkte nachdenklich den Blick. Doch Tokah war bereit, ihm noch eine Chance zu geben.

Ither zog ein weiteres Mal an ihnen vorbei. Die letzte Runde hatte er beinahe im Sprint zurückgelegt. Er schnaubte hörbar unter der engen Maske.

Der Heiler blickte ihm entsetzt nach.

«Das ist genug! Ihr müsst das beenden!»

«Ihr habt recht. Es ist genug.» Tokahs Stimme war plötzlich eiskalt. «Aber Ihr solltet Euch nicht länger in Angelegenheiten einmischen, die Euch nichts angehen.» Tokah sah ihn drohend an. Der Heiler hob beschwichtigend die Hände und zog sich ein paar Schritte zurück, obwohl sich Tokahs Hand nicht einmal seiner Waffe genähert hatte.

«Aber bitte versprecht mir, auf ihn zu achten ... » Die Stimme des Heilers war jetzt unnatürlich hoch.

«Das werde ich. Keine Sorge.»

Tokah erlöste ihn und wandte sich wieder Ither zu. Und er hörte mit einiger Genugtuung, wie sich der Heiler mit unsicheren Schritten hinter ihm zurückzog.

Ither beobachtete mit einem verborgenen Lächeln, wie der Heiler endlich abzog. Er versuchte sein Tempo noch eine weitere Runde beizubehalten. Doch obwohl er die Luft, die er atmete, tief einsog, musste er seine ganze Willenskraft aufbringen, um sich die schwarze Maske nicht beim nächsten Schritt vom Gesicht zu reißen.

Er trug sie jetzt seit Wochen, am Tag und sogar im Schlaf, und nahm sie nur zum Essen und zum Trinken ab oder, um sich zu waschen ... An den dumpfen Kopfschmerz hatte er sich bereits gewöhnt. Auch an das Schweregefühl. Aber nicht an den Schwindel, der sich immer dann einstellte, wenn es ihm allmählich zu viel wurde.

Ither warf Tokah einen Blick zu, als er ihn ein weiteres Mal passierte. Und Tokah hob die Hand und zeigte ihm fünf Finger. Noch fünf Runden. Das würde er packen.

Ither vertraute Tokah. Sie hatten miteinander geredet. Auch wenn es nicht viele Worte gewesen waren.

Ither wusste jetzt, dass es morgen so weit sein würde – morgen würde er alles erfahren ...

# 11

Es war so weit – genau jetzt. Der Geistheiler, das Phantom, betrachtete ihn einen Moment und lächelte dann zufrieden. Ither stand in einem der ungenutzten Höfe der Garnison. Gut ein Dutzend Cardoc sicherten die Anlage. Ilandra und Siez warteten am Rand der mit Kampfmarkierungen versehenen Flächen. Ither hatte darauf bestanden, dass sie dabei sein würden.

Es war still. Der weiße Heiler stand direkt vor Ither. Liu, gekleidet mit einer schlichten, schwarzen Robe, nur einen Schritt hinter seinem Lehrmeister. Es war ein eigenartiger Moment. Obwohl Ither die ganze Zeit geglaubt hatte, dass die Aufregung ihn übermannen würde, hatte jetzt eine eigentümliche Gleichgültigkeit von ihm Besitz ergriffen. Ither fühlte sich wie ein Gefangener, der geduldig die letzten Sekunden vor seiner Befreiung abwartete. Es ging nicht länger darum, wer er einmal gewesen war, es galt herauszufinden, wer er jetzt war und wer er in Zukunft sein würde.

Ither war bereit dafür. Und der Geistheiler war es auch. Das Phantom legte seine Hände an Ithers Schläfen. Ither spürte, wie der Geistheiler seine Gedanken berührte – kühl und wohltuend.

Er hörte, wie Liu etwas in einer fremden Sprache flüsterte: «Mahir estrien sayer fhir eco thesteria?»

Und er hörte Rabe genauso leise antworten: «Hjes.»

Sein Blick begann langsam zu verschwimmen. Ither sah noch, wie Rabe langsam hinter ihn schritt. Dann verschwand die Wirklichkeit hinter einem trüben Schleier. Bilder tauchten vor Ithers innerem Auge auf.

Zuerst war alles fremd, doch plötzlich kamen die Empfindungen hinzu. Seine Empfindungen!

*Ither verspürte unbändige Freude! Er war ein kleiner Junge, der mit seinen Freunden in den Steingärten Verstecken spielte. Er schrie siegessicher auf, als er Yens Schopf hinter einer halbherzigen Deckung entdeckte, und rannte auf ihn zu. Doch plötzlich sprang Fhen aus seinem Versteck hervor und riss Ither zu Boden. Es war eine Falle. Fhen war in Yens Team gewesen. Die Jagd ging in eine verspielte Rauferei über. Sie lachten und schrien ...*

*Dann sah Ither seine Mutter, die ihn tröstete und sein verletztes Knie versorgte. Sie lächelte ihn liebevoll an und er wusste, dass alles gut werden würde ...*

Das Bild verblasste ...

*Ither war jetzt ein wenig älter. Sein Vater erteilte ihm die erste Lektion im bewaffneten Kampf. Er war sehr streng und kühl. Aber er war Ithers großes Vorbild. Er war der größte Kämpfer, den Ither kannte. Und Ither wusste genau, dass er einmal genauso werden wollte wie er ...*

Der Gedanke entglitt ihm ...

*Im nächsten Augenblick saß Ither über alten, ledergebundenen Büchern und lernte staubtrockene Heraldik unter den wachsamen Augen von Meister Osakan ...*

*Dann waren sie draußen. An der Oberfläche! Ither war angespannt und unterdrückte seine Atmung. Äste und Blätter berührten sein Gesicht. Sie mussten leise sein. Er hörte, wie der Späher neben ihm seinen Bogen spannte. Er tat es ihm gleich. Er durfte sich jetzt nicht zu schnell bewegen. Seine Augen waren fest auf ihr Ziel gerichtet. Er zielte. Dann schoss er den Pfeil ab. Er verfehlte. Und das Tier hechtete los. Doch der Pfeil des Spähers traf es mit tödlicher Präzision ...*

Die Szenerie verschwamm ...

*Ither befand sich immer noch an der Oberfläche. Er betrachte den Nachthimmel und die Umrisse der drei unterschiedlich großen Monde. Der Sturm jagte dunkle Wolken darüber, als wollte er sie für immer verschlingen. Regen peitschte in Ithers Gesicht. Sein Vater stand neben ihm. Ither war nun fast so groß wie er. Es war nicht viel mehr als eine Kopflänge, die sie noch voneinander unterschied.*

*«Ich weiß, dass bald etwas geschehen wird!» Es war Ithers eigene Stimme. Sie war heller und weniger rau, als er sie kannte. Sein Vater sah ihn an. «So, meinst du?»*

Das Bild verschwand. Und Ither verspürte Angst, noch bevor er die nächste Szene sah.

*Er stand wieder in der großen Halle. Und die Sozoah ebenfalls ...*

Ilandra öffnete den Mund, während sie den Geistheiler beobachtete. Auch wenn die Cardoc immer behaupteten, keine richtigen Magier zu haben, so waren ihre Heiler doch offensichtlich etwas ganz Ähnliches!

Ilandra sah den Äther um Ither und um den Geistheiler strömen wie einen Strudel aus silbernem Licht. Offenbar schufen die Phantome ihre Magie nicht aus dem Äther, wie die Gra Res Tar es taten. Nein, es war eher, als würden sie den Äther leiten. Oder leitete der Äther sie?

Ilandra konnte das, was sie da sah, kaum in Worte fassen. Aber sie machte auch keinen Versuch, da sie wusste, dass die anderen nicht sahen, was sie sah. Denn sie waren keine Magier.

Ilandras Herz schlug schneller. Sie konnte die magischen Eruptionen des Rituals bis hierher spüren! Das, was dort geschah, war vollkommen anders als jeder Zauber, den sie jemals beobachtet hatte. Es war

Magie, ganz ohne Zweifel, und doch etwas Fremdes, das sie noch nicht verstand ...

Die magische Sicht verschwand, als Tokah plötzlich neben Ilandra auftauchte. Ein weiterer Cardoc flankierte Siez auf der anderen Seite. Ilandra blickte beunruhigt zwischen den beiden Männern hin und her. Und auch Siez hatte den Blick jetzt von Ither und dem weißen Heiler abgewandt.

«Es gibt da noch etwas, das ihr wissen solltet ...» Tokah wartete noch einen Augenblick, bevor er mit gesenkter Stimme weitersprach. Ilandra sah ihn verunsichert an.

«Ither wird möglicherweise nicht mehr derselbe sein, wenn die Prozedur hier vorbei ist. Ihr solltet darauf gefasst sein, dass er sich euch gegenüber anders verhalten wird ...»

Tokah machte eine Pause. Seine Worte drangen tief in Ilandras Bewusstsein vor. Sie war diesem Gedanken schon ein paarmal gefolgt, hatte ihn aber immer wieder verdrängt, bevor sie seine Oberfläche durchdrungen hatte.

«Und falls das der Fall sein wird, erwarten wir von euch, dass ihr das respektiert», vollendete der andere Cardoc Tokahs Aussage. Ilandra war plötzlich sehr verunsichert. Ither erhielt gerade ein halbes Leben zurück. Ein Leben, das er noch nicht mit den Schatten und auch nicht mit ihr geteilt hatte. Würde er überhaupt noch das Gleiche für sie empfinden? Ihre Kehle war plötzlich wie zugeschnürt. Arrangierten die Cardoc ihre Verbindungen genauso wie die Gra Res Tar? Gab es vielleicht sogar eine für ihn vorgesehene Gefährtin?

Ilandra sah wieder zu Ither hinüber, der sein Gesicht jetzt heftig verzog, als durchlebe er gerade etwas sehr Unangenehmes. Die Abdrücke, die die schwarze Maske hinterlassen hatte, zogen groteske Linien über sein Gesicht.

Tokah folgte Ilandras Blick.

«Ich hätte es ihm gerne erspart», sagte er.

Siez atmete hörbar aus, als Ither sich wieder etwas entspannte. Er konnte es kaum erwarten, dass das hier endlich vorbei war. Er wollte wissen, wer Ither war und woran genau er sich erinnerte! Und vor allem, was dieses ganze Spiel zu bedeuten hatte. In seinem Kopf hatte er schon Hunderte von Varianten durchgespielt.

«Ich hoffe, es ist euch bewusst, welche Ehre es ist, bei dieser Zeremonie dabei sein zu dürfen ...» Die Stimme des Cardoc neben ihm war leise, aber schneidend. Und sie holte Siez jäh in eine andere Bewusstseinsebene zurück. Siez senkte ergeben den Kopf.

«Ja, das ist es. Und wir danken euch dafür.»

«Der Hohe Rat hätte nie erlaubt, dass ihr *Shekien* dabei seid ...» Shekien ... *Sequien?!* Das war ein Wort aus der alten Sprache! *Fremde?*

«Ihr seid nur hier, weil Ilithir darauf bestanden hat.»

*Ilithir?* Siez sah den Cardoc jetzt mit offenem Mund an. Doch der erwiderte den Blick nur kühl.

«Ilithir?», wiederholte Siez ungläubig. Die Mundwinkel des Cardoc zuckten amüsiert, so als wäre Siez der Letzte, der die Lösung eines ganz offensichtlichen Rätsels durchblickte. Siez war einen Augenblick lang wie gelähmt. Bis Ilandra plötzlich erschrocken aufkeuchte und nach seiner Hand griff. Siez sah gerade noch, wie Ither zusammensackte und Rabe ihn auffing. Das Phantom senkte langsam die Hände. Aber Liu lächelte. Und Siez war sich sicher, dass es keinen Grund zur Besorgnis gab. Auch Ilandra entspannte sich wieder, ließ Siez' Hand aber noch nicht los.

Siez sah den Cardoc neben sich wieder an.

«*Er* ist *Ilithir*?»

Der Cardoc öffnete den Mund, um etwas zu sagen, aber es war Tokah, der zuerst antwortete: «Es ist an der Zeit, dass ihr erfahrt, wer er ist.» Tokah sah sie nicht an. Seine Augen blieben aufmerksam auf das Geschehen vor ihm gerichtet, wo Rabe sich langsam auf den Boden kniete und Ither behutsam auf seine Beine bettete.

«Sein Name ist Ilithir Nedratheril dradeliel Sarcensess solivar Cardoc.»

Siez hatte doch richtig gehört!

«Aber das ist unmöglich», sagte er. Es war vollkommen unmöglich. Ilithir war bei den Übergriffen getötet worden. So stand es in den Chroniken. Wort für Wort!

«So, findest du?», sagte Tokah.

Siez' Herz schlug so heftig, dass er das Gefühl hatte, es würde ihm jeden Moment aus der Brust springen. Wenn die Cardoc das alles nur vorgetäuscht hatten, dann bedeutete das, dass die Chroniken fehlerhaft waren!

«Wusstest du davon?» Siez sah Ilandra an.

Sie schüttelte kaum merklich den Kopf. Allerdings wirkte sie auch nicht besonders erstaunt. In ihren Augen lag so etwas wie eine weit entfernte Erkenntnis.

Tokahs Stimme war ruhig und sanft, als er weitersprach: «Ither ist der Erbfolger der Linie der Panther, und er wird seine rechtmäßige Rolle einnehmen müssen.»

Siez' Knie zitterten. Sicherlich träumte er das alles nur. Für einen Augenblick versuchte er sich einzureden, er wäre wieder einmal über einem seiner Bücher eingeschlafen und die Nachtschatten verzerrten die Wirklichkeit zu ... Doch üblicherweise wurde er sich an diesem Punkt bewusst, dass er nur träumte – und dann wachte er auf. Nein, er war bereits wach. Er war wach. Und Ither war nicht nur *ein* Cardoc. Er war Berenhirs Sohn!

Siez hatte sich in den letzten Monaten ausgiebig mit den Aufzeichnungen und Riten der Cardoc befasst – nur für den Fall, dass er bei der Auswahl ausgewählt worden wäre. Und genau das verdrehte ihm jetzt den Magen. Ither war ein Geist. Und das klärte eine ganze Menge der Fragen, über denen er so lange gebrütet hatte.

Seit Berenhirs Tod wurden die Cardoc von Iestriel, Berenhirs Vater, angeführt, obwohl Iestriel längst zu alt sein müsste, um seinen Rang im Kampf zu verteidigen. Doch die anderen beiden Clanfamilien hatten ihn nie gestürzt. Siez hatte es nicht verstanden. Doch die Tatsache, dass Ilithir lebte, erklärte nun, warum. Ilithir war Berenhirs Erbe. Die Cardoc hatten *sein* Blutsrecht gewahrt. Nicht das Iestriels.

Siez sah wieder zu Ither hinüber.

Würde er kämpfen müssen, wenn er zurückkehrte? Würde er sich legitimieren müssen? Da waren plötzlich tausend andere Fragen, die in Siez' Kopf herumwirbelten.

«Und die Karte?»

Tokah lächelte ihn an. «Die Karte ist der einzige Grund für dieses ganze Spektakel. Alles diente allein ihrem Schutz.»

Wie wichtig konnte denn diese Karte sein?

«Aber es ist doch nur dieses alte Lied ...»

«Glaubst du das etwa immer noch?»

Nein, er glaubte es nicht mehr. Es war sein Verstand, der immer noch versuchte, es ihm einzureden. Siez schüttelte verstört den Kopf. Eiskalte Schauer liefen ihm über den Rücken. Der Gedanke, dass es Dinge gab, die die Sterblichen nicht kontrollieren konnten, erfüllte ihn mit nicht gerade wenig Unbehagen. Und dass er nicht wusste, was ihnen als Nächstes bevorstand, noch viel mehr.

«Was geschieht jetzt?»

«Wenn er aufwacht, werdet ihr ihn mit dem nötigen Respekt behandeln.»

Ilandra ließ Siez' Hand erst wieder los, als Ither aufwachte. Er stand geschmeidig auf und ließ den Blick über die Cardoc in seiner Nähe schweifen. Siez konnte in seinem Gesicht lesen, dass sie keine Fremden mehr für ihn waren. Doch bevor Ither etwas sagte, wandte er sich dem Geistheiler zu. Er sah ihm direkt ins Gesicht, den Kopf stolz erhoben und mit einer Miene, als wäre die weiße Augenbinde gar nicht da. Und als Ither zu sprechen begann, stockte Siez erneut der Atem. Er sprach leise, doch die Wortfetzen, die die Luft zu ihm herantrug, befremdeten Siez zutiefst. Ither sprach in einer anderen Sprache! Und wenn Siez sich nicht täuschte ... Er war sich nicht sicher, ob er seinen Ohren trauen konnte oder ob ihm sein Geist nur Streiche spielte.

Ither verbeugte sich tief vor dem Weißen. Und das Phantom senkte zur Antwort knapp den Kopf.

Als Ither sich zu Rabe umwandte, der jetzt neben ihm stand, sprach er etwas lauter:

«Fhar dhes thorien retrijar sarcensess?»

Das war unmöglich! War das die alte Sprache? Aber die Sprache der Hohen wurde seit Jahrhunderten nicht mehr gesprochen!

Doch Rabe antwortete in derselben: «Mekesthar sarvhen solahr, ki thera bhen shi thes.»

Siez blickte verstört zwischen den beiden hin und her. Tokah beobachtete ihn mit einiger Belustigung. Doch das drang kaum in Siez' Bewusstsein vor. Er war regelrecht gefesselt von dem, was er da gerade hörte.

Ither und Rabe sprachen fließend, obwohl nicht einmal die ältesten Chroniken die Aussprache der alten Worte überlieferten. Siez erkannte ein paar Fetzen, die den geschriebenen Worten ähnelten. Doch der Klang der Sprache war so seltsam fremd, so anders, als er ihn sich immer vorgestellt hatte, dass Siez nicht folgen konnte. Sie sprachen einfach zu schnell.

Und trotzdem hing er an ihren Lippen.

Siez hatte die alte Sprache studiert. In einer friedvollen Zeit, bevor er zu den Schatten gegangen war. Die alten Worte hatten ihn schon immer fasziniert. So wie die Geschichte der alten Häuser.

«Bhen shi faren des theri novah.»

Wie es aussah, hatten die Cardoc nie aufgehört, die alte Sprache zu sprechen.

Geistheiler Vendrin lächelte ihn an. Und Ither wusste, dass es geglückt war, als er um sich herum nur noch vertraute Gesichter sah. Diesmal war Ither wirklich aus seinem Traum erwacht. Nur dass sein Traum von den Schatten genauso real und ein Teil von ihm war wie sein Leben bei den Cardoc. Seine Sinne waren plötzlich auf eine ganz eigenartige Weise geschärft. Die Luft war durchdrungen von Tausenden leisen Gerüchen und Ither hörte Details in der Stille, die er noch nie zuvor gehört hatte. Es war, als wäre er aus einem trüben Gewässer aufgetaucht und als wären dies seine ersten Atemzüge nach einer viel zu langen Zeit.

Er verbeugte sich tief vor Vendrin.

«Habt Dank, Hohepriester.»

Der Geistheiler antwortete mit einem knappen Kopfnicken und einem wohlwollenden Gedanken. Ither richtete sich wieder auf. Er würde sicherlich noch eine Weile brauchen, um wirklich zu verstehen, was da gerade mit ihm geschehen war. Denn das Gefühl, das er erwartet hatte, blieb aus. Seit Liu ihm offenbart hatte, dass er seine Erinnerung zurückerhalten würde, hatte Ither sich diesen Moment als wilde Euphorie, als unbändigen Freudentaumel vorgestellt.

Doch so war es nicht. Da waren überhaupt keine wilden Gefühle. Nur dieses vollkommene Selbstverständnis. Als wären die Gedanken nie fort gewesen.

Er wandte sich Rabe zu, der jetzt neben ihm stand.

«Karte und Seher sind vereint.» Die Worte der alten Sprache kamen ihm so leicht über die Lippen wie früher. «Es ist an der Zeit, dass wir diesen Ort verlassen. Sind unsere Brüder bereit für meine Rückkehr?»

«Sie werden es sein, sobald du es bist.»

Ithers Mund verzog sich zu einem kriegerischen Grinsen.

«Zwanzig Nächte.»

Rabe erwiderte sein Grinsen.

«Das wird genügen.»

«Und? Kannst du dich erinnern?» Liu lächelte ihn freundlich an. Ither zögerte einen Moment, bevor er antwortete. Denn er wusste nicht, ob er sich reicher oder ärmer fühlte. Es waren nicht nur die guten Dinge, die zurückgekehrt waren. Jetzt erinnerte er sich auch wieder, dass er manche Dinge hatte vergessen *wollen*.

«Ja, ich erinnere mich an meine Leute, meine Feinde und an meine Aufgabe.»

Rabe sah ihn durchdringend an. Ither wusste, dass es mehr denn je darauf ankam, Stärke zu zeigen. Die Rudel der Cardoc würden Schwäche nicht akzeptieren.

«An jedes Detail?»

«Soweit ich das beurteilen kann.»

Aber Ither war sich nicht sicher, ob dem wirklich so war. Man hatte ihm schon damals vor dem ersten Ritual gesagt, dass man seine Erinnerungen möglicherweise nicht vollständig würde wiederherstellen können. In diesem Augenblick fühlte es sich nicht so an, als ob irgendetwas fehlte. Aber ob das wirklich so war, würde er wohl kaum herausfinden können. Es sei denn, es waren ganz offensichtliche Dinge, die ihm jemand spiegeln konnte ...

«Shotar?»

Tokah war zu ihnen herübergekommen und wollte sich gerade verbeugen.

«Nein. Nicht.» Ither hielt ihn zurück. Und auch Liu, der jetzt ebenfalls den Kopf gesenkt hatte, hielt inne. «Kommt gar nicht auf die Idee. Ich will nicht, dass ihr das tut.» Er wollte nicht, dass sie sich vor ihm verbeugten. Nicht nach allem, was sie für ihn getan hatten.

Tokahs Augen funkelten anerkennend, als er sich wieder aufrichtete. Er zog seinen Dolch und zeigte damit auf Ithers Handgelenk.

«Es ist so weit, Shotar.» Tokah nannte ihn bei seinem Titel. *Shotar – Der Bewahrer.* Dies war die Rolle, die ihm vorbestimmt war – und die es nun einzunehmen galt.

Ither streckte die Hand zu ihm aus und Tokah schob die edle Klinge unter die schwarzen Schandbänder, die ihn als Hauslosen gekennzeichnet hatten. Das Metall durchschnitt die Lederriemen mit atemloser Leichtigkeit.

Es war zwölf Jahre her, dass man sie ihm angelegt hatte.

Ither war als halbes Kind fortgegangen. Und nun war er alt genug, um als Krieger zu seinen Leuten zurückzukehren. Auch wenn er damals fest daran geglaubt hatte, er hätte seine Aufgabe nicht erfüllen können. Er war nicht bereit gewesen, seinen Platz im Clan einzunehmen. Vielleicht war er es jetzt. Denn er hatte sich verändert. Die Zeit bei den Schatten hatte ihn zu einem anderen gemacht. Vielleicht würde er seinen Platz jetzt einnehmen können. Aber viel wichtiger war, dass er seine Leute in die Stadt der Sterne führen würde. Ob er dazu bereit war oder nicht, es hatte längst begonnen.

«Willkommen zurück, Ilithir.»

Sein eigener Name klang immer noch so eigenartig fremd, aber Ither lächelte, als er die Stimme hinter sich hörte. Sie gehörte dem Cardoc, den er beim Training nicht erkannt hatte. Doch jetzt gab es für ihn keinen Zweifel mehr, wer er war. Ither drehte sich um und begrüßte Yen mit einem Handschlag und seinem vollen Namen.

«Yeniristar!»

Er war Ithers alter bester Freund und seine Augen leuchteten auf, als er sich sicher war, dass Ither nun wusste, wer er war.

«Illi!»

Sie zogen sich an die Schultern wie zwei Brüder, die sich viel zu lange nicht gesehen hatten. Nur einen Augenblick lang. Dann sah Yen ihn an.

«Ich habe all die Jahre gedacht, du wärst tot ... Und als ich dich dann gesehen habe ...»

Ither lächelte. «Ja, ich weiß ...»

Yen wirkte erleichtert.

«Wir haben viel zu bereden, Ilithir.»

«Das haben wir.»

Ither sah zu Ilandra und Siez hinüber. Yen folgte seinem Blick.

«Vertraust du ihnen?»

«Ja. Sie sind keine Gefahr.»

Ither sah Yen wieder an.

«Wir sprechen in Ruhe, wenn ich wieder zu Hause bin.»

«Ich nehme dich beim Wort.»

«Kannst du mir einen Gefallen tun?»

«Jeden.»

«Nenn mich Ither. Das ist jetzt mein neuer Name.»

Yen sah ihn einen Augenblick lang verwundert an, doch dann zuckte er nur die Schultern.

«Wie du willst, Ther.»

Als Ither fast bei ihnen war, kniete Siez nieder, wie die Schatten es vor dem Adel taten. Aber Ilandra rührte sich nicht. Sie fühlte sich wie ein hohler Stein, der bei der nächsten Bewegung in sich zusammenzubrechen drohte. Und sie fragte sich, warum sie Angst hatte, warum sie ausgerechnet davor Angst hatte, dass er nicht mehr dasselbe für sie empfinden könnte wie vorher. Sie hatte ihre Familie verlassen. Und sie hatte kaum etwas dabei gespürt. Außer vielleicht, dass sie ihren Bruder Thamar vermisste. Aber das hier machte ihr mehr Angst als der Umsturz ihrer ganzen Welt.

Dann war Ither bei ihnen. Er bedeutete Siez aufzustehen.

«Du bist mein Freund. Du musst das nicht tun.»

Siez stand zögernd auf und musterte Ither einen Augenblick. Ilandra sah es auch. Ither lächelte. Aber er sah nicht glücklich aus.

«Wie geht's dir?», fragte Siez.

«Gut. Es ist anders als erwartet. Aber gut.»

Siez sah aus, als genüge ihm diese Antwort nicht, aber er hakte nicht weiter nach.

Ither wandte sich Ilandra zu. Sie sah ihn verunsichert an.

«Sie haben gesagt, dass du vielleicht anders ...» Sie

versuchte, die Tränen wegzublinzeln.

«Das ändert nichts ...» Ither kam ihr ganz nahe und berührte ihre Stirn mit seiner. «Hörst du? Das ändert nichts ...»

Sie wusste, dass er spürte, wie sie zitterte.

«Sag mir, wer du bist ...»

Seine Hand fuhr sanft über ihren Nacken, bevor er sie losließ.

«Wir reden nachher, in Ordnung?»

Ilandra nickte stumm. Dann sah sie zu Siez hinüber, dessen Blick auf jemanden gerichtet war, der jetzt schräg hinter Ither stand.

«Waffenmeister.»

«Es ist Zeit für den Wachwechsel», sagte Tokah mit einer Stimme, die keinen weiteren Aufschub duldete.

Tokah reichte Ither beiläufig das schwarze Bündel und Ither setzte die Maske wieder auf. Er und Ilandra tauschten einen langen Blick, ehe Siez sie vorsichtig am Arm berührte.

«Komm, es wird Zeit.»

Ither wandte sich Tokah zu.

«Wir haben eine Menge zu besprechen.»

«Das haben wir.»

# 12

Ither schulterte seine Ausrüstung und machte sich auf den Weg zum Übungsplatz. Die Wiederherstellung seiner Erinnerung hatte alles verändert. Seit nunmehr sechzehn Tagen war sein Leben in der Garnison nur noch eine Rolle, die er spielte, um so wenig Aufmerksamkeit wie möglich zu erregen. Die Späher meldeten, dass die neuen Manöver der Raben gut funktionierten und die Gra Res Tar das Interesse an ihm weitgehend verloren hätten. Und dabei sollte es auch bleiben. Ither war bei jedem Training und bei den Appellen dabei und übernahm wie immer viele Wachen. Es ging nur noch um Tage. Bald würde er sein Zuhause wiedersehen ...

Als Ither den Übungsplatz betrat, bot sich ihm ein ungewöhnliches Bild.

Kesha und Mikah hielten Siez fest. Tokah stand vor ihm, einen Wassereimer in der Hand.

«Ich kann niemanden gebrauchen, der betrunken zur Wache erscheint!», knurrte er.

Tokah schüttete ihm das Wasser über den Kopf. Siez keuchte heftig. Das Wasser musste eiskalt sein.

«Ich werde nicht dulden, dass das noch einmal vorkommt, Schatten!» Tokah warf den Eimer scheppernd zur Seite. «Wir haben nicht nur die Stadt, sondern auch einen Ruf zu verteidigen.»

Dann war Ither bei ihnen. Tokah sah ihn nicht an. Aber Ither wusste, dass er ihn bemerkt hatte. Ither betrachtete Siez, der sich nur halbherzig gegen den Griff der Schatten wehrte und verzweifelt lachte. Er war triefend nass und tatsächlich sturzbetrunken.

«Ich übernehme das», sagte Ither.

Diesmal sah Tokah ihn an. Sie tauschten einen langen Blick. Schließlich nickte Tokah knapp. «Gut. Das erspart mir die Zeit, mich mit diesem Gesindel rumzuschlagen.»

Sein Einverständnis sorgte ganz offenbar für Erstaunen bei den beiden Schatten. Kesha blickte zweifelnd zwischen Ither und Tokah hin und her. Aber das war nur ein Funken mehr für das Gerücht, das sich längst verbreitet hatte. Sollten die anderen ruhig glauben, dass Ither ihr nächster Waffenmeister werden würde. Das machte die Dinge einfacher.

Ither sah Kesha an. Der junge Schatten hielt seinem Blick stand. Kesha war klug und ein sehr fähiger Kämpfer. Er würde es weit bringen bei den Schatten. In den letzten Monaten hatte er große Fortschritte gemacht. Auch wenn er immer noch zu forsch und unüberlegt war. Aber er hatte Talent. Und den nötigen Willen, einer der besten Kämpfer zu werden, den die Garnison bisher gesehen hatte. Wenn die Cardoc vorgehabt hätten, an diesem Ort zu bleiben, hätten sie ihn vielleicht sogar als geeigneten Shatahir in Betracht ziehen können. Aber es würde nicht mehr länger nötig sein, Hausfremde in den Clan aufzunehmen.

«Ihr könnt ihn loslassen.»

Kesha und Mikah folgten Ithers Anweisung, ohne zu zögern.

Siez trocknete sich mit dem Handtuch Gesicht und Haare ab und setzte sich auf sein Bett.

«Du kannst von Glück sagen, dass Tokah dich nicht rausgeworfen hat.»

Ither stellte die erkaltete Kohlepfanne in die Mitte

des Raums und legte ein paar Kohlen nach.

«Vergiss es. Ich hab nichts anzuzünden hier.»

Doch Ither reagierte nicht auf ihn, hielt stattdessen seine beiden Hände über die kalten Kohlen und kanalisierte die Hitze.

«Woah, Mann!» Siez sprang beinahe von seinem Bett herunter, als die Kohlen Feuer fingen und den Raum in ein heftig flackerndes Licht tauchten.

«Aber ich dachte, du bist nicht magisch?! ... Das hätte ... oh Mann!»

Ither nahm die Maske ab und grinste Siez schief an. Im Gegensatz zu den Gra Res Tar war er das auch nicht. Seine Zauber waren viel zu schwach, um sie im Kampf einzusetzen. Es reichte gerade, um ein Feuer anzuzünden.

«Bei deiner Weihe ...» Sie hatten seine Magie nicht festgestellt, wie sie auch von seinem Blut nichts erfahren hatten.

«Ja, ich weiß.»

«Das solltest du unbedingt Ilandra erzählen ...»

«Sie weiß es bereits.»

Siez sah immer noch aus, als hätte er einen Geist gesehen. Er fuhr sich zerstreut mit dem Handtuch über die Haare.

«Aber ... Aber ... Ich dachte, die Cardoc sind nicht magisch ...»

«Die wenigsten», bestätigte Ither. Es handelte sich dabei nämlich um nicht mehr als ein schwaches Überbleibsel einer alten Vermischung mit den Gra Res Tar.

«Aber jetzt genug von mir. Was ist los mit dir?»

Siez stand immer noch neben sich, aber das kalte Wasser und Lius kleines Wundermittel schienen die dicksten Nebel aus seinem Kopf vertrieben zu haben.

«Es ist wegen Tisha ...»

«Ist mit dem Kind alles in Ordnung?»

Siez nickte niedergeschlagen.
«Das ist es nicht ...»
«Sondern?»
«Sie will mich verlassen.»
«Was?»
Siez presste die Lippen aufeinander und sah Ither mit glasigem Blick an. Es dauerte einige Sekunden, bis er die Worte wiederfand. «Sie will das Heiratsangebot von diesem Whinn-Händler annehmen.» Er legte das nasse Handtuch neben sich. «Sie sagt, sie liebt mich. Aber sie braucht jemanden, der für sie und das Kind sorgen kann.»
Ither hörte Siez' Stimme brechen und sah den Schmerz in seinem Gesicht. Siez wich Ithers Blick aus und drehte den Kopf zur Seite.
Tishas Vater hatte nicht ohne Grund etwas gegen diese Liaison gehabt. Als Schatten verdienten sie keinen Sold. Sie waren nahezu besitzlos. Und im Grunde benötigten sie auch kein Geld. Sie hatten Ausrüstung, Unterkunft und Essen. Und das war alles, was ein Schatten ohne Verpflichtungen brauchte. Sie hatten allen Banden abgeschworen. Und sie hatten geschworen, außer mit der Gilde keine neuen Verpflichtungen einzugehen.
In Siez' Fall bedeutete dies, dass er weder mit Zeit noch mit Geld für seine Familie würde sorgen können.
«Sie hat recht, Ither.» Er blickte auf seine Hände. «Ich kann keine Familie durchbringen.»
Ither hatte oft erlebt, wie Siez seine Beziehungen beendete, wenn es zu heiß für ihn wurde. Aber es war das erste Mal, dass er selbst abserviert wurde. Und das erste Mal, dass ihm eine Trennung etwas ausmachte.
«Liebst du sie?»
Siez blickte auf. Seine Augen waren blutunterlaufen.
«Wenn ich es nicht täte, wäre alles viel einfacher ...»

Siez stand auf, um sich etwas Frisches anzuziehen. Ither lächelte kaum merklich. Während Siez seine Sachen zusammensuchte, gingt Ither zu der Wand hinüber, an der Siez seine Zeichnungen angebracht hatte. Er hatte diese Bilder schon unzählige Male betrachtet, doch er erkannte erst jetzt, dass es sich um Szenen aus den Chroniken handelte. Siez war ein begnadeter Zeichner.

«Wann wird Tisha mit dem Whinn-Händler sprechen?», fragte Ither. Mit dem seltenen Räucherwerk, mit dem die Whinn-Leute handelten, ließen sich sicherlich gute Erträge erzielen. Es lag auf der Hand, warum Tishas Vater seine Tochter zu einer solchen Entscheidung drängte.

Auf dem Tisch lagen abgenutzte Graphitstifte und weitere, noch nicht vollendete Zeichnungen. Ither schob ein unbenutztes Blatt zur Seite und entdeckte eine Zeichnung von einem Sternwanderer. Sie zeigte einen großgewachsenen Dunklen mit kurz geschorenem Haar und den typischen schräg stehenden Augen. Anders als bei den heutigen Dunklen und ihren silberweißen Augen waren Pupille und Iris in der detaillierten Zeichnung deutlich sichtbar. So wie man es den Sternwanderern nachsagte. Der Dunkle auf dem Bild trug einen beflaggten Speer und die eigentümliche weiße Kleidung, mit der die Sternwanderer auch in den alten Büchern dargestellt wurden. Siez schien sich intensiver damit auseinanderzusetzen als Ither geahnt hatte.

«Erst wenn ...» Siez Stimme klang gedämpft, als er sich sein Wams überzog. «Vielleicht in zwei Wochen. Ich weiß es nicht genau, wann sie sich mit ihm treffen will. Auf jeden Fall nicht vor dem Jahresfest.»

«Bis dahin kann noch eine Menge passieren.»

«Zum Beispiel?» Siez hörte sich an, als hätte er längst aufgegeben.

Ither drehte sich zu ihm um. Eigentlich hatte er vorgehabt, erst viel später mit ihm darüber zu sprechen. Aber er konnte die Dinge jetzt nicht so stehenlassen.

«Es gibt Möglichkeiten, die du jetzt noch nicht siehst.»

Siez schnallte seinen Gürtel zu.

«Du solltest dir überlegen, wie sehr du an dieser Stadt hängst.»

Siez' Augen weiteten sich.

«Die Oberfläche?! Wollen die Cardoc wirklich? Ich meine – Ihr wollt wirklich die Stadt verlassen?»

Ither nickte knapp. Das hier war nicht der richtige Ort, um solche Dinge zu besprechen.

«Dann ist es wirklich nicht nur ein Lied ... Glaubt ihr wirklich an diese Prophezeiung? Ich meine ...»

Ither sah ihn schweigend an. Er konnte sich vorstellen, wie schwer es für Siez sein musste, plötzlich an so etwas wie eine höhere Bestimmung zu glauben. Ither war das selbst nicht immer leicht gefallen. Und im Gegensatz zu Siez war er mit diesem Glauben aufgewachsen. Ither antwortete nicht. Doch Siez schien auch keine Antwort zu erwarten.

«Ich kann hier nicht weg», sagte er schließlich. «Ich bin den Schatten verpflichtet. Ich habe es geschworen.»

Genau wie Ither selbst. Doch das war offenbar nicht alles, was Siez dachte.

«Warst du selbst schon dort? Hast du den Himmel gesehen?»

«Ja.»

«Im Ernst?!»

«Ja, viele Male.»

«Wie ist die Oberfläche denn so?»

«Gefährlich und beängstigend.» Ither erinnerte sich noch gut, wie er selbst einmal diese Frage gestellt hatte. Und er beschloss, Siez das zu sagen, was man ihm damals gesagt hatte. «Die Sonne verbrennt dir die Augen. Sie verbrennt deine Haut. Kreaturen lauern im Tageslicht und du kannst sie nicht sehen, weil du blind bist von dem gleißenden Weiß.» Siez schluckte. Ither lächelte ihn an. «Und sie ist wunderschön. Die Nacht der Oberfläche ist das Schönste, was du dir vorstellen kannst. Vergiss alles, was du je gesehen hast. Es gibt keine Grenzen, keine Höhlenwände. Der Himmel ist unendlich groß ... und die Sterne ... das verstehst du erst, wenn du sie gesehen hast.»

Da war wieder dieses Funkeln in Siez' Augen.

«Das klingt unglaublich ... »

Aber da war noch etwas anderes. Siez blickte zu seinen Zeichnungen und dem halbfertigen Bild von Tisha hinüber. Es zeigte sie unten am Fluss. Sie trug ein langes, hauchzartes Kleid, das sich in das knöcheltiefe Wasser ergoss und mit ihm verschmolz, als bestünde es selbst aus Wasser. Hinter ihr deuteten schemenhafte Linien die Stellen an, an denen Siez die Wasserfälle einfügen würde.

«Ich weiß nicht, ob ich das hier zurücklassen kann ...»

# 13

Rabes silbrige Augen zuckten aufmerksam hin und her, während er den Kampf beobachtete.

«Ja, Mann!», rief Siez, der Ither weiter anfeuerte. «Zeig's ihnen! – Jaaa, das war der Hammer!»

Rabes Mundwinkel kräuselten sich zu so etwas wie einem Lächeln. Offenbar gefiel ihm, was er sah.

Ilandra konnte den Blick nicht von dem exotischen Haarschmuck abwenden, den er trug. Die tiefschwarzen Federn glänzten metallisch und veränderten ihre Tönung mit jeder noch so kleinen Bewegung. Sie hatte sie noch nie von so Nahem gesehen.

Rabe war deutlich älter als Ither, aber er verfügte über das gleiche dunkle Charisma. Er sah Ilandra an, als er ihren Blick bemerkte.

«Seherin?» Rabe fragte nicht nach dem Grund für ihre Blicke, aber das änderte nichts an der Tatsache, dass es Ilandra ein wenig peinlich war.

«Verzeiht mir ...» Sie hatte nicht unhöflich sein wollen. «Sind das *echte* Federn?»

Rabe sah sie lange mit diesem undurchdringlichen Blick an, ehe er antwortete: «Ja, jede einzelne.»

«Sie sind wunderschön ...»

«Woah! Ilandra, hast du das gesehen?!» Siez' Stimme holte sie wieder an Ort und Stelle zurück. «Was, bitte, war das denn?»

Ither hatte einen entscheidenden Treffer gelandet. Sein Gegner zog sich ein paar Schritte zurück, die eine Hand schützend an die Schläfe gehoben.

Als Ilandra wieder zu Rabe hinübersah, hatte er sich

erneut dem Geschehen zugewandt. Doch während Siez den Angriff nachahmte, löste Rabe ganz beiläufig eine der Federn aus seinem silberweißen Haar, den Blick weiter auf den Kampf gerichtet. Er reichte sie Ilandra, ohne sie anzusehen.

«An der Oberfläche wirst du viele davon finden ...»

Ilandra staunte über das geringe Gewicht, als sie die Feder entgegennahm.

«Ist es wirklich wahr, dass die Vögel bis hinauf zu den Wolken fliegen können?»

Es dauerte einen Augenblick, bis Rabe antwortete. Seine Mimik spiegelte den gerade besonders hitzigen Kampf wider. Er rümpfte die Nase, als Yen plötzlich heftig aufkeuchte. Dann entspannten sich seine Züge wieder.

«Bis zu den Wolken und sogar darüber hinaus.»

Wenn sie an die Oberfläche dachte, empfand Ilandra diese eigenartige Mischung aus Angst und einem unbestimmten, wohltuenden Gefühl, das sie immer noch nicht greifen konnte. Nach allem, was Ither ihr erzählt hatte, musste es wunderschön da oben sein. Schön und unbarmherzig.

Ilandra betrachtete die schimmernde Feder in ihren Händen. Sie strich mit den Fingerspitzen über den grauschwarzen Kiel und an der Außenkante entlang. Die Feder war stabil und doch flexibel und fühlte sich so unendlich seidig an. Anders als alles, was sie je in den Händen gehalten hatte. Ilandra ließ die Feder zwischen den Fingern ihrer Hand hindurchgleiten. Es lag etwas Sinnliches in dieser Berührung.

Dass Rabe sie dabei beobachtete, merkte Ilandra erst, als sie aufblickte. Ihre Blicke trafen sich. Und zu Ilandras Überraschung sah Rabe sie jetzt mit einem freundlichen Lächeln an.

Die Maske spannte sich eng um sein Gesicht,

schmiegte sich an Nasenrücken, Wangenknochen und Kinn wie eine zweite Haut. Doch sie behinderte ihn nicht mehr. Die Luft war nicht mehr leer, sondern satt und voll, so, wie sie sein sollte. Ithers Atemzüge waren tief und seine Angriffe schnell und kraftvoll wie nie. Er verpasste Yen einen weiteren Treffer, den dieser nicht abwehren konnte. Seine Reaktion kam einfach zu spät. Ither wirbelte herum und trat nach ihm. Yen sprang zurück.

Es war Ither, der diesen Kampf kontrollierte. Er hatte in den letzten Wochen enorme Fortschritte gemacht. Doch das Wichtigste war, dass er sich jetzt wieder an alles erinnerte, was seine Lehrmeister ihm beigebracht hatten.

Ither setzte ihm nach, griff sofort wieder an. Yen konnte die Angriffe nur mit Mühe abwehren. Doch dann erwischte Ither ihn mit einem Tritt in den Bauch. Yen stieß die Luft keuchend aus. Aber er war kein Anfänger, er war ein Kampfmeister der Cardoc. Also griff er nach Ithers Fußgelenk und fixierte ihn. Doch Ither ließ sich nicht einfangen. Er sprang hoch und verwandelte die Bewegung in eine kraftvolle Drehung. Yen musste seinen Fuß freigeben. Er sah den Angriff kommen und duckte sich weg. Aber er war zu langsam. Ithers zweiter Fuß erwischte ihn am Kopf. Yen ging zu Boden. Wie die beiden anderen vor ihm.

Ither hingegen landete geschmeidig auf seinen Füßen.

Yen rappelte sich wieder auf und grinste Ither mit blutigen Zähnen an. «Ther.» Er senkte anerkennend den Kopf. Ither erwiderte die Geste. Yen war verletzt. Aber Ither machte sich keine Sorgen um ihn. Es war nicht ihr erster Kampf, und er hatte auch nicht mit voller Kraft zugetreten. Er hatte natürlich darauf geachtet, ihm keine irreparablen Schäden zuzufügen.

Ither reichte Yen die Hand und half ihm auf die Beine. Er sah schrecklich aus. Sein blutender Mund war nur eine von unzähligen Blessuren.

Sie tauschten einen Handschlag.

«Du solltest zusehen, dass du zum Heiler kommst.»

«Kann's kaum erwarten.» Yen lispelte stark. «Und du sieh zu, dass du bald nach Hause kommst.»

Yens Augen zucken zu jemandem, der sich ihnen von der Seite genähert hatte.

«Er hat recht.» Es war Rabe. «Du bist so weit.»

Tokah nickte, bevor er sich umwandte und gemeinsam mit den drei Kampfmeistern den Hof verließ.

Rabe hatte ihnen gerade Instruktionen in der alten Sprache erteilt. Doch sosehr Siez sich auch bemüht hatte, er hatte kaum ein Wort davon verstanden. Er konnte sich immer noch nicht an den fremdartigen Klang der Vokabeln gewöhnen – was ihn aber nicht davon abhielt, es weiter zu versuchen.

Rabe wandte sich Ither zu. Sie tauschten ein paar Worte.

«Mahitha sher des.»

«Zha vhar.»

Siez verstand nichts davon. Aber obwohl die Maske seine Züge bedeckte, konnte Siez das Leuchten in Ithers Augen sehen. Das reichte, um zu verstehen, dass es sich um gute Nachrichten handelte. Offenbar war das Glück auf Ithers Seite. Und er hatte es sich verdient. Er war einer dieser auserwählten Kämpfer, denen der Ruhm und die Ehre eines schicksalhaften Weges gebührten ...

Siez hingegen stand vor Problemen, die nichts und niemand für ihn lösen konnte. Besonders er selbst nicht. Jetzt, wo die willkommene Ablenkung vorbei war, holten ihn die Gedanken wieder ein, kalt und lähmend, wie ein kriechendes Gift. Siez musste dabei zusehen, wie er Tisha an diesen schmierigen Whinn-Händler verlor. Und er konnte nichts dagegen tun. Rein gar nichts.

Siez' Blick glitt von Rabe zu Ither. Ither sagte immer, dass es einen Weg gäbe, aber wenn es ihn wirklich gab, dann sah Siez ihn nicht. Zumindest nicht realistisch. Siez wusste, dass Ither mit dem Weg die Oberfläche meinte. Vielleicht würde er sie ja sogar wirklich mitnehmen können: ihn, Tisha und das Kind. Aber sie würden Geächtete sein. Siez würde seinen Eid brechen, seinen Schwur verraten. Und wahrscheinlich würden ihn die Cardoc nicht einmal dulden. Sie waren nicht gerade bekannt dafür, freundschaftlich mit Hausfremden umzugehen. Und das war mit Sicherheit nicht die Art von Zukunft, die Siez sich für sein Kind vorstellte ...

Ither sah ihn lange an, mit diesem undurchdringlichen Blick, so als wüsste er genau, worüber Siez in diesem Moment nachdachte. Doch er sagte nichts.

Stattdessen wandte er sich wieder Rabe zu.

«Kann ich dich sehen, Rabe?» Er sprach jetzt in den Worten, die auch Ilandra und Siez verstanden. Ilandra zog verwundert die Brauen hoch. Und auch Siez war überrascht über die eigenartige Frage.

«Es ist in Ordnung.» Ithers Stimme war ruhig. «Sie werden es eh erfahren.»

Rabe sah zuerst Ilandra und dann Siez an. Schließlich nickte er.

«Aber nicht lange. Es ist zu dunkel hier.»

Die Höhle war so beleuchtet wie immer. Und es war keineswegs dunkel. Siez wollte gerade nachfragen, aber Rabe zog bereits sein Schwert und reichte es Ither. Dann ging er einfach fort.

Siez blickte ihm irritiert nach.

«Wohin geht er?», fragte Ilandra, an Ither gerichtet. «Was hat er vor?»

«Sieh nur hin ...»

Rabe drehte sich um und hielt einen Moment inne, bevor er plötzlich losspurtete. Als er fast bei ihnen war, sprang er in die Luft.

Siez blieb die Spucke weg. Ein Windstoß. Und ein Geräusch wie das Flattern von Bannern. Es ging so schnell, dass Siez nicht einmal sicher war, was er da gerade gesehen hatte. Auf einmal waren da gewaltige, schwarze Schwingen, scharfe Klauen und glänzendes Gefieder.

«*Was, bei den Geistern –?!*»

Rabe schraubte sich mit ein paar kräftigen Flügelschlägen hoch in die Luft.

Im Grunde sah er in dieser Gestalt einem wilden Raubvogel ähnlicher als seinem Namengeber. Und doch war er mit keinem anderen Wesen dieser Welt vergleichbar. Er war der einzige seiner Art. Und einer der drei Avatare.

Die Höhlendecke kam viel zu schnell näher. Es war so erdrückend wenig Platz hier. Es gab kaum Gelegenheit, Geschwindigkeit aufzunehmen. Und die Thermik war denkbar schlecht.

Rabe spannte die Schwungfedern auf und änderte die Flugrichtung. Er steuerte auf die Ventilationsöffnungen zu, und sein Flug wurde schneller und leichter, als die Winde unter seine Flügel griffen. Oh, wie sehr sehnte er sich nach den Stürmen der Oberfläche!

Rabe wendete hart am Wind, seine Flügelspitzen waren nur Zentimeter von den schroffen Felsen entfernt. Der tragende Wind riss ab und Rabe steuerte zurück.

Er war ein Wesen der Oberfläche. Er gehörte nicht

hierher. Es war zu dunkel hier in diesem steinernen Käfig. Auch wenn seine Augen in dieser Gestalt an sich um ein Vielfaches schärfer waren, so war er in der Dunkelheit der Höhle beinahe blind. Es waren mehr die Thermik und der Fluss der Luft, die ihm Aufschluss darüber gaben, wo genau er sich in der Höhle befand. Aber das reichte aus. Für den Moment.

Rabe legte die Flügel an und stürzte sich in die Tiefe. Der Boden raste auf ihn zu. Schnell und beinahe unaufhaltbar. Doch dann – im letzten Moment – spannte Rabe die Flügel und die Schwanzfedern weit auf und landete mit ein paar kräftigen, bremsenden Flügelschlägen direkt vor den dreien.

Siez hatte schützend den Unterarm vors Gesicht gehoben und Ilandra starrte ihn mit offenem Mund an. Doch Ither betrachtete ihn mit dem gleichen Stolz, den Rabe immer in den Augen seines Vaters gesehen hatte.

Rabe spürte den heißen Strom in seinem Rückgrat aufsteigen, als die Rückverwandlung begann. Die Hitze jagte durch seine Knochen, durch seine Muskulatur, breitete sich dann erst in seinen Innereien aus, bevor die eigentliche Metamorphose begann ...

# 14

Ither legte den Kopf schief, während er sich im Spiegel betrachtete. Das Licht des Feuers entblößte neue harte Linien in seinem Gesicht. Dort, wo die Maske seine Züge bedeckt hatte. Und nicht nur dort. Das zusätzliche Training hatte auch noch das letzte bisschen Fett an seinem Körper weggeschmolzen. Er war drahtiger als jemals zuvor, obwohl er an Muskelmasse noch zugelegt hatte. Die harten Züge verliehen seinem Gesicht etwas Raubtierhaftes, er wirkte älter ... Und auf eine eigenartige Weise gefiel ihm das sehr. Denn es spiegelte die Art und Weise wider, wie sich auch sein Innerstes verändert hatte. Er war nicht mehr der, der damals fortgegangen war – und auch nicht mehr der verantwortungslose Schatten, der er so lange zu sein geglaubt hatte.

Der Rat hatte veranlasst, dass die Cardoc über Ithers Verbleib informiert und auf seine Rückkehr vorbereitet wurden. Und während Shir sein kleines Theaterstück bei den Hauslosen spielte, hatte Tokah gleich mehrere Trupps von Schattenkriegern in die Tunnel geschickt, um die Aktivitäten der Sozoah auszukundschaften. Ither würde mit seinem Trupp beim nächsten Wachwechsel aufbrechen und sich frühzeitig absetzen. Tokah hatte ihn als Späher eingeteilt. Eine Mission, von der Ither nie zurückkehren würde. Die Cardoc würden für entsprechend glaubhafte Spuren sorgen ...

Ither sah sich selbst in die Augen. Er würde nach Hause gehen. Morgen würde er durch das Blutritual beweisen, wer er war. Und von diesem Moment an würde alles so sein, wie es immer hatte sein sollen. Nicht so, wie Ither sich die Dinge vorgestellt hatte – das hatte er schon vor vielen Jahren lernen müssen –, aber so, wie das Schicksal seinen Weg bestimmt hatte.

Tokah ging davon aus, dass die Cardoc ihr Kampfrecht fordern würden, wenn er zurückkehrte. Und Ither konnte es ihnen nicht verdenken. Er war lange fort gewesen. Und sie konnten eine Legitimation erwarten. Wenn sie kämpfen wollten, würde Ither ihnen beweisen, dass er ein würdiger Shotar war, so wie Berenhir es immer von ihm erwartet hatte.

«So, fertig ...», hauchte Shavheya Ither ins Ohr und legte die letzte Strähne in seinem Nacken zurecht. Ithers Blick traf den ihres Spiegelbildes. Sie war wunderschön und strahlte diese ungezwungene Wildheit aus, die sie schon immer an sich gehabt hatte. Sheya, wie Ither sie nannte, schmiegte sich eng an ihn und betrachtete einen Augenblick lang sein Gesicht.

«Ich bin zufrieden ... Du auch?»

«Ja. Es ist perfekt.»

Sie hatte Ithers langes, weißes Haar zu einem kunstvollen Flechtwerk verwoben, das sich eng an seinem Kopf entlangzog und in seinem Nacken in langen, geflochtenen Strähnen auslief.

«Fast wie früher, oder?» Sie strich mit ihren Händen über seine Brust und schenkte ihm diesen eindeutigen Blick. Ja, sie hatten viel Spaß miteinander gehabt, und häufig. Obwohl sie sehr jung gewesen waren. Ither empfand viel für sie. Und sie viel für ihn. Aber sie hatten sich nie geküsst. Und sie würden sich auch nie küssen. Denn sie waren Gespielen. Und das hatte bei den Cardoc weniger mit zärtlichen Gefühlen als mit der Befriedigung körperlicher Bedürfnisse zu tun.

Ither schenkte ihr ein unmissverständliches Grinsen, während sie den Kragen seines Hemdes schloss und dabei ihren eigenen Ausschnitt im Spiegel betrachtete. Ein sehr ansehnlicher Anblick.

«Dann lass mal sehen ...» Sheya ging ein paar Schritte zurück und betrachtete ihn eingehend.

Ither trug Gewänder, die so wertvoll waren, dass sie den kargen Wänden seines Garnisonsquartiers Lügen straften. Der edle Stoff fühlte sich gut an. Im Gegensatz zu den groben Stoffen der Schatten war das Gewebe seidig und kühl. Die Platinfäden, die den feingewirkten Stoff durchzogen, schimmerten im Schein der kleinen Feuerschale wie schwelende Glut.

Der Schneider reichte ihm das Wams. Ither zog es über und verknüpfte die Verschlüsse. Es war eine wirklich außergewöhnliche Arbeit. Obwohl das Wams aus dem gleichen Stoff gearbeitet worden war wie der Rest des Gewandes, wirkte es, als wäre es aus einem anderen Material. Der Schneider hatte verstärkte Bereiche eingearbeitet, die so kunstvoll übereinandergelegt waren, dass sie deutlich die Lamellen einer Sklerotin-Panzerung nachzeichneten.

Ither betrachtete sich einen Moment lang schweigend. Es verlieh dem Gewand etwas Respekteinflößendes, etwas Machtvolles.

«Das ist es.» Der Schneider verschränkte zufrieden die Arme vor der Brust. «Ein Gewand, das den Panthern und Berenhirs Blut würdig ist.»

«Ja ...», antwortete Ither schließlich. «Das ist es.» Es war eine Gewandung, die Ilithir würdig war. Und sie spiegelte genau das wider, was Ither immer hatte sein wollen, als er als Halbstarker zu seinem Vater aufgeblickt hatte. Doch jetzt war der Cardoc, der ihn da aus dem Spiegel anblickte, ein Fremder für ihn.

«Stimmt etwas nicht?»

«Nein, deine Arbeit ist tadellos.»

«Gut. Etwas anderes habe ich auch nicht erwartet.» Leyh verzog seinen schmalen Mund zu einem Grinsen. Ither grinste zurück. Der Schneider war ein Virtuose mit der Axt ebenso wie mit der Nadel.

«Also mir gefällt es ...» Sheya kam ihm erneut gefährlich nahe. Auf eine Art und Weise, dass Ither versucht war, sie gleich hier und jetzt zu nehmen. «Ich werde heute nicht mehr erwartet ...», flüsterte sie ihm zu.

Es klopfte an der Tür.

«Wir reden nachher.»

«Ich bin's.» Es war Siez. «Kann ich mit dir reden?»

Ither tauschte einen Blick mit dem Schneider. «Es ist wichtig», sagte er leise zu ihm.

Leyh nickte und begann sogleich seine Utensilien zusammenzupacken. «In Ordnung. Wir machen später weiter.»

«Komm rein», sagte Ither etwas lauter, sodass Siez es von draußen hören konnte.

Siez öffnete die Tür und kam langsam herein. Offenbar dauerte es einen Augenblick, bis er sich an das Licht gewöhnt hatte. Aber dann sah er Ither mit einem Blick an, als wäre es das Unvorstellbarste, ihn in diesen Gewändern zu sehen.

«Krass, Mann!»

Leyh ging wortlos an ihm vorbei und Siez senkte den Blick vor dem Cardoc. Shavheya allerdings sah er lange hinterher, und das nicht nur, um sicherzugehen, dass die beiden endlich außer Hörweite waren.

Dann wandte er sich grinsend Ither zu. Doch noch während er sich umdrehte, um die Tür zu schließen, verwandelte sich sein Feixen in ein verbittertes Lächeln. Er lehnte sich gegen die geschlossene Tür, den Kopf gesenkt wie so häufig in letzter Zeit.

«Was hat Tisha gesagt?», fragte Ither.

Siez sah langsam auf. Da war dieses schwache

Glitzern in seinen Augen und seine Lippen waren fest aufeinandergepresst. Er schüttelte den Kopf.

# 15

Ither stand vor dem riesigen Tor der großen Pagode, die über dem größten Hof des Cardoc-Anwesens aufragte wie ein gewaltiger Tempel. Der weitläufige Hof in seinem Rücken war zu allen Seiten hin von überdachten Gängen gesäumt. Eine Doppelreihe von Bannern hatte den Platz in zwei Hälften geteilt und Ither und seine sechs Begleiter direkt auf die breite Treppe vor der Hauptpagode geführt. Außer ihnen war niemand hier. Heute wurde auf dem großen Platz nicht trainiert.

Es war ganz still. Niemand sprach ein Wort. Ither schloss die Augen. Das hier war sein Moment. Es tat gut, wieder hier zu sein. Und er verspürte ein entferntes Wohlbefinden, obwohl ein anderer Teil in ihm in höchstem Maße angespannt war.

Es war alles noch genau so, wie er es in Erinnerung hatte. Ither roch die rußigen Feuer und den leicht säuerlichen Geruch der frischen Asche, die den Boden des Platzes bedeckte, als wäre er erst heute für neue Übungskämpfe vorbereitet worden. Ither hatte oft selbst dort unten gestanden und mit den anderen trainiert. In einem anderen Leben. Er lächelte. Dann öffnete er die Augen und hob den Blick.

Tokah reichte ihm Meteor, seine Waffe.

«Mahitha sher des.»

«Zha vhar.»

«Jhes diren.» Tokah wünschte ihm viel Erfolg. Dann schlug er dreimal mit der flachen Hand auf die große Tür.

«Jhes tar.»

Die riesigen Flügel schwangen auf, und Ither trat ohne zu zögern ein. Der Klang der Trommeln brandete ihm entgegen. Genau wie die Blicke der vielen hundert Cardoc, die nur auf seine Ankunft gewartet hatten. Sie wichen langsam zurück. Mit einer Mischung aus Neugierde und Respekt bildeten sie eine Schneise, die Ither direkt zum Kopf der gewaltigen Halle führte. Fackeln und Feuerschalen erhellten die riesigen, platinverzierten Säulen, die das weitentfernte Dach der Pagode trugen, und beleuchteten die mit Kriegsszenen bemalten Wände.

Ither ging nicht schnell, aber auch nicht langsam. Doch seine Anspannung wuchs mit jedem einzelnen Schritt. Denn er wusste, dass die Cardoc ihn jederzeit herausfordern konnten.

Er trug nun doch keine der edlen Gewandungen, die man ihm gebracht hatte, und sein Haar war auch nicht geflochten, wie es das Zeichen seiner Blutslinie war. Ither hatte entschieden, ihnen nicht vorzuspielen, was er nicht mehr war. Er war ein Cardoc. Nicht weniger. Aber auch nicht mehr. Und er war bereit zu kämpfen. Also trug er die Kampftracht der Cardoc. Ohne Schmuck und Rüstzeug. Genau wie die Cardoc sie bei der Auswahl getragen hatten. Seine schwarzen Hosen hoben sich kaum von der nackten Haut seines Oberkörpers ab. Seine Schultern waren mit struppigem, grauem Fell bedeckt. Und in der Hand trug er Meteor.

Tokah und die anderen Berater folgten Ither mit geringem Abstand. Die Tatsache, dass die Cardoc ihn nicht schon auf dem Weg hierher angegriffen hatten, war ein sehr gutes Zeichen. Tokah war sich sicher, dass sie Ither akzeptieren würden.

Als Ither am Ende der Halle angekommen war, blieb er stehen und senkte den Kopf vor Iestriel, der gerade in Gestalt des Panthers auf das flache Podest sprang. Die Bewegungen der schwarzen Raubkatze waren von geschmeidiger Eleganz und ihre Augen funkelten golden, als sie sich Ither zuwandte.

Tokah schloss zu Ither auf und positionierte rechts hinter ihm.

«Ilithir Nedratheril dradeliel Sarcensess solivar Cardoc», stellte er Ither so laut vor, dass alle es hören konnten. «Berenhirs Sohn ist zurückgekehrt.»

Ein Jubelschrei. Dann noch einer. Und die Panther stimmten ihren Kriegsruf an. Ither hob den Kopf vor Iestriel. Die Raubkatze hielt seinem Blick stand. Es war ebendieses Selbstbewusstsein, das Ither so stark machte. Tokah lächelte. Ither war seinem Vater so ähnlich – auch wenn er dessen Eleganz abgelegt hatte. Ither war wild und ungezähmt, wie die alte Prophezeiung es vorausgesagt hatte. Genau wie das, was noch vor ihnen lag.

Tokah blickte sich um und sah die Anerkennung in den Gesichtern der Cardoc. Ithers Auftreten war provokant. Aber offenbar gefiel den Cardoc, was sie sahen.

Als Tokah wieder nach vorn blickte, hatte Iestriel die Gestalt seines Avatars verlassen. Der Alte stand jetzt in seiner normalen Form vor Ither und betrachtete seinen Enkel mit stolzem Blick. Dann wandte er sich um und bedeutete den Wachen, die Türen hinter ihm zu öffnen. Ither schritt die drei Stufen zum Podest hinauf und folgte Iestriel in den großen Ratssaal.

Der riesige, runde Raum war immer noch genau so, wie Ither ihn in Erinnerung hatte. Das Zentrum war gesäumt von zahlreichen rund angelegten Rängen, die bis zu zweihundert Männern Platz boten. Es war ein Privileg der Offiziere, diesen Raum zu betreten, denn hier verkündete der Rat seine Entscheidungen.

Ither schritt in die Mitte des Raums und reichte dem Ritualmeister seine Waffe, während sich die Ränge zügig füllten. Nicht weit von ihnen entfernt stand ein verzierter, altarähnlicher Tisch, auf dem das Weihbecken aufgebaut worden war.

Iestriel und die anderen Ratsmitglieder hatten sich in der ersten Reihe niedergelassen. Tokah jedoch befand sich weiterhin an Ithers Seite und richtete feierliche Worte an die Cardoc. Ither hörte kaum zu. Er war in Alarmbereitschaft. Aber was auch immer Tokah sagte, er erntete zustimmende Rufe.

«Macht mal halblang!» Die bellende Stimme brachte die Menge jäh zum Schweigen. Tokah musste den Mann, dem sie gehörte, nicht erst vorstellen. Ither erkannte Wolf sofort. Er sah keinen Tag älter aus als an dem Tag, als er ihn zuletzt gesehen hatte. Seine Augen funkelten bösartig, während er aufstand und zu ihnen herüber kam. Sein weißes Haar war struppig und seine Kleidung abgenutzt. Und doch war Wolf einer der hochrangigsten Cardoc überhaupt. Er war der Anführer der Wölfe, und er konnte ihnen jetzt ganz schön in die Quere kommen.

Wolf schritt um sie herum wie ein Jäger, der sich an seine Beute anschleicht. «Bevor ihr euch so freut, dass Berenhirs Balg zurückgekehrt ist, sollten wir erst einmal herausfinden, ob seine Blutslinie überhaupt rein geblieben ist ...» Ein paar Wölfe ahmten Wolfsgeheul nach. «Ein Cardoc, der nicht bei den Cardoc lebt, ist es nicht wert, diesen Rang einzunehmen.»

Ein Raunen ging durch die Menge.

«Wolf ...» Tokahs Stimme war ruhig, aber Ither wusste, wie zornig er war.

Wolf blieb jetzt vor Ither stehen und blickte ihm in die Augen.

Es wurde ganz still im Saal, als auch Iestriel sich erhob.

«Du hast berechtigte Zweifel, Wolf.» Die Stimme des Alten war ebenfalls ruhig. Und emotionslos. «Würdest du uns dann die Ehre erweisen und sein Blut prüfen?»

Im ersten Augenblick war Ither irritiert. Denn das widersprach dem Protokoll. Aber dann glaubte er zu verstehen, was Iestriel damit bezweckte. Wolf in das Ritual einzubinden mochte die einzige Möglichkeit sein, ihn davon abzuhalten, jetzt noch mehr zu sagen. Auch Wolf schien das verstanden zu haben. Denn er bleckte die Zähne, bevor er antwortete: «Gern.»

Tokah verbeugte sich und trat zurück.

Ither reichte Wolf die Hand. Sie hielten Augenkontakt, als Wolf seinen Dolch zog. Ithers Instinkt sagte ihm, dass er seine Hand eigentlich wegziehen müsste, aber diese Blöße konnte und wollte er sich nicht geben. Wolf legte die scharfe Klinge an Ithers Handfläche und hielt inne.

«Mut!», bellte er, und die Cardoc stimmten ein.

*Mut.*

«Ehre.»

*Ehre.*

«Blut ...» Seine Stimme war jetzt ein tiefes Grollen.

*Blut.*

Wolf griff mit der freien Hand nach Ithers Handgelenk und zog die Klinge blitzschnell über seine Handfläche. Das Metall durchschnitt Ithers Fleisch wie Wasser. Er spürte, wie die Spannung in seiner Hand abrupt nachließ, als Wolf Muskeln und Sehnen durchtrennte. Der Schmerz kam mit einem Wimpernschlag Verzögerung, heiß, gewaltig, übermächtig. Ither verzog das Gesicht zu einem Fauchen und sah Wolf dabei fest in die Augen. Er unterdrückte den Schmerz – und jeden Laut. Wenn Wolf ihn hier vorführen wollte, so würde ihm das nicht gelingen.

«Denk an mich, wenn du deine Entscheidungen triffst, kleiner Panther.»

Wolf schob Ithers Hand über das Weihbecken. Das Blut quoll nur so aus dem klaffenden Schnitt und floss in Rinnsalen in das Becken. Die weiße Flüssigkeit darin färbte sich augenblicklich leuchtend rot. Und das Leuchten verstärkte sich mit jedem weiteren Tropfen Blut, bis es seinen maximalen Grad erreicht hatte.

Die Cardoc im Raum waren außer sich. Kriegsschreie donnerten über Ither hinweg, während er auf seine blutüberströmte Hand blickte.

«Sein Blut ist rein.» Wolfs Stimme grollte.

Sein und Ithers Blick trafen sich erneut. Es war nur ein winziger Moment, aber zu Ithers Überraschung entdeckte er einen Funken Wohlwollen in Wolfs harten Zügen. Dann wandte dieser sich um und legte seinen Dolch mit einer abfälligen Bewegung in die Hände des Ritualmeisters.

«Keine Einwände.»

Wolf zog sich zurück, ohne Ither noch einmal anzusehen. Ither indes blickte ihm nach, die weißen Augen zu schmalen Schlitzen verengt. Erst als er hinter sich ein Rascheln hörte, wandte er sich um. Es war Tokah, der sich neben ihm positionierte und ihm beiläufig seine Schärpe reichte.

«Danke.»

Ither nahm sie mit der Linken entgegen und wickelte den silberdurchwirkten Stoff um seine verletzte Hand. Der Schmerz war immer noch heftig, ließ aber etwas nach, als die Wundränder zusammengepresst wurden. Ither versuchte seine Fingerspitzen zu bewegen, doch sie rührten sich keinen Millimeter. Verdammt. Er würde damit bis nach der Weihe klarkommen müssen. Die Phantome würden die Funktionalität seiner Hand später wiederherstellen können. Insofern machte er sich wenig Sorgen um bleibende Schäden. Aber ...

Neben ihm wandte Tokah sich um. Ither hörte, wie hinter ihm die Ritualien weggetragen wurden. Doch er blickte nicht auf, sondern wickelte eine weitere Stoffbahn um seine Hand. Auch, als sich ein paar Schatten am Rand seines Sichtfeldes langsam in Bewegung setzten, schaute er nicht auf.

«Es ist so weit ...» Tokahs Stimme war leise.

«Ja, ich weiß», antwortete Ither, während er sich weiter mit seinem Verband beschäftigte. Er zog die Bandage so fest wie möglich, verdrängte den erneut aufflammenden Schmerz und befestigte den Stoff oberhalb seines Handgelenks. Das sollte ihm wenigstens etwas Halt geben.

Erst dann blickte er auf.

Drei Cardoc standen nur wenige Meter von ihm entfernt. Natürlich hatte Ither sie bereits aus den Augenwinkeln beobachtet. Bereit für die Konfrontation. Die drei hatten ihm Respekt erwiesen, indem sie auf ihn gewartet hatten. Dennoch forderten sie ihr Kampfrecht. Ihre Haltung war stolz, wie die von Raubtieren, die bereit waren, ihr Revier zu verteidigen. Jeder von ihnen vertrat einen der drei Clans. Panther, Raben und Wölfe.

Shir von den Raben breitete die Arme aus und hielt die anderen beiden zurück. Die markante Narbe unter seinem rechten Auge glänzte im Licht der Feuer, als er den Kopf Iestriel zuwandte und sich knapp vor dem Clanführer verbeugte.

«Ich will zuerst kämpfen. Ihm steht noch eine Revanche zu.»

Dann sah er Ither an und verzog die Mundwinkel zu einem schiefen Lächeln. Shir hatte bereits bei der Auswahl gegen Ither gekämpft. Seitdem hatte sich viel verändert. Das wussten sie beide. Und doch schienen Ehre und Respekt für Shir wichtiger zu sein als seine eigene Profilierung. Ither schätzte die Raben für diesen Wesenszug sehr. Er antwortete Shir mit einem anerkennenden Grinsen. Shir erwiderte es.

«Einverstanden», entgegnete Iestriel knapp.

Shir trat vor und neigte den Kopf vor Ither.

«Willkommen daheim, Ilithir. Die Raben sind froh, dass der Bewahrer zurückgekehrt ist.»

«Nenn mich Ither.» Er verneigte sich ebenfalls. Dann nahm er Kampfhaltung an. Und auch Shir kauerte sich nieder.

«Sar thiren vala thir Rarvhen», bestimmte der Kampfrichter in der alten Sprache. Es war an Shir, den Kampf zu beginnen.

Shir ließ ein paar Atemzüge verstreichen, ohne dass sich einer von ihnen bewegte. Ither hörte seinen eigenen Herzschlag immer lauter werden, während die Umgebung um ihn herum zu schemenhaften Schatten schmolz. Alles, was nicht wichtig war, verschwand aus seiner Wahrnehmung. Bis nur noch er und Shir da waren. Und die Silhouetten der anderen beiden Kämpfer, die am Rand bei den Rängen auf ihn warteten.

Dann griff Shir an. Urplötzlich und ohne jede Vorwarnung. Ither reagierte sofort und wehrte Shirs erste Attacke mit dem Unterarm ab. Den zweiten Fausthieb fing er mit der Linken. Normalerweise hätte er Shir jetzt einen Schlag mit der Rechten verpasst – ein nahezu sicherer Treffer –, aber das war mit der verletzten Hand nicht möglich. Also verdrehte er Shirs Arm und versuchte ihn aus dem Gleichgewicht zu bringen. Doch Shir war vorbereitet und wand sich aus seinem Griff. Sie tauschten ein paar Schläge.

Shirs Bewegungen waren schnell und impulsiv. Und er war im Vorteil, da er im Gegensatz zu seinem Kontrahenten beide Hände zum Angriff nutzen konnte. Shir griff erneut an, doch Ither wehrte seine Attacken mit Leichtigkeit ab. Er ließ Shir keine Gelegenheit, einen Treffer zu platzieren, und setzte ihn heftig unter Druck. Ither mochte einen Angriff weniger besitzen, aber das machte ihn nicht weniger gefährlich. Ein Schatten ließ sich nicht von Verletzungen abschrecken. Und ein Cardoc erst recht nicht.

Sie tauschten Schlag um Schlag. Es war ein hitziger Kampf, der von den Kriegsrufen der Offiziere begleitet wurde. Shir wich einem von Ithers Angriffen aus und trat nach seinem Gegner. Ither blockte den Tritt und platzierte einen heftigen Treffer. Shir stieß die Luft aus und zog sich für einen Augenblick zurück. Doch er ließ sich davon nicht beeindrucken, sondern griff sofort wieder an.

Ither wehrte den Schlag ab und attackierte ihn mit der Linken. Shir sprang zurück und entging nur um Haaresbreite einem weiteren Treffer. Doch das war genau das, womit Ither gerechnet hatte. Sein nächster Angriff war so perfekt, wie er für Shir unerwartet kam. Ither sprang in die Luft und drehte sich dabei um seine eigene Achse. Die kinetische Energie entlud sich in eine reißende Bewegung und sein gesprungener Tritt fand sein Ziel. Ithers Fuß prallte hart gegen Shirs Kiefer und riss seinen Kopf herum. Shir ging mit einem heftigen Ruck zu Boden.

Die Reaktionen der zusehenden Offiziere waren entsprechend heftig. Doch Ither nahm sie kaum wahr.

«Sar vhai!», mischte sich der Kampfrichter ein. *Sieg.*

Ithers Aufmerksamkeit galt immer noch Shir, der sich langsam wieder aufrappelte. Ither hatte nicht mit voller Kraft zugetreten, auch wenn er Shir schwer getroffen hatte. Aber das war nichts, was einen Cardoc aufhalten konnte. Die anderen beiden Kämpfer halfen Shir auf die Beine. Er fand seine Haltung wieder, lockerte seinen Nacken und wischte sich ein wenig frisches Blut aus dem Mundwinkel. Dann grinste er Ither mit roten Zähnen an. Und das nicht zum ersten Mal.

Ither nickte ihm zu.

Dann griffen sie zu dritt an.

Tokah hatte sich bis an den Rand der Sitzreihen zurückgezogen. Seine Augen zuckten aufmerksam über das Geschehen. Ither hatte sich tatsächlich auf einen Kampf mit allen drei Waffenmeistern eingelassen. Die Cardoc auf den Rängen tobten vor Begeisterung. Ithers Kaltschnäuzigkeit kam gut an. Allerdings pokerte er hoch. Wie viel zu oft.

Bei dem Kampf ging es heftig zur Sache. Ither fing sich den einen oder anderen Treffer ein, teilte aber selbst auch gehörig aus. Ihre Bewegungen waren teilweise so schnell, dass sogar Tokah Mühe hatte, alle Details zu verfolgen. Er legte die Hand auf den Dolch an seiner Hüfte. Bei ihrem letzten Kampf hatte Shir Ither dominiert. Doch jetzt war es Ither, der den Kampf dominierte.

Er erwischte den Panther mit der linken Handkante und rammte dem Wolf den rechten Ellenbogen in die Rippen. Shir hielt er mit einer Finte auf Abstand, während er erneut nach dem Panther trat. So gelang es ihm, die drei Gegner in Schach zu halten.

Tokah lächelte zufrieden. Er wusste wie alle in diesem Raum, dass es nur eine Frage der Zeit war, bis die drei ihn kräftemäßig aushungern würden. Doch möglicherweise legten sie es gar nicht darauf an.

Es kam Bewegung in die Ränge. Einige Cardoc erhoben sich.

Ither parierte drei weitere Attacken und brachte seine drei Gegner mit einem einzigen gedrehten Sprung wieder auf Abstand. Er kauerte sich nieder. Seine Augen zuckten kurz über die Ränge. Weitere Cardoc erhoben sich.

Dann griffen die drei erneut an. Diesmal beinahe zeitgleich. Aber Ither war bereit, wehrte sie ab. Und brachte sie erneut auf Abstand.

Um ihn herum standen plötzlich ein Dutzend weitere Kämpfer, die allerdings noch nicht in den Kampf eingriffen.

Ither wehrte die Angriffe der drei Kampfmeister weiter ab. Bis Shir plötzlich die Seite wechselte und gemeinsam mit Ither die beiden anderen angriff. Ither sah ihn einen Augenblick lang überrascht an. Doch Shirs Position wurde sofort von einem anderen Cardoc eingenommen. Immer mehr neue Gegner kamen hinzu. Und Ither verteidigte seine Position mit der Wildheit und der Kraft, die einem Panther gebührten, Shir an seiner Seite. Aber die Zahlen sprachen nicht für sie.

Doch schließlich wechselten auch die anderen beiden Kampfmeister die Seite. Zu viert formten sie einen Ring gegen die neuen Angreifer, deckten sich gegenseitig den Rücken und verteidigten sich gegen die hinzugekommenen Cardoc.

Mittlerweile war der ganze Saal auf den Beinen. Der Kampf verwandelte sich in ein Gemenge. So unübersichtlich, dass selbst Tokah keine Chance mehr hatte, den Überblick zu behalten. Beinahe alle Offiziere schlossen sich dem Kampf an. Es war, als wollte jeder von ihnen an der Prüfung des Bewahrers teilhaben.

Ither konnte die einzelnen Angriffe kaum noch auseinanderhalten. Es blieb keine Zeit mehr, über das nachzudenken, was er tat. Er reagierte einfach. Einzelheiten zu fokussieren war nicht möglich. Ither sah ihre Attacken nur aus den Augenwinkeln – ihre Bewegung und ihre Richtung –, das genügte. Er wehrte unzählige schwarze Hände ab. Doch die Cardoc, die jetzt neu hinzukamen, ließen sich nicht mehr auf ernste Kämpfe ein, sondern wechselten die Seite, sobald Ither ihren ersten Angriff abgewehrt hatte.

Und so wurde sein Gefolge immer größer und seine Gegner immer wurden weniger. Bis Ither schließlich den letzten Hieb abwehrte. Er griff nach dem Handgelenk des Gegners und ließ die Energie des Angriffs verpuffen. Dann lockerte Ither die Umklammerung. Der Cardoc grinste schelmisch und schlug mit der Linken ein.

«Du bist deines Vaters würdig, Ither von den Schatten.»

Ither erwiderte das Grinsen, brachte aber kein Wort heraus. Er war vollkommen außer Atem. Er hätte diesen Tanz kaum länger durchgehalten.

Ein anderer Cardoc neigte knapp den Kopf vor Ither.

«Shotar.»

Dann wurde es still im Saal. Auch Iestriel hatte sich nun erhoben. Niemand rührte sich. Bis Iestriel den Kopf vor Ither neigte.

«Willkommen in unseren Reihen, Bewahrer.»

Tokah senkte sein Haupt und kniete nieder wie alle Offiziere im Raum. Sogar die hochrangigsten unter ihnen ehrten Ither. Und das war mehr, als Tokah erwartet hatte. Sie akzeptierten Ither schon jetzt. Als Bewahrer der Karte und als Berenhirs rechtmäßiger Nachfolger.

Bis auf eine Ausnahme. Tokah hatte ihn die ganze Zeit über aus den Augenwinkeln beobachtet. Wolf hatte sich mit ein paar Männern auf die obersten Ränge zurückgezogen.

Ithers Blick traf den von Wolf, der das Geschehen abschätzig beobachtet hatte. Einen Augenblick lang stand Wolf einfach nur da. Dann drehte er sich um und verließ den Saal durch eine der oberen Türen. Ein paar Kämpfer seines Rudels folgten ihm.

Iestriel hob den Blick und Ither sah ihn jetzt wieder an.

«Vakashir thokenda res thorien dheliel Sarcensess.» Iestriels Augen funkelten anerkennend.

«Mara dhar shar vhail delidhiel Vakashir», antwortete Ither.

Dann standen auch die anderen Cardoc wieder auf.

Ither stieß den Kriegsruf der Cardoc aus. Die anderen stimmten ein. Ihre Antworten waren wie ein Feuersturm, der durch seinen Körper jagte. Er war zurückgekehrt. Er war wieder zu Hause!

Auch Tokah erwiderte Ithers Kriegsruf. Mit Ithers Weihe war auch er von seinen Pflichten bei den Schattenkriegern entbunden – obgleich er seine Rolle zur Sicherheit noch ein wenig länger spielen würde, bis ein geeigneter Nachfolger und ein guter Grund für sein Ausscheiden gefunden waren.

Doch vor allen Dingen war Tokah nun wieder Kommandant der Cardoc. Und in dieser Funktion würde er bald auch gebraucht werden. Die Rückkehr der Karte war nur der Anfang von allem.

Er blickte zu der Stelle hinauf, wo Wolf den Saal verlassen hatte. Er wurde das Gefühl nicht los, dass dies nicht der letzte Kampf gewesen war, den Ither führen musste, um seinen Rang zu verteidigen.

Doch dies war nicht der richtige Moment, um sich solchen Ahnungen zu widmen. Denn es gab noch mehr gute Nachrichten, von denen die Offiziere erfahren mussten.

Ithers Rechte ruhte bewegungslos an seiner Seite. Das Blut sickerte unter dem notdürftigen Verband hindurch und suchte sich seinen Weg über die Innenseiten seiner langen, schwarzen Finger, um schließlich in dicken Tropfen auf den edlen Steinboden zu platschen.

Die Offiziere hatten wieder Platz genommen, nachdem Tokah sie darauf hingewiesen hatte, dass es weitere ernst zu nehmende Neuigkeiten gab.

«Warum jetzt? Warum nicht früher?» fragte ein Offizier mit rauer Stimme.

Ither wandte sich um, um dem Fragenden in die Augen zu sehen. Es lag nicht die Spur von Misstrauen darin. Stattdessen senkte der Veteran sogar den Kopf vor ihm.

«Weil ich den Seher gefunden habe.»

Die weißen Augen des Cardoc weiteten sich.

«Was?»

«Wo ist er?», fragten andere ungläubig.

«Hier», antwortete Ither knapp. Sein Blick war kühl und emotionslos. Das Gemurmel schwoll jetzt zu einer Woge aus aufgeregtem Raunen an.

«Das ist unmöglich», sagte jemand.

«Ein Gra Res Tar in Haus Cardoc?»

Ither grinste raubtierhaft.

«Kein Gra Res Tar. Ein Schattenkrieger.»

«Was? Ein Schatten?»

«Aber die Prophezeiung sagt doch –», setzte eine junge Offizierin an.

Ither sah sie durchdringend an. «Dass der Seher den Gra Res Tar geboren wird? Genau. Aber nicht, dass er bei ihnen bleibt.»

Shir kühlte sich mit der flachen Seite seines Jagdmessers den Unterkiefer. Seine linke Gesichtshälfte war siedend heiß und das dumpfe Pochen in seinem Kiefer zog sich bis zur Schläfe hoch.

Er stand am Fuß der Ränge und beobachtete schweigend, wie das Unmögliche geschah. Sie hatten so lange darauf gewartet ... Hatten so lange ohne jeden Beweis ausgeharrt, dass sogar er – als Sohn der Raben, denen man besondere Geduld zusprach – begonnen hatte, daran zu zweifeln. Wenn Ither also wirklich die Wahrheit sprach ...

«Lasst sie herein.» Tokah bedeutete den Wachen die Türen zu öffnen.

*Sie?* Shirs Augen zuckten zu den großen Flügeltüren hinüber. Hatte er wirklich richtig gehört? Er ließ das Messer sinken, als die Schattenkriegerin den Raum betrat. Sie trug die Farben der Cardoc. Schwarz und Platin – statt Violett und Gold. Und sie bewegte sich mit dem Stolz und der Geschmeidigkeit einer Kämpferin. Shir hätte niemals vermutet, dass sie eine Magierin war. Er hätte nicht einmal vermutet, dass die Gra Res Tar in der Lage waren, solche Leuchtfeuer hervorzubringen. Shir war wie gefangen von ihrem Anblick.

«Woah ...», raunte Markah neben ihm.

«Für so einen Köder wäre ich auch ins Exil gegangen», antwortete sein Freund Vhanir auf der anderen Seite.

«Nicht nur ins Exil.»

«Da sagst du was.»

Shir verschränkte die Arme, während er die Dunkle aufmerksam beobachtete. Ganz im Gegensatz zu Vhanir und Markah, die offenbar lieber eigene Pläne mit ihr schmiedeten.

«Der würde ich gern mal *meine* Magie zeigen.» Vhanir machte eine unmissverständliche Geste.

«Ich hätte da einen besseren Vorschlag –»

«Ich glaube, das könnt ihr wohl vergessen», holte Shir die beiden in die Realität zurück.

«Was?»

«Seht hin.»

Sie folgten seinem Blick.

«Woah!» Vhanir nahm augenblicklich wieder Haltung an.

«Wie krass!»

Ither hatte die Dunkle zu sich herangezogen und küsste sie leidenschaftlich auf den Mund. Eine Gra Res Tar! Shir konnte die in ihm aufflammenden Gefühle im ersten Augenblick kaum unterdrücken. Erneut erhob sich ein Raunen im Saal. Ein Cardoc und eine Gra Res Tar – das war einfach unmöglich. Shirs Züge waren angespannt. Aber ... Was, wenn es einen Vorteil für sie bedeutete?

Ein paar Cardoc stießen jubelnde Kriegsschreie aus. Shir blieb nüchtern.

Ein Cardoc und ein Schatten ... Wenn es wirklich so war, wie Ither gesagt hatte, und sie den Verrätern abgeschworen hatte – dann veränderte das alles. Es veränderte ihre strategischen Möglichkeiten ganz erheblich. Denn es nahm die Gra Res Tar aus dem Spiel. Denn das, was sie von den Magiern gebraucht hatten, besaßen sie jetzt.

«Ich glaube, mit ihm legst du dich besser nicht an, Markah.» Vhanir stieß seinen Freund gegen die Schulter.

«Aber du, oder was?»

Die beiden stimmten jetzt auch in die Rufe ein, die sich plötzlich im gesamten Saal ausbreiteten.

Shir rang sich ein Lächeln ab, während er die Klinge wieder an sein Gesicht hob, um seine Verletzung zu kühlen. Wenn das bedeutete, dass Karte und Seher jetzt den Cardoc gehörten ... dann hatte Rabe nicht zu viel versprochen.

# 16

Ither strahlte Ilandra glücklich an, während er ihr von der Zeremonie berichtete. Ilandra und er hatten sich in seine Räume zurückgezogen. Die Flammen in den offenen Feuerstellen züngelten so hell, dass sie nicht direkt hineinsehen konnte. Ilandra vermochte sich immer noch nicht daran zu gewöhnen, dass die Cardoc natürliches Feuer anstelle der gedämpften magischen Flammen bevorzugten.

Ither sah gut aus, obwohl seine Blessuren kaum versorgt worden waren. Es war sein Wunsch gewesen. Wie er Ilandra erklärt hatte, wollte er noch eine Weile spüren können, was da vor wenigen Stunden geschehen war. Das war auch eine der Eigenheiten, die Ilandra nicht ganz nachvollziehen konnte. Für sie gab es keinen erdenklichen Grund, Schmerzen auch nur eine Sekunde länger auszuhalten als irgendwie nötig. Aber die Cardoc sahen das offenbar etwas anders.

Selbst die Schnittwunde an Ithers Hand war noch da. Das Phantom hatte die Tiefe des Schnittes deutlich reduziert und Sehnen und Muskeln geheilt, sodass Ither seine Finger wieder bewegen konnte. Aber die Wunde blutete immer noch so stark, dass der neue, weiße Verband an seiner Hand rot verfärbt war.

Ilandra schauderte, als Ither ihr erzählte, dass einzig Wolf und ein paar seiner Leute ihm den Respekt verweigert hatten. Sie hatten ihn nach der Verkündung noch einmal in Rabes Quartier angetroffen. Und Ilandra hatte beschlossen, Wolf nicht über den Weg zu trauen. Er ließ sie seine

Feindseligkeit deutlich spüren, und auch Ither gegenüber machte er einen gefährlichen Eindruck, wenngleich ihn ganz offensichtlich einige Regeln davon abhielten, deutlicher zu werden. Ilandra beunruhigte das sehr. Ither hingegen schien es kaum etwas auszumachen. Er war der Meinung, dass Wolfs Reaktion seine Position eher stärkte als schwächte. Es war nicht das erste Mal gewesen, dass Wolf sich von Clanentscheidungen abgekapselt hatte, und so würden die Cardoc es auch werten.

«Ich hoffe, du hast recht ...», sagte sie und kam Ither ganz nahe.

«Sie haben mich akzeptiert. Auf etwas anderes kommt es im Moment nicht an.»

Genau in dem Augenblick, als sie ihn küssen wollte, klopfte es an der Tür.

«Kommt rein.»

Ither hatte bereits darauf gewartet. Ilandra, die nichts davon gewusst hatte, sah ihn fragend an. Sie wandte sich um, als die Türen sich öffneten und drei Männer eintraten. Zwei Cardoc und Siez, der in der Mitte zwischen ihnen ging. Er sah nicht gut aus, wie fast immer in der letzten Zeit.

«Es war nicht leicht, ihn zu finden. Aber hier ist er», erklärte einer der beiden Cardoc.

«Das kann ich mir vorstellen.» Ither bedankte sich bei den beiden.

«Woah, heftig, Mann ...» Siez blickte sich erstaunt in dem weitläufigen Raum um. Er war nicht allzu prunkvoll ausgestattet, weil Ither sich einfach nicht mehr an den alten Luxus eines wohlhabenden Hauses gewöhnen wollte. Aber er war groß. Siez jedenfalls schien nicht darauf gefasst gewesen zu sein, was er sah. Er blinzelte, nachdem er zu lange in die Flammen geblickt hatte. Dann sah er Ither an.

«Ich habe von der Zeremonie gehört.» Er lächelte. Und es war ein echtes und ehrliches Lächeln, obwohl die Schatten unter seinen Augen eine andere Sprache sprachen. «Gratuliere, Mann!» Er kam zu Ither herüber und gab ihm einen kräftigen Handschlag.

«Oh, entschuldige! Was ist mit deiner Hand?»

«Keine Sorge, das ist halb so wild.» Im Vergleich zu dem Zustand, in dem sich seine Hand vorher befunden hatte, stimmte das sogar.

Die beiden Cardoc schlossen die Türen, blieben aber im Raum.

«Wie geht's dir?», fragte Ither.

Siez atmete hörbar aus, und das Lächeln verschwand langsam aus seinem Gesicht. Seine Haut wirkte gräulich und die tiefen Ringe unter seinen Augen erzählten von vielen sorgendurchwachten Nächten.

Doch Ither hatte vor, ihm zu helfen. Er hatte schon länger mit diesem Gedanken gespielt. Aber es war nicht früher möglich gewesen, ein derartiges Vorhaben umzusetzen. Er hatte warten müssen, bis die Cardoc seinen Rang bestätigt hatten.

Ither löste den Knoten seines Verbandes und begann ihn abzuwickeln. Ilandra sah ihn irritiert an, sagte aber kein Wort. Sie würde ohnehin gleich erfahren, worum es ging.

Als er den Verband fast vollständig abgewickelt hatte, verzog Siez das Gesicht, und Ither konnte ein Grinsen nicht unterdrücken. Dass ein Schattenkrieger mit seiner Erfahrung immer noch kein Blut sehen konnte, war Ither vollkommen unbegreiflich.

Ither ließ den Verband zu Boden fallen und zeigte Siez den klaffenden Schnitt. Ohne den Druck durch die Wicklung quoll das Blut jetzt wieder heftiger hervor.

«Oh, Mann!» Siez atmete zischend ein. «Du solltest echt zusehen, dass das versorgt wird.»

Ither wischte das Schmunzeln aus seinem Gesicht und sah Siez mit einem ernsten Ausdruck an.

«Gib mir deine Hand.»

Siez zögerte, sah sich nach den Cardoc hinter ihm um und musterte dann Ither, als versuchte er herauszufinden, was dieser vorhatte.

«Wenn du ein Freund bist, dann gibst du mir jetzt deine Hand.»

Siez legte den Kopf schief und reichte Ither seine Hand, die genauso schwielig war wie seine.

Ither langte mit der unversehrten Hand nach Siez' Handgelenk und zog mit der blutverschmierten seinen Dolch. Siez versuchte instinktiv, die Hand wegzuziehen, aber Ither hielt sie fest.

Er setzte die Klinge an Siez' Handfläche und drückte sie sanft in die schwarze Haut. Siez biss sich auf die Lippen, als die ersten Blutstropfen austraten. Erst dann zog Ither die Klinge in einer gleitenden Bewegung zur Seite und schlitzte Siez' Handfläche auf.

«Auah!» Siez zog seine Hand zurück, doch Ither hielt sie erneut fest.

«Was hast du vor?!», fragte Siez.

Ither glaubte nicht daran, dass Siez so ahnungslos war, wie er tat. Deshalb hatte er auch nicht vor, etwas zu erklären. Ilandra blickte zwischen den beiden hin und her, als Ither ihr den Dolch reichte.

«Halt einfach still.»

Ither sah Siez fest in die Augen. Dann presste er Siez' blutende Hand auf seine eigene. Siez starrte ihn einen Augenblick ungläubig an. Aber dann erwiderte er den Handschlag und legte seine freie Hand über Ithers.

«Nesteriden serafatu iridien Sarcensess ...
Res tirien Sarcensess se thorien desakha rehn ...
Melen tiries nox tariestierien dradestiriel ...»

Siez musste wieder einmal feststellen, dass seine

Kenntnisse der alten Sprache noch nicht ausreichten, um das zu verstehen, was Ither da gerade gesagt hatte. Aber er hoffte inständig, dass Ither das getan hatte, was er soeben in seiner jungenhaften Einfältigkeit gedacht hatte.

Siez schloss die Augen und versuchte das Brennen in seiner Hand zu ignorieren. Sein Herz schlug ihm bis zum Hals und seine Knie begannen zu zittern. *Bitte ...*

«Jes taren tarahl toriades Nikaden ivhiten Sarcensess.»

Das hatte Siez verstanden! Und das Lachen kam über sein Gesicht, noch während er die Augen geschlossen hielt. *Vereint mit Seele und Blut ...!* Er lachte und weinte gleichzeitig. Er konnte die Tränen einfach nicht unterdrücken. Es war, als würde jemand Wasser über ihn gießen und die ganze Last der letzten Wochen von ihm wegspülen.

Ither verstärkte seinen Griff, während er noch ein paar weitere Worte rezitierte. Und Siez versuchte seine Gefühle zu kontrollieren. Das, was Ither da tat, machte sie zu mehr als nur Freunden. Ither erhob ihn in einen neuen Stand. In einen Stand, der einer leiblichen Bruderschaft beinahe ebenbürtig war. Das würde alles verändern. Einfach alles! Siez fühlte sich wie schwerelos.

Als Ither das Ritual beendete, öffnete Siez die Augen. Ither sah ihn immer noch an. Aber da war jetzt ein Lächeln in seinem Gesicht.

«Willkommen in der Familie!» Ither neigte den Kopf vor ihm, ebenso wie die anderen beiden Cardoc, die den Ritus offenbar bezeugt hatten. «Du gehörst jetzt zu den Cardoc.»

Siez wollte etwas sagen, aber er brachte kein Wort heraus.

«Sag Tisha, dass sie sich nie wieder Gedanken um das Auskommen ihrer Familie machen muss. Als deine Gefährtin steht sie unter dem Schutz der Cardoc.»

«Danke ...» Siez bekam sich so langsam wieder in den Griff. «Unendlichen Dank, Mann.»

«Allerdings werdet ihr uns dafür an die Oberfläche begleiten müssen», sagte Ither.

# Teil 3
## „Wenn wir sterben ...“

# 1

Die Kampfschreie hallten über den großen Hof im Schatten der schwarzen Pagode. Man hörte die leisen Geräusche von zischenden Atemstößen und das Rascheln von Kleidung. Liu ließ den Blick über die rund zweihundert Kämpfer schweifen, während er langsam weiterging. Ihre Bewegungen waren synchron und ihre Gesichter ernst. Es gab keine Gegner. Es ging allein darum, tausendfach geübte Manöver zu perfektionieren. Sie waren wie eine Einheit, wie ein Meer, das sich in rhythmischen Angriffswellen über den Platz bewegte.

Liu verzog den Mund zu einem schwachen Lächeln, zwang seinen Blick aber dann wieder auf den überdachten Weg vor ihm. Er sollte sich nicht davon ablenken lassen. Und doch übte der Anblick der alten Kampfkünste immer noch diese unbestimmte Anziehung auf ihn aus. Liu kannte all diese Kampftechniken. Vor einigen Jahren hatte er selbst noch dort unten gestanden. Bis die Phantome über ihn entschieden hatten. Sie hatten ungewöhnlich spät entschieden. Doch jetzt war Liu Heiler. Und das Heilen war seine Profession. Liu hatte ihre Entscheidung nie bedauert. Es war der Weg, den er selbst gewählt hätte. Und doch lief immer wieder ein unterdrücktes Zucken durch seine Finger, wenn sein Körper unweigerlich auf die schroffen Befehle des Rudelführers reagierte. Manchmal glaubte Liu zu spüren, dass zwei Seelen in ihm existierten: die des Heilers und die des Kriegers. Zwei Wege, die unterschiedlicher nicht sein konnten – die nicht weniger vereinbar sein konnten.

Liu schob den Gedanken beiseite. Dies war nicht der richtige Zeitpunkt, um darüber nachzudenken. Sein Weg war ihm vorbestimmt. Denn er war einer der wenigen Cardoc, die über die Heilergabe verfügten. Und deshalb war er hier. Liu blickte zu der weißen Gestalt neben ihm. Gemeinsam mit seinem Mentor schritt er die überdachten Gänge entlang, die das Übungsgelände säumten. Sie befanden sich auf dem Weg zum Unterricht. Denn es war Zeit für eine weitere Lektion.

Vendrin ging noch ein paar Schritte weiter. Doch dann blieb er stehen und wandte sich zu Lius Überraschung selbst den Kämpfenden zu. Er führte Liu bis an das Geländer, das den leicht erhöht gelegenen Gang vom Hof trennte.

*Ein schöner Anblick, nicht wahr?*

Liu hob den Blick und betrachtete die Kämpfer erneut. Sie bewegten sich mit raubtierhafter Präzision, fokussierten ihre Kräfte ... nur, um sie im nächsten Angriff mit aller Gewalt wieder zu entladen. Das Fauchen der rhythmisch wiederkehrenden Kriegsschreie drang Liu bis ins Rückenmark.

*Ja, es ist schön. Aber es ist nicht mein Weg.*

Vendrin berührte Liu mit seinen freundlichen Gedanken. Und Liu war sich sicher, dass der Hohepriester seine Gefühle längst erspürt hatte.

*Es ist unser aller Weg.*

Die Antwort verblüffte Liu.

*Es ist der Weg der Cardoc.*

Liu ging nicht weiter darauf ein. Eigentlich hatte er gedacht, dass sie auf dem Weg zu den Heilerquartieren waren. Doch offensichtlich hatte er sich geirrt. Denn nur einen Augenblick später wandte sich der Offizier am Kopf des Übungsplatzes Vendrin zu und verneigte sich mit einem Kopfnicken.

Liu wechselte in die Astralsicht. Die Silhouetten der Kämpfer verwandelten sich in leuchtend blaue Lichtgestalten – die restliche Welt versank in den finsteren Schatten. Liu sah jetzt, wie die Astralgestalt seines Mentors dem Offizier den Kopf zuwandte, obwohl sein physischer Körper immer noch geradeaus blickte. Offensichtlich sprachen sie miteinander.

Schließlich wandte sich Vendrin wieder Liu zu.

*Es ist Zeit für deine zweite Einweihung.*

Endlich! Die erste hatte Liu mit Ithers Heilung erhalten. Die erste von sieben. Lius Herz begann schneller zu schlagen.

Vendrin, dem dies nicht entgangen war, sandte Liu einen wohlwollenden Gedanken zu. Liu fühlte sich plötzlich verstanden. Ob Vendrin damals selbst so empfunden hatte?

Der Offizier bellte einen harschen Befehl und die Cardoc unterbrachen ihre Übung. Ein zweiter Befehl folgte und Liu beobachtete, wie sich die strahlenden Gestalten in Zweiergruppen aufteilten.

«Kämpft!»

Sie griffen sofort an. Plötzlich gab es keine vorgegebenen Bewegungsabläufe mehr. Nur ebenbürtige Gegner, die sich knallharte Kämpfe lieferten. Ihre Bewegungen waren auf einmal so schnell, dass die blauen Schemen vor Lius innerem Auge zu verwischen begannen. Für einen Moment war er versucht, seine Augen zu öffnen, um besser sehen zu können. Doch sein Mentor hielt ihn davon ab, indem er sich erneut an ihn richtete. Lius Konzentration festigte sich.

*Du hast die Medizin der alten Welt länger studiert als alle anderen Novizen vor dir. Du weißt, dass unsere Körper und alle Dinge des Seins aus den kleinsten Teilchen des Lebens bestehen. Teilchen, die Moleküle,*

*Botenstoffe, Gewebe, Organe und alle Materie zu ihrer physischen Form verbinden ... Aber weißt du auch, was sie dazu bringt? Was das ist, was sie zusammenhält?*

Liu brauchte nicht lange darüber nachzudenken. Er kannte die Antwort bereits. Es war, als ob er sie schon immer gekannt hätte.

*Energie.*

*– So ist es. Es ist das, was wir den Äther nennen. Er ist überall. In uns und in allen Dingen. In jedem Wesen, in jedem Stein und in allem, was uns umgibt. Sieh nur ...*

Liu wandte den Blick ab von den leuchtenden Astralkörpern der Kämpfenden und betrachtete die Schwärze der Schatten. Es dauerte eine Weile. Aber dann sah er es auch. Wenn er ganz genau hinsah, konnte er etwas in der Schwärze erkennen. Er sah das schwache Schimmern in der Luft und das kaum sichtbare Leuchten der massiven Steinmauern. Und er verstand. Er verstand, dass er noch halb blind war in der astralen Welt ... Doch allmählich begann er zu sehen ...

*Gut so. Der Äther ist um uns herum und in allen Dingen*, wiederholte Vendrin. *Nimm ihn an. Du musst zulassen, dass er durch dich hindurchfließt.*

Liu blickte nach oben und sah das Leuchten über ihm immer heller werden, bis sich das Blau in ein blendendes, silbernes Licht verwandelte.

*Nimm es an.*

Der Kampflärm verschwand, als Lius physischer Körper tief einatmete und sein Innerstes sich für etwas öffnete, von dessen Existenz er nie etwas geahnt hatte. Das silberne Licht floss über ihn wie ein geisterhafter Wasserfall, strömte durch seinen Körper und erfüllte ihn mit der ursprünglichsten aller Energien. Für einen Augenblick vergaß Liu alles um sich herum. Er wollte nie wieder etwas anderes fühlen als dieses Licht, wollte nie wieder an einen anderen Ort.

Doch dann nahm das Leuchten langsam wieder ab, obwohl es nicht mehr ganz verschwand. Es war vielmehr so, als ob seine Umgebung wieder zu ihm zurückkehrte. Liu lenkte den Blick erneut zu den Kämpfenden, aber sein Geist blieb seltsam entrückt. Das, was er jetzt sah, war schon atemberaubend, doch die Emotion, die er dabei verspürte, war weit entfernt und kaum real.

Liu hatte die Astralgestalten noch nie so detailliert gesehen. Sie leuchteten intensiver als jemals zuvor, in Hunderten von Abstufungen. Die faserigen Nebel, die er zuvor immer gesehen hatte, hatten sich in überdeutliche Darstellungen bis in die feinsten Details verwandelt. Liu konnte plötzlich jeden einzelnen Muskel, jeden Knochen und jedes Gefäß mit einem flüchtigen Blick identifizieren. Und auch seine Umgebung hatte sich verändert. Es gab keine Schwärze mehr. Er sah einfach alles um sich herum. Den Hof, die Pagode, sogar die weit entfernte Höhlendecke. Alles in der blauschimmernden Welt der Astralsicht. Unbelebte Dinge leuchteten weniger stark als lebendige, aber auch sie waren auf einmal so deutlich zu erkennen wie in der echten Welt. Das, was er sah, war eine vollständige Kopie der Realität. Oder war es sogar mehr als das?

Liu blickte Vendrin an. Was, wenn das, was er mit seinen normalen Augen sehen konnte, nur ein Schatten dieser Welt war? Lius Blick glitt wieder zu den Kämpfenden. Er sah ihre Muskeln zucken, bevor sich ihre Körper in Bewegung setzten. Er sah ihre Treffer voraus und er wusste es bereits, wenn eine Reaktion zu spät kam.

Sein Mentor ließ ihm noch ein wenig Zeit. Doch schließlich spürte Liu wieder die sanfte Berührung seiner Gedanken.

*Sieh zu.*

Als einer der Kämpfer in ihrer Nähe einen Treffer kassierte, begann der Äther um ihn herum zu wirbeln wie ein Strudel aus feinstem Licht. Die Strömung verdichtete sich über dem verletzten Arm und die Wunde war beinahe augenblicklich verschwunden. Vendrin nahm den Äther aus der Umgebung, ohne sich der Selbstheilungskräfte des verletzten Körpers bedienen zu müssen. Liu verspürte entfernt sein eigenes Erstaunen. Vendrin wandte ihm den blauschimmernden Kopf zu.

*Nutze das Wissen der alten Heilkünste, um die Energie zu lenken. Aber versuche nicht, sie zu kontrollieren. Lass dich vom Äther leiten.*

Liu kannte das Handwerkszeug. Er hatte die Heilkunde viel intensiver studiert, als man es von ihm erwartet hatte. Denn er hatte mehr lernen wollen als nur das geschriebene Wort. Und das hatte ihn zu einem der routiniertesten Heiler gemacht, die Camousharra je gesehen hatte. Zu einem, der sich nicht nur auf alte Rezepte, Pasten und Tinkturen, sondern auch auf seine Hände verließ. Fernab von den Lehren der Geistheiler hatte er eine Profession erreicht, die der der alten Meister schon sehr nahe kam. Doch jetzt tauchte er in eine neue Welt ein. Und seltsamerweise fühlte sie sich nicht fremd, sondern vertraut an.

Liu wartete, bis der nächste Kämpfer einen ernsthaften Treffer kassierte. Der Äther wirbelte auf.

*Gut so.*

Ither legte die Hände auf den Handlauf der Terrasse und ließ den Blick über die Steingärten schweifen. Er fühlte sich ausgelaugt – erschöpft vom stundenlangen

Reden.

Der Rat machte gerade eine kurze Pause und Ither versuchte den Kopf frei zu kriegen. Doch seine Gedanken kreisten immer wieder um die Dinge, die sie gerade besprochen hatten. Die Vorbereitungen waren beinahe abgeschlossen. Es ging nur noch um Details. Sie hatten sich für einen kleinen Spähtrupp entschieden, der möglichst unbemerkt in den Bau der Sozoah vordringen und den Standort des Schlüssels bestimmen sollte. Sie hatten fast alles, was sie für ihren Weg unter die Sterne benötigten. Was ihnen fehlte, war das Artefakt, das die Prophezeiung *den Schlüssel zur verlorenen Stadt* nannte. Ein Artefakt, das die Cardoc und die Gra Res Tar vor langer Zeit den Sozoah übergeben hatten. Zu seinem Schutz und zur Wahrung der Neutralität.

Ither blickte zur Höhlendecke hinauf, die weit entfernt schimmerte. Die Sozoah verehrten dieses Artefakt, weil es angeblich vom Himmel gefallen war. Die Cardoc vermuteten daher, dass es sich in einem der drei gewaltigen Krater befand, die die Oberfläche in der Nähe der Schwarmbauten durchzogen. Die Kundschafter vom Außenposten hatten einen davon bereits ausschließen können. Die anderen beiden konnten sie momentan nicht erreichen, ohne die Aufmerksamkeit der Sozoah zu provozieren. Aber immerhin schränkte das die Optionen ein.

Die Späher hatten außerdem berichtet, dass die Tunnel, die abseits der Bauten an die Oberfläche führten, für die Evakuierung der Nicht-Kämpfer geeignet seien. Das erleichterte einiges. Denn so beschränkte sich die Aufgabe von Ithers Trupp darauf, den genauen Standort des Schlüssels zu identifizieren – und einen Weg dorthin zu finden, den sie mit einem Schlachtzug passieren konnten.

Ither blickte auf seine Hände.

Er hoffte nur, dass das gutging. Seine Leute verließen sich auf ihn. Die Cardoc hatten schon vor mehr als drei Generationen einen Außenposten in den Wäldern eingerichtet und alles für die große Evakuierung vorbereitet. Die Cardoc, die dort lebten, kannten sich bestens aus mit den unwirtlichen Bedingungen der Oberfläche. Sie kannten die Zyklen der Monde und der Sonne, wussten, wie man jagte und welche Pflanzen genießbar waren. Sie würden ihre Lehrer sein, wenn Ither die übrigen Cardoc unter die Sterne und auf ihre lange Reise führen würde. Sofern er den Schlüssel fand. Und die Zeit drängte. Sie durften nicht so lange warten, bis die Gra Res Tar Wind davon bekamen.

Ither blickte auf, als er ein Geräusch hinter sich hörte. Wolf war zu ihm herausgekommen und betrachtete ihn mit kühlem Blick.

«Wie viele willst du mitnehmen?»

«Vier für jeden der drei Trupps.»

«Vier Krieger klingt gut.»

«Ich dachte eher an drei Kämpfer und einen Heiler.»

Wolf schnaubte verächtlich. «Für einen Spähtrupp?» Er stellte sich neben Ither, den Blick auf eine Gruppe filigraner Steinskulpturen gerichtet. In den letzten Tagen hatte sich Wolf ihm gegenüber deutlich sachlicher verhalten als zuvor. «Ich halte es nicht für klug, ein Phantom für diese Aufgabe zu gefährden.»

Ither war diesem Gedanken auch schon gefolgt. Wenn es wirklich zu einer größeren Konfrontation mit den Sozoah kommen sollte, würden sie jeden einzelnen der Geistheiler dringend brauchen.

Wolf sah Ither wieder an. «Die Cardoc brauchen einen starken Anführer. Du solltest ihnen keine Schwäche zeigen, wenn du dir ihren Respekt verdienen willst.»

Wolf sah Ither lange durchdringend an, doch er hielt

seinem Blick stand. Schließlich wandte Wolf sich um und ging ohne ein weiteres Wort wieder in das Ratszimmer hinein. Ither folgte ihm ein paar Minuten später.

Rabe schritt um den großen Tisch herum. «Was die Gruppenstärke angeht, sind wir uns also einig.» Er setzte sich.

«Willst du nicht doch ein paar Kämpfer mehr mitnehmen?» Iestriels Stimme war ruhig, doch Ither hatte den leisen Anflug von Besorgnis in seiner Stimme nicht überhört. Und für einen winzigen Moment glaubte er zu verstehen, was Wolf vorhin gemeint hatte.

Er schüttelte den Kopf. «Nein, ich bin mit Rabe einer Meinung. Wir wissen nicht, was uns in den Tunneln erwartet, also müssen wir so beweglich und flexibel sein wie möglich.»

«Der Außenposten berichtet von einer erhöhten Mobilität der Sozoah. Es wäre vielleicht sicherer ...»

«Es geht nur darum, die Wege auszukundschaften», sagte Wolf. «Nicht darum, eine Konfrontation zu riskieren.»

«Wenn alles nach Plan verläuft, werden sämtliche Trupps in weniger als zwanzig Stunden wieder zurück sein.»

«In Ordnung.» Iestriel konnte sich offenbar immer noch nicht damit anfreunden, dass Ither einen der drei Trupps persönlich anführen wollte. Aber Ither hatte nicht vor, seine Leute die Drecksarbeit für ihn machen zu lassen. Irgendetwas zog ihn in die Tunnel. Und er hatte in den letzten Wochen gelernt, sich auf seine Gefühle zu verlassen. Auch wenn er sie immer noch mit niemandem teilte.

«Also vier Mann?»

«Drei.»

Rabe sah Ither an, als ob er wiedersprechen wollte, hörte aber weiter zu.

«Die Offiziere sollen ihre Leute selbst auswählen.»

«Und wen wählst du?»

«Ich brauche Ilandra.»

«Das ist zu risikoreich! Wir können nicht Seher und Karte in die Tunnel schicken.»

«Nein, wartet ...» Rabe bedeutete ihnen, Ither weiter zuzuhören. «Er hat recht, die alten Schriften sind hier nicht eindeutig. Fahr fort.»

«Wir erwarten, dass die Sozoah den Schrein bewachen. Aber was ist, wenn wir ihn aufspüren können, ohne dass die Sozoah etwas davon bemerken?»

Iestriel blickte in die Flammen. Offenbar hatte er diese Möglichkeit noch nicht bedacht.

«Ich brauche Ilandra, um den Schrein zu öffnen.»

Iestriel sah Ither wieder an. «Das ist zu risikoreich.»

«Sie ist eine Schattenkriegerin.»

«Ja, ein Welpe.» Wolf grinste hämisch.

«Ich würde mir keine Gedanken um ihr Schwert machen, Wolf», sagte Rabe. «Es ist ihre Magie, die wir nicht unterschätzen sollten. Und die Sozoah fürchten Feuer. Das könnte sehr nützlich sein. Ich wäre einverstanden.»

Iestriel sah Rabe an.

«Ich werde sie mitnehmen», sagte Ither mit einer Stimme, die keine Widerrede duldete. «Sie und einen erfahrenen Kämpfer.»

«An wen hast du gedacht?», fragte Rabe.

Siez war zwar nicht der erfahrenste Kämpfer, aber einer, mit dem Ither perfekt eingespielt war.

«Siez.»

«Was?!» Wolf spuckte das Wort förmlich aus. Rabe hingegen betrachtete Ither einen Augenblick lang mit durchdringendem Blick.

«Ich weiß, was du vorhast. Und das ist unter Umständen ein kluger Zug.» Rabe antwortete Wolfs zweifelndem Blick. «Der Schatten wird die Reputation gut gebrauchen können, wenn unsere Brüder ihn in unseren Reihen akzeptieren sollen.»

Iestriel blickte auf seine Hände. «Also Ilandra, Siez und du.»

«Was ist mit dem Heiler?», fragte Rabe.

«Die Zeit drängt», antwortete Wolf. «Ein Phantom würde sie doch nur aufhalten. Das Gelände ist zu unwägbar.»

«Ja ...» Auch wenn Ither es nur ungern tat, aber er musste Wolf zustimmen. Die Phantome waren motorisch viel zu sehr eingeschränkt. Sie waren ausgemergelt und schwach, weil sie ihren physischen Körper auf dem absolut überlebensnotwendigen Minimum hielten. Ihre Körper waren nicht mehr als lebendige Gefäße für den mächtigen Geist. Sie würden unmöglich mit trainierten Spähern mithalten können. Aus diesem Grund gab es auch keine Geistheiler auf dem Außenposten. Ither war früher oft mit den Spähtrupps unterwegs gewesen. Aus gutem Grund hatten sie in den Tunneln immer auf die Heiler verzichtet. «Wir werden die Hauptwege meiden müssen, um den Sozoah ausweichen zu können. Es könnte Passagen geben, wo wir um das Klettern nicht herumkommen.»

«Ich dachte auch nicht unbedingt an ein Phantom. Was ist mit Liu?», wollte Rabe wissen.

«Wir werden bald jeden gut ausgebildeten Heiler brauchen», sagte Wolf. «Er ist einer unserer stärksten Novizen. Ich will nicht, dass er seine Ausbildung unterbricht.»

«Dann einen der Lehrlinge», schlug Iestriel vor.

«Nein, das kommt nicht infrage», antwortete Ither mit einer Bestimmtheit, die der seines Vaters nahekam. Iestriel blickte auf. Und da war auch etwas in Wolfs Blick. Nur Rabe betrachtete Ither mit der gleichen Ruhe wie immer.

«Schattenkrieger verfügen selbst über eine grundlegende Ausbildung in der Heilkunde. Dafür nehme ich keinen Halbstarken mit in die Tunnel.»

Rabe legte den Kopf schief. «Was die Schlacht betrifft, bin ich ganz bei dir. Aber ...»

Wolf schnitt ihm das Wort ab. «Wir verlieren nur unnötig Zeit. Eine Konfrontation ist möglich, aber nicht geplant. Uns allen sollte klar sein, dass nichts von dem, was wir hier heute besprochen haben, ohne Risiko umzusetzen ist. Es ist Zeit, endlich zu handeln. Wir können nicht warten, bis etwas zu den Gra Res Tar durchsickert, denn dann haben wir ganz andere Probleme.»

«Wir werden bei Anbruch der Oberflächennacht aufbrechen», sagte Ither.

«Also ist es entschieden?», fragte Iestriel.

«Ja.»

# 2

Die Luft war kühl und es war still in dem Hof hinter den Heilerpagoden, die wie mächtige, aber stumme Statuen über den mit Bachläufen durchzogenen Steingärten thronten. Liu schritt an der Seite seines Mentors die überdachten Gänge entlang. Er trug nun die Robe der Novizen, die Kapuze tief ins Gesicht gezogen, sodass er aussah wie der schwarze Zwilling des Phantoms – nur dass er noch keine Augenbinde trug. Im Gegensatz zu den Phantomen war Liu noch auf seine physischen Augen angewiesen, wenngleich seine Ausbildung schon recht weit vorangeschritten war.

Irgendwann würde er sein Gelübde ablegen, das ihn dazu bestimmte, nie wieder physisch zu sprechen und nie wieder physisch zu sehen. Es war eine Art Abschied von dieser Welt. Und Liu erschauderte jedes Mal, wenn er daran dachte. Denn er wusste nicht, ob er dazu bereit war. So intuitiv die Astralheilung für ihn war, so fremd fühlte es sich an, auf sein Augenlicht und seine bisherige Identität verzichten zu müssen.

*Sorge dich nicht deswegen.* Die Stimme in seinem Kopf war milde. *Du wirst es nicht vermissen. Denn du wirst nicht blind sein und nicht stumm. Es wird dich nur nicht mehr jeder hören können.*

Liu zwang seine aufgewühlten Gefühle zur Ruhe. Er war mit der Gabe der Heiler gesegnet, also war es seine Bestimmung, diesen Weg zu gehen. Manchmal musste man seiner Angst eben in die Augen sehen. Auch wenn Liu sich lieber einem rituellen Kampf gestellt hätte, als dieser Welt hier abzuschwören. Es gab noch so vieles, was er erkunden und entdecken wollte. So vieles, was er mit seinen eigenen Augen sehen wollte ... Und doch war das, was gerade mit ihm geschah, alles, was er je hatte sein wollen. Er war ein Heiler und dazu einer der wenigen, die den Äther spüren konnten.

Und Liu lernte schnell. Sein Studium der alten Lehren erleichterte ihm vieles und Dinge, die er bisher nur gewusst, aber nie richtig verstanden hatte, ergaben nun endlich einen Sinn. Die Schriften berichteten von Zeiten, in denen die Vorfahren über komplexeste Maschinen verfügten, mit denen sie die gefährlichsten Leiden hatten heilen können. Sie berichteten von Zellen und kleinsten Teilchen, die die Vorgänge in den lebendigen Körpern erheblich beeinflussten.

Meister Vendrin hatte ihn das studieren lassen, was die Schriften *den Stoffwechsel* nannten. Und Liu konnte das alles nun *sehen*, wenn er in die Astralsicht wechselte. Der Äther war für ihn nun so feinstofflich, dass er direkt in die Körperfunktionen eingreifen und sogar Schmerzen betäuben konnte. Fähigkeiten, die er womöglich schon bald brauchen würde. Liu wusste, dass die Phantome ihre Schüler auf mehr vorbereiteten als nur die Grundversorgung des Clans. Und noch war Liu nicht blind. Es war für ihn kein Geheimnis, dass die Offiziere dabei waren, das Heer zu mobilisieren.

Vendrin überließ Liu seinen Gedanken, während sie weitergingen. Doch dann erregte etwas Lius Aufmerksamkeit. Er hatte Stimmen gehört. Lius Augen zuckten aufmerksam über den Hof. Es waren leise Stimmen, und sie befanden sich nicht in seinem Kopf.

Dann sah er sie. Die beiden Männer standen im Schutz der vorstehenden Dächer einer Pagode und sie hielten ihre Stimmen gesenkt. Einer von ihnen hatte sich an das Mauerwerk gelehnt.

Der Weg, den Liu mit Vendrin teilte, führte sie in angemessener Entfernung an den beiden Männern vorbei. Vendrin hielt den Blick geradeaus gerichtet, doch Lius Kapuze wandte sich den beiden zu. Es waren Rabe und Tokah – und sie wirkten beunruhigt.

Im Grunde sollte es Liu nicht interessieren, denn er wusste, dass die beiden hier waren, um ungestört sprechen zu können. Die Phantome entsagten nämlich nicht nur dem physischen Sehen und Sprechen, sie legten auch ein Gelübde ab, das ihnen verbot, jemals einem Außenstehenden etwas Gehörtes mitzuteilen. Es gab also keinen sichereren Ort für Geheimnisse. Und doch schien das, was die Luft da zu ihm trug, wie für Lius Ohren bestimmt. Auch wenn Rabe und Tokah ihn nicht ansahen.

«Sie sind ohne Heiler aufgebrochen.»

Liu war sofort alarmiert. Er hatte von den Spähtrupps bereits gehört.

«Ja, das hatte ich befürchtet. Er hat den Dickkopf seines Vaters.»

«Aber in einem Punkt hat er recht, sie können keine Phantome mit in die Tunnel nehmen. Und wir haben nur wenige bewegliche Heiler, die schon mal bei den Spähtrupps dabei gewesen sind.»

Sie meinten ihn! Daran bestand kein Zweifel. Lius Herzschlag beschleunigte sich.

«Ja, es wäre zu risikoreich, jemanden mitzunehmen, dem jede Erfahrung in den Tunneln fehlt.»

«Ich hoffe nur, es ist das Risiko wert. Sie werden tief in den Bau eindringen müssen, um die Krater zu erreichen. Und die Späher vom Außenposten melden seit letzter Nacht verstärkte Aktivitäten.»

«Wollen wir hoffen, dass ihnen nicht allzu viele ungebetene Überraschungen begegnen.»

«Sind sie planmäßig aufgebrochen?»
«Ja, vor etwa einer Stunde.»
Lius Inneres war in Aufruhr. Als Heiler war es nicht seine Aufgabe, sich einzumischen. Er war verpflichtet, hierzubleiben, zu lernen und die Lehrlinge zu unterweisen. Er richtete den Blick wieder nach vorn. Liu wusste, dass Vendrin die Eruption im Energiekörper seines Schülers bemerkt hatte. Aber er belehrte ihn nicht, sondern überließ ihn stattdessen einfach weiter seinen Gedanken.

Sie hörten die eigenartigen Geräusche schon lange, bevor sie ihren Ursprung entdeckten. Das dumpfe Sirren wurde immer wieder unterbrochen von sekundenlangen Pausen in absoluter Stille. Die Tunnel waren hier zwar relativ breit, aber die zahlreichen Einklüftungen und Biegungen ließen ihre Sicht auf wenige Meter zusammenschrumpfen.
Ither hatte sich zu einem raubtierhaften Schleichgang geduckt. Meteor trug er in der Rechten. Die Klinge schwebte mit einem Abstand von nur wenigen Zentimetern über den steinernen Boden hinweg. Er war bereit zu reagieren, wenn es sein musste.
Ilandra war direkt hinter ihm und Siez sicherte mit lautlosen Schritten ihren Rücken. Als Ither die nächste Tunnelbiegung gesichert hatte, hielt er inne.
«Gibt es eine Alternative?» Er sah sie nicht an, aber es war klar, dass er Ilandra meinte. Denn sie war es, die die kleineren Nebengänge für sie ausspähte – mit ihrer Magie.
Ilandra schloss die Augen. Es dauerte ein paar Sekunden, bis die kleine, silberne Libelle um die Ecke bog und sich über ihren Köpfen in silbrigen Nebel

auflöste. Erst dann antwortete Ilandra:

«Nein, die Seitengänge scheinen nicht passierbar zu sein ...»

Ither hatte bereits damit gerechnet.

«Dann gehen wir weiter.»

Dafür, dass sie in mehr oder weniger unbekanntes Gebiet vordrangen, schlug Ither ein beinahe waghalsiges Tempo an. Siez' Augen waren zu schmalen Schlitzen verengt und zuckten aufmerksam über jeden Felsvorsprung und jede Nische in dem kalten Gestein. Die Wände der Tunnel waren mit fluoreszierenden Adern durchzogen und tauchten die schartigen Gänge in ein unwirtliches Halbdunkel. Die Luft wurde schlechter, je tiefer sie in das Gebiet der Insekten vordrangen, sie war geschwängert von einem schweren, modrigen Geruch.

Ither schien das nicht weiter zu beunruhigen. Überhaupt schien ihm diese Umgebung wenig auszumachen. Siez hingegen war zutiefst beunruhigt. Das unheimliche Surren, das mit jedem Schritt, den sie taten, lauter wurde, jagte ihm kalte Schauer über den Rücken. Sein Herzschlag war erhöht, seine Muskulatur angespannt. Tokah hatte sie gelehrt, dass es ebendiese Angst war, die sie zu besseren Kämpfern machte. Doch gut fühlte sie sich nie an.

Siez lockerte seine Hand und legte sie dann erneut um den Griff seines Krummschwertes.

Als der Tunnel eine weitere scharfe Biegung machte, verlangsamte Ither sein Tempo und bedeutete Siez, zu ihm aufzuschließen. Ither ließ den Blick über die gratigen Tunnelwände schweifen, um die Möglichkeiten für einen Hinterhalt auszuschließen. Der Tunnel, dem sie gerade folgten, eignete sich von allen am ehesten für den Schlachtzug. Auch wenn er keineswegs optimal war. An einigen Stellen war er weniger als sieben Schrittlängen breit und oft gerade mal hoch genug, dass die Speerträger ihre Waffen aufrecht würden transportieren können. Aber jetzt weitete sich der Gang ein wenig.

Siez sicherte die Flanke, während Ither sich lautlos weiter voranschob. Die Biegung des Tunnels gab ihm Sichtschutz.

Urplötzlich setzte das Surren wieder ein. Es war jetzt so laut, dass Ither sich am liebsten die Ohren zugehalten hätte. Aber er unterdrückte diesen Drang. Der donnernde Hall verschwand genauso schnell wieder, wie er gekommen war.

Und dann sah Ither, was sein Ursprung war. Zuerst bemerkte er nur einen Schatten. Aber schließlich erkannte er die riesenhafte Kreatur. Es war ein Häscher. Ein Sozoah, wie er sonst nur an der Oberfläche zu finden war. Diese Kreaturen gehörten eigentlich nicht in die Tunnel. Ither hatte noch nie einen von ihnen aus dieser Nähe gesehen! Aber es gab keinen Zweifel.

Ither bedeutete den anderen beiden anzuhalten. Er selbst machte noch ein paar Schritte vorwärts, ehe auch er innehielt, um die Lage zu überblicken.

Das Geschöpf war weniger als zwanzig Schritte entfernt und schien sie noch nicht bemerkt zu haben. Der Häscher hatte in etwa die Größe eines ausgewachsenen Jägers. Aber seine Statur war wesentlich schlanker und sein dunkler Körper überzogen von einem schwärzlich glänzenden Muster. Der auffälligste Unterschied jedoch waren seine riesigen, silbrigen Flügel. Vier gläserne Schwingen, die so lang waren, dass sie beinahe die gesamte Breite des Tunnels einnahmen. Die Kreatur war auf eine erschreckende Weise schön.

«Was ist das?» Siez war lautlos zu Ither aufgeschlossen. Seine Stimme war kaum mehr als ein

Hauch.

«Wir nennen sie Häscher ...»

Der Hinterleib des Sozoah bebte aufgeregt. Es war nur eine Frage der Zeit, bis er sie entdecken würde. Doch offenbar war der Häscher momentan eher damit beschäftigt, sich in dem beengten Gestein selbst zurechtzufinden. Ither fragte sich, wie die Kreatur so tief in den Bau gekommen war. Er hatte noch nie von etwas Vergleichbarem gehört. Häscher bauten ihre Nester eigentlich an der Oberfläche.

Die Beißwerkzeuge der Kreatur schnappten aufgeregt, bevor sie sich vom Boden abstieß. Ihre Flügel schlugen so schnell, dass sich das Flattern erneut in ein ohrenbetäubendes Donnern verwandelte. Die Bewegungen des Häschers waren schnell und ruckartig, und jetzt, da seine Flügel voll aufgespannt waren, passte das Wesen kaum noch in den Tunnel. Der Häscher wirkte getrieben und zornig – und ungewöhnlich orientierungslos.

Ilandras Kehle war wie zugeschnürt. So eine Kreatur hatte sie noch nie gesehen. Sie hatte nicht einmal von vergleichbaren Wesen gehört. Und doch überlegte sie für einen Augenblick, ob dieses Monster wohl eine der Libellen aus ihrem Atlas sein konnte. Aber nein, Libellen hatten keinen Stachel, ihre Körper waren schlanker und gerader und ihre Flügel mussten noch viel länger sein. Nein, das war sicher keine Libelle.

Das Donnern erstarb abrupt, als einer der Flügel die Höhlenwände berührte. Die Kreatur landete ruckartig auf dem Boden und faltete ihre durchscheinenden Schwingen eng an den Rücken.

Siez legte Ither eine Hand auf die Schulter.

«Irgendwelche Vorschläge?»

Es dauerte einen Moment, bis Ither seinen Blick von dem Wesen löste.

«Bei einem Angriff von vorne haben wir wahrscheinlich schlechte Karten», setzte Siez nach, als Ither nicht direkt antwortete. Er hatte die Stimme so weit gesenkt, dass Ilandra Mühe hatte, ihn zu verstehen.

«Das sehe ich genauso», flüsterte Ither schließlich.

«Dann also Rückzug?»

Ither ließ den Blick über die Tunnelwände gleiten. Ilandra musste einen Anflug von Angst unterdrücken, als Ither Siez Meteor reichte.

«Wir werden nicht von vorne angreifen.»

«Was?»

Ither brachte seinen Körper mit einer Drehbewegung seiner Hüfte näher an die Höhlendecke. So war es leichter, die Körperspannung zu halten, während er flach unter den schroffen Felsen hing. Er verstärkte den Druck auf den linken Fuß und löste eine Hand, um sich neuen Halt zu suchen. Langsam schob er sich vorwärts – Meter für Meter auf sein ahnungsloses Ziel zu, das unter ihm auf dem Boden kauerte. Ither konnte jetzt den filigranen Übergang zwischen Kopf und Rücken erkennen. Häscher hatten nicht besonders viele Schwachstellen. Aber ihr Genick war eine davon.

Ither schob sich weiter voran. Ganz langsam. Noch hatte der Sozoah ihn nicht bemerkt. Ither löste jetzt beide Füße und hing für einen Augenblick nur mit der Kraft seiner Arme an den Felsen. Ilandra und Siez sah er nur aus den Augenwinkeln. Die Welt stand zwar gerade Kopf, doch Ither registrierte, wie sich die beiden Schritt für Schritt näher an den Häscher heranschoben. Langsam genug, damit er sie nicht erkennen konnte. Ither verdrehte sich und erreichte einen Spalt, der seinen Füßen besseren Halt gab. Nur noch ein kleines Stück ... Sein Blick glitt wieder zum

Rücken des Tieres. Der Panzer schien dünner und beweglicher als der der Jäger zu sein. Gut, es würde funktionieren.

Ither schob sich weiter. Da war jetzt dieses sachte Brennen in seinen Muskeln, als diese zu übersäuern begannen. Aber es war ohnehin nicht mehr weit. Ither atmete mehrmals tief durch und zog sich weiter voran. Es waren nur noch zwei Griffe.

Dann war er am Ziel. Der Sozoah befand sich jetzt direkt unter ihm. Ither suchte den Blick von Siez, der sich ganz in der Nähe in den Schatten verbarg. Er nickte ihm zu. Und sie zählten gleichzeitig, während ihre Lippen lautlos die Worte formten: Eins ... zwei ...

Dann geschah alles zugleich! Der Häscher erhob sich erneut vom Boden und Ither, der nicht zulassen konnte, dass er seine Position noch einmal veränderte, reagierte sofort: «Jetzt!» Er ließ los und drehte sich im Fallen um seine eigene Achse. Siez warf ihm Meteor zu und Ither fing die Waffe aus der Luft. Die Klinge suchte noch im Sturz ihr Ziel und stieß mit Ithers gesamtem Gewicht in den Nacken der Bestie. Erst dann schlug Ither selbst hart auf dem Panzer auf. Der Häscher bäumte sich auf, seine Flügel schlugen wild auf und ab, obwohl die Klinge tief in seinem Nacken saß. Ither zog an Meteor, doch die Waffe hatte sich in dem flexiblen Panzer verkeilt. Der Sozoah landete, aber nur, um sich erneut abzustoßen. Die Flügelstöße erzeugten einen so heftigen Wind, dass Ither die Augen zusammenkneifen musste, und das schreckliche Surren war mehr als ohrenbetäubend.

Ither zerrte an Meteor und spürte, wie sich die Klinge nach dem vierten Ruck lockerte.

Die silbernen Flügel der Bestie schlugen wild gegen die Höhlendecke. Ein Regen aus Staub und kleineren Gesteinsbrocken stürzte auf Ither herab. Doch er schützte sich nicht davor, sondern riss weiter mit aller Kraft an Meteor. Endlich kam die Klinge frei, und Ither hob sie zu einem weiteren Hieb. Er sah, wie Siez und Ilandra jetzt auch in den Kampf eingriffen, aber ihre Angriffe zeigten wenig Wirkung. Ither schlug ein weiteres Mal zu und Meteor spaltete die Wunde im Sklerotinpanzer weiter auf. Ilandras Angriffszauber tauchten den Tunnel in rote und violette Farben und es roch plötzlich nach versengtem Haar und verbranntem Fleisch. Der Häscher zischte. Ither schlug wieder und wieder zu, bis die Kerbe so tief war, dass gelbe Flüssigkeit austrat. Erneut rammte er die Klinge in die Wunde. Diesmal drang sie ein wie in Wasser. Das Wesen kreischte auf und stürzte zu Boden.

Der Aufprall war so hart, dass Ither für einen Augenblick wie betäubt war, aber es gelang ihm irgendwie, sich auf dem Rücken des Häschers zu halten. Die Bestie war zwar am Boden, aber ihre Flügel zuckten immer noch. Sie schlugen wieder und wieder auf den Boden. Scheinbar unkontrolliert und so heftig, dass Ither die Vibrationen nicht nur hören, sondern auch spüren konnte. Ither stieß noch einmal nach. Die Flügel zuckten ein letztes Mal und sanken dann leblos herab.

«So eine Scheiße!»

«Woah, Mann, das Vieh war ja fast nicht totzukriegen!», bemerkte Siez.

Ithers Puls pochte bis zum Hals. Doch die Anspannung war noch nicht vorüber. Ganz im Gegenteil: Sie näherte sich erst ihrem Höhepunkt.

Ither zog Meteor aus dem zerklüfteten Panzer und sprang auf den Boden.

«Was meinst du? Bekommen wir Besuch?» Siez nahm Kampfhaltung an.

«Ja.»

Die Erschütterungen, die die Flügelschläge des

Häschers ausgelöst hatten, waren mit Sicherheit nicht unbemerkt geblieben.

Ither schob sich vor Ilandra.

Und tatsächlich dauerte es nur Sekunden, bis vier Grubenjäger auftauchten. Ilandra war bereit, ihre Zauber zu wirken, sobald sie freie Sicht hatte.

Es ging alles rasend schnell.

Ither und Siez stürmten auf die Sozoah zu und verwickelten sie ein paar Meter weiter in einen Kampf.

«Achte auf deinen Rücken!», rief Ither Ilandra zu. Sie sah Siez' und Ithers Klingen aufblitzen. Ither sprang hoch und grub seine Waffe tief in die Seite des ersten Jägers, als der zweite plötzlich kehrtmachte und Reißaus nahm.

«Was, bei ...?»

Der erste Jäger sackte zusammen, aber Ither hatte keine Zeit, zu prüfen, ob er wirklich tot war. Er zog Meteor zurück und rannte dem Fliehenden hinterher. Er durfte auf keinen Fall weitere Sozoah alarmieren! Ither rannte so schnell, dass seine Lungen brannten. Schließlich erreichte er den Jäger und schlug mit seiner Waffe nach dessen Hinterbein. Meteor durchschlug den Panzer und trennte das Bein fast vollständig ab. Der Jäger stürzte. Ither sprang über ihn und versetzte ihm einen Stoß direkt zwischen die Panzerplatten. Im Gegensatz zu dem Häscher war der Jäger sofort tot.

«Ither!» Ilandras Schrei war schrill!

Ither wirbelte herum und rannte zurück.

Es war nur noch ein Grubenjäger übrig. Aber der war über Siez, der vor Schmerzen schrie und sich mit seiner Waffe gegen die schnappenden Beißwerkzeuge verteidigte.

«Verdammt!»

Es war keiner von den Jägern, mit denen Siez gekämpft hatte. Die klaffende Wunde an seiner Flanke ließ keinen Zweifel: Es war Ithers erster. Und Ilandra konnte ihn nicht angreifen. Nicht, ohne auch Siez zu verletzen!

Ither war mit wenigen Schritten bei ihnen und attackierte den Jäger. Die Bestie kreischte und ließ von Siez ab. Der Jäger schnappte jetzt mit seinen klickernden Beißwerkzeugen nach Ither. Siez schrie erneut laut auf. Ither sah es erst jetzt – das Ungetüm hatte ihn regelrecht auf dem Boden festgenagelt. Eines seiner stachelartigen Beine hatte sich durch Siez' Oberschenkel gebohrt!

Ither wehrte die Zangen ab und schlug mit einem weit ausholenden Hieb nach dem Bein des Sozoah, durchtrennte es und verpasste dem Ungetüm sofort einen weiteren Treffer. Die Bestie stürzte und Ither setzte nach, bis sie sich nicht mehr rührte.

Das hätte nicht passieren dürfen!

Ither sah Siez an, der sich auf dem Boden krümmte und weitere Schmerzenslaute so gut es ging unterdrückte.

Ilandra war als Erste bei ihm.

Kurz darauf kam Ither hinzu und kniete sich vor Siez nieder.

Das hätte wirklich nicht passieren dürfen.

# 3

Siez hielt sich den Oberschenkel mit beiden Händen. Er zitterte heftig und presste die Lippen so fest aufeinander, dass sie sich gräulich verfärbten. Das mit Widerhaken übersäte Beinstück des Sozoah hatte sich tief in sein Fleisch gegraben. Ither konnte nur ahnen, wie schmerzhaft diese Verletzung sein musste.

Während Ilandra Siez' Rücken abstützte, sah Ither sich die Wunde an. Er war kein Heiler, aber er hatte genug gelernt, um die Sache einschätzen zu können. Und seine Einschätzung gefiel ihm nicht. Genauso wenig wie die Tatsache, dass möglicherweise weitere Jäger auf dem Weg zu ihnen waren. Wenn die Sozoah merkten, dass diese Gruppe nicht zurückkehrte, würden sie zumindest Kundschafter in diesen Tunnel schicken.

Und sie kamen hier jetzt nicht weg! Verdammt!

Siez sah Ither genau an.

«Dumm – gelaufen, oder?»

Doch Ither war momentan ganz und gar nicht zu Scherzen aufgelegt. Siez stand unter Schock. Und Ither bezweifelte, dass er sich der Tragweite seiner Lage bewusst war.

«Die Zeit – läuft. Ihr müsst – mich hierlassen. Geht schon.» Und als hätte er Ithers Widerstand gespürt, fügte er hinzu: «Ohne mich – seid ihr schneller. Ihr könnt – mich – auf dem Rückweg – abholen. Ich – warte hier – versprochen.» Das verzerrte Grinsen half Ither aber nicht über den Gedanken hinweg, dass es sein Todesurteil sein würde, wenn sie ihn hierließen. Selbst wenn die Sozoah diesen Tunnel nicht gezielt absuchen würden, wäre es nur eine Frage der Zeit, bis die Jäger sein Blut wittern und ihn aufspüren würden. Das Gleiche galt allerdings auch für den Fall, dass sie ihn mitnahmen. Die Blutspur, die Siez hinterließ, würde die Sozoah direkt in ihren Rücken führen.

«Nein, wir gehen zusammen, selbst wenn ich dich tragen muss.»

«Ich halte euch – nur auf. Ich gefährde den Auftrag.» Das, was zählte, war der Auftrag. So hatten sie es bei den Schatten gelernt. Leider hatte Siez recht mit dem, was er sagte. Sie verloren kostbare Zeit.

Ither schnallte seinen Gürtel ab und reichte ihn Ilandra. Ein Hinterhalt war wahrscheinlich. Aber das war ein Risiko, mit dem sie jetzt leben mussten.

«Wir lassen dich nicht zurück.»

Siez wollte protestieren, doch Ither brachte ihn mit einem unmissverständlichen Blick zum Schweigen. Dann zog er seinen Dolch und begann damit, Siez' Hosenbein aufzuschlitzen. Der Stoff war mittlerweile so mit Blut vollgesogen, dass er regelrecht an der schwarzen Haut klebte und Ither aufpassen musste, ihn nicht noch mehr zu verletzen.

Als er den Stoff endlich von Siez' Bein geschält hatte, schnitt er einen langen Streifen aus dem abgetrennten Rest und legte ihn zügig um Siez' Oberschenkel. So nah wie möglich an der Leiste, weil die großen Blutgefäße hier dicht an der Oberfläche verliefen. Dann zog er zu. So fest, dass Siez beinahe aufschrie und die Hände in den Boden krallte.

Siez hatte die gleiche Ausbildung genossen wie Ither auch. Er wusste, wie man den Schmerz so gut es ging kontrollierte. Und er atmete heftig dagegen an, während Ither den Stoffstreifen verknotete.

Als nächstes legte Ither seine Hand um das abgetrennte Sklerotinbein und tastete nach einer Position, in der er sich nicht selbst an den scharfen

Widerhaken schneiden würde.

Dann sah er Ilandra an.

Sie verstand ihn ohne Worte. Ilandra hielt Siez den Gürtel vors Gesicht – als Ersatz für ein Beißholz.

Siez sah Ither mit entsetztem Blick an. «Nein, auf keinen –»

Ohne zu zögern, schob Ilandra ihm das Stück Leder in den Mund und zog seinen Kopf zurück an ihre Brust. Ither nutzte den Moment. Mit einer einzigen martialischen Bewegung zog er das abgetrennte Bein des Sozoah aus Siez' Oberschenkel. Die Widerhaken gaben das Fleisch nur widerwillig frei. Ither spürte den zerrenden Widerstand, als er Siez' Muskulatur in Fetzen riss. Es war ein widerwärtiges, schmatzendes Geräusch.

Das Sozoahbein war bereits draußen, als Ilandras Hand sich um Siez' Mund schloss, gerade noch rechtzeitig, um den markerschütternden Schrei ein klein wenig zu dämpfen. Siez bäumte sich heftig auf. Seine Augen glitzerten vor Verzweiflung. Ither unterstützte Ilandra dabei, ihn festzuhalten.

Es dauerte ein paar Sekunden, aber dann gelang es Siez, sich zu kontrollieren. Sein Gesicht war immer noch schmerzverzerrt und jeder Atemzug begleitet von einem unterdrückten Stöhnen. Aber er fand seine Stimme wieder: «Scheiße, Mann ... Ahhrg ... Tut das weh ...!»

Ilandra nahm ihm den Gürtel ab.

«Das wird schon wieder ...»

Ither war sich da leider nicht so sicher. Doch er schob sein Mitleid beiseite und wandte sich wieder Siez' Bein zu.

Ither überprüfte die Wunde. Das Blut quoll zwar nur langsam hervor, was bedeutete, dass die Verletzung stark genug abgebunden war. Aber wenn sie diesen Zustand zu lange beibehielten, würde Siez das Bein verlieren. Und wenn er die Bandage lockerte ...

*Verdammt!* Er hätte einen Heiler mitnehmen sollen! *Bei den Hohen!*

Ither presste ein paar Stofffetztzten auf die Wunde und wollte es gerade mit deinem Druckverband versuchen, als Ilandra plötzlich erschrocken aufkeuchte.

Ithers Hand fasste Meteors Griff, noch bevor er seinen Blick gehoben hatte.

«Keine Sorge. Ich bin's.» Der schwarzgekleidete Dunkle warf seine Kapuze zurück und kam näher. Er trug die lange, schwarze Robe der Novizen und in seinem neuen Gewand wirkte er längst nicht mehr so schmächtig wie zuvor.

«Liu?» Ilandras Stimme klang verstört. Ither hingegen war zutiefst dankbar.

«Ich hatte das Gefühl, ihr könntet meine Hilfe gebrauchen.»

«Ich weiß nicht, ob ich alle Teile habe», stieß Ither hervor.

Liu hatte sich die Wunde noch nicht einmal angesehen, aber er antwortete: «Es ist alles raus. Keine Sorge.» Dann kniete er sich ebenfalls neben Siez, der ihn mit glasigem Blick ansah.

Liu entfernte behutsam die Stofffetzen, die Ither gerade erst aufgelegt hatte, und legte seine Hand auf die Wunde. Siez entspannte sich sichtlich und die Wunde begann sich beinahe augenblicklich zu schließen.

Ither sah, wie die Wundränder unter Lius Hand verschwanden und wie sich die Haut darunter glättete, als würde man frisch gegerbtes Leder glattstreichen.

Liu war bereits jetzt mehr ein Phantom als ein normaler Heiler.

Nach einer Weile gab Liu Ither mit einem Handzeichen zu verstehen, die Stauung zu lösen. Er zerschnitt das Band und Siez verkrampfte sich, als das angestaute Blut zurück in sein Bein schoss. Liu reagierte mit einer sanften Bewegung und Siez entspannte sich wieder, als der Schmerz erneut nachließ.

Ither fühlte sich hilflos. Er hatte einen Fehler gemacht, für den er nicht hätte bezahlen können.

Er stand auf, beobachtete Liu aber weiter dabei, wie er sich um Siez' Verletzung kümmerte. Seine rechte Hand ruhte immer noch still auf dem blutverschmierten Bein.

Der Heiler war ihnen in die Tunnel gefolgt und offenbar hatte er sich an dem Wachposten in der Nähe der Tunneleingänge vorbeigeschlichen. Ither musste kein Wahrsager sein, um zu wissen, dass er nicht mit dem Einverständnis seiner Weisungsbefugten hier war. Liu setzte viel für sie aufs Spiel. Wieder einmal.

«Liu, meinst du, er kann schon damit laufen?»

Der Heiler sah ihn an.

«Wir müssen zusehen, dass wir hier wegkommen», erklärte Ither.

«Ja ... Ich denke schon.» Liu wandte sich Siez zu. «Versuch mal aufzustehen.»

Ither reichte Siez die Hand und zog ihn auf die Beine. Auch Liu und Ilandra erhoben sich.

Siez blickte verstört an sich hinab. «Bei den Hohen ... Ist das abgehoben!»

Liu lächelte zufrieden, während Siez ein paar Schritte zu gehen versuchte. Er humpelte stark und Ither wusste, dass ihm das Gehen überhaupt nur gelang, weil Liu ihn schmerzfrei hielt. Aber er konnte sich aus eigener Kraft fortbewegen. Und das war mehr als ein Anfang.

Allerdings würde Siez mit dem verletzten Bein nicht in der Lage sein zu kämpfen. Und Ither war nicht so naiv zu glauben, dass dies ihr letzter Kampf gewesen war. Es lief im Moment nicht gut. Aber vielleicht bedeutete das, dass sie ihrem Ziel näher waren, als sie erwartet hatten ...

Ither schob den Gedanken beiseite. Er hatte gelernt, sich gegen solche Eingebungen zu sperren. Denn sie hatten ihm in der Vergangenheit nichts Gutes gebracht.

Er hob Meteor vom Boden auf.

«Dann los.»

Sie würden nach einem geeigneten Rastplatz Ausschau halten müssen, wo Liu die Heilung beenden konnte.

Nachdem sie eine gute Strecke ohne weitere Zwischenfälle zurückgelegt hatten, mussten sie den für den Schlachtzug geeigneten Tunnel verlassen. Der Gang verlief hier sehr abschüssig und von unten drangen scharrende und klickernde Geräusche herauf, die ganz offensichtlich von mehr als nur einem oder zwei Grubenjägern stammten. Eine Konfrontation, die Ither gern vermeiden wollte. Und musste. Sie taten also gut daran, so wenig Aufsehen wie möglich zu erregen.

Sie entdeckten einen kleinen Gang, der vom Haupttunnel abzweigte, aber in etwa dessen Richtung beibehielt. Ither hoffte, auf diese Weise dem weiteren Verlauf des großen Tunnels folgen zu können, ohne einen erneuten Kontakt mit den Sozoah zu riskieren. Leider verlief der neue Pfad nicht annähernd so abschüssig wie der alte. Ither ahnte bereits, dass dies noch zu einem Problem werden würde.

Ihr Weg endete abrupt, als der kleine Tunnel in ein

schluchtenartiges Höhlensystem mündete. Er hatte sie auf ein winziges Plateau geführt, das gerade groß genug war, um ihnen allen Platz zu bieten. Die Steilwände um sie herum verliefen an den meisten Stellen beinahe senkrecht und ragten so weit in die Höhe, dass Siez ihr Ende nicht einmal erahnen konnte. Und sie reichten beinahe genauso weit in die Tiefe.

Siez schwindelte, als er nach unten blickte. Weit unter ihnen mündete auch der große Gang in die Schlucht.

«Bei den Geistern! Bitte sagt mir, dass der Boden so schwarz ist ...»

Siez drehte sich beinahe der Magen um, als er beobachtete, wie sich eine wabernde Masse da unten am Grund der Schlucht bewegte. Hunderte schwarz schimmernder Leiber drängten sich so dicht aneinander, dass sie sich bei jeder Bewegung gegenseitig wegschoben. Es wimmelte nur so von Sozoah!

«Gut, dass wir nicht den anderen Tunnel genommen haben ...» Ilandra zog sich vorsichtig etwas von der Kante zurück. Es ging ein leichter Wind und neben dem feucht-modrigen Geruch der Sozoah konnte man nun auch einen Hauch frischer Luft ausmachen. Es mussten Ventilationsöffnungen in der Nähe sein. Oder sie waren der Oberfläche bereits näher gekommen, als sie ahnten.

«Immerhin wissen wir jetzt, wo der Weg hinführt ...» Ither sah sich suchend um. Aber Siez vermochte den Blick immer noch nicht von dem zuckenden Gewaber unter ihnen abzuwenden. «Was machen wir jetzt?»

«Etwas weiter unten gibt es einen alternativen Weg», überlegte Liu. «Wir könnten umkehren und –»

«Nein, die Kundschafter sind uns wahrscheinlich schon auf den Fersen.» Ithers Augen zuckten prüfend über die umliegenden Felswände. «Wie lang sind die

Seile?»

«Zehn, zwölf Schritte ungefähr.»

«Wenn wir sie verbinden, reicht das.»

«Was hast du vor?» In Ilandras Stimme schwang Besorgnis mit. Doch Siez verstand, dass sie nur wenige Optionen hatten. Und diese war wahrscheinlich die beste.

«Wir werden klettern.»

Ither zeigte ihnen eine Stelle in den Felswänden, schräg oberhalb ihrer jetzigen Position. Dort begann eine Kette simsähnlicher Felsvorsprünge, die breit genug sein mochten, um auf ihnen gehen zu können. Das Beste daran war, dass sie bis zur Kopfseite der schluchtartigen Höhle reichten, wo gleich mehrere Tunneleingänge auf sie zu warten schienen.

«Dort geht's weiter.»

Ither rieb sich die Hände mit Kreidestaub ab. Sein Plan war einfach. Er würde bis zu dem Sims hinaufklettern und die anderen von oben sichern, wenn sie ihm folgten.

Seine Augen überprüften aufmerksam die steilen Felswände. Die Strecke war nicht allzu lang und auch für weniger erfahrene Kletterer gangbar. Das einzige Problem war nur, dass es wenige gute Griffe gab.

Ither reichte Meteor Ilandra. Er konnte es nicht riskieren, dass seine Klinge ihn beim Klettern aus dem Gleichgewicht brachte. Schließlich würde er als Einziger ohne Sicherung klettern. «Pass gut darauf auf.» Ilandra sah ihn mit einem Blick an, der Bände sprach, aber sie nahm die Waffe entgegen. «Pass du auf dich auf.»

«Ich kann dich sichern», sagte Siez unvermittelt und versuchte aufzustehen.

«Nein ...» Ither hatte den Gedanken auch schon durchgespielt. «Mit dem Bein schaffst du das nicht.

Außerdem ist uns die Patrouille wahrscheinlich schon auf den Fersen. Wir können es uns nicht leisten, noch mehr Zeit zu verlieren.»

Siez presste die Lippen aufeinander. Er wusste, dass Ither recht hatte.

Ither sah Liu an, der neben Siez kniete.

«Meinst du, es geht?»

Der Heiler blickte auf.

«Ja, er wird klettern können. Wir brauchen nicht mehr lange.»

Wenigstens eine gute Nachricht.

Siez, der mit dem Rücken an die Wand gelehnt dasaß, zog bestürzt die Augenbrauen hoch. «Was? Du machst dir Sorgen, ob *ich* klettern kann? Frag ihn mal!» Er zupfte an Lius langer Robe.

Doch Liu, der sich schon wieder Siez' Beinverletzung zugewandt hatte, erwiderte nur: «Ich bin ein Cardoc. Schon vergessen? Ich krieg das schon hin.»

Ither vermochte das zufriedene Zucken in seinen Mundwinkeln nicht zu unterdrücken. Die drei würden das schaffen. Da war er sich ganz sicher.

# 4

Wenig später schob Ither seine Fingerspitzen in eine Felsspalte, die gerade mal seinen Fingerkuppen Halt bot, und zog sich ein Stück höher. Die Felsen waren durchzogen von Quarzadern und seltsamen, metallischen Bereichen, die das Gestein überzogen, als wären sie darübergegossen worden. Ither hatte so etwas noch nie gesehen und er konnte sich kaum vorstellen, welche Urgewalten diese Mengen Metall wohl geschmolzen hatten. Die spiegelnden Flächen waren so glatt, dass es beinahe unmöglich war, daran Halt zu finden.

Nur noch wenige Schrittlängen trennten ihn von seinem Ziel. Doch jetzt versperrte ihm eine dieser Metallflächen den Weg. Er hatte sie von unten nicht sehen können, weil sie die Strukturen des umliegenden Gesteins spiegelte und daher beinahe unsichtbar war. Lediglich die unnatürlichen Verzerrungen verrieten nun den metallenen Spiegel. Ither hatte die Wand unterschätzt. Von hier oben aus betrachtet, war das Ganze ein echtes Problem.

Er ließ den Blick schweifen und kam zu dem Schluss, dass er die anderen von oben würde heraufziehen können. Aber dazu musste er erst einmal die Metallfläche überwinden. Und die zog sich so weit nach links und rechts, dass ein Umklettern kaum in Frage kam. Und er konnte auch nicht zurück. Die Kundschafter würden jeden Augenblick hier sein. Er musste dafür sorgen, dass er seine Leute hier rausbekam. Und zwar so schnell wie möglich.

Ither richtete den Blick wieder auf den kleinen

Felsvorsprung knapp oberhalb der Metallader. Es war machbar. Er hatte bereits größere Distanzen übersprungen.

Ither stieß die Luft langsam aus und suchte eine bessere Position für seinen linken Fuß. Er nahm noch ein paar tiefe Atemzüge, bevor er das Gewicht von der Wand wegverlagerte und tief in die Hocke ging, die Finger fest im Gestein verankert und die Arme vollständig gestreckt.

Dann stieß er sich kraftvoll ab, streckte sich zu seiner vollen Größe und sprang! Für einen Augenblick war er frei in der Luft.

Und er bekam tatsächlich den Vorsprung zu fassen! Mit beiden Händen. Ither nutzte den Rest der Bewegungsenergie und zog sich an dem Felsen hoch, die Beine immer noch ohne jeden Halt. Er löste eine Hand und streckte sich zum nächsten Griff hinauf. Doch dann hörte er ein furchterregendes Knirschen! Ither reagierte sofort, zog sich mit einer ruckartigen Bewegung weiter nach oben – doch das Felsstück, an dem er hing, zerbarst, noch bevor er den sicheren Halt erreichen konnte.

Ither stürzte!

Sein Haar stob nach oben in die Luft und die Metallader rauschte im Bruchteil einer Sekunde an ihm vorbei. Danach folgten schroffe Felsen. Ither versuchte im Fallen die Hände hineinzugraben, aber das bremste seinen Sturz kaum. Er prallte mit dem Oberkörper so fest gegen die Wand, dass die Luft aus seinen Lungen gepresst wurde. Sein Kopf schlug hart gegen den Stein. Dunkelheit. Doch sein Körper holte ihn sofort wieder zurück. Die Felsen rissen Furchen in sein ledernes Wams, schlitzten seine Hände auf. Ither krallte sich wie eine Raubkatze in die Wand, die Finger wie Krallen gebogen. Doch er rutschte weiter in die Tiefe. Kleine Gesteinsbrocken fielen mit ihm und prasselten über die schroffen Felswände hinab.

Dann plötzlich änderte sich die Neigung der Wand. Ithers Füße rutschten über einen Felsvorsprung, der seinen Fall etwas abbremste. Danach folgte Leere. Ither griff nach dem Ausläufer, als er daran vorbeischoss. Und er fand Halt! Mit nur einer Hand. Der Ruck, der durch seinen Körper ging, als sein Fall so abrupt abgebremst wurde, war gewaltig. Ither spürte, wie sich die Gelenke in seinem Arm überdehnten und wie seine Schulter beinahe auskugelte. Die Schmerzen waren unbeschreiblich.

Doch das war ihm vollkommen egal! Ither nahm die zweite Hand zu Hilfe und grub seine Füße fest in den Felsen. Sein Atem ging heftig und stoßweise, und sein gesamter Körper zitterte, als hätte man ihn unter Strom gesetzt. Er schloss die Augen. Und atmete gegen die Wand. Er musste erst die Kontrolle zurückerlangen ...

Es dauerte einige Zeit, bis Ither die Augen wieder öffnete und imstande war, die Lage einzuschätzen. Er wusste, dass er dem Boden jetzt näher war als dem Plateau. Und er wusste auch, dass er die Strecke in seinem Zustand kaum würde erklettern können. Seine Hände pochten und bluteten von den vielen kleinen Einschnitten. Sein Kopf schmerzte fürchterlich. Und abgesehen von seinen zitternden Muskeln war der Arm, der seinen Sturz abgefangen hatte, zum Klettern kaum mehr zu gebrauchen. Ither konnte die unnatürliche Hitze in seinen Gelenken spüren.

Gab es Alternativen? Ither blickte an seiner Seite hinab, und seine weißen Augen weiteten sich vor Entsetzen, als er feststellte, dass er dem Boden noch viel näher war, als er erwartet hatte. Das waren kaum fünfzehn Schrittlängen! Direkt unter ihm wimmelten die schwarzen Leiber der Sozoah und untersuchten die Stelle, wo die Gesteinsbrocken herabgeregnet waren. *Scheiße ...!*

Ither sog die Luft tief ein und zog sich mit einem gewaltigen Kraftakt ein Stück nach oben. Er konnte einen Schmerzenslaut kaum unterdrücken.

Aber es gab keinen anderen Ausweg. Entweder die Wand oder die Sozoah.

Ither stabilisierte sich und hielt nach geeigneten Punkten Ausschau, an denen er haltmachen konnte. Die Felsen unterhalb des Plateaus waren rauer und boten viel mehr Rast- und Haltepunkte als die metalldurchzogenen Wände oberhalb.

Er musste das einfach schaffen ... Also schob er sich ein weiteres Stück nach oben, die Zähne vor Schmerz gebleckt.

*Wir wissssen, dassss ihr hier seid, Zweibeiner ...*

Die grelle Stimme war plötzlich direkt in seinem Kopf!

*Wir müssssen reden ...*

Ither presste sich dicht an den Felsen, um das Gleichgewicht nicht zu verlieren. Heißes Blut rann über seine Schläfe und seinen Wangenknochen. Die hämmernden Schmerzen in seinem Kopf waren jetzt so gewaltig, als hätte die Stimme sie noch verstärkt. Oder halluzinierte er nur?

Ither bewegte sich in eine Schräglage, um besser hinabsehen zu können. Er traute seinen Augen nicht. Direkt unter ihm stand ein Sozoah, der beinahe doppelt so groß war wie die anderen. Seine Vorderbeine waren riesige, hakenbesetzte Klauen und sein Körper war viel schlanker als die der anderen. Ither war sich nicht einmal sicher, ob überhaupt irgendjemand jemals solch einen Sozoah gesehen hatte.

Die schwarzen Augen des Wesens glitzerten ihn an.

*Wir müssssen verhandeln.*

Dann streckte es sich ihm entgegen.

Liu beugte sich weit über den Abgrund. Ilandra war an seiner Seite und starrte in die Tiefe. Siez hielt sie fest im Griff, die eine Hand immer noch bereit, einen weiteren Schrei zu unterdrücken.

«Er kann das schaffen, hörst du?» Liu hörte Siez' Stimme weit entfernt. Denn die Gedanken, die er in seinem Kopf hörte, waren in den Vordergrund gerückt.

«Ilandra, er kann das schaffen ...»

*Ja, es geht ihnen gut ...*

Liu sah wieder nach unten. Ither verharrte an den Felsen weit unter ihnen. Liu konnte seine Verletzungen spüren, aber er war nicht in der Lage, ihm über diese Distanz zu helfen.

*Kommst du klar?*, fragte er ihn in Gedanken.

*Ja.* Ithers Antwort war schwach.

*Dann bin ich einverstanden.*

Liu stand auf, den Blick weiter nach unten gerichtet.

Im nächsten Moment ließ Ither los – und stürzte mitten in die Sozoah hinein.

Ilandra schrie hysterisch auf. Siez erstickte den gellenden Laut mit einem beherzten Griff. Doch es spielte ohnehin keine Rolle mehr, ob sie jemand hörte.

Liu sah die beiden an. Er konnte den Schmerz in Ilandras Gesicht sehen. Sie kämpfte heftig gegen Siez' unbarmherzigen Griff, doch er war viel stärker als sie.

«Sie werden ihm nichts tun», sagte Liu laut.

«Was?!» Siez sah ihn fassungslos an. Ilandra gab den Kampf auf.

«Sie werden ihm nichts tun.»

«Wie meinst du das?»

Siez ließ Ilandra vorsichtig los.

«Sie geben uns freies Geleit.»

Dann wandte Liu sich um. Die Jäger warteten bereits am Tunneleingang.

Ither stürzte hart in seine Fänge. Der Bischof, wie das Wesen sich selbst nannte, schloss die Klauen fest um Ithers Körper und fixierte ihn in Rückenlage. Ither wehrte sich gegen die eisige Umklammerung, doch es hatte keinen Zweck.

Die Jäger um sie herum setzten sich in Bewegung wie eine unheilvolle schwarze Welle. Ihre Beißwerkzeuge kamen Ither bedrohlich nahe. Doch in dem Moment, als der erste Jäger Ithers ungeschützten Arm erreichte, stieß der Bischof ein ohrenbetäubendes, metallisches Kreischen aus. Die anderen Sozoah wischen augenblicklich zurück.

Sie hatten also zumindest nicht vor, ihn jetzt gleich aufzuschlitzen. Ither gab den Kampf auf und ließ den Hinterkopf auf die harte Panzerung des Sozoah sinken.

Der Bischof setzte sich in Bewegung. Sein Körper schwankte und ruckte mechanisch hin und her. Die Jäger um sie herum wichen aus und gaben eine Art Schneise frei, um ihn und seine Beute durchzulassen.

*Wo bringst du mich hin?*

*– Wir bringen euch zum Himmelsssstein – ihr sssollt sssehen, dassss wir gut darauf aufgepasssst haben.*

Ithers Augen weiteten sich vor Überraschung. Konnte es wirklich sein, dass das Wesen vorhatte, ihn direkt zum Schlüssel zu bringen? Wenn der Himmelsstein das Artefakt war ... dann ... Oder phantasierte er nur?

Ither schloss die Augen und fragte sich, ob er schon tot war. Er hatte immer noch so viel Adrenalin in den Adern, dass er kaum klar denken konnte. Er spürte, wie das Blut in sein Haar sickerte und wie der Schmerz in seiner Schulter bei jedem Schritt des

Bischofs neu aufflammte. Nein, er phantasierte nicht. Das hier war real. Er hatte den Sozoah auf die gleiche Weise gehört, wie er Liu gehört hatte.

Der Sozoah beherrschte die Gedankenrede. Und er war derjenige, der die Verbindung aufgebaut hatte.

Sosehr sich sein Innerstes dagegen sträubte, Ither würde sich damit abfinden müssen, dass die Sozoah intelligenter waren, als er gedacht hatte. Er hatte sie vollkommen unterschätzt.

*Ich will, dass den anderen kein Haar gekrümmt wird.*

*– Wir werden ihnen nichtsss tun. Sssie haben den Sssplitter.*

Splitter? Ither fragte nicht nach. Möglicherweise war das sein einziger Verhandlungsgegenstand.

*Wer seid ihr?*, fragte er stattdessen.

*Du weissst, wer wir sssind, Zweibeiner. Sssonst wärssst du nicht zu unsss gekommen. Die Hüter haben lange auf diesssen Tag gewartet.*

Der Bischof trug Ither weiter hinein in die Tiefen des Schwarmbaus. Die Jäger, die sie flankierten, verhielten sich aggressiv, aber sie verletzten Ither nicht.

Ither hatte enorme Kopfschmerzen. Und wenn das überhaupt möglich war, wurden sie von Minute zu Minute schlimmer.

Während sich der Bischof weiter einen Weg durch die Tunnel bahnte, hob Ither seine Hände und betrachtete die aufgerissenen Handflächen. Er versuchte sie zu Fäusten zu ballen, doch seine Finger schlossen sich nicht vollständig.

Ither bewegte vorsichtig die verletzte Schulter. Der Schmerz war sogar im unbelasteten Zustand viel heftiger, als er erwartet hatte. Auch wenn er es nicht wahrhaben wollte, Ither war vollkommen kampfunfähig.

*Esss issst nicht unssser Wunsssch zu kämpfen.* Die schneidende Stimme tönte wieder in seinem Kopf.

*Aber wir haben unsss anderss entschieden.*

– *Was wollt ihr?* Ither versuchte seine Gedanken zu konzentrieren.

*Sspäter. Erssst müssst ihr sssehen, dasss wir gut darauf aufgepassst haben.*

Die Klauen des Bischofs schlossen sich jetzt noch fester um Ithers Körper.

*Wir sssind gleich da.*

Brachte er ihn wirklich zum Artefakt? Ither versuchte sich den Weg so gut wie möglich einzuprägen. Auch wenn ihm immer wieder die Sicht verschwamm.

Plötzlich spürte er wieder diesen kühlen Luftzug, den er schon zuvor in der Schlucht bemerkt hatte. Und viel intensiver als zuvor. Es war kühle, frische Luft, die Gerüche herantrug, die Ither schon lange nicht mehr wahrgenommen hatte. Die Oberfläche? Brachte der Bischof ihn etwa an die Oberfläche?! Hoffentlich war es noch dunkel genug!

Aber Ithers Sorge vor dem Tageslicht sollte sich glücklicherweise nicht bestätigen. Es dauerte nicht mehr als zehn weitere ruckartige Schritte, und der gratige Tunnel öffnete sich zu einem gigantischen Krater – über ihnen der Nachthimmel.

Der Bischof blieb stehen und setzte Ither unsanft ab. Ither sah zu den Sternen hinauf. Der Anblick war überwältigend!

Er blinzelte, als er zu dem farbigen Lichtermeer hinaufblickte, das sich über die schwarzen Kraterwände spannte wie ein Zelt aus leuchtenden Punkten und faserigen, farbigen Nebeln. Ither erinnerte sich genau, wie ihm sein Großvater erklärt hatte, dass die Wesen der Oberfläche gar nicht in der Lage waren, das zu sehen, was er gerade sah. Sie sahen weder die sphärischen Lichternebel noch die Farben der Sterne. Angeblich war der Himmel für sie schwarz, die Sterne nur weiß und in der Dunkelheit waren sie beinahe blind. Doch für die Dunklen waren die Nächte der Oberfläche so hell wie für die Oberflächenbewohner der Tag.

Ither konnte den Blick kaum abwenden. Der Himmel der Oberfläche war noch viel schöner, als er ihn in Erinnerung hatte.

*Sssieh, Zweibeiner. Dort unten issst der Ssschrein.*

Ither blickte hinunter in den Kessel des riesigen Kraters, dessen Zentrum gut fünfzig Meter unter ihrer Position liegen mochte. Der Krater hatte in etwa das Ausmaß der Stadthöhle Camousharras, und sein beinahe ebener Grund war bevölkert von unzähligen Sozoah, Jägern und Kundschaftern, die sich in einer bogenförmigen Formation auf die Mitte des Kraters zu bewegten. Denn da war etwas. Es war so weit entfernt, dass Ither es kaum erkennen konnte. Aber da war etwas, das den Schimmer der Sterne auf eine Weise reflektierte, die nicht hierhin gehörte. Es gab keinen Zweifel, dieses Gebilde hatten nicht die Sozoah an diesen Ort gebracht.

Ither musste sicher sein, dass der Schlüssel dort war. Und dass er intakt war.

*Ich will näher heran.* Ither versuchte seine Gedankenstimme kalt und bestimmt klingen zu lassen.

Als der Bischof nicht reagierte, drehte Ither sich zu dem gewaltigen Sozoah um. Das Ungetüm war mehr als doppelt so groß wie Ither selbst, doch er sah den Bischof mit festem Blick an. Der Sozoah wandte ihm den schwarzäugigen Kopf zu.

*Ich will sehen, dass ihr wirklich gut auf den Himmelsstein aufgepasst habt,* sagte Ither in Gedanken.

Der Bischof legte den Kopf schief und ließ seine Klauen laut zuschnappen. Offensichtlich gefiel ihm das nicht. Aber dann schnarrte die kreischende Stimme wieder in Ithers Kopf.

*Dasss dürfen wir nicht verwehren. Aber ihr müssssst ssschweigen dort unten. Wenn ihr den Ssschrein entweiht, werden wir euch töten.*

Dann setzte er sich mit harkenden Schritten in Bewegung. Und Ither tat es ihm gleich. Sie schritten den sacht abfallenden Hang hinab. Seite an Seite.

Der Boden gab hier eigenartig nach und schwankte unter Ithers Gewicht. Doch er sah, wie die spitzen Beinenden des Bischofs auf hartes Gestein stießen und hie und da staubigen Sand aufwirbelten.

Es dauerte eine Weile, bis Ither realisierte, dass nicht der Boden schwankte, sondern dass ihn sein Gleichgewichtssinn trog. Ither war auf einem Ohr beinahe taub, das Klickern der Sozoahbeine klang eigenartig dumpf und das Blut, das aus seiner Kopfwunde drang, rann mittlerweile an seinem Hals hinunter. Ihm war speiübel.

Ither kontrollierte seine Atmung. Er brauchte einen Heiler. Und zwar bald.

Doch die Sozoah schienen seine Schwäche nicht zu bemerken. Ganz im Gegenteil. Offenbar nahmen sie ihn sogar als ernst zu nehmende Bedrohung wahr. Die Jäger, die sie passierten, klickerten aufgeregt mit den Beißwerkzeugen und flankierten Ither und den Bischof wie eine Eskorte, die einen gefährlichen Gefangenen bewacht.

Die Sozoah vor ihnen gaben den Weg frei, ließen sie passieren und schlossen sich dem Zug weiter hinten an. Es war eine perfekte Ordnung. Ither fragte sich für einen Augenblick, wie die Sozoah untereinander kommunizierten. Ob sie alle die Gedankensprache beherrschten?

Doch dann wichen auch die letzten Jäger zur Seite, und Ither hatte endlich freien Blick auf den altarähnlichen Schrein.

Es war ein Gebilde aus einem flachen, ovalen, perfekt abgeschliffenen Stein. Oder war es möglicherweise ein Metall? Das Material erschien Ither so fremd, dass er es hätte berühren müssen, um diese Frage beantworten zu können. Die saubere, gräuliche Oberfläche hob sich deutlich von der staubigen Umgebung ab, so als hätten all die Jahre der ungeschützten Witterung nicht die geringsten Spuren daran hinterlassen.

Als sie näher herantraten, begann etwas auf dem Schrein zu leuchten und kurz darauf hob sich eine bläulich glühende Scheibe langsam in die Luft. Es war Magie! Nur ohne jeden Magier, der sie erzeugte.

Ithers Augen weiteten sich vor Erstaunen. So etwas hatte er noch nie gesehen.

Für den Bischof hingegen schien dieses Schauspiel nichts Ungewöhnliches zu sein.

*Der letzte Sssplitterträger issst hier, um den Himmelsssstein zu sssehen.*

Die Stimme des Bischofs tönte wieder in Ithers Kopf. Doch offenbar war er diesmal nicht der Einzige, der sie wahrgenommen hatte. Denn die Sozoah, die sich um den Schrein versammelt hatten, wichen ein wenig zurück. Im selben Moment stoppte die Scheibe ihren Aufstieg und begann sich langsam um ihre eigene Achse zu drehen.

Ither bezweifelte, dass dies aufgrund der Worte des Bischofs geschah, doch offenbar glaubten die anderen Sozoah dies.

Ither wandte sich wieder der Scheibe zu und etwas daran nahm seine Aufmerksamkeit gefangen. Sie musste aus dem gleichen Material hergestellt worden sein wie Meteor! Das wusste Ither auch, ohne sie zu berühren. Der Schlüssel war zum Greifen nahe. Und er war das, was die Cardoc so sehr begehrten ...

Als würden die Sozoah seine Gefühle spüren, schoben sie sich jetzt wieder dichter an ihn heran. Einer von ihnen kam Ither so nahe, dass er das drohende Zischen in seinem Nacken spüren konnte. Ither konnte hören, wie der klebrige Speichel des Jägers hinter ihm auf den Boden tropfte.

Er hatte keine Wahl. Ither würde wiederkommen müssen, um sich den Schlüssel zurückzuholen.

*Du hassst genug gesssehen, Zweibeiner. Gehen wir.*

Sie schwiegen, bis sie den Kessel des Kraters verlassen hatten. Der Bischof führte Ither einen sachten Hang hinauf, der zu einem schroffen Plateau führte, von dem aus man den gesamten Krater überblicken konnte. Die schwarzen Felswände überragten ihre derzeitige Position allerdings immer noch bei Weitem.

Ither fragte sich, ob er die Wälder und Ebenen, die dahinterliegen mochten, schon einmal gesehen hatte. Die Gänge, die die Cardoc kontrollierten, waren möglicherweise nicht sehr weit entfernt. Und der Außenposten? Ither versuchte sich an den Sternen zu orientieren. Doch der Leitstern war noch nicht zu sehen. Es mochten nur ein paar Meilen sein. Aber vielleicht täuschte er sich auch. Es gab viele Krater hier.

*Wie du gesssehen hassst, haben wir sssehr gut darauf aufgepassst.*

Ither hatte das Gefühl, sein Kopf würde zerspringen.

*Wir haben den Himmelsssstein bewacht, ssseit er von den Sssternen gessstürzt ist. Vor vielen hundert Tag- und Nachtgleichen. Zuerst hatten wir Angssst. Aber die Sssternwanderer haben unsss die Wahrheit gebracht. Sssie trugen die Sssplitter ...*

Die Sternwanderer? Woher kannten die Sozoah die alten Legenden? Wenn der Schrein tatsächlich eines ihrer ... Doch der Bischof ließ ihm keine Zeit, darüber nachzudenken.

*Sssie haben unsss das heilige Leuchten gezeigt. Sssie konnten zu den Geissstern sssprechen. Und sssie haben unsss aufgetragen, über dasss Heiligtum zu wachen, bisss ihre Kinder zurückkehren. Sssolange gehört esss unsss.*

Ihre Kinder?! Ither war sich nicht sicher, ob er das wirklich gehört hatte.

*Wir sssind die Wächter.*

Sie standen jetzt dicht an der Klippe und betrachteten den Schrein in der weitentfernten Kratermitte.

Die Worte kamen über Ithers Lippen, als lenke sie jemand anders, und doch war er Herr seiner eigenen Gedanken: «Ich bin gekommen, um den Himmelsstein abzuholen. Es ist Zeit, dass sich unsere Bestimmung erfüllt.» Ither sprach laut und in der alten Sprache. Seine Körperhaltung war gespannt und sein Kinn stolz erhoben.

Und offenbar verstand der Bischof, was Ither sagte.

*Die Sssterne haben esss euch versssprochen.*

Der Bischof gab ein rasselndes Geräusch von sich.

*Doch esss hat sssich geändert. Wir haben erfahren, dasss die Sssterne im Unrecht sssind. Wir haben die Zweibeiner beobachtet. Ihr könnt den Himmelsssstein nicht bessschützen. Ihr könnt euch nicht einmal ssselbssst bessschützen.*

«Es ist unsere Bestimmung, den Himmelsstein in seine Heimat zurückzubringen.»

*Und esss issst unsssere, den Himmelssstein zu bewachen. Wir haben gesssehen, wie ihr Zweibeiner Kriege führt. Ihr panzerlosssen Kreaturen dürft ihn nicht bekommen. Esss hat sssich geändert. Wir müssssen den Himmelsssstein ssschützen.*

«Bis wir ihn abholen.»

*Ssso haben die Sssterne es gewünsssch t. Aber die alten Worte haben für unsss keine Bedeutung mehr. Wir werden euch den Ssstein nicht geben.*

«Ihr wisst, dass wir ihn uns dann holen müssen.»

Der Bischof zischte leise.

Aus irgendeinem Grund waren die Cardoc seit jeher davon ausgegangen, dass der Schlüssel in einer kriegerischen Auseinandersetzung zurückerobert werden musste. In Ithers Ausbildung hatten dazu nie Alternativen existiert.

*Wenn ihr versssucht, ihn euch gewaltsssam zu nehmen, müsssen wir euch vernichten, Zweibeiner. Dann werden wir euch nicht länger in den Höhlen tolerieren.*

Ither hörte, wie weitere Sozoah das Plateau betraten. Aber er wandte sich nicht um. Er konnte sich ohnehin kaum noch auf den Beinen halten.

«Wir werden den Himmelsstein nehmen und an seinen wahren Platz bringen. Mit oder ohne euer Einverständnis.»

Der Bischof ließ ein tiefes Grollen hören.

*Du sssolltessst dasss mit deinem Anführer besprechen, Cardoc, bevor du dasss Leben deinesss ganzen Ssschwarmsss riskiersssst.*

Er öffnete seine Zangen, nur um sie danach wieder mit einem leisen Klickern zu schließen.

*Ihr habt drei Sssonnen Zeit, euch zu entsssscheiden. Ich erwarte dich hier, Sssplitterträger. Sssoltessst du nicht rechtzeitig hier sssein, werden wir unsss unsssere Höhlen zurückholen.*

Der Rat würde nicht anders entscheiden. Aber Ither hatte nicht vor, das hier klarzustellen. Denn es verschaffte ihnen Zeit. Zeit, die sie dringend brauchen würden. Drei Tage.

«Ich verlange freies Geleit», sagte er.

Ilandra, Siez und Liu beobachteten das eigentümliche Gespräch aus sicherer Entfernung, während die Jäger hinter ihnen beängstigend scharrten und klickerten. Ither stand auf der ihnen zugewandten Seite neben dem riesenhaften Sozoah, den Blick auf das gerichtet, was vor ihnen und unterhalb des Abhangs lag.

Auf den ersten Blick schien er den Sturz gut überstanden zu haben. Aber als er sich endlich zu ihnen umdrehte, stockte Ilandra der Atem. Und auch Siez' Reaktion fiel nicht milder aus: «Ach, du meine Fresse!»

Sie hatten es vorher nicht sehen können, weil Ither ihnen die falsche Seite zugewandt hatte. Aber jetzt, als er auf sie zukam, sahen sie erst das Ausmaß seiner Verletzungen. Das Haar auf seiner rechten Kopfseite war verfärbt und triefte nur so von frischem, rotem Blut. Die rechte Gesichtshälfte war mit Schrammen übersät, die andere beinahe unversehrt.

Als Ither fast bei ihnen war, lief Ilandra ihm entgegen. Einer der Sozoah hinter ihnen fauchte bösartig, tolerierte ihr Verhalten aber, als Siez ihm mit Meteor drohte.

Als Ilandra bei ihm war, zitterten ihre Knie. Sie sah Ither direkt in die Augen, um herauszufinden, wie es ihm ging. Dann drückte sie sich fest an ihn und die aufgerissenen Scharten in seiner Lederpanzerung.

«Mach so was nie wieder!»

Ither legte einen Arm um sie, achtete aber darauf, dass er sie nicht mit der Hand berührte. Ilandra drehte ihren Kopf ein wenig, um sich seine Hand anzusehen. Sie bemerkte erst jetzt, dass sie beinahe genauso stark blutete wie die Wunde am Kopf.

Sie sah Ither wieder an.

Die Tränen kamen unvermittelt und ohne dass sie es wollte. Eigentlich hatte sie stark sein wollen. Aber die Erleichterung überrollte sie jetzt so heftig – jetzt, wo sie ihn berühren konnte ... Ilandra unterdrückte ein Schluchzen und Ither legte auch den zweiten Arm um sie.

«Keine Sorge», flüsterte er ihr ins Ohr. «So leicht wirst du mich nicht los.»

Als er aufsah, galt sein Blick den anderen beiden hinter Ilandra. Ither löste seine Umarmung und Ilandra drehte sich um.

Liu sah Ither erwartungsvoll an, während Siez immer noch bestürzt wirkte.

«Und? Was weißt du?» fragte Liu.

«Wir haben gefunden, was wir suchen. Der Schlüssel befindet sich im Zentrum dieses Kraters.»

Liu öffnete den Mund, um etwas zu sagen, aber Ither kam ihm zuvor. «Ich habe ihn mit eigenen Augen gesehen.»

Siez reichte Ither Meteor, der die Klinge dieses Mal mit seiner Linken entgegennahm.

«Wir haben freies Geleit bis an die Territoriumsgrenzen. Wir sollen sofort aufbrechen. Sie dulden uns nicht länger.»

Wie um Ithers Worte zu untermauern, schnappten die Sozoah hinter ihnen aufgeregt mit ihren Beißwerkzeugen in die Luft.

Ither sah Siez an. «Wie geht es dir?»

«So gut wie neu.»

«Wir hatten genug Zeit», bestätigte Liu.

Liu hatte Ither genauestens beobachtet, hatte die Fehlstellung seiner Schulter bemerkt und seine aufgerissenen Hände registriert. Doch am meisten Sorge bereitete ihm seine Kopfverletzung. Nicht weil sie so stark blutete – das war nichts Ungewöhnliches, weil die Kopfhaut nun mal deutlich stärker durchblutet war als andere Körperregionen. Nein, Liu sorgte sich, weil Ither sein Gleichgewicht immer wieder austarierte.

«Sag ihnen, wir brechen erst auf, wenn ich mir deine Verletzungen angesehen habe.» Liu sah Ither nachdrücklich in die Augen. Er befürchtete schon, dass er ihm wiedersprechen würde. Aber Ither nickte nach einem kurzen Augenblick. «Wir werden auf ihre Geduld hoffen müssen.»

Ither musterte die Grubenjäger misstrauisch. Und Liu verstand. Offenbar war der große Sozoah der Einzige, der mit Ither Kontakt aufgenommen hatte. Und der hatte sich bereits zurückgezogen. Liu würde sich ein andermal der Frage widmen, wie es möglich war, dass die Sozoah die Gedankensprache beherrschten. Jetzt musste er sich erst einmal um Ither kümmern.

Die Sozoah hinter ihnen wurden langsam unruhig und klickerten auffordernd. Siez baute sich vor ihnen auf, die Hand an seiner Waffe.

«Ich passe auf, dass die hier nicht zu aufdringlich werden. Aber beeilt euch, ich weiß nicht, wie lange die Viecher dieses Spielchen mitmachen werden.»

«Danke.»

Liu bedeutete Ither, in die Knie zu gehen. Dann kniete er selbst vor ihm nieder.

«Schließ die Augen.»

Ither tat, wie ihm geheißen.

«Wieder aufmachen.»

Ither öffnete die Augen und Liu beobachtete seine Pupillen. Die schemenhaft erkennbaren Kreise zogen sich unter dem Licht der Sterne zusammen. Allerdings viel langsamer als normal. Liu hatte das befürchtet.

«Wird der Schwindel stärker?»

Ither nickte nur.

Liu wechselte in die Astralsicht.

Ithers blauer Körper war in Aufruhr. Die Äthergestalt flimmerte unnatürlich stark und dunkle Nebel markierten unzählige kleinere Verletzungen und ein paar wenige erhebliche. Liu war klar, dass er nicht die Zeit haben würde, sie alle zu heilen. Also konzentrierte er sich auf das Wichtigste.

Zunächst wandte er sich Ithers Kopfverletzung zu. Die unschöne Platzwunde war nicht besonders gefährlich – der dunkle Schatten, der sich unter Ithers Schädeldecke ausbreitete, allerdings schon.

*Das wird möglicherweise ein wenig unangenehm,* sandte er in Gedanken zu Ither.

*Schlimmer kann der Kopfschmerz wohl kaum werden.*

*– Es wird nicht lange dauern.*

Liu fokussierte sich und heilte sacht die bedrohliche Blutung in Ithers Schädel. Er reparierte das geplatzte Gefäß und löste die dunklen Schatten auf, bis diese nahezu vollständig verschwunden waren. Liu spürte, wie Ither sich entspannte, als der Druck in seinem Kopf nachließ. Dies würde ihn vor größeren Schäden bewahren, aber Liu würde sich diese Verletzung noch mal ansehen müssen, wenn sie hier raus waren. Es war keine Blessur, mit der man leichtfertig umgehen sollte. Doch mehr war jetzt kaum möglich.

Liu wandte sich Ithers rechter Schulter zu. Er sah die Knochen als helle Schemen in dem blauflimmernden Astralkörper. Hier gab es keine freie Flüssigkeit. Aber Ithers Schlüsselbein war verschoben und der Abstand zum Schultereckgelenk ein wenig zu groß. Liu legte seine physische Hand auf Ithers Schulter und sah seine eigenen Finger blau in der Astralsicht. Er tastete mit dem Daumen nach dem Schlüsselbein und sah, wie es eigenartig nachfederte. Der Anblick faszinierte ihn. Denn er hatte diese Art von Verletzung schon oft behandelt. Er hatte sie nur noch nie *so* gesehen.

Liu drang in Gedanken zu den hell schimmernden Bändern vor, die die Knochen des Schultergelenks zusammenhielten, und brachte Ithers Körper dazu, das zu tun, wozu er normalerweise wenigstens sechs Wochen brauchen würde. Liu beobachtete, wie der Äther aufwirbelte, wie sich die gedehnten Bänder auf ihre normale Länge verkürzten und wie sich die feinen Risse in dem zähen Gewebe schlossen. Es war noch nicht perfekt, aber ...

Liu wurde jäh aus der Astralsicht gerissen, als Ilandra ihn an die Schulter fasste. Für einen Moment war er vollkommen orientierungslos. Im nächsten erkannte er die Kiefer des Jägers direkt neben seinem Gesicht.

Noch bevor Liu reagieren konnte, stand Ither schneidig auf und hob Meteor direkt vor die glitzernden, schwarzen Augen des Sozoah. Ither machte einen Schritt auf ihn zu, und das Ungetüm wich zischend zurück. Es war unschwer zu erkennen, dass das Biest zornig war, doch als Ither die Klinge noch ein wenig höher hob, senkte es seinen Kopf.

Ither drehte sich um und nickte Siez anerkennend zu, der derweil die anderen beiden Jäger auf Abstand hielt. Die beiden schienen etwas weniger ungeduldig als der erste, aber Liu wusste, dass dieser Zustand nicht ewig andauern würde.

Ither kniete sich wieder hin und legte Meteor griffbereit auf seine Oberschenkel. Der umwickelte Handlauf war mit seinem Blut beschmiert. Liu hatte beobachtet, dass Ither die Waffe nur mit Daumen und Zeigefinger gehalten hatte. Die Drohung gegen den Sozoah war nichts anderes als eine Täuschung gewesen. Liu wusste, dass es Ither kaum möglich war, die Finger zu schließen, geschweige denn, die schwere Waffe fest genug zu packen, um mit ihr zu kämpfen.

Liu reichte Ilandra seinen Trinkbeutel.

«Du kannst mir helfen, indem du seine Hände mit Wasser reinigst. Dann geht's schneller.»

«Okay.» Ilandra nahm den Trinkbeutel entgegen, und Liu wechselte erneut in die Astralsicht. Er sah, wie das Wasser sich in einem gleißenden, silbernen Strom über Ithers blauflimmernde Hände ergoss und wie es den allergrößten Teil der schwarzen Nebel einfach wegwusch. Er sah auch Ilandras zierliche, blaue Finger, wie sie den Schmutz aus Ithers Handflächen rieben.

Schließlich bedeutete er ihr aufzuhören.

Jetzt, wo die Schnitte sauber waren, war ihre Heilung leicht. Liu stillte die Blutung und ließ die Wunden verheilen.

«Liu?»

Ither bewegte die Finger, als ob er ihre Beweglichkeit prüfen wollte.

«Liu, es ist jetzt Zeit ...»

Liu glitt aus der Astralsicht.

«Wir müssen jetzt aufbrechen», sagte Ither mit einer Stimme, die so sanft war, als hätte Liu ihn aus einem Traum geweckt. Als sich seine Sinne klärten, hörte auch Liu die rasselnden Drohgeräusche der Jäger. Und er verstand, dass es jetzt keinen weiteren Aufschub mehr gab.

Ither war bereits aufgestanden und Liu tat es ihm jetzt gleich.

«Kommst du klar?», fragte er an Ither gewandt.

Ither lockerte die Schulter und schloss den Griff fester um Meteor.

«Ja.»

Ganz zufrieden war Liu nicht. Aber es würde genügen, um hier rauszukommen.

Sie setzten sich in Bewegung, eskortiert von nicht

weniger als einem Dutzend Sozoah.

# 5

Die Grubenjäger waren fort. Am Rand ihres Territoriums hatten die Sechsbeiner haltgemacht und waren ihnen nicht weiter gefolgt. Die Gänge waren plötzlich still und wie leergefegt. Aber Siez hatte immer noch das Gefühl, beobachtet zu werden.

Ihre Schritte hallten von den nackten Steinwänden wider. Ansonsten hörten sie kaum einen Laut. Seit Ither ihnen berichtet hatte, was die Sozoah vorhatten, waren sie alle sehr still, ganz so, als ob jeder von ihnen das Geschehene erst einmal für sich verarbeiten musste.

Liu hielt inne und sah Ither mit bedeutsamem Blick an. Doch der schüttelte nur erneut den Kopf und ging weiter. Liu hatte immer noch keine Gelegenheit gehabt, Ithers restliche Blessuren zu versorgen. Doch genau wie Siez schien Ither sich nicht auf das Wort der Sozoah verlassen zu wollen. Seine weißen Augen waren zu Schlitzen verengt und suchten jede Abzweigung und jede Einbuchtung genauestens ab.

Und auch Siez wurde sein ungutes Gefühl einfach nicht los. Es war wie ein warnendes Prickeln zwischen seinen Schulterblättern. Und wenn Siez eines gelernt hatte, dann sich auf sein Gefühl zu verlassen.

Er ließ sich zurückfallen. Hinter Ilandra und auch hinter Liu, der den anderen beiden folgte.

Der Gang hinter ihnen war genau so still und verlassen, wie vorhin, als sie ihn entlanggegangen waren, aber Siez fühlte sich erheblich besser, wenn er den anderen den Rücken sicherte, eine Hand immer kampfbereit am Griff seines Krummschwertes.

So legten sie viele hundert Schritte zurück und Siez fragte sich allmählich doch, ob er unter Wahnvorstellungen litt. Aber Ither schien seine Beunruhigung nach wie vor zu teilen. Sie hatten ihre Positionen mehrfach getauscht und wechselten sich ab, um ihre Aufmerksamkeit aufrechtzuerhalten. Liu und Ilandra immer schützend zwischen sich.

Nach einer Weile verbreiterte sich der Gang vor ihnen zu einer rundlichen Kammer, von der zwei weitere Tunnel abgingen. Siez zog seine Waffe lautlos und bewegte sich langsam an der linken Wand entlang. Ither, der die Lage ebenfalls erkannt hatte, gab ihre Rückendeckung auf, um den rechten Gang zu sichern. Er bedeutete Ilandra und Liu, zwischen ihnen zu bleiben. Dann nickte er Siez zu.

Siez duckte sich und schob sich vorwärts. Ither tat es ihm auf der anderen Seite gleich.

Der feuchte, modrige Geruch verriet sie zuerst. Sie griffen an, noch bevor Ither und Siez die Abzweigungen der Gänge ganz erreicht hatten. Und obwohl sie darauf vorbereitet waren, kam der Angriff der Sozoah unerwartet heftig.

Der erste Jäger war über Siez, noch bevor dieser seine Klinge zum Schlag führen konnte. Siez sprang leichtfüßig zur Seite und wich dem Ungetüm aus – nur, um im nächsten Moment von der Seite anzugreifen. Er hieb seine Klinge in den Spalt oberhalb des Vorderbeins. Der Jäger bäumte sich zornig auf und attackierte Siez mit seinen Mundwerkzeugen.

Irgendwo anders fauchten Ilandras Zauber durch die kleine Höhle. Orangefarbene und violette Lichter tauchten die Szenerie in ein abstraktes Bild.

Siez gewann etwas Abstand und verpasste dem Sozoah einen weiteren Schlag zwischen die

Panzerplatten. Der Jäger kreischte auf und wich ein wenig zurück. Ein zweiter Jäger drängte aus dem Tunnel hervor. Seine Fühler tasteten für einen winzigen Moment durch die Luft. Dann setzte er sich wieder in Bewegung. Aber er hatte offenbar nicht vor, Siez zu attackieren. Ilandra! Liu! Er musste es auf die beiden abgesehen haben!

Das würde Siez nicht zulassen. Er sprang auf den zweiten Jäger zu und verpasste ihm einen Hieb in die Seite. Der Sozoah wandte sich ihm zu.

Ein kurzer Blick über die Schulter verriet Siez, dass es bei Ither nicht besser aussah. Dieser kämpfte gegen drei Jäger und Ilandra unterstützte ihn dabei mit Feuerzaubern. Liu stand etwa in der Höhlenmitte – die Augen geschlossen. War jemand verletzt? Siez konnte es nicht erkennen.

Er wirbelte wieder herum. Der Jäger vor ihm bäumte sich auf und stieß mit einem seiner Vorderbeine nach ihm. Siez bog sich zurück und entkam so dem Angriff. Dann schnellte er vor und schlug dem Sozoah sein Krummschwert ins Gelenk. Der Panzer knackte, und das Bein knickte ein, noch bevor Siez seine Klinge zurückgezogen hatte. Nun griff auch der erste Jäger wieder ein. Sie attackierten Siez jetzt gemeinsam!

Siez wich dem ersten Angriff aus, setzte eine Finte und griff den Jäger an, mit dem er zuerst gekämpft hatte. Er schlug seine Klinge tief in die bereits aufgesprengte Panzerung, wirbelte herum und rollte sich über den Rücken der Bestie, noch während sie zusammenbrach. Der Angriff kam für den zweiten Jäger genauso überraschend wie für den ersten. Siez sprang ihn an. Und sein Krummschwert traf genau in die Naht zwischen Kopf und Rücken.

Es gab ein fürchterliches Krachen, als Siez die Klinge mit aller Kraft, die er aufbringen konnte, drehte und den Panzer aufhebelte. Der Jäger kreischte. Siez stieß einen lauten Kampfschrei aus, als sein zweiter Gegner zusammenbrach.

Dann wandte er sich um.

Ein gleißender Lichtblitz erhellte die Höhle. Ilandra kämpfte gegen einen besonders großen Jäger. Ither kam ihr zu Hilfe. Doch wo war Liu? Siez wirbelte suchend herum – und musste entsetzt feststellen, dass der Heiler von der Gruppe getrennt worden war. Es war, als hätten die Bestien begriffen, dass es der Heiler war, der ihnen den Kampf so unnötig erschwerte. Siez war verblüfft. Sie gingen tatsächlich strategisch vor!

In diesem Moment bewegten sich drei Jäger langsam und klickernd auf Liu zu, der in einem tiefen Ausfallschritt auf ihre Ankunft wartete. Siez musste ihm helfen! Er setzte sich in Bewegung und attackierte den hintersten der drei Jäger. Siez sah aus den Augenwinkeln, wie Liu langsam seine Robe bis zu den Knien hochzog. Und dann geschah etwas, womit Siez nie gerechnet hätte: Während er noch mit dem dritten Jäger beschäftigt war, zog Liu zwei lange Dolche aus den Scheiden an seinen Unterschenkeln. Die Klingen blitzten auf. Und Liu bewegte sich mit einer so perfekten Kampftechnik, dass es Siez die Sprache verschlug! Er war schnell, präzise und tödlich. Die schwarze Robe wirbelte durch die Luft wie die Flügel eines Raben.

In dem Moment, als Siez seinem Jäger den Rest gab, stürzte Lius zweiter zu Boden. Siez starrte den Heiler mit offenem Mund an. Da stand er, mit gesenktem Kopf, die beiden Dolche in den Händen. Gelbes Blut rann daran hinab und tropfte auf den Boden. Siez hatte das Gefühl, als hätte er einen Geist gesehen.

Es wurde still um sie, nachdem Ither den letzten Sozoah getötet hatte. Liu entspannte sich. Dann lächelte er Siez auf seine gewohnt freundliche Art an.

«Wie ...?» Siez fehlten die Worte.

«Ich bin ein Cardoc – schon vergessen?»

Siez sah fragend zu Ither, der allerdings nicht im Geringsten überrascht zu sein schien. Er antwortete Siez mit einem Grinsen. Dann wandte er sich Liu zu und musterte ihn.

«Kommst du klar?»

«Ja.»

Jetzt, wo Liu die Waffen weggesteckt hatte und sich mit einer Hand die Seite hielt, sah Siez es auch. Die Jäger mussten ihn verletzt haben, noch bevor er sich verteidigt hatte. Denn bei seinem Kampf hatte er definitiv keinen einzigen Treffer kassiert. Dafür war er viel zu überlegen gewesen.

«Die Viecher wollten Meteor ...», sagte Ilandra, immer noch außer Atem.

«Ja», bestätigte Ither. «Den Eindruck hatte ich auch.»

«Aber wieso?»

«Sie nennen es *den Splitter* ...»

Siez' Gedanken waren immer noch bei Liu. Das, was er da gerade gesehen hatte, konnte einfach nicht wahr sein.

Er war doch ein Heiler! Und kein Kämpfer. Er hatte immer geglaubt, dass selbst die Cardoc diese beiden Rollen strickt voneinander trennten. Oder irrte er sich?

Als der Ausgang endlich in Sicht kam, beschleunigten die anderen ihre Schritte. Ither ging voran, dicht gefolgt von Ilandra und Siez. Liu befand sich einige Meter hinter ihnen. Still und ganz für sich. Je schneller sie gingen, umso langsamer wurde er. So als könnte er es sich endlich eingestehen. Es endlich zulassen ...

Liu fühlte sich, als befände er sich im Wasser – als

berührten seine Füße den Boden gar nicht mehr. Und doch trugen sie ihn weiter. Schritt für Schritt. Es war, als wäre es die Welt, die sich von ihm entfernte – und nicht er von ihr.

Liu stützte sich mit einer Hand an der nackten Felswand ab, während er langsam weiterging. Er schwitzte, obwohl ihm kalt war, und er zitterte in unkontrollierbaren Wellen.

Er hatte es nicht geschafft, sich selbst zu heilen. Er hatte sich einfach nicht konzentrieren können. Es war, als ob ihm seine Fähigkeiten einfach nicht mehr gehorchten. Auch wenn er die Schmerzen betäubt hatte, hatten sie ihn schon Sekunden später wieder aus der Astralsicht gerissen. Zwar war es ihm zeitweise gelungen, die Blutung zu stillen, aber er musste es immer wieder tun, da er die Heilung nie so weit bringen konnte, dass sich das Gewebe wirklich schloss. Und seine Kräfte schwanden.

Ihm war schwindelig. Er fühlte sich schwerelos.

Ein gutes Stück vor ihm trat Ither gerade aus dem Tunnel. Sein Haar schimmerte silbrig, als er in das schwache Licht der Höhlenstadt eintauchte. Ilandra und Siez befanden sich an seiner Seite. Sie würden gut auf ihn aufpassen. Wohin auch immer ihr Weg sie führen mochte.

Liu lächelte. Es war ein sanftes, wissendes Lächeln. Er hatte seine Aufgabe erfüllt. Er hatte den Bewahrer geschützt, genau wie er es vor vielen Jahren geschworen hatte. Nicht einmal, sondern viele Male. Und zuletzt an diesem Tag. Mit seiner Rückkehr würde Ither den Grundstein für die Zukunft des Clans legen. Liu hatte sich richtig entschieden. Es war gut gewesen, ihnen zu folgen.

Als Liu endlich selbst am Tunneleingang ankam, hatte eine seltsame Gefühllosigkeit von ihm Besitz ergriffen. Er lächelte immer noch schwach. Aber er war kurzatmig und spürte, wie sein Herz versuchte, den Blutverlust mit einer höheren Schlagfrequenz auszugleichen. Sein Puls war bereits schwach, aber so schnell wie die Hufe eines galoppierenden Defassa.

Liu blieb stehen. Seine rechte Hand tastete rauen, kalten Stein, der sich unwirklich anfühlte, wie in einem Traum. Seine linke Hand war warm und nass. Er zog sie unter dem durchnässten Stoff hervor und betrachtete den roten Lebenssaft, der zwischen seinen Fingern wie Wasser verrann.

Eigentlich hatte er gedacht, dass er es noch nach Hause schaffen würde ... Dass ihm genug Zeit blieb, um zu den Phantomen zu gelangen ... Aber sein Irrtum ängstigte ihn nicht. Denn es ging langsam und sanft.

Auch wenn sie diesen Ort bald verlassen würden, tat es gut, erst einmal wieder hier zu sein. Ither blieb stehen und sog die Luft tief ein. Seine weißen Augen suchten die Klippen nach dem kleinen Wachposten ab, den die Cardoc in der Nähe eingerichtet hatten. Und er entdeckte ihn. Gut vierhundert Meter weiter in Richtung des Cardoc-Geländes. Ither lächelte zufrieden. Auf seine Leute war Verlass.

Er wollte die anderen gerade auffordern weiterzugehen, doch dann legte sich Siez' Hand ungewöhnlich fest auf seine Schulter. Ither wandte sich sofort um.

«Es ist Liu. Mit ihm stimmt etwas nicht», sagte Siez.

Ither sah erst jetzt, dass der Heiler noch hinten beim Tunnel war. Es fuhr ihm eiskalt durch den Körper, als ihm klar wurde, dass er kein zweites Mal nachgefragt hatte, wie es ihm ging. Er war so sehr damit beschäftigt gewesen, über das nachzudenken, was geschehen war und was bald geschehen würde, dass er Liu vollkommen aus den Augen verloren hatte!

Ither drückte Siez seine Waffe in die Hand und lief

zum Tunnel zurück.

«Liu! Alles in Ordnung?»

Im ersten Moment reagierte er nicht, sondern betrachtete weiter seine blutverschmierte Hand. Mit der anderen stützte er sich an der Wand ab.

«Nein.» Seine Stimme war leise und sanft, als er schließlich antwortete. Liu lächelte Ither mit diesem milden Ausdruck an. «Ich fürchte, ich komme doch nicht klar ...»

Die schwarze Robe war von seiner rechten Bauchseite über die Hüfte bis hinunter zu seinen Knöcheln klitschnass.

Ither zog den Stoff an der gerissenen Stelle auseinander und legte die klaffende Wunde frei, die zwar nicht unbedingt größer war, als er erwartet hatte, dafür aber offenbar tiefer.

«Sag mir, was ich tun soll!», sagte Ither.

«Es gibt nichts, was du tun kannst ... Sonst hätte ich dich längst gebeten ...»

Das war nicht das, was Ither hatte hören wollen. Er fackelte nicht lange, sondern packte Liu und hob ihn hoch. Der Heiler stöhnte leise auf und verzog das Gesicht. Die Tatsache, dass er nicht einmal mehr einen richtigen Schmerzenslaut von sich gab, beunruhigte Ither mehr als alles andere! Er setzte sich in Bewegung. Ilandra und Siez waren binnen Sekunden bei ihnen.

«Liu!» Ilandra sah ihn bestürzt an.

«Kann ich etwas tun?» wollte Siez wissen.

«Er muss zu den Phantomen, so schnell wie möglich!», stieß Ither hervor.

Siez, der ohne das Gewicht deutlich schneller war, lief voraus und alarmierte die Wachposten.

«Liu, du musst wach bleiben!» Ilandra versuchte ihn bei Bewusstsein zu halten. «Hörst du?» Aber Ither spürte, wie Lius Körperspannung nachließ.

Einer der beiden Männer des Postens kam ihnen entgegen, der andere lief, um die Phantome zu rufen.

Als der erste Wachmann bei ihnen war, übernahm er Liu.

«Bring ihn zu den Heilern!», sagte Ither.

Der Cardoc starrte Ither einen Augenblick an, als könne er nicht abschätzen, ob er vielleicht auch Hilfe brauchte.

«Mach schon! Mir geht's gut», rief Ither.

Der Wachposten setzte sich augenblicklich in Bewegung.

«Und sag den anderen, dass wir gute Nachrichten mitbringen!»

Erst als Ither sah, wie mühelos der Cardoc Lius Gewicht trug, wurde ihm klar, wie schlecht es ihm selbst ging.

Irgendwie hatte er sich seine Rückkehr anders vorgestellt.

Siez reichte ihm Meteor.

«Zeit, nach Hause zu gehen.»

# 6

Sie betraten das Gelände der Cardoc durch eines der kleineren Ausfalltore. Sie wurden bereits erwartet. Ihre Rückkehr hatte sich längst herumgesprochen.

Ither schritt durch den Torbogen und betrat den Hof. Ilandra und Siez befanden sich an seiner Seite, wenige Schritte hinter ihnen ein paar Männer, die einen zweiten Vorposten bewacht hatten. Die Cardoc, die sich auf dem Hof versammelt hatten, musterten sie mit einer Mischung aus Erwartung und Besorgnis. Ein paar von ihnen machten sich nicht die Mühe, ihr Entsetzen über Ithers Aussehen zu verbergen. Besonders die Jüngeren starrten ihn an. Das Blut in Ithers Haar war mittlerweile geronnen und verklebt. Seine rechte Gesichtshälfte war verschmiert, und überhaupt befand sich so viel gelbes und rotes Blut auf seinem Wams, dass es eher aussah, als kehrten sie von einer Schlacht zurück als von einem Spähtrupp. Siez sah mit seinem aufgeschlitzten Hosenbein kaum besser aus. Auch Ilandra hatte ein paar Blutspritzer abbekommen. Obwohl keiner davon ihr eigener war. Glücklicherweise.

Ither konnte die Anspannung in den Gesichtern seiner Leute lesen. Er blieb stehen und sah jeden einzelnen von ihnen kurz an.

«Wir haben gefunden, was wir suchten!», rief er so laut, dass alle es hören konnten. «Wir werden uns zurückholen, was uns gehört!»

Die Cardoc antworteten augenblicklich. Ihre wilden Kriegsschreie erhoben sich in die dämmrige Höhlennacht wie ein Schwarm jagender Rashir. Für einen Augenblick überlagerten sie sogar Ithers immer noch beißenden Kopfschmerz.

«Wir werden zuerst den Rat und dann die Offiziere informieren. Macht euch bereit. Es wird nicht mehr lange dauern!»

Der Jubel erhob sich ein zweites Mal. Aber Ither konnte ihn nicht genießen. Er blickte sich suchend um. Dann winkte er einen der Offiziere zu sich heran.

«Was ist mit den anderen Trupps? Sind sie schon zurück?»

«Zwei. Einer davon ebenfalls mit Feindkontakt. Ihre Verletzungen wurden bereits versorgt.»

«Verluste?»

«Keine.»

«In Ordnung. Lass den Rat zusammenrufen. Ich will Meldung, sobald die Nachzügler hier sind.»

«Aeyh.»

«Und Markah – ich will einen Bericht haben, wenn sie in zwei Stunden nicht wieder hier sind.»

Markah nickte und sah Ither mit festem Blick an. «Sollen wir einen Suchtrupp nach ihnen ausschicken?»

«Nein. Das können wir momentan nicht riskieren.»

«Verstehe. Wir haben weniger Zeit als erwartet.» Er sah Ither mit diesem durchdringenden Blick an, der so typisch für die Raben war. Dann wandte er sich seinen Männern zu. «Also, Leute, ich habe ein paar Aufgaben für euch ...»

Ither gab einem anderen Cardoc ein Zeichen, um dafür zu sorgen, dass Siez ebenfalls zu den Heilern gebracht wurde. Ihm war nicht entgangen, dass Siez seit einiger Zeit wieder stärker humpelte. Ein entzündetes Bein würden sie jetzt nicht gebrauchen können. Siez sah Ither verstört an, als der Cardoc ihn am Arm packte. «Und was ist mit dir?!»

Ilandra wollte ebenfalls protestieren, aber Ithers

Blick hielt sie davon ab.

«Bring ihn zu den Heilern», sagte er an den Cardoc gewandt.

Siez blieb stehen.

«Liu hat gesagt –»

Ither schnitt ihm das Wort ab. «Das kann warten. Zunächst gibt es Wichtigeres zu tun.» Er sah Siez einen Augenblick ernst an, bevor er dem Cardoc zunickte. Siez folgte ihm widerwillig. Er schien verstanden zu haben, dass das hier weder der richtige Zeitpunkt noch der rechte Ort für solch eine Unterhaltung war.

Ither wandte sich Ilandra zu. «Könntest du nach Liu sehen? Ich muss wissen, wie's ihm geht.»

Sie wussten beide, dass die Heiler sie informieren würden, sobald es Neuigkeiten gab. Ither hatte sich bereits auf Ilandras Protest eingestellt. Aber stattdessen blickte sie ihn verständnisvoll an. Ither war ihr sehr dankbar, dass sie nicht mit ihm diskutierte. Er schenkte ihr ein schwaches Lächeln.

«Achte auf dich, okay ...?»

Sie schaute ihm noch einmal tief in die Augen, bevor sie sich zum Gehen wandte.

Ither sah ihr nach. Er wusste, dass sie und Siez recht hatten. Er brauchte selbst einen Heiler. Und zwar bald.

Aber er musste zuerst den Rat informieren. Die Rudelführer mussten so schnell wie möglich von dem Ultimatum der Sozoah erfahren. Wenn die Cardoc den Ort der Schlacht bestimmen wollten, dann mussten sie den Sozoah zuvorkommen. Und das bedurfte einiger Vorbereitung. Jede Minute war kostbar.

Ither schnallte ein paar Riemen seiner verschrammten Lederpanzerung auf und gab seine Ausrüstung einem Halbstarken, der sie zum Rüstmeister bringen sollte. Ither löste sogar Meteor von seinem Gurt und vertraute dem Jungen die kostbare Klinge an.

«Pass gut darauf auf.»

Die Augen des Jungen funkelten ehrfurchtsvoll, als er seine schwarzen Hände um den verzierten Griff legte.

«Das werde ich.» Er verbeugte sich.

Ither sich drehte sich um, als er hinter sich vertraute Flügelschläge hörte. Doch schon in dem Augenblick, in dem Rabes Füße den Boden berührten, befand er sich bereits wieder in seiner Normalgestalt. Nur seine Augen waren für einen winzigen Moment noch frappierend schwarz. Er blinzelte. Schon beim nächsten Wimpernschlag war die Metamorphose abgeschlossen und Rabe blickte Ither mit seinen silberweißen Augen an.

«Ihr habt den Schlüssel gefunden.» Es war eine Feststellung. Keine Frage. Rabe lächelte zufrieden, während er seine Schulter lockerte. Die Verwandlungen waren eine enorme Belastung für die Muskulatur und die Gelenke. Ither wusste, dass ihm dies schon seit einiger Zeit Probleme bereitete.

«Ja, im Herzen des Schwarmbaus.» Ither sah ihn ernst an. «Aber es gibt noch mehr, was der Rat erfahren muss.»

Rabe legte den Kopf schief und musterte Ithers offensichtliche Verletzungen. Sein Blick ruhte auf dem blutverklebten Haar, als er schließlich knapp nickte. Dann sah er Ither durchdringend an.

«Du wirst Gründe haben, wenn es dir so eilig ist.»

Sie setzten sich in Bewegung.

Seit ihrer Rückkehr war zwar schon einige Zeit vergangen, aber der Schrecken der vergangenen Stunden saß Ilandra immer noch in den Knochen. Sie blickte zur Höhlendecke hinauf, die trübdunkel schimmerte, und ihre Kehle war wie zugeschnürt, als sie erneut gegen die Tränen ankämpfen musste. Sie fragte sich, ob Ither es wirklich nicht sah oder ob er es ihr nur nicht zeigte. Es schien ihm einfach nichts auszumachen, aber Ilandra fiel es schwer, die Geschehnisse zu verarbeiten. Es war das zweite Mal gewesen, dass sie ihn beinahe verloren hatte. Und sie wusste nicht, wie sie eine solche Situation ein weiteres Mal ertragen sollte. Zumal wenn die Geister wirklich ihren Tribut forderten. Ilandra zitterte, denn das, was da auf sie zukam, machte ihr große Angst. Eine derartige Konfrontation zu riskieren entbehrte jeder Vernunft. Aber in diesem Spiel ging es um mehr als das, das hatte Ilandra längst verstanden. Die Geister hatten sie beschützt und dazu gebracht, die Dinge zu tun, die nötig waren, damit sich ihr Weg erfüllte. Also sollte sie nicht daran zweifeln. Oder redete sie sich das nur ein, weil sie einen Grund für diesen Wahnsinn brauchte? Ilandra wusste nicht, was sie glauben sollte. Sie senkte den Blick.

Ither und Siez waren beinahe getötet worden und wie es wirklich um Liu stand, wusste sie immer noch nicht. Die Heiler hatten sie nicht einmal hereingelassen. Und Ither war noch beim Rat.

Ilandra blickte über den bevölkerten Hof.

Wenigstens war Siez wohlauf. Er stand auf einem Karren und berichtete lautstark von dem, was sie in den Tunneln erlebt hatten. Einige Cardoc hingen an seinen Lippen, während es um sie herum geschäftig zuging. Wagen um Wagen wurden beladen und an der nahe gelegenen Schmiede herrschte großer Andrang.

«Er kletterte Zug um Zug, bis er direkt über der Bestie war ...» Siez machte eine Pause. «Dann plötzlich ließ er los – und stürzte sich hinab! Ich warf ihm die Klinge zu ...», Siez ahmte die Bewegungen nach, «...

und er fing sie aus der Luft und zerschmetterte den Panzer des Häschers! Woahrrr!»

Die Cardoc jubelten. Und feuerten Siez an, während er einen unsichtbaren Sozoah attackierte.

Ilandra betrachtete das Schauspiel aus der Ferne und wünschte sich, die Dinge wären so einfach gewesen.

«Der Lärm lockte neue Sozoah an. Jäger! Sie griffen sofort an und ...»

Ilandra blickte sich um, als sich ein Cardoc zu ihr gesellte. Er steckte sein Schwert weg, das er offensichtlich gerade geölt hatte, und wischte seine Hände an einem schmutzigen Lappen ab. Ilandra erkannte ihn nicht sofort, weil er nicht den goldverzierten Helm trug und auch nicht das Wappen der Gra Res Tar. Doch dann jagte es ihr wie Eis durch die Adern.

«Dharian?»

«Mylady.» Er lächelte sie freundlich an. «Ich freue mich zu sehen, dass Ihr wohlauf seid.»

Er war ein Cardoc! Und das bedeutete, dass die Cardoc die Gra Res Tar schon seit Jahren infiltriert hatten! Die Magier hatten Dharian immer für einen gewöhnlichen Schatten gehalten – ihn sogar zum Hauptmann ihrer Garde gemacht. Offenbar hatten die Gra Res Tar die Cardoc unterschätzt. Ilandra war verstört.

«Ihr scheint überrascht zu sein, mich zu sehen.»

Ilandra bemerkte, dass sie ihn mit offenem Mund anstarrte, und erwiderte sein Lächeln.

«Allerdings. Ich dachte –» Sie ließ den Gedanken fallen. «Ich bin dir zu großem Dank verpflichtet. Und ich freue mich, dich zu sehen.»

«Der Dank gilt Euch, Seherin.»

Für einen Augenblick fragte sie sich, ob Dharian wirklich sein richtiger Name war, aber sie beschloss, ihn nicht danach zu fragen. Seine Kleidung verriet ihr, dass er nicht nur irgendein Cardoc war, sondern sogar ein Offizier. Wobei sie seinen genauen Rang nicht zuordnen konnte. Die Befehlsstrukturen der Cardoc waren für sie noch reichlich undurchsichtig.

«Gab es Strafen nach meiner Flucht?» Eigentlich hatte sie das gar nicht fragen wollen, aber die Worte kamen trotzdem über ihre Lippen.

Dharian sah sie forschend an.

«Ja, aber die meisten waren akzeptabel.»

*Die meisten*. Ilandra schluckte und brachte für ein paar Augenblicke kein Wort heraus.

«Was ... Was haben sie getan?»

Dharian sah zu Siez hinüber, der gerade berichtete, wie Liu aus dem Schatten aufgetaucht war.

«Nichts, womit Ihr Euch belasten solltet.»

Sie verstand, dass er nicht darüber reden wollte. Eines aber brannte ihr auf der Seele: «Wie geht es Thamar? Haben sie ihm etwas getan?»

Dharian sah sie wieder an.

«Als ich ihn zuletzt gesehen habe, war er wohlauf. Sie halten ihn immer noch für den Seher, Mylady. Also werden sie ihm nichts tun.»

Ilandra war unsagbar erleichtert, das zu hören. Sie hätte es sich nicht verzeihen können, wenn ... Aber was würde mit Thamar geschehen, wenn die Gra Res Tar erfuhren, dass er nicht der Seher war und dass die Cardoc Camousharra verließen – mit ihr? Ihr wurde plötzlich sehr kalt.

Dharian wandte sich wieder dem Schauspiel auf dem Karren zu.

«... Er legte seine Hand auf mein Bein, und die Wunde verschwand wie von Geisterhand ...» Siez unterlegte seine Darbietung mit einem dramatischen Tonfall.

Aber Ilandra hörte gar nicht zu. Was, wenn Thamar

vielleicht die gleiche Gabe hatte wie sie? Er war Ilandras Zwillingsbruder. Was, wenn es zwei Seher gab?

Ither trat hinaus auf die Terrasse bei den Steingärten. Er hatte den Rat informiert. Jetzt wurde alles in die Wege geleitet und er konnte sich einen Moment ausruhen.

Die Luft war kühl und Ither atmete sie tief ein. Doch als die Anspannung von ihm abfiel, ging es ihm plötzlich sehr schlecht. Er fühlte sich unendlich erschöpft, der Schwindel kehrte zurück und die Kopfschmerzen wurden wieder stärker. Er zitterte und spürte, wie das Wasser in seinem Mund zusammenströmte. Ither kämpfte noch eine Weile dagegen an, doch er konnte es nicht länger zurückhalten. Sein Magen krampfte sich zusammen und Ither übergab sich heftig über das Geländer. Es dauerte einige Augenblicke, bis er sich wieder unter Kontrolle hatte.

Als er sich aufrichtete, stand plötzlich ein Junge neben ihm, der ihn mit großen, silberweißen Augen ansah und ihm einen Trinkschlauch reichte. Ither hatte ihn bis dahin nicht einmal bemerkt.

«Shotar?» Er reichte Ither gerade mal bis zum Brustbein, trug aber bereits die Tunika der Heilerlehrlinge. Ither hatte ganz vergessen, wie jung sie waren, wenn sie ihren Rollen zugeordnet wurden.

Ither wischte sich den Mund ab und nahm das Wasser dankbar entgegen. Nach ein paar Schlucken ging es ihm tatsächlich ein wenig besser.

«Meister Liu sagte, wenn so etwas passiert, soll ich Euch sofort zu einem Heiler bringen.»

«Wie geht es ihm?»

«Er ist noch geschwächt von der Heilung. Aber das wird schon wieder.» Die Augen des Kleinen funkelten, als er Ither zuversichtlich anstrahlte. «Großmeister Vendrin hat sich persönlich um ihn gekümmert.»

# 7

«Ich sagte doch, dass er hier ist.» Siez' Stimme wurde beinahe vollständig vom Tosen der Wasserfälle verschlungen. Ilandra lächelte ihn dankbar an. Dann glitt ihr Blick zurück zu Ither, der einige Meter entfernt am Ufer saß und das Wasser betrachtete. Er hatte ihnen den Rücken zugewandt und seine Ellenbogen ruhten auf den Knien. Ilandra konnte spüren, dass es ihm nicht gut ging.

«Gib uns einen kleinen Moment, ja?»

Ilandra tauschte einen Blick mit Siez. Er nickte freundlich und blieb zurück, während Ilandra zu Ither hinüberging.

Ein feiner, kühler Nebel lag in der Luft und das Rauschen des Wassers dämpfte jedes andere Geräusch. Ither schien sie noch nicht bemerkt zu haben, aber Ilandra war erleichtert zu sehen, dass er wenigstens bei den Heilern gewesen war. Auch die letzten Wunden schienen versorgt zu sein und das Blut war aus seinem Haar gewaschen. Wie es aussah, hatte er im Fluss gebadet, denn sein Haar war nass und seine Kleider waren nur locker übergestreift.

Ilandra setzte sich neben ihn.

«Du machst es einem nicht gerade leicht, dich zu finden ...»

Ithers Mundwinkel zuckte, aber sein Blick blieb weiter auf die schwärzlich glitzernde Oberfläche gerichtet. Ein paar nasse Haarsträhnen hingen ihm ins Gesicht.

«Willst du reden?»

Ither senkte den Blick ein wenig.

«Nein ...»

Ilandra hatte ihn noch nie so gesehen. Seine Aura war dunkel und voller Bedenken. Er wirkte zornig, aber in seinem Blick lag auch so etwas wie Trauer. Ilandra legte die Arme um ihre Knie und blickte ebenfalls auf das Wasser, das irgendwo in der Schwärze versank, bevor sich die Höhlenwände in die Höhe türmten. Für ein paar Augenblicke saßen sie einfach nur da. Doch irgendwann sagte Ither: «Für sie bin ich der Bewahrer ... Der Schatten, der sie zur Erfüllung ihrer Träume führen wird ...» Seine Stimme war rau und leise, und sein Blick blieb auf das Wasser gerichtet. «Was ist, wenn ich das nicht schaffe?»

Ilandra öffnete den Mund, um etwas zu sagen. Aber er kam ihr zuvor. «Was ist, wenn sie meinetwegen sterben? Wie viele Leben muss ich opfern, um sie hier rauszubringen?»

Das waren Fragen, auf die es keine milden Antworten gab. Und Ither schien auch keine zu erwarten.

«Wie kann das richtig sein?»

Er sah sie an.

«Es sind so unendlich viele Sozoah, Ilandra.»

Er blickte wieder auf das Wasser.

«Und das alles für eine Stadt, von der ich nicht einmal weiß, ob sie wirklich existiert.»

Er zweifelte. Und das war nicht gut.

«Wir werden es schaffen, hörst du? Wir werden uns diesen Schlüssel holen und die Stadt finden. Bis jetzt ist alles eingetreten, was die Prophezeiung vorausgesagt hat. Und das wird bei diesen Dingen nicht anders sein ...» Ilandra war sich nicht einmal sicher, warum genau sie das sagte. Es war, als sollte sie es sagen. Und sie hatte das Gefühl, dass es wichtig war.

In Wahrheit hatte sie selbst wahnsinnige Angst vor

der bevorstehenden Schlacht. Doch das hier war sicher nicht der richtige Moment, um diese Gefühle mit Ither zu teilen.

«Du sprichst wie eine Cardoc.»

«Ich bin jetzt eine Cardoc.»

Das entlockte ihm ein Schmunzeln. Ilandra zauberte die kleine Libelle herbei und ließ sie über das Wasser gleiten. Ihre durchscheinenden Flügel hinterließen feine Silberschleier, während sie lautlos ihre Bahnen durch den Nebel zog. Ither blickte ihr nach.

«Ich war blind und ignorant.»

Ilandra sah ihn an. Die kleine Libelle verharrte jetzt dicht über der Wasseroberfläche, die ihr leuchtendes Spiegelbild zu wabernden Gestalten verzerrte.

«Wie soll ich einen ganzen Clan durch diese Schlacht führen, wenn ich nicht einmal auf euch aufpassen kann ...?», sagte Ither besorgt. Erst dann sah er Ilandra wieder an. In seinen Augen lag tiefes Bedauern. «Ich hätte Siez verloren, wenn Liu nicht zu uns gestoßen wäre – Liu ist den Geistern nur um Haaresbreite entgangen ... Und ich hätte beinahe die Karte zerstört ...»

Ilandra fuhr es eiskalt in die Knochen. War das alles, woran er dabei dachte? *Die Karte?!* Es war sein Leben gewesen, das er aufs Spiel gesetzt hatte – aber für ihn zählte nur die Karte? War die Karte für ihn etwa mehr wert als sein eigenes Leben? Ilandra schluckte. Das, was wichtig war, war *er*, verstand er das nicht?

Ither hatte die Augen geschlossen. Der Schmerz stand ihm ins Gesicht geschrieben, als er sie wieder öffnete und Ilandra ansah. «Was ist, wenn *dir* etwas geschieht?» Seine Stimme war kaum mehr als ein Flüstern.

Ilandra konnte die Tränen nicht mehr zurückhalten. «Bei dem Sturz ... Ich dachte – du –» Ihre Stimme brach. «Ich will dich nicht verlieren ...»

«Ich weiß ...»

Er kam ihr ganz nah. Dann küsste er sie.

Siez beobachtete aus ein paar Metern Entfernung, wie Ither und Ilandra sich küssten und leise miteinander sprachen.

Er ließ ihnen noch ein paar Augenblicke, bevor er schließlich langsam zu ihnen hinüberging.

Als er bei ihnen war, blickte Ither auf und sah ihn an.

«Und was ist mit dir? Bist du bereit für die Schlacht?»

Siez setzte sich neben ihn und blickte auf die kleine Libelle, die immer noch über dem Wasser schwebte. Er stieß die Luft hörbar aus, bevor er antwortete:

«Ehrlich gesagt, habe ich riesigen Schiss ... Also glaube ich: Ja, ich bin bereit ...»

*Wenn du darum bittest, wird der Äther dir behilflich sein. Er sendet dir das Licht, die Energie, die du zum Heilen brauchst. Denn das Heilen ist deine Bestimmung.*

Liu blickte auf seine Hände. Seine langen, feingliedrigen Finger waren wirklich nicht die eines Kriegers. Und doch zeugten die vielen rauen Schwielen davon, dass ein zweites Herz in seiner Brust schlug.

Die Hohen hatten seinen Weg bestimmt. Und sie irrten sich nie ... Nur Liu war sich immer noch nicht sicher. Obwohl alles doch so einfach sein sollte ...

Liu und sein Mentor standen im dämmrigen Licht der Höhlennacht. Der kleine Bachlauf, der die Steingärten wie ein silbernes Band durchzog, plätscherte unablässig und der steinerne Himmel über ihnen funkelte wie ein blasses Abbild der Außenwelt. Es würden große Veränderungen auf sie zukommen. Und irgendwie schienen alle dafür bereit zu sein. Alle außer Liu.

«Ich war nicht in der Lage, mich selbst zu heilen», stieß er schließlich hervor. Die Zweifel verzehrten ihn. «Wie soll ich andere am Leben erhalten, wenn ich das nicht einmal bei mir selbst kann?»

Sein Lehrmeister sandte ihm das Gefühl eines sanften Lächelns, aber sein schmaler, schwarzer Mund blieb ausdruckslos. Er sah Liu lange durch die weiße Augenbinde an. Dann sagte er schließlich:

*Du bist so weit.*

Liu verstand nicht. Und er wusste, dass das Phantom seine Verunsicherung spürte.

*Du warst wahrhaftig bereit, dein Leben für die anderen zu geben, Liu. Du bist also nicht länger an deine körperliche Hülle gebunden ... Und das bedeutet, dass du bereit bist für die Priesterweihe.*

Lius Augen weiteten sich vor Überraschung.

*Die Priesterweihe?* «Aber wie –», fragte er halb in Gedanken und halb mit gesprochenen Worten. Wie konnte das möglich sein, nachdem er versagt hatte?

*Du hast nicht versagt, Liu.*

Sein Mentor wandte ihm erneut den Kopf zu. Die weiße Kapuze ließ ihn im Dämmerlicht glühen wie einen Geist. *Kein Novize ist in der Lage, sich bei so schweren Verletzungen selbst zu heilen.*

Liu wandte verstört den Blick ab. Es fühlte sich falsch an, es nicht zu können. Er hätte es können *müssen.*

*Es ist früh dafür, Liu. Aber du bist bereit für deine nächste Einweihung. Die Hohen haben entschieden, dir die Priesterweihe zu gewähren.*

Nach dieser kurzen Zeit? Eigentlich sollte Liu sich geehrt fühlen. Aber der Knoten um seine Kehle zog sich zu. Im Grunde hätte er erfüllt sein müssen von ergebener Dankbarkeit, das wusste er. Aber so war es nicht. Er war dafür noch nicht bereit. Er war noch nicht bereit, für immer das Gelübde abzulegen. Liu blickte sich um. Er sah die Tautropfen auf den Steinskulpturen schimmern und er sah das Wasser des Baches glitzern. Nie wieder zu sehen und nie wieder zu sprechen ...

Liu öffnete den Mund, um etwas zu sagen, aber sein Blick traf die fahle Augenbinde seines Gegenübers.

Diesmal lächelte Vendrin wirklich. Seine Züge wirkten ausgezehrt und das schwache Lächeln war nicht mehr als eine sanfte Biegung seiner Mundwinkel. Aber es war eine mimische Geste und Liu spürte die Wärme darin.

*Wir werden die Weihe erst durchführen, wenn die Kämpfe vorüber sind.* Er machte eine Pause. *Und erst dann, wenn dein Innerstes bereit ist, den Schwur abzulegen.*

Liu atmete erleichtert aus – und im gleichen Moment schämte er sich dafür. Ein Phantom zu sein war das, was er immer hatte sein wollen, seit man ihm diesen Weg beschieden hatte. Und jetzt, wo er so kurz davorstand, verängstigte ihn der Gedanke wie ein kleines Kind.

Liu glitt in die Astralsicht.

Das passierte jetzt immer häufiger, auch ohne dass er sich darauf konzentrierte. Er sah, wie die Astralgestalt seines Mentors den Kopf schieflegte, während sie ihn beobachtete. Schließlich senkte Vendrin sein Haupt und sein physischer Körper folgte der Bewegung.

Liu entglitt der blauen Sicht unvermittelt, als sein Mentor einen Dolch unter seinem Ärmel hervorzog. Für einen Augenblick sah Liu noch die schwarze Silhouette des Metalls, doch im nächsten Moment verwandelte sie sich in die schmale, silberne Klinge eines filigranen, verzierten Langdolches.

Liu war zurück in der echten Welt und starrte den Hohepriester mit offenem Mund an. Es war Priestern nicht erlaubt, Waffen zu tragen. Wie hatte Vendrin ihn überhaupt in der Astralwelt verbergen können?

Liu war verstört.

*Ich war einmal genau wie du, Liu. Und ich werde dir nun die nächste Einweihung geben. Auch ohne die Priesterweihe.*

Das war nicht möglich ... Liu versuchte irgendetwas in dem emotionslosen Gesicht zu lesen. War das eine Prüfung? War es seine Aufgabe, dieses Angebot abzulehnen?

*Nein, ich spiele kein Spiel mit dir. Bei allem, was mir heilig ist.*

Vendrin hob den Kopf. Er war groß gewachsen, selbst für einen Cardoc. Und er hätte wahrscheinlich einen großartigen Krieger abgegeben, wenn die Hohen anders für ihn entschieden hätten. Doch jetzt war er so gebrechlich wie ein alter Mann – und einer der stärksten Heiler, die die Cardoc jemals gesehen hatten. Also hatten die Hohen die richtige Wahl getroffen ...

*Es ist so, Liu ... Wir brauchen dich.*

Liu spürte die Ernsthaftigkeit und die Wärme in Vendrins Gedanken.

*Die anderen Novizen sind noch nicht so weit. Aber die Geister sprechen zu uns, Liu. Die Schlacht wird vielleicht nicht so verlaufen wie geplant ...*

Liu sah ihn an. Ein kalter Schauer glitt ihm zwischen den Schulterblättern hinab.

*Werden wir siegen?*, fragte er in Gedanken.

*Das wissen nur die Sterne. Diese Frage zu stellen macht die Dinge nicht einfacher.*

Meister Vendrin drehte die Klinge in seiner Hand. Sie reflektierte das Schimmern der Höhlendecke.

*Wichtig ist nur, dass wir das tun, wozu wir bestimmt*

*sind ...* Er schob seinen weißen Ärmel mit den Fingerspitzen der Waffenhand hoch und schlug den Saum am Ellenbogen um.

*Und es ist deine Bestimmung, einer der Schlachtheiler zu sein. Die Ältesten haben dich gesehen, Liu ...*

Meister Vendrin legte die Klinge an seinen Unterarm. Sie war so scharf, dass sie schon bei der ersten Berührung eine feine rote Linie auf die sonst so makellose anthrazitfarbene Haut malte.

*Ich will, dass du jetzt gut aufpasst.*

Liu sog die frische, kühle Luft tief ein. Das Plätschern des Wassers verblasste, als er versuchte, sich ganz und gar auf die Stimme in seinem Kopf zu konzentrieren.

*Du konntest dich nicht selbst heilen, weil dein Körper zu schwer verletzt war ...* Die Klinge ruhte immer noch auf Vendrins Arm. *Solange du in deinem Körper verhaftet bist, wirst du dich nie ganz von seinen Sinnen lösen können. Wenn der Schmerz deinen Verstand betäubt, dann vernebelt er auch deinen Geist.*

Vendrin sah Liu durch die Augenbinde an.

*Ich werde dir zeigen, wie du der Verblendung entgehen kannst. Also sieh zu.*

Vendrin zog die Klinge über seinen Arm, als wäre dieser nichts als rohes Fleisch. Sie glitt scheinbar ohne Widerstand durch das Gewebe und Vendrin versetzte ihr so viel Druck, dass sie sich bis auf seinen weißen Knochen fraß. Blut tropfte von ihrer Spitze, als der Großmeister die Waffe aus der sprudelnden Wunde zog.

Sein Gesicht war angespannt, aber er gab nicht den leisesten Laut von sich, selbst jetzt, wo er offenbar starke Schmerzen verspürte. Vendrin hielt das Gelübde. Aber warum betäubte er den Schmerz nicht?

Doch dann verstand Liu. Vendrin musste jetzt einen vergleichbaren Schmerz empfinden wie Liu bei seiner

Verletzung. Die Muskulatur arbeitete und seine Atemfrequenz war erhöht. Ja, sein Körper zeigte deutliche Anzeichen für ein intensives Schmerzempfinden. Zumindest für ein Phantom.

Das Blut quoll pulsierend aus der Wunde hervor, aber Vendrin wartete weitere lange Augenblicke, ohne irgendetwas dagegen zu tun. Offenbar wartete er bewusst auf die Schwächung, die der rasche Blutverlust mit sich bringen würde. Also stellte Liu dies nicht infrage.

Er wechselte in die Astralsicht und sah, wie die Energie in Vendrins Arm zerfaserte und wie schwarze Tinte auf den Boden hinabregnete. Liu spürte den Äther um sich herumströmen und musste den Drang unterdrücken, Vendrins Verletzung mit seinem eigenen Geist zu heilen. Er konnte es kaum ertragen, tatenlos zuzusehen.

*Vielleicht ist es also doch deine Bestimmung, Heiler zu sein*, sagte Vendrin, der den Gedanken erspürt hatte. *Sieh hin!*

Dann geschah es. Vendrins Äthergestalt trat aus seinem Körper hinaus und trennte sich von ihrer physischen Hülle. Liu sah, wie das Leuchten seiner Astralgestalt immer heller wurde und das seines Körpers immer schwächer, bis dieser das Bewusstsein verlor und auf den Boden stürzte wie eine fallen gelassene Puppe. Der schwarze Dolch glitt ihm aus der Hand und rutschte schlitternd zur Seite. Vendrins Astralgestalt stand über dem zerbrechlichen Körper und leuchtete jetzt stärker als jemals zuvor. Da waren Energiewirbel über ihrem Kopf, die in die Höhe stiegen und gleichzeitig zu ihr herabflossen wie eine surreale Spirale aus blausilbernem Licht. Vendrin betrachtete seinen eigenen Körper mit der Gleichgültigkeit eines Toten. Da war nur noch dieses schwache, silbrige Energieband, das die beiden,

Körper und Astralgestalt, von Nabel zu Nabel miteinander verband.

Schließlich hob Vendrins Astralgestalt die Hand und der Äther begann unter seinen Fingern zu wirbeln, schickte einen Strom aus reiner Energie zu dem verletzten Körper am Boden. Die Wunde war beinahe augenblicklich verschwunden.

Liu öffnete die Augen und blinzelte in das Dämmerlicht.

Es dauerte nicht länger als zwei Atemzüge, bis sich auch Vendrins Körper regte. Es war so eigenartig, den weißen Heiler auf dem Boden zu sehen. Er setzte sich auf und griff nach dem Dolch, der neben ihm auf dem Boden lag. Dann stand er auf. Der Saum seines Ärmels war rot gefärbt. Aber die anthrazitfarbene Haut war wieder so makellos wie zuvor. Er hatte nicht einmal eine Narbe.

*Verstanden?*

Vendrin löste den blutdurchtränkten Stoff in seiner Armbeuge und zog ihn hinunter, sodass seine Haut wieder bis zum Handrücken bedeckt war.

*Verstanden.*

Liu hatte gesehen, wie mächtig Vendrins Astralgestalt war, wenn sie sich von ihrem Körper löste. Er bezweifelte nicht im Geringsten, dass Vendrin sich selbst hätte heilen können, wenn er an Lius Stelle gewesen wäre.

*Aber vergiss nicht: Unsere Kräfte sind nicht unerschöpflich. Und auch wir sind nicht unsterblich.*

Vendrin wendete den Dolch und reichte ihn Liu. Mit dem Griff voran.

*Das bedarf einer Menge Übung.*

Liu presste die Lippen aufeinander. Dann nahm er die Klinge entgegen.

# 8

Sie würden angreifen müssen, bevor die Insekten es taten. Falls die Sozoah ihnen zuvorkamen, würde ihr Zorn nicht nur die Gra Res Tar und die Cardoc treffen, sondern auch unzählige Stadtbewohner. Ganz abgesehen davon, dass die verwinkelte Stadt ein denkbar ungünstiger Kampfplatz war. Nur die Tunnel waren schlimmer.

«Wie viele Kämpfer haben wir?», fragte Ither, während er gemeinsam mit Rabe die Karten studierte.

«2137. Die Halbstarken nicht mitgezählt.»

«Das ist ein Anfang.»

Rabe schob gedankenversunken eine silberne Haarsträhne hinter sein Ohr. Die schwarzen Federn schimmerten im Feuerschein wie flüssiges Rauchglas.

Sie befanden sich im Ratszimmer des Cardoc-Anwesens. Und sie waren nicht allein: Iestriel, Wolf und Ilandra waren bei ihnen. Der große Tisch war überdeckt mit Rohrfedern und handgezeichneten Karten.

«Wenn wir den Schlüssel im Alleingang bergen, ist das gleichbedeutend mit einer Kriegserklärung an die Gra Res Tar», sagte Rabe abwesend, während er ein paar Karten beiseiteschob und eine andere nach oben legte. «Wir sollten uns also darauf einrichten, dass wir es mit zwei Gegnern zu tun bekommen. Und die Sechsbeiner sollten dabei nicht unsere größte Sorge sein ...»

Ither hatte sich deswegen auch schon den Kopf zerbrochen. Sollten die Gra Res Tar in den Kampf eingreifen, stünde die Schlacht unter dunklen Sternen.

«Wir müssen damit rechnen, dass die Gra Res Tar von unserem Aufbruch Wind bekommen. Können wir uns irgendwie darauf vorbereiten?», fragte er und sein Blick glitt zu Ilandra. Er konnte ihr wachsendes Unbehagen spüren. Besonders jetzt, wo sie über ihr altes Haus als Feind sprachen.

«Kaum ...», antwortete Rabe.

«Warum greifen wir sie nicht einfach an?» Wolf sah mit funkelndem Blick zu Ilandra hinüber. «Sie könnte ein Portal öffnen und wir zahlen den Bastarden das heim, was sie unserem Haus angetan haben!»

Ilandra wich einen halben Schritt zurück, Entsetzen in ihrem Gesicht. Sie wagte es nicht, etwas zu sagen.

In Ither regte sich etwas. Ein Gefühl, das er unterdrücken wollte. Aber da waren sie wieder, die Bilder aus der großen Halle. Das Blut. Und die vielen Toten. So gerne würde er den Spieß umdrehen und in Haus Gra Res Tar einfallen und alles verheeren, was ihm unter die Klinge kam ... Ither sah es vor sich, wie Meteor durch die ungepanzerten Körper fuhr ... Und dann erschrak er darüber, wie ähnlich er Wolf war. Ihre Blicke trafen sich. Und Ither wusste genau, dass Wolf den aufflammenden Zorn in seinen Augen gesehen hatte.

Doch Ither hatte den Ursprung seiner Gedanken erkannt und zügelte sie. Berenhir hätte nicht gewollt, dass er solchen Emotionen nachgab ...

«Nein», antwortete Rabe. «Wir können einen Kampf auf ihrem Gelände oder in der Stadt nicht riskieren.»

Ither bemerkte die Erleichterung in Ilandras Blick, während Rabe weitersprach.

«Außerdem, Wolf, willst du die Kräfte unserer Kämpfer verbrauchen, bevor die eigentliche Schlacht begonnen hat? Wozu, wenn wir ohnehin bald nicht mehr hier sind? Was ist die alte Fehde dann noch wert?»

«Sie sind Cardoc, vergiss das nicht.»

«Blinde Rache hat nichts Ehrenhaftes an sich. Das solltest du besser wissen, Wolf.»

Wolf funkelte Rabe bösartig an. Und Ither fühlte sich auf seltsame Weise ertappt.

«Er hat recht, Wolf», schaltete Iestriel sich mit ruhiger Stimme ein. «Das bringt ihn nicht zurück ...»

Wolf wandte den Blick ab, seine Kiefermuskulatur arbeitete heftig, und Ither rechnete jeden Augenblick damit, dass er auf den Tisch schlagen würde. Aber er tat es nicht. Stattdessen wandte er sich wieder den anderen zu: «Dann wollen wir hoffen, dass sie unseren Aufbruch erst bemerken, wenn wir schon weit weg sind. Was sagen unsere Leute?»

Ither hoffte das auch. Aber er hatte bereits vor langer Zeit lernen müssen, diesen Gegner nicht zu unterschätzen. Also ging er vom ungünstigsten Fall aus.

«Bisher ist alles ruhig», antwortete Rabe. Momentan gibt es keine Anzeichen dafür, dass sie irgendetwas mitbekommen haben.»

«Gut.»

«Ilandra?» Iestriel wandte sich ihr zu und sah sie freundlich an. Die Falten im Gesicht des Ältesten wirkten jetzt, da das Licht von der Seite kam, noch tiefer. «Falls die Gra Res Tar eingreifen, womit müssen wir bei einem Angriff rechnen?»

«Mit allem, fürchte ich.»

Wolf bleckte die Zähne. «Mit Sicherheit werden sie keinen ganzen Tross auf die Beine bringen.»

«Nein, das nicht ...»

Ither wusste, dass Wolf Ilandra Angst machte. Aber sie ließ es sich kaum anmerken.

«Sie würden nicht mit vielen angreifen. Aber sie würden ihre mächtigsten Magier aussenden», sagte sie.

Wolfs Augen funkelten drohend, aber Ilandra sprach es trotzdem aus: «Das ist vielleicht gefährlicher als ein ganzer Tross.»

Wolf wollte etwas sagen, aber Iestriel hielt ihn mit einer Handbewegung zurück.

«Wahrscheinlich greifen sie über Portale an. Das geht jederzeit und fast überall. Vorausgesetzt, es gibt Portalsteine an diesem Ort.»

«Und? Gibt es die?»

«Ich weiß es nicht. Angeblich gibt es in den Tunneln einige davon, aber ...»

Ither hatte diese Antwort befürchtet. Er stellte sich vor, was geschehen würde, wenn die Gra Res Tar in den engen Tunneln angriffen ... Aber er schob den Gedanken beiseite.

«Sie brauchen also diese Steine?», fragte Iestriel nach.

«Ja, ohne die geht es nicht.»

«Gut. Dann wirst du uns die Steine nachher genau beschreiben. Und wir schicken Späher vor, um nach ihnen zu suchen.»

«Ich weiß selbst, wie die aussehen ...», grollte Wolf. Aber Iestriel ging einfach darüber hinweg. «Wie sieht es mit ihren Kampfzaubern aus?»

Ither sah Ilandra an. «Schlachtenfeuer?»

Sie schien erstaunt darüber, dass er diesen Zauber kannte. Doch dann nickte sie. «Einige beherrschen diesen Zauber noch. Meine Familie legt großen Wert auf die Überlieferung dieser Künste.»

«Künste?!»

«Wolf, bitte!» An Ilandra gewandt, fuhr Iestriel fort: «Wir sind dir sehr dankbar für deine Offenheit, Seherin.»

«Nicht planbar ...», murmelte Rabe, während er weiter die Karten studierte.

Die Cardoc wussten, wozu die Gra Res Tar fähig

waren. Sie hatten in vielen gemeinsamen Schlachten erfahren, wie zerstörerisch ihre Zauber sein konnten. Dies mochte vielleicht das erste Mal sein, dass sie gegeneinander antreten würden. Krieger gegen Magier. Ither hoffte nur, dass es gar nicht erst so weit kommen würde.

«Wenn wir die Kämpfe von der Stadt fernhalten wollen, bedeutet das, dass wir alle gemeinsam aufbrechen müssen ...», brach Iestriel das Schweigen. «Wir können hier keine Nachzügler zurücklassen.»

«Ist mir recht. Ich kann diese stinkenden Höhlen eh nicht mehr ertragen», antwortete Wolf.

«Und ich erst!» Rabe grinste.

Ither hatte nur eine entfernte Vorstellung davon, wie erdrückend die Höhlen für die Formwandler sein mussten. Schließlich waren sie für ein Leben in der Wildnis geboren worden. Für ein Leben, das nicht nur ihnen, sondern auch ihren Brüdern vorherbestimmt war. Zumindest wenn man der Prophezeiung glauben konnte.

«Es gibt keine Alternative.» Rabes Stimme war gesenkt. «Ilandra, könntest du diese Zeichnung vervollständigen?» Er wischte mit der Hand über eine ausgeblichene Karte. Ilandra beugte sich darüber und sah sie sich genau an.

«Ja ... zumindest die Wege, die wir entlanggegangen sind.»

«Besonders dieser Teil hier ist wichtig.» Rabe zeigte ihr die Stelle auf der Karte, die er meinte. «Es ist der Zugang zum Krater.»

Ilandra nahm eine Rohrfeder und begann sofort zu zeichnen. Rabe hatte Ither bereits zuvor nach diesem Abschnitt gefragt, aber dieser konnte sich nur noch in Bruchstücken daran erinnern. Was vermutlich seinen Kopfverletzungen zuzuschreiben war.

Ilandra beugte sich jetzt noch tiefer über die alte

Karte, um die letzten Abschnitte nachzuzeichnen. Ither bemerkte, wie Wolf sich langsam hinter sie bewegte und dort stehen blieb. Dann verschränkte er die Arme und legte den Kopf schief, um ganz unverhohlen ihren Hintern zu betrachten. Er machte sich nicht einmal die Mühe, sein Interesse zu verbergen. Entweder war es ihm egal, dass Ither ihn dabei beobachtete, oder er wollte ihn ganz bewusst damit provozieren. Oder beides. Ihre Blicke trafen sich wie Eis und Feuer.

Die Rohrfeder zog feine, schwarze Linien über das helle Papier. Es waren ihre letzten Züge. In etwa so hatte die Schlucht ausgesehen. Ilandra zeichnete noch die Verbindung zu dem riesigen Krater ein. Dann war sie fertig.

Rabe war ihrer Hand aufmerksam gefolgt und Ilandra wurde das Gefühl nicht los, dass er seine Schlüsse bereits gezogen hatte, bevor sie mit ihrer Zeichnung fertig gewesen war.

Er nahm die Karte, die sie gerade vervollständigt hatte, und legte sie auf einen Stapel am Ende des Tisches. Ilandra öffnete den Mund vor Erstaunen, als ihr Blick auf die detailverliebte Karte fiel, die unter der ersten gelegen hatte. Darauf waren winzige Bäume eingezeichnet, Berge, Gewässer und Bögen aus kleinen, aufgereihten Monden und Sonnen. Es war ganz zweifellos eine Karte von der Oberfläche!

Sie sah Rabe verblüfft an. Er lächelte. «Das ist eine Karte, die unsere Brüder vom Außenposten gezeichnet haben», erklärte er.

So surreal, wie ihr das bisher auch immer vorgekommen war – dieses Papier machte es auf einmal anschaulich. Machte es greifbar. Sichtbar. Wie die Sterne, die sie gesehen hatte. Dieses Bild war ihr seitdem nicht mehr aus dem Kopf gegangen. Wie unglaublich mochte ein Leben an der Oberfläche sein, wenn der Himmel schon so unbeschreiblich war ...

«Es bleiben drei Krater, die infrage kommen», sagte Rabe nach einer kurzen Pause. «Wir müssen wissen, welcher davon der mit dem Schrein ist ...» Rabe berührte mit der Hand drei Stellen auf der Karte.

«Was bedeuten die Sonnen und Monde?», fragte Ilandra.

Rabe fuhr mit den Fingern über die feinen Linien. «Das sind die Schattengrenzen. Sie zeigen uns den Verlauf des Sonnenlichts, damit wir wissen, wo wir Zuflucht suchen können, falls der Tag uns überrascht.»

Tag- und Nachtwechsel. Der Rhythmus der Dunklen richtete sich auch nach Jahrhunderten immer noch nach dem Sonnenlauf der Oberfläche. Auch wenn Ilandra wie viele andere noch nie die Sonne oder einen der Monde gesehen hatte.

Sie ließ den Blick über die drei Krater schweifen. Der erste war zu klein. Die Schluchten des letzten waren zu zerklüftet. Also musste es der größte der drei Krater sein ... Ja, jetzt, wo sie die Konturen genauer betrachtete, war sie ganz sicher. Die Zeichnung war überraschend genau. Ilandra erkannte den Verlauf der Hänge. Wer auch immer sie angefertigt hatte, musste selbst dort gewesen sein. Sie tippte mit dem Finger auf die Stelle.

«Es ist dieser hier.»

«Sicher?»

«Ganz sicher.»

Wolf hatte ihr noch eine Weile zugesehen, sich aber schließlich doch abgewandt, um sich an einem der anderen Tische etwas Wasser zu holen. Schließlich setzte er sich und nahm einen tiefen Schluck aus dem edel verzierten Pokal.

Rabe betrachtete noch einen Augenblick die Karte, bevor er zu sprechen begann:

«Also gut. Vier Gruppen. Zwei Wege. Hier und hier.» Er zeigte ihnen die Positionen auf der Karte. «Wolf und ich führen unsere Rudel an. Ither führt die Panther.»

Wolf wollte protestieren – vermutlich weil Ither keiner der drei Formwandler war –, aber Rabe ließ ihm keine Gelegenheit dazu. «Iestriel bringt alle, die nicht kämpfen können, über den alten Ausfallweg direkt zum Außenposten.» Rabe fuhr mit der Hand über einen der gezeichneten Tunnel. «Ihre Sicherheit, besonders die der Kinder, hat oberste Priorität.»

Niemand sprach es aus, aber es war allen klar: Iestriel war zwar der Rudelführer der Panther, aber er war zu alt geworden für den Kampf auf dem Schlachtfeld. Also vertraute Rabe ihm eine Aufgabe an, die er nicht ablehnen konnte.

«Wie sieht's mit Begleitschutz aus?», fragte Ither. «Wir sollten ihnen ein paar Kämpfer zur Seite stellen.» Der Weg an die Oberfläche war nämlich keineswegs sicher. Obwohl die Cardoc diesen Weg regelmäßig nahmen, kam es hier immer wieder zu Übergriffen durch die Sozoah.

«Was denkst du, wie viele werden sie brauchen?»

«Ich schätze, zwei bis drei kleinere Trupps sollten ausreichen», sagte Rabe, während er den Kopf schief legte und den Höhlenzugang in der Nähe des Außenpostens begutachtete.

«Dann drei, einen aus jeder Familie», meinte Ither.

«Einverstanden.» Rabe legte erneut die Hand auf die Karte und fuhr diesmal in der anderen Richtung darüber. «Die Jungs vom Außenposten kommen Iestriels Trupp entgegen. Sie eskortieren sie bis zum Lager und werden danach über diese Tunnel ...», Rabe zeigte auf einen dritten Weg, «... zur Schlacht dazustoßen.»

«Und den Sechsbeinern in den Rücken fallen.» Wolf grinste raubtierhaft.

«Wann greifen wir an?», wollte Ither wissen.

«Bei Sonnenuntergang.»

«Wie stehen die Monde?»

«Günstig für uns. Kurz nach dem zweiten Neumond. Den dritten Mond werden wir erst in der letzten Nachtstunde sehen.»

«Sehr gut.»

Sie mussten den Zeitpunkt so planen, dass die Kämpfe bei Nacht stattfanden und bei Einbruch des Tages vorüber waren, wenn sie nicht blind kämpfen wollten. Doch die Sterne waren ihnen gnädig, und die Monde würden ihnen in den nächsten Nächten den nötigen Spielraum lassen.

Rabe zog eine weitere Karte aus dem Stapel. Sie zeigte eine größere Ansicht des Kraters, entbehrte aber aller umlaufenden Tunnel und jedes Details in dessen Mitte.

«Wenn wir diesen Bereich hier freigekämpft haben ...», fuhr er fort und legte die Fingerspitzen auf die ihm zugewandte Seite des Kraters, «... teilen wir den Schlachtzug in die drei Rudel auf.» Rabe sah Wolf und Ither nacheinander an. «Drei Rudel. Drei Speerspitzen. Die Panther greifen die Mitte an. Wölfe und Raben flankieren den Angriff mit zwei weiteren Speerspitzen.» Rabe fuhr mit der Hand zum Zentrum des Kraters. «Wir stoßen zügig vor ...», er nahm die zweite Hand hinzu, die ein zweites Rudel darstellte, «... und nehmen sie in die Zange.» Rabe schloss die Handflächen. «Wir spalten die Sozoah in kleinere Schwärme und trennen sie vom Schrein ab.» Rabe legte wieder eine Hand in die Mitte des Kraters. «Die Speerspitzen treffen sich hier und formieren einen Wall um den Schrein. Das sollte euch, Ither und

Ilandra, genug Zeit verschaffen, den Schrein zu öffnen ...»

«Und die Verstärkung?» wollte Wolf wissen.

«Sollte dann schon bei uns sein.»

«Bogenschützen oder Reiter?»

«Beides», antworte Rabe.

Ither sah das zufriedene Zucken in Wolfs Mundwinkeln. So sehr und so häufig sich ihre Ansichten auch unterschieden, Ither wusste, dass Wolf einer der besten Kommandanten der Cardoc war. Und er respektierte ihn dafür.

Rabe sah jetzt Wolf an und seine Mundwinkel hoben sich zu einem verschwörerischen Lächeln. «Während Ither und Ilandra den Schrein öffnen, kümmern wir uns um den Rest.»

Wolf antwortete mit einem Grinsen. «Du meinst, wir nehmen sie auseinander.»

«Das werden wir. Fragen?»

«Positionen der Heiler?», erkundigte sich Ither.

«Die Heiler werden wir gleichmäßig auf die drei Rudel verteilen. Einen zusätzlichen Heiler jeweils für die Speerspitze.»

«Nur die Phantome?»

«Ja, nur die Geistheiler. Die anderen arbeiten zu langsam und wären nur billiges Futter für die Sozoah. Sie gehen mit Iestriel und werden das Lager vorbereiten.»

«Einverstanden.»

Ither vertraute Rabes Einschätzungen blind. Der Rudelführer verließ sich stets auf eine gesunde Mischung aus seinen taktischen Fähigkeiten und seinem Instinkt. Er war der beste Stratege, den sie hatten – und ihm war noch nie ein Fehler unterlaufen, solange Ither sich erinnern konnte. Ither würde ihm jederzeit sein Leben anvertrauen, wie er es schon viele Male getan hatte.

Wolf strich sich über das Kinn. «So weit, so gut. Das war der einfache Teil. Aber das ist noch nicht alles, oder?»

«Da liegst du leider nicht ganz falsch.»

Rabe zog die Karte vom Stapel, die Ilandra zuvor vervollständigt hatte. Die Tinte war inzwischen getrocknet. Und doch war das Schwarz der neuen Passagen immer noch kräftiger als das alte Pigment. Rabe suchte Ithers Blick. Dieser wusste bereits, dass ihm eine unbequeme Entscheidung bevorstand, noch bevor Rabe sie ausgesprochen hatte. Rabe zeigte auf die Schlucht und dorthin, wo sich die Linien kurz vor dem Ausgang zum Krater nochmals verengten.

«Es gibt nur diesen einen sinnvollen Weg zum Schlachtfeld.»

Ither wusste längst, worauf Rabe hinauswollte. «Ein Engpass.»

«Ja. Es ist problematisch, von dort aus anzugreifen. Das Plateau zu befreien wird nicht leicht werden.»

Rabe betrachtete wieder die Karte.

«Die ersten Reihen werden –»

«Fallen wie Blutopfer», beendete Ither den Satz für ihn. «Gibt es eine Alternative?»

Rabe blickte auf und sah ihm direkt in die Augen. «Keine, mit der wir den Zeitrahmen einhalten können. Die Sozoah wären schneller in der Stadt, als wir sie abfangen könnten. Oder sie fallen uns in den Rücken.»

Ither hatte diese Antwort befürchtet. Aber konnte er auch ihre Konsequenz verantworten?

Er musste. Ob er wollte oder nicht.

«Dann bleibt es dabei.»

Ilandra sah ihn erschrocken an.

Rabe nickte. «In Ordnung.»

Ither tauschte einen Blick mit Wolf und Iestriel, und auch sie nickten. Rabe betrachtete die Karte ein letztes Mal, dann legte er sie zurück auf den Stapel.

«Ich werde einen Boten zum Außenposten schicken.»

# 9

Es war kalt und die feuchte Luft legte sich um ihn wie ein Mantel aus Eis. Ither schritt durch die steinernen Gewölbe unterhalb des Cardoc-Geländes, folgte dem langen Gang, vorbei an den jahrhundertealten Nischen, die die Knochen vergangener Helden bewahrten. Das einzige Geräusch war der Widerhall seiner Schritte und das einzige Licht entsprang den weit auseinander stehenden Glühfackeln.

Ither setzte seinen Weg fort, bis er den tiefsten Punkt der Krypta erreicht hatte. Dann blieb er stehen und wandte sich dem steinernen Grab in der letzten Nische zu. Er sog die Luft tief ein, als er näher trat.

Auf dem gräulichen Steinsarg prangten das Wappen der Cardoc und das Siegel der Panther. Die Inschriften verrieten, dass dies das Grab von Berenhir Iestrian Kalesh solivar Cardoc war – seinem Vater.

Ither berührte die Schriftzeichen, die Berenhir die letzte Ehre erwiesen. Er konnte spüren, wie die Kälte tief in seine Knochen sickerte. Er zögerte einen Moment, doch dann griff er nach dem Dolch, der oben auf dem Sarg lag. Er hatte ihn selbst dort deponiert, bevor er fortgegangen war. Denn er sollte ihn an etwas erinnern.

Ither zog den Dolch aus seiner Scheide und betrachtete die glänzende, schmale Klinge. Sie war noch immer makellos und gereinigt, so, wie er sie hier zurückgelassen hatte. Das helle Metall reflektierte den schwachen, orangefarbenen Lichtschein, der vom Gang aus in die Nische drang. Aber das war es nicht, was Ither sah. Die schimmernden Lichtreflexe auf der Klinge verblassten vor seinem inneren Auge, und dunkle Gefühle stiegen in ihm auf wie schwarze Nebel.

Ither war wieder in der großen Halle. Und der Schmerz überrollte ihn, obwohl er dagegen ankämpfte. Er war damals doch selbst noch ein halbes Kind gewesen! Und er hätte an diesem Tag nicht einmal dort sein sollen. Ither biss sich auf die Unterlippe. Er hatte sich in die große Halle hineingeschlichen, weil er die Gespräche seines Vaters hatte belauschen wollen. Die Sozoah hatten wie aus dem Nichts angegriffen. Und sie hatten ihn entdeckt, ihn verletzt und zu einem Aufschrei gezwungen. Ither hatte geglaubt, die Bestie, gegen die er gekämpft hatte, würde ihm den Arm abreißen. Aber stattdessen hatte sie ihn nur losgelassen, um ihn an der nächsten Wand erneut zu stellen. Damals hatte Ither geglaubt, die Bestie würde ihn töten – doch Berenhir hatte ihn gerettet.

Ither schob den Dolch zurück in die Scheide und ließ die Hand sinken. Wut und Trauer brannten sich durch seine Eingeweide wie heiße Lava und die Bilder stürzten auf ihn herab wie schwere Steinschläge.

*Er sah Berenhir am Boden, Fleisch in den Zangen des Sozoah und Blut, das davon herabregnete und in einem dicken Schwall auf den Boden platschte.*

Ither legte die freie Hand auf den kalten Stein, als könnte dieser ihm den Halt geben, den er suchte. Der Stein fühlte sich rau an unter seinen Fingern, aber Ither hatte das Gefühl, als wären sie nass und warm von frischem Blut.

*Ither kniete über seinem Vater. Da war überall Blut. Und Gedärme, die aus der klaffenden Wunde herausgequollen und bis auf den Boden gerutscht waren. Es stank fürchterlich. Ither versuchte seinen*

*Blick auf das schmerzverzerrte Gesicht seines Vaters zu fixieren.*

Ither schloss die Augen.

*Im nächsten Augenblick stach er zu, obwohl er das eigentlich nicht gewollt hatte. Und tötete Berenhir.*

Die Schuld würde ihn bis ans Ende seines Lebens verfolgen.

Es war das erste Mal gewesen, dass er einen Dunklen getötet hatte.

Ithers Kehle war wie zugeschnürt. Und er fühlte sich genauso hilflos wie damals in der großen Halle. Zu gerne hätte er sich nur dieses eine Mal diesen Gefühlen hingegeben. Aber dieses Zeichen der Schwäche gestattete er sich nicht. Es war nicht die Art der Cardoc. Stattdessen zwang er sich, die brennenden Augen zu öffnen.

Er wusste längst, dass er nicht mehr allein war. Er hatte die näher kommenden Schritte schon vor Sekunden gehört, aber er war noch nicht bereit, sich umzudrehen.

«Was ist, wenn ich einen Fehler gemacht habe?», fragte er mit leiser Stimme, während er gegen das schwache Licht blinzelte – und gegen das Wasser in seinen Augen. «Was ist, wenn sie ihn doch hätten heilen können?»

Ither wandte sich um, als Rabe nicht sofort antwortete. Den Dolch hielt er immer noch in der Hand.

Rabe trug bereits seine dunkle Rüstung und seine Waffen. Seine Sklerotin-Panzerung schimmerte im schwachen Licht und die Federn in seinem Haar glänzten mit jeder Bewegung. Offenbar hatte Rabe darauf gewartet, dass Ither ihn ansah, denn er schüttelte sacht den Kopf und seine Lippen waren aufeinandergepresst.

«Das hätten sie nicht, Ither. Der Jäger hatte ihm die

halbe Seite aus dem Körper gerissen. Das hätte kein Phantom wiederherstellen können.» Rabe sah Ither mit festem Blick an. «Er hat überhaupt nur so lange überlebt, weil das Mistvieh seine Aorta verfehlt hat.»

Ithers Blick verschleierte sich. Er konnte Rabe nicht länger in die Augen sehen, sondern wandte den Kopf zur Seite.

«Er wäre gestorben, auch wenn die Phantome rechtzeitig eingetroffen wären. Glaubst du wirklich, dass sie ihn geheilt hätten? Sie hätten ihn einschlafen lassen, Ither. Berenhir hätte das nicht anders gewollt.»

Ither war sich nicht einmal sicher, ob er wollte, dass Rabe recht hatte.

«Er war ein Krieger. Er hätte es nicht ertragen, ein Invalide zu sein.»

Rabe wartete, bis Ither ihm wieder in die Augen sah. Dann sagte er:

«Du hast deinem Vater einen ehrenhaften Tod geschenkt.»

Rabe legte Ither seine gepanzerte Hand auf die Schulter.

«Iestriel will dir noch etwas geben, bevor du dich bereit machst.»

Rabe blieb am Eingang zurück, als Ither den alten Schrein betrat. Die Luft war geschwängert von üppigem Räucherwerk und die leisen Klänge der weit entfernten Trommeln wehten den nahenden Aufbruch heran.

«Du wolltest mich sprechen?»

Ither blinzelte in das vernebelte Dämmerlicht. Dann sah er sie. Noch bevor Iestriel irgendetwas sagte. Sie sollte nicht hier sein – eigentlich hätte sie mit ihm begraben werden sollen ... Der Älteste lächelte zufrieden, als er Ithers Blick bemerkte.

In der Mitte des runden Raumes stand eine Sklerotin-Rüstung, gereinigt, repariert und auf einem mannshohen Ständerwerk aufgebaut. Ihre Oberfläche schimmerte im Licht der flackernden Kerzen wie geschwärztes Metall. Feine Rauchfäden wuchsen davor empor und verbreiteten einen intensiven Duft.

Ither ging an Iestriel vorbei und streckte die Hand nach dem edlen Panzer aus. Die platinen Verzierungen kündeten von dem hohen Rang ihres Trägers. Ither hatte diese Rüstung schon oft berührt, als er noch ein kleiner Junge gewesen war. Und er hatte geglaubt, sie nie wieder zu sehen.

Es war die Rüstung seines Vaters.

«Es war sein Wunsch, dass du sie einmal bekommst.» Iestriels Stimme war leise und sanft, wie jedes Mal, wenn sie diesen Ort besucht hatten und Iestriel ihm die Geschichten von den Sternwanderern erzählt hatte. «Das war ihm wichtiger als irgendwelche alten Riten. Dein Vater hat sich nie viel darum geschert.» Iestriel lächelte erneut. Aber Ither sah ihn nicht an.

«Sie ist noch fast so, wie er sie dir hinterlassen hat.»

«Ja, fast ...» Ither fuhr mit den Fingern über die tiefe Kerbe in der Brustplatte. «Bis auf den Brustpanzer.»

Ither hatte den gratigen Schnitt längst erkannt. Er zog sich wie eine alte Narbe durch das geformte Sklerotin.

«Ganz recht», bestätigte Iestriel.

Es war der Panzer des Jägers, der Berenhir gerichtet hatte – und die Narbe, die Meteor geschlagen hatte, als Ither die schwarze Klinge zum ersten Mal geführt hatte.

«Gefällt sie dir?»

Diese Rüstung war weit mehr als jeder seelenlose Panzer.

«Sie ist perfekt ...»

Ither sah aus den Augenwinkeln, wie sich zwei Cardoc näherten, doch er nahm sie kaum wahr. Sein Blick war immer noch auf die Rüstung vor ihm gerichtet. Er ließ die Hand sinken.

«Er hätte dich gern darin gesehen ... Ilithir.»

Im ersten Moment wollte Ither protestieren. Doch er schloss den Mund wieder, ohne etwas zu sagen. Dieses eine Mal war es in Ordnung, dass man ihn so nannte. Denn Berenhir hatte *Ither* nie kennengelernt.

Die beiden Männer links und rechts von ihm verbeugten sich tief und Ither dankte ihnen mit einem Kopfnicken. Er gab dem jüngeren der beiden Meteor und den Dolch. Der andere reichte ihm bereits die Unterhaut. Und Ither nahm sie entgegen.

Die beiden Männer halfen ihm beim Umkleiden. Sie nahmen ihm den Gürtel ab und alle Teile seiner Kleidung, die lästige Druckstellen verursachen konnten. Dann legten sie ihm die zweite Haut an, ständig darauf bedacht, die Kleidung, die er darunter trug, nicht unnötig in Falten zu legen.

Das unscheinbare, schwarze Gewebe fühlte sich an wie strukturiertes Leder, doch in Wahrheit war es ein Meisterwerk der Rüstkunst. Das wabenförmige Flechtwerk war weder wasser- noch winddicht, doch es vermochte seinen Träger vor den meisten Hieb- und Stichverletzungen zu bewahren.

Ither folgte den Bewegungen, die die Rüstmeister ihm vorgaben.

Natürlich schützte die Unterhaut nicht vor stumpfen Nebenerzeugnissen wie Prellungen oder Hämatomen, aber sie hatte schon unzähligen Kämpfern das Leben gerettet. Sie war der wichtigste Teil der Cardoc-Rüstungen. Und das, was sie von allen anderen Panzerungen ihrer Zeit unterschied. Denn nur durch ihren Schutz konnten bestimmte Bereiche, wie die Innenseiten von Armen und Beinen, von der schweren Panzerung befreit bleiben. Zugunsten des Gewichts – und der Beweglichkeit. Jedes Kilo, das die Kämpfer im Kampf sparten, wurde ihnen in Ausdauer und Angriffskraft ausgezahlt. Dieses Prinzip hatte sich schon in zahllosen Kämpfen bewährt.

Nachdem die Unterhaut vollständig angelegt und verschnürt war, begannen die beiden Cardoc damit, Ither einzurüsten. Verschiebbare, lamellenartige Platten für Bauch, Hüfte und den unteren Rücken. Armschienen, Ellenbogen- und Oberarmschutz. Beinpanzer für die Außenseiten der Oberschenkel, die Knie und die Schienbeine, für die Waden, die Fersen und den Spann.

Die Rüstmeister schnallten die Riemen mit so geübten Griffen fest, dass die ganze Prozedur nur wenige Minuten dauerte.

Danach folgten Brust- und Rückenpanzer, Kragen und Schultern. Alles saß perfekt. Diese Rüstung war wirklich wie für Ither gemacht.

Ither zog sich die Panzerhandschuhe an und überprüfte die Beweglichkeit seiner Finger.

Schließlich reichte ihm der ältere der beiden Rüstmeister den geschweiften Helm. Ither nahm ihn und betrachtete ihn einige Augenblicke. Sein Mund verzog sich zu einem anerkennenden Lächeln. Die vielen Schrammen und Kratzer darauf sprachen ihre eigene Sprache.

«Du siehst aus wie er ...» Es war Rabes Stimme, die in den steinernen Raum drang. Ither wandte sich um.

Rabe stand immer noch am Eingang. Von draußen drang helleres Licht herein und Rabes ebenfalls schwergerüstete Silhouette malte sich davor ab wie ein grotesker Schatten.

«Du bist eindeutig sein Blut.»

«Danke. Du ehrst mich, Reatar.» Das war Rabes richtiger Name. Er verneigte sich mit einem

Kopfnicken.
«Bist du bereit?»
«Einen Augenblick noch.» Ither ging zu dem kleinen Opfertisch hinüber, der unterhalb des Rüstungsständers aufgebaut und über und über mit Räucherwerk bedeckt war. Er nahm den Dolch, den der junge Rüstmeister hier abgelegt hatte, und überreichte ihn Iestriel.
«Ich will, dass du für mich darauf aufpasst.»
Iestriel sah ihn mit einer Mischung aus Stolz und Sorge an. Doch schließlich antwortete er: «Das werde ich.»
Ither verbeugte sich tief vor seinem Großvater und der Älteste antwortete mit einem Kopfnicken.
«Shati vha modharis ghaleah nidha.»
«Shotar vhalien dhir sho vhar.»
Ither hielt die Hand auf und der junge Rüstmeister reichte ihm Meteor zurück. Ither wog die mächtige Waffe in der Rechten. Dann setzte er den Helm mit der Linken auf. Das Spiegelbild auf den polierten Steinwänden verwandelte sich in etwas, das den Statuen in den hohen Gängen ähnlicher war als irgendeinem lebendigen Wesen. *Vhalien Shotar. Jetzt* war er bereit.
Ither drehte sich zu Reatar um, der nun ebenfalls seinen Helm aufsetzte.
«Mögen die Geister mit uns sein», sagte Rabe.
«Die Sterne sind es jedenfalls.»

Das Heer stellte sich in der großen Kathedrale auf, einer riesigen Höhle, die sich verborgen hinter den Grenzen des Cardoc-Anwesens bis tief in den Fels erstreckte. Sie war beinahe so hoch wie die Stadthöhle Camousharras und ihre Fläche maß mehr als das Dreifache der großen Halle. Sie war in keiner Chronik vermerkt. Für die anderen Häuser existierte sie praktisch nicht.

Es war der perfekte Ort, um ein Heer verborgen vor den Augen Dritter aus der Stadt zu führen. Die Kathedrale verfügte über eigene Ausfallgänge, die direkt an die Oberfläche und zum Außenposten führten und dieses System mit dem der Sozoah verbanden. Die Cardoc hatten die alten Tunnel geöffnet.

Siez und Tisha standen etwas abseits. Ihre Hand lag zitternd in seiner und es fiel ihm unendlich schwer, das auszusprechen, was er sagen wollte.

«Wenn meine Zeit gekommen ist ...»

«Sag so etwas nicht!»

«Ich will nur sagen: Denk nicht an all das, was ich falsch gemacht habe, okay?»

Weitere Tränen rannen aus ihren glasigen Mandelaugen über ihre schönen Wangenknochen bis hinab zu ihrem zierlichen Kinn. Die Tatsache, dass sie weinte, machte die Dinge nicht unbedingt leichter. Siez rang nach Worten. «Denk an alles, was du an mir gut findest, okay? Und sag unserem Kind, dass ich –»

Tisha küsste ihn auf den Mund, bevor er noch mehr sagen konnte.

«Das kannst du *ihr* selbst sagen, wenn du wieder da bist.»

«Ihr?»

Tisha lächelte ihn mit einer Güte und einer Liebe an, die einfach bezaubernd waren. «Die Heiler der Cardoc sagen, dass es ein Mädchen ist.»

Siez strahlte sie an. Und Tisha führte seine Hand zu ihrem sacht gewölbten Bauch.

«Wir warten auf dich.»

Siez lächelte, aber er spürte jetzt selbst, wie die Tränen in ihm aufstiegen. Er hatte sich in seinem ganzen Leben noch nie so zerrissen gefühlt. Er hatte sich immer gewünscht, einmal bei einem so geschichtsträchtigen Ereignis dabei zu sein. Doch jetzt, wo Tisha sein Kind unter dem Herzen trug – das veränderte einfach alles.

Siez blickte über die Schulter und sah, wie Ither einige Schritte entfernt mit Rabe sprach. Die schwergerüsteten Häupter stolz erhoben. Ohne jede Spur von Angst. Sie waren bereit, alles zu riskieren. Blut und Leben.

Siez zwang das Gefühl nieder, das seinen Brustkorb zu sprengen drohte, und gab Tisha einen letzten zärtlichen Kuss.

«Ich komme zurück ... versprochen!»

Dann ging er langsam rückwärts, ließ ihre Hand seiner entgleiten. Er drehte sich um und setzte seinen Helm auf, ohne sich ein weiteres Mal nach ihr umzusehen. Er hätte es nicht ertragen.

«Es geht los, Männer!» Es war Ither, der das Kommando übernommen hatte.

«Bereit machen!», bellte Rabe.

Und auch Wolf rief seine Leute zusammen.

Jetzt gab es kein Zurück mehr.

# 10

Ither wandte sich im Gehen um und ließ den Blick über den Tross schweifen. An das Gewicht seines Helms hatte er sich längst gewöhnt, nicht aber daran, dass er sein Sichtfeld einschränkte – ein notwendiges Übel, das ihm vielleicht das Leben retten würde.

Die Gesichter seiner Männer waren ernst und konzentriert. Sie alle trugen schwere Rüstung und ihre eigenen Waffen. Das Donnern ihrer gepanzerten Schritte hallte von den Tunnelwänden wider wie das Grollen des Meeres in einer stürmischen Nacht. Auch wenn sie sich alle Mühe gaben, so wenig Aufsehen wie möglich zu erregen, war es schlicht und ergreifend nicht möglich, Heer und Ausrüstung leiser durch die Tunnel zu bewegen.

Bisher meldeten die Späher allerdings nur wenige Kontakte. Einige Kundschafter und Jäger bewegten sich parallel in den Nebengängen. Sie hätten längst angreifen können, aber irgendetwas schien sie im Moment davon abzuhalten. Ither hoffte, dass es dabei blieb. Wenn die Sozoah sich geschickt anstellten, könnten sie diese Gänge binnen Sekunden in Todesfallen verwandeln. Das Heer war zu kaum einem Zeitpunkt verletzlicher als jetzt.

Ither nickte einem seiner Offiziere zu und gab einem anderen ein Handzeichen. Der drehte sich um und gab die gestellte Frage an den nächsten Offizier weiter.

Dann wandte Ither sich wieder um. Wolf und Rabe waren an seiner Seite, während Iestriel sein Gefolge durch den alten Ausfallgang direkt zum Außenposten führte, wo sie die Ankunft des Heeres vorbereiten würden.

Ithers Augen wanderten aufmerksam über die gratigen Felswände. Dieser Tunnel würde sie geradewegs in die Schlucht und von dort in den Krater führen. In diesem Abschnitt waren die fluoreszierenden Maserungen in den Wänden besonders ausgeprägt. Sie überzogen das schroffe Grau mit einem feinen, blaugrünen Geäst, das ihren Weg säumte und die Szenerie in ein unwirkliches Licht tauchte.

Ither blickte erneut zurück. Auch der Offizier einige Meter hinter ihnen wandte sich noch einmal um und antwortete kurz darauf mit einem Handzeichen.

Ither nickte und drehte sich wieder nach vorne.

«Keine neuen Sichtungen.»

Auch Rabe musterte argwöhnisch die Höhlenwände. «Ich traue dieser Ruhe nicht ...»

«Unseren Leuten geht es da wahrscheinlich nicht anders», sagte Wolf und Ither wusste genau, was er meinte. Einige von ihnen wirkten beunruhigt – und das war nicht gut für die Motivation im Heer.

«Ja ...» Rabe stimmte nachdenklich zu. «Sie hätten längst angreifen müssen. Hier in den Tunneln haben wir nicht einmal ein Zehntel unserer Angriffskraft.»

«Vielleicht wissen sie das nicht», meinte Wolf mit einem grimmigen Grinsen. «Gut für uns.»

«Oder sie warten, bis wir in der Schlucht angekommen sind», sagte Rabe mit düsterer Stimme.

Dieser Gedanke war Ither auch schon gekommen. Es gab wenig andere gute Gründe, warum sich die Sozoah so lange zurückhielten. Der Engpass am Ende der Schlucht war der kritischste Punkt ihres Weges und der Ort, den Ither momentan am meisten fürchtete. Denn dort gab es gleich mehrere Zugänge, von denen aus die Sozoah ihnen in den Rücken fallen konnten.

Ithers Blick streifte ein paar Kerben an den Wänden, die denen ähnelten, die die Jäger regelmäßig nahe der Stadt hinterließen. Nur dass diese hier bis hinauf zur Tunneldecke reichten. Sie mussten von einem Häscher, einem der fliegenden Sozoah stammen.

«Sie werden angreifen», sagte Rabe. «Es ist nur eine Frage der Zeit.»

Doch Ither hörte ihm kaum zu. Denn plötzlich beschlich ihn eine Ahnung davon, was die Sozoah auf Abstand hielt. Bevor sie den Häscher im Tunnel getötet hatten, hatten seine Flügel auf den Boden geschlagen und die anderen Jäger alarmiert ... Was, wenn die Sozoah auch über diese Erschütterungen miteinander kommunizierten? Warum war ihm das nicht schon vorher aufgefallen? Es waren die Vibrationen ihrer Schritte, das Donnern in den Gängen, das die Sozoah auf Distanz hielt! Das Lärmen eines ganzen Heeres mochte ihr halbes System in Schwingung versetzen. Und das bedeutete möglicherweise, dass die Sozoah von einem wichtigen Teil ihrer Kommunikation abgeschnitten waren. In der Nähe des sich bewegenden Heeres fehlte ihnen einer ihrer Sinne. Also würden die Sozoah sinnvollerweise abwarten, bis sich die Cardoc in überschaubarem Gelände verteilten. *Der Krater oder die Schlucht.* Natürlich würden die Sozoah aus strategischen Gründen die Schlucht bevorzugen, Ither hatte da bereits einen Gedanken. Er lächelte schief.

«Ich glaube nicht, dass sie zuerst angreifen werden.»

Rabe und Wolf sahen ihn verwundert an.

«Wir werden dafür sorgen, dass sie sich von uns fernhalten, bis wir im Krater sind. Ich habe eine Lösung für diesen verfluchten Engpass gefunden.»

Ither ließ sich zurückfallen.

«Was hast du vor?», wollte Wolf wissen.
«Wir werden den Sozoah eine verdammte Botschaft senden.» Er grinste Wolf und Rabe an.
Ilandra, die hinter ihnen mit den Offizieren ging, warf Ither einen fragenden Blick zu, als er sich umdrehte und gegen den Strom des Heeres an ihr vorbeiging.
«Bleib hier», sagte er kurz angebunden. «Ich bin gleich wieder zurück.»

Wenig später holte Ither vom letzten Drittel des Trosses aus wieder nach vorne hin auf. Während er Kampfreihe um Kampfreihe überholte, ließ er seine Handflächen über die kalten Höhlenwände streifen. Seine Fingerspitzen fuhren über die leuchtenden Adern und rieben noch mehr von dem porösen, sandigen Material ab. Ither grinste, als er sich mit der fluoreszierenden Farbe martialische Zeichen ins Gesicht und auf die Brustplatte seiner Rüstung malte. Die Cardoc um ihn herum taten es ihm gleich.
«Athair sovar khar therien vhen markizrah!», schrie er laut und seine Stimme hallte von den Tunnelwänden wider und jagte durch den Gang. Die Cardoc antworteten mit ihren eigenen Kriegsschreien.
«Jaashar!»
«Solor vashar!»
Sie würden nicht länger versuchen, leise zu sein. Schließlich waren sie nicht hier, um sich an ihre Feinde heranzuschleichen!
«Athair markizrah!», stimmte Siez ein, als Ither gerade an ihm vorbeischritt. Seine jetzige Position war recht weit hinten, da er mit den Rudeln der Raben kämpfen würde, die bis zur Aufstellung der Schlachtformation für Rückendeckung sorgen würden. Reatar hatte ihm diese Ehre erwiesen.

«Du lernst schnell, mein Freund!» bemerkte Ither mit einem anerkennenden Lächeln.

Dann schlug er die Trommel an, die er sich von einem der Trommler hatte geben lassen und nun mit einem Riemen über der Schulter trug. Ihr Donnern erhob sich durch den Gang wie das Knurren eines hungrigen Raubtiers und das Pulver an Ithers Händen hinterließ leuchtende, grüne Striemen auf der gespannten Haut. Er spielte die ersten Bässe an, dann stimmten die anderen Trommler ein. Sie folgten ihm und verteilten sich dabei über die gesamte Länge des Trosses. Sie spielten einen hitzigen Rhythmus und das Grollen der tiefen Klänge war ohrenbetäubend. Ither stieß einen weiteren Kriegsruf aus und die Antwort der Krieger übertönte sogar noch den Sturm der Trommler.

Normalerweise folgten die Trommler dem vorletzten Rudel, geschützt von der Nachhut. Ihre Aufgabe war es, die Befehle und taktischen Informationen weiter über das Schlachtfeld zu befördern, als Stimmen allein es jemals vermochten. Aber Ither beabsichtigte nun, das Grollen der Tiefklänge auch noch für einen anderen Zweck zu nutzen. Natürlich, um die Stimmung seiner Leute zu heben. Aber auch, um den Sozoah eine nicht ganz freundliche Botschaft zu senden: Sie sollten die Cardoc fürchten lernen.

Ither blickte zurück und grinste den Trommler hinter ihm an, der ihm ohne sein Instrument, aber mit schwerer Bewaffnung folgte. Er war der Besitzer der Trommel, die Ither gerade trug, und antwortete ihm mit einem räuberischen Lächeln, während er den donnernden Rhythmus auf seiner Armschiene begleitete.

Ither wandte sich wieder um.

Man hätte einen Fehler begangen, die kämpferischen Fähigkeiten der Trommler zu unterschätzen. Auch wenn ihre Hauptaufgabe darin bestand, Informationen über das Schlachtfeld zu verbreiten, waren sie genauso gut im Kampf ausgebildet wie die anderen Cardoc auch. Sie trugen die gleichen Rüstungen – bis auf die Panzerhandschuhe, die ihnen natürlich mehr im Weg waren, als sie nützen – und wie die anderen auch ihre eigenen, bevorzugten Waffen.

«Wir werden uns das zurückholen, was uns gehört!», rief Ither.

«Jhar ataih!»

«Salvhiar thes thorien!»

Ither überholte Reihe um Reihe, während er weiter den Rhythmus auf der Trommel spielte.

Als Ither an der Spitze des Trosses angekommen war, übergab er die Trommel wieder ihrem Besitzer. Dieser hatte sich inzwischen ebenfalls mit einer Kriegsbemalung verziert, wie Ither grinsend bemerkte. Er reichte Ither seine Panzerhandschuhe zurück, bevor er selbst die Trommel entgegennahm.

«Danke.»

«Es war mir eine Ehre, Shotar.»

Der Trommler nahm seinen neuen Platz weit vorne in der Formation ein und schlug ein neues Spiel an.

Ither tauschte einen Blick mit Ilandra und wandte sich dann Wolf und Rabe zu, während er seine Panzerhandschuhe überzog und ihren Sitz prüfte.

«Das war entweder sehr klug oder sehr dumm», sagte Rabe mit gekräuselten Mundwinkeln.

Gleichzeitig näherte sich ihnen einer der Späher von vorne. Er kam im Laufschritt.

«Sehr klug, wie es aussieht», meinte Wolf. «Offenbar verstehen sie die kleine Botschaft.»

«Das will ich hoffen.»

Der Späher verlangsamte sein Tempo erst, als er schon fast bei ihnen war. «Die Kundschafter ziehen sich zurück!», meldete er. «Sie ziehen sich tatsächlich zurück!»

Rabe sah Ither einen Augenblick an, ehe er sich wieder dem Späher zuwandte. «Wie weit ist es noch?»

«Weniger als zweitausend Schritte bis zum Eingang der Schlucht.»

Wolf brachte ein gefährliches Grinsen hervor. «Sie haben keine Chance!», rief er laut. «Athair savar thorien!» Und die Wölfe hinter ihnen stimmten mit ihrem Blutgeheul ein.

Ither sollte recht behalten. Die Cardoc fanden die Schlucht wie leergefegt vor und passierten die Enge ohne jeden Sichtkontakt mit den Sozoah.

Wenige hundert Meter später tauchten sie erneut in einen Tunnel ein, begleitet vom Dröhnen und von den Kriegsgesängen der Trommler. Die Kämpfer allerdings waren wieder still geworden. Sie waren jetzt hochkonzentriert, ihre Züge angespannt. Denn sie wussten, dass sie nur noch wenige hundert Meter von ihrem Schlachtfeld trennten. Die Offiziere verteilten Befehle, während die Rudel die Positionen einnahmen, die ihre Formation vorbereiten würden.

Als sich der Gang schließlich verbreiterte und zum Krater hin öffnete wie ein riesiges Ausfalltor, hatten sich die Sozoah weit zurückgezogen. Sie waren mindestens siebzig Schritte von den Kraterwänden entfernt.

Ither stieß einen martialischen Kriegsschrei aus. Wolf und Rabe schlossen sich ihm an. Sie rannten los. Das gesamte Heer stimmte ein und folgte ihnen.

Die Cardoc strömten wie ein unaufhaltsamer Erdrutsch auf das Plateau. Die Sozoah kreischten ohrenbetäubend und formten einen Wall aus schwarzgepanzerten Leibern. Doch die drei Stoßtruppen der Cardoc spalteten die Formation auf wie scharfe Klingen, die durch frisches Fleisch schnitten. Die Speerspitzen drangen tief ins Innere des Schwarms vor, stellten sich furchtlos der Übermacht der Sozoah, während das Heer der Cardoc mit geballter Kraft nachströmte.

Es dauerte nur Sekunden, bis sie den ersten Teil ihrer Strategie erfüllt hatten. Von oben betrachtet sahen sie aus wie ein riesiger Stern, der seine drei Strahlen in die Massen der Sozoah grub, um daraufhin zu versuchen, sie in der Mitte des Schlachtfelds erneut zu bündeln.

Die Schlachtreihen vermischten sich, während die Cardoc unerbittlich zuschlugen. Kriegs- und Schmerzensschreie, Kreischen und Waffenklänge erhoben sich in den Nachthimmel.

Ithers Kriegsschrei hallte über das Schlachtfeld wie ein unheilvoller Vorbote. Meteor traf den ersten Sozoah hart, gelbes Blut spritzte aus dem schwarzen Panzer. Ither wirbelte herum, traf den zweiten und versetzte einem dritten, den der Cardoc neben ihm angegriffen hatte, den Todesstoß. Dann auch dem zweiten. Der erste Sozoah fiel durch den Hieb eines Axtkämpfers.

Ither trieb sie voran, genau in die Mitte der vielbeinigen Sozoah. Die Bestien waren plötzlich überall, griffen die Speerspitze jetzt von drei Seiten an. Allerdings ließen sie sich auch wie ein Keil auseinandertreiben. Genau so, wie es geplant war.

Die Cardoc kämpften wie eine perfekte Einheit, deckten sich gegenseitig und vollendeten die Angriffe ihrer Brüder. Das Schlachtfeld sah aus wie ein Meer aus schwarzen Rüstungen und Panzern, Waffen, Beißwerkzeugen sowie unzähligen vielgelenkigen

Beinen. Die Waffen der Cardoc funkelten im hellen Sternenlicht. Mit jeder Welle drangen sie tiefer in den Schwarm der Sozoah vor.

Ithers Position befand sich an der Spitze seines Rudels. Er gehörte nicht zu den Kommandanten, die ihre Männer aus sicherer Entfernung befehligten. Kein Cardoc tat das. Es war eine Frage der Ehre. Schließlich zeigte sich erst im Kampf, aus welchem Metall ein Kämpfer geschmiedet war.

Meteor fand ein weiteres Mal sein Ziel. Das dumpfe Knirschen wurde beinahe verschluckt von den Geräuschen des Schlachtgetümmels. Waffen schlugen dumpf auf Panzer, Meteor funkelte im glitzernden Sternenlicht und ein heftiger Schmerzensschrei verwandelte sich in einen bösartigen Kriegsruf. Ein Sozoah bäumte sich auf.

Als Ither Schwung für seinen nächsten Angriff holte, sah er Ilandra, die dicht hinter ihm mächtige Angriffszauber beschwor und auf die Sozoah in ihrer Nähe niedergehen ließ. Ein Ring aus Schwertkämpfern schützte sie vor den Angriffen der Sozoah. Ither gefiel es nicht, Ilandra so weit vorne zu haben. Sie würden die Seherin so schnell wie möglich zum Schrein eskortieren müssen. Denn Zeit war eines der Dinge, die auf einem Schlachtfeld niemals üppig gesät waren.

Ither schlug heftig zu. Der Jäger vor ihm kreischte auf, Ither stieß erneut zu und trieb Meteor tief in einen Rüstspalt. Er wich dem Beinhieb eines weiteren Jägers aus und konterte sofort mit seinem eigenen Angriff. Ein, nein zwei weitere Sozoah griffen ein. Der Angriff des ersten richtete sich gegen den Kämpfer neben Ither. Ither selbst parierte den schnappenden Beißwerkzeugen des zweiten, doch das Bein eines dritten traf ihn hart in die Seite. So heftig, dass er trotz seiner Rüstung für einen Moment keine Luft bekam. Die Cardoc an seiner Seite reagierten sofort, sprangen vor und nahmen den Jäger in die Zange. Liu, der irgendwo hinter ihnen war, heilte Ithers Verletzung, noch bevor der Schmerz vollständig aufflammte.

Ither preschte vor, setzte sich wieder an die Spitze der Formation und trieb Meteor tief in das grässliche Maul des dritten Sozoah. Er erwischte den zweiten am Bein und durchtrennte den dicken Panzer mit nur einem einzigen Hieb. Der erste Sozoah starb noch, bevor Ither Meteor erneut gebändigt hatte.

Aber neue Gegner ließen nicht auf sich warten. Ither kanalisierte den Schwung seiner Waffe auf die Schulter eines weiteren Sozoah. Die Bestie fauchte markerschütternd, als die Klinge ihren Panzer aufspaltete, und irgendwie gefiel Ither dieses furchtbare Geräusch.

Doch kurz darauf hörte er etwas, das ihm tatsächlich das Blut in den Adern gefrieren ließ. Er konzentrierte sich auf sein Gehör, während er den nächsten Angriff führte. Es war nicht leicht, irgendetwas aus diesem ohrenbetäubenden Lärm herauszuhören. Hoffentlich hatte er sich nur getäuscht!

Im Moment lief es gut für die Cardoc. Sie drängten die Sozoah zurück und trieben sie auseinander wie eine Herde wilder Defassa.

Ither parierte einen Angriff und konzentrierte sich erneut auf die Geräusche um ihn herum. Da war es wieder: das unheilbringende Surren fliegender Sozoah. *Verdammt!*

Ither wehrte eine Attacke ab, die auf sein Knie zielte, und blickte zum Himmel hinauf. Zunächst bemerkte er nur die Wolken, die begannen, die Sterne zu verschleiern. Doch dann sah er sie. Es waren mindestens ein Dutzend.

«Häscher!», schrie er warnend über den Schlachtenlärm. «In der Luft!»

«Häscher in der Luft!»

«Achtung, Häscher!», wurde die Warnung wie ein Echo über das Schlachtfeld getragen. Die Cardoc in Ithers Nähe reagierten unmittelbar. Die Speerträger zogen sich ins Innere der Formation zurück, um ihre Brüder vor Angriffen von oben zu schützen. Die Nahkämpfer nahmen ihre Positionen ein. Schließlich hörte Ither auch Rabe und Wolf die Warnung weit entfernt bestätigen. *In Ordnung. Weiter!*

Ither richtete einen Jäger, die Männer an seiner Seite töteten zwei weitere.

«Bereit machen!», rief er seinen Speerträgern zu, als die Häscher fast bei ihnen waren. Doch die fliegenden Sozoah griffen mit einer Kampfkraft an, die einfach überwältigend war. Sie rissen einen Teil der Speere einfach um, knickten die stabilen Schäfte ab wie Grashalme.

«Aufrücken!»

Ither schlug nach seinen Gegnern am Boden, während er immer wieder nach oben zu den Häschern blickte. Kalte Schauer jagten ihm zwischen die verschwitzten Schulterblätter, als er sah, wie viele es waren. Immer mehr Flugwesen tauchten auf. Ganze Schwärme davon! Auch wenn sie sich auf die Möglichkeit eines Luftangriffs vorbereitet hatten – Ither hätte nie geglaubt, dass es so viele sein würden!

Und sie verteilten sich über das Schlachtfeld, gaben ihre ersten Angriffspositionen auf, um sich neue zu suchen. Die meisten von ihnen flogen jetzt über Ithers Kopf hinweg und griffen das Heer weit hinter ihm an.

Ither parierte die Angriffe zweier Jäger in allerletzter Sekunde. Er durfte sich nicht ablenken lassen! Er schlug zu.

«Weiter voran!», schrie er. Sie hatten eine Aufgabe. Und die lag im Zentrum dieses verfluchten Kraters.

Meteor schlug ein weiteres Mal heftig zu. Ither setzte sofort nach. Die Axt des Kämpfers neben ihm traf den Jäger tödlich.

Ither wirbelte herum, als er einen weiteren Angriff führte. Meteor traf, doch Ithers Blick blieb für einen winzigen Moment auf eine Stelle weiter hinten gerichtet. Die Häscher griffen gezielt die Rudel mit wenigen Stangenwaffen an! Sie landeten inmitten der Nahkämpfer! Gellende Schmerzensschreie zogen sich über das Schlachtfeld. Offiziere brüllten Befehle.

Ither sah den Angriff des Jägers nur aus den Augenwinkeln, aber gerade noch rechtzeitig, um einen seiner Brüder vor einem tödlichen Treffer zu bewahren. Der Cardoc fackelte nicht lange und trieb dem Sozoah, den Ither gerade noch abgewehrt hatte, sein Bastardschwert in den Leib. Gelbes Blut spritzte in ihre Gesichter. Ither zog Meteor zurück und blickte erneut nach hinten.

«Zusammenbleiben!», hörte er Rabe über den Tumult der Schlacht hinweg brüllen.

Und dann verstand Ither. Die Häscher griffen nicht die vermeintlich Schwächsten an. Sie versuchten die Speerspitzen vom Rest des Heeres abzuspalten, sie im Schwarm einzukesseln! Das war genauso gefährlich wie klug.

«Bleibt zusammen!», schrie Ither so laut er konnte. Wenn den Sozoah dieser Zug gelänge, könnte das schlecht für sie ausgehen. Verdammt!

Ither versuchte sich einen Überblick zu verschaffen, während er Hieb um Hieb führte. Seine Muskeln brannten von der Anstrengung. Sie konnten es sich nicht leisten, dass der Kampf sich unnötig in die Länge zog. Doch das Bild, das sich ihm gerade bot, war wenig erfreulich. Die Sozoah waren dabei, den Spieß umzudrehen. Die Schmerzensschreie rissen einfach nicht ab.

Ither schlug nach einem Gegner und wehrte die Zangen eines anderen ab. Er wollte umkehren – seine Leute weit hinter ihnen unterstützen. Doch es blieb ihm keine Wahl. Denn sie durften sich nicht aushungern lassen. Jetzt kam es auf die Speerspitzen an. Sie mussten schnell sein. Es gab kein Zurück mehr.

«Weiter!», schrie er. «Nicht stehenbleiben! Weiter voran!»

Die Speerspitze, die durch den überraschenden Angriff der Häscher deutlich ins Straucheln gekommen war, setzte sich wieder in Bewegung. Ither trieb sie voran. Und die Jäger wichen zurück.

Doch dann geschah etwas, womit Ither nicht gerechnet hatte. Die Häscher gaben ihre Strategie auf und verließen ihre Position über den hinteren Rudeln. Sie zogen sich in das Innere des Kraters zurück. Nur, um jetzt erneut auf die vordrängenden Speerspitzen zuzufliegen! Sie unterstützten die Jäger am Boden! Sie hatten sich koordiniert ohne jede sichtbare oder hörbare Form der Verständigung! Die Geschwindigkeit, mit der sich der Schwarm auf neue Ereignisse einstellte, war einfach unglaublich. Und genauso bedrohlich.

Ither machte einen tiefen Ausfallschritt und durchtrennte das Beingelenk eines kauernden Jägers. Er wich aus, als der Sechsbeiner stürzte, und gab ihm mit einem beiläufigen Hieb den Rest.

Dann waren die Häscher direkt über ihnen.

Und in dem Moment, als Ither aufblickte, sah er den Bischof neben dem noch weit entfernten Schrein thronen wie einen Sterneanbeter. Er kämpfte nicht, sondern stand einfach nur da, die riesigen Klauen wie zum Gebet in die Luft gehoben. Die großen schwarzen Augen glänzten im hellen Licht der Sterne. Und plötzlich wurde Ither klar: *Er* kontrollierte den Schwarm. Sie mussten *ihn* ausschalten, bevor er das Blatt ganz wendete.

«Planänderung, Männer ...»

# 11

Siez stieß einen Kriegsschrei aus und rammte sein Krummschwert in den Panzer eines Jägers, der fast zeitgleich von fünf weiteren Hieben getroffen wurde. Der siebte Stoß gab ihm den Rest.

Sie kämpften sich zügig voran, waren fast immer in Bewegung. Die Cardoc an seiner Seite kämpften wie ein perfekt eingespielter Schwarm. Wenn einer nicht decken konnte, sprang der Nächste ein. Wenn ein Angriff verfehlte, fanden sofort zwei weitere Waffen ihr Ziel. Es war berauschend!

Siez ließ sich von der Kampfkraft der Cardoc vorantreiben. Voran in die Mitten der Sozoah.

Ihr Heiler war immer dabei. Die Cardoc umringten das Phantom wie ein lebendiger Schild. Sie hielten ihren Heiler am Leben – und er sie.

Siez hatte schon weit mehr als einen Treffer kassiert. Doch jedes Mal wurden seine Wunden geheilt, noch bevor der Schmerz ganz in sein Bewusstsein vordringen konnte.

Siez verstand erst jetzt, dass es nicht allein die Kämpfer waren, die die Cardoc über Jahrhunderte zu so überlegenen Kriegsherren gemacht hatten. Es waren auch ihre Heiler. Ganz besonders ihre Heiler.

Siez stürmte gemeinsam mit den Cardoc vor. Sie drängten die Jäger zurück. Ihre Schwerter trafen ihre Ziele wie hungrige Tiere. Siez fühlte sich wie unbesiegbar! Sein Herz raste, seine Lunge stieß die Luft in heftigen Stößen aus, doch er wurde nicht müde. Eine unbändige Begeisterung hatte Besitz von ihm ergriffen.

*Er* war dabei, während Geschichte geschrieben wurde. Sein Name würde in den Chroniken der Cardoc erwähnt werden. Dieser Eintrag würde ihn unsterblich machen. Er war ein Blutsbruder der Cardoc. Und das hier war die Schlacht unter den Sternen. Die Chroniken würden es für immer bewahren!

Siez sprang vor und hieb nach dem Bein eines weiteren Jägers. Er traf, die Bestie sackte zusammen und die Cardoc gaben ihr den Rest.

Dann war da plötzlich dieser Schmerzensschrei direkt neben ihm. Siez wirbelte herum.

Ein Sozoah grub seine gewaltigen Kauwerkzeuge in die Schulterrüstung eines Cardoc und riss ihn zu Boden. Siez reagierte sofort, wich einem anderen Angriff aus und trieb sein Krummschwert mit aller Kraft in den Nacken des Jägers. Die Zangen der Bestie lösten sich, als sie zusammenbrach. Der Cardoc rollte sich zur Seite, um zu verhindern, dass das riesige Geschöpf auf ihn stürzte, und rammte dem Sozoah mit dem unverletzten Arm ein Messer ins Maul. Die geborstenen Schulterplatten seiner anderen Seite verschoben sich und entblößten ein vollkommen zerfetztes Schultergelenk. Er sah Siez an und schenkte ihm ein anerkennendes Kopfnicken. Dann war er sofort wieder auf den Beinen und stürmte gegen den nächsten Gegner an. Siez sah, wie die klaffende Wunde an seiner Schulter heilte, noch während er sein Langschwert zum nächsten Hieb hob.

Es war einfach unglaublich! Siez sog die Luft tief ein, bevor er es ihm gleichtat. Es war, als ob die Cardoc keine Furcht kannten, nicht einmal –

«HÄSCHER! Duckt euch!»

Das Flugwesen war beinahe sofort über ihnen. Das Surren seiner Flügel war so heftig, dass Siez' Ohren schmerzten. Die Windstöße wirbelten den Staub vom

Boden auf, sodass sie kaum noch etwas sehen konnten. Sie duckten sich vor dem gefährlichen Giftstachel. Solange der Häscher in der Luft war, konnten sie ihn unmöglich zur Strecke bringen ...

Das war es! Siez sah auf, die Augen mit dem Unterarm gegen den wirbelnden Staub abgeschirmt, und eine morbide Freude überkam ihn. Er sprang auf, rannte dem Häscher ein paar Schritte hinterher und sprang. Er sprang, so hoch er konnte. Seine Klinge rauschte durch die Luft und erwischte den Häscher am Bein. Nicht hoch genug!

Der Aufprall auf den Boden war hart. Siez musste tief in die Knie gehen, um sein eigenes Gewicht abzufangen.

Der Sozoah zischte bedrohlich und änderte die Richtung. Er schwebte jetzt direkt auf ihn zu! Siez hatte gehofft, ihn mit seinem Angriff ernster verletzen zu können. Vor allen Dingen hatte er es auf die silbrigen Flügel angelegt. Doch stattdessen hatte er nur die Aufmerksamkeit des Häschers auf sich gelenkt!

Aber dann verselbstständigte sich Siez' Plan. Ein Speerträger der Cardoc griff seinen Einfall auf und rammte seine Stangenwaffe in einem geschmeidigen Sprung durch die Flügelmembranen des Häschers. Es war ein perfekter Treffer. Das Ungetüm war sofort flugunfähig. Die Cardoc unter ihm konnten sich gerade noch rechtzeitig in Sicherheit bringen, bevor der Sozoah zu Boden stürzte.

Das Rudel ging sofort auf ihn los. Seine Kriegsschreie übertönten den Schlachtenlärm.

Weit entfernt, inmitten des Pantherrudels, schritt Liu geschmeidig über das tosende Schlachtfeld. Blaue Äthergestalten wirbelten um ihn herum wie eine Brandung aus leuchtenden Körpern. Liu sah ihre

Waffen nur als schwache Schemen. Die wuchtigen Sozoah malten sich dunkler hinter den Cardoc ab. Alles war in Bewegung.

Liu durchschritt das Gewimmel wie ein Priester, der die heiligen Hallen betritt. Seine Bewegungen waren langsam und fließend, seine Schritte lang, und er trug wieder die schwarze Robe. Aber heute trug er zum ersten Mal auch die schwarze Augenbinde. Er sah nichts von der echten Welt, hörte den Kampflärm nur weit entfernt. Liu war isoliert wie in einem Traum, der alle Sinnesreize auf das absolut Notwendige reduzierte. Der Äther wirbelte. Es verging kein Augenblick, in dem Liu nicht einen seiner Protegés heilte. Er spürte die Eruptionen im Äther, noch bevor sie den Schmerz überhaupt fühlten. Liu sah, wie sich die blauschimmernden Ströme manifestierten und wie die Äthergestalten der Kämpfer innerhalb von Sekunden regenerierten.

Vendrin hatte recht gehabt. Heiler zu sein war seine Bestimmung. Lius Geist war überall zugleich, heilte Schnitte, Brüche und Fleischwunden. Er ließ sich vom Äther leiten. Liu war wie in Trance. Alles befand sich im Fluss.

Dann eine heftige Eruption. Einer der Cardoc vor ihm kassierte einen besonders heftigen Treffer. Die Verletzung war so schwer, dass sie ihn zu Boden riss. Doch Liu heilte den zerborstenen Knochen und das zerfetzte Fleisch mit einer Leichtigkeit, die er selbst vor Kurzem noch nicht für möglich gehalten hätte.

Der Cardoc stand auf, als sein Bein ihn wieder tragen konnte, und warf sich erneut in den Kampf. Liu schloss die Wunde, während der Mann schon wieder mit dem nächsten Jäger kämpfte.

Es war überwältigend. Alles spielte perfekt zusammen wie ein einziger, großer Organismus. Liu war erfüllt von dieser eigenartig fließenden Dynamik.

Er verschmolz regelrecht mit dem Äther. Und er fühlte sich, als wäre seine Energie nahezu unbegrenzt. Aber der logische Teil in ihm wusste, dass dies nicht immer so bleiben konnte. Die Heiler durften mit ihren Ressourcen nicht zu verschwenderisch umgehen, wenn sie bis zum Ende der Schlacht durchhalten wollten. Nur die Sterne wussten, wie lange es bis dahin dauern würde.

Die Eruptionen wurden heftiger, sie folgten schneller und intensiver aufeinander. Liu sah die fliegenden Sozoah über sich in der Luft. Und auch die Jäger am Boden verstärkten jetzt ihre Angriffe auf die Formation der Cardoc. Beinahe so, als hätten sie ein besonderes strategisches Ziel entdeckt. Aber das war für Liu nicht von Belang. Seine Aufgabe war es, die Kämpfer am Leben zu erhalten – sie würden sich um den Rest kümmern.

Liu stieg über das zersplitterte Bein eines Sozoah, während die Kämpfer ihm den Todesstoß versetzten. Der Äther wirbelte auf und verband sich zu einem Strudel aus strahlendem, silberblauem Licht, als das Wesen sein Leben aushauchte. Es hatte eine fremdartige, morbide Schönheit an sich, auch wenn Liu genau wusste, dass der Anblick in der realen Welt ganz furchtbar sein musste. Aber so empfand er es nicht. Ganz im Gegenteil. Die Luft flirrte von den unzähligen Strömen, die auf diese Weise freigegeben wurden. Immer und immer wieder.

Der Kampf wurde zunehmend heftiger, mit jedem Schritt, den sie weiter vordrangen. Die Verletzungen wurden immer häufiger und auch schwerer. Liu begann jetzt so etwas wie Anstrengung zu verspüren, allerdings von genau so weit weg, wie er den Kampflärm hörte.

Er heilte ein paar Schwerverletzte ganz in seiner Nähe, den letzten von ihnen hielt er mit seiner gebündelten Willenskraft am Leben, während er seine Verletzungen kurierte. Schließlich gab er ihn frei. Auch die Cardoc direkt neben ihm erlitten Verletzungen. Liu heilte sie.

Plötzlich schob sich ein gewaltiger blauer Schatten in sein Blickfeld. Für einen Moment war es, als würde alles um ihn herum einfrieren. Liu spürte das Beben im Äther, noch bevor er aus der Astralsicht gerissen wurde. Der heftige Stoß riss seinen physischen Körper herum. Dann kam der Schmerz.

Liu stürzte in einer heftigen Drehbewegung zu Boden. Das Blut spritzte in weitem Bogen. In dem Blick des Kämpfers neben Liu malte sich das Entsetzen, als sein Hieb den Sozoah nur einen einzigen Wimperschlag zu spät traf. Liu schlug auf dem Boden auf.

Es passierte in einer einzigen Sekunde und Ither sah alles mit an.

Neben Liu starb ein Häscher. Aber der Jäger bäumte sich erneut auf. Ein Cardoc parierte seinen Angriff. Ein weiterer Krieger kam ihm zu Hilfe und trat gegen die anderen beiden Sozoah an. Sie hatten die Verteidigungslinie durchbrochen, als die Häscher dem Rudel einen schweren Schlag versetzt hatten.

Ither begegnete den Beißwerkzeugen eines blutdurstigen Jägers und hieb nach seinem Vorderbein. Der Sozoah wich zurück. Doch Ither folgte ihm nicht. Stattdessen blickte er erneut nach hinten, zu der Stelle, wo Liu gestürzt war.

Der Cardoc richtete den Sozoah, der Liu getroffen hatte, während ein anderer einen der verbleibenden beiden Jäger verletzte. Liu rollte sich hustend herum. Einen längeren Blick konnte Ither nicht riskieren.

«Heiler am Boden!», schrie er.

Ither wehrte den Angriff eines weiteren Jägers ab, die Männer neben ihm zerlegten die Flügel eines Häschers. Doch seine Aufmerksamkeit galt nach wie vor dem Geschehen hinter ihm. Wann immer es ihm zwischen zwei Hieben möglich war, blickte Ither kurz zurück. Die Cardoc neben Liu hatten Mühe, die nachrückenden Jäger zurückzuhalten. Sie waren vielleicht dreißig, fünfunddreißig Meter von Ithers Position entfernt. Nicht mehr.

Ither wehrte einen Angriff mit seiner Armschiene ab und trieb Meteor tief in weißes Fleisch. Er zog die Klinge zurück und vergewisserte sich, dass Ilandra immer noch durch die Formation geschützt war. Ihre Zauber hatten einige der fliegenden Bestien vom Himmel geholt, doch sie würden sie nicht gegen den Ansturm der Jäger schützen können.

Ilandra blickte jetzt selbst zurück. Offenbar hatte sie Liu auch entdeckt. Ither konnte das, was sie ihm entgegenschrie, über den Lärm hinweg nicht verstehen. Doch ihr erschüttertes Gesicht sprach Bände.

Ither wandte sich nach vorne und erreichte den angreifenden Jäger mit einem tiefen Ausfallschritt. Die Zangen des Jägers schnappten nur Zentimeter von Ithers Gesicht entfernt zu, als Meteor sein Bein unterhalb des Gelenks durchtrennte und der Sozoah einknickte. Zwei Cardoc waren sofort über ihm.

Ither blickte wieder zurück. Liu lag jetzt auf dem Rücken, die Hände auf seinen Hals gepresst, aus dem das Blut nur so sprudelte, und die Zähne vor Schmerz gebleckt.

Ither schmetterte Meteor in den Panzer des nächsten Jägers und rammte das Ende seiner Klinge zwischen die Beißwerkzeuge eines zweiten. Er blickte sich hilfesuchend um. Doch die Phantome waren zu weit entfernt. Er blickte in die andere Richtung. *Verdammt!*

Ither schlug erneut zu. Sein Platz war hier. Am Kopf des Stoßtrupps. Aber er musste wissen, ob Liu noch zu retten war. Er musste diese Verletzung von Nahem sehen. Ither zog Meteor zurück. Wie sehr er solche Entscheidungen hasste! Eigentlich sollte er wissen, dass Liu nicht zu retten war. Aber er konnte das einfach nicht akzeptieren!

«Weiter voran!», befahl er seinen Männern, während er sich selbst zurückfallen ließ. «Shakhir, du hast das Kommando!»

«Auf geht's, Jungs!» Der ranghöchste Offizier der Panther übernahm sofort. «Zeigen wir den anderen mal, welches Rudel den Schrein zuerst erreicht!» Die Kämpfer der Speerspitze antworteten mit dem Kriegsruf des Pantherclans. Sie zogen das Tempo an. Doch Ither bewegte sich in die entgegengesetzte Richtung.

Ilandra versuchte ihm zu folgen.

«Bleib in der Formation!», schrie er.

«Aber –»

Ither sah sie scharf an. Das hier war nicht der richtige Ort, um leichtsinnig zu werden. Sie war eine passable Kämpferin und eine herausragende Magierin, aber das hier war kein Übungsplatz. Das hier war blutiger Ernst und Fehler durfte man sich nicht erlauben. Die Cardoc, die Ither zu Ilandras Schutz eingeteilt hatte, hielten sie zurück. Dort, wo sie war, war sie sicher. Ither konnte nicht zulassen, dass ihr irgendetwas geschah.

Er blieb in Bewegung und ließ sie zurück.

Dann plötzlich ein Schmerzensschrei ganz in seiner Nähe. Ither wirbelte herum. Der Jäger hatte den Arm eines Schwertkämpfers erwischt und ihn entwaffnet. Meteor schnitt durch die Luft und traf den

Sechsbeiner, bevor er ein zweites Mal zustoßen konnte. Weitere Waffen regneten auf die Bestie herab. Der Verletzte zog sich zurück, während der Sozoah starb.

Ein weiterer Aufschrei, nur ein paar Meter entfernt.

«Heiler!», rief jemand.

«Außer Gefecht!», antwortete ein anderer.

«Was?!»

«Davon lassen wir uns nicht aufhalten!» Ithers Stimme war kalt und hart. «Achtet auf eure Deckung! Wunden lecken können wir nach der Schlacht! Aufschließen!»

Ither bahnte sich einen Weg zwischen ihren Reihen hindurch. Die Speerträger, die die Flanken der nachrückenden Cardoc verteidigten, gaben ihm den Weg frei. Es waren nur noch wenige Meter bis zu der Stelle, an der Liu gestürzt war. Ithers Sicht war für einen Augenblick versperrt, bis sich das Kampfgetümmel ein wenig lichtete – jetzt, da die Sozoah ihre Angriffe wieder auf die voranrückende Speerspitze konzentrierten. Eigentlich hätte Ither umkehren sollen. Sein Platz war nicht hier. Aber er musste es mit eigenen Augen sehen.

Dann endlich war er da. Liu lag leblos am Boden. Das Blut quoll pulsierend aus der zerfledderten Wunde an seinem Hals. Ither presste seine schwarzen Lippen aufeinander, als er endgültig das Ausmaß der Verletzung erkannte. Er hätte es gleich wissen müssen. Aber er hatte sich vor den Konsequenzen gesperrt. Ohne den Heiler an der Speerspitze – *nein*. Sie *würden*, sie *mussten* es trotzdem schaffen!

Einer der beiden Cardoc, die versucht hatten, Liu zu verteidigen, stand schwer atmend über dem reglosen Heiler. Gelbes Sekret tropfte von seiner Klinge, die er in diesem Moment zu Boden senkte. Mit der freien Hand zeigte er Liu das Friedenszeichen.

Ither wollte sich gerade umdrehen, als Liu sich plötzlich bewegte. Die weißen Augen des Cardoc über ihm weiteten sich vor Erstaunen, als Liu langsam eine Hand hob und ihnen mit erhobenem Zeigefinger bedeutete zu warten – dazubleiben. Ither war völlig perplex. Im nächsten Moment ließ Liu die Hand wieder sinken. Ein paar Augenblicke lang geschah nichts. Aber dann begann das Quellen an Lius Hals zu versiegen. Er versuchte sich selbst zu heilen!

Der Kämpfer sah Ither verwundert an.

«Er heilt sich selbst! Wir geben ihm Deckung!»

Lius Astralgestalt schwebte schwerelos neben seinem physischen Körper. Liu spürte Ithers Nähe und auch die von Varleai. Lius Äthergestalt flackerte durchscheinend und er spürte, wie die Energien an ihm zerrten. Er war dem ewigen Äther jetzt weit näher als der lebendigen Welt. Alles um ihn herum verschwamm, seine eigene Energie zerfaserte und glitt hinüber in einen anderen Zustand. Es war so verlockend, jetzt einfach loszulassen – seine körperliche Last hinter sich zu lassen und seine Seele zu befreien. Es war eine Sehnsucht, die er schon bei seinen Übungen zu schätzen gelernt hatte. Sie war noch nie so stark gewesen.

Doch Lius Wille war genauso stark. Er wurde noch gebraucht. Also hielt er seine blauschillernde Hand über den sterbenden Körper ...

Ither stand direkt neben Liu, bereit, den verletzten Heiler bis aufs Blut zu verteidigen. Der andere Cardoc deckte seinen Rücken. Obwohl die Sozoah sich erst vor wenigen Minuten etwas zurückgezogen hatten, verstärkten die Jäger ihre Angriffe nun wieder. Ihre Strategie erschien völlig willkürlich – aber vermutlich war sie das nicht. Nicht weit entfernt hörte Ither das bedrohliche Surren der Häscher. Es war dieses geordnete Chaos, das die Sozoah zu so unberechenbaren Gegnern machte. Sie drängten die Cardoc, die ihre Position wie ein schützender Wall umringten, langsam zurück.

Aber Ither war bereit zu kämpfen.

Er sah zur Speerspitze hinüber, die weitere Meter gutgemacht hatte, und tauschte ein paar Handzeichen mit einem seiner Offiziere. Der gab die Befehle mit lauter Stimme weiter.

Dann plötzlich schwoll der Kampflärm an. Klingen kreischten auf. Ein Sozoah fauchte. Ein Jäger hatte ihre Verteidigungslinie durchbrochen, während die Cardoc versuchten, die anderen Sozoah zurückzuhalten. Ither schnellte herum und setzte sich in Bewegung. Er fing den Jäger ab. Der Kämpfer, der Ither den Rücken gedeckt hatte, war ebenfalls sofort zur Stelle. Seine Attacken waren genauso schnell und durchschlagskräftig wie die von Ither. Gemeinsam schlugen sie auf den Jäger ein. Ihre Hiebe verletzten ihn schwer. Doch die Bestie machte keine Anstalten, sich zu verteidigen. Sie versuchte vielmehr, an ihnen vorbeizukommen.

«Er hat es auf Liu abgesehen!», stellte Ither plötzlich fest.

Zwei weitere Hiebe trafen den Jäger. Er ging zu Boden. Doch das Untier schleppte sich immer noch voran. Die nächsten zwei Stöße gaben ihm endlich den Rest. Ein vergleichbares Verhalten hatte Ither noch nie bei einem Sozoah beobachtet.

Er atmete heftig, als er das Szenario zu überblicken versuchte.

Die Kampflinie war jetzt fast bis zu ihrer Position zurückgefallen. Und es gab viele Verletzte.

Ither sprang für einen schwer Verwundeten ein, als die Linie erneut zu brechen drohte. Irgendwie schienen die Sozoah bemerkt zu haben, dass Liu noch lebte.

«Neu formieren!», rief Ither. «Die Viecher haben es auf den Heiler abgesehen!»

Ither rammte Meteor in das Maul eines Sozoah, schlug nach dem Gliederbein eines zweiten. Sie mussten Liu nur genug Zeit verschaffen.

Ither wehrte einen wuchtigen Angriff ab, der so heftig war, dass er ihn gut zwei Schritte nach hinten schob. Ither stemmte sich mit aller Kraft dagegen. Der Hieb eines anderen Cardoc traf das Auge des Jägers. Der Sechsbeiner kreischte und bäumte sich auf. Ither musste jetzt dagegenhalten, um Meteor frei zu bekommen. Die Klinge löste sich mit einem Ächzen aus dem Panzer und gab dem Sozoah mit dem nächsten Hieb den Rest.

Die Cardoc hatten ihre Formation inzwischen neu aufgebaut. Sie bildeten jetzt einen doppelten Ring um Liu – eine stabile Formation mit vielen Überschnitten und optimaler gegenseitiger Deckung. Eine Bastion inmitten des Schlachtgetümmels. Doch ohne Heiler war es nur eine Frage der Zeit, bis die Sechsbeiner sie überrennen würden.

Die Waffen der Cardoc blitzten immer wieder auf. Viele Sozoah fauchten. Man hörte Panzer brechen und Verletzte keuchen. Blut spritzte Ither ins Gesicht, als der Cardoc direkt neben ihm getroffen wurde. Zwei scharfe Klingen trafen den Sozoah im selben Moment, als der Kopf des Cardoc herumgeschleudert wurde. Seine Wange war bis auf den Knochen aufgerissen! Doch noch bevor er aufschreien konnte, sah Ither, wie sich das Fleisch über den gräulichen Knochen zusammenzog und die Blutung stoppte. Liu!

Ither wandte sich grinsend um, während ein anderer Cardoc seine Position übernahm. Liu versuchte aufzustehen. Ither reichte ihm die Hand und zog ihn hoch. Lius Finger waren nass, die schwarze Robe blutdurchtränkt, aber die Wunde an seinem Hals war verschwunden. Da war nur beinahe makellose, schwarze Haut.

«Kommst du klar?», fragte Ither ihn.

*Worauf du dich verlassen kannst.*

«Also gut, Männer! Wir haben einen Heiler!» Ither wandte sich um. «Auf geht's! Wir werden da vorne gebraucht!»

# 12

Gelbes Blut spritzte Ither ins Gesicht. Er hatte bis zu Ilandra aufgeschlossen. Die Seherin befand sich nun an seiner Seite und Liu folgte ihnen mit wenigen Schritten Abstand.

Ither zog die schwarze Klinge zurück und streckte seinen Gegner mit dem nächsten Hieb nieder. Sie kämpften sich voran – und sie waren bald am Ziel. Der Bischof und sein Schrein waren weniger als fünfzig Schritte von ihnen entfernt. Die Speerspitze, die Ither eigentlich hatte anführen sollen, hatte seine Position bereits erreicht. Ither sah, wie seine Brüder den übergroßen Sozoah attackierten. Er hatte ihnen den Befehl dazu gegeben. Wenn der Bischof dieses Schlachtfeld kontrollierte, dann mussten sie zuerst ihn aus dem Spiel nehmen. Sie mussten sich einen taktischen Vorteil verschaffen. Allerdings schien dies nicht so einfach zu gelingen, wie Ither es sich erhofft hatte.

Meteor traf einen weiteren Panzer und riss einen tiefen Spalt hinein. Ein zweiter Schlag traf genau dieselbe Stelle und drang in das weiche Gewebe ein. Der Jäger sackte zusammen.

«Weiter!», schrie Ither. Der Bischof musste so schnell wie möglich fallen. «Wir werden da vorne gebraucht!»

In diesem Moment hörte Ither Ilandras Feuerzauber auffauchen, sah, wie sich die Kämpfer vor ihnen damit abmühten, den riesigen Sozoah zu überwältigen, und nahm im gleichen Augenblick einen Schatten am Rand seines Blickfeldes war. *Ilandra!*

Ither wirbelte herum und ließ Meteor so dicht an ihrem Kopf vorbeischnellen, dass er ihr eine Haarsträhne abtrennte. Die Klinge traf genau zwischen die Beißwerkzeuge des Jägers, dessen Schatten er soeben wahrgenommen hatte. Ilandra keuchte erschrocken auf. Ein zweiter Cardoc versetzte der hinterhältigen Bestie den Todesstoß.

«Alles in Ordnung?», fragte Ither atemlos.

«Ja ...» Ilandras Stimme war so leise, dass er sie nicht hören konnte.

Sie waren beinahe am Ziel. Doch den Kämpfern vor ihnen gelang es immer noch nicht, den Bischof wirksam anzugreifen. Ihre Waffen prallten an seinem Panzer ab, als wäre er härter als gewöhnlicher Stahl. Aus einem seiner Beine blutete gelbes Sekret, aber das war auch schon die einzige ernsthafte Verletzung, die sie ihm bisher zugefügt hatten.

Immerhin war es ihnen gelungen, ihn von den Jägern am Boden zu trennen. Das funktionierte allerdings nur, solange der Bischof seine Häscher nicht zusammenzog, um sich zu verteidigen. Doch momentan schien das nicht einmal nötig zu sein. Denn der Bischof schlug selbst mit ungezügelter Kraft zu, stieß die Cardoc zurück, als wären sie nur Leichtgewichte, brach einem dabei die Knochen und einem anderen das Genick.

Ither musste eine Entscheidung treffen. Seine Aufgabe war es, das Artefakt zu bergen. Er vergeudete hier wertvolle Zeit. Sie mussten den Schrein sichern. Doch er würde seine Leute wohl nicht lebendig von diesem Schlachtfeld führen können, wenn der Bischof diese Schlacht weiter kontrollierte. Ihre Verluste waren viel zu hoch!

Doch in dem winzigen Moment, in dem Ither zögerte, veränderte sich die Situation vollkommen. Die vielgliedrigen Beine des Bischofs begannen zu zittern und die Bestie zischte laut auf. Dann knickte das erste Bein ein. Und danach ein weiteres, bis sich der große, schmale Körper bebend zu Boden neigte.

Ither wandte sich um – eher aus einem Gefühl heraus als aus einem wirklichen Wissen – und sah Liu, nicht mehr als einen Schritt hinter sich. Er trug immer noch die schwarze Augenbinde, aber seine Miene war nicht reglos wie die der Phantome. Liu hatte die Zähne vor Anstrengung gebleckt, und seine Hände waren in die Luft gekrallt, als würde er einen unsichtbaren Gegner niederringen. Er nutzte seine Fähigkeiten für den Kampf! Offenbar griff Liu in die Körperfunktionen des Sozoah ein und machte ihn dadurch kampfunfähig. Das war unglaublich! Damit verriet Liu seinen Kodex! Zum Wohl seiner Brüder.

«Macht schon!», presste der Heiler atemlos hervor. «Uns bleibt nicht viel Zeit!»

Er hatte recht. Ither wandte sich um.

«Also, Männer, wir sichern den Schrein!»

In dem Moment, als Ither und Ilandra sich in Bewegung setzten, ging der Bischof zu Boden. Die Cardoc des Pantherclans waren sofort über ihm. Ither sah noch aus den Augenwinkeln, wie einer der Speerträger seine Waffe in den nur schwach gerüsteten Nacken des riesigen Sozoah trieb.

Kriegsrufe erhoben sich über den Schlachtenlärm und wurden kurz darauf von allen Seiten beantwortet, als die beiden anderen Speerspitzen eintrafen.

«Holen wir uns den Schlüssel!»

Die Cardoc bündelten ihre Kräfte in der Mitte des Kraters, genau so, wie Rabe es vorhergesagt hatte, und töteten die Sozoah, die sich nicht nach außen trieben ließen, auch wenn diese den Wall weiter heftig attackierten. Die Cardoc hatten ihr wichtigstes strategisches Ziel erreicht. Ither und Ilandra waren im

Innern der Formation geschützt, sodass sie den Schrein untersuchen und den Schlüssel bergen konnten. Die Speerspitzen würden die Position halten und ihnen genug Zeit verschaffen, während die übrigen Rudel die Sozoah in Ausfallformationen in Schach hielten.

Ither legte Meteor ab, zog seine Panzerhandschuhe aus und betrachtete den Schrein. Ein magisches Glühen umgab ihn wie ein ständiges magisches Feuer. Und darüber, nicht mehr als eine Armlänge entfernt, schwebte die Scheibe, die sie so sehr begehrten. Ither wusste, dass es naiv war, aber er streckte seine Hand danach aus. Seine Finger glitten hindurch und die Scheibe begann für ein paar Augenblicke unruhig zu flackern.

«Es ist nur ein Abbild ...» Ilandras Stimme klang weniger bestürzt, als Ither erwartet hatte. «Wir müssen einen Weg finden, um den Schrein zu öffnen.»

Doch Ither kannte die Antwort bereits. Er wusste nur nicht, woher. Aber das spielte in diesem Augenblick auch keine Rolle. Noch bevor er darüber nachdenken konnte, berührten seine Fingerspitzen das glatte, konturlose Material des Schreins. Es fühlte sich gar nicht kalt an – überhaupt nicht so, wie Ither es erwartet hatte. Es war vollkommen neutral. Im ersten Augenblick. Doch dann spürte Ither ein leises Kribbeln in seinen Handflächen und die Oberfläche begann unter seinen Händen zu glühen.

Ilandra stand auf der gegenüberliegenden Seite des Schreins und suchte Ithers Blick. «Alles in Ordnung?»

«Ja.» Ein Teil von ihm war sich nicht sicher. Ein anderer schon.

«Okay ...» Ilandra biss sich auf die Unterlippe und legte ihre Hände ebenfalls auf den Schrein.

Das Kribbeln in Ithers Fingern wurde stärker und sein Blick verschwamm, als wäre er plötzlich von dichtem, weißem Nebel umgeben, der immer undurchdringlicher wurde. Ither wollte seine Hände zurückziehen, aber sie rührten sich nicht. Dann war alles weiß.

*Ither sah die Sterne, als würde er selbst zwischen ihnen hindurchgleiten. Er wollte sie berühren, doch seine Hand traf auf eine kalte, undurchdringliche Barriere. Als er seine Hand zurückzog, schimmerte die zuvor unsichtbare Wand so, als ob er eine Wasseroberfläche berührt hätte. Dann verschwanden die Wellen wieder.*

*Ither drehte sich langsam um. Er befand sich an einem seltsamen Ort, der mit weißem, eigenartig stetigem Licht beleuchtet war. Aber es blendete ihn nicht.*

*Er war nicht allein. Bei ihm waren etwa ein Dutzend Männer und Frauen, die ihn verunsichert ansahen. Sie trugen fremdartige Rüstungen und ihre Haut war nicht so wie die der Dunklen. Sie waren grau oder sogar braun, mit hellem oder farbigem Haar. Einer von ihnen sprach Ither an. Seine Haut hatte die Farbe von dunklem Holz und sein Haar sah aus, als wäre es aus Gold.*

*«Captain, wir brauchen eine Entscheidung.»*

*Der Mann schien ihn zu kennen. Doch Ither wusste nicht, was er von ihm wollte. Jetzt sah er auch Ilandra, die ein paar Schritte hinter dem Fragenden stand. Ihre Haut war fahl, beinahe weiß, und ihr silbergraues Haar war kurz geschnitten wie das der Sternwanderer. Aber sie war es. Ihre Gesichtszüge waren unverkennbar.*

*Ilandra sah ihn ebenfalls verstört an. Doch ihr Blick war irgendwie anders als der der anderen.*

*Ither wollte etwas sagen, aber sein Mund öffnete sich nicht. Stattdessen wandte er sich um, ohne dass er sich hatte bewegen wollen.*

*Er verstand erst jetzt, dass er nicht Herr dieser Vision war.*
*Sein anderes Ich ging zu einer der eigenartigen, gläsernen Wände hinüber, die überall im Innern des großen weißen Raums aufgestellt waren. Er betrachtete kurz die leere, milchige Fläche und sein eigenes Spiegelbild. Seine Haut war so schwarz wie gewohnt, doch sein weißes Haar war geschoren worden, und seine Augen ... Seine Augen waren von einem intensiven Saphirblau. Und seine Pupillen waren nicht trüb, sondern schwarz wie die der Oberflächenbewohner.*

*Sein Ich atmete tief ein, als müsste er sich selbst überreden, den nächsten Schritt zu tun. Dann sah er nach unten. Seine Hände berührten die metallene Fläche unterhalb des eigenartigen Spiegels. Sie war genauso wenig kalt, wie es der Schrein war. Symbole der alten Sprache erschienen darauf, leuchteten weiß und blau, während seine Finger nur so darüber hinwegflogen.*

*Als er wieder aufblickte, leuchtete die gläserne Wand vor ihm wie von selbst. Sein Spiegelbild war verschwunden.*

*Ither sah so etwas wie die Zeichnung eines fremdartigen Gebäudes. Klare Linien, die sich zu einem strukturierten Gebilde verbanden. Es war umgeben von geometrischen Figuren, neben denen vielstellige Ziffern und kurze Texte auftauchten. Einige Symbole wurden durch neue Zeichen ersetzt. Rote Schriften erschienen und begannen beunruhigend aufzublinken.*

*Doch noch bevor Ither verstehen konnte, was er da sah, wandte sich sein Ich um und sah den Mann an, der zuvor mit ihm gesprochen hatte.*

*«Bereit machen zur Notlandung. – Bringt uns irgendwo runter, wo wir nicht so viel Schaden anrichten können», sagte der Captain, bevor er seine*

*Position verließ und sich an den Rand des eigenartigen Raums begab.*

*Ilandra tippte ein paar Zeichen auf dem durchscheinenden Spiegel unter ihren Händen an. Darauf erschien ein Kreis, der mit unzähligen Beschriftungen übersät war. Ilandra konnte sie nicht lesen, aber die Symbole erinnerten sie an die wenigen Zeichen, die sie von der alten Sprache kannte. Nach ein paar weiteren Berührungen erschien das Abbild einer Kugel, das in der Luft schwebte und langsam rotierte. Eine blaue Linie lief über die schimmernde Kugel, während um sie herum drei weitere unterschiedlich große, aber deutlich kleinere Kugeln erschienen. Und ein sehr kleines Gebilde, das entfernt an eine langgezogene Pfeilspitze erinnerte.*

*Ilandra sah zum Captain hinüber, der sich auf einer zierlosen weißen Bank niedergelassen hatte, die nahtlos mit der glatten Wand verschmolzen war. Er sah Ither sehr ähnlich, bis auf seine verblüffend blauen Augen und die Tatsache, dass er älter war als in ihrer Realität. Aber Ilandra war sich sicher, dass es Ither war. Denn er sah sie ebenfalls immer wieder an.*

*«Seid ihr sicher, dass ihr das tun wollt?», fragte der Mann, der jetzt vor Ither hockte und Ilandra ebenfalls an jemanden erinnerte. Sie wusste nur nicht, an wen. Ither sah ihn an.*

*«Ist es sicher für die Crew?»*

*Dann sah er Ilandra an. War da etwa Besorgnis in seinem Blick?*

*«Die genetische Anpassung ist immer ein Risiko. Aber das Überleben der Crew ist sehr wahrscheinlich», sagte der andere.*

*«In Ordnung. Dann los», erwiderte Ither. Der andere hielt ihm einen eigenartigen, abgerundeten Dolch an den Hals.*

*«Es wird ein paar Minuten dauern, bis die Synthese abgeschlossen ist ...», erklärte er. Im nächsten Augenblick zuckte Ither zusammen. Der andere ließ das Ding in seiner Hand sinken. Ither rieb sich den Hals.*

*Wenige Augenblicke später hörte Ilandra ein Geräusch, eine Art harmonischen Dreiklang von einem Instrument, das sie noch nie vernommen hatte. Aber offenbar befand sich der Ton nur in Ihrem Kopf, denn niemand anders reagierte darauf. Auch nicht, als er sich wiederholte. Ilandra blickte auf die Fläche unter ihren Händen. Mehrere Symbole leuchteten darauf und obwohl sie diese nicht lesen konnte, sagte sie: «Ich habe geeignete Koordinaten gefunden.»*

*Ilandra berührte ein paar Zeichen auf dem durchscheinenden Spiegel, woraufhin diese hervorgehoben wurden. Mit der anderen Hand verschob sie diese auf das Abbild der Kugel, die immer noch über der gläsernen Fläche schwebte. Ein Kreis und eine Raute erschienen auf ihrer Oberfläche, während sich die Kugel weiter langsam um ihre eigene Achse drehte. Schriftzeichen tauchten daneben auf.*

*«Gut», sagte der Captain mit gepresster Stimme. Ilandra war beunruhigt und wollte zu ihm hinübersehen, aber ihr Ich kümmerte sich weiter um die schimmernde Kugel.*

*«Setzt die Landekapseln ab.»*

*«Fünf Kapseln gestartet», antwortete eine Frau.*

*Ilandra beobachtete, wie der Aufschlag der Kapseln auf der Oberfläche der Kugel angezeigt wurde: Sie sah fünf kleine Punkte, die dem seltsamen Gebilde in der Nähe der Kugel entsprangen und dann langsam auf ihre Oberfläche hinabglitten. Ebenfalls fünf kleine Punkte leuchteten jetzt in der Nähe von Kreis und Raute auf. Der am weitesten liegende war nicht mehr als zwei Finger breit entfernt. Ilandras Ich schien sich damit allerdings nicht zufriedenzugeben. Sie betrachtete das Bild noch einige Augenblicke, während weitere Markierungen und Zahlen neben den blinkenden Punkten entstanden.*

*«Navigatorin. Ich brauche euch einen Augenblick hier.»*

*«Ja, Doktor.»*

*Ilandra tippte noch ein, zwei Befehle ein. Dann ging sie zu Ither und dem Mann hinüber, der bei ihm war. Ither sah plötzlich sehr schlecht aus. Er wirkte krank und fiebrig. Aber er lächelte sie an.*

*«Er hat die erste Injektion bereits erhalten. Die genetische Anpassung ist in ein paar Stunden abgeschlossen. Vererbbare Merkmale werden allerdings nicht vor drei Nachtgleichen aktualisiert sein. Also gebt acht», sagte der Doktor. Er sah Ilandra einen Augenblick lang an, ehe er begann, ein weiteres Gerät bereit zu machen, auf dem blaue Symbole leuchteten.*

*«Normalerweise tun wir das nicht in einem Vorgang. Aber uns fehlt die Zeit.»*

*Ilandra sah Ither an.*

*«Wie geht's dir?»*

*«Es ist erträglich. Aber ich hoffe, das ist das letzte Mal, dass ich das tun muss.»*

*Ither blinzelte, als wäre ihm das Licht plötzlich zu hell. Seine Augen schienen jetzt eher grau als blau und waren durchzogen von hellen Silberfäden. Wurden sie heller?*

*«Ich injiziere euch beiden jetzt die biogenetischen Schlüssel.» Ilandras Blick traf den des Doktors. «Dann werden wir sehen, ob du die Karte lesen kannst.» Er sah sie ernst an.*

*Dann wurde wieder alles weiß.*

Die Nebel lichteten sich und sie standen wieder am Schrein. Ither fühlte sich benommen, so als wäre er gerade eben aus einem Traum erwacht. Ilandra stand ihm gegenüber und sah ihn mit halbgeöffnetem Mund an. Ihre Haut war wieder schwarz und ihre Augen silberweiß. Eine weiße Haarsträhne lugte unter ihrem bespritzten Helm hervor und wehte im leichten Wind. Ither spürte jetzt auch wieder das Gewicht seiner eigenen Rüstung, er roch trocknendes Blut, spürte, wie es in seinem Gesicht verkrustete und seine Haut sich darunter spannte. Sein Blick glitt hinab zu seinen Händen, die immer noch an derselben Stelle lagen wie zuvor. Nur der Schrein war jetzt nicht mehr eintönig grau, sondern überzogen von den gleichen leuchtenden Schriftzeichen wie in der Vision ...

Im selben Moment packte ihn jemand am Oberarm. Ither spürte den Griff durch seine Panzerung kaum.

«Das ist nicht gut!» Es war Siez' Stimme, die ihn langsam in die Realität zurückholte. Ither löste seine Hände vom Schrein. Sie hinterließen blau leuchtende Abdrücke auf der Oberfläche. Dann sah er auf und wandte sich um. Erst jetzt hörte er wieder das Kampfgetümmel und sein Umfeld brach über ihn herein wie ein plötzlicher Erdrutsch.

Rabe rief taktische Befehle. Der Ring um den Schrein war durch drei Reihen Kämpfer gefestigt. Einige tote Häscher lagen im Innern des Kreises. Liu und zwei Phantome heilten die Kämpfer. Die Speerspitzen hatten sich neu formiert und hielten die Sozoah mit bogenförmigen Ausfällen in Schach, die nur scheinbar zufällig waren, während strategisch positionierte Rudel ihren Rücken sicherten. Der Rest des Heeres war über das Schlachtfeld verteilt. Ebenso wie die restlichen Heiler.

Ither hatte keine Ahnung, wie viel Zeit vergangen war. Aber er sah, dass ihre Strategie funktioniert hatte. Die Spitzen des Sterns hatten sich in einer massiven Formation um den Schrein zusammengeschlossen und schnitten die Sechsbeiner zuverlässig von ihrem Heiligtum ab.

«Da!» Siez zeigte zu den Kraterwänden. «Sieh dir das an!»

Im ersten Moment glaubte Ither, dass er den Schwarm Häscher meinte, der sich am Rand des Feldes bewegte. Doch dann sah er es auch.

«Was, bei den Hohen, ist das?» Siez' Stimme klang verunsichert. Auch er wandte den Blick jetzt nicht mehr davon ab.

An den Wänden schimmerten drei weiße, langsam größer werdende Lichter, die sich zu Scheiben formten. Ither wusste sofort, um was es sich dabei handelte. Er hatte so etwas schon einmal gesehen.

«Das sind Portale ...», sagte er zu Siez. «MAGIE!», rief er dann laut. «Die Magier greifen an!»

Ither wandte sich um und sah Ilandra, die bestürzt auf die weißen Scheiben blickte. «Bitte nicht ... », formten ihre Lippen stumm.

Doch Ither verspürte in diesem Augenblick kein Mitgefühl. «Bereit machen! Wir bekommen Besuch, Leute!»

«Es sind die Magier!», wurde seine Warnung weitergegeben. Die Trommeln verbreiteten die Information über das Feld.

«Macht euch auf was gefasst!», rief Rabe seinen Leuten zu.

Wolf bellte scharfe Befehle.

«Das ist schlecht, oder?» Siez' Stimme bebte.

Ither sah ihn an. Und er erkannte die Angst in Siez' Gesicht.

«Nichts, was uns aufhalten wird ...», antwortete Ither mit gefühlloser Stimme. Er fürchtete die Magie der Gra Res Tar genauso wie Siez. Aber Angst zu zeigen half ihnen allen jetzt nicht weiter. «Wir werden diese Schlacht für uns entscheiden.»

Siez nickte.

Dann wandte Ither sich um und ging zu Rabe hinüber, der nur wenige Schrittlängen entfernt stand und ebenfalls die weißen Scheiben beobachtete.

«Was haben sie nur vor ...?» Rabes Stimme war kaum mehr als ein Flüstern. «Warum nur die drei?»

Ither hatte selbst keine Antwort darauf.

«Wo bleibt die Verstärkung?», fragte er stattdessen, ohne den Blick von den drei größer werdenden Portalen abzuwenden.

«Die Sozoah haben die Tunnel verschüttet», antwortete Rabe.

«Was?!»

«Selbst wenn sie einen anderen Weg finden, sollten wir nicht zeitnah mit ihnen rechnen.»

Ither blickte zu der Stelle hinüber, wo die Tunneleingänge hätten sein sollen. Und tatsächlich: Anstatt der Öffnungen sah man nur Unmengen von Geröll an den Kraterwänden. Damit war der Weg für die Verstärkung völlig abgeschnitten.

Doch etwas anderes bereitete Ither noch weit mehr Sorgen. Er richtete den Blick wieder auf die Portale. Es würde nur noch Sekunden dauern, bis sie sich zu ihrer vollen Größe ausgedehnt hatten. Das Schlimmste daran war, dass Ither nicht das Geringste dagegen tun konnte. Er musste tatenlos zusehen, wie sich ein neuer Feind postierte.

Ither erwartete, dass die Angreifer jeden Augenblick in Massen hindurchströmen würden – so, wie es damals geschehen war. Aber stattdessen manifestierten sich weitere Zauber. Aus den Portalen erwuchsen eigenartige, durchschimmernde Sphären, die sich halbkugelartig zu großen Kuppeln ausdehnten, die wenigstens vierzig Mann Platz boten. Aber niemand war zu sehen.

«Das sind Schilde!», rief Ilandra hinter ihnen. Doch Ither wandte sich nicht um. Denn genau in dem Moment beobachtete er, wie drei in Violett und Gold gewandete Magier durch das erste Portal traten. Gefolgt von je dreien im zweiten und dritten Portal. Neun Magier. Das war alles.

Sie zögerten nicht, sondern positionierten sich im Zentrum ihrer Sphären und begannen ihre Zauber zu wirken. Es waren träge, langsame Zauber. Aber sie erschufen riesige blau-violette Feuerbälle, die sich hoch in die Luft erhoben und in weiten Bögen auf das Schlachtfeld niederregneten. Sie trafen Cardoc und Sozoah gleichermaßen. Wahllos und ungezielt. Doch ihre Schadenswirkung war verheerend.

Es war das erste Mal, dass Ither die Schlachtenfeuer der Gra Res Tar mit eigenen Augen sah. Die Berichte in den Chroniken waren offenbar nicht übertrieben.

«AUSWEICHEN!», befahl er. «Sharvey sher baradhai?», fragte Ither, an Rabe gerichtet. Er wollte wissen ob sie wie geplant weiter machen sollten.

«Ja.» Rabe sah ihn mit ernstem Blick an. «Beeilt euch!»

# 13

Ein weiterer violetter Feuerball erhob sich bis zum Kraterrand in die Höhe, nur um kurz darauf mit fauchenden Flammen zurück in die Tiefe zu stürzen. Teile des Schlachtfeldes waren in Brand gesteckt. Rauchsäulen erhoben sich bis hinauf zu den Sternen.

«Hier entlang, Männer!»

Xinthera, der die Szenerie von weit oben betrachten konnte, steuerte sein Defassa den steilen Hang hinunter. Die Hufe des schlanken, langbeinigen Tieres kamen auf dem felsigen Untergrund ins Rutschen. Geröll polterte den Abhang hinunter. Hinter sich hörte Xinthera das ängstliche Wiehern eines anderen Defassa und die Hufe vieler weiterer. Sie waren spät dran, denn der Umweg hatte sie viel Zeit gekostet. Aber sie würden ihre Brüder nicht im Stich lassen. Die Verstärkung würde kommen, wenn auch später als gedacht.

Xinthera lenkte sein Reittier mit einem sanften Schenkeldruck weiter hinab. Seine wasserblauen Augen verengten sich zu schmalen Schlitzen, als einer der Häscher ihrer Position gefährlich nahe kam. Er zog einen Pfeil aus dem Köcher am Sattel und spannte seinen Bogen in einer einzigen, fließenden Bewegung. Für Xinthera war es ein Leichtes, die holprigen Bewegungen des Defassa auszugleichen. Die stählerne Pfeilspitze folgte ruhig der Flugbahn des Häschers, während der Schütze den Atem anhielt. Er wartete auf einen geeigneten Schussvektor. Erst dann entließ er den Pfeil.

Tiefrotes Blut spritzte ihm ins Gesicht, als der Sozoah einen Cardoc buchstäblich auseinanderriss. Unten im Schlachtgetümmel wirbelte Shir herum und rammte das kürzere seiner beiden Schwerter zwischen die Panzerplatten des Jägers. Sie waren übermächtig! Es waren einfach zu viele!

Shir tötete den Sozoah mit einem weiteren Schlag. Doch im selben Moment wurde er von einem dritten Jäger attackiert. Seine Parade kam zu spät, aber der Cardoc neben ihm war schnell genug. Dharian rammte ihm seine Waffe genau zwischen die Beißwerkzeuge.

«Danke –», stieß Shir atemlos hervor, während er den nächsten Angriff abwehrte.

«Wenn nicht – bald etwas – passiert, können wir – diese Position nicht halten.»

Dharian hatte recht. Die Sozoah gewannen die Oberhand und das Rudel konnte nicht ewig durchhalten.

Shirs Waffen blitzten auf, während sie sich Hieb um Hieb neue Ziele suchten. Um ihn herum wogte ein Meer aus silbernen Klingen und schwarzen Leibern. Der Kampflärm übertönte fast jedes Wort.

«Sie versuchen – das Rudel – von den anderen zu – trennen.»

«Das – darf auf keinen Fall passieren!»

Wenn es doch geschah, würden die Sozoah den Speerspitzen in den Rücken fallen!

Shir schlug mit der langen Klinge in ein Beingelenk. Der Sozoah ging ruckartig in die Knie und Shir versenkte seine kürzere Waffe in einen ungeschützten Spalt.

Der Kampf tobte. Und dann war da plötzlich dieses ohrenbetäubende Surren direkt über ihnen! Ein Häscher!

«So eine Scheiße!» Dharian bedeutete ihnen, sich neu zu formieren. «Das hat uns gerade noch gefehlt!»

Der Häscher landete beinahe ungebremst nur wenige Meter von Shir entfernt. Seine Flügel schmetterten auf die Cardoc. Doch ihre Schmerzensschreie wurden vom Donnern der schimmernden Membranen verschluckt. Viele gingen zu Boden. Doch die meisten rappelten sich wieder auf – attackierten jetzt den Häscher. Shir wehrte ein paar Jäger ab, die ihre Chance zu nutzen versuchten. Alles geriet aus den Fugen!

«Auswechseln! Neu formieren! Schützt die Heiler!»

Dharians Befehle waren das Einzige, was diesem Moment irgendeine Art von Bestand gab. Shir zog sich in die zweite Reihe zurück. Ein anderer Kämpfer übernahm seine Position. Er war gezwungen auszuruhen. Doch diese Taktik von Dharian war das, was sie überhaupt so lange hatte durchhalten lassen.

«Seine Flügel! Greift seine Flügel an!»

Es war ein Chaos! Plötzlich waren die Cardoc versprengt. Der Häscher wütete mitten unter ihnen und die Jäger machten weiter mächtig Druck. Sie würden diese Position so nicht halten können!

Und zu allem Überfluss hörte Shir weitere Häscher. Er blickte zum Himmel hinauf, seine beiden Schwerter hilflos zu Boden gesenkt. Die Klingen waren gelb verklebt, doch Shirs Körper war mehr mit dem Blut seiner Freunde bespritzt als mit dem seiner Feinde. Sein Brustkorb hob und senkte sich heftig. Sie alle hatten ihr Limit längst überschritten.

Dharian bellte weitere Befehle. Und Shir nahm seine neue Position ein.

Dann waren die Häscher über ihnen. Doch sie schienen sich nicht für das Rudel zu interessieren. Sie flogen einfach über ihre Position hinweg. Shir blickte ihnen nach.

«Bereit machen!», befahl Dharian.

Während sich die Häscher weiter entfernten, sah Shir den nächsten Feuerball aufsteigen. Die blauviolette Kugel erhob sich in einem hohen Bogen in die Luft.

Shir blickte zu seinem Rudel, sah, wie ein Häscher zwei Cardoc tötete, bevor er seinen Blick wieder auf die riesige Feuerkugel richtete.

Es war ihre einzige Chance! Und ihm blieben nur Sekunden. Er musste sich entscheiden. Jetzt!

«Übernehmen in drei ...»

«Markah, du übernimmst für mich!», rief Shir.

«Zwei ...»

«Brauche Heilung!» Shir konnte nur hoffen, dass der Heiler ihn gehört hatte.

«Eins!»

Shir spurtete los, durchbrach die Formation und schlug dem Häscher mit beiden Schwertern auf den schwarzen Hinterleib.

«Shir! Zurück auf deine Position!»

Der riesige Flugsozoah wirbelte herum und kreischte ohrenbetäubend auf.

«Du willst den Himmelsstein beschützen? Dann halte *mich* davon ab, ihn zu holen!» Der Häscher zischte wütend und attackierte Shir.

«Mahradhai rhelidah mardiha shevai!» Das war der Kriegsruf seines Rudels. Shir drehte sich um und rannte los. Und der Häscher setzte ihm tatsächlich nach! Bis zu diesem Moment hatte Shir selbst nicht daran geglaubt, dass es wirklich funktionieren würde! Es war nicht mehr als ein hilfloser Versuch gewesen. Aber offenbar hatte das Vieh ihn verstanden!

«Shir!»

«Kümmert euch um die Jäger! Sichert die Spitze!»

«Lasst ihn durch!» Offenbar hatte Dharian seine Meinung geändert.

Shir rannte, blickte hinauf zu dem gewaltigen Feuerball, der sich unaufhaltsam einem Ziel näherte, das etwa zweihundert Schrittlängen vor ihm lag.

Hinter sich hörte er das Donnern des Häschers, der ihm direkt auf den Fersen war. Mit den verletzten Flügeln gelang es dem Biest kaum, sich in die Luft zu heben.

Shir sprang über die Kadaver zweier toter Jäger und hechtete mitten in die Reihen der Sozoah.

Sie kreischten, griffen ihn an. Er versuchte auszuweichen, parierte notdürftig, immer in Bewegung, die Flugbahn des Feuerballs stets im Blick.

Der Häscher hinter ihm stieß seine flügellosen Verwandten zur Seite. Sie zischten und kreischten. Mehr und mehr Sozoah verließen ihre Positionen und schlossen sich der Jagd an.

Shir kassierte weit mehr als einen heftigen Treffer. Doch er trieb sich weiter. Und seine Wunden heilten so schnell, wie sie ihm zugefügt wurden. Der Heiler musste ganz in seiner Nähe sein.

Er war beinahe am Ziel! Und seine Opfer mit ihm. Die Sozoah hatten seine Falle nicht bemerkt.

Es waren nur noch wenige Schritte. Und Shir blieb nicht mehr viel Zeit, sich in Sicherheit zu bringen. Seine Augen suchten noch im Laufen nach einem geeigneten Ausweg. Es gab keine guten Optionen.

Aber er musste hier raus! Jetzt!

Shir sprang. Doch einer der Jäger war schneller. Er packte Shir am Bein und schmetterte ihn zu Boden wie ein Pathanir seine Beute.

Shir hörte die Knochen in seinem Bein brechen, versuchte sich robbend in Sicherheit zu bringen. Doch der Sozoah packte nach, zog ihn zurück, so heftig, dass Shir auf den Rücken gedreht wurde.

Die Heilung kam.

Doch über sich sah Shir den riesigen Feuerball.

Er spürte die sengende Hitze, noch bevor die Flammen ihn berührten.

Und sein letzter klarer Gedanke galt den beiden wichtigsten Wesen in seinem Leben.

Als Ither zum Schrein zurückkehrte, starrte Siez wie gebannt auf die blauglühenden Schriftzeichen. Ihr pulsierendes Leuchten faszinierte ihn so sehr, wie es die ersten Zaubertricks getan hatten, die er als Kind gesehen hatte. Jahre, bevor ein fehlgeschlagener Zauber sein Leben verändert hatte. Siez verspürte dieses Kribbeln zwischen den Schulterblättern, den Wunsch, die seltsamen Zeichen zu berühren, und gleichzeitig die Angst davor. Seine Hand rührte sich nicht. Aber er konnte auch nicht den Blick abwenden. Die Zeichen entsprangen der alten Sprache, so viel war sicher. Das Schriftbild war ganz charakteristisch. Aber obwohl Siez drei ihrer Alphabete kannte, hatte er die meisten dieser Zeichen noch nie gesehen. Und die, die er kannte, waren zu Worten zusammengesetzt, die scheinbar keinen Sinn ergaben.

Ither positionierte sich genau an der Stelle, an der er schon zuvor gestanden hatte. Doch diesmal legte er nur eine Hand auf die markierte Fläche. Siez sah mit offenem Mund zu, wie sich die Schriftzeichen veränderten. Einige verschwanden, andere fuhren über die glatte Oberfläche und froren an anderer Stelle wieder ein. Neue Symbole erschienen und ersetzten alte. Ithers Blick war kalt und konzentriert, während er die Bewegungen verfolgte. Blaue Linien erschienen und teilten die Oberfläche des Schreins in verschiedene Bereiche. Zu Siez' völligem Erstaunen begann Ither nun auf den Symbolen herumzutippen. Die Finger seiner freien Hand flogen nur so darüber hinweg und jede Berührung löste neue Bewegungen auf der Oberfläche aus. Das Schriftbild änderte sich immer wieder.

Siez blickte auf und sah, wie sich auch Ilandras Mund erstaunt öffnete. Siez folgte ihrem Blick und sah Ither an. Sein Blick war jetzt seltsam verklärt und die blauen Symbole spiegelten sich in seinen weißen Augen, während seine Finger weiter die Schriftzeichen veränderten.

«Woher weißt du, was du tun musst?», entfuhr es Siez schließlich, ohne dass er laut hatte fragen wollen – und die Kälte jagte ihm ein weiteres Mal über den Rücken, als er sich plötzlich sorgte, womöglich Ithers Konzentration gestört zu haben. Schließlich wusste Siez, was davon abhing, dass sie diesen Schlüssel bargen. Und das, was Ither da tat, sah nicht so aus, als ob es irgendwelche Fehler erlaubte.

Aber Ither antwortete nicht. Also entspannte Siez sich etwas. Offenbar hatte er ihn nicht einmal gehört.

Die Symbole veränderten sich ständig, ehe sie schließlich für einen Augenblick verschwanden. Neue Zeichen erschienen jetzt großflächig auf der gesamten Oberfläche des Schreins. Sie legten sich in mehreren unterschiedlich breiten Ringen darüber. Nur das Zentrum blieb ausgespart.

Siez versuchte gerade zwei Zeichen zu entziffern, die ihm sehr bekannt vorkamen, als Ither doch antwortete. Siez hatte längst nicht mehr damit gerechnet.

«Ich weiß es einfach ...»

«Heißt das, du kannst das alles lesen?» Siez blickte bestürzt auf die unzähligen Symbole. Es wurden immer mehr. Und Siez sah keine zwei, die einander glichen.

«Ja.»

Ither berührte noch drei weitere Zeichen und zog dann die Hand zurück, die flach auf dem Schrein gelegen hatte. Er lächelte kaum merklich, als sich die Symbole weniger als zwei Wimperschläge später erneut in Bewegung setzten.

Diesmal ganz ohne sein Zutun.

Siez war fasziniert und verunsichert zugleich. Die Ringe, die auf der Oberfläche des Schreins erschienen waren, begannen zu rotieren. Jeder in seiner eigenen Geschwindigkeit. Siez' Gleichgewichtssinn rebellierte, aber er sah nicht weg. Er hatte eine solche Magie noch nie gesehen, und doch ahnte er jetzt, was er da vor sich sah. Diese Magie entsprang der alten Welt. *Das* musste es sein, was die Chroniken das *Vermächtnis der Sternwanderer* nannten. Siez hatte nie auch nur davon zu träumen gewagt, dass diese Artefakte immer noch existierten! Möglicherweise bedeutete dies –

«Vhanir, wir brauchen Unterstützung an der Südflanke!»

Ithers Stimme holte ihn abrupt aus seinen Gedanken.

«Verstanden!»

Doch Siez war noch immer wie benommen.

«Ilandra, du musst jetzt beide Hände darauflegen. Für den nächsten Schritt werden wir beide gebraucht», sagte Ither zu ihr. Sie nickte stumm.

Aber anstatt seine Hände selbst auf den Schrein zu legen, sah Ither nun Siez an. Siez erwartete fast, ein blaues Leuchten darin zu sehen, doch Ithers Augen waren vollkommen normal – geisterhaft weiß, wie immer.

«Rabe braucht deine Hilfe ...» Ithers Stimme war ruhig und ernst.

Erst in diesem Moment wurde Siez peinlich bewusst, wie lange er hier gestanden haben musste – und dass er seine eigene Aufgabe völlig vernachlässigt hatte. Der Kampflärm schlug über ihn herein wie die Beißwerkzeuge des Sozoah, der gerade wenige Meter entfernt den Wall zu durchdringen drohte.

«Flanke sichern!», hörte er Rabe über den Tumult brüllen.

Siez setzte sich sofort in Bewegung.

Ither legte nun selbst beide Hände auf die markierten Flächen und sah Ilandra an, die ihm genau gegenüberstand. Er nickte ihr zu und sie antwortete ihm mit einem kaum merklichen Lächeln. Dann sah er wieder auf seine Hände und kanalisierte etwas Energie hindurch, genau so, wie er es tat, wenn er versuchte ein Feuer zu entzünden. Ither brauchte nicht aufzusehen, um zu wissen, dass Ilandra genau das Gleiche tat, denn er konnte spüren, wie ihre Energie über den Schrein strömte. Bis in seine Fingerspitzen, als würden sich zwei Flüssigkeiten zu einer verbinden.

SEQUENZ GESTARTET ...

Die Symbole erschienen direkt oberhalb Ithers Finger. Er löste die Hände von der glatten Oberfläche. Einige Symbole erloschen. Dafür entstanden am äußeren Teil des Schreins neue Linien, die sich mit einem leisen Klicken zu größer werdenden Spalten öffneten.

Die Oberfläche des Schreins veränderte sich binnen Sekunden. Rund um sein Zentrum taten sich vier Bereiche auf, die so hell waren, dass Ither seine Augen schützen und den Blick abwenden musste. Er hörte ein weiteres mechanisches Klicken und das Leuchten schmolz zu einem schwachen, bläulichen Glühen zusammen.

Als Ither den Arm sinken ließ und wieder hinsah, traute er seinen Augen nicht. Denn das, was er da sah, war nicht das, was er zu sehen erwartet hatte. Und doch schien es ihm schon im nächsten Moment kaum noch abwegig.

Der Schrein offenbarte drei Waffen, die passgenau in die geöffnete Oberfläche eingelassen waren. Sie waren Meteor so ähnlich wie Brüder und Schwestern. Sie alle waren aus dem gleichen schwarzen, metallähnlichen Material, doch jede von ihnen hatte ihre eigene Form und offenbar auch ihre eigene Bestimmung. Auf ihren Klingen leuchteten blaue Schriftzeichen, genau wie auf dem Schrein. Und es gab eine vierte, leere Vertiefung. Ither kannte die Silhouette nur zu gut.

Er hob Meteor auf und umrundete den Schrein. Dabei ließ er die Waffen darin nicht aus den Augen. Vielleicht hätte er sich über die Symbole darauf wundern sollen, aber er tat es nicht. Sie zeigten die Attribute und Zeichen der alten Cardoc-Clans. In ihrer alten Schreibweise. Raben ... Wölfe ... Und Ither ahnte bereits, welches Symbol Meteor ihm offenbaren würde. Doch das Zeichen auf der dritten im Schrein befindlichen Waffe kannte er nicht. Hatte es etwa einmal eine vierte Familie gegeben? Ither hatte plötzlich das eigenartige Gefühl, etwas sehr Wichtiges nicht zu wissen. Doch er verjagte den Gedanken, als er bei der letzten Vertiefung angekommen war.

Er legte Meteor hinein.

Die Klinge gab einen hohen Ton von sich und begann zu leuchten wie die anderen drei Waffen. Ither lächelte, als die Symbole der Panther darauf erschienen. Die Panther hatten die schwarze Klinge immer schon als Eigentum ihrer Familie betrachtet, aber Ither hatte nicht gewusst, dass die Waffe selbst eine Art Schlüssel war. Genau wie die drei anderen hier.

Ither stand jetzt fast direkt neben Ilandra. Sie kam ihm näher und berührte ihn am Arm, während er den Blick auf den Schrein gerichtet hielt.

«Was geschieht jetzt?»

Doch noch ehe er antworten konnte, erschienen wieder neue Symbole und hellleuchtende Linien, die den Positionen der vier Waffen entsprangen und sich in der Mitte des Schreins kreuzten. Ither ging zu dem Bedienfeld auf Ilandras Seite hinüber.

AUTORISIERUNGSCODE EINGEBEN ...

Auch wenn Ither die Bedeutung der Anweisung nicht genau verstand – aus irgendeinem Grund wusste er, was nun zu tun war. Er berührte die gleichen Symbole und Zeichen, die auch sein anderes Ich in der seltsamen Vision gewählt hatte.

Schließlich bestätigte er das letzte Zeichen.

Einen Augenblick lang geschah nichts. Doch dann erloschen alle Schriftzeichen, bis nur noch die Linien übrig waren.

Ilandra berührte Ither erneut und er spürte ihr Unbehagen. Und für einen winzigen Augenblick zweifelte er selbst auch. Es war eine seltsame Form der Angst. Ither konnte sie in seinen Eingeweiden spüren, wie sie sich langsam ausbreitete und ihm die Luft abschnürte. Was, wenn er einen Fehler gemacht hatte?

Aber offenbar hatte er das nicht.

BESTAETIGT ...

Das Wort leuchtete kurz auf und verlosch gleich darauf wieder langsam. Ither atmete kaum hörbar aus.

Aber Ilandra sah ihn immer noch verunsichert an.

«Was hast du ...?»

«Es ist alles in Ordnung. Sieh nur ...»

Ein weiterer Mechanismus wurde in Gang gesetzt. Die gekreuzten Linien im Zentrum der Kreise verbreiterten sich zu wachsenden Spalten und gaben endlich den Blick auf das Innere des Schreins frei. Gebadet in dem grellen Licht, schwebte die Schlüsselscheibe darin, wie in leuchtendem Wasser. Ither musste seine Augen erneut abschirmen, aber das Licht verglühte wie ein sterbendes Feuer, während die Scheibe langsam in die Höhe glitt, als würde sie von magischer Hand emporgehoben – bis sie sich genau auf der Position befand, wo zuvor ihr Abbild gewesen war.

Die Scheibe begann sich langsam um ihre eigene Achse zu drehen, wie es zuvor auch die Illusion getan hatte – nur dass diese Scheibe echt war. Sie war nicht durchsichtig und sie flackerte auch nicht. Ganz im Gegenteil: Sie war greifbare Materie! Sie hatten es geschafft! Ilandra biss sich lächelnd auf die Unterlippe. Ither strahlte sie an, unfähig, sein Gefühl in Worte zu fassen.

Er senkte den Blick, als neue Zeichen erschienen.

KALIBRIERUNG ...

Blaue Symbole erschienen jetzt auch auf der Scheibe.

«Was bedeutet das?» Ilandra zog fragend die Brauen zusammen.

«Ich weiß es nicht», sagte Ither. Das Wort blinkte langsam und wiederkehrend auf, wirkte aber wenig bedrohlich.

«Ich glaube, das heißt, dass wir warten müssen ...»

Jetzt stiegen langsam Zahlen hinter dem eigenartigen Wort auf. Dann sah Ither wieder Ilandra an. Ihr Blick war jetzt auf die drehende Scheibe gerichtet und sie beobachtete gebannt das mystische Schauspiel. Ihre Angst schien verflogen. Stattdessen sah Ither eine Menge Faszination in ihrem Gesicht. Sie sah wunderschön aus in dem blauen Licht.

Ither wandte sich um, als plötzlich ein junger Cardoc neben ihm stand und Haltung annahm. «Rabe sagte, ich soll euch ausrichten, dass die Heiler erschöpft sind.» Er wirkte verängstigt, auch wenn er es zu verbergen versuchte.

Hatten sie für die Bergung der Scheibe zu lange gebraucht? Ither hatte jedes Zeitgefühl verloren. Er blickte zu Rabe hinüber. Die Sozoah setzten den Wall jetzt mächtig unter Druck. Eine Flammenkugel der Gra Res Tar schlug ganz in ihrer Nähe ein. Wolf rief auf der anderen Seite harsche Befehle.

«Sie werden unsere Leute nicht mehr lange am Leben erhalten können!», sagte der junge Cardoc.

Ither sah ihn wieder an. Der junge Kämpfer war selbst verletzt und es war klar, warum Rabe gerade ihn geschickt hatte, um Meldung zu machen: Mit der klaffenden Wunde am Arm war er kaum noch in der Lage, selbst zu kämpfen. Offenbar fehlten den Heilern die Kapazitäten, um ihn zu versorgen.

«Sag Rabe, ich bin gleich da.»

Ither wandte sich wieder dem Bedienfeld zu und setzte mit raschen Bewegungen einen letzten Befehl ab.

FREIGEBEN ...

Das Leuchten auf den Waffen erlosch.

«Aufschließen!», hörte er Rabe hinter ihnen rufen. «Die Viecher sind nicht dumm. Wir brauchen Verstärkung hier!»

Der Tumult flammte auf. Ither musste den Drang unterdrücken, sich sofort umzudrehen. Stattdessen sah er Ilandra an.

«Es ist jede Sekunde so weit. Du nimmst den Schlüssel an dich. Bleib im Innern des Walls. Shakirs Rudel wird dich schützen.»

«Und was ist mit dir?»

Ither zog die Panzerhandschuhe über und nahm Meteor aus der Vertiefung des Schreins.

Es war Zeit für eine Taktikbesprechung.

# 14

Der Sozoah schmetterte sein gepanzertes Bein gegen Meteors Breitseite und versuchte Ither zu entwaffnen. Doch der behielt die wuchtige Klinge fest im Griff, riss sie herum und versetzte dem Sozoah einen schmerzhaften Treffer. Die Bestie kreischte auf und attackierte Ither erneut – jedoch zu ungestüm. Ither war darauf vorbereitet und rammte die Klinge in die Brustplatte des Jägers. Die mächtigen Beißwerkzeuge befanden sich einen Augenblick lang direkt vor seinem Gesicht und zuckten hilflos, bevor der Sozoah schließlich zusammenbrach. Ither zog die Klinge zurück und versuchte sich einen Überblick über die Lage zu verschaffen, während er sich näher an Rabe heranarbeitete. Es trennten sie nur noch wenige Schrittlängen.

Rabe schlug gerade nach einem besonders zudringlichen Jäger. Der Schlag war perfekt geführt und seine Klinge riss eine tiefe Kerbe in den aschgrauen Panzer. Aber gewöhnlicher Stahl war bei Weitem nicht so scharf wie das Material, aus dem Meteor geschaffen worden war – die meiste Energie verpuffte, als Rabes Klinge von dem harten Panzer abprallte. Rabe schlug ein weiteres Mal zu und ein drittes Mal, um den Schaden zu verursachen, den Meteor mit nur einem einzigen Hieb anrichtete. So gelang es ihm schließlich doch noch, den Sozoah zu töten.

Dann war Ither bei ihm und zerschmetterte den Kopf eines nachrückenden Sozoah mit einem einzigen Schlag. Rabes Blick ruhte für einen winzigen Moment auf dem toten Jäger, bevor er den nächsten Angriff abwehrte und die Bewegung in einen Hieb verwandelte. Er war ein Meister des Schwertes. Und die Waffen der Cardoc waren mit Sicherheit das Beste, was sich aus gewöhnlichem Stahl herstellen ließ. Doch mit der schwarzen Klinge waren sie nicht vergleichbar.

«Gut, dass – du da bist», presste Rabe zwischen zwei heftigen Hieben hervor. Er drängte den Sozoah zurück und versetzte ihm den tödlichen Treffer, während Ither einen weiteren Jäger abwehrte. Der Kämpfer neben ihm stellte sich dem nächsten.

«Wir haben – mehr – verdammte Probleme, als wir dachten.» Rabe ließ sich einen Schritt zurückfallen und zertrümmerte dem Jäger das Bein. Ither streckte den Sozoah vor sich nieder. Doch der nächste war schon da.

«Wenn dieser Kampf – nicht zügig zu Ende geht ...», rief Rabe über den Kampflärm hinweg, während er den strauchelnden Sozoah erneut attackierte, «... dann sieht es nicht gut für uns aus.»

Neue Sozoah rückten nach, wann immer die Cardoc einen töteten. Ither und Rabe verschmolzen mit den Kämpfern an ihrer Seite zu einer taktischen Einheit, einem lebenden Wall, der den massiven Angriffen standhielt. Zumindest noch.

«Der Süd-Korridor ist frei. Aber die Tunnel, die wir für den Rückzug nutzen wollten, sind ebenfalls verschüttet», stieß Rabe hervor.

Sie sicherten sich gegenseitig. Ither wehrte einen Angriff ab, der seinem Nachbarn galt, und Rabe deckte Ithers Flanke. Ither revanchierte sich mit dem nächsten Angriff.

«Unter Umständen können wir uns über die Südwand des Kraters zurückziehen», erklärte Rabe. «Aber – das kostet uns – Zeit, die wir nicht haben, wenn uns – die Gra Res Tar mit ihren – Zaubertricks im Nacken sitzen.»

Ither wehrte einen Sozoah ab. Rabe versetzte ihm einen heftigen Treffer. Er hatte recht. Wenn sie hier heil herauskommen wollten, mussten sie zuerst die Lage stabilisieren.

«Wie lange können wir den Schrein noch halten?», fragte Ither zwischen zwei Schlägen.

«Nicht mehr lange. Wir verlieren die Heiler. Sie sind zu erschöpft. Und wir sitzen hier auf einem verdammten Präsentierteller.»

Ither spaltete einen Sklerotinpanzer, der knirschend aufsprang. Der Sozoah kreischte.

«Die Häscher setzen uns schwer zu ... Das einzig Gute ist, dass die Gra Res Tar schon einige von ihnen vom Himmel geholt haben», sagte Rabe.

«Die Feuer scheinen sich kaum steuern zu lassen», bestätigte Ither. Die Kampfgeräusche um sie herum waren so laut, dass er seine eigenen Worte kaum verstand. Meteor drang tief in eine Wunde ein. Die Schmerzensschreie eines Cardoc übertönten den Tumult.

«Sehe ich genauso.» Rabe schlug erneut zu. Ither parierte einen Angriff. Aber sein Blick folgte einem Feuerball, der keine vierzig Schrittlängen von ihnen entfernt niederging. Ither hörte die Sozoah fauchen. Er wehrte einen weiteren Angriff ab und schlug selbst zu. Seine Muskeln brannten. Und die Erschöpfung begann in seine Knochen zu sickern. Ither konnte nur ahnen, wie es den anderen Kämpfern gehen musste. Im Gegensatz zu ihm hatten sie keine Pause gehabt.

«Wenn die Gra Res Tar nur einen Tropfen mehr Zielwasser trinken, haben wir ein Riesenproblem.» Rabe brachte es auf den Punkt. Ither hatte vor wenigen Minuten noch nicht geahnt, dass es so eng für sie aussah!

Plötzlich kam Unruhe hinter ihnen auf, während vor ihnen ein weiterer Sozoah angriff. Ither war für einen Augenblick abgelenkt. Und der Sozoah nutzte den Moment. Ither kassierte einen dumpfen Treffer, der ihm die Luft aus den Lungen trieb. Er wehrte einen zweiten Angriff ab, aber der Schmerz flammte heftig auf, ohne dass irgendetwas davon weggeheilt wurde. Ither schlug nach dem Sozoah – und Rabe versetzte ihm den finalen Stoß.

«Alles in Ordnung?» Rabe war selbst verletzt. Die blutige Wunde an seiner Schläfe war mindestens eine halbe Stunde alt.

«Ja, alles in Ordnung.» Ither gewann seine Beweglichkeit allmählich wieder zurück.

Der Tumult hinter ihnen wurde lauter – und verwandelte sich in jubelnde Kriegsschreie. Diesmal war es Rabe, der sich umwandte. Ither deckte seine Position.

«Sie hat den Schlüssel!»

«Wir haben ihn!»

Ither attackierte einen der beiden Sozoah vor ihm.

«Jetzt bist du dran.»

Rabes Hieb traf sein Ziel und wehrte direkt darauf blutverschmierte Beißwerkzeuge ab.

Ither blickte jetzt selbst zurück, nicht länger als einen einzigen Wimpernschlag, aber er sah, wie Ilandra die Scheibe aus dem geöffneten Schrein hob. Dann schlug er ein weiteres Mal nach seinem Gegner.

«Jaaaarr!»

Er traf ihn schwer.

«Gebt es weiter an alle!», rief er. «Wir haben den Schlüssel!»

Ihre Kriegsrufe breiteten sich über das Schlachtfeld aus wie ein Strom, der über die Ufer trat. Die Stimmung der Kämpfer um Ither herum hob sich schlagartig. Die Nachricht schien ihre Erschöpfung auszulöschen. Die Trommeln schlugen an.

Dann plötzlich eine Stimme: «AUSWEICHEN!» Es war Wolfs Stimme, die aus nicht allzu weiter Entfernung über das Feld tönte. «AUSWEICHEN!»

Als Ither nach oben sah, hatte er das Gefühl, als würde das Blut in seinen Adern gefrieren. Alle Euphorie war plötzlich wie ausgelöscht. Ein riesiger Feuerball raste genau auf sie zu!

«Drängt sie zurück!», bellte Rabe. «Wir müssen hier Platz schaffen!»

Ihnen blieben nur Sekunden! Das würden sie nicht schaffen!

Ither rammte Meteor in den Boden und stemmte die Hände in die Luft. Er dachte nicht darüber nach, was er tat. Es war ein verzweifelter Zauber, den er da versuchte zu erzeugen. Hinter ihm schrie Ilandra erschrocken auf.

Ither kanalisierte alle Energie, die er aufbringen konnte. Ein Schild wurde sichtbar und waberte in der Luft wie ein durchscheinendes, silbernes Segel, wie ein leichtes Tuch im Wind. Ithers Magie war zu schwach. Es grenzte an ein Wunder, dass es ihm überhaupt gelang, sich ihrer bewusst zu bedienen. Es war allein der Wille, seine Leute vor den Flammen schützen zu wollen, der Rest geschah wie von selbst. Aber Ither wusste, dass dieser kümmerliche Schild unmöglich würde standhalten können. Er begann bereits jetzt zu kollabieren. Und der Feuerball kam unaufhaltsam näher!

Doch im nächsten Augenblick spürte Ither die Energie um sich herum strömen wie einen starken Wind. *Ilandra!* Es war ihre Energie. *Bei den Hohen!* Ilandra verstärkte seinen Zauber. Das silberne Segel erweiterte sich um ein Vielfaches seiner ursprünglichen Größe, spannte sich über die Rudel der Speerspitzen, über den Schrein und noch darüber hinaus! Und es wurde dichter!

Dann geschah alles gleichzeitig. Drei Häscher überflogen ihre Position. Der Feuerball traf einen von ihnen und prallte im nächsten Augenblick auf den magischen Schild. Die violetten Flammen jagten entlang der magischen Barriere über ihre Köpfe hinweg und verglühten in Bruchteilen von Sekunden. Der getroffene Häscher aber stürzte ungebremst hindurch. Und mit ihm verbrannte Panzer- und Flügelteile, beschleunigt durch die Wucht des Feuerballs!

Ither hob instinktiv den Unterarm vors Gesicht, um sich vor dem Regen aus verkohlten Panzerteilen zu schützen. Der massige Körper des Häschers ging einige Meter vor ihnen zwischen den nachrückenden Sozoah nieder, während kleinere Teile weit verstreut herabregneten. Er hörte, wie sie auf den Rüstungen neben und hinter ihm aufprallten. Ilandra keuchte auf.

Ither wirbelte herum und sah, wie sie taumelte, die Hände noch immer zum Zauber erhoben. Der magische Schild über ihnen flackerte und fiel in sich zusammen.

«Ilandra!»

Aber sie blieb auf den Beinen. Ein Panzerteil hatte sie am Kopf getroffen, doch glücklicherweise nicht schwer.

«Alles in Ordnung?»

«Ja.» Sie lächelte, während sie sich hinkniete, um die Scheibe vom Boden aufzuheben. Ihre Eskorte formierte sich erneut um sie. Ither entschied sich, ihr zu glauben, und wandte sich wieder um. Er sah noch das letzte Flimmern in der Luft verschwinden, ehe sich auch die Sozoah wieder aufrappelten. Der Schild hatte den Zauber aufgehalten, nicht aber die Materie.

Ithers Blick zuckte zu den Kuppeln am Ende des Schlachtfelds. Die Waffen der Cardoc prallten daran ab. Was, wenn sich diese Schilde ganz ähnlich verhielten, nur umgekehrt? Wenn das bedeutete, dass …

«Beeindruckend. Es ist offenbar nicht immer schlecht, Magier an seiner Seite zu haben.» Rabe machte sich wieder kampfbereit. Ither antworte mit einem schiefen Grinsen, doch sein Blick blieb weiterhin auf eine der Gra-Res-Tar-Blasen gerichtet.

«Sagt ausgerechnet einer der Avatare.»

Rabe grinste, bereit zum Angriff.

Ither beobachtete, wie sich ein weiterer Feuerball emporhob – durch die kuppelartige Sphäre hindurch, als wäre sie gar nicht da. *Ja, ihre Magie dringt tatsächlich einfach hindurch*, dachte er.

Ithers Aufmerksamkeit wurde zurückgelenkt, als einige Sozoah angriffen. Rabe riss seine Waffe hoch und parierte einen besonders tückischen Angriff, der unerwartet plötzlich kam. Ither wehrte ein Bein ab, attackierte den Sozoah selbst und einen weiteren. Die Sozoah hatten ihre Formation der Situation angepasst. Wenngleich sie nicht mehr so koordiniert vorgingen wie noch zuvor mit Hilfe des Bischofs – der Kampf wurde immer unkontrollierbarer. Ither hatte kaum Gelegenheit, seinem Gedanken zu folgen.

Es gab nur wenig Heilung und auch die Kämpfer erschöpften zusehends, ihre Konzentration schwand. An vielen Stellen auf dem Feld ging es nur noch ums nackte Überleben. Einige Rudel waren vom Heer abgeschnitten. Die Formationen wurden instabiler und die Kämpfer konnten sich immer weniger gegenseitig schützen.

Ither riss den linken Arm hoch, als ein Sozoah beinahe auf ihn stürzte, wehrte den massiven Körper mit dem Panzerhandschuh ab und wich mit einer geschmeidigen Drehung nach hinten aus.

Dann sah er sie. Und Erleichterung machte sich auf seinem Gesicht breit.

«Da sind sie!», rief er laut. «Die Verstärkung ist da! Sie haben einen Weg gefunden!»

Ither stieß einen Kriegsschrei aus.

Und auch Rabe wandte sich um, nachdem er sich einen Augenblick Zeit verschafft hatte. Sein Blick sprach ebenfalls Bände.

Die Reiter preschten über das Schlachtfeld. Sie kamen über die verwaiste Südseite des Hangs. Der Umweg hatte sie viel Zeit gekostet, doch jetzt waren sie umso schneller. Ither konnte den Staub hinter ihnen aufwirbeln sehen. Die Flanken der Sozoah würden den Stoßtrupp nicht erreichen können, bis dieser am Schrein ankommen würde. Die Außenpostler hatten lediglich den Wall aus schwarzen Leibern vor sich, der den Ring der Cardoc hier von allen Seiten umstellte.

Ither wirbelte herum, als er die Sozoah hinter sich wild fauchen hörte und ein Cardoc heftig aufkeuchte. Ither parierte für den jungen Kämpfer, der seine Position im Ring eingenommen hatte. Weit entfernt ging wieder ein Feuerball nieder. Ither hörte die Schreie gleich mehrerer Cardoc.

Es war Zeit diese Farce zu beenden!

«Auswechseln und aufrücken!», rief er. «Rabe, ich brauche dich am Schrein!»

Ither zog sich vom Wall zurück. Er konnte das Donnern der Defassahufe jetzt deutlich hören. Und das gefährliche Surren der Häscher. Auch sie kamen näher.

Ither wandte sich an einen seiner Offiziere, der ebenfalls ausgewechselt worden war. Blut tropfte von seinem Kinn. «Schick nach Wolf. Ich brauche Liu – ein anderer Heiler soll seine Position übernehmen. Und sucht nach Siez.»

«Verstanden.»

Ither sah nach oben, als ein Schwarm Häscher direkt über ihre Köpfe hinwegflog.

«Jhar ataih!» Auf Xintheras Befehl hin ließen sie die Bogensehnen los.

Der Pfeilregen erhob sich mit pfeifenden Geräuschen in die Luft. Es dauerte noch etwa drei Herzschläge, bis dem Donner der Defassahufe der dumpfe Aufschlag eines Häschers folgte.

Sie hatten ihre Defassa zum Galopp angetrieben, um die Distanz zu den Speerspitzen so schnell wie möglich zu überwinden. Die gehörnten Reittiere jagten auf den Wall zu. Xinthera hatte nicht vor, gegen die Jäger zu kämpfen. Er hatte vor, den Wall zu sprengen.

Also trieb er sein Defassa weiter an. Er berührte den Sattel kaum, stand eher in den Steigbügeln und verschaffte dem Tier so freien Lauf. Er selbst hielt den Bogen in der Hand und duckte sich nah an die wehende Mähne des Tieres.

Dann hatten sie den Wall erreicht. Xinthera hörte einige Defassa hinter sich scheuen, doch sein Reittier sprang vor und tauchte in die Massen der Sozoah ein. Die meisten Jäger wichen dem großen Tier zischend aus. Die anderen Reiter folgten. Die, deren Defassa scheuten, zwangen sie unter Kontrolle und ritten erneut an. Die Sozoah waren nicht in der Lage, sich dem Ansturm zu stellen. Die Reiter trieben wie ein Keil durch die bereits geschwächten Reihen.

Xinthera trieb sein Defassa unbarmherzig an und verringerte das Tempo erst, als sie den Ring der Cardoc erreicht hatten. Die Schwertkämpfer gaben ihnen eine Schneise frei, nur um sich unmittelbar hinter ihnen neu zu formieren. Die Jäger versuchten ihnen zu folgen. Aber Speerträger verstärkten jetzt die Position der Cardoc. Offenbar war man auf ihre Ankunft vorbereitet gewesen. Xinthera sah sich um, während er sein Defassa zügelte.

Die Rudelführer warteten neben dem, was der Schrein sein musste. Und dort stand auch Ilithir. Xinthera lächelte, als er seinen Bruder sah. Zum ersten Mal seit vielen Jahren. Er lenkte sein Defassa zu ihm und brachte es zum Stehen. Hinter sich hörte er erneut das Knarzen der Bögen.

«Entschuldigt die Verspätung», sagte Xinthera, während hinter ihnen ein weiterer Häscher auf dem Boden aufschlug. «Aber die Biester haben uns den Weg versperrt.»

«Ja, das wissen wir.»

«Sieht aus, als ob ihr hier auf uns gewartet hättet.»

«Wenn du das so nennen willst.»

Xintheras Blick zuckte nach oben. Er spannte seinen Bogen, ankerte die Zughand an seinem Kinn und folgte der Bewegung des Häschers schräg über ihnen. Er hielt die Luft an, während er auf den geeigneten Moment wartete. Dann ließ er die schwarze Bogensehe von seinen Fingerspitzen gleiten. Der Pfeil schnellte in die Luft und durchschlug einen silbernen Flügel weit über ihnen. Weitere Treffer folgten. Xinthera beobachtete nüchtern, wie der Häscher die Kontrolle verlor. Dann wandte er sich Ilithir zu.

«Tut gut, dich zu sehen.»

«Ebenso.»

«Befehle?»

«Holt so viele von den Biestern runter, wie ihr könnt.»

«Und was ist mit den Feuern?»

«Darum kümmern wir uns.»

Ilandra starrte ihn an. Der Anführer der Bogenschützen war der fremdartigste Dunkle, den sie je gesehen hatte. Er trug das gleiche Wappen auf der Rüstung wie Ither auch, einen Helm gleicher Machart und um den Hals ein schwarzes Tuch, das nass schimmerte. Aber das, was so auffällig fremd an ihm war, war seine Haut. Ilandra hatte noch nie einen Dunklen mit einer solchen Hautfärbung gesehen. Er war fast so dunkel wie Ither, aber seine Haut war nicht gleichmäßig anthrazitfarben, sondern von einem blau-grünlichen Muster überzogen, das an das Lichterspiel von Wasser unter seiner Oberfläche erinnerte.

Er sah Ilandra mit geheimnisvollen, wasserblauen Augen an.

«Es ist mir eine Ehre, Euch kennenzulernen, Seherin.»

Er senkte den Kopf vor ihr, obwohl er im Sattel des Defassa saß. Der Rücken des Tieres war so hoch, dass Ilandra selbst dann nicht hätte darübersehen können, wenn sie sich auf die Zehenspitzen gestellt hätte. Das anmutige Tier hätte sie vielleicht genauso faszinieren sollen, aber sie konnte den Blick einfach nicht von seinem Reiter abwenden.

«Er ist ein Mischling», erklärte einer der Cardoc, den Ither ihr zur Seite gestellt hatte. «Er gehört zum Außenposten. Er hat Camousharra noch nie gesehen.»

*Ein Mischling?*

«Ich hoffe, ich mache Euch keine Angst.» Der geheimnisvolle Reiter lächelte sie an. Doch ehe sie antworten konnte, stieg er von seinem Defassa und wandte sich Ither zu.

Ither hob die erste der drei schwarzen Klingen aus dem Schrein und übergab sie Rabe. Der ertastete das Material mit einer auffällig sinnlichen Berührung und

Ither wusste sofort, dass er mit seiner Vermutung richtig gelegen hatte.

«Sie ist wie Meteor, richtig?»

«Ja, sie ist organisch», antwortete Rabe.

«Das bedeutet, ihr könnt euch damit verwandeln?»

«Ja, sehr wahrscheinlich.»

Ither zog die zweite Waffe aus ihrer Vertiefung und gab sie Wolf. Die dritte Waffe reichte er Xinthera. Dieser sah Ither verstört an.

«Sie gehört dir.» Eine vierte Familie sollte es nach den Chroniken überhaupt nicht geben – genauso wie es Xinthera nach den Regeln der Cardoc eigentlich nicht geben sollte. Das schien Ither angemessen. Neben der Tatsache, dass Xinthera der ranghöchste Offizier des Außenpostens war und die Außenpostler sich selbst gern als eigenständiges Rudel sahen. Unabhängig von jeder Zuordnung zu einer Familie.

«Nein, ich weiß nicht.»

«Nimm sie.» Ither sah ihn nachdrücklich an. Xinthera zögerte, nahm die Waffe aber schließlich entgegen.

Wolf grinste raubtierhaft, während er seine eigene Klinge in den Händen wog. Neben ihm versuchte Rabe sich zu verwandeln. Es war das erste Mal, dass Ither ihn dabei mit einer Waffe in der Hand beobachtete. Rabes weiße Augen wurden ölschwarz und Ither sah für einen winzigen Augenblick gräuliche Federkiele wie Stacheln aus seiner Haut hervortreten. Das Gesicht begann sich zu einer vogelartigen Maske zu verformen. Rabes Rüstung verschmolz mit seinem Körper zu einer durchgehenden Oberfläche und auch die schwarze Klinge verformte sich, begann zu zerfließen. Dann brach Rabe ab und keuchte leise auf. Wolf grinste Ither zufrieden an.

«Wie ist der Plan?»

«Wir erledigen die Gra Res Tar.»

«Und wie?»

«Ihre Schwachstelle ist ihre Magie.»

Rabe sah Ither jetzt interessiert an.

«Die Rudel können ihre magischen Schilde nicht durchdringen, aber die Feuer der Gra Res Tar gleiten einfach hindurch. *Magie* dringt hindurch!»

Wolf öffnete den Mund.

«Und damit wahrscheinlich auch alles andere, was magisch ist ...»

Jetzt grinste auch Rabe. «Einen Versuch ist es wert.» Ither selbst war magisch. Genau wie die beiden Formwandler auch.

«Es sind drei Sphären», sagte er. «Wir werden gleichzeitig angreifen. Haltet euch bereit.»

Ither wollte sich gerade umdrehen, als Xinthera ihn aufhielt. «Warte. Ich glaube, ich weiß, was du vorhast ...»

Er gab einer Reiterin ein Zeichen. Die Kriegerin lenkte ihr Defassa näher an sie heran, während sie den Bogen auf ihrem Rücken befestigte. Sie war bildhübsch. Und ebenso gefährlich. Ither hatte schon mehr als einmal Bekanntschaft mit ihr und ihrem Schwert gemacht. Vor gefühlten Jahrhunderten. Und in einem anderen Leben.

Jhindhey lächelte Ither an, zog ihr Schwert aus der Scheide am Sattel und ließ sich geschmeidig vom Rücken des Defassa herab.

«Er gehört dir», sagte sie an Ither gewandt. «Pass gut auf ihn auf.»

Das konnte Ither ihr nicht versprechen.

«Sein Name ist Shatir.»

«Ich danke dir.»

Ither schnalzte mit der Zunge und der Defassa-Bock kam näher. Er schnupperte an Ithers blutbespritzten Händen und senkte den Kopf vor ihm.

«Gut.»

Xinthera sah Ither an.
«Ich schätze, du wirst ihn gut gebrauchen können.»
«Ja ...» Er würde die Distanz zu den Gra-Res-Tar-Blasen schnell überbrücken müssen.
Es gab nur noch eines, was Ither vorher erledigen musste.

Wenige Augenblicke später betrachtete Ither die Scheibe, die er jetzt in seinen Händen hielt. Sie war leichter, als er erwartet hatte. Und unscheinbarer, jetzt, wo die Symbole nicht mehr auf ihr leuchteten. Und doch war sie der alleinige Grund für ihr Hiersein.
«Wir haben den Schlüssel ...»
Ither blickte auf und sah Ilandra an.
«Und was nun?»
Doch in diesem Moment erreichten auch Liu und Siez den Schrein und Ither blieb ihr die Erklärung schuldig. Er sah Ilandra noch einmal in die Augen, dann brach er den Blickkontakt ab und reichte Liu die Scheibe. Der Heiler sah ihn erstaunt an, zumindest soweit Ither das bei der Augenbinde beurteilen konnte, ließ die Scheibe aber sofort unter der Robe verschwinden.
«Bring sie in Sicherheit.» Liu senkte den Kopf. Und Ither war sich sicher, dass er die Mehrdeutigkeit dieser Anweisung verstanden hatte.
*Das werde ich.*
«Ilandra, Siez, ihr begleitet ihn. Ihr werdet ihn schützen. Die Gra Res Tar dürfen die Scheibe nicht in die Hände bekommen.»
Ilandra sah ihn angsterfüllt an. Doch Ither wich ihrem Blick aus. Er wollte sie in Sicherheit wissen. Jede Sekunde, die sie länger auf dem Schlachtfeld verweilten, setzte sie nur unnötigen Gefahren aus. Er umfasste Meteors Griff und zog die Spitze der

schweren Klinge aus dem Boden. In Wahrheit sollten sie nicht Liu schützen, sondern er sie.

«Rhey, du und deine Männer, ihr begleitet sie», sagte Ither.

Rheydres nickte knapp.

«Farren, ihr ebenfalls.»

«Verstanden.»

Dann griff Ither den Sattel des Defassa und zog sich hoch. Mit der einen Hand nahm er die Zügel, in der anderen hielt er Meteor, die Klinge neben die Brust des Tieres gesenkt. Ither ließ das Defassa wenden. Es stieg unruhig auf den Hufen hin und her.

«Bei den Geistern! Was hast du vor?»

Ither sah Ilandra an. Aber er antwortete ihr nicht.

Siez nahm sie bei den Schultern. «Du hast gehört, was er gesagt hat.» Siez tauschte einen Blick mit Ither. Seine Lippen waren zu schmalen, schwarzen Linien zusammengepresst. Er nickte Ither zu. Es war kaum mehr als ein Zucken, aber Ither wusste, dass auch Siez sich darum kümmern würde, dass Ilandra in Sicherheit kam.

«Atthar!», rief Ither scharf.

Das Defassa setzte sich augenblicklich in Bewegung.

# 15

Rabe sprang in die Luft und verwandelte sich mit der Waffe in der Hand. Es war ein unbeschreibliches Gefühl, als sie sich mit seinem Körper verband. Ein kalter Strom jagte durch seine Knochen, in sein Gesicht, in seine Fußspitzen, wurde eins mit seinem Schnabel, seinen Klauen – wie eine Legierung. Rabe konnte die lebendige Energie der Waffe in sich spüren wie die seines Avatars.

Er kreischte und schraubte sich mit ein paar kräftigen Flügelschlägen in die Höhe. Drei Feuerkugeln zogen zeitgleich ihre brennenden Bahnen durch die Luft. Unter ihm hob Wolf die Schnauze in den Himmel und stieß ein furchterregendes Jagdgeheul aus. Sein Fell war wie immer silbergrau, doch seine Fänge waren jetzt pechschwarz. Er setzte los, jagte zwischen den Sozoah hindurch, als könnten sie ihm in dieser Gestalt nichts anhaben. Es war der Jagdtrieb. Wolf fürchtete die Sechsbeiner nicht mehr. Die Instinkte des Wolfes übernahmen seine Gedanken – und der hatte es auf seine Beute abgesehen. Genau wie Rabe.

Ither duckte sich flach an den Körper des Defassa. Die Lungen des Tieres fauchten und seine Hufe donnerten über den Boden. Ein Feuerball ging nur wenige Meter neben ihm nieder. Ither hörte das gequälte Kreischen einiger Sozoah. Die Hitze verbrannte die Luft um sie herum, aber Ither spürte kaum etwas davon. Heftige Rucke gingen durch den Körper des drahtigen Defassa, während es sich durch die Flut von Sozoah kämpfte. Ithers Schienbeine schlugen immer wieder gegen schwarze Panzer. Er trieb Shatir unbarmherzig weiter – mitten durch den Schwarm der Sozoah. Denn es gab keine intakte Verbindung mehr zwischen den Rudeln. Also nahm Ither den direkten Weg.

Meteor traf den Rücken eines Jägers und den Kopf eines zweiten. Ither hielt den Kopf gesenkt, um sich zu schützen, jederzeit bereit, sich abzufangen, falls das Reittier stürzen sollte. Doch die meisten Sozoah wichen dem anstürmenden Defassa aus und gaben ihm so unfreiwillig den Weg frei.

Der Ritt dauerte nur Sekunden, obwohl sie eine Strecke von vielen hundert Schritten zurücklegten. Shatir durchbrach die letzten Reihen der Sozoah und die Nachhut der Cardoc öffnete ihm eine Schneise in gesichertes Gebiet. Einer der Männer im Inneren der Stellung griff beherzt nach Shatirs Zaumzeug und fing den verängstigten Defassa-Bock in ein paar Schritten ein. Ither sah sich um, während Shatir unruhig hin und her stieg.

Die letzten Rudel hatten sich vom Heer abgesetzt und die Bereiche um die magischen Kuppeln vollständig eingenommen. Sie formierten stabile Schlachtreihen gegen die Sozoah und bildeten Lager, in denen die Kämpfer abwechselnd ausruhen konnten. Diese Stellung war beinahe uneinnehmbar.

Ither stieg ab und gab den Offizieren ein Zeichen, weiterzumachen. Er war nun der ranghöchste Kommandant hier und damit oblag ihm Befehlsgewalt, aber Ither hatte nicht vor, sich in eine funktionierende Verteidigungslinie einzumischen. Stattdessen ging er zum Rand der Sphäre hinüber, die sich nur wenige Meter entfernt in die Höhe türmte. Die schimmernde, weiße Kuppel war so groß, dass sie mindestens zwei ganzen Rudeln Platz geboten hätte.

Doch in ihrem Innern standen nur drei in prunkvolle Roben gewandete Männer, deren Augen mit leerem Blick in den Himmel gerichtet waren.

Die Oberfläche der Sphäre waberte wie bewegtes Wasser, doch die Waffen der vielen Cardoc, die immer wieder darauf einschlugen, prallten an ihr ab, als träfen sie auf gehärtetes Metall. Sie hinterließen nicht mehr als ein kurzes, weißliches Aufflackern.

Ither streckte seine Hand zu dem Panzer der Sphäre aus. Ganz langsam, weil er selbst noch nicht sicher war, ob es funktionieren würde. Als die Finger seines Panzerhandschuhs die schimmernde Oberfläche berührten, drangen sie darin ein wie in kaltes Wasser.

Der Cardoc neben ihm starrte Ither mit offenem Mund an. Seine eigene Hand lag flach auf der magischen Barriere, als wäre sie aus massivem Material.

Ithers Mundwinkel verzogen sich zu einem raubtierhaften Grinsen, als er den Blick auf die drei Magier richtete. Seine Hand suchte einen festeren Griff um Meteor. Dann machte er den nächsten Schritt.

Im gleichen Moment legte Rabe die Flügel an und stieß mit gespreizten Klauen hinab. Wolf wich einem letzten Sozoah aus und hechtete auf seine Beute zu.

Es fühlte sich an, als würde er in kaltes, dickflüssiges Wasser eintauchen. In dem Moment, in dem er hindurchtrat, konnte er nicht atmen. Die pulsierende Energie des Schildes durchströmte seinen Körper. Aber dann war es vorbei und Ither befand sich im Innern der Kuppel.

Er bleckte die Zähne, als er Meteor zum Angriff hob.

Die Gra Res Tar bemerkten ihn viel zu spät. Der geschwungene Hieb traf den ersten am Schlüsselbein und fraß sich tief in das ungeschützte Fleisch. Blut spritzte. Meteor gab sein erstes Opfer frei und Ither ließ sich von der Bewegung hinter die beiden anderen Magier tragen. Der erste schlug auf dem Boden auf, als Ither seine Waffe in die Flanke des zweiten schmetterte. In einer einzigen fließenden Bewegung ließ er Meteor los und zog das Messer aus der Scheide an seinem Oberschenkel. Während der zweite Magier stürzte, schob Ither seine freie Hand vor das Gesicht des dritten und zog ihn hart zurück. Der Gra Res Tar bog den Rücken durch, als er versuchte sich auf den Beinen zu halten. Doch Ither rammte ihm das Messer in die Kehle. Dann ließ er ihn fallen. Der Magier stürzte gurgelnd zu Boden.

Ither drehte sich um und steckte das Messer weg. Er machte einen Schritt auf den zweiten Gra Res Tar zu, der vor ihm lag, und fasste Meteors Griff mit einer Hand. Dann stemmte er den Fuß gegen den blutüberströmten Brustkorb und zog die Klinge mit einem kräftigen Ruck heraus. Ither hörte die Knochen ein zweites Mal bersten, doch der leblose Körper spürte längst nichts mehr davon.

Ither konnte hören, wie sich der Magier hinter ihm wälzte. Seine Bewegungen waren schwach. Und es dauerte nicht lange, bis auch das letzte Röcheln erstarb. Als es endlich so weit war, kollabierte auch der magische Schild. Die durchscheinende Kuppel flackerte ein paar Augenblicke und fiel dann in sich zusammen wie ein verlöschendes Magiefeuer.

Ither hörte die Kriegsschreie der Cardoc. Doch die Zeit schien plötzlich stillzustehen. Er blickte zu den anderen beiden Blasen hinüber und sah, wie sich Rabe im Innern der zweiten Kuppel zurückverwandelte und die verbleibenden zwei Magier mit seiner Klinge niederstreckte. In der letzten Sphäre sprang Wolf einem Gra Res Tar an die Kehle.

Ithers Blick glitt über das Schlachtfeld. Der letzte Feuerball schlug weit entfernt auf dem Boden auf und steckte alles in Brand, was sich nicht mehr rührte. Aber er blieb ohne Nachfolger. Dort, wo die Feuer bereits brannten, hoben sich schwarze Rauchschwaden in die Luft. Die Schlachtreihen waren versprengt. Ither fühlte sich taub. Doch er gab einem der Trommler das Zeichen, die Nachricht über ihren strategischen Gewinn zu verbreiten.

Die Sozoah waren in der Übermacht – die Heiler zu schwach, um noch irgendetwas ausrichten zu können. Dharian war erschöpft. Schweiß und Blut rannen ihm übers Gesicht und der Schmerz in seiner Hüfte raubte ihm einen Großteil seiner Beweglichkeit. Aber er gab nicht auf, sondern schlug wieder und wieder zu. Sie durften diese Position nicht verlieren. Sie war strategisch viel zu wichtig! Er wirbelte herum und verpasste einem Sozoah einen weiteren Treffer.

Die weit entfernten Trommeln änderten ihren Rhythmus. Dharian blickte sich um, doch er konnte keine Veränderung feststellen. Die Sozoah waren immer noch in der Überzahl, und ihm starben die Leute weg! Sie brauchten hier endlich Unterstützung!

Ein junger Kämpfer an seiner Seite war am Ende seiner Kräfte. Er fing sich zwei heftige Treffer direkt hintereinander. Und auch der dritte Sozoah-Angriff drohte ihn zu treffen. Dharian stieß ihn zur Seite und wehrte den Angriff an seiner Stelle ab, verpasste dem Sozoah einen Schlag zwischen die Zangen und wehrte den Biss eines zweiten ab. Aber den Angriff des dritten sah er zu spät. Die Wucht seines Beinhiebs traf Dharian am Kopf. Die zweite Attacke folgte sofort und riss ihn zu Boden.

Blut und Staub waren in seinem Mund – die Vorderbeine des Sozoah plötzlich direkt neben seinen

Schultern. Dharian konnte nicht aufstehen. Der Sozoah kreischte triumphierend und stieß mit den Beißwerkzeugen zu.

«Neiiin!»

Dharian hörte das Bersten seiner Rüstung, noch bevor er den Schmerz in seinem Rücken spürte. Dann hörte es auf. Der Sozoah stieß ein weiteres Mal zu. Frisches, rotes Blut platschte auf Dharians Schultern und rieselte ihm ins Gesicht, als der Sozoah endlich von ihm abließ und langsam seine Beißwerkzeuge erhob. Der Jäger kreischte markerschütternd und fauchte die eingebrochene Schlachtreihe der Cardoc an, zog sich dann aber zurück. Genau wie die anderen Sozoah.

«Neiiin!» Der junge Cardoc, dessen Leben Dharian kurz zuvor noch gerettet hatte, warf sich neben ihm auf den Boden, versuchte ihm in die Augen zu sehen. «Nein! Nicht jetzt! Sie ziehen sich zurück! Hörst du?!» Seine Stimme war nur noch ein bebendes Wispern. «Bitte, steh auf ... *Bitte! Steh auf ...*»

Aber Dharian rührte sich längst nicht mehr.

Ither stand noch einige Sekunden vor seinem Werk, während der Schlachtlärm um ihn herum langsam leiser wurde. Seine Atmung ging heftig und ein kaum merkliches Zittern durchfuhr seinen Körper. Er hielt Meteor gesenkt, aber immer noch fest im Griff. Dunkelrotes Blut tropfte von der gelbverkrusteten Klinge.

Er empfand kein Mitleid, als er die Toten am Boden betrachtete. Aber er fragte sich, ob es nicht angebracht wäre, so etwas wie Reue zu empfinden. Schließlich waren die drei Gra Res Tar seinem Angriff wehrlos ausgeliefert gewesen. Andererseits hatten sie seinen Brüdern so unendlich viel Leid zugefügt ...

Ither schüttelte den Gedanken ab und sah zu der Stelle hinüber, wo vor Kurzem noch das Portal der Gra Res Tar geschwebt hatte. Der weiße Spiegel war einfach in sich zusammengestürzt, kurz nachdem Wolf und Rabe ihren Magiern den Rest gegeben hatten. Der etwa handtellergroße, weißliche Portalstein, der dort wie ein eigentümlich glatter Kiesel am Boden lag, war das Einzige, was davon übriggeblieben war. Ither konnte seine pulsierende Energie immer noch spüren, also hielt er sich bereit. Er rechnete jeden Augenblick damit, dass die Gra Res Tar neue Portale öffnen würden. Aber nichts geschah. Und das magische Flirren, das die Luft erfüllte, klang langsam ab.

Ither wurde klar, dass die Gra Res Tar zumindest jetzt keinen weiteren Angriff wagen würden. Und sie taten gut daran. Ither hatte zwei vergleichsweise ausgeruhte Rudel hinter sich. Vielleicht hätte er entschieden, die Portale zu stürmen. Vielleicht hätte er seine Männer direkt zu den Gra Res Tar geführt. Er wusste es nicht. Er wusste nicht, was er getan hätte, und er wusste nicht, was ihn dort erwartet hätte. Und im Grunde war er froh, diese Entscheidung nicht treffen zu müssen.

Sein Griff lockerte sich etwas. Die Gra Res Tar hatten neun ihrer mächtigsten Magier geopfert und niemand, nicht ein einziger, war gekommen, um sie zu verteidigen. Wie er die Feigheit dieser hinterhältigen Hexer verachtete! Ither spuckte auf den Boden, als könnte er damit den bitteren Geschmack loswerden, den dieses Gefühl in ihm hinterließ.

Dann drehte er sich um und bedeutete einem seiner Leute, den Portalstein zu zerstören.

Eine Handvoll Cardoc tötete die letzten Sozoah in ihrer Nähe. Die anderen senkten die Waffen, während Ither erneut über das Schlachtfeld blickte. Die Cardoc hatten die Oberhand gewonnen, jetzt, wo der Bischof tot und die Gra Res Tar ausgeschaltet waren. Ither sah nur noch vereinzelte Kampfstätten zwischen dem Rauch und den lodernden Feuern. Es waren nicht mehr viele Sozoah übrig, denn die meisten von ihnen hatten sich in die Tunnel nahe der Schlucht zurückgezogen. Aber die, die noch hier waren, kämpften bis zu ihrem Ende. Ither empfand sogar so etwas wie Respekt für diese letzten Bestien. Denn sie starben einen ehrenhaften Tod – und er schätzte sie dafür.

Ither mischte sich unter seine Leute. Die Cardoc neben ihm beobachteten schweigend das Geschehen. Weit entfernt, etwa in der Mitte des Schlachtfeldes, hatten die Bogenschützen gerade den letzten Häscher vom Himmel geholt. Die Bodentruppen gaben ihm den Rest.

Es dauerte nur wenige Minuten, bis der letzte Kampflärm erstarb. Es war, als würde das gesamte Schlachtfeld den Atem anhalten.

Doch dann erhob sich plötzlich ein euphorischer Kriegsschrei – gefolgt von Hunderten anderer. Die Trommeln setzten erneut ein und diesmal verwandelten sie die Rufe der Kämpfer in ein martialisches Schlachtlied.

Das war der Sieg! Die Cardoc hatten die Schlacht für sich entschieden! Und sie hatten den Schlüssel!

Ither stieß ebenfalls einen Kriegsschrei aus. Aber er fühlte den Freudentaumel nicht. Für ihn war die Schlacht erst vorbei, wenn er seine Leute vom Schlachtfeld runter hatte. Schließlich mussten sie jederzeit mit einem weiteren Hinterhalt rechnen.

«Verletzte bergen!», bellte er scharf. «Verschüttet die Tunnel! Und dann runter vom Schlachtfeld!»

Ither wandte sich einem jungen Kämpfer zu, der ihn mit großen Augen ansah. «Sag den Reitern, dass wir ihre Defassa für die Verletzten brauchen.»

Der junge Cardoc sah Ither mit einer Ehrfurcht an, als wäre er einer der Kriegsherren, die in den alten Büchern beschrieben wurden.

«Los jetzt!»

«Ja, Shotar!»

Ither blickte ihm nach.

Er fühlte sich leer.

# 16

Ither tastete nach dem Puls. Doch der Kämpfer war bereits tot. Ither legte ihm die Hand über die kalten Augen, sprach zwei Worte in der alten Sprache und stand auf. Er war einer der Letzten auf dem Schlachtfeld und einer der Wenigen, die noch gesucht hatten. Auch wenn es aussichtslos erschien, er würde das Feld erst verlassen, wenn er sicher war, dass sie niemanden hier zurückließen.

Ither fühlte sich so unendlich ausgelaugt. Eine Erschöpfung, die nicht nur körperlicher Natur war. Er sah auf seine Hände und das Blut, das daran langsam trocknete. Ihm war, als wäre es *ihr* Blut, das an ihm klebte ... Ither hatte sie hierhergeführt. Er hatte unzählige Leben geopfert, um eine Prophezeiung zu erfüllen, die nur in den Sternen stand. Jetzt, wo die Schlacht vorüber war, verlor das alles seinen Sinn.

Ither hob die Hände hinter den Kopf und ließ den Blick über die Verwüstung schweifen. Es war grauenhaft. Wohin er sich auch drehte, er sah nur ihr Blut und ihre toten Körper. Und die schwelenden Reste der Gra-Res-Tar-Feuer, die langsam alles auffraßen. Es roch nach verbranntem Fleisch. Doch der Geruch des Todes begann alles andere zu überlagern ...

Ither nahm die Zügel des Defassa und ging weiter. Er hatte immer geglaubt, nach einer gewonnenen Schlacht würde man den süßen Geschmack des Sieges kosten. Doch alles, was er schmeckte, war der metallische Geschmack von Blut auf seiner Zunge.

Ither bedeutete dem Defassa stehenzubleiben und stieg über den geborstenen Panzer eines verstümmelten Häschers. Dahinter bot sich ihm ein grausames Bild. Unzählige Jäger und Häscher lagen auf dem blutgetränkten Boden. Sie mussten eine Gruppe von Kämpfern eingekesselt haben. Ither fand zunächst den Heiler – mit gespaltenem Rücken. Dann sah er drei weitere Cardoc. Für die ersten beiden kam jede Hilfe zu spät. Und für den dritten? Ither musste zuerst den Flügel eines toten Häschers beiseiteschieben, um seinen Körper freizulegen.

*Nein ...!* Der Anblick traf ihn wie ein Schlag in die Eingeweide. *Bitte nicht!* Die Hände und das Gesicht des Toten waren vollkommen unversehrt. Doch seine Rüstung war zerstört und sein Körper seltsam verdreht, die Hand zu seinem Schwert ausgestreckt, das neben ihm am Boden lag. Sein Rückgrat war gebrochen.

«*Yen* ...» Ithers Stimme war weniger als ein Flüstern. Er hatte nicht erwartet, dass der Schmerz ihn so heftig treffen würde. Ither blickte zum Himmel hinauf. Die Rauchwolken gaben einen verschleierten Blick auf das kosmische Lichtermeer frei. Wie konnten die Sterne *das* von ihm verlangen? Wieder und wieder? Die Luft brannte in seinen Lungen. Seine Kehle war trocken.

Ither senkte den Blick und betrachtete den leblosen Körper seines Freundes. Seine fahlen, weißen Augen starrten zum Himmel hinauf. Ither kniete neben ihm nieder. Sie hatten sich noch so viel zu sagen gehabt. Worte, die nun niemals ausgesprochen werden würden. Versprechen, die er nie mehr würde einlösen können ...

Ither kämpfte gegen die Flut von Gefühlen, die seinen Geist berauschten, und zwang sie nieder. Yen trug den Namen eines großen Kriegsherrn und er war in einer großen Schlacht gestorben. *Ich werde deine Ehre bewahren, mein Freund.*

«Fheen daruah selehn ...»

Ither stand auf, hob Yens Schwert auf und ging zu dem Defassa hinüber. Er betrachtete die verzierte Klinge einen Augenblick lang und steckte sie dann in die Scheide am Sattel.

Dann setzte er seine Suche fort.

Es war nicht der richtige Zeitpunkt, um Schwäche zu zeigen.

Das war es niemals.

Liu bedeutete dem Schüler, den Nacken des Verletzten sanft anzuheben. Der junge Cardoc starrte mit entsetztem Blick auf den bewusstlosen Kämpfer, während er seinen Kopf zitternd wenige Zentimeter anhob.

«Das reicht schon ...»

Liu nahm einen Verband und wickelte ihn vorsichtig und ohne Druck um den blutverschmierten Kopf. Der Schüler hatte nicht zu Unrecht Sorge, noch mehr kaputt zu machen. Doch sie mussten tun, was sie konnten, um jeden von ihnen durchzubringen. Doch in diesem Fall war das, was sie tun konnten, leider nicht viel. Die Phantome waren zu erschöpft, um weiterheilen zu können. Liu war selbst am Ende seiner Kräfte. Doch im Gegensatz zu den weißen Heilern waren seine Augen noch nicht blind vom ständigen Tragen der Augenbinde. Und auch seine Motorik war noch nicht eingeschränkt von der mangelnden Bewegung ...

Liu nahm einen weiteren Verband, um die Verletzung zu stabilisieren.

Die Phantome waren wesentlich stärkere Geistheiler als er selbst. Doch jetzt waren sie vollkommen handlungsunfähig. Liu hingegen hatte zumindest noch sein Handwerkszeug, mit dem er etwas ausrichten konnte. Er hatte nicht vor, auch nur einen von ihnen aufzugeben. Und wenn er ganz ehrlich zu sich selbst war, zweifelte Liu in diesem Augenblick an der Macht der Geistheiler. Doch es blieb ihm keine Zeit, richtig darüber nachzudenken. Seit die ersten Verletzten ins Lager gebracht worden waren, arbeitete er ohne Pause.

Als Liu hatte einsehen müssen, dass seine ätherischen Kräfte schwanden, hatte er sich die schwarze Augenbinde vom Kopf gerissen und gemeinsam mit Shavar, dem Heiler des Außenpostens, und den Lehrlingen, die mit Iestriels Tross schon lange vor Liu im Lager eingetroffen waren, ein notdürftiges Lazarett eingerichtet. Es war kaum mehr als ein provisorisches Depot aus Tragen und Apothekerkisten sowie einem Ständerwerk aus Zeltstangen, die ein behelfsmäßiges Dach aus schwarzen Planen trugen. Aber es musste reichen.

Liu schloss den lockeren Verband hinter dem Ohr des Verletzten.

«In Ordnung. Ganz vorsichtig ablegen.» Liu hätte ihn lieber auf der Seite gelagert, aber das war bei seinen Verletzungen nicht möglich. Er konnte jetzt nichts weiter tun, als die Blutung zu stillen und seine äußeren Wunden zu versorgen. Seine inneren Verletzungen konnte er nur erahnen. Und er hoffte inständig, dass die Phantome rechtzeitig regenerieren würden, um diesen hier zu retten.

Liu versuchte selbst ein weiteres Mal, in die Astralsicht zu wechseln. Doch er war zu erschöpft. Die blauen Nebel verschwammen vor seinem inneren Auge zu einer wabernden Masse aus hellen und dunklen Partien. Er konnte nicht einmal seine eigene Hand von den Astralgestalten der anderen unterscheiden. In der Astralsicht war er blind.

Vendrin hatte ihn gewarnt. Er hatte ihm gesagt, dass ihre Kräfte nicht unerschöpflich seien. Aber Liu waren die Konsequenzen dessen nie klar gewesen.

Er öffnete die Augen und betrachtete das blutverschmierte Gesicht vor sich. Ein Sozoah hatte den Kämpfer mit seinen Beißwerkzeugen erwischt und seinen Schädel geknackt wie eine reife Jahalhi-Nuss. Liu konnte die Spuren der gezackten Zangen deutlich an seinen Schläfen erkennen. Sein Helm hatte ihm das Leben gerettet. Aber es stand nicht besonders gut um ihn.

«Viel Glück ...», flüsterte Liu dem bewusstlosen Kämpfer zu. «Du wirst es brauchen ...» Sein Leben hing davon ab, wie schnell die Phantome ihre Kräfte wiederherstellen konnten.

Liu sah seinen Schüler an.

«Nimm regelmäßig seinen Puls. Wenn irgendetwas Ungewöhnliches geschieht, sag mir sofort Bescheid.»

Der Schüler nickte ängstlich.

Die meisten Lehrlinge waren viel zu jung, um das hier mit anzusehen. Aber Liu konnte keine Rücksicht darauf nehmen.

Er ging weiter zum nächsten Verletzten.

Auf Lius Anweisungen hin hatte ein etwas erfahrenerer Schüler die Erstversorgung diverser Verletzungen übernommen. Der Kämpfer, den er versorgte, sah Liu mit kühlem Blick an. Liu nickte ihm knapp zu. Er wusste, dass er Schmerzen litt. Die Cardoc gestanden sich nie gerne Schwächen ein, aber Liu wusste die kleine Falte an der Nasenwurzel und die angespannten Mundwinkel sehr gut zu deuten. Dieser Kämpfer hatte sogar sehr starke Schmerzen. Und das war auch nicht verwunderlich.

«Wir brauchen Tharienwasser.» Liu hatte vor, sein Bein zu betäuben.

Doch sein Schüler presste die Lippen aufeinander und schüttelte langsam den Kopf.

«Nichts mehr übrig.»

Liu blickte sich suchend um. Doch die Medizinvorräte boten keine Alternative. Sie waren auf das hier einfach nicht vorbereitet. Sie hatten nicht damit gerechnet, dass die Phantome über ihre Grenzen würden gehen müssen. Sie hatten nicht mit dem Ausfall der Phantome gerechnet. Sie hatten keine Betäubungsmittel mehr. Und kaum Medikamente.

«Beißholz.»

Liu tauschte einen Blick mit dem Kämpfer, als der Schüler ihm das Beißholz in den Mund legte und ihn an der Schulter fixierte. Er biss schon jetzt fest auf das Holzscheit.

«Pass auf, dass er sich nicht die Zunge abbeißt.»

Liu sah sich das Bein genauer an.

«Tut mir leid, aber es geht nicht anders.»

Liu legte beide Hände an seinen Unterschenkel und richtete die offene Fraktur und die Drehung des Knies mit nur zwei ruckartigen Bewegungen. Der Kämpfer stöhnte heftig auf – unterdrückte einen Schrei –, aber Liu hörte das Beißholz knirschen.

Es dauerte einige lange Sekunden, bis der Schmerz wieder nachließ. Doch der Cardoc ging routiniert damit um. Das war offensichtlich nicht seine erste schwere Verletzung, die konventionell versorgt wurde.

«Außenposten?»

Der Kämpfer nickte und schenkte Liu ein anerkennendes Lächeln. Liu erwiderte es. Die Cardoc vom Außenposten waren harte Hunde, denn sie verfügten über keine eigenen Phantomheiler.

Liu sah zu Shavar hinüber, der drei Reihen weiter einen Schwerverletzten versorgte. Er schüttelte kaum merklich den Kopf, als er Lius fragenden Blick bemerkte. Sie hatten einen weiteren Mann verloren. *Bei den Geistern!* Wann würde das endlich aufhören?

Liu wandte sich seinem Schüler zu. «Wunde reinigen und Blutung stillen. Abdecken. Kein Druckverband. Ich sehe mir das nachher noch mal an.»

Dann wischte er sich das Blut von den Händen und ging zur nächsten Trage hinüber.

Ein junger Lehrling versorgte gerade eine derbe Schnittwunde im Gesicht einer Kämpferin. Er sah Liu unsicher an. Doch Liu lächelte zufrieden.

«Gute Arbeit. Sieh zu, dass die Naht so fein wie möglich – »

Liu unterbrach sich, als er Hufgeräusche hörte. *Hoffentlich nicht noch mehr Verletzte!* Die Reiter brachten sie vom Schlachtfeld direkt hierher. Es waren jetzt schon zu viele, um sie alle richtig versorgen zu können.

Liu bereitete sich auf das Schlimmste vor.

# 17

Ither stieg über einen weiteren leblosen Körper. Seine Stiefel waren mittlerweile durchnässt von dem roten Saft, der sich mit der Erde zu einer dunklen, schlammigen Masse verband. Die langsamen Schritte des Defassa folgten ihm mit dumpfen, patschenden Lauten. Er war nun beinahe das gesamte Schlachtfeld abgeschritten und es schien aussichtslos, noch jemanden zu finden. Besonders hier, weit entfernt von den letzten Stellungen, die die Cardoc gehalten hatten. Hier gab es scheinbar nichts als die schwelenden Körper Dutzender toter Sozoah.

Er wollte sich gerade umdrehen, als er ein leises Stöhnen hörte. Ither war sofort hellwach und setzte im Laufschritt zu der Stelle hinüber, von der das Geräusch gekommen war. Und tatsächlich! Dort, wo die letzten kümmerlichen Flammen eines Gra-Res-Tar-Feuers loderten, lagen sogar zwei Dunkle! Ein Heiler und ein Krieger. Ither ließ sich auf die Knie fallen. So, wie es aussah, hatte sich der Krieger mit letzten Kräften weg von dem Brandherd und in die Nähe des Heilers geschleppt. Er hatte schwerste Verbrennungen, sein Unterschenkel war gebrochen und er atmete wahrscheinlich nur noch, weil das Phantom ihn am Leben gehalten hatte.

Es hatte hauptsächlich seine rechte Seite getroffen. Der Großteil seiner Rüstung hatte sich in seine Einzelteile zerlegt, da die meisten Riemen dem Feuer nicht standgehalten hatten. Auch die Unterhaut war zu großen Teilen beschädigt und hatte die Haut des Kämpfers freigelegt – oder das, was davon übrig war.

Das verbrannte Gewebe war mehr rot als schwarz und übersät mit aufgeplatzten Brandblasen. Die Wunden waren nass von Blut und durchsichtiger Wundflüssigkeit. Und an einigen Stellen konnte Ither direkt bis auf das rote Muskelfleisch sehen. Aber der Kämpfer atmete.

*Gut, dass du da bist, Ilithir.*

Ither sah den weißen Heiler an. Er hatte selbst keine Verbrennungen, war aber ebenfalls schwer verletzt. Seine Robe war längst nicht mehr weiß. Er hatte viel Blut verloren. Vielleicht mehr als für ein Leben.

*Vertraue immer dir selbst. Die Sterne werden dich leiten.*

Er zitterte, und Ither wusste, dass der weiße Heiler gerade dabei war, seinen letzten Atemzug auszuhauchen.

*Ihr sterbt.*

*– Nur ich. Rette diesen hier. Denn er hat Großes für unseren Clan getan. Er ist ein Held, Ilithir. Und die Cardoc brauchen ihre Helden ...*

Das Phantom sandte ihm eine schwache Erinnerung, und Ither verstand.

*Wird er es überleben, wenn ich ihn zum Lager bringe?*

*– Wenn die Sterne es wollen, ja. Er hat es verdient zu leben.*

*– Genau wie du.*

*Ich bin alt genug, Ilithir. Und ich habe meine Aufgaben in dieser Welt erfüllt.* Es war ein sanfter Gedanke, aber er gefiel Ither nicht.

Er sah zu dem Verbrannten hinüber, als dieser erneut leise aufkeuchte. Und als hätte er einen letzten Impuls erhalten, bäumte er sich plötzlich auf und zog die Luft tief ein.

*Rette ihn.*

Im nächsten Moment erschlaffte der Körper des Heilers.

Auf der anderen Seite regte sich jetzt der verbrannte Krieger und versuchte sich unkoordiniert von seinem Helm zu befreien. Ither half ihm dabei und zog ihm vorsichtig den Helm vom Kopf. Der verkohlte Panzer haftete für einen Moment lang eigenartig an seiner Haut, so als wäre er verklebt, erst dann ließ er sich lösen. Und jetzt, nachdem er ihn davon befreit hatte, erkannte Ither das ganze Ausmaß der Verletzungen. Und er erkannte auch den Kämpfer – obwohl seine rechte Gesichtshälfte vollkommen entstellt war.

Es war Shir von den Raben.

Die Haut auf der rechten Seite seines Gesichts war auf die gleiche Weise zerstört wie am Rest seines Körpers. Sein Gesicht war schmerzverzerrt, seine Lippen aufgeplatzt und das Haar zu großen Teilen verbrannt. Ihm fehlte das rechte Ohr und irgendetwas stimmte nicht mit seinen Augen – die Nickhaut war halb übers Auge gezogen, Blut und Sekret sammelten sich an den Rändern, und an den Innenseiten war die Flüssigkeit schaumig, als wäre sie verkocht. Sein Blick war eigenartig stumpf.

«Komm ...» Ither zog ihn hoch.

Shirs Keuchen war nicht lauter als das Knistern des Feuers.

«Ich bringe dich nach Hause.»

Für einen winzigen Moment war da fast so etwas wie ein Lächeln in Shirs Gesicht. Dann verdrehte er die Augen und sackte bewusstlos zusammen. Ither hielt ihn fest.

«Ich bringe dich nach Hause ...», wiederholte er leise.

Ilandra schob die schwarze Zeltplane zur Seite und schritt nach draußen. Cardoc liefen hin und her, packten an, riefen Befehle und organisierten einfach alles, was nötig war, um einen geregelten Lagerbetrieb herzustellen.

Ilandra hingegen fühlte sich wie betäubt. Es war, als würde all das, was da unten geschehen war, den Cardoc nicht das Geringste ausmachen. Sie waren offenbar auf all das hier bestens vorbereitet. Es gab Verantwortliche für einfach alles. Und das Verstörteste daran war, dass es wirklich funktionierte – dass alles seinen Lauf nahm – selbst jetzt, wo niemand wusste, wo Ither steckte.

Für Ilandra war es beinahe unerträglich, zu erleben, wie ersetzlich sie alle waren. Offiziere wurden vermisst und die mit dem nächsthöchsten Rang übernahmen ungefragt ihre Aufgaben. Das machte Ilandra Angst.

Sie blickte ungläubig über das Geschehen, während Tokah, der kurz nach ihr das Zelt verlassen hatte, an ihre Seite trat.

«Es ist gut so, wie es ist», sagte er mit ruhiger Stimme, als könnte er ihre Gedanken erahnen. «Die einen sterben, doch für die anderen geht das Leben weiter ...»

Ilandra sah ihn an.

«Für einen Außenstehenden mag es schwer zu verstehen sein ... Aber für uns gehören Leben und Tod untrennbar zusammen.» Er lächelte milde. «Wir sind ein Kriegerclan. Also solltest du dich besser daran gewöhnen.»

Ilandra nickte stumm.

Wenn ihr doch irgendjemand sagen könnte, wo Ither eigentlich war! Da war plötzlich diese Leere in ihr. Was, wenn er nicht zurückkehren würde? Ihr wurde kalt.

Sie ließ Tokah stehen und schritt durch das geschäftige Lager. Sie hörte laute Jubelschreie und leises Weinen, und sie musste ihren ganzen Mut zusammennehmen, als sie auf das Lazarett zuschritt.

Ein paar Männer waren gerade dabei, notdürftig weitere Dachplanen zu befestigen und nun auch die Seiten abzuhängen, um die unzähligen Verletzten vor der aufgehenden Sonne zu schützen.

Liu verteilte gerade Anweisungen an die Schüler, die ihm halfen, die Verletzten auf herkömmliche Weise zu versorgen. Als er aufsah, bemerkte er Ilandras sorgenvollen Blick. Er schenkte ihr ein knappes Kopfschütteln und ein abgespanntes Lächeln. Ither befand sich nicht unter den Verletzten.

Im ersten Moment verspürte Ilandra einen Anflug der Erleichterung – im nächsten musste sie heftig schlucken. Dass er sich nicht unter den Verletzten befand, konnte auch bedeuten ... Ihre Kehle war plötzlich wie zugeschnürt. Ihr Blick verschleierte sich, und sie hatte das Gefühl, sich nicht mehr rühren zu können.

Ilandra sah erst auf, als sie die donnernden Hufe einiger Defassa hörte. Es gab doch noch Rückkehrer!

Das Lazarett lag am Rand des Lagers und die Reiter kamen direkt vom Schlachtfeld hierher. Sie lenkten ihre Defassa dicht an die improvisierte Zeltstadt heran. Liu unterbrach das, was er tat, um gemeinsam mit ein paar anderen die Verletzten entgegenzunehmen.

Ilandra erkannte den fremdartigen Bogenschützen unter den Reitern. Aber Ither war nicht dabei. Und da war es wieder, dieses Gefühl, das ihr die Luft abschnürte.

Der Bogenschütze wechselte noch ein paar Worte mit Liu. Und Ilandra keuchte auf, als der Wind ein paar wenige Gesprächsfetzten herüberwehte.

«... nur noch ...»

«... dann sind es alle?»

«Ja.»

Es war, als würde ihr jemand den Boden unter den Füßen wegziehen! Panik stieg in ihr auf. *Ither!*

Die nächsten Worte konnte Ilandra nicht mehr verstehen. Doch dann, nach scheinbar unendlich langen Sekunden, hörte sie erneut das Geräusch von Defassa-Hufen. Langsamer diesmal und nur von einem einzelnen Tier. Dann sah sie ihn. Er ritt auf einem Defassa, das er langsam zu den Heilern lenkte. Vor ihm ein Verletzter, der mehr auf dem Hals des Defassa lag, als dass er im Sattel saß. Ither hatte einen Arm um ihn gelegt, um ihn auf dem Reittier zu halten.

Liu war sofort zur Stelle. Zwei der anderen Reiter waren abgestiegen und halfen ihm, den Verletzten von dem Defassa herunterzuholen. Dann stieg auch Ither ab.

«Bringt meine Ausrüstung in mein Zelt», sagte er an die Cardoc gewandt, die jetzt hinzukamen um die Defassa wegzuführen.

Er hatte sie längst gesehen. Ilandra stand immer noch da, wo sie schon vor wenigen Minuten gestanden hatte. Ither gab einem jungen Cardoc seinen Helm und seine Waffe, während ein anderer sein Defassa fortbrachte. Dann kam er zu ihr herüber und blieb vor ihr stehen. Es waren nur wenige Zentimeter, die sie trennten, doch er suchte zunächst ihren Blick, bevor er sie berührte.

Ilandra spürte, wie heiße Tränen über ihre Wangen rannen. «Lass mich nie wieder allein ... Tu das nie wieder! Hörst du?»

Er zog sie fest an sich und legte eine Hand an ihren Hinterkopf. Ilandra schmiegte sich an seine Schulter, obwohl es daran überhaupt nichts Anschmiegsames gab. Trotzdem schien für ein paar Augenblicke alles um sie herum ein wenig leiser zu werden.

«Versprich's mir ...»

«Du weißt, dass ich –»

Ither sah plötzlich auf. Ilandra hörte den Aufschrei erst in dem Moment, als die junge Frau, die ihn von sich gab, sie an der Schulter packte und von Ither wegstieß. Dann griff sie Ither an, schlug auf ihn ein und schrie – schrie ihn hysterisch an. Ilandra starrte mit offenem Mund auf das Geschehen. Auch Ither rührte sich nicht.

Das Gesicht der jungen Frau war tränenüberströmt, ihre anmutigen Züge schmerzverzerrt. Sie war ganz offensichtlich keine Kämpferin. Und doch schlug sie mit aller Kraft auf Ithers Rüstung ein.

«Er hätte nicht kämpfen dürfen!» Sie schlug erneut zu. Blind vor Wut und Trauer und Schmerz. «Er hätte nicht kämpfen dürfen ...» Ihre Stimme brach, während sie wieder und wieder auf ihn einschlug. Ither versuchte nicht einmal, ihr Einhalt zu gebieten.

«Du bist schuld! Du hast ihn getötet!» Sie schluchzte. «*Du!* Er ist *dir* gefolgt! Er hätte nicht kämpfen dürfen ... Sein Sohn! Er wird nie ...» Ihre Stimme versagte, als sie von Ither abließ und sich vor Pein krümmte. Ihr gerundeter Bauch bebte vor Anstrengung.

Ither blickte zu ihr hinab, den Kopf gesenkt und die Arme hilflos geöffnet.

Die Frau schrie erneut auf und schlug wieder auf ihn ein. Kraftlos und verzweifelt.

«Maryha!», rief jemand aus dem Lazarett zu ihr herüber. Doch sie schien es nicht zu hören. Ilandra aber sah hinüber. Liu und fünf Lehrlinge hatten die Versorgung des Schwerverletzten übernommen.

«Maryha!» Diesmal war es Liu, der rief. «Er ist hier!»

Maryha sah mit verweinten Augen zu ihm hinüber.

«Was?»

«Shir lebt! Ither hat ihn hergebracht. Hörst du? Er lebt!»

Sie warf Ither einen entschuldigenden Blick zu, dann rannte sie so schnell sie konnte los. Einer der Heiler fing sie auf halbem Weg ab und führte sie langsam hinüber. «Erschrick bitte nicht», sagte er zu ihr. «Er ist schwer verletzt – und er wird dich brauchen ... Das Feuer ...»

Maryha schlug sich wimmernd die Hände vors Gesicht.

Als Ilandra den Blick abwandte, stand Tokah neben Ither und legte ihm eine Hand auf die Schulter. Ither ließ die Hände sinken. Sie tauschten einen Blick und ein knappes Kopfnicken. Dann ließ Tokah ihn los und ging wortlos weiter. Er humpelte stark.

Ither sah ihm nach. Er sah er erschöpft aus und in seinem Blick lag etwas unendlich Trauriges.

# 18

Rabe nahm den Helm ab.

«Lasst ihn suchen. Wir brauchen ihn beim Rat.»

«Jawohl.» Der Offizier verbeugte sich knapp und verließ das Zelt.

Rabe schnallte die Riemen seiner Rüstung auf und streifte ein Teil nach dem anderen ab. Er biss die Zähne zusammen, während er den verbeulten Teil seines Brustpanzers aufhebelte, und stieß die Luft zischend aus, als er sich endlich davon befreit hatte.

Dann zog er das verdreckte Wams aus und betrachtete sich im Spiegel. Er war schmutzig und überall klebte verkrustetes Blut. Seine Muskulatur war angespannt und das Licht der glühenden Kohlen hob sein kantiges Relief deutlich hervor. Er sah gut aus. Man hätte ihn für jünger gehalten, als er in Wirklichkeit war. Bis vielleicht auf die Krähenfüße in seinem Gesicht.

Rabe sah im Spiegel, wie sich die schwarze Zeltplane hinter ihm öffnete und eine Dunkle vorsichtig hereinschlüpfte. Es war Kharii. Eine der Näherinnen.

Rabe wandte sich um.

Sie war wunderschön, zierlich und sehr jung. Sie trug ein hauchdünnes, durchscheinendes Kleid, das ganz offensichtlich viel zu kalt war für diese Witterungsverhältnisse. Ihre Brüste und ihre Brustwarzen zeichneten sich deutlich darunter ab.

Sie war für die Verpaarung ausgewählt worden.

«Die Phantome haben noch vor dem Aufbruch gesagt, dass es heute sehr wahrscheinlich wäre ...»

Ihr Blick klammerte sich für einen Augenblick an Rabes Kopfverletzung. Da war überall Blut. Sie senkte verstört den Kopf. «Wenn es jetzt ungünstig sein sollte ...»

«Nein, komm her.»

«Ihr ehrt mich, Reatar ...»

Sie kam näher und löste ihre zarten Kleider. Darunter war sie splitternackt.

Rabe schnallte seinen Gürtel auf. Und ihm entging nicht ihr ängstlicher Blick. Rabe wusste, dass ihm ein gewisser Ruf vorausging.

«Dreh dich um.»

Er packte sie im Nacken und drückte sie herunter.

«Stütz dich am Zeltmast ab.»

Es gab keinen besseren Zeitpunkt, einen Krieger zu zeugen, als nach einer gewonnenen Schlacht.

Ither saß mit dem Rücken an einen Baum gelehnt und betrachtete den Himmel. Es war still hier. Das einzige Geräusch war das Rascheln der Blätter, die ab und an herabregneten, wenn der Wind etwas auffrischte. Die Nacht war mild, aber der Winter war auf dem Weg.

Ithers Blick ruhte auf den Sternen am Osthimmel. Dort gab es keinen Rauch und die wenigen Wolken gaben den Blick frei auf die schillernden Nebel der kosmischen Nacht. Ithers Hände lagen auf seinen Knien. Seine Atmung ging langsam. Die Kleider, die er unter seiner Rüstung getragen hatte, standen nur so vor Dreck. Das Blut in seinem Gesicht war verkrustet und ihm taten alle Knochen weh.

Er hatte sich aus dem Lager zurückgezogen, weil er eine Pause brauchte – damit er etwas Abstand gewinnen konnte. Er brauchte ein paar Minuten, ohne dass ihm jemand eine der tausend offenen Fragen stellte. Er musste einfach den Kopf frei kriegen, es zumindest versuchen.

Ither senkte den Blick zum Horizont und beobachtete, wie der langsam heller werdende Lichtstreifen den Boden entzündete. Die Dämmerung kündigte sich an. Und das bedeutete, dass er nicht mehr lange würde hierbleiben können.

Ither stand auf. Aber er war noch nicht bereit zu gehen. Stattdessen ließ er den Blick weiter über die raue Landschaft schweifen. Die Luft war klar und er konnte das Meer im Westen sehen und die Berge im Norden. Und den silbernen Fluss, der sich wie eine Lebensader durch schroffe Felsen und dichte Wälder schlängelte. Das alles lag noch vor ihnen. Und das alles war nur der Anfang. Ither konnte nicht erahnen, wohin die Karte auf seinem Rücken sie führen würde. Aber irgendwo da draußen lag sie – die verlorene Stadt.

Als Ither sich umdrehte, hörte er Schritte.

«Ich hab dich überall gesucht.»

«Siez ...» Ither begrüßte seinen Freund mit dem Handschlag der Schatten. Siez grinste ihn an.

«Die haben das halbe Lager nach dir ausschwärmen lassen.» Er legte den Kopf schief, und da war wieder dieser schelmische Ausdruck in seinen Augen. «Ich wusste, dass *ich* dich finden würde.»

Ither gelang es für einen Moment zu grinsen. Siez war ein exzellenter Fährtenleser und sein Talent würde ihnen mit Sicherheit noch von großem Nutzen sein. Ither hatte schon mit dem Gedanken gespielt, ihn zum Späher ausbilden zu lassen.

Jedenfalls tat es gut zu sehen, dass Siez die Kämpfe nahezu unverletzt überstanden hatte. Er sah auf den Verband an seinem Arm, als er Ithers Blick bemerkte.

«Ist nur ein Kratzer», sagte er mit gekräuselten Mundwinkeln. Ither wusste, dass er gerade versuchte, ihn nachzuahmen. Aber Ither war nicht zum Lachen zumute.

«Wie geht's Tisha? Hat sie den Fußmarsch gut überstanden?»

«Sie war sehr erschöpft. Aber sie ruht sich jetzt aus ...» Siez ließ den Blick über die Sterne gleiten. Und für einen Augenblick kehrte die Stille zurück. Aber die Realität hatte Ither längst wieder eingeholt – man suchte bereits nach ihm. Also nahm er Meteor und machte sich bereit zu gehen.

Siez sah ihn an, als ob er ihm einen gutgemeinten Rat geben wollte. Er zögerte einen Moment. Doch schließlich sagte er nur: «Sie warten im großen Zelt auf dich.»

Ither schob die Plane beiseite und trat ein. In den Feuerschalen brannten kleine Flammen, die den Innenraum des schwarzen Zeltes in ein orangefarbenes Licht tauchten.

Sie waren bereits alle da, standen um den großen, hölzernen Tisch versammelt und betrachteten die Karten, die darauf lagen. Rabe und Wolf unterhielten sich leise, während Xinthera Iestriel etwas Wasser reichte. Ihre Gesichter waren ernst. Und doch lag so etwas wie Stolz darin.

Sie sahen ihn erst an, nachdem er die Plane wieder geschlossen hatte. Iestriel lächelte anerkennend und Rabe schenkte ihm ein respektvolles Kopfnicken. Bis auf Iestriel waren sie alle so schmutzig wie Ither selbst. Besonders Wolf, dessen Kinn, Hals und Brust vollständig mit getrocknetem Blut bedeckt waren. Es war zweifelsohne das Blut der Gra Res Tar, denn Wolf trug es wie eine Trophäe.

Als Ither näher trat, senkten die anderen die Köpfe vor ihm – sogar Wolf, wenn auch nicht ganz so tief wie die anderen. Sie zollten ihm den Respekt der drei Familien.

Ither sah sie einen Augenblick lang nur schweigend an. Er wusste, dass er sich ihre Ehrerbietung verdient hatte. In den Augen der Cardoc musste sich ein Anführer im Kampf beweisen. So auch der Shotar. Ithers Feuerprobe war eine der wichtigsten Schlachten in der Geschichte der Cardoc gewesen. Und sie waren siegreich aus ihr hervorgegangen.

Aber Ither hatte nicht das Gefühl, dass er irgendetwas gewonnen hatte.

«Ich danke euch», sagte er schließlich und senkte ebenfalls den Kopf.

«Fhenir akhir thirla ...» Iestriels Stimme war beinahe feierlich. «Ilithir, ich habe eine Entscheidung getroffen. Es ist an der Zeit, dass du meinen Rang im Clan der Panther übernimmst ...»

Damit hatte Ither nicht gerechnet. Er sah den Rudelführer erstaunt an.

«Ich bin zu alt, um das hier ewig weiterzumachen. Der Rat braucht einen jungen Entscheider, der bereit ist, Risiken einzugehen und seinem Instinkt zu trauen. Rabe und Wolf werden dir zur Seite stehen, wie sie mir immer zur Seite gestanden haben ...»

«Ich kann den Avatar nicht tragen.» Es war ausgeschlossen, dass der Shotar diese Rolle übernahm.

«Ja, ich weiß. Das wäre Berenhirs Aufgabe gewesen. Und solange wir keinen reinblütigen Nachfolger in der Blutslinie haben, wird der Avatar bei mir bleiben.»

Ither sah nacheinander Rabe und Wolf an.

«Die beiden sind einverstanden», erklärte Iestriel.

«Ohne den Avatar kann ich keiner der Rudelführer sein.»

«Aber der Anführer der Pantherclans. Wie schon dein Vater vor dir.»

Ither tat sich schwer, das anzunehmen. Der Beigeschmack, den seine bisherigen Entscheidungen mit sich gebracht hatten, gefiel ihm nicht besonders. Seine Verantwortung wog schon jetzt schwer genug.

«Es ist der richtige Zeitpunkt dafür ... Und ich werde dem Rat auch weiterhin als Berater zur Seite stehen», sagte Iestriel schließlich.

Ither konnte ohnehin nicht ablehnen. Also senkte er erneut sein Haupt und antwortete in der alten Sprache: «Akes thirin da vhelis tar meriaghen solivar Fhenir.» Damit nahm er Berenhirs Erbe an.

«Akes thirin.»

«Akes thirin.»

«Akes thirin», bestätigten ihn die drei Rudelführer.

Ither blickte auf. Rabe und Xinthera sahen ihn zufrieden an. Wolf hatte die Arme vor der Brust verschränkt, aber der Ausdruck in seinen Augen gab Ither das Gefühl, dass er ihn als ebenbürtig betrachtete – zum allerersten Mal.

Iestriel legte Ither eine Hand auf die Schulter.

«Die Chroniken werden von dir als siegreichem Kriegsherrn berichten.»

Doch Ither war noch nicht in der Lage, sich darüber zu freuen. Sein Blick glitt erneut zu Rabe, der jetzt wieder die Karten studierte.

«Haben wir schon Zahlen?», fragte Ither schließlich.

Rabe sah ihn an.

«Wir haben 237 Verluste und noch 38 Schwerverletzte im Lazarett. Alles andere ist vernachlässigbar.»

*237!* Ithers Magen zog sich zusammen. Auch wenn diese Zahl rein rechnerisch akzeptabel war. Rabes Blick war kalt, aber seine Mundpartie war angespannt. Ither kannte diesen Ausdruck, der hinter der kühlen Fassade lag. Und er wusste, was er bedeutete. Aber Ither wusste auch, dass Rabe nicht darüber sprechen würde. Es war nicht seine Art, diese Dinge an sich heranzulassen – auch dann nicht, wenn er persönlich involviert war. Rabe hatte einen seiner Söhne verloren und ein zweiter rang noch mit dem Tod.

«Sie sind im Kampf gestorben. Die Geister werden sie ehren», sagte Iestriel.

«Ja, das werden sie ...» Ithers Antwort war leise, denn er fragte sich, was das überhaupt nützte.

«Es ist die Schuld der Gra Res Tar!», platzte es plötzlich aus Wolf heraus. Seine Augen glitzerten vor Zorn, doch in seiner Stimme schwang noch etwas anderes mit. «Sie haben hinterhältig angegriffen wie die Sarphensa.» Wolfs Knöchel traten gräulich hervor, als er den Griff seines schwarzen Schwertes umfasste. «Es wären viel weniger gewesen, wenn die Jämmerlinge sich rausgehalten hätten.»

Das war die bittere Wahrheit.

«Ich mache mir in der Tat große Sorgen wegen der Gra Res Tar», sagte Iestriel leise, während er Rabe ansah. «Was meinst du, wie lange werden sie ihre Wunden lecken?»

«Das wissen nur die Sterne. Wir müssen jederzeit mit einem weiteren Angriff rechnen. Aber ich gehe davon aus, dass sie nicht so dumm sind, bei Tag anzugreifen.»

Ither löste den Blick von Wolf und sah Rabe an. «Was ist mit den Sozoah? Ihr Rückzug kam überraschend plötzlich.»

«Ich weiß es nicht. Das kann etwas bedeuten, muss es aber nicht. Ich will nur hoffen, dass die Gra Res Tar nichts damit zu tun hatten ...» Rabe war zu sachlich, um sich in Mutmaßungen zu verstricken. Aber Ither wusste, dass er genauso wenig an Zufälle glaubte wie er selbst.

«Wachen?»

«Dreifache Stärke. Späher in den Wäldern und oberhalb der Schlucht.»

Rabe hatte an alles gedacht. Sollten die Sozoah auch nur ein Bein rühren, dann würden sie es rechtzeitig bemerken. Und dennoch: Einen weiteren Angriff würde das erschöpfte Heer kaum verkraften können. Sie mussten den Außenposten so bald wie möglich verlassen. Rabe schien dem gleichen Gedanken gefolgt zu sein. «Wann brechen wir auf?»

Ither blickte zu Iestriel hinüber. «Sind wir marschbereit?»

«Mehr oder weniger. Bis auf die Verletzten, die auf den Wagen transportiert werden müssen. Wenn die Phantome allerdings schnell genug bei Kräften sind: uneingeschränkt ja.»

Ither ging zu Xinthera hinüber.

«Vorräte?»

«Wir haben Nahrung für eine Woche. Danach muss sich der Tross selbst versorgen. Die Wagen sind bereits beladen.»

«Gut.» Auf seine Leute war Verlass.

Ither blickte zum Zelteingang, als plötzlich ein gleißender Lichtstrahl die Luft durchschnitt. Die Plane wurde beiseite gezogen und ließ helles Licht in das Innere des Zeltes strömen. Licht, das so hell war, dass es bereits alle Sterne verschluckt hatte. Die Dämmerung war nun vollends über sie hereingebrochen. In wenigen Stunden würde sich die Außenwelt in eine weiße Leere verwandeln, die einem die Haut verbrannte und das Augenlicht raubte, wenn man ihr zu lange ausgesetzt war ...

«In Ordnung», sagte Ither schließlich. Er hatte einen Entschluss gefasst. «Wachwechsel alle zwei Stunden.

Die Männer sollen ausruhen. Wir brechen bei Einbruch der Nacht auf.»

Ither wusch sich eingetrocknetes Blut und den Schmutz von den Schultern. Seine Bewegungen waren unsanft, beinahe harsch, als würde er sich damit von etwas Unheilvollem befreien. Nachdem Ilandra ihnen die Nachrichten der Heiler überbracht und sie die letzten Details besprochen hatten, hatten die anderen Rudelführer das Zelt verlassen, um die Befehle an die Offiziere weiterzugeben und sich selbst ein wenig zurückzuziehen. Nur Ilandra war noch bei ihm.

Ither wrang das verschmutzte Tuch aus und rieb sich die letzten Spritzer aus dem Gesicht.

Nachdem die anderen gegangen waren, hatte er es nicht mehr länger ausgehalten. Ither war aufgestanden und hatte sich die verdreckten Kleider vom Leib geschält. Das Wams, das er unter der Rüstung getragen hatte, hatte sich mit Blut vollgesogen wie ein alter Verband. Er wusste nicht, wie viel davon sein eigenes war, aber das spielte ohnehin keine Rolle mehr ... Zum allerersten Mal in seinem Leben empfand Ither so etwas wie Abscheu gegen das rote Lebenselixier. Er fragte sich, ob er damit womöglich zu den Schwächlingen zählte, die schon bei ihrer ersten Schlacht in Ohnmacht fielen, oder ob sie alle so fühlten und es bloß niemand aussprach ... Ither atmete hörbar aus.

Ilandra legte ihre Hand auf seine, als er den verfärbten Lappen erneut in das heiße Wasser tauchte. Er ließ ihn los, sie fuhr mit den Fingern zwischen seine und zog seine Hand aus dem dampfend heißen Wasser.

Ither sah sie an. Er hatte nicht einmal bemerkt, dass sie sich ausgezogen hatte. Sie war jetzt vollkommen nackt und der Feuerschein betonte ihre sinnliche Silhouette.

«Lass mich das machen ...», sagte sie mit einer Stimme, die so sanft und bestimmt war, dass er nicht wiedersprach.

Ither war müde und abgekämpft. Und er war dankbar, dass sie bei ihm war.

Ilandra ließ das Tuch sanft über Ithers kantige Wangenknochen gleiten, dann über seinen Hals und seine Brust. Sie befreite ihn von den letzten Resten der brutalen Kämpfe. Ihre Bewegungen waren behutsam und sanft, besonders als sie mit dem Tuch über seine Flanken fuhr. Das Licht des Feuers tanzte auf dem Relief seiner ausgeprägten Muskulatur, aber es offenbarte auch die dunklen Schatten auf seiner anthrazitschwarzen Haut. Offenbar hatte ihn seine Rüstung nicht immer vor der stumpfen Gewalt der Schläge schützen können. Ilandra berührte eine der Stellen vorsichtig mit den Fingerspitzen und zog besorgt die Augenbrauen zusammen.

«Das ist in Ordnung.» Ithers Stimme war gesenkt. «Nicht der Rede wert ...»

Er bedeutete ihr aufzuhören, nahm ihr den Lappen aus der Hand und legte ihn zurück in die Schale. Die rotbraune Farbe verteilte sich darin wie Tinte in einem Wasserglas. Und auf einmal erschien Ilandra ihr Ursprung weit weniger grausam als noch wenige Augenblicke zuvor.

Sie sah Ither an. Und er zog sie zu sich heran, sodass ihre nackte Haut seine berührte. Dann küsste er sie. Sein Kuss schmeckte noch immer metallisch, aber diesmal war er anders als je zuvor. Sein Kuss war zärtlicher, liebevoller, als er jemals gewesen war. Ilandra erwiderte ihn auf die gleiche Weise. Sie legte die Hände um seinen Nacken, berührte seinen Hals.

Doch dann brach Ither den Kuss ab. Im ersten Moment war sie verunsichert. Aber da war etwas in seinem Blick, das sie sofort beruhigte. Etwas, das sie noch nie zuvor darin gesehen hatte.

«Ich will, dass du meine Gefährtin bist ...»

*Bei den Hohen!* Das war schon so lange ihr Wunsch – aber Ilandra hatte ihn aufgegeben, als sie erfahren hatte, dass Ither zu den Cardoc gehörte. Denn normalerweise banden sich die Cardoc nicht! Das gehörte zu den wenigen Dingen, die ganz Camousharra über die eigenwilligen Bräuche des Kriegerclans wusste. Richtige Partnerschaften waren unter den Cardoc unglaublich selten.

Ilandra hatte nur eine geringe Ahnung, was diese Geste für Ither bedeuten musste!

«Ja! Das will ich auch!»

Er lächelte sie an und Ilandra hatte noch nie ein ehrlicheres Lächeln gesehen. Die Tränen stiegen erneut in ihr auf. Aber diesmal waren es Freudentränen.

Ither legte seine Stirn an ihre.

«Ich erkenne dich ...»

Ilandra schloss die Augen, während die Tränen heiß über ihre Wangen rannen.

«Ich erkenne dich.»

Ein paar ruhige Atemzüge lang standen sie einfach nur da und teilten diesen einzigartigen Moment.

Dann hob Ither sie hoch – mit einer Leichtigkeit, die seinen Verletzungen Lügen strafte. Ilandra legte die Beine um seine Hüften und er trug sie durch das Zelt, hinüber bis zum großen Tisch. Mit einer Hand schob Ither alles hinunter, was darauf lag. Die wertvollen Karten, Federn und Kelche – alles landete scheppernd auf dem Boden.

# 19

Ither stand draußen und beobachtete, wie die letzten Zelte abgebaut wurden und wie sich der Tross langsam aufstellte. Die Dämmerung hatte eingesetzt, aber es war immer noch so hell, dass er blinzeln musste. Seine Augen tränten und wenn er den Blick über einen gewissen Punkt hob, verwandelte der sternenlose Himmel alles in ein gleißendes Weiß. Eigentlich war es noch zu hell, um sich hier draußen aufzuhalten. Aber sie mussten so früh wie möglich aufbrechen.

Plötzlich brach Unruhe hinter ihm aus. Ither drehte sich um. Dort stand Wolf und sah ihn herausfordernd an, die schwarze Klinge in der Hand, ihre Spitze zu Boden gesenkt. Seine Züge waren hart und drohend. Ither hätte damit rechnen sollen. Aber er verbarg seine Überraschung hinter einer kalten, emotionslosen Maske.

Das geschäftige Treiben um sie herum verebbte, als die Cardoc einer nach dem anderen innehielten, um zu sehen, was vor sich ging.

Wolf kam näher.

«Vjares khirin attahir.» Seine Stimme grollte wie berstendes Eis. «Ich fordere dich heraus, Ilithir.»

Um sie herum wurde es plötzlich ganz still. Wolf forderte sein Kampfrecht.

Ither blickte ihn berechnend an. Dieser Kampf stand ihm zu. Auch wenn er Ither erst vor wenigen Stunden in seinem neuen Rang bestätigt hatte ...

Ither antwortete mit der gleichen Kälte in der Stimme: «Attahir khiren. – Ich nehme die

Herausforderung an, Katama.» Ither nannte ihn bei seinem richtigen Namen, obwohl er seit Jahren von niemandem mehr so genannt wurde. Wolf funkelte ihn böse an.

Die Cardoc um sie herum riefen sich etwas zu. Das, was jetzt geschehen würde, wollte offenbar keiner von ihnen verpassen.

Ither beachtete sie nicht. Er und Wolf gingen ein paar Schritte aufeinander zu, bis sie direkt voreinander standen.

Dann plötzlich war Rabe zwischen ihnen und trennte sie. «Seid ihr verrückt geworden?», zischte er so leise, dass nur die beiden ihn hören konnten. «Das ist ein verdammt schlechter Zeitpunkt.»

«Das sollten die Geister entscheiden ...», antwortete Wolf, ohne Rabe anzusehen.

Rabe reichte Ither Meteor, der die Klinge wortlos entgegennahm. Es spielte ohnehin keine Rolle zu fragen, woher er sie hatte.

«Waffen?», fragte Rabe nun so laut, dass jeder ihn hören konnte. Er sah Wolf an. Als Herausforderer war es an ihm, die Bedingungen zu bestimmen.

«Freie Wahl.»

«Heiler?»

«Keine.»

«Kampfende?»

«Unterwerfung.»

«Regeln?»

«Keine.»

«Das ist nicht zulässig.» Rabes Stimme war schneidend.

Wolf sah Ither genau in die Augen, antwortete aber nicht. Ihre Blicke trafen sich wie Feuer und Eis.

«Ich bin einverstanden ...» Ithers Augen verengten sich zu schmalen Schlitzen, während sich ein Raunen um sie herum erhob. Wolf bleckte die Zähne.

«Attahir shelena dhir vhara kas ...»

Rabe schob beide bis auf zwei Armlängen auseinander. Dann zog er sich zurück.

Ithers Hand schloss sich fester um Meteors Griff. Seine Muskeln spannten sich. Seine Atmung ging schneller. Und die Welt um ihn herum schmolz auf das Wesentliche zusammen. Da waren nur noch Wolf und er, der steinige Boden und das blendende Licht.

Ein paar Herzschläge lang hörte Ither nur seine eigene Atmung. Doch dann durchschnitt Rabes Schrei die Stille.

«Kämpft!»

Ither und Wolf sprangen aufeinander zu. Die schwarzen Klingen trafen kreischend aufeinander. Dann ein zweites Mal. Und wieder.

Ither wehrte einen Hieb ab, der auf seine Kniesehne zielte, und zog Meteor hoch – zu einem scharfen Angriff auf Wolfs Schulter. Wolf duckte sich zur Seite, was ihm genug Zeit verschaffte, Ithers Hieb mit seiner eigenen Waffe zu parieren. Meteor glitt an der schwarzen Waffe ab und Ither ließ sich zu einem tiefen Ausfallschritt herunterziehen. Er nutzte die Bewegung, um Wolf erneut zu attackieren. Doch der griff im selben Moment an. Ither riss die Klinge hoch, um sich gerade noch rechtzeitig vor seinem Hieb zu schützen, schob sich in den Stand hoch und leitete die Wucht des Angriffs zur Seite ab. Wolf wich zurück, als er die nächste Attacke kommen sah.

Ither wirbelte herum. Die beiden Klingen blitzten auf, als ihre Schliffkanten das grelle Licht der untergehenden Sonne reflektierten.

Rabe beobachtete den Kampf mit all der Ehrfurcht, die ein Veteran wie er dafür aufbringen konnte. Seine Augen zuckten aufmerksam hin und her und folgten jeder noch so kleinen Bewegung. Perfekte Angriffe trafen auf perfekte Paraden – schnell, tödlich und mit viel Wucht. Es war ein Duell der Meister.

Die schwarzen Klingen zerschnitten die Luft und trafen sich immer wieder. Ither und Wolf steigerten das Tempo immer mehr, sodass kaum noch Zeit für Deckung blieb. Paraden kamen nur noch, wenn sie absolut unabdingbar waren. Der Kampf wurde dynamischer, bewegter, intensiver. Der Gesang der Klingen wurde lauter – die Wucht, mit der sie zuschlugen, heftiger.

Rabe presste die schwarzen Lippen aufeinander. Die Waffen waren schärfer als jeder gewöhnliche Stahl und die Hiebe waren jetzt heftig genug, um den Gegner mit einem einigen Schlag zu töten. Das nahm keinen guten Lauf.

Rabe drehte sich zu einem seiner Leute um.

«Sieh zu, dass du einen Heiler herbekommst. Phantom oder nicht ist mir egal.»

Die Klinge jagte direkt an Ithers Kopf vorbei. Wolf parierte seinen Angriff genauso knapp. Das Blut rauschte in Ithers Ohren. Seine Sinne waren bis aufs äußerste geschärft. Er musste nicht erst darüber nachdenken, was er tat. Er sah Wolfs Klinge aufblitzen und reagierte in den Bruchteilen eines Wimperschlags.

Meteor schlug die schwarze Klinge zur Seite. Ither riss seine Waffe herum und ließ sie auf Wolfs ungedeckte Seite zujagen. Wolf parierte, indem er seine eigene Waffe zur Seite schwang und die Distanz verkürzte.

Ither nutzte den Moment, ließ sich von der Energie des Schlags drehen und stieß Wolf hart mit dem Ellenbogen in die Flanke. Der keuchte heftig auf, konterte aber sofort mit einem kraftvollen Tritt in Ithers Knie. Ither biss die Zähne zusammen, als der

Schmerz aufflammte. Er unterdrückte den Drang, in die Knie zu gehen, und schlug mit der Klinge nach seinem Gegner. Wolf sprang zurück.

Für einen winzigen Moment gewannen sie etwas Abstand – nur um im nächsten erneut anzugreifen. Die Klingen prallten aufeinander. Wieder und wieder.

Sie waren einander ebenbürtig. Dieser Kampf war ein Tanz, der nicht darauf wartete, dass einer von ihnen beiden gewann, sondern dass einer von ihnen einen winzigen Fehler machte.

Ithers Muskeln brannten, doch er zwang sie immer wieder zum Angriff. Wolf konterte mit aller Kraft.

Bis sie plötzlich dicht voreinander standen und alles zum Stillstand kam – die Klingen vor den Kehlen gekreuzt und den Hals jeweils nur durch die eigene Klinge geschützt.

Ithers Atmung ging heftig. Und auch Wolfs Atem brachte die Luft auf seiner Klinge zum Kondensieren. Für einen Augenblick standen sie einfach nur da. Dann lösten sie gleichzeitig den Druck von den Klingen und ließen voneinander ab, als ob sie eine stumme Absprache getroffen hätten. Sie gingen ein paar Schritte rückwärts – den Gegner ständig im Blick.

Ither richtete Meteors Spitze auf den Boden und hielt die Waffe vom Körper weg. Wolf tat es ihm gleich. Sie gingen noch ein paar Schritte zurück, dann stießen sie die Klingen in den Boden.

Er sah *ihm* so unglaublich ähnlich. Wie er da stand: kampfbereit und mit dem Stolz eines Raubtieres. Genau wie damals, als sie selbst noch sehr jung gewesen waren und sich jede Nacht einen Übungskampf nach dem anderen geliefert hatten ...

Wolf nahm Kampfhaltung an.

Ither hatte *seine* Augen. Die gleichen weißen Geisteraugen, die kaum eine Zeichnung darin erkennen ließen. Er war ihm wie aus dem Gesicht geschnitten. Würde er sein Haar geflochten tragen, sähe er genauso aus wie *er* ...

Die Leere, die ihn nach all den Jahren immer noch aufzufressen drohte, rollte über Wolf hinweg wie eine eiskalte Nacht. Er hatte den Tod seines Gefährten immer noch nicht verkraftet. Wenn er Ither ansah, dann sah er Berenhir. Und doch konnte er ihm nicht das zurückbringen, was er verloren hatte. Er war nicht wie er. Und Berenhir würde niemals zurückkehren.

Wolf spürte Zorn in sich aufsteigen. Er hatte dieses Gefühl viel zu lange unterdrückt! Er stürmte los.

«Du wirst niemals so sein wie er!»

Auch Ither setzte sich in Bewegung. Es waren nur wenige Schritte. Wolf ballte seine Kraft zusammen, doch noch bevor er einen Angriff platzieren konnte, sprang Ither ab. Seine Sprungkraft war beeindruckend. Wolf konnte dem gedrehten Tritt nur knapp ausweichen. Er schlug zu. Doch Ithers Reflexe waren schnell. Seine Füße hatten gerade erst wieder den Boden berührt, und doch wehrte er den Faustschlag mit Leichtigkeit ab. Wolf hatte Ithers Kampftechniken unterschätzt.

Ither packte Wolfs Unterarm und kanalisierte die Kraft des Angriffs an seiner eigenen Flanke vorbei, zog ihn nach unten und stieß Wolf mit dem Knie in den Magen. Es war ein heftiger Treffer, aber Wolf verkraftete ihn überraschend gut. Er stieß mit dem freien Ellenbogen nach Ithers Solarplexus. Ither ließ ihn los und wich zurück.

Er sprang erneut, drehte sich noch im Sprung – sein Fuß verfehlte Wolf, der geschickt auswich, um

Haaresbreite. Wolf griff nun ebenfalls mit einem Tritt an. Ither landete geschmeidig auf den Füßen, stieß das Bein seines Gegners mit den Händen zurück und trat selbst zu. Er traf Wolf in die Flanke. Dieser keuchte, griff aber sofort wieder an. Ither wich ihm aus.

Wolf ließ sich von seiner Wut leiten. Dadurch wurden seine Handlungen unüberlegt ... Das war Ithers Vorteil. Im waffenlosen Kampf war er Wolf ohnehin überlegen.

Wolf schlug ein weiteres Mal nach ihm. Ither wehrte den Angriff mit dem Unterarm ab.

Wolfs Angriffe waren extrem kraftvoll. Doch Ither war schnell und seine Technik war nahezu vollkommen. Er verpasste Wolf noch ein, zwei weitere Treffer, bis dieser sich plötzlich in Richtung der untergehenden Sonne zurückzog.

Aber damit war ihr Kampf noch nicht beendet.

«Du wirst niemals seinen Platz einnehmen ...», grollte Wolf, während er langsam rückwärtsging. Ither blinzelte gegen das grelle Licht. Wolf war nicht mehr als ein schwarzer Schemen, der im Weiß verschwand.

Dann hörte Ither ein kehliges Knurren. Und die Geräusche von trabenden Pfoten.

Rabe verschränkte die Arme vor der Brust. Unter normalen Bedingungen war es nicht zulässig, dass die Formwandler ihre Tiergestalt in einem Rangkampf nutzten. Und das aus gutem Grund. Denn die Avatare sahen nicht nur anders aus, ihre Fähigkeiten gingen auch weit über die ihrer natürlichen Verwandten hinaus. So wie Rabes Avatar nur entfernt an einen echten Raben erinnerte, war Wolfs Gestalt wesentlich größer und muskulöser als die jedes normalen Wolfs. Seine Schnauze war länger, seine Reißzähne waren schärfer. Er war schnell und wendig und ein perfekter Jäger.

Und jetzt spielte er seine Vorteile gegen Ither aus.

Wolf riss ihn zu Boden, doch Ither nutzte den Schwung und rollte ihn ab. Er kam wieder auf die Füße und nahm Kampfhaltung an. Meteor war viel zu weit entfernt. Er konnte die Klinge nicht erreichen, ohne dass Wolf ihm in den Rücken sprang.

Auch Wolf war wieder auf den Pfoten. Er lief einen weiten Bogen. Dann griff er erneut an. Seine Schnelligkeit war mit keinem Gegner vergleichbar, mit dem Ither jemals gekämpft hatte. Und die Fremdartigkeit seiner Angriffe erst recht nicht.

Ither trat nach ihm, um ihn auf Abstand zu halten. Doch Wolf änderte blitzschnell die Richtung und biss ihm ins Bein. Ither musste einen Schrei unterdrücken. Aber Wolf ließ sofort von ihm ab und ging erneut auf Distanz, während Ithers verletztes Knie einsackte.

Wolfs Augen funkelten triumphierend, als er Ithers schmerzverzerrtes Gesicht betrachtete. Er zog sich erneut ins Licht zurück – nur um Ither ein weiteres Mal zu attackieren. Ither war geblendet von der Sonne, doch Wolf konnte in der Gestalt seines Avatars so sehen wie ein Wesen der Oberfläche. Der Himmel war jetzt so rot wie Ithers Blut und die langen Schatten vermischten sich mit dem kommenden Dunkel. Das hier war sein Revier.

Wolf attackierte Ither ein weiteres Mal. Wieder sah dieser den Angriff viel zu spät kommen. Wolf biss ihn in den Arm und in die Schulter. Der Geschmack des Blutes in seinem Maul ließ seine Instinkte nach mehr dürsten. Wolf zog die Lefzen hoch. Er war hungrig. Seine Beute hatte keine Chance.

Wolf riss Ither ein zweites Mal zu Boden. Der Aufprall trieb ihm die Luft aus den Lungen. Ither grub die Hände in das dichte Fell an Wolfs Hals und versuchte ihn auf Abstand zu halten, während er immer wieder nach seinem Gesicht schnappte. Doch er vermochte die unbändige Kraft der Wolfsgestalt kaum in den Griff zu bekommen. Die riesigen Vorderpfoten lasteten so schwer auf Ithers Brust, dass er beinahe keine Luft mehr bekam. Scharfkantige Steine stießen in Ithers Rücken. Er wehrte sich mit aller Kraft, doch es gelang ihm nicht, Wolf abzurollen.

Ither löste eine Hand von Wolfs Hals und tastete auf dem Boden nach irgendetwas, was er als Waffe benutzen konnte. Sein linker Arm zitterte von der gewaltigen Kraftanstrengung und Wolf, der seine Chance erkannte, kämpfte noch kraftvoller gegen ihn an als zuvor. Ither würden nur noch Sekunden bleiben, bis ihn seine Kräfte verließen.

Dann passierte alles gleichzeitig.

Ither bekam mit der Rechten einen spitzen Stein zu fassen, seine Linke rutschte ab und Wolf stieß zu. Ither rammte ihm den Stein ins Maul, kurz bevor Wolfs Fänge seine Kehle erreichten. Die langen Zähne rissen Ithers Hand auf, aber die Wucht des Bisses trieb Wolf den Stein in die Gaumenplatte.

Er jaulte auf und sprang zurück.

Ithers Herz raste. Er versuchte aufzustehen. Doch sein verletztes Bein verursachte ihm große Probleme. Wolf schnappte immer wieder in die Luft und versuchte den Stein mit der Zunge loszuwerden. Ither war immer noch nicht wieder auf den Beinen, als es Wolf schließlich gelang. Er zog die blutigen Lefzen zu einem tiefen Knurren hoch.

Dann griff er erneut an.

Diesmal sprang er mit dem Kopf so heftig gegen Ither, dass dieser zurückstürzte. Wolf schnappte nach ihm, aber Ither entging nicht, dass er es vermied, das Maul ganz zu öffnen. Ither versuchte ihn mit Tritten und Schlägen auf Abstand zu halten. Sie rangen miteinander und rollten dabei immer näher an einen der Wagen des Trosses heran.

Schließlich verpasste Ither Wolf einen so kraftvollen Hieb in die Rippen, dass Wolf erneut auf Abstand ging.

Ither zwang sich auf die Beine.

Doch Wolf jagte sofort wieder auf ihn zu. Er sprang so heftig gegen Ither, dass dieser mit dem Rücken gegen den Wagen prallte. Eine Kette löste sich – und ein Teil der Ladung. Ither riss die Arme hoch, um sich vor den herunterstürzenden Kisten zu schützen. Wolf, der nur darauf gewartet hatte, nutzte den Moment. Er war sofort über ihm und entblößte seine blutigen Reißzähne.

Für Ither schien die Zeit plötzlich zu gefrieren. Er sah, wie Wolf sein Maul öffnete, sah die Kisten neben sich auf dem Boden aufschlagen und sah, wie die Kette langsam an der Seite des Wagens herabglitt. Er reagierte sofort, rollte sich zur Seite, griff nach der Kette und schlang sie um Wolfs Hals. Dann zog er zu. Und die Zeit verlief wieder normal.

Ither zog mit aller Kraft, die ihm noch blieb. Er stemmte sich gegen den Boden, obwohl ihm der Schmerz in seinem Knie die Sinne benebelte. Seine Lungen brannten.

Wolf wehrte sich noch eine Weile verzweifelt. Dann gab er endlich auf. Im selben Moment lockerte Ither die Kette.

Die Welt stürzte über ihn wie die Wellen über einen Ertrinkenden. Jubelschreie und Kampfrufe hoben an und schwollen zur vollen Lautstärke. Trommler hatten sich unter die Beobachter gemischt und sorgten für Stimmung. Ither blickte auf und sah die letzte Helligkeit hinter dem Horizont verschwinden. Die ersten Sterne tauchten am Firmament auf.

Er stützte sich am Wagen ab und stand auf. Erst jetzt spürte er, wie das Blut über seine Haut rann, wie seine Schulter brannte und wie der schneidende Schmerz in seiner Kniekehle ihm das Stehen beinahe unmöglich machte. Ithers Blick glitt an seinem Bein hinab. Wolfs Biss hatte eine klaffende Wunde in sein Fleisch gerissen.

Ither hörte ihn schmerzerfüllt aufkeuchen, als er sich zurückverwandelte, und sah ihn an. Blut lief ihm über das Kinn und sprudelte bei jedem Atemzug aus seiner Nase.

«Du hast recht, Katama. Ich werde nie so sein wie er. Aber ich werde unserem Clan ein guter Anführer sein.»

Ither reichte Wolf die Hand.

Wolf zögerte einen Moment, aber dann schlug er ein. Er versuchte etwas zu sagen. Doch mit der Verletzung im Mund brachte er kein Wort hervor, stattdessen quoll ihm ein dicker Schwall dunklen Blutes über das Kinn. Wolf stand auf und sah Ither lange in die Augen. Schließlich senkte er den Kopf vor ihm. Diesmal so tief, dass die Geste keinen Zweifel mehr ließ.

Ither verbeugte sich ebenfalls, wenn auch nur knapp.

Als er sich wieder aufrichtete, stand plötzlich ein Heiler neben ihnen. Ither bedeutete ihm, sich erst um Wolf zu kümmern. Der Heiler nickte.

Ither nahm eine der schweren Kisten und hob sie zurück auf den Wagen. Dann humpelte er zu Meteor hinüber und zog die schwarze Klinge mit einer geschmeidigen Bewegung aus dem Boden.

«Los, weitermachen!», befahl er. «Es wird Zeit, dass wir aufbrechen.»

# Epilog

Ither saß ab und zog Yens Schwert langsam aus der Befestigung am Sattel. Die silberne Klinge reflektierte das funkelnde Lichterspiel der Sterne. Es war eine gute Nacht, um sich von dem Alten zu verabschieden – und etwas Neues zu beginnen.

Ither ging schweigend zum Grat hinüber. Der Wind strich durch sein Haar, während er sich langsam dem gähnenden Abgrund näherte. Er konnte hören, wie die anderen Reiter ebenfalls absaßen. Aber niemand sprach ein Wort. Da waren nur das ungeduldige Schnauben eines Defassa und das Flattern der Banner, die im Wind wehten.

Ither hatte den gesamten Tross einen Umweg nehmen lassen und bis hierher geführt. Zum Rand des Kraters.

Ither stand jetzt dicht am Abgrund und blickte auf das verlassene Schlachtfeld hinab. Es war totenstill. Nichts rührte sich. Die Feuer der Gra Res Tar waren erloschen und von hier oben sah man keine toten Körper – nur weitentfernte Schatten auf der schwarzgrauen Kraterebene. Der Himmel hingegen war ein Meer aus farbig schimmernden Nebeln und unzähligen funkelnden Kristallen. Die Luft war kühl und frisch und trieb die Gerüche der Wildnis heran.

Ja, es war eine gute Nacht.

Ither kniete nieder und steckte Yens Schwert mit der Spitze in den Boden.

«Fhar saladhir thorien salen ...»

Es war ein Symbol für die Krieger, die hier ihr Leben gelassen hatten. In der Schlacht unter den Sternen.

Ither nahm den weißen Stoffstreifen, den er die ganze Zeit in seiner Linken getragen hatte, und band ihn um den verzierten Griff der edlen Klinge. Ohne ihre Heiler hätten die Cardoc diese Schlacht nicht für sich entscheiden können. Nur wegen ihnen waren sie jetzt hier.

«Djar saladhir thorien salen ...»

Der weiße Stoff bewegte sich sanft im Wind.

Es war ein Mahnmal. Für die Krieger und für ihre Heiler.

Rabe positionierte sich direkt neben Ither.

«Bereit machen!», bellte er.

Die beiden Männer hielten die Köpfe stolz erhoben. Ither konnte hören, wie sich die Bogenschützen entlang der Klippe aufreihten.

Ither hatte vor, den Gefallenen die letzte Ehre zu erweisen. Wenn sie erst einmal fort waren, würden die Cardoc nie wieder an diesen Ort zurückkehren. Die Überlebenden sollten wenigstens die Möglichkeit haben, sich von den Schatten dort unten zu verabschieden.

Ither nickte Rabe zu. Dieser spannte nun seinen eigenen, mit schwarzen Federn geschmückten Bogen.

Ither legte die Hände um die Spitze des Pfeils und kanalisierte Energie hinein. Er konnte das Feuer vor seinem inneren Auge sehen, seine Wärme auf seiner Haut spüren, noch bevor es da war. Er konnte es sogar riechen. Und schließlich fühlte er, wie echte Hitze seine Fingerspitzen versengte. Die metallene Pfeilspitze begann zu glühen, bevor sie sich selbst entzündete.

Ither ließ die Hände sinken.

Rabe wartete noch ein, zwei Atemzüge lang, während sich die Flammen auf den Schaft ausbreiteten und sich seinem Bogen näherten. Ither sah erst jetzt, dass Rabe den Pfeil beschriftet hatte. Er trug den Namen seines ersten Sohnes. *Dharian.* Dann entließ Rabe den magischen Feuerpfeil. Er jagte in die Luft. Im Gegensatz zu einem normalen Brandpfeil wurde sein Feuer nicht vom Wind verzehrt. Stattdessen zog das Geschoss einen langen, glühenden Flammenschweif hinter sich her. Schließlich sank der Pfeil hinab und landete weit entfernt irgendwo auf der Kraterfläche.

Rabe ließ den Bogen sinken. Er und Ither betrachteten den Pfeil noch ein paar Augenblicke lang und beobachteten, wie er begann seine Umgebung in Brand zu stecken.

Dann hob Ither den Kopf.

«Bogenschützen!»

Die Bögen wurden knarzend gespannt.

«Feuer!»

Hunderte Pfeile schnellten in die Luft. Ihre Schäfte malten sich vor dem schillernden Himmel ab wie ein lautloser schwarzer Regen. Sie entzündeten sich, als sie den höchsten Punkt ihrer Flugbahn erreichten. Für einen winzigen Augenblick schien es, als würden sie in der Luft schweben. Doch dann regneten sie herab wie Meteore, die vom Himmel fielen. Es war ein beeindruckender Feuerregen, der nach und nach weite Teile des Kraters in Brand steckte.

Ither sah Ilandra an, die ihre Hände wieder sinken ließ. Er lächelte ihr dankbar zu. Dann wandte er sich wieder zu den Feuern um.

Eine Weile war es noch gespenstisch still. Doch irgendwann stieß der erste Cardoc einen Kriegsruf aus. Und die anderen folgten ihm. Ither lächelte. Jetzt waren sie bereit. Rabe sah ihn an.

«Berenhir wäre sehr stolz auf dich gewesen.»

Ither zog sich in den Sattel hoch und ließ den Blick über die wilde Landschaft schweifen. Ihr Weg würde sie weit nach Norden führen. In Richtung der schroffen Gebirge, die sich scharfkantig am Horizont abzeichneten. Es würde sicher nicht leicht werden, aber es tat gut, das Vergangene hinter sich lassen zu können.

Ither sah Ilandra an, die auf dem Defassa direkt an seiner Seite saß.

«Bereit?»

«Bereit.»

Thera betrachtete sich in dem prunkvollen, goldenen Spiegel, während Thamar hinter ihm auf eine Antwort wartete. Seine weißlichen Augen funkelten listig, als er den hohen Kragen seiner violett-goldenen Robe über der grotesken Narbe an seiner Kehle schloss. Eine von unzähligen, die er am Körper trug.

«Du musst noch viel lernen, Thamar ... sehr viel», sagte er.

Thera ließ sich Zeit, bevor er sich langsam umwandte und seinen ältesten Sohn mit einem spöttischen Blick strafte. Thamar hatte noch nie viel von diesen Dingen verstanden, und er würde sie womöglich auch nie verstehen.

«Glaubst du wirklich, wir würden unseren wertvollsten Besitz so einfach hergeben?»

Thamar blickte seinen Vater skeptisch an.

«Du sagtest doch, sie seien bereits fort.»

«So ist es.» Thera legte die Hände unter den verzierten Ärmeln zusammen. «Und was meinst du, woher ich das so genau weiß?»

Die Überraschung in Thamars Gesicht verschaffte Thera einige Genugtuung.

«Wir haben einen Informanten in ihren Reihen? Bei den Cardoc?!»

Thera lächelte triumphierend. «Dieses Spiel ist noch nicht beendet.»

# Danksagung

*Mein besonderer Dank gilt*
*Chris, der mir die Welt erklärt,*
*Muru, ohne den das alles nicht möglich*
*gewesen wäre,*
*allen, die mich mit vollem*
*Herzen unterstützt haben*

*und all jenen,*
*die dieses Buch gelesen haben.*

# Weitere Bände dieser Reihe

Ilithir – Das erste Buch der Chroniken
als Taschenbuch und als E-Book erhältlich
ISBN-13: 978-1515312154

Shotar – Das zweite Buch der Chroniken
als Taschenbuch und als E-Book erhältlich
ISBN-13: 978-1544984896

Fortsetzung folgt ...

# Ihre Meinung ist mir wichtig!

Ich freue mich auf Ihre Anregungen,
Gedanken und Kritiken bei Amazon.

Und wenn Sie wissen möchten, wie es
mit den Cardoc weitergeht, dann folgen
oder schreiben Sie mir auf Facebook
(www.facebook.com/page.levi.n.louis)
und Twitter (@Levi_N_Louis).

# Impressum

2. überarbeitete Fassung, veröffentlicht 12/2017
Originalausgabe, veröffentlicht 07/2015



Levi N. Louis
c/o Papyrus Autoren-Club
Pettenkoferstr. 16-18
10247 Berlin

Lektorat:
Petra Jecker

10487797R00338

Printed in Germany
by Amazon Distribution
GmbH, Leipzig